Gewidmet meiner Schwester, die ihre Liebe zu Pferden seit ihrer Kindheit lebt.

MARTHA SOPHIE
MARCUS

DAS GOLD DER WEIDEN

DER STURZ DES LÖWEN

ROMAN

TINTE & FEDER

Deutsche Erstveröffentlichung bei
Tinte & Feder, Amazon Media EU S.à r.l.
38, avenue John F. Kennedy, L-1855 Luxembourg
Juli 2023

Umschlaggestaltung: bürosüd° München, www.buerosued.de
Umschlagmotiv: © Sabphoto © Kostenko Maxim © FiledIMAGE
© Amazing Aerial Premium © Helen Lane © naskami © aekky
© faestock / Shutterstock; © Nina Janiak / ArcAngel;
© Aleksandr Grigorev / EyeEm / Getty
1. Lektorat: Marketa Görgen
2. Lektorat und Korrektorat: VLG Verlag & Agentur, Haar bei München,
www.vlg.de
Gedruckt durch:
Amazon Distribution GmbH, Amazonstraße 1, 04347 Leipzig /
Canon Deutschland Business Services GmbH, Ferdinand-Jühlke-Straße 7,
99095 Erfurt /
CPI books GmbH, Birkstraße 10, 25917 Leck

ISBN 978-2-49671-248-3
e-ISBN 978-2-49671-249-0

www.tinte-feder.de

Im Jahr 1164 herrschte über das römisch-deutsche Reich Kaiser Friedrich, dem nachfolgende Generationen den Beinamen »Barbarossa« verliehen. Sein Vetter Heinrich, der später »der Löwe« genannt wurde und den er zum Herzog von Bayern und Sachsen machte, stand dem jungen Kaiser vom Tage seiner Wahl an zur Seite.

Heinrich unterstützte Friedrich tatkräftig in seinen Streitigkeiten mit den italienischen Städten und Fürsten bis hin zu der großen Auseinandersetzung darum, welcher von zwei im Jahr 1159 gewählten Päpsten der wahre Stellvertreter Christi auf Erden sei: Alexander oder Viktor.

Im April 1164 starb Papst Viktor, womit dieser Zweifel aus der Welt hätte sein können. Doch der Kaiser entschied sich dafür, Papst Alexander weiterhin zu verschmähen und seinen langen Krieg gegen dessen Befürworter fortzusetzen.

Und noch diente Heinrich ihm dabei treu.

1. Kapitel

Oktober 1164 – Auwied

Eine Woche nach seinem zwölften Geburtstag, am frühen Morgen des zweiundzwanzigsten Oktobertags 1164, hielt Michael von Auwied sich für den glücklichsten Menschen auf Erden. Sein Vater trieb an diesem Tag eine fünfzigköpfige Pferdeherde vom heimischen Gut nach Braunschweig zum Verkauf, und zum ersten Mal in seinem Leben durfte Micha dabei sein.

Die Herde war ein Vermögen wert, wenngleich von gemischter Qualität. Vom hervorragenden Dreijährigen bis zur Stute mit Karpfenrücken, die ihren Fehler an ihr Fohlen weitergegeben hatte, war alles vertreten. Zwar strebte sein Vater danach, sich als Züchter und Ausbilder edelster Destrier einen Namen zu machen, doch nicht jedes Fohlen fiel so aus wie erhofft. Das werde sich erst mit der Zeit ergeben, meinte er. Wenn es aber eines Tages so wäre, dann würden die reichsten und vornehmsten Milites zu ihnen kommen, um bei ihnen ihre Streitrösser zu kaufen.

Schon heute waren auch die schlechteren ihrer Pferde schneller und größer als die üblichen Arbeitstiere und würden einen höheren Preis erzielen. Micha verstand genau, was sein Vater erreichen wollte, doch das hielt ihn nicht davon ab, jedes einzelne Tier zu lieben. Wenn es nach ihm gegangen wäre, hätte er sie alle behalten.

Die ersten Strahlen der Morgensonne fielen durch das Herbstlaub der Bäume entlang des Hohlwegs und machten den Dampf sichtbar, der von den warmen Pferderücken aufstieg. Außer dem lebhaften Schnauben der Tiere, dem vielstimmigen Klopfen ihrer Hufe auf dem festen Erdboden war nichts zu hören. Micha genoss die friedliche Aufbruchstimmung in vollen Zügen. Sein sieben Jahre älterer Bruder David ritt mit einigen ihrer Knechte auf den erfahrensten Pferden am Kopf der Herde, die sich auf dem hohlen Weg durch den Lappwald höchstens in Dreierreihen bewegen konnte. Zwei weitere Knechte folgten direkt auf die Herde, den Abschluss bildete Micha mit seinem Vater. Seine Aufgabe war es, das Maultier mit ihrem Reisegepäck mitzuführen. Er war ein bisschen stolz darauf, dass man ihm diese Verantwortung übertragen hatte, obwohl er gleichzeitig den Verdacht hegte, dass sein Vater ihn damit von den aufregenderen Arbeiten abhalten wollte.

»Ich könnte sie auch anführen, Vater. Das weißt du, oder?«, fragte er.

Freiherr Walther von Auwied schob sich die Wollkappe aus der Stirn und warf ihm einen spöttischen Blick zu. »Daran zweifle ich nicht. Die Frage wäre nur, wohin du sie führen würdest. Im Handumdrehen wären wir in Jerusalem, und da will ich nicht hin.«

Micha musste grinsen. »Auch nicht, wenn du von dort ein arabisches Wüstenpferd mit nach Hause bringen könntest?«

Sein Vater stellte sich in den Bügeln auf und blickte über die Herde vor ihnen. Sein Schwert trug er griffbereit gegürtet an seiner linken Seite, ein Kettenhemd diente ihm als Rüstung. Er wirkte würdevoll und wehrhaft, und Micha war stolz darauf, dass er so auftreten durfte. Nicht jeder verfügte über dieses Privileg.

»Eines Tages werden wir so einen Renner für die Zucht besitzen, mein Sohn. Morgen bringen wir erst einmal einen Sack voll Gold nach Hause, damit ich den Grafen überreden kann, mir mehr Land zu verpachten.«

Dass sein Vater das vorhatte, hatte Micha schon aufgeschnappt und auch, dass er sich nicht sicher war, ob das Vorhaben gelingen würde. »Könntest du nicht Herzog Heinrich bitten, noch einmal beim Grafen ein gutes Wort für dich einzulegen, so wie er es damals getan hat, als du unser Gut erhalten hast? Wenn er heute in Braunschweig weilt, dann sprichst du doch bei ihm vor, oder nicht?«

»Unser Herzog hat Wichtigeres zu tun, als sich mit den Wünschen eines kleinen Rössners zu befassen. Zudem weilt er nicht in Braunschweig, denn davon wüssten wir. Ich werde das schon allein mit Graf Meinhard klären. Wir sind jetzt gleich bei der Abzweigung, wo der Weg flacher wird. Von da an müssen wir besser aufpassen, dass die Herde zusammenbleibt. Du gibst hier hinten acht, dass die Nachzügler aufschließen und nicht umkehren, verstanden?«

Micha schlug sich scherzhaft gegen die Brust. »Verlass dich darauf. Ich halte die Stellung.«

Woraufhin sein Vater sich lächelnd zu ihm herüberbeugte und ihm ebenso scherzhaft mit seiner schweren Hand anerkennend auf die Schulter klopfte, als wäre die Aufgabe, eine Pferdeherde zu treiben, für seinen Sohn tatsächlich eine große Sache und nicht etwas, was er schon als Wickelkind gelernt hatte. Sogar mit einem Maultier an der Hand konnte Micha im Schlaf dafür sorgen, dass die Pferde gingen, wohin sie sollten.

Der Weg wurde breiter, der Wald entlang seines Randes lichter, und wenig später war die Führleine des Maultiers das Erste, was Micha verlor. Denn plötzlich stob die Herde in Panik auseinander. Bewaffnete Reiter sprengten aus dem Wald hervor. Von einem Pfeil getroffen stürzte der Knecht, der die Herde von der falschen Abzweigung hatte abhalten sollen, aus dem Sattel.

Micha sah, wie sein Vater das Schwert zog und wie ein zweiter ihrer Knechte vom Pferd fiel. Die Herde schlug die falsche Richtung ein. Unwillkürlich versuchte Micha trotz seiner Angst vor den fremden Reitern, seine Stute anzutreiben, um den davonstürmenden Pferden den Weg abzuschneiden. David hielt seinen langen Dolch in der Hand und wehrte sich gegen einen Angreifer.

Bevor Micha einen klaren Gedanken fassen konnte, griff einer der Räuber seiner Stute in die Zügel und holte mit einer Kriegskeule aus, um nach ihm zu schlagen. Er wich aus und ließ sich seitlich aus dem Sattel rutschen, um sich dort festzuklammern, so wie er es sonst tat, wenn sein Bruder zum Spaß versuchte, ihn vom Pferd zu werfen. Im selben Moment ließ der Mann von ihm ab, um sich einem angreifenden Knecht zuzuwenden. Hastig hievte Micha sich zurück in den Sattel und ergriff die Flucht in Richtung Braunschweig, weil ihm nur diese Richtung offenstand.

»David! Bring Micha weg!«, hörte er seinen in einen Kampf verwickelten Vater rufen.

Sein Bruder gehorchte, ohne zu zögern. Er trieb sein Pferd an Michas Seite und ließ nicht zu, dass er innehielt, bevor sie den Tumult aus panisch tobenden Pferden und brüllenden Kriegern weit hinter sich gelassen hatten. Allerdings konnte David nicht verhindern, dass Micha im wilden Galopp über die Schulter zurückblickte. Und das Bild dessen, was Micha in diesem Moment sah, sollte ihn sein Leben lang begleiten. Sein Vater sackte unter den Schwerthieben von drei Männern zusammen und stürzte aus dem Sattel. Und sein jüngster Sohn wusste längst genug über den Tod, um ihn zu erkennen, wenn er sich ein Opfer holte.

Sie galoppierten bis ins nächste Dorf und baten einige der dort lebenden Bauern um Hilfe, doch die zogen nur mit erschrockenen Blicken die Köpfe ein, schickten ihre Frauen und Kinder in die Häuser und brachten eilig ihr Vieh in die Ställe.

David brüllte sie an und nannte sie feige. Micha teilte seine Wut und konnte die Bauern trotzdem verstehen. Was vermochten sie mit Forken und Holzknüppeln gegen die scharfen Waffen von gerüsteten Reitern auszurichten?

Er sah die Verzweiflung und Hilflosigkeit im Gesicht seines Bruders zunehmen. Was sollten sie tun? Die nächsten befestigten Orte waren kaum in unter einer Stunde zu erreichen, und die Herren, die dort lebten, waren ihnen zu nichts verpflichtet.

»Wir reiten zurück«, erklärte David schließlich, und sosehr Micha sich auch fürchtete, er nickte nur.

Sie ritten nicht auf dem Weg zurück, auf dem sie geflohen waren, sondern schlichen sich mit den Pferden abseits davon durch den Wald. Immer wieder hielten sie an, um zu lauschen und nach Spuren der Räuber, ihres Vaters, ihrer Knechte oder der Herde Ausschau zu halten. Doch es blieb totenstill, und außer dem sacht fallenden, flammenfarbenen Herbstlaub rührte sich um sie her nichts.

Spuren fanden sie erst an der Stelle, wo der Überfall stattgefunden hatte. Fluchtbereit und mit zitternden Knien trieb Micha sein Pferd neben dem seines Bruders auf die Kreuzung. Er wusste nicht, ob er mehr Angst vor der Rückkehr der Räuber hatte oder vor dem Anblick seines toten Vaters.

Doch beides blieb ihm erspart. Die Räuber hatten nichts zurückgelassen. Die Brüder suchten lange und vergrößerten dabei den Umkreis, so weit sie es wagten, aber außer Blutflecken im zerwühlten Sand des Weges fanden sie nichts. Nicht ihren Vater, nicht die Knechte, keinen Räuber und keines ihrer kostbaren Pferde.

Schließlich gaben sie auf und ritten nach Hause, in der Hoffnung, dass einer der ihren es dorthin zurückgeschafft hatte. Als sie unter ihrer Hoflinde von den Pferden stiegen, war es noch nicht einmal Mittagszeit. Micha konnte nicht fassen, wie so entsetzliche Dinge in so kurzer Zeit hatten geschehen können. Doch schon als er sich auf dem ungewohnt menschenleeren Hof umsah, ahnte er, dass sie das wahre Ausmaß ihres Unglücks noch gar nicht kannten.

Ihre Stiefmutter Edwina hatte sich mit dem Gesinde im Haus eingeschlossen und öffnete erst, als sie vor der Tür laut nach ihr riefen. Ihr sonst so makellos hübsches Gesicht war vor Angst verzerrt und von Tränenspuren gezeichnet, ihre Stimme schriller als sonst. »Wo ist euer Vater?«

»Wir wissen es nicht. Was ist hier passiert?«, fragte David.

»Es waren vermummte Männer hier und haben die Pferde und das Vieh fortgetrieben. Sie waren schwer bewaffnet. Wir haben nicht gewagt, uns ihnen in den Weg zu stellen. Die Hunde haben sie zuerst erschlagen.«

Aufschluchzend riss David sich die Kappe vom Kopf, schleuderte sie auf den Boden und vergrub sein Gesicht in den Händen. »Das war alles geplant!«, stieß er hervor.

Micha konnte sich nicht erinnern, wann er seinen großen Bruder zum letzten Mal hatte weinen sehen. Davids Gefühlsausbruch ließ seine Knie noch weicher werden. Um sich nicht völlig nutzlos zu fühlen, hob er Davids Kappe auf und klopfte sie ab. »All unsere Pferde?«, fragte er mit zitternder Stimme.

Edwina zuckte mit den Schultern. »Was glaubst du denn? Dass solche Räuber dir aus Freundlichkeit ein paar von deinen Lieblingen dalassen? Wo ist euer Vater?« Sie wiederholte die Frage, als hätte sie Davids Antwort zuvor nicht gehört. Oder als würde sie sie ebenso wenig glauben, wie Micha es tat.

»Ich glaube, er ist tot«, sagte er deshalb leise, formte die Worte, als würde er nur ausprobieren, ob sie zu dem passten, was sein Gefühl ihm sagte.

David versetzte ihm einen Stoß, der ihn gegen den Türrahmen warf. »Warum sagst du das? Du weißt es nicht!«

Edwina schrie auf, packte ihn bei den Schultern und schüttelte ihn. »Sag so etwas nicht! Warum sagst du das? Das kann nicht sein!«

Micha entwand sich ihrem Griff und stob über den Hof davon. Mochten sie reden und sich über das streiten, was für ihn schon Gewissheit war. Vor seinem inneren Auge sah er erneut, wie sein Vater fiel, und auch wenn er die Wahrheit noch nicht fassen konnte, machte sein Herz sich für den Schmerz bereit. Tränen verschleierten seinen Blick, während er zu den Weiden rannte. Die Verbrecher konnten nicht all ihre Pferde gestohlen haben. Nicht ihre tragenden Stuten. Nicht alle. Das war zu viel.

Seine Seiten stachen und seine Lunge brannte, als er die beinah letzte Hecke der letzten Weide erreichte, auf der er noch nicht gewesen war. Und da stand sie!

Die Stute, die noch zu jung für die Zucht war, ging so schlimm lahm, dass sein Vater sie zurückgelassen hatte, obwohl er sie lieber verkauft hätte. Trotzdem hinkte sie auf Micha zu, als er sie rief. Er schlang die Arme um ihren Hals, schmiegte sein Gesicht in ihr warmes Fell und weinte hemmungslos.

Am Nachmittag nach dem Überfall verbrachten David und ihr ältester Knecht Rudi, der am Morgen zu Hause geblieben war, Stunden mit der Suche nach Spuren. Alles wies darauf hin, dass ihre Pferde in südliche Richtung davongetrieben worden waren. Doch wo die sonst weniger benutzten Wege auf die stets zertretene und zerwühlte Hauptstraße stießen, ließ sich die Spur nicht eindeutig weiterverfolgen. Und niemand, den sie fragten, konnte oder wollte ihnen Auskunft geben.

Nach Einbruch der Dunkelheit saßen David und Micha am heimischen Herdfeuer mit den restlichen Bewohnern des Gutes zusammen – zu einer Zeit, zu der sie eigentlich glücklich über einen langen Tagesritt und voller Vorfreude auf den nächsten Tag in Braunschweig in einem Wirtshaus hatten feiern wollen. Stattdessen erlebte Micha den finstersten Abend seit dem viele Jahre zurückliegenden Tod seiner Mutter.

David hielt mit beiden Händen seine hölzerne Suppenschale, ohne daraus zu trinken. Jede Lebhaftigkeit war aus seiner Miene verschwunden, er wirkte auf einmal viel älter als neunzehn Jahre. Micha hielt seine Schale genauso wie sein Bruder, mehr um sich die Hände zu wärmen, als um Suppe zu trinken, auf die er nicht den geringsten Appetit verspürte. Obwohl er den Blick gesenkt hielt, beobachtete er David genau.

»Ich reite morgen zur Summerburg. Graf Meinhard ist unser Schutzherr, er muss etwas unternehmen. Er muss seine Männer aussenden, um die verfluchten Räuber zu fassen und unser Eigentum zurückzuholen. Dafür zahlen wir ihm doch die hohen Abgaben. Er muss uns unser Recht verschaffen. Und falls sie Vater als Geisel genommen haben … Seine Wohlgeboren wird wissen, wie man damit umgeht«, sagte sein Bruder.

»Erwartest du, dass er das Lösegeld für deinen Vater zahlt? Wenn du dich da mal nicht täuschst. Es herrscht keine Liebe zwischen den beiden. Du solltest lieber Herzog Heinrich berichten, was geschehen ist«, widersprach Edwina.

»Der Herzog kämpft wahrscheinlich gerade gegen die Slawen, weiß der Teufel, wo. Zudem gehört unser Gut nicht zu seinem Eigenland. Deshalb muss ich nach Summerburg. Ich muss Graf Meinhard von unserem Verlust berichten, damit er weiß, warum wir unsere Pacht und die Abgaben nicht bezahlen können. Du weißt doch, dass Vaters gesamtes Vermögen in den Pferden steckt.«

Edwinas Seufzen ähnelte einem unterdrückten Schluchzen. »Das Wichtigste ist, dass euer Vater wiederkommt. Dann wird sich alles andere fügen. Vielleicht kann er sich ja selbst befreien und kehrt bald zurück. Du solltest noch ein paar Tage warten.«

Wieder lag es Micha auf der Zunge, zu widersprechen, doch dieses Mal blieb er stumm. Er stand auf, goss behutsam seine nicht angerührte Suppe zurück in den großen Kessel, stellte seine Schale weg und wandte sich David zu.

»Darf ich dich nach Summerburg begleiten? Ich kann vor dem Grafen bezeugen, was geschehen ist.«

Sein Bruder schüttelte den Kopf. »Das wäre Vater nicht recht, Kleiner. Du bist zu jung, um auf die Jagd nach den Räubern zu gehen. Und bei Gott, ich werde mich Meinhards Männern anschließen, wenn sie losreiten. Wo würdest du dann bleiben? Nein, du bist hier besser aufgehoben. Auch, damit Edwina nicht mit dem Gesinde allein ist. Ich nehme nur Rudi mit. Er kann deine Stute reiten.«

Micha hatte die Lippen schon geöffnet, um Einspruch zu erheben, überlegte es sich aber anders. David litt nicht weniger als er, und er hatte jetzt weit mehr Verantwortung zu schultern. Er wollte es ihm nicht noch schwerer machen.

»Wirst du uns einen Boten schicken, wenn du etwas in Erfahrung gebracht hast?«, fragte er und klang zu seiner Scham kläglicher, als er sich wünschte.

David stand auf, goss seine Suppe ebenfalls zurück in den Kessel und legte die Hände auf Michas Schultern. »Das verspreche ich dir. Sobald ich weiß, was der Graf unternehmen wird, schicke ich euch Nachricht. Glaub nicht, ich wüsste nicht, wie hart es für dich ist, warten zu müssen. Aber es ist richtig so. Stell dir außerdem vor, dass eins von unseren Pferden sich bei den Räubern losreißt und nach Hause kommt. Dann muss doch jemand hier sein, der es gut versorgt. Wer könnte das besser als du?«

Dass er mühsam die Tränen unterdrücken musste, schnürte Micha die Kehle zu. Sprechen konnte er nicht, aber das war auch nicht nötig. Ein Blick in die Augen seines Bruders genügte, um zu wissen, dass sie einander verstanden. Auch David glaubte nicht daran, dass ihr Vater noch lebte. Aber er würde alles daransetzen, die Pferde zurückzuholen.

Micha blickte David und Rudi nach, als sie bei Tagesanbruch aufbrachen. Der grauhaarige, steifknochige Rudi war als einziger ihrer Knechte kein geübter Reiter. Mit lang baumelnden Beinen und leicht schwankend saß er auf Michas kleiner, schwarzer Stute, die trippelnd ihr Bestes gab, um sein Gewicht auszubalancieren. David daneben wirkte, als wäre er mit seinem feinblütigen Ross verwachsen.

Wenn die beiden gut vorankamen, würden sie um die Mittagszeit bei der Summerburg eintreffen, hatte David gesagt. Micha konnte es nicht wissen, er war in seinem Leben noch nicht dort gewesen. Sein Vater hatte auch David nur wenige Male mitgenommen, wenn er dem Grafen die Abgaben überbrachte.

So oder so galt es, mindestens die Zeit bis zum nächsten Mittag zu überstehen, denn vorher würde ganz sicher keine Nachricht eintreffen. An einem gewöhnlichen Tag hätte Micha keine Schwierigkeiten gehabt, sich zu beschäftigen, denn bei den Pferden oder auf den Weiden gab es immer etwas zu tun. Und sei es auch nur, die lästigen Disteln auszustechen.

An diesem Tag konnte er sich nicht überwinden, sich etwas so Alltägliches vorzunehmen, obwohl Edwina ihm genau das auftrug. »Mach dich nützlich. Geh Zaumzeug flicken oder was ihr sonst den ganzen Tag tut. Wir müssen Ordnung halten, bis dein Vater wiederkommt.«

Er nickte und ging in den Stall zu der lahmenden Jungstute, die vor Verzweiflung zitternd nach den anderen Pferden wieherte, seit David aufgebrochen war. Sie war ein Fuchsfalbe mit guten Anlagen zu Schnelligkeit und Sprungkraft. Sein Vater hätte sie trotzdem verkauft, weil ihre Farbe ihm zu gewöhnlich und ihre Beine zu haarig gewesen waren. Sie passte nicht zu dem Wunschbild, das er von einem prachtvollen Destrier gehabt hatte.

Micha sprach beruhigend mit ihr und streichelte sie, bis sie das Wiehern aufgab. »Du bist nicht allein«, versicherte er ihr immer wieder. Vielleicht versicherte er es auch sich selbst, denn es schien ihnen beiden gutzutun. Schließlich ließ die zweijährige Stute sogar zu, dass er ihr lahmes Bein abtastete. Der Huf war heiß und am Fesselkopf spürte er ein Pulsieren. Seit er denken konnte, war er um seinen Vater, seinen Bruder und die Knechte herum gewesen, wenn sie mit den Pferden hantierten. Deshalb erkannte er, dass die Stute von einem Hufgeschwür befallen war. Was man dagegen tat, wusste er auch. Was nicht bedeutete, dass er es jemals selbst getan hatte. Aber das Pferd litt. David war mindestens bis zum nächsten Tag fort. Und sein Vater würde nicht wiederkommen.

Der Gedanke an seinen Vater tat so weh, dass er sich ins Stroh setzen und weinen musste. Nach einer Weile spürte er weiche Pferdenüstern in seinem Haar und riss sich zusammen. Ein Hufgeschwür aufzuschneiden, war keine Zauberei. Jeder konnte das. Oder nicht? Entschlossen stand er auf und holte ein Hufmesser.

Ganz so leicht fand er den Eingriff dann doch nicht. Er nahm sich Zeit, die richtige Stelle zu finden, so wie er es bei seinem Vater beobachtet hatte. Unter dessen Aufsicht hatte er schon einmal einen Huf beschnitten, aber diese junge Stute hatte noch nicht gelernt, stillzuhalten, und er war wesentlich kleiner und schwächer als sein Vater. Am Ende war er von dem Willenskampf und der Kraftanstrengung schweißgebadet, und die Stute war vorerst nicht mehr gut auf ihn zu sprechen. Aber das Geschwür war geöffnet. Immerhin eine gute Sache in all dem Elend, sagte er sich und bot dem Tier zur Versöhnung eine Handvoll Hafer an. Davon hatten sie reichlich. Einen Wintervorrat für zwanzig tragende Stuten, zwei Hengste, ein Dutzend Reitpferde und ein paar Maultiere. Die alle nicht mehr da waren.

Der Tag verging dann doch und auch die Nacht, in der Micha schlief, obwohl er das nicht für möglich gehalten hatte.

Seine Stiefmutter tat auch am nächsten Morgen noch so, als wäre sein Vater nur auf Reisen, und herrschte wie üblich über ihre beiden Mägde und den Hausknecht. Micha ging ihnen aus dem Weg und stromerte in der würzigen Herbstluft kreuz und quer über die Weiden, durch die Hecken und am Bach entlang, suchte nach Greifvogelfedern für seine Sammlung, hörte den Rufen der nach Süden ziehenden Kraniche zu, stopfte sich ein paar letzte Haselnüsse in die Gürteltasche und schnitt mit dem Hufmesser, das er noch in der Tasche mit sich herumtrug, ein paar beerenbesetzte Wacholderzweige für Edwina ab. Sie konnte das Holz zum Räuchern und die Beeren zum Würzen gebrauchen.

Wäre er beim Haus geblieben, hätte er nichts anderes fertiggebracht, als zwischen den Hühnern auf dem Hof zu stehen und auf Nachricht von David zu warten, da war er sich sicher.

Am frühen Nachmittag hielt er die Spannung dennoch nicht mehr aus und kehrte zum Haus zurück.

Es war keine Nachricht gekommen. Er gab Edwina den Wacholder, den sie geistesabwesend betrachtete, als wüsste sie gar nicht, was das war. Schweigsamer war sie inzwischen auch geworden. Vielleicht wurde es ihr langsam zu anstrengend, die falsche Hoffnung zu nähren. Doch auch, wenn sie die Hoffnung verlor, wollte Micha nicht gern dabei sein. Daher nahm er sich einen der kleinen, flachen Brotfladen, die die Mägde gerade am Herdfeuer in der Pfanne gebacken hatten, und ging wieder hinaus. Zuerst teilte er sein Brot mit der jungen Stute und taufte sie nach dem fast lilienförmigen weißen Fleck auf ihrer Stirn auf den Namen »Lilje«. Es mochte sein, dass sein Vater ihr früher schon einen Namen gegeben hatte, aber er kannte ihn nicht. Ob ihr Huf verheilte, wusste er nicht, aber immerhin trat sie damit auf, was er für ein gutes Zeichen hielt.

Eine Weile später fand er sich auf dem Weg wieder, der in Richtung der Summerburg führte. Seine Füße trugen ihn voran, ohne dass er es vorgehabt hatte. Bald stieß er auf den Fluss und folgte dem schlammigen Treidelpfad, den die Schiffer zum Ziehen ihrer Boote benutzten. Einen ihn misstrauisch beäugenden Bauern, der ihm dort mit einer Kiepe auf dem Rücken begegnete, grüßte er respektvoll, bekam aber nur ein kurzes Brummen zurück. Ob der Mann seinen Vater kannte? Hatte er schon von dem Überfall gehört? Hätte er ihm davon erzählen müssen? Als er zu dem Schluss kam, dass das vielleicht richtig gewesen wäre, waren sie beide schon so viel weiter gegangen, dass es seltsam gewesen wäre, zurückzulaufen.

Sein Magen knurrte bereits wieder, als er in der Ferne auf dem Treidelpfad einen Fußgänger auf sich zukommen sah, der ein Maultier hinter sich herführte. Micha rannte los, sobald er in dem Mann Rudi erkannte. Atemlos blieb er vor ihm stehen, die Lippen bereits geöffnet, um seine Fragen zu stellen. Doch die Worte blieben ihm im Hals stecken, als sein Blick auf die Last des Mulis fiel. Entsetzt sah er Rudi an.

Der alte Knecht hatte Tränen in den Augen. »Es tut mir so leid, Junge. So leid, so leid.«

Alle Mitglieder des Haushalts standen weinend im Halbdunkel der Diele, als Rudi schluchzend erzählte, was geschehen war. Davids Leichnam lag auf eine Decke gebettet zu ihren Füßen, flackernd beleuchtet von der Tranlampe, die Edwina in der Hand hielt.

Micha hatte seinen ersten Weinkrampf hinter sich. Er war schon draußen auf dem Treidelpfad neben dem Maultier zusammengebrochen. Die Tränen, die jetzt über sein Gesicht rannen, waren Tränen des Zorns. Zorn auf den Kerl, der David mit der Kriegskeule niedergestreckt hatte. Ein einziger Hieb, der seinem Bruder das Genick gebrochen hatte. Seinem Bruder, der so voller Kampfesmut aufgebrochen war, so voller Hoffnung auf Unterstützung in ihrer Not. Doch dieser Zorn war nicht der schlimmste. Der schlimmste galt David selbst. Wie hatte er sich so leichtfertig in Todesgefahr bringen können? Wieso war er diesem Kampf nicht aus dem Weg gegangen? Warum war er überhaupt zur Burg geritten? Warum hatte er nicht auf Edwina gehört und Hilfe bei Herzog Heinrich gesucht? Warum hatte er es nicht geschickter angestellt? Wie hatte er sie alle so im Stich lassen können? Wie hatte er ihn, Micha, allein zurücklassen können?

»Dann hat David ihn gefragt, warum er die Räuber deckt. Da hat der Kerl seine Keule zur Hand genommen und gesagt, dass er sich so eine Beleidigung nicht gefallen lässt. Dass David sich ihm im Zweikampf stellen müsse. Sie gaben David auch eine Keule und er hat diesem Wolfgang damit einen ordentlichen Schlag versetzt. Aber zu mehr kam es nicht, weil der ihm gleich mit dem nächsten Hieb das Leben nahm. Sein Herr, der Burgvogt Borgward, hat es für rechtens erklärt, weil es um eine Ehrensache ging. Es tut mir so leid. Ich konnte nichts tun.«

Edwina, die mit weit aufgerissenen Augen in Davids regloses Gesicht starrte, atmete hörbar ein. »Hat der Herr Borgward unser Anliegen zu hören bekommen, oder hat David es nur diesem Wolfgang vorgetragen?«

Rudi schüttelte den Kopf. »Er hat es gehört. Aber er sagte, dass es für ihn so klingt, als wolle sich da nur jemand vor den Abgaben drücken. Er könne sich schon vorstellen, an wen der Walther von Auwied heimlich all seine Rösser verkauft hat, meinte er. Dann hat er Wolfgang als Ausgleich für die Ehrverletzung und den erlittenen Schlag unsere beiden Pferde zugesprochen. Er musste mir dafür nur ein Maultier geben, um den Leichnam heimzubringen. Sein Herr nannte das großzügig.«

Edwina bedeckte ihren Mund mit der Hand. »Was machen wir nun? Was?«, murmelte sie.

»Nehmt es mir nicht übel, gnädige Herrin, aber was mich angeht, ich werde nach Süpplingen gehen und bei meinem Schwestersohn um Aufnahme bitten. Ich bin zu alt für all die Aufregung«, murmelte Rudi.

Und auf einmal wurden auch die Mägde und der junge Hausknecht unruhig, wenn sie auch noch nicht mit dem herausrückten, was sie dachten. Trotzdem konnte Micha es erraten. »Ihr könnt doch nicht alle gehen!«, platzte es aus ihm heraus.

Edwina sah ihn mit ihrem verstörten, nun aber leicht abfällig wirkenden Blick an. »Sollen sie warten, bis die Räuber wiederkommen, um den Hafer zu holen? Oder bis der Schnee uns bis zum Hals steht? Sie haben Verwandte, bei denen es für sie sicherer sein wird als hier bei uns, solange dein Vater nicht wiederkehrt.«

»Das wird er nicht! Er lebt nicht mehr!« Micha schrie es fast. »Aber ihr könnt doch nicht alle fortgehen!«

Rudi legte ihm eine Hand auf die Schulter. »Es ist besser so, Jungchen, glaub mir. Wie willst du uns durchfüttern? Du wirst ja bald selbst nichts mehr haben.«

Zwei Wochen nachdem sie David auf die andere Seite der Aller ins Dorf Walbeck gebracht hatten, um ihn dort auf dem Kirchenfriedhof zu bestatten, kam Graf Meinhards Vogt Borgward mit einigen seiner Männer und ein paar Fuhrwerken persönlich zum Hof, um Pacht und Abgaben einzutreiben. Edwina hatte das vorausgeahnt und Micha unter Androhung schwerer Prügelstrafe verboten, sich in einem solchen Fall vor den Männern blicken zu lassen. Als sie das gesagt hatte, hatte er nicht viel darauf gegeben, doch als es so weit war, war ihm tatsächlich wohler dabei, sich zu verstecken.

Die Burgmannen nahmen alles mit, was auf dem Hof noch von Wert war und was Edwina und er nicht gut genug verborgen hatten. Nur einen kleinen Teil der Hühner und Vorräte ließen sie ihnen. Zuletzt gab der Vogt Edwina und dem Gesinde feierlich bekannt, dass Graf Meinhard dem nicht auffindbaren Lehnsmann Walther von Auwied das Lehen entzogen habe und das Gut daher zu räumen sei.

Nach dem Besuch des Vogts wurde Edwina von Tag zu Tag schmaler und wortkarger, vor allem, nachdem das Gesinde sie verlassen hatte. Manchmal schien sie vergessen zu haben, dass Micha noch existierte, und er verbrachte den größten Teil seiner Zeit mit Lilje und dem Maultier, die er rechtzeitig in einem weit entlegenen Gesträuch vor dem Zugriff des Vogts in Sicherheit gebracht hatte. Auch etwas Heu und ein Fass voll Hafer hatte er in einem Graben versteckt.

Dezember 1164

Einen guten Monat lang hielt Edwina es noch auf dem Gut aus. Anfang Dezember rief sie Micha dann eines Abends in die Kammer und wies auf die Truhen, in denen die Kleidung der Familie verwahrt worden war. »Viel ist nicht mehr darin. Sieh dir an, was du behalten und mitnehmen willst. Wir gehen übermorgen zur Summerburg.«

Er schüttelte den Kopf. »Im Traum nicht. Wie kommst du darauf? Verfluchte Burg. Verfluchter Graf Meinhard. Bevor ich da hingehe, muss der Walbecker Kirchturm Eier legen.«

Sie öffnete den Deckel einer Truhe, nahm das nächstbeste Kleidungsstück heraus und warf es Micha an den Kopf. »Dummer Bengel. Was willst du sonst tun? Dieses Haus gehört dir nicht mehr. Wer auch immer das Lehen als Nächster erhalten wird, kann uns jederzeit hinauswerfen. Darauf werde ich nicht warten. Wir gehen, solange die Witterung uns den Marsch noch nicht erschwert.«

Micha schleuderte den Kittel zurück in die Truhe. »Warum dann zur Summerburg? Warum nicht nach Braunschweig? Wir müssen Herzog Heinrich bitten, dass er uns unser Recht verschafft.«

Sie stieß ein höhnisches Lachen aus. »Unser Recht? Du bist ein Kind, Michael. Du magst ein Recht haben, aber zu bieten hast du nichts! Der Herzog ist ein weit größerer Fürst als Graf Meinhard. Eine Heerschar von mächtigen, starken Männern bettelt ihn jeden Tag um seine Gunst an. David hätte vielleicht etwas erreicht, aber dich wird er nicht anhören. Und was mich angeht … Wenn dein Vater mich geheiratet hätte, dann könnte ich jetzt wenigstens vor Graf Meinhard treten und darum bitten, dass er uns zu einem kleinen Auskommen verhilft. Doch nicht einmal das kann ich. In diesem Monat vollende ich mein dreißigstes Lebensjahr und stehe mit leeren Händen da. Meine Besitztümer sind schäbig, und mein Ansehen ist keinen durchgescheuerten Hohlpfennig wert. Heiraten wird mich sicher keiner mehr. Ich kann von Glück sagen, wenn ich überhaupt noch eine Beschäftigung finde, um uns über Wasser zu halten.«

Micha wusste, dass sein Vater Edwina nicht hatte heiraten wollen. Genau erklärt hatte er das nie, aber es hatte damit zu tun, dass ihr Ansehen bereits beschädigt gewesen war, als er sie zu ihnen nach Hause gebracht hatte. »Ich bin kein Kind mehr.

Ich bin zwölf Jahre alt und kein Schwächling. Vielleicht würde der Herzog …«

»Noch ein Wort über den Herzog und es setzt eine Maulschelle. Wenn du durchaus nicht zur Summerburg willst, dann bleib hier und hungere dich allein durch den kalten Winter. Ich gehe«, fuhr sie ihm ins Wort.

Er sah ihr an, dass sie meinte, was sie sagte, und die Vorstellung, allein zurückzubleiben, jagte ihm eine höllische Angst ein. Seine Schultern sanken herab, und er beugte sich ohne weitere Widerworte über die Truhe, um die Kleidung durchzusehen.

Lilje lahmte noch immer, aber nicht mehr so stark, dass sie dem Weg zur Summerburg nicht gewachsen war. Als besonders nützlich erwies sie sich zu Edwinas Unmut allerdings nicht. Einen Reiter zu tragen oder einen Wagen zu ziehen, hatte sie noch nicht gelernt und hätte es daher auch mit gesunden Beinen nicht gekonnt. Immerhin brachte Micha sie so weit, dass sie ein Kleiderbündel und einen nicht allzu schweren Hafersack auf den Rücken nahm. Alles andere bürdeten sie sich selbst und dem Maultier auf, einschließlich des schweren Kesselhakens und eines Korbes, in den sie ihre letzten Hühner gesteckt hatten.

Sie verließen den Hof an einem klaren Tag bei hart gefrorenem, weiß bereiftem Boden. Edwina wirkte in ihrer warmen Wollvermummung so formlos wie eine riesige Käferlarve. Ihren pelzverbrämten Mantel wolle sie schonen, sagte sie, als Micha sie fragte, warum sie den nicht anzog.

Nachdem sie in der eisigen Kälte lange dem Treidelpfad am Fluss entlang gefolgt waren und einige Brücken überquert hatten, führte der Weg sie bergan in den Wald, was Micha beunruhigte. Zu seiner Erleichterung stellte sich heraus, dass sie hier nicht die einzigen Reisenden waren, denn dieser Teil der

Straße gehörte zu den Haupthandelsrouten und verlief über die heilige Stätte Marienborn, die trotz der Winterkälte viele Menschen anzog. Auch Micha hätte sich gern dort umgesehen, doch Edwina drängte darauf, weiterzugehen.

Der Wald war durch die Rodungen des Burgherrn inzwischen so licht, dass sie in der Ferne schon den eckigen Steinturm der Burg erkennen konnten. Einschüchternd verkündete das mächtige Bauwerk, dass dort, wo es auf der Kuppe der Anhöhe aufragte, der Herr über dieses Land zu finden war. Nichts in der Gegend überragte den Bergfried, so wie niemand den Burggrafen an Rang und Macht überragte.

Micha blieb kurz stehen, weil Wut und Kummer wieder in ihm aufstiegen. Er stellte sich vor, wie David hier angekommen war und wie man ihn empfangen hatte. Was würde dieser Ort für Edwina und ihn bereithalten?

Sie blickte sich über die Schulter und am Maultier vorbei nach ihm um. »Wachs da nicht fest, Junge. Du kannst den Turm noch lange genug beglotzen, wenn wir da sind. Wir müssen zusehen, dass wir eine Unterkunft finden. Am besten wäre es, wenn wir gleich heute auch nach einem Käufer für die Tiere suchten.«

Micha setzte sich erschrocken wieder in Bewegung. »Die Tiere? Du meinst die Hühner.«

»Die Hühner, das Maultier und das Pferd. Verkaufen wir sie, dann haben wir für eine ganze Weile genug Geld zum Leben. Behalten wir sie, dann fressen sie uns in kürzester Zeit die Haare vom Kopf.«

Unwillkürlich krampfte Michas Hand sich um den Strick, an dem er Lilje führte. »Das kommt nicht infrage. Verkauf meinetwegen das Maultier. Aber nicht das Pferd. Sie gehört mir.«

Edwina stieß spöttisch die Luft aus. *»Sie gehört mir«,* äffte sie ihn nach. »Und womit bezahlst du ihr Futter und ihren Stall?«

»Ich verkaufe alles andere, aber nicht sie. Dabei bleibt es.« Den letzten Satz betonte er mit besonderem Nachdruck, wie sein Vater es immer getan hatte, und tatsächlich brachte das Edwina zum Schweigen.

Die Vorburg war von einem Graben und einem Wall mit einer hohen hölzernen Palisade darauf umgeben, sodass man vom daran vorbeiführenden Weg aus außer dem Steinturm keine Gebäude im Inneren sah. Zu Michas Enttäuschung durchquerten sie bloß das Wegtor, um an der Burg vorbei und schnurstracks zum gegenüberliegenden Wegtor wieder hinauszumarschieren.

Das zweite Tor war gleichzeitig eine Brücke über den hier zu Tal fließenden Bach. Ein steil abfallender Schotterweg führte ins unterhalb der Burg liegende, ebenfalls von einem Zaun und dichten Hecken umgebene Dorf. An einer Abzweigung, wo ein größeres Wohnhaus mit verziertem Fachwerk stand, wandte Edwina sich zielsicher nach rechts und machte vor dem übernächsten Gebäude halt. Über der Tür hing ein Schild in der grob ausgeführten Form eines springenden Pferdes. Die sonnengelbe Farbe sollte Gold darstellen, das wusste Micha. Denn sein Vater hatte ihm vom Wirtshaus Zum Goldenen Ross erzählt.

Wenig später hockte er mit Edwina auf Schemeln in der Nähe des Feuers im Schankraum und biss die Zähne zusammen. Die kalten Hände und Füße schmerzten unsäglich, während sie langsam wieder warm wurden.

»Wir haben Hühner und ein Maultier zu verkaufen. Kennst du einen Käufer dafür?«, fragte Edwina, als der kraftstrotzende, bärtige junge Wirt ihnen Schalen mit Lauchmus und Brotklößen brachte.

Er hieß Kilian, auch das wusste Micha, aber er hätte nicht gewagt, den Mann einfach mit seinem Namen anzusprechen.

»Für die Hühner hätte ich selbst Verwendung. Mit dem Muli müsst ihr zu Adam gehen. Der kauft es euch ab oder sagt euch, wer es gebrauchen kann.«

»Ist er ein ehrlicher Mann?«, fragte Edwina.

Kilian lachte. »So ehrlich, wie ein Händler sein kann. Er hat einen guten Ruf.«

Mit geschürzten Lippen ließ Edwina den Blick über ihren Gastgeber wandern. »Wo wohnt er?«

»Ihr geht den Fußpfad am Fuchsbach hinunter und durch die Pforte in der Palisade nach draußen. Nach einer Weile kommt ihr am Haus des Hufschmieds vorbei und noch etwas weiter findet ihr dann zur rechten Hand hinter einer hohen Hagedornhecke Adams Hof. Ist nicht weit.«

»Er züchtet Maultiere, nicht wahr? Ich habe von ihm gehört. Mein Vater kannte ihn«, warf Micha ein.

Mit zusammengezogenen Brauen musterte Kilian ihn. »Kenne ich vielleicht deinen Vater? Dein Gesicht kommt mir bekannt vor.«

»Mein Vater ist Walther von Auwied.«

Der Wirt richtete sich mit betretener Miene auf und schob seine weiße Bundhaube aus der Stirn. »Mein Beileid, Junge. Ich habe von der Sache mit deinem Bruder gehört.« Dann wandte er sich eindringlich an Edwina. »Seid vorsichtig. Borgward und seine Männer sind wie gereizte Hornissen, wenn jemand an ihre Ehre rührt. Und der Graf steht stets hinter ihnen. An eurer Stelle würde ich versuchen, ihnen nicht so bald unter die Augen zu kommen.«

Edwina zuckte mit den Schultern. »Ich habe nicht vor, Klage zu führen. Wir suchen nur eine Unterkunft für den Winter. Wir werden niemandem Ärger machen. Nicht wahr, Michael?«

Die Frage klang scharf, und Micha musste sich zusammenreißen, um als Antwort nicht herauszuschreien, was er von der Grausamkeit und Ungerechtigkeit hielt, die man seiner Familie angetan hatte.

Er atmete tief durch, so wie seine Mutter es früher seinem Vater aufgetragen hatte, wenn sein Zorn mit ihm durchzugehen drohte. »Ich verstehe nicht, warum wir still sein sollen, wenn wir doch im Recht sind«, sagte er.

Seine Stiefmutter schürzte erneut auf ihre ungeduldige Art die Lippen. »Das ist ganz einfach. Weil Stillsein bedeutet, nicht erschlagen zu werden. Geh hin und beharr auf deinem Recht, aber ohne mich. Mal sehen, wie lange sie dich herumkrakeelen lassen.«

Kilian warf ihm einen mitleidigen Blick zu. »Ich fürchte, sie hat recht.«

Edwina nestelte an der Fibel am Halsausschnitt ihrer Cotte und zwinkerte dem Wirt auf eine Art zu, die Micha unangenehm fand. »Da wir das nun geklärt haben: Bekommen wir für einige Nächte bei dir einen Schlafplatz?«

Micha konnte nicht länger zuhören. Er stand mit seiner Musschale auf und ging in den Stall zu seinem Pferd. Lieber ein bisschen frieren, als zusehen, wie seine Stiefmutter mit einem fremden Mann schäkerte. Das war schon immer ihre Art gewesen, aber so kurz nach dem Verlust seines Vaters hätte er etwas anderes von ihr erwartet und fühlte sich angewidert. Nicht nur von ihrem Verhalten, sondern auch von seinem eigenen. Er hätte nicht still sein sollen. Er hätte das Unrecht nicht hinnehmen, sondern für sein Recht kämpfen sollen. Aber jeder der Männer, mit denen er es zu tun gehabt hätte, überragte ihn, war weit stärker, klüger und mächtiger. Mit seinen zwölf Jahren konnte er nichts gegen sie ausrichten.

Seufzend lehnte er sich an Liljes warme Flanke und begann, seinen Lauch zu löffeln. Eines Tages, das schwor er sich, eines Tages würde er dafür sorgen, dass nicht nur die Räuber zur Rechenschaft gezogen wurden, sondern auch diejenigen, die sich geweigert hatten, das Verbrechen zu ahnden.

2. Kapitel

Dezember 1164 – Hagenhof

Adams älteste Tochter Sibilla konnte fast so gut mit ihrem Eselhengst umgehen wie ihr Vater, obwohl sie mit ihren zwölf Jahren noch lange nicht so groß war wie er. Wenn Esel Oskar aber beschlossen hatte, sich nicht vom Fleck zu rühren, dann konnten weder ihr Vater noch sie ihn dazu bewegen. Gerade jetzt stand das Grautier mit aufgestülpter Oberlippe flehmend am hinteren Zaun der Hausweide und spähte durch die dichte Hecke zur Straße hinüber, als könnte es die Pferde oder Esel sehen, die da vermutlich vorüberzogen.

Sibilla gab das Vorhaben auf, ihn zum Haus zu führen, und nahm ihm das Schnurhalfter wieder ab. Sorgsam befestigte sie es an ihrem Gürtel, wo sie es nach dem Vorbild ihres Vaters und der Knechte stets trug. Anschließend striegelte sie den Esel an Ort und Stelle. Obwohl sich die Pferdestuten näherten, die mit Oskar die Weide teilten, stand der Esel dabei still, als wäre er aus Stein gemeißelt. Umso heftiger erschrak Sibilla, als er ohne Vorwarnung den Kopf herumriss und zum Tor am anderen Ende der Weide losgaloppierte.

Kehlig iahend war Oskar auf seinem Posten, lange bevor die Besucher vor dem Tor sich durch lautes Rufen ankündigten. Der vor dem Haus dösende Hütehund erinnerte sich erst an seine Aufgabe als Wächter, als der Esel längst das ganze Dorf alarmiert hatte. Er erhob sich von seinem Sonnenfleck und schüttelte sich ausgiebig, bevor er pflichtschuldig zu bellen anfing.

»He da! Ist jemand zu Hause? Wir suchen Adam, den Maultierzüchter!«, rief eine Frauenstimme von der anderen Seite des Tors über den Lärm hinweg.

Sibilla musste Oskar zur Seite drängen, damit sie durch die Weidepforte schlüpfen konnte. Sie kam gleichzeitig mit ihrer Mutter beim Haus an, die ihre Schürze voll mit den gerade aufgeklaubten letzten Walnüssen des Jahres hatte.

»Geh mal hin und frag, was sie wollen. Ich bringe eben die Nüsse weg«, sagte ihre Mutter.

Weil der Burgherr bei der Einfriedung von Oberburg und Unterburg den etwas abseits liegenden Hof ihres Vaters aus praktischen Erwägungen außen vor gelassen hatte, hatten sie die Erlaubnis erhalten, das Haus samt der Hausweide mit einer eigenen Dornenhecke und einem hohen festen Zaun zu umgeben. Wenn Sibillas Vater nicht anwesend war, hielten sie beide Flügel des schweren Tors aus Eichenstämmen verschlossen, sonst nur einen davon. Heute war er unterwegs, um sich die halb blinde alte Pferdestute eines Abtes anzusehen, die sich vielleicht noch für die Maultierzucht eignete.

»Ich öffne das Tor!«, rief Sibilla den Besuchern laut zu. Sie ächzte unter dem Gewicht des schweren Balkens, als sie ihn aus den Riegelhaltern hob und beiseitelegte, aber sie machte das nicht zum ersten Mal. Flink öffnete sie das Tor und hatte die passenden Worte schon auf der Zunge, vergaß sie jedoch, als sie geradewegs in die seeblauen Augen eines blonden Jungen blickte, der genau ihre Größe hatte. Sonst war sie nie auf den

Mund gefallen, aber aus unerklärlichen Gründen traf sein Anblick sie wie ein Schlag und verwandelte sie in ein stammelndes Lämmchen.

»Wie … Was … Meine Mutter sagt …« *Bääh, bääh.*

»Ist Adam dein Vater?«, fragte die Frau, die neben dem Jungen stand. Sie war wunderschön in ihrem blauen, pelzverbrämten Surcot samt Überwurf. Feine, helle Haut hatte sie – wie eine Adlige, die nie im Sonnenlicht arbeiten musste. Weder ihre Züge noch die schwarzen Locken, die sich unter ihrem Gebände hervorgestohlen hatten, ließen auf eine Verwandtschaft mit dem Jungen schließen.

»Ja, aber …«

»Ist er zu Hause?«, fiel die Frau ihr erneut ins Wort.

»Nein, aber …«

»Dann kommen wir wohl besser ein anderes Mal wieder. Du kannst ihm ausrichten, dass wir im Goldenen Ross wohnen und ein Maultier zu verkaufen haben. Falls du so viel Verstand hast, daran zu denken.« Den letzten Satz fügte sie nur halblaut und mit einem Seufzen hinzu.

Der Junge, der ein dunkelbraunes Maultier am Strick hielt, warf ihr einen verärgerten Blick zu. »Edwina! Du lässt sie ja nicht zu Wort kommen!«

Sibilla musste lächeln, und auf einmal löste sich der Knoten in ihrer Zunge. »Ihr könnt das Maultier auch Mutter zeigen. Sie weiß, worauf man achten muss, und kann euch einen Preis nennen. Kommt herein.«

Mit einem Augenrollen trat die Frau vor dem Jungen durchs Tor. »Na also, es geht doch.«

Sie hob ihre Mantel- und Rocksäume an, als rechnete sie damit, dass es auf dem Hof schmutziger war als auf dem Pfad, der sie hergeführt hatte. Sibilla rollte hinter ihrem Rücken ebenfalls mit den Augen, während sie das Tor hinter den beiden und dem Maultier schloss. Daran lag es wohl, dass sie das Maultier nicht sofort erkannte.

Ihre Mutter, die inzwischen wieder aus dem Haus und zu ihnen herübergekommen war, war schneller. »Gott zum Gruße. Womit kann ich euch helfen? Oh, dieses Maultier kenne ich. Von wem habt ihr es?«, fragte sie.

»Gott zum Gruße. Ihr seid das Eheweib von Adam? Dieses Tier wurde uns in einem Tauschhandel von einem der Burgmannen gegeben. Wir wollen es nicht behalten. Will euer Gatte es vielleicht kaufen?«

»Es gehörte Borgward. Habt ihr einen Tauschhandel mit Borgward gemacht?«, fragte Sibilla, bevor sie sich daran erinnerte, dass nicht nur ihr Vater es unangebracht fand, wenn sie bei Gesprächen unter Erwachsenen dazwischenredete. Prompt warf ihre Mutter ihr einen scharfen Blick zu.

»Ein Mann namens Wolfgang hat es unserem Knecht –«, setzte der Junge zu einer Erklärung an, wurde jedoch von der Frau zum Schweigen gebracht, die ihm die Hand in den Nacken legte und unsanft zudrückte. Er verzog schmerzerfüllt das Gesicht.

»Das Tier ist rechtmäßig in unserem Besitz, mehr müsst ihr nicht wissen. Wenn ihr glaubt, dass euer Gatte es erwerben will, seid so gut und schickt ihn zum Goldenen Ross. Da kann er nach mir fragen. Mein Name ist Edwina. Ich kann dann mit ihm über alles Weitere sprechen«, erklärte sie.

Sibillas Mutter hob besänftigend die Hand. »Das ist nicht nötig. Ich weiß, für welche Summe Adam dieses Muli an Borgward verkauft hat. Seitdem ist es ein Jahr älter geworden und es wirkt ein bisschen mager, aber wenn es sonst keine Gebrechen hat … Lass es mich genauer ansehen, dann werden wir uns wohl einigen können.«

Edwina zog die Brauen hoch. »Du darfst im Namen deines Gatten Geschäfte abschließen?«

Schulterzuckend ging Sibillas Mutter um das Muli herum, um es in Augenschein zu nehmen. »Für gewöhnlich habe ich genug andere Dinge zu tun, und die meisten Leute wollen mit Adam selbst verhandeln. Aber in diesem Fall ist die Sache einfach. Du und dein Sohn, ihr wollt das Tier loswerden, und es stammt aus unserem Stall. Du kannst das Geld gleich mitnehmen und dich weiter umhören. Wenn dir in den nächsten sieben Tagen jemand mehr bietet als ich, kannst du zu uns kommen und den Handel rückgängig machen. So lange ist das Muli bei uns gut aufgehoben. Billje, führ es mal über den Hof.«

Der Junge musterte Sibilla neugierig, als sie sich von ihm den Führstrick geben ließ.

»Noch nie ein Mädchen mit einem Muli gesehen?«, fragte sie.

»Ach. Du bist ein Mädchen?«, fragte er zurück.

Jeder andere hätte sie damit ernsthaft verärgert, aber sein Tonfall und der Schalk, der in seinen Augen aufblitzte, wirkten bei aller Frechheit freundlich. Daher streckte sie ihm nur verstohlen die Zunge heraus, was ihn zum Grinsen brachte.

»Eigentlich ist sie eher selbst ein kleines Muli«, warf ihre Mutter ein. »Was meinst du, Billje, ist alles in Ordnung mit dem Swatten?«

Sibilla brachte das Muli dazu, ein Stück neben ihr herzutraben, und nickte dann. »Auf mich wirkt er gesund.«

»Kerngesund ist er. Und er war magerer, als wir ihn bekommen haben. Ich habe dafür gesorgt, dass es ihm an nichts fehlte«, bekräftigte der Junge.

»Lass die guten Leute das selbst beurteilen, Michael. Wir verlassen uns auf ihren tadellosen Ruf«, entgegnete Edwina.

Was sie natürlich als Drohung meinte, so viel verstand Sibilla schon von der Kunst des Handelns.

»Sechs Schillinge«, sagte Sibillas Mutter.

»Ein Jahr ist nicht viel im Leben eines Maultiers. Sie werden ziemlich alt, nicht wahr?«, warf Michael ein.

»Im Dezember ein Muli zu kaufen, bedeutet, dass wir es vielleicht den ganzen Winter durchfüttern müssen«, erwiderte Sibilla und sah ihn herausfordernd an.

»Oder ihr verkauft es gleich nächste Woche zurück an Borgward«, sagte er und klang nun nicht mehr heiter.

Edwina seufzte erschöpft. »Ist das wirklich die Summe, die uns auch dein Gatte bieten würde?«

Sibillas Mutter schüttelte den Kopf. »Er würde weniger bieten. Aber weil ich es bin, bekommt ihr sogar noch einen Henkelkorb Walnüsse dazu. Kilian wird sich darüber freuen und euch einen Nachlass auf Kost und Unterkunft geben.«

»Also gut. Einverstanden. Sechs Schillinge und ein Korb Nüsse«, sagte Edwina.

Die beiden Frauen schüttelten sich die Hände und gingen anschließend zusammen ins Haus, während Sibilla das Muli zur Hausweide führte. Der Junge blieb stehen und ließ seinen Blick über die sich hier tummelnden Tiere schweifen. Sie hätte ihm gern erzählt, dass ihr Vater noch mehr Mulis und Pferdestuten besaß als diese, dass sie auf anderen Weiden grasten und erst am Abend von den Knechten zurückgebracht wurden. Aber er schien auf einmal die Lust auf eine Unterhaltung verloren zu haben und in Trübsal zu versinken. Daher beeilte sie sich nicht, zu ihm zurückzugehen. Sie kam erst beim Tor an, als er und die Frau namens Edwina sich verabschiedeten.

Als die beiden schon draußen auf dem Pfad standen, drehte die sich noch einmal um. »Kauft ihr auch Pferdestuten?«, erkundigte sie sich.

»Das musst du nicht fragen«, fuhr Michael sie wütend an, ergriff einen Zipfel ihres Mantels und zog sie daran fort.

Sie schnaubte nur höhnisch, widersetzte sich aber nicht, sondern winkte zum Abschied.

Zusammen mit ihrer Mutter legte Sibilla den Riegel wieder vor. »Die zwei sind seltsam«, sagte sie.

»Das wäre ich an ihrer Stelle wohl auch. Erinnerst du dich an die Geschichte von dem jungen Mann, der neulich zur Burg kam und den Borgwards Hundeführer Wolfgang wegen einer Ehrensache erschlagen hat? Er hat den Knecht mit einem Muli und dem Leichnam zurück nach Hause geschickt. Ich denke, das war ein Verwandter von den beiden. Mir tun sie leid.«

Wenn sie recht hatte, taten sie auch Sibilla leid. Es hätte die Trübsal des Jungen erklärt. Sie hätte zu gern gewusst, was da genau geschehen war und welche Gründe ihn und die Frau hergeführt hatten. Entschlossen nahm sie sich vor, mehr darüber herauszufinden. Möglichst unsichtbar bleibend beobachtete sie in den folgenden Tagen und Wochen den blonden Jungen – der aus unerklärlichen Gründen einen tiefen Eindruck auf sie gemacht hatte –, sooft sie konnte. Und ihre Verwunderung wuchs.

3. Kapitel

Januar 1165

Der zum Goldenen Ross gehörige Stall war nicht besser gegen das Wetter abgedichtet als die meisten anderen Ställe, die Micha kannte. Deshalb fand er eines Morgens, als er frierend aus seinem Strohbett in Liljes Stand hervorkroch, Eis auf den Wassereimern und eine dünne Schneeschicht auf dem Boden davor. Zum ersten Mal zweifelte er daran, dass er den Winter auf diese Weise wirklich lebend überstehen würde.

Edwina wohnte nicht mehr im Goldenen Ross. Zwei Tage nach dem Maultierverkauf hatte sie ihm klargemacht, dass sie alles tun würde, um zu überleben. Sie wollte ihn um seines Vaters willen gern in ihre Fürsorge einschließen, aber nur unter der Bedingung, dass er umgekehrt auch sie unterstützen und ihr nicht in die Art hereinreden würde, wie sie ihr Leben führte. Was bedeutete, dass er es hinnehmen sollte, wenn sie ihren Leib an Männer verkaufte.

Beim Gedanken daran schüttelte es ihn noch ebenso wie im ersten Moment, als er begriffen hatte, wovon sie sprach.

Sie hatten sich daraufhin böse gestritten. Er hatte sie beleidigt, sie hatte ihn verhöhnt. Schließlich war Edwina gegangen, um eine andere Unterkunft zu beziehen. Zum Abschied hatte sie ihn eingeladen, zu ihr zu kommen, wenn er eingesehen hatte, dass er seinen Stolz nicht essen konnte. Er hatte erwidert, dass eher die Hölle zufrieren werde.

Beim Anblick des Schnees auf dem Stallboden fragte er sich, ob es schon bald so weit sein würde. Seine Zehen waren kaum noch zu spüren, obwohl er seine pelzgefütterten Stiefel gar nicht mehr ablegte. Außerdem knurrte sein Magen seit Tagen ohne Unterlass.

Kilian war kein übler Kerl, aber er hatte deutlich ausgesprochen, dass er sich übermäßige Weichherzigkeit nicht leisten konnte. Gemeinsam mit Micha hatte er ausgerechnet, wie lange das Geld reichen würde, das Edwina ihm als seinen Anteil ausgehändigt hatte, wenn er und sein Pferd im Goldenen Ross blieben. Gerade einmal bis in den Februar. Nicht lange genug. Im März wollte er Lilje zureiten und dann mit ihr sein Glück in Braunschweig versuchen. Dann wäre die Stute alt genug dazu, und Herzog Heinrich würde vielleicht aus England zurückgekehrt sein, wo er angeblich gerade weilte. Gleichgültig, was Edwina behauptet hatte – sein Vater hatte von ihm immer nur gut gesprochen. Vielleicht würden der Fürst oder einer seiner Barone einen Platz für ihn finden, an dem er sich im Laufe der Zeit bewähren konnte. Irgendwie würde er sich schon Gehör verschaffen.

Der Haken an der Sache war, dass er bis dahin durchhalten und dabei auch noch sein Pferd versorgen musste. Kilian hatte ihm erlaubt, kostenlos bei Lilje im Stall zu schlafen, solange er für sie und ihr Futter bezahlte. Wenn genug Platz in der Gaststube war, durfte er sich dort aufwärmen, aber wenn es voll wurde, musste er gehen. Eine schmale tägliche Mahlzeit konnte er sich mit kleinen Arbeiten verdienen, die Kilian ihm rund ums Wirtshaus zu tun gab. Aber schon das war eine Großzügigkeit des Wirts, der in Wahrheit seine Hilfe nicht brauchte. Micha hatte schüchtern herumgefragt, und es hatte sich gezeigt, dass niemand im Dorf die Hilfe eines Zwölfjährigen benötigte, wenn er dafür bezahlen sollte. Und hinauf in die Burg mochte er nicht gehen. Möglicherweise den Männern zu begegnen, die seinem Bruder die Hilfe verwehrt und dann zugesehen hatten, wie er erschlagen wurde, wäre schlimm genug gewesen. Ihnen auch noch als Bettler gegenüberzutreten, hätte ihm auf der Stelle den Magen umgedreht.

Ohne solche Begegnungen ging es seinem Magen allerdings auch nicht wesentlich besser. Er hatte sich schon angewöhnt, den ganzen Tag auf Halmen von Liljes Heu zu kauen, damit er den Hunger nicht ständig so sehr spürte.

Immerhin ging es der Stute gut. Noch immer setzte sie ihren Huf vorsichtig auf, aber er war beinah verheilt. Er teilte ihr, Kilians eigenem Pferd und seinen zwei Kühen Heu zu, dann ging er mit zwei Wassereimern hinaus in den im ersten Morgenlicht sacht herabrieselnden Schnee.

Neben dem Wirtshaus stand das Backhaus des Dorfes und daneben wohnte eine Familie, deren drei Frauen sich als Bäckerinnen und Mägde in der Oberburg verdingten. Micha begegnete ihnen oft am frühen Morgen auf dem Weg zum nahe gelegenen Bach, wenn sie hinaufgingen, um ihre Arbeit zu beginnen. Viele Worte hatten sie noch nicht gewechselt, aber sie grüßten ihn freundlich, wofür er schon dankbar war. Außerdem dufteten sie nach frischem Brot, was ihn unwillkürlich lächeln ließ.

Hin und wieder hatte er auch die Tochter des Maultierzüchters aus der Ferne gesehen, doch sie wirkte nicht, als ob sie Freundschaft mit ihm schließen wollte, sondern beobachtete ihn, als wäre er ein seltsames fremdes Tier.

Alles in allem war die Kälte schlimm, der Hunger schlimmer, aber das Alleinsein das Schlimmste. Er vermisste seinen

Vater und seinen Bruder fürchterlich. Jeder hier hatte seinen Platz, jeder kannte jeden, jeder hatte eine Familie oder Freunde. Er fühlte sich wie ein einsames Steinchen im Hafersack. Früher oder später würde man ihn hinauswerfen.

An diesem Morgen musste er auf dem Rückweg vom Bach mit den vollen Eimern innehalten, weil er sich auf einmal zu schwach fühlte, um sie weiterzutragen. Eine Weile stand er gebückt da und stützte sich auf seinen Knien ab, um abzuwarten, bis seine Hände nicht mehr zitterten und das Schwindelgefühl verflog. Seufzend ließ er einen der Eimer stehen und ging den Weg zwei Mal.

Als er die beiden Pferde getränkt hatte, kam Kilian in den Stall. Er trug einen Melkeimer und hatte einen warmen Filzhut über seine übliche Leinenhaube gestülpt. »Morgen, Micha. Hast für die Pferde schon Wasser geholt, was? Bist ein guter Junge. Bricht mir das Herz, dass ich dir nichts für deine Arbeit geben kann. Wenn ich nicht die alten Schulden abbezahlen müsste … Aber es lässt sich nicht ändern. Willst du nicht doch lieber zu deiner Stiefmutter ziehen? Ich weiß, dir passt nicht, was sie tut, aber …«

Micha schüttelte entschieden den Kopf. »Es muss noch viel kälter werden, bevor die Hölle gefriert. Ich kann nicht zu ihr ziehen, das halte ich nicht aus. Da schnüre ich lieber meinen Gürtel enger. Ich wünschte nur, deine Katze wäre so nett, nachts auf meinen Füßen liegen zu bleiben.«

Kilian lachte. »Ich sage es dir ganz ehrlich: In den Schlafkammern oben ist es kaum wärmer als hier im Stall. Es hat schon Gründe, warum meine Gäste im Winter lieber unten im Schankraum auf dem Boden bei der Glut schlafen. Wäre ich reich, würde ich ein Gasthaus bauen, in dem alle Schlafkammern Kamine hätten, so wie in der Burg. Na, eines Tages vielleicht! Heute Abend lege ich ein paar Steine für dich ans Feuer, die kannst du dir holen und an deine Füße legen. Für eine Weile hilft das.«

»Die nehme ich gern. Darf ich dich noch etwas fragen?«

Kilian nahm den dreibeinigen Melkschemel von seinem Haken an der Wand. »Was willst du wissen?«

»Was ist so ein Kesselhaken wert, wenn man ihn verkauft?« Micha musste schlucken, nachdem er die Frage ausgesprochen hatte. Der Haken, an dem früher seine Mutter und später Edwina die Kochtöpfe über das Feuer gehängt hatten, war sein einziges Erinnerungsstück an sein ehemaliges Heim. Niemand trennte sich freiwillig von so einem Erbstück. Für gewöhnlich nahm die Familie den Kesselhaken mit, wenn sie in ein anderes Haus umzog. Er hatte geglaubt, dass er ihn aufbewahren würde, bis er erwachsen war und wieder einen eigenen Herd besaß. Doch sein schmerzhaft leerer Magen ließ ihn bezweifeln, dass es dazu kommen würde.

Kilian hielt inne und sah ihn durchdringend an, als wollte er ihm den Verkauf ausreden, zuckte dann aber nur mit den Schultern. »Ich frage den Burgschmied danach, wenn du willst. Gehst du noch Wasser für die Kühe holen und streust sauber ein? Dann gebe ich dir einen Becher Milch.«

Micha seufzte, nickte aber. Noch weitere volle Wassereimer durch das dichter werdende Schneetreiben zu schleppen, würde ihm zu schaffen machen. Doch die Tiere mussten ja trinken, und der Gedanke an die Milch ließ ihm das Wasser im Mund zusammenlaufen. Entschlossen rieb er sich die Hände, griff sich die Eimer und stapfte hinaus.

Später am Tag ließ der Schneefall nach und er vertrieb sich die Zeit damit, Lilje herumzuführen, um ihr Bewegung zu verschaffen und sie an die neue Umgebung zu gewöhnen.

Als er sie am Nachmittag in den Stall zurückbrachte, standen ein paar gerüstete Männer vor dem Wirtshaus und beobachteten ihn mit schiefen Blicken. Eigentlich hatte er vorgehabt, sich im Schankraum aufzuwärmen, aber das verkniff er sich nun. Die Männer aus der Oberburg sollten ihn lieber schnell wieder vergessen.

Das schien auch Kilian so zu sehen, denn abends brachte er ihm seine Schale mit Grütze und die versprochenen warmen Steine nach draußen und riet ihm wortkarg, nicht ins Haus zu kommen. Auch am nächsten Vormittag sprach der Wirt kaum mit ihm, doch am Nachmittag stand er auf einmal mit einem Fremden zusammen im Stall vor Liljes Stand.

Misstrauisch stand Micha auf und klaubte sich das Stroh vom Umhang.

Kilian verschränkte die Arme. »Hier ist jemand, der dir ein Angebot machen möchte, Junge. Ich finde, du solltest es annehmen.«

Michas erster Gedanke galt Lilje. Es war ja nur eine Frage der Zeit gewesen, bis jemand sie ihm abkaufen wollte. Sie war ein edles Tier, das konnte jeder Kenner ihr ansehen.

»Das Ross ist nicht zu verkaufen«, sagte er und verschränkte ebenfalls seine Arme.

Der Fremde war nicht ganz so groß wie Kilian, dafür umso massiger in Nacken und Schultern. Er wirkte beinah quadratisch und sein breites Gesicht passte dazu. Sogar einen eckig gestutzten Bart trug er. Der Mann blies sich in die Hände und musterte Lilje, die hinter Micha in ihrem Stand angebunden war.

»Hab schon verstanden, dass dein Ross dir heilig ist. Kannst die Fäuste wieder herunternehmen«, brummte er.

»Das ist Adam, der Maultierzüchter vom Hagenhof. Und du hast Glück, dass ich ihn dazu überreden konnte, dir einen Besuch abzustatten. Also sei höflich«, mahnte Kilian.

Micha spürte, wie er rot wurde. Tatsächlich hatten sein Vater und sein Bruder ihn besseres Benehmen gelehrt. Offenbar begann er schon, seinen eigenen Stand zu vergessen. Er deutete eine Verneigung an. »Ich bitte um Verzeihung, mein Herr. Ist etwas mit dem Maultier nicht in Ordnung, das Eure Frau von uns gekauft hat?«

Adam schüttelte den Kopf. »Mit dem Tier ist alles bestens. Und so ein hoher Herr bin ich nicht, dass du mir deine höfischen Manieren zeigen musst. Kilian sagt, du kannst gut mit Pferden umgehen, bist fleißig und ehrlich, aber ein bisschen zu jung, um auf dich allein gestellt zu sein. Wenn du willst, kannst du bei mir als Stallbursche anfangen und dich hocharbeiten. Zahlen werde ich dir nichts, solange du noch eine halbe Portion bist und nichts über die Maultierzucht weißt. Aber Kost und Unterkunft sollst du haben, wenn du dich bewährst. Und für deine Stute gilt das Gleiche, falls wir uns darauf einigen können, dass ihr erstes Fohlen mir gehört.«

So wie die beiden Männer ihn ansahen, waren sie überzeugt, dass ihm nichts Besseres passieren konnte als Adams Angebot. Und vielleicht hatten sie recht. Vielleicht aber auch nicht. Er wollte kein Züchter von sturen Lasttieren werden. Er wollte feinblütige Destrier ziehen und ausbilden, so wie sein Vater es vorgehabt hatte. Ein Platz in Herzog Heinrichs Gefolgschaft konnte ihn diesem Ziel wohl eher näherbringen. Andererseits fühlte er sich zunehmend einsam und schwach in den Knien. Der Weg nach Braunschweig erschien ihm inzwischen kaum noch zu bewältigen.

»Aber wenn ich fortgehen will, darf ich fortgehen. Mit meinem Pferd«, verlangte er.

Adam schüttelte den Kopf. »Nachdem es das erste Fohlen hatte. Sonst bleibe ich ja auf meinen Kosten für euch beide sitzen.«

Micha wich unwillkürlich einen Schritt zurück und lehnte sich an Liljes Flanke. »Dann bleibe ich lieber hier. Ich gebe dir den Kesselhaken, wenn du mich bis zum Frühjahr bleiben lässt,

Kilian. So viel muss er doch wert sein. Und ich helfe dir weiter, ohne dass du mir etwas dafür zahlen musst.«

Kilian stieß einen Seufzer aus. »Ich möchte dich nicht vertreiben, Jungchen. Aber es gibt Männer in der Burg, die sicherlich der Auffassung wären, dass so ein Pferd wie deins nicht einem zwölfjährigen, mittellosen Waisenknaben gehören kann. Sie sind nicht zimperlich, und du könntest dich nicht wehren, wenn sie dir die Stute wegnehmen. Sie werden dich bald bemerken, wenn du hierbleibst. Bei Adam dagegen wären du und dein Pferd sicher. Ich weiß, dass du andere Pläne hattest. Aber schadet es denen denn, wenn du sie um zwei Jahre verschiebst? Dann wirst du größer und stärker sein und deinen Weg leichter finden.«

Kurz darauf hatte Micha seine paar Habseligkeiten zusammengeschnürt und führte Lilje hinter Adam her den abschüssigen Pfad am Fuchsbach hinunter und durch die schmale Pforte aus der Einfriedung der Unterburg hinaus.

Auf Adams Hof wurden sie so lautstark von dem Esel, den Mulis und Pferden, dem Hütehund, einer Schar von Frauen und Mädchen in verschiedenem Alter und einem Knecht begrüßt, dass Micha seine scheu tänzelnde Stute gut festhalten musste. Sofort zweifelte er an seiner Entscheidung. Würde er es bei diesen fremden Menschen wirklich zwei Jahre lang aushalten? Was hatte er mit ihnen gemein? Er war nicht von ihrem Stand und wollte es auch nicht sein.

Dann kam das Mädchen auf ihn zu, das er schon kennengelernt hatte. In ihren Mundwinkeln saß die Andeutung eines verschmitzten Grinsens.

Sie hielt ihm eine welke rote Rübe entgegen. »Für dein Pferd«, sagte sie statt einer Begrüßung, und prompt musste er lächeln.

Später am Abend, nachdem Adam ihm seine Frau Ludmila, deren Mutter Käthe, seine beiden Töchter Sibilla und Wiebke, die verwaiste Ziehtochter Magda und die zwei Knechte Jakob und Paul vorgestellt, seinem Pferd einen Stall zugewiesen, ihm den Hof gezeigt und seine zukünftigen Aufgaben erklärt hatte, fand Micha sich in einer Schlafbutze im Haus wieder. Der über eine Leiter zugängliche Verschlag, den er mit Adams Knechten teilen würde, lag auf dem Dachboden über den Ställen, die zur großen Diele gehörten. Schön war es in der dunklen Kiste nicht, aber durch die von unten aufsteigende Wärme und die mit Schafwolle gestopften Plankenwände war es immerhin nicht so eisig wie sein vorheriges Schlaflager im Stall vom Goldenen Ross. Und von seinem Pferd war er auch nicht weit entfernt, denn Lilje hatte einen der Stände im Haus beziehen dürfen, während der Großteil von Adams Pferden und Mulis sich mit Unterständen auf der Hausweide begnügen musste. Außerdem hatte Micha sich nach langer Zeit endlich mal wieder beinah satt essen können. Ludmila hatte ihm zum Willkommen einen kleinen Nachschlag vom Eintopf gegeben. Nur ihm und nur ausnahmsweise, das hatte sie klargemacht. Aber auch ohne Nachschlag würde er hier mehr zu essen bekommen als vorher.

Alles in allem hatte der Haushalt ihn nicht übermäßig herzlich, aber doch freundlich genug aufgenommen. So dachte er jedenfalls, bis er die kühle Stimme von Paul hörte, dem jüngeren der Knechte. Sein Gesicht konnte Micha in der Dunkelheit nicht sehen, aber er hatte den halb kahlen, hageren Kopf und das Gebiss mit den auffallend großen Zahnlücken vor Augen.

»Dass Adam dich aufgenommen hat, verdankst du nur seiner christlichen Nächstenliebe. Glaub nicht, dass du dich darauf ausruhen kannst. Eigentlich brauchen wir dich nicht. Wenn du nicht anständig zupackst, wirst du es mit mir zu tun bekommen. Ich bin hier Knecht, seit ich kaum älter war als du. Und ich habe vom ersten Tag an gearbeitet wie ein ausgewachsener

Mann. Ich sorge dafür, dass wir dich nicht durchfüttern, wenn du nichts taugst.«

Micha spürte, wie er errötete. Niemals hätte ein Knecht seines Vaters so mit ihm gesprochen. Sie hatten den Unterschied zwischen ihrem und seinem Stand gekannt. Abgesehen davon, dass sie es besser gewusst hätten, als ihn für träge zu halten. Pauls Worte beschämten ihn in doppelter Hinsicht. Aber wie sollte der Mann auch wissen, dass er es in ihm mit dem Sohn eines freien Edelmannes zu tun hatte? Micha begriff, dass der kleine und junge Adel seines Vaters nicht an ihm haften bleiben würde, wenn er nicht dafür kämpfte. Wenn er wollte, dass man ihn als Angehörigen seines Standes behandelte, würde er immer wieder hinausschreien müssen, wer er war. Aber gerade davon hatten Edwina und Kilian ihm aus gutem Grund abgeraten.

Er seufzte und stopfte das Stroh auf seinem Lager zu einem Kopfkissen zurecht. »Wenn du so alt warst wie ich, als du zu Adam gekommen bist, wo hast du dann vorher herumgetrödelt? Ich bin Rössner, seit ich laufen kann«, sagte er.

Darüber lachte immerhin Jakob, der ältere Knecht. Paul hingegen schnaubte verächtlich. »Ein freches Maul hat er auch noch. Das wird dir nicht bekommen.«

»Da sprichst du wohl auch aus Erfahrung. Siehst jedenfalls aus, als hätten dich schon ein paar Hiebe in der Gegend getroffen«, rutschte es Micha heraus. Er bereute es, noch bevor Paul sich zu ihm herumwarf und ihm eine Ohrfeige versetzte. Wahrscheinlich hätte er sogar gleich um Verzeihung gebeten, aber der Knecht ließ ihm keine Gelegenheit, sondern schlug noch einmal zu.

»Paul! Lass das!«, herrschte Jakob ihn an, und zu Michas Glück hörte Paul auf ihn.

Seine Wangen brannten von den Schlägen.

»Soll er etwa damit durchkommen? Besser, man zeigt ihm gleich, wo es langgeht!«, maulte Paul.

Jakob stieß einen abfälligen Laut aus. »Du hast angefangen! Was hast du für einen Grund, den Jungen kleinzumachen, bevor er überhaupt zeigen konnte, aus welchem Holz er geschnitzt ist? Aber Micha, deine Zunge solltest du wirklich hüten. Was du da gerade gesagt hast, das …«

»Ich bitte um Verzeihung. Ich hätte das nicht sagen sollen, Paul«, fiel Micha ihm ins Wort.

»Na siehst du. Und nun lass uns schlafen«, meinte Jakob, während Paul nur mürrisch brummte.

4. Kapitel

Juli 1165

Nun, da Micha zu ihrem Haushalt gehörte, wich Sibilla ihm nur noch selten von der Seite. Sie hatte es niemandem erzählt, aber es war ihr zuzuschreiben, dass Kilian ihren Vater gebeten hatte, ihn aufzunehmen. Seit sie angefangen hatte, ihn zu beobachten, war das eigenartige Herzklopfen, das sie bei seinem Anblick jedes Mal überfiel, immer stärker geworden. Sie hatte es kaum ertragen können, wie er hungrig und frierend sein Pferd versorgte und durchs Dorf lief, um nach kleinen Arbeiten zu fragen.

Ihr Herz klopfte noch immer, wenn sie ihn morgens von der Diele her ans Herdfeuer kommen sah. Es klopfte, wenn sie ihn verstohlen dabei beobachtete, wie er sich schläfrig lächelnd mit der Hand durch seinen für den Geschmack ihres Vaters und ihrer Mutter zu langen blonden Schopf fuhr. Es juchzte, wenn sie mit ihm um die Wette über den Hof zum Tor der Hausweide rannte, und es überschlug sich, wenn er ihr mit seinen Händen eine Leiter baute und sie auf den Rücken einer ihrer Stuten hievte, damit er ihr beibringen konnte, sich ohne Sattel oben zu halten.

Heute war ein großer Tag für ihn, denn seine Stute war rossig und sollte in die Vorburg zu einem Hengst geführt werden.

Den Preis dafür hätte Micha nicht zahlen können, aber ihr Vater hatte eine Vereinbarung mit einem Bekannten getroffen, der ihm einen Gefallen schuldig war. Der Hengst war kein besonders edles Ross, aber er war gesund und kräftig. Ihr Vater erhoffte sich aus der Verbindung ein Stutfohlen, das ihm später zahlreiche Maultierfohlen mit starken Beinen einbringen würde.

Ihr Vater hatte die Stute allein zum Hengst bringen wollen, aber Lilje hing inzwischen an der Herde auf ihrer Hausweide und ließ sich nur von Micha bändigen, wenn sie sie verlassen sollte. Daher gingen sie zusammen, und Sibilla schloss sich ihnen an, obwohl ihre Mutter die Nase darüber rümpfte.

»Das ist keine Arbeit für ein Mädchen«, sagte sie.

»Warum nicht?«, fragte Sibilla.

»Weil die Männer zotige Witze machen werden, von denen sie glauben, dass sie dich in Verlegenheit bringen. Das wird deinen Vater ärgern und dann gibt es Streit.«

Ihr anwesender Vater hatte ein spöttisches »Pah« ausgestoßen. »Sie ist die Tochter eines Maultierzüchters. Wenn die Narren glauben, dass sie zotigere Witze machen können als sie, dann sollen sie ruhig kommen.«

»Du solltest deine Tochter nicht noch anstacheln. Eines Tages wird das zu Scherereien führen«, wandte ihre Mutter ein.

»Ja, ja, eines Tages. Eines Tages ist sie erwachsen und alles sieht wieder ganz anders aus. Meinetwegen kann sie mitgehen. Aber du hältst den Mund und mischst dich nicht ein, verstanden?« Bei den letzten Worten blickte er seine Tochter streng an.

Im Zweifelsfall hatte er das letzte Wort. Deshalb marschierte Sibilla neben Micha, der die Stute führte, und ihrem Vater hinauf über die Brücke und durchs Tor in die Vorburg hinein. Dort wartete sein Bekannter mit dem Hengst schon auf sie.

Auf dem von der Befestigung umschlossenen Platz vor der eigentlichen Kernburg herrschte wie immer geschäftiges Treiben. Hier lagerten Reisende und fahrendes Volk, das Handel trieb oder die Leute mit Kunststücken verschiedenster Art unterhielt. Blieb man lange genug, bekam man in der Vorburg früher oder später jede Art von Viehzeug zu sehen, mit der Menschen sich abgaben. Hühner, Schweine, Kühe und Pferde waren alltäglich, aber man hatte hier auch schon gefangene Bären, Hirsche und Wölfe zu Gesicht bekommen. Männer übten hier den Umgang mit ihren Waffen, maßen sich im Weitsprung, dressierten Pferde und Hunde, das Burggesinde klopfte Wandbehänge aus und vergnügte sich mit Wurf- und Wettspielen. Hin und wieder wurde an Feiertagen eine Tanzfläche eingerichtet, wo nicht nur die einfachen Leute zur Musik fahrender Spielleute das Tanzbein schwangen, sondern auch die adligen Herrschaften ihre schwierigen Tänze vorführten.

Die Stute dem Hengst zuzuführen, hatte Micha auf dessen Wunsch hin ihrem Vater überlassen. Nachdem er sie aus der Hand gegeben hatte, gesellte er sich zu Sibilla. Während die beiden Pferde unter den mehr oder weniger fachkundigen Kommentaren der Umstehenden vorsichtig aneinander herangeführt wurden, sah Micha sich in der Vorburg um. Sibilla beobachtete mehr ihn als alles andere. Er war zum ersten Mal hier und sein wacher Blick sog alles auf. Im Laufe des halben Jahres, das er nun bei ihnen verbracht hatte, war er fröhlicher geworden, obwohl es noch immer vieles gab, worüber er nicht sprach. Vor allem um die Umstände, unter denen er seine Angehörigen verloren hatte, machte er ein Geheimnis.

Fünf gerüstete Reiter überquerten die Brücke, die über den Graben der Kernburg führte. Die leuchtend roten, blau gesäumten Cotten, die unter ihren Kettenhemden hervorsahen, wiesen sie als Borgwards Männer aus. Ihre blank polierten Helme glänzten in der Sonne. Laut redend und scherzend ritten sie durch die Vorburg zum äußeren Tor.

Sibilla spürte förmlich, wie Micha neben ihr erstarrte. Er war blass geworden und fixierte die Reiter mit weit aufgerissenen Augen. Sanft stieß sie ihn an. »He, was ist mit dir?«

Hastig senkte er den Kopf und wandte sich von den Männern ab. Erschrocken bemerkte sie, dass Tränen in seinen Augen standen, als er den Blick unauffälliger wieder hob und den Reitertrupp aus dem Augenwinkel beobachtete, bis er aus dem Tor hinaus war. »Einer von denen saß auf dem Hengst meines Vaters«, flüsterte er.

Sie brauchte keine Erklärung, um zu begreifen, wie tief ihn das verstörte. Aber sie wollte ihn und sein Geheimnis so gern verstehen. »Was bedeutet das? Bist du sicher? Warum hat er ihn?«, fragte sie.

Er schüttelte den Kopf. »Das kann ich dir hier nicht erzählen.«

Unwillkürlich ergriff sie den Ärmel seiner Cotte. »Aber du erzählst es mir später, ja?«

Ernst sah er ihr in die Augen. »Nur, wenn du es für dich behältst.«

Schmollend schob sie die Lippen vor. »Du weißt doch, dass ich das kann. Habe ich verraten, dass dir neulich die Ziegen weggelaufen sind?«

»Nein. Aber das hier ist etwas anderes. Du wirst vielleicht denken, dass es besser ist, wenn du deinen Eltern davon erzählst. Aber ich will nicht, dass sie es wissen. Oder irgendjemand sonst.«

»Außer mir«, wandte sie ein.

»Wenn du das versprechen kannst«, erwiderte er.

»Hoch und heilig«, wisperte sie und zeigte ihm verstohlen ihre Schwurfinger. Das machte deutlich, wie ernst sie es meinte, denn dafür hätte sie sich von ihren Eltern glatt eine Maulschelle eingefangen. Eide zu schwören, sei kein Spiel, meinten die immer. Für einen Schwur haftete man mit dem Leben. Aber sie war bereit, das zu tun. Für Micha.

So erzählte er ihr alles, als sie in der Dämmerung des warmen Sommerabends draußen am Wiesenrand versteckt im hohen

Gras lagen und den tanzenden Glühwürmchen zusahen. Sie weinte ein paar Tränen für ihren Freund, riss sich aber schnell wieder zusammen, da er nur weitersprechen wollte, wenn sie ihn nicht die ganze Zeit bemitleidete. Das könne er schon allein, meinte er. Womit er sie absurderweise zum Lachen brachte.

»Wenn der Kerl den Hengst von deinem Vater reitet, heißt das also, dass er ihn von den Räubern bekommen hat. Dann könnte er dabei helfen, sie zur Rechenschaft zu ziehen«, schlussfolgerte sie schließlich, als er am Ende seiner Geschichte angekommen war.

»Vielleicht heißt es aber auch, dass er einer von den Räubern ist. Und dann wird er mir wohl eher bei der ersten Gelegenheit den Hals umdrehen«, entgegnete Micha.

Die Vorstellung machte Sibilla so wütend, dass sie kaum noch vernünftig denken konnte. »Du könntest ihn anklagen. Graf Meinhard müsste über ihn richten. Dann bekäme er seine gerechte Strafe, und du hättest wenigstens das eine Pferd zurück.«

Er legte den Kopf auf seinen verschränkten Armen ab und schloss seufzend die Augen. »Edwina sagte, dass der Graf auf meinen Vater nicht gut zu sprechen war. Meinst du, ihm würde mehr daran liegen, mir Gerechtigkeit zu verschaffen, als seinen bewährten Gefolgsmann zu schützen? Und es war nicht nur ein einzelner Räuber. Was, wenn sie alle zu Borgwards Männern gehören? Wird Graf Meinhard sie alle vor Gericht stellen?«

Gedankenversunken rettete Sibilla einen schlaftrunkenen Marienkäfer davor, von einem hohen Grashalm auf Michas Gesicht abzustürzen, und ließ ihn von ihrer Fingerkuppe davonfliegen. »Das sollte er tun. Auf jeden Fall musst du etwas unternehmen. Wenigstens musst du mehr über die Sache herausfinden. Ich helfe dir, wenn du willst.«

»Ich denke darüber nach«, murmelte er.

Sie gab ihm einen sanften Schubs. »Was gibt es da nachzudenken? Ich sage ja nicht, dass du gleich zu Graf Meinhard laufen sollst. Obwohl er eigentlich dankbar sein müsste, wenn ihn jemand darauf stößt, dass er einen Räuber unter seinen Gefolgsleuten hat. Wir müssen den Mann beobachten.«

»Wie soll ich ihn denn beobachten? Soll ich die Mulis zum Grasen in die Vorburg treiben und warten, dass der Kerl wieder vorbeikommt? Dabei ziehe ich am besten noch eine Mönchskutte an, damit er mich nicht erkennt. Und wenn ich dann zufällig sehe, dass er etwas stiehlt, schreie ich laut.«

Über diesen Unfug musste Sibilla kichern, bis Micha ebenfalls lachte, sich zu ihr umdrehte und anfing, sie zu kitzeln. Kichernd und schnaufend balgten sie sich, bis sie außer Atem waren, ihre Cotten Flecken von zerdrückten, duftenden Walderdbeeren hatten und jeder wieder an seinen Platz im Gras zurücksank.

»Weißt du was? Ich kann dich gut leiden, Rössner Michael«, sagte Sibilla.

»Weißt du was? Ich dich auch, verrücktes Huhn«, erwiderte er.

Sommer 1165 bis Januar 1166

Nach einem warmen Sommer, in dem Micha Adams Familie bewies, dass er arbeiten konnte wie einer von ihnen und nebenbei noch sein Pferd zureiten, mit Sibilla auf Bäume klettern und in die Länge wachsen, folgte ein sorgenvollerer Herbst. Es drang die Nachricht nach Summerburg, dass alteingesessene sächsische Grafen und Bischöfe ein Bündnis gegen Herzog Heinrich erwogen, um ihre Herrschaft gegen die seine zu verteidigen. Micha hatte gewusst, dass der Herzog die Herrschaft über die sächsischen Lande vom Kaiser selbst zugesprochen bekommen hatte. Doch wie unzufrieden die sächsischen Adelsfamilien damit waren, wurde ihm erst jetzt klar. Dass die Herren stets irgendwo ihre Zwistigkeiten austrugen, war man gewöhnt. Doch nun wuchs unter den Leuten von Summerburg die Angst vor einem großen

Krieg. Wo man auch ging und stand, sprachen sie darüber, wer sich gegen Heinrich stellen würde, wer zu ihm stehen und wer versuchen würde, sich herauszuhalten. Erzbischof Wichmann von Magdeburg, der sich schon seit langer Zeit mit Heinrich um das eine halbe Tagesreise von der Summerburg entfernte, günstig an der Lüneburger Heerstraße liegende Haldensleben stritt, war einer der entschiedensten Gegner des Herzogs. Auch Albrecht der Bär, dessen Besitzungen im östlichen Sachsen lagen, hasste die Welfen schon sein Leben lang und gönnte Heinrich seine Macht nicht. Landgraf Ludwig von Thüringen schloss sich ebenfalls an.

Als Kaiser Friedrich im November wieder einmal nach Italien zog und somit weit genug weg war, um seinem Günstling Heinrich nicht beispringen zu können, entschloss sich auch Graf Meinhard, das Bündnis zu unterstützen. Um den Jahrestag von Michas Eintritt in Adams Haushalt herum belagerten die Verbündeten das von Heinrichs Gefolgsleuten gehaltene Haldensleben.

Auch den Haushalt des Maultierzüchters betraf das, denn Adam musste Graf Meinhard unentgeltlich zwanzig gute Mulis für den Transport von Zelten, Waffen und Verpflegung zur Verfügung stellen und die beladenen Tiere eigenhändig zu den Belagerern nach Haldensleben führen. Woche um Woche brachte er in der Winterkälte Ladungen von Getreide, Wein, eingelegten Eiern und Geflügel aus den gräflichen Vorräten zu dessen Truppe, bis im Januar schließlich Herzog Heinrich von Osten aus mit einem eigenen Heer herannahte und die Belagerer sich zerstreuten, um der direkten Schlacht auszuweichen. Schnurstracks kehrte Adam heim und begann noch am selben Tag, den hohen, aus dickem Reisig geflochtenen Zaun um seinen Hof zu verstärken.

Abends saß er dann seit langer Zeit zum ersten Mal wieder nach der Mahlzeit bei seiner Familie am Tisch, statt zu Besprechungen in die Wirtschaft oder in die Burg zu gehen.

»Die Sache ist noch nicht ausgestanden. Die Herren Fürsten wollten zwar jetzt gerade keinen offenen Kampf gegen Heinrich und seine blutrünstigen Wilden wagen, aber da sie ihn nun einmal gereizt haben, wird er sie nicht einfach davonkommen lassen. Sie nennen ihn nicht mehr Herzog von Sachsen, sondern nur noch Herzog von Braunschweig. Das wird er ihnen austreiben wollen.«

Micha, der von seinem gemütlichen Platz auf der Bank aus eigentlich nur still hatte zuhören wollen, missfiel schon länger, wie abfällig die Leute in seiner Umgebung zunehmend von seines Vaters Helden Herzog Heinrich sprachen. Als hätte der sich durch seine ehrenhaften, treuen Dienste für den Kaiser nicht die Herzogswürden und die Herrschaft über Sachsen redlich verdient. Sein Vater wäre gewiss für ihn in die Schlacht gezogen und nicht für das Bündnis derer, die ihn und den kaiserlichen Willen gering schätzten.

»Sind die Krieger des Herzogs blutrünstiger als andere?«, fragte er.

Adam gestikulierte ärgerlich mit dem Zeigefinger. »Er hat sich einen Slawenfürsten angeworben, den er selbst vor nicht allzu langer Zeit erst aus seinem Land vertrieben hatte. Diese Männer waren gerade noch mörderische Heiden. Man weiß doch, wie wenig die sich der christlichen Nächstenliebe verpflichtet fühlen«, erklärte er.

Woraufhin Ludmila, sein Eheweib, auflachte. »Hörst du dir selbst zu, mein Lieber? Willst du uns gerade weismachen, dass die christlichen Ritter und anderen Kämpen des sächsischen Bundes mitfühlend mit denen umgehen, die sie ausplündern und töten? Nichts für ungut, aber ich möchte es weder mit den einen noch mit den anderen zu tun bekommen.«

Ihre Mutter Käthe stand von ihrem Schemel auf der anderen Seite des Tisches auf und schöpfte sich mit ihrem Becher etwas warmen Met aus dem kleinen Kessel, der über dem Herdfeuer hing. Sie war ein halbes Jahrhundert alt, doch man merkte es ihr nicht so sehr an wie anderen alten Frauen, die Micha kannte. Ihre sehnigen Gliedmaßen waren noch ebenso stark und beweglich wie die ihrer Tochter und ihr graues Haar unter dem straff gebundenen Kopftuch verborgen. Er vermutete, dass er Sibillas Großmütterchen im Armdrücken unterlegen wäre.

Sie schnalzte mit der Zunge und setzte sich wieder. »Wer will das schon? Aber wir sollten darauf gefasst sein. Hat dir schon jemand von unserem Erdloch erzählt, Michael?«

Tatsächlich hatte Sibilla ihm heimlich das Versteck unter dem Futterverschlag im Haus gezeigt, doch das behielt er besser für sich. Daher schüttelte er nur den Kopf.

Adam räusperte sich. »Was muss er darüber wissen? Es ist ja nicht für ihn gedacht. Das Loch ist gerade groß genug für die Mädchen, Micha. Du kannst dir wohl denken, warum sie da hineinsollen, wenn es zum Ärgsten kommt.«

Sibilla, die auf dem Tisch die Lochbrettchen sortierte, die sie zum Bortenweben verwendete, lehnte sich empört zurück. »Ich gehe da nicht hinein. Ich kämpfe lieber.«

»Das ist doch dumm. Dann stechen sie dich tot«, stieß ihre kleine Schwester hervor. Die stupsnasige Wiebke war vier Jahre jünger als Sibilla, aber schon ziemlich klug.

»Das wäre besser, als in dem Loch festzusitzen«, beharrte Sibilla. Entsetzt sogen fast alle rund um den Tisch die Luft ein. Sibilla sah erschrocken ihre Base Magda an, die mit dem Rücken zum Feuer, einer Spindel auf dem Schoß und gesenktem Blick neben ihrer Großmutter auf dem Bänkchen saß.

»Verzeih, Magda, das war trampelig von mir. Ich meinte es nicht so.«

Magda zuckte mit den Schultern, die sie sonst meist hängen ließ. Manchmal machte es Micha verrückt, wie sie mit unbeweglich hängenden Armen, eingezogenem Kopf und eingezogenem Bauch herumlief, als würde sie ständig versuchen, sich unbemerkt zwischen den Hindernissen des Lebens hindurchzuschleichen.

Doch er hatte auch Verständnis dafür, dass sie gern unsichtbar sein wollte. Die linke Seite ihres Gesichts und ihres Halses war so stark von Brandnarben verunstaltet, dass sie oft sogar von denen angestarrt wurde, die sie schon seit vielen Jahren kannten. Was vielleicht auch daran lag, dass der unversehrte Teil ihres vornehm schmalen Gesichts bemerkenswert ebenmäßig war. Adam hatte Micha erzählt, dass Magdas Eltern und Geschwister bei einem Brand ums Leben gekommen waren, den sie als Kleinkind in einem Kellerloch knapp überlebt hatte. Ein Bremischer Kirchenherr hatte damals die Festung Harburg angegriffen, nahe der die Familie gewohnt hatte. Reisende Kaufleute, die mit den Leuten und Adam bekannt und zufällig vor Ort gewesen waren, hatten das verletzte, verwaiste Kind dann zu Großmutter und Tante nach Summerburg gebracht.

»Ich war ja noch klein. Ich hätte gar nicht kämpfen können«, murmelte Magda.

»Auch Sibilla wird nicht kämpfen. Ihr drei Mädchen geht in das Loch, dafür werde ich schon sorgen«, sagte Ludmila scharf.

»Dafür werden wir alle sorgen«, erklärte Jakob. »Und Micha trägt seinen Teil bei. Nicht wahr, Junge?«

»Ich tu, was ich kann«, bekräftigte er.

»Wenn es nicht mit dem Teufel zugeht, wird es nicht so weit kommen. Ich habe Vereinbarungen mit Freunden von umliegenden Höfen getroffen, die hoffentlich dafür sorgen, dass wir es früh genug erfahren, wenn Milites und Plünderer anrücken. Dann lauft ihr Frauen in die Burg, so wie wir es besprochen haben. Paul, Jakob, Micha und ich treiben die Herde in den Wald. Und Widerworte will ich nicht hören!«

Er schlug mit der flachen Hand auf den Tisch, wenn auch nicht so fest, dass man ihn für wütend hätte halten können.

5. Kapitel

Juni 1166

Beinah ein Jahr nachdem Micha den Mann mit dem Hengst seines Vaters beobachtet hatte, erkannte er in der Burg weitere Pferde seines Vaters wieder. Es war, als würden sich die Räuber nun in Sicherheit wiegen und es nicht mehr für nötig halten, ihre Diebesbeute zu verbergen.

Obwohl Micha es Sibilla gegenüber zuerst scherzhaft abgetan hatte, war er seit ihrem Gespräch damals bei jeder Gelegenheit in die Burg hinaufgegangen, um sich unauffällig umzusehen. Da Adam ihn für seinen Platz im Haushalt tagsüber hart arbeiten ließ, gab es solche Gelegenheiten nicht oft. An diesem Tag hatte er mittags für Ludmila einen Botendienst übernommen und einen Korb mit Gartengrünzeug zu ihrer Freundin, der Hebamme Dorit, ins Dorf gebracht. Den anschließenden Abstecher zur Burg rechtfertigte er mit einem Besuch beim Schmied Arnold, den er über Kilian kennengelernt hatte. Zwar hatte er den Kesselhaken am Ende doch nicht verkauft, war aber von Arnold eingeladen worden, jederzeit in der Schmiede vorbeizukommen. Da die Schmiede in der Kernburg lag, war die Einladung ihm schon mehrfach nützlich gewesen. Einige Male hatte ihn auch Sibilla dorthin begleitet, und sie hatten gemeinsam Vorwände gefunden, ihre Nasen in die Ställe und Wirtschaftsgebäude zu stecken.

Die drei Stuten, die er entdeckte, nachdem er Dorit das Gemüse gebracht hatte, gehörten zu der Herde, die sein Vater damals als Grundstock seiner Zucht zu Hause zurückgelassen hattc. Sie standen angebunden und mit den Schweifen nach Bremsen schlagend vor den Ställen, um gestriegelt zu werden. Eine von ihnen war sichtlich so hoch tragend wie auch Michas Lilje. Obwohl er sich sonst von den Männern der Burgbesatzung möglichst fernhielt, konnte er nicht anders, als zu ihnen zu gehen. Die beiden Stallknechte, die sich um die Pferde kümmern sollten, waren noch damit beschäftigt, Bürsten zu reinigen, deshalb hielt niemand Micha davon ab, den drei Stuten nacheinander über die Flanken und Nüstern zu streichen, sie auch mit seinen Händen wiederzuerkennen, nachdem seine Augen sie schon erkannt hatten. Er musste hart schlucken, um die Tränen zu unterdrücken. Diese Pferde gehörten seinem Vater, seinem Bruder, sie gehörten ihm. Doch wie sollte er das beweisen? Und selbst wenn er es gekonnt hätte, wäre ihm doch nichts anderes übrig geblieben, als sie zu verkaufen. Wann würde er je über das Land und Gut oder genug anderes Einkommen verfügen, um sie zu unterhalten? Wenigstens wirkten die Tiere gesund und gut genährt. Schlecht behandelt wurden sie offenbar nicht.

»Du magst wohl Pferde?«, sprach ihn einer der Stallknechte an und riss ihn damit aus seinen Gedanken.

Micha erschrak ein bisschen, ließ es sich aber nicht anmerken. »Mit ganzer Seele. Ich mag sie sogar lieber als Maultiere«, sagte er und brachte die beiden Knechte damit zum Lachen.

»Wer tut das nicht? Kenne keinen Knecht, der mit Mulis zu tun hatte und nicht getreten wurde. Gemeine Biester sind das«, erwiderte der eine.

»Das kann man ihnen schwer abgewöhnen. Aber sie haben auch ihre Vorteile, und mich treten sie nicht«, sagte Micha.

Die beiden lachten wieder. »Ach ja? Kennst du einen Zauberspruch, oder was?«

»Nein. Ich überzeuge sie einfach davon, dass ich sie auch nicht treten will«, entgegnete Micha und wartete, bis sie aufhörten zu lachen, bevor er weitersprach. »Wem gehören diese Pferde eigentlich?«

»Sie gehören Graf Meinhard. Unser Vogt hat sie für ihn gekauft.«

Es fiel Micha nicht leicht, so ruhig zu atmen, als ginge es um nichts Wichtiges. »Ach so. Na, ich muss jetzt los und wieder an die Arbeit.«

»Na sicher, du kleiner Held. Falls du mal wieder kommen möchtest, um ein schönes Pferd zu striegeln, statt sture Mulis von irgendwas zu überzeugen, bist du gern gesehen.«

Er zwang sich, den beiden zuzulächeln und in gesittetem Tempo die Burg zu verlassen. Dann aber rannte er los und hielt nicht an, bis er wieder beim Hagenhof war, wo sich gerade alle bereit machten, um zum Heuwenden auf die äußeren Weiden zu gehen.

»Wo warst du denn so lange? Hätte ich gewusst, dass du trödelst, hätte ich Magda geschickt«, begrüßte Ludmila ihn, gab ihm eine sanfte Kopfnuss und drückte ihm seine Forke und einen Apfelmostkrug in die Hände.

An anderen Tagen hätte er sich eine lustige Ausrede einfallen lassen, doch ihm war nicht nach Spaßen zumute. »Bin ja jetzt hier«, sagte er und spürte förmlich, wie ihn Sibillas Blick durchbohrte. Ihr konnte er wenig verheimlichen, sie durchschaute ihn meistens. Er zupfte nachdrücklich an seinem Ohrläppchen, damit sie ihn nicht vor allen anderen ausfragte, sondern sich geduldete, bis er ihr später alles erzählte.

Erst einmal marschierten sie ins Heu, ließen sich die Sonne durch ihre löchrigen Strohhüte auf den Nacken und die Gesichter brennen, holten sich Blasen an den Fingern, wurden schwarz vom Staub, der aus dem trocknenden Gras aufstob, wenn sie es mit den Forken in die Luft warfen, und sangen unter Ludmilas und Pauls Führung Lieder, die ihnen die Arbeit leichter von der Hand gehen ließen.

Als die Sonne unterging und Ludmila, Wiebke und Magda schon nach Hause gegangen waren, um die Abendmahlzeit zu kochen, hatten sie sich an den Rand der Weide vorgearbeitet, an dem die Straße entlangführte.

Reiter trabten vorüber und unwillkürlich hob Micha den Blick, um sich die Pferde anzusehen. Doch woran er hängen blieb, waren zwei der Männer, die auf ihnen saßen. Auf einmal fröstelte er in der noch warmen Abendluft und begann zu zittern. Die beiden waren bei dem Überfall im Wald dabei gewesen, da war er sich sicher. Ihre Haltung, ihre Größe, die Art, wie ihre Schwertscheiden an den Sattelknäufen hingen, die schmutzigen Hussen ihrer Pferde. Er wollte schreien und auf sie zeigen, aber gleichzeitig im Boden versinken und unsichtbar werden. Stocksteif blickte er ihnen nach.

»Micha?«, sprach Sibilla ihn besorgt an. »Hast du zu viel Sonne auf die Stirn bekommen?«

»Nein. Ja. Vielleicht. Ich …« Er schüttelte den Kopf und wollte ihr die Sache erklären, aber in dem Moment kam Wiebke auf der Straße angerannt.

»Micha! Micha! Vaddern sagt, du sollst kommen! Lilje fohlt!«

Wenig später stand er mit Adam im Haus vor dem Stall, in den Adam die Stute trotz des warmen Sommerwetters geführt hatte, damit sie bei der Niederkunft ihre Ruhe vor den anderen Vierbeinern hatte.

»Es wird noch eine Weile dauern. Aber du solltest sie im Auge behalten«, sagte Adam und ließ Micha mit Lilje allein.

Er trat zu seiner Stute, um sie hinter den Ohren zu kraulen, wie sie es liebte, und sie stützte seufzend ihren schweren Kopf auf seine Schulter.

Die Frauen kochten wegen der Wärme an diesem Tag draußen am Feuer, er roch die bratenden Zwiebeln und hörte gedämpft Ludmilas und Wiebkes Stimmen durch die offenen Türen und Fenster hereindringen, das Geschrei des Esels und der Mulis, das Gackern der Hühner, das Pochen der Axthiebe, mit denen Adam Feuerholz zerkleinerte. Längst war ihm das alles so vertraut, als wäre er hier wirklich zu Hause. Aber er war es nicht. Das Haus gehörte ihm nicht und würde ihm nie gehören, ebenso wenig wie das Fohlen, das seine Stute bald zur Welt bringen würde. Er hörte auf, sie zu kraulen, und flocht stattdessen ihre Mähne und ihren Schweif ein. Eines Tages würde er wieder ein eigenes Haus haben und den Kesselhaken seiner Familie über das Herdfeuer hängen. Daran wollte er fest glauben.

Nach einer Weile gesellten sich die Mädchen zu ihm, brachten ihm eine Schale Dinkelbrei, in den etwas gebratenes Hasenfleisch seinen Weg gefunden hatte, als wäre es ein Feiertag. Sie tätschelten Lilje, strichen ihr neugierig über den Bauch und gingen dann wieder. Nur Sibilla setzte sich still zu ihm und harrte aus, bis ihre Mutter sie zu Bett rief.

Er selbst ging nicht schlafen, sondern kauerte sich nah bei Lilje auf ein Bund Stroh, fest entschlossen, wach zu bleiben, um die Geburt ja nicht zu verpassen.

Als er in den frühen Morgenstunden wieder aufwachte, stöhnte die liegende Stute, und das Fohlen war schon halb auf der Welt. Sie stand auf und im nächsten Augenblick lag das Kleine vor ihm in der Dunkelheit auf dem Boden. Eilig hockte er sich zu ihm, um die verklebten Nüstern sauber zu wischen, damit es Luft bekam, während die Stute noch verschnaufte.

Schon bei der ersten Berührung begannen ihm Tränen über das Gesicht zu laufen. »Da bist du ja. Wir haben auf dich gewartet. Mögen Sankt Georg und die guten Geister der Weiden und Wege dich beschützen, deine Beine und deinen Rücken stark und deine Lungen ausdauernd machen. Ich werde auf dich achtgeben, auch wenn du mir nicht gehörst«, murmelte er vor sich hin und rieb dem noch benommenen Fohlen behutsam mit einer Handvoll Stroh die Flanken, bis Lilje ihn mit einem ungeduldigen Kopfstoß wegschubste.

Von der Diele erklang ein leises, brummendes Lachen. »Nun komm mal lieber da heraus und lass den beiden Zeit für sich. Wir warten noch, bis das kleine Ding steht und das Euter gefunden hat, dann gehen wir in unsere Betten.«

Dass Adam auf die Diele gekommen war, hatte Micha nicht bemerkt. Er schlüpfte aus dem Stall und stellte sich mit verschränkten Armen neben Sibillas Vater. Verstohlen wischte er sein nasses Gesicht an den Oberarmen ab. »Ich dachte, du würdest schlafen wie die anderen.«

»Habe ich auch. Eine Weile. Aber ich habe einen besonderen Sinn, der mich weckt, wenn ein Fohlen fällt. Meistens kommen die Stuten allein zurecht, aber manchmal ist es doch gut, wenn man ihnen beisteht. Hast du nachgesehen, was es ist? Hengstfüllen oder Stutchen?«, fragte Adam.

Micha holte Luft, um es auszusprechen, aber dann musste er auf einmal schluchzen und konnte die Tränen nicht länger unterdrücken. Er weinte so heftig, dass das Schluchzen ihn förmlich schüttelte.

Adam legte einen Arm um seine Schultern. »Na, na«, sagte er. Nichts weiter, nur tief und sanft: »Na, na«, als würde er ein junges Muli beruhigen.

»Tut mir leid, ich … Ich weiß nicht, was … Es ist … mein Vater. Er hat jedes Fohlen mit uns gefeiert. Und ich, ich dachte immer … Ich habe mir nie etwas anderes gewünscht, als Pferde zu züchten, wie mein Vater sie sich vorgestellt hat. Auf unserem Gut. Ich wollte nichts anderes. Aber sie haben uns das weggenommen. Sie haben mir alles weggenommen.« Wieder übermannte ihn das Schluchzen so, dass er nicht weitersprechen konnte.

»Hm. Junge, ist es nicht an der Zeit, dass du mir deine ganze Geschichte erzählst? Du musst das nicht für immer allein mit dir herumtragen. Komm, wir gehen nach draußen, es ist ja warm.«

So setzten sie sich auf Dreibeinhocker an die noch schwach glimmende Glut des Kochfeuers, und Micha erzählte Adam seine Geschichte.

»Und heute, als wir auf der Wiese standen, habe ich zwei von den Räubern wiedererkannt. Sie kamen von der Burg und ritten auf der Straße an uns vorbei. Ich dachte, dass ich sie aufhalten muss, weil sie gefährlich sind und noch mehr Leute ausrauben und umbringen werden. Aber ich hatte solche Angst, dass ich mich gar nicht mehr bewegen konnte«, beendete er seinen Bericht.

Adam nickte bedächtig. »So war das also. Einen Teil hatte ich mir schon zusammengereimt. Und ich sage dir was: Du hast gut daran getan, niemandem zu verraten, wer du bist und was deiner Familie geschehen ist. Du solltest nicht zu Graf Meinhard gehen und mit dem Finger auf die Kerle zeigen, die du verdächtigst. Schon gar nicht darfst du Borgward und seine Männer darauf aufmerksam machen, wer du bist.

Du bist viel zu jung, um durchzustehen, was darauf folgen würde.«

Micha schüttelte verzweifelt den Kopf. »Aber ich kann sie doch nicht ungestraft davonkommen lassen. Ich muss etwas tun. Es waren dieselben Kerle, da bin ich mir sicher. Das glaubst du mir doch, oder?«

»Ich glaube dir, dass du davon überzeugt bist. Aber Graf Meinhard wird dir nicht glauben, weil er dir nicht wird glauben wollen. Dein Vater war ihm ein Dorn im Auge, weil er so hoch bei Herzog Heinrich in der Gunst stand und ihm als Lehnsmann aufgedrängt wurde. Solange du also deine Anschuldigungen nicht in aller Form öffentlich beweisen kannst, hältst du den Mund. Versprich mir das!«

»Aber … Wie soll ich das denn jemals beweisen können? Ich weiß doch überhaupt nicht, wie man so etwas macht.«

»Deshalb wirst du dir jemanden zur Unterstützung suchen, der sich mit den Dingen des Rechts gut auskennt und der nicht im Sold des Grafen steht. Wenn du etwas älter bist, sagen wir wenigstens fünfzehn Jahre alt, dann kannst du daran denken, das zu tun. Nicht früher. Versprochen? Ich meine es gut mit dir, glaub mir das.«

»Das glaube ich ja. Aber es ist so schwer, stillzuhalten, während diese Mörder einfach weitermachen. Das fühlt sich an, als würde ich meinen Vater und meinen Bruder verraten.«

Adam legte ihm die Hand auf die Schulter. »Das kann ich verstehen. Aber sie würden nicht wollen, dass du dein viel zu junges Leben in einem Ehrenhandel verlierst. Was geschehen würde, wenn du jetzt den Mund aufmachst. Und ich gebe dir noch einen Rat. Wenn deine Stute wieder aufnimmt, dann lass sie von meinem Esel decken. Das Maultier daraus verkaufe ich und gebe dir etwas vom Erlös ab. Das kannst du dir beiseitelegen, um deinen Rechtsberater zu bezahlen, wenn es nötig wird. Was hältst du davon?«

Micha vergrub das Gesicht in den Händen und stöhnte auf. »Ein Maultierfohlen? Musstest du mir diesen Vorschlag gerade heute Nacht machen? Bin ich nicht schon verheult genug?«

Adam lachte sein leises, brummendes Lachen und tätschelte ihm den Kopf. »Wirst sie schon noch lieben lernen, die Mulis. Dem einfachen Mann dienen sie besser als deine edlen Rösser. Und einfache Männer gibt es weit mehr, als es Herren gibt, die sich ein Ross leisten können.«

6. Kapitel

Juni 1167

Im Jahr, nachdem Lilje ihr erstes Fohlen auf die Welt gebracht hatte, erhielt die kleine Dorfkirche der Summerburger einen neuen, noch jungen Priester. Sein Name war Servatius und er war wegen seiner Freundlichkeit und wohl auch wegen seines jungenhaft frischen Antlitzes bald beliebter als der ältere Pater Eucharius, der von nun an nur noch in der Burgkapelle tätig war, um das Seelenheil des Burgherrn und der anderen Vornehmen zu betreuen.

Servatius war von seiner Familie schon als Knabe ins Zisterzienserkloster Mariental gegeben worden, hatte den größten Teil seines Lebens dort verbracht und erforschte nun neugierig die Lebensweise der ihm anvertrauten Schäfchen. Umgekehrt erforschten die Schäfchen neugierig die seine, vor allem eines von ihnen: Micha.

Er wurde Zeuge eines Gesprächs, das der Pater mit dem Kaufmann Gebhard führte, der das größte Haus und die am spitzesten vorstehende Plauze in der Unterburg besaß. Die beiden standen nach der sonntäglichen Messe vor der Kirche, in der Nähe der Kirchenlinde, die in diesem Sommer auffallend schön blühte. Sibilla, die von ihrer Großmutter den Auftrag bekommen hatte, Pater Servatius ein Körbchen mit frischen Eiern zu überbringen, wartete höflich im Hintergrund und Micha leistete ihr dabei Gesellschaft.

Die beiden Männer sprachen zuerst über die anhaltenden Überfälle und Plünderungen durch die Kriegsparteien, die besonders Kaufmann Gebhard das Leben schwer machten, weil es unberechenbar geworden war, ob und wann der Nachschub an alltäglichen Handelswaren eintreffen würde, mit denen er die Leute von Summerburg samt der gräflichen Hauswirtschaft versorgte.

Nach diesem üblichen Ächzen über die Beschwernisse des Unfriedens im Land kam Gebhard aber noch auf etwas anderes zu sprechen, was Michas Aufmerksamkeit stärker fesselte. »Werter Pater, wenn Ihr mir die Frage gestattet, Ihr seid doch in Fragen des Rechts bewandert?«, erkundigte sich Gebhard und wackelte mit seiner fettig glänzenden Nase wie ein mümmelnder Hase.

Servatius legte die Fingerspitzen beider Hände aneinander und neigte demütig den Kopf. »Ich studierte Schriften aus der Rechtsschule von Bologna und disputierte mit sächsischen Gelehrten über ihre Anwendung in unseren Landen.«

»Dann sagt mir doch, was Ihr von dieser Sache haltet: Meine Schwägerin, die Schwester meines Weibes, ist zu Epiphanias kinderlos verstorben. Seitdem hat mein Weib die Morgengabe ihrer Schwester von ihrem Schwager eingefordert, denn nach dem Recht geht ja die häusliche Habe des Weibes an die weibliche Verwandtschaft, und mein Weib ist die Letzte aus ihrer Familie. Er war geneigt, sie ihr zu geben, aber vor ein paar Wochen hat er neu geheiratet und dann wurde er plötzlich krank und starb ebenfalls. Nun hat die junge Witwe seinen Besitz geerbt. Was glaubt Ihr, was unsere Aussichten sind, von ihr noch etwas zu erhalten, wenn wir die Sache unserem Herrn Grafen vortragen?«

Servatius holte tief Luft. »Es bestünden Aussichten, wenn ihr von jedem Teil, über das ihr streitet, überzeugend schwören könnt, dass es zum Eigentum deiner Schwägerin gehörte. Hilfreich wäre es, wenn du Zeugen beibringen könntest. Geht es denn um große Reichtümer?«

»Immerhin eine gute Kuh, Fingerringe, eine Halskette aus Silber und einen schönen Reitsattel, den mein Weib gern hätte. Das würde sich schon lohnen«, erklärte Gebhard mit gespitzten Lippen und strich sich mit beiden Händen die Cotte über dem vorstehenden Bauch glatt.

Servatius nickte verständnisvoll. »Gewiss. So ein Andenken an einen lieben Verstorbenen hat wohl jeder gern.«

Gebhard zuckte mit den Schultern. »Besonders lieb haben sie sich eigentlich nicht gehabt. Aber was Recht ist, muss ja Recht bleiben, nicht wahr?«

Der Pater öffnete den Mund für eine Erwiderung, klappte ihn dann aber wieder zu und sah kurz zu Boden, bevor er schließlich antwortete. »In derartigen Angelegenheiten kann ich nur wiedergeben, wie dem überlieferten Brauch nach am häufigsten geurteilt wird. Zum Wohle deiner Seele möchte ich dir allerdings raten, in dich zu gehen und zu überlegen, ob du wegen dieser weltlichen Güter wirklich vor einem Richter einen Streit austragen willst. Ist es nicht möglich, dass ihr euch in Güte mit der Witwe einigt?«

Gebhard grinste. »Mag sein, dass wir das können. Aber es wird helfen, wenn ich ihr sage, welche guten Aussichten mein Weib und ich vor Gericht hätten. Habt Dank für Euren Rat. Dafür bringe ich Euch kommende Woche ein Krüglein Kirschwein.«

Damit verabschiedete er sich und ging, sodass Sibilla dem Pater die Gabe ihrer Großmutter überreichen konnte. Es brannte Micha auf der Zunge, ihn gleich wegen seiner eigenen Sache anzusprechen, aber er erinnerte sich gut an den zweiten Teil von Adams Rat: Such dir jemanden, der nicht im Sold des Grafen steht. In wessen Sold stand Pater Servatius? War er dem Grafen treu ergeben? Das musste er erst noch herausfinden.

Als sie den Kirchhof verließen, gab Sibilla ihm einen Stoß gegen den Oberarm, der ihn aus dem Gleichgewicht brachte, obwohl er ihr inzwischen eine gute Handbreit über den Kopf gewachsen war.

»Du siehst schon wieder aus, als hättest du einen Kobold gesehen. Musst es nicht erklären. Du überlegst, ob der Pater dich über dein Recht beraten könnte, stimmt's? Guck nicht so! Ich habe ihm ja auch zugehört«, sagte sie.

Er zog zur Vergeltung an ihrem wie üblich leicht zerzausten, nicht allzu langen Zopf. »Warum weißt du immer, was ich denke? Das ist ein bisschen gruselig, Billjesib. Ich wünschte, der Pater wäre der Richtige. Er ist nett. Aber wenn er Graf Meinhard dient, dann kommt er nicht infrage.«

Sie legte ihren Zopf über die Schulter nach vorn, um ihn vor ihm in Sicherheit zu bringen. »Wir werden ihm auf den Zahn fühlen.«

»Aber vorsichtig«, warnte er.

Sie nickte. »Vorsichtig. Das Gute ist, dass ihn bald beinah jeder in der Unterburg kennen und eine Meinung über ihn haben wird. Neu wie er hier ist, werden die Leute sich nicht wundern, wenn wir sie fragen, was sie von ihm halten.«

Micha sah sie lächelnd von der Seite an. »So eine schlaue Schwester haben nicht viele.«

Sie lächelte mit zusammengekniffenen Lippen. »Du auch nicht, Stallknecht. Du vergisst deine Stellung.«

Woraufhin er lachen musste und sich mit zusammengelegten Händen spöttisch vor ihr verneigte. »Vergebt mir, Gnädigste.«

Sie wedelte abfällig mit der Hand. »Genug, du Geschmeiß. Wetten, ich bin zuerst am Tor?«

Ihn im Wettlauf zu schlagen, gelang ihr nie, trotzdem forderte sie ihn immer wieder heraus. Und er spielte nur zu gern mit, obwohl sie beide dafür eigentlich langsam zu alt wurden. »Um den ersten reifen Apfel.«

»Um den ersten Apfel«, bestätigte sie und rannte los wie ein Hase.

Ein paar Wochen später brachte Lilje ihr zweites Fohlen zur Welt – einen kleinen Maultierhengst, dem Sibilla den Namen »Plitze« gab, weil er schon an seinem ersten Lebenstag über die Weide raste wie ein Blitz. Auch für Liljes erstes Fohlen hatte sie den Namen gewählt – die Stute hieß »Kranwit«, weil ihr Fell die Farbe von Wacholderholz hatte.

Plitze war niedlich und seine Mutter störte sich nicht daran, dass er ein halber Esel war. Micha war froh, dass Adam ihn nicht verkaufen würde, bevor er vier Jahre alt war. Gleichzeitig bedeutete das aber auch, dass er seinen Anteil am Erlös nicht vorher zu sehen bekäme. Falls er also schon bald einen Rechtsberater bezahlen wollte, musste er sich etwas anderes einfallen lassen.

»Was kann ich tun, um etwas Geld zu verdienen?«, fragte er, während er mit Adam und Sibilla im leichten Nieselregen am Rande der Weide stand, wo Lilje mit dem kleinen Plitze und ihrem einjährigen Stutfohlen zwischen Adams anderen Pferdestuten graste.

Sibillas Vater brummte abfällig. »Bekommst du bei uns nicht, was du brauchst?«

Micha sah ihn unsicher von der Seite an. Hatte Adam seine eigenen Worte vergessen? »Du hast doch gesagt, ich müsste vielleicht einen Rechtskundigen bezahlen, damit er mir weiterhilft.«

»Und deshalb haben wir eine Vereinbarung geschlossen. Wenn ich den kleinen Muli verkaufe, bekommst du deinen Anteil«, entgegnete Adam.

»In vier Jahren. Das ist mir zu lang. Ich werde schon in diesem Oktober fünfzehn und ich glaube, dass Pater Servatius der richtige Ratgeber für mich sein könnte. Was, wenn er wieder fortgeht?«

»Er ist doch gerade erst hergekommen. So bald wird er wohl nicht wieder gehen. Warte bis zum Herbst ab, dann fragst du ihn, ob er dir helfen kann. Falls er dich ausnehmen will, ist er ohnehin nicht der Richtige.«

»Aber ich habe ja gar nichts. Kann ich denn nicht irgendwie etwas verdienen?«, beharrte Micha.

Adam sah ihn ungehalten an. »Du verdienst ja. Du verdienst deine Unterkunft und deine Mahlzeiten, das Hemd auf deinem Rücken, die Schuhe für den Winter und den Hafer für dein Pferd. Glaubst du etwa, jeder Waisenknabe in deinem Alter würde schon so für voll genommen? Hast du mal Paul und Jakob gefragt, was sie verdienen? Das ist nicht viel mehr. Letztes Jahr hast du mich noch mit dem Stutfohlen bezahlt, weil du eine halbe Portion warst. Dieses Jahr musst du das nicht, weil ich dich als guten Arbeiter betrachte. Du kannst aber nicht von mir erwarten, dass ich dir jetzt schon Geld dazugebe wie den anderen.«

Verdutzt schüttelte Micha den Kopf. »So meinte ich es doch nicht. Ich wollte nichts von dir. Ich dachte, ich könnte zusätzlich etwas tun, wofür die Leute bezahlen.«

Sibilla schnaubte belustigt. »Du solltest das Brettchenweben üben. Wenn du es gut kannst, gibt Gebhard dir vielleicht einen Hohlpfennig für die Borten. Mutter hat ihn schon mal dazu gebracht.«

Micha seufzte. »Deine könntest du ihm sicher verkaufen. Für mich ist das nichts, ich werde die Reihenzählerei nie richtig hinbekommen.«

Kopfschüttelnd wandte Adam sich ab. »Das Weben überlass den Weibern. Für Billje ist es wichtiger, dass sie das kann. Kümmere du dich um das, was für dich wichtig ist. Deine Gabe sind die Tiere, also bleib dabei. Wenn du älter bist, wirst du vielleicht mal für einen adligen Herrn das eine oder andere junge Pferd zähmen dürfen. Da könnten auch ein paar Pfennige abfallen.«

Empört schnaubte Sibilla wie ein Muli. »Seine Gabe sind die Tiere? Meine sind sie also nicht? Ein guter Arbeiter bin ich wahrscheinlich auch nicht, was? Arbeite ich etwa weniger als Micha? Warum soll für mich das Weben wichtiger sein als für ihn? Ich webe nur, weil es mir Freude macht, lass dir das gesagt sein.«

Ihre geballten Fäuste waren ein schlechtes Zeichen. Sie wurde nicht oft wütend, aber wenn, dann mit Leidenschaft. Micha überlegte fieberhaft, wie er sie beschwichtigen konnte, doch es war schon zu spät.

Adam schwang herum, wandte sich seiner Tochter zu wie der Bär sich dem bellenden Hund und blickte von oben auf sie herab. »Was ich mir von wem sagen lasse, das entscheide ich ganz allein, du ungehörige kleine Krähe. Du sprichst so nicht mit mir, verstanden? Sonst hole ich den Haselstecken und dann brennt dein Hinterteil. Du hast viel Freiheit bei mir, aber das ändert nichts daran, dass aus dir ein Weib werden wird, das eines Tages seinem Mann zu gehorchen hat. Wenn du erst verheiratet bist, wirst du begreifen, wie man sich in einer Ehe die Arbeit am besten aufteilt. Und auch, wann du lieber den Mund halten solltest!«

Sie tat, als würde sie auf den Boden spucken. »Da kann der Mann lange warten. Ich lasse mir bestimmt nicht den Mund verbieten!«

Micha drehte sich um die eigene Achse und schrie auf. »Ein Fuchs! Ein Fuchs bei den Hühnern!«

Damit hatte er die Aufmerksamkeit der beiden gewonnen. Gleichzeitig fragten sie »Wo?« und rannten in Richtung des Hühnerstalls. Micha lief mit und verkniff sich jedes Zeichen von Heiterkeit. »Da, hinter dem Brunnen! Beim Walnussbaum. Oder ist er schon wieder durch den Zaun?«

Sie fanden keine Spur von dem Fuchs, bis Ludmila sie wenig später zum Essen rief.

Während sie zur Tür hineingingen, stieß Sibilla Micha den Ellbogen in die Seite. »Ich weiß, was du getan hast«, wisperte sie. Und da musste er dann doch grinsen.

Oktober 1167

Im Herbst hatte Micha ausreichend Vertrauen in Pater Servatius gewonnen, um sich an ein Gespräch mit ihm heranzuwagen. Er wählte dazu nicht die Zeit nach der sonntäglichen Messe, wenn viele Leute mit ihren Anliegen an ihn herantraten. Stattdessen fing er ihn vor dem Goldenen Ross ab, als er zu seiner Abendmahlzeit hineingehen wollte. Dank der wochenlangen Beobachtung kannte er die Gewohnheiten des Paters recht genau.

Höflich nahm er seine Filzkappe ab, bevor er ihn ansprach. »Pater Servatius? Auf ein Wort?«

Servatius warf einen sehnsüchtigen Blick auf die Tür der Wirtschaft, nickte jedoch. »Gewiss. Ist es eine kurze oder lange Angelegenheit? Für eine kurze könnten wir hier sprechen, für eine lange wollen wir lieber hineingehen.«

»Sie ist lang. Und sie sollte unter uns bleiben«, entgegnete Micha.

Mitfühlend sah der Pater ihm in die Augen. »Also eine Beichte? Dazu solltest du lieber in die Kirche kommen.«

Micha schüttelte den Kopf. »Ich suche Euren Rat in einer Rechtssache.«

»Dann bitten wir Kilian, uns einen Platz im Winkel zu geben.«

Gleich darauf saßen sie in einer abgeschirmten Ecke des Gastraums, die wegen ihrer Entfernung zum Feuer im Sommer begehrt war, im Winter aber gemieden wurde. An der Außenwand über ihnen hingen zwei gekreuzte, sonnengelb bemalte Pferdeköpfe aus Holz, an den aus Reisig geflochtenen Wandschirmen Kränze aus getrockneten Ähren und Blumen. Die Bänke bildeten die Form eines Hufeisens, sodass Micha sich dem Pater gegenübersetzen konnte.

»Warte noch mit deiner Frage. Kilian bringt mir gleich mein Essen. Danach wird er uns in Ruhe lassen«, sagte Servatius, während er es sich bequem machte und vorsorglich eine der kleinen Holztafeln auf den Schoß nahm, von denen hier mangels eines Tisches gespeist wurde.

Sie mussten nicht warten, denn ebenso wie Micha kannte Kilian die Gewohnheiten des Paters. Der Wirt brachte ein Tellerbrot mit gebratener Wurst in Pflaumensoße, Käse und saurer Roter Bete darauf und einen kleinen Krug Wein. Um seine Füße wuselte dabei ein Terrierwelpe, den er kürzlich zu sich genommen hatte.

»'n Abend, Pater. 'n Abend, Micha. Heute mal ohne Sibilla?«

Micha zuckte mit den Schultern. »Käthe hilft heute der Hebamme, deshalb muss Billje ihrer Mutter beim Kochen zur Hand gehen.«

Kilian lachte. »Ist das der Grund, warum du zum Essen hier bist?«

Micha musste auch lachen. »Wenn Sibilla so schlecht kochen könnte, dann würde ich mich wohl eher anbieten, an ihrer Stelle ihrer Mutter zu helfen. Nein, ich bin hier, um mit Pater Servatius zu sprechen.«

»Also brauchst du nichts von mir?«, fragte der Wirt.

Micha holte einen beinah fertig geschnitzten Löffel und sein Schnitzmesser aus seinem Beutel. »Kommt darauf an. Was kann ich für einen Löffel bekommen?«

Mit fachmännischem Blick begutachtete Kilian das Werk. »Einen Becher Wein?«, fragte er.

»Und wenn ich noch eine Blume in den Knauf schnitze?«, fragte Micha zurück.

»Einen Becher Wein mit einer Prise Pfeffer darin«, gab Kilian zurück.

Darauf einigten sie sich, und Micha begann, an dem Löffel zu schnitzen, während Servatius am Käse knabberte.

»Schmeckt besser, als er riecht. Was ist denn nun dein Anliegen?«, erkundigte er sich.

Ein letztes Mal blickte Micha dem Geistlichen in die Augen, um nachzuspüren, ob sein Vertrauen gerechtfertigt schien. Dann gab er sich einen Ruck. »Einige Männer des Grafen haben vor einigen Jahren meinen Vater beraubt und ihn und unsere Knechte ermordet. Und vielleicht gehört auch der Totschlag an meinem Bruder zu diesem Verbrechen. Diese Männer wissen nicht, wer ich bin, und sie sollen es vorerst nicht erfahren. Was ratet ihr mir zu tun, um sie eines Tages für ihre Taten zur Rechenschaft zu ziehen?«

Servatius hatte sich ein Stück Wurst in den Mund stecken wollen, doch nun verharrten seine Finger in der Luft und er starrte Micha mit großen Augen an. »Der Herr habe Erbarmen. Damit habe ich nicht gerechnet. Erzähl mir alles. Aber leise. Sehr leise.«

So erzählte Micha auch ihm die ganze Geschichte. All die Einzelheiten, die sich drei Jahre zuvor in sein Gedächtnis eingebrannt hatten, all die verdächtigen Dinge, die er seitdem in Summerburg beobachtet und gehört hatte.

Servatius lauschte so gebannt, dass er das Essen vergaß, bis Kilian den Wein für Micha brachte und stirnrunzelnd die kaum angerührte Mahlzeit betrachtete. »Schmeckt es Euch heute nicht, Euer Ehrwürden?«

Micha begann ein spielerisches kleines Tauziehen mit dem Terrierwelpen, der stolz ein Stöckchen angeschleppt hatte. Auf die Art konnte er sein Gesicht verbergen, das vermutlich verriet, wie nah er den Tränen war. Er hatte gedacht, dass die furchtbaren Erlebnisse lange genug zurücklagen, um nüchtern darüber sprechen zu können. Aber darin hatte er sich geirrt.

»Doch, doch. Alles bestens. Dieses Wurstgericht wird vielleicht sogar meine neue Leibspeise. Ich war nur etwas abgelenkt.«

»Ihr interessiert Euch für edle Rösser? Oder wollt Ihr etwa behaupten, der Junge spricht über etwas anderes?«, fragte Kilian.

Servatius nahm einen Schluck von seinem Wein. »Maultiere. Pferde und Maultiere. Wer hätte gedacht, dass mich die Umstände, unter denen sie gehalten werden, einmal derartig faszinieren würden. Mir scheint, mein Amt hier wird mich noch einiges lehren.«

Kilian kratzte sich grinsend den Bart. »Ich kann mir vorstellen, dass Verständnis für die Maultierhaltung auch einem Seelenhirten von Nutzen ist. Hier, Micha, nimm mir deinen Wein ab und lass das arme Hundchen in Ruhe. Siehst du nicht, wie wichtig ihm sein Stock ist?«

Das brachte Micha zum Lachen. »Ja, ich sehe es. Der kleine Kerl würde sein Leben für den Stock geben. Da hast du ihn, du Zwicker.«

»Zwicker? Ein guter Name für eine zukünftige Rattenjägerin«, meinte Kilian, bevor er sich mit dem Welpen entfernte.

Servatius räusperte sich. »Nun gut. Mein Junge, was weißt du über das Recht und die Rechtsprechung?«

»Ich weiß, dass mein Vater ein freier Edelmann war, der von Herzog Heinrich Anerkennung für seine treuen Dienste als Miles erhalten hat. Es muss ein Recht geben, das für Vergeltung sorgt, wenn so ein Mann hinterhältig erschlagen wird. Und ich weiß, dass ich dem Recht nach der Erbe meines Vaters bin und meines Erbes beraubt wurde. Gerecht wäre, wenn ich wenigstens einen Teil von dem zurückerhalten würde, was andere sich angeeignet haben.«

»Du sagst, dein Vater war ein Miles, ein Krieger. Hat er dich den Kampf mit Waffen gelehrt?«

»Mein Vater wollte damit warten, bis ich älter bin. Deshalb habe ich nur zugesehen, wie er meinem Bruder den Umgang mit dem Schwert beigebracht hat. Zu mir sagte er, es sei ebenso wichtig, dass wir lernen, unsere Pferde zu beherrschen. Bei den berittenen Kriegern würde sich darin die Spreu vom Weizen trennen. Nur, weil er besser darin war als andere, habe er dem Herzog so gute Dienste leisten können. Vielleicht hat er das aber auch nur gesagt, weil er wollte, dass ich mich gut bei dem fühlte, was ich ohnehin am liebsten tat.«

»Das klingt, als wäre er ein freundlicher und kluger Mann gewesen. Aber um ihn soll es jetzt nicht gehen, sondern um dich. Du glaubst, etwas über die göttliche und weltliche Gerechtigkeit zu wissen. Aber was ist mit der Rechtsprechung? Weißt du, was geschieht, wenn ein eidesfähiger Mann eines Verbrechens angeklagt wird, das nicht klar und für jedermann sichtbar auf der Hand liegt? Wenn du nicht wenigstens drei gute, gleichfalls eidesfähige Zeugen für die Tat beibringen kannst, wird er sich freischwören. Anschließend wird er dich für die Ehrverletzung zur Rechenschaft ziehen. Es gibt viele Unwägbarkeiten in solchen Fällen, aber es besteht eine hohe Wahrscheinlichkeit, dass es auf dem einen oder anderen Wege zu einem Gerichtskampf zwischen euch kommt, einem Ordal, das Gottes Urteil in der Angelegenheit offenlegen soll. Verstehst du, worauf ich hinauswill?«

Micha überlief ein Schauder, als er an den bleichen Leichnam seines Bruders dachte. »Ihr wollt darauf hinaus, dass ich in dieser Sache noch weniger Aussichten auf Erfolg habe, als David sie hatte. Ratet Ihr mir, dass ich zuerst ein Schwertkämpfer werden soll, bevor ich mein Recht verlange?«

Der Pater schüttelte den Kopf. »Die Erlaubnis unseres Burgherrn für Schwertübungen erhältst du nicht ohne Weiteres. Entweder müsstest du in seine Dienste treten oder offenbaren, wer du bist, und ihn von deinem Anrecht auf das Führen scharfer Waffen überzeugen. Als einfacher Knecht hast du bloß das Recht, dich mit Knüppel, Forke und deinem Tafelmesser zu verteidigen. Käme es zu einem Ordal, müsstest du einen Stellvertreter benennen, der für dich kämpft. Kennst du jemanden, der dafür geeignet wäre? Nein? Das dachte ich mir. Und eine Feuer- oder Wasserprobe möchtest du gewiss auch nicht durchstehen.« Er senkte den Kopf, widmete sich seinem durchweichten Tellerbrot und schob ein großes Stück davon in den Mund, sodass er für den Moment nicht hätte weitersprechen können, auch wenn er es gewollt hätte.

Doch Micha verstand, dass Servatius ihm Zeit geben wollte, selbst zu dem Schluss zu kommen, der auf der Hand lag. »Ihr meint, die ganze Sache ist sinnlos. Ihr ratet mir ab.«

Der Pater sah ihm in die Augen und zuckte mit vollen Backen kauend die Achseln.

Micha erwiderte seinen Blick, ohne auszuweichen. »Ich kann nicht aufgeben, bevor ich es wenigstens versucht habe. Wenn Ihr sagt, dass ich hier in Summerburg keine Aussichten auf Gerechtigkeit habe, dann werde ich mich Herzog Heinrich anschließen und ihm meine Sache vorbringen. Ich bin alt genug dazu.«

Die Antwort darauf war ein so besorgniserregender Hustenanfall, dass Kilian zu ihnen kam, um dem Pater auf den Rücken zu klopfen.

Servatius wedelte mit der Hand, um ihn abzuwehren. »Schon gut, schon gut. Ich sterbe nicht«, keuchte er.

Erst als der Wirt sich wieder zurückgezogen hatte, fixierte Pater Servatius Micha mit einem strengen Blick. »Bist du lebensmüde, dass du in diesen Zeiten hier so etwas laut aussprichst? Wenn du dich eigenmächtig dem Herzog anschließt, wird Graf Meinhard jeden berechtigten Anspruch, den du vielleicht gehabt hättest, als verwirkt betrachten. Und was, glaubst du, wird Herzog Heinrich in nächster Zeit für dich tun können? Das Land, mit dem dein Vater belehnt war, gehört nicht ihm. Die Männer, die deiner Ansicht nach deinen Vater und Bruder umgebracht und eure Pferde gestohlen haben, gehören nicht zu ihm. Dein Recht kannst du über ihn also nur erhalten, wenn der Herzog den Grafen in diesem Krieg niederwirft und anschließend über dessen Eigentum verfügt. Du scheinst nicht dumm zu sein, also überlege gut: Willst du wirklich diesen Ort und all deine Freunde zurücklassen und dich mit deinem Leben dafür einsetzen, dass der Herzog das zu deinem Vorteil tut?«

Wenn man es auf diese Art betrachtete, erschien der Plan tatsächlich vor allem eigensüchtig. Die Nachrichten von den Plünderungen durch Truppen des Herzogs rissen nicht ab. Was ein direkter Angriff auf Summerburg und seine Ländereien bedeutet hätte, wurde seit Monaten angstvoll besprochen.

Micha seufzte. »Aber ich kann es nicht aufgeben. Ich würde meinen Vater und meinen Bruder in ihren Gräbern beschämen. Und die Verbrecher … Könnt Ihr Euch wirklich so leicht damit abfinden, dass ihre Taten ungeahndet bleiben und sie ungehindert weiter ihr Unwesen treiben?«

Ein leises Lächeln umspielte die Lippen des Priesters. »Du hast wenig Vertrauen in die Gerechtigkeit Gottes. Wer weiß, ob unser allmächtiger Herr nicht längst festgelegt hat, wie diese Männer ihre Untaten büßen werden? Niemand dürfte dich tadeln, wenn du die Vergeltung ihm überlässt und dein Schicksal in seine Hände legst.«

»Aber ich würde mich selbst tadeln – jedes Mal, wenn ich sehe, dass einer der Kerle ein neues Unrecht begangen hat. Gott mag einen Plan für die Vergeltung haben, aber vielleicht bedeutet das auch, dass er von mir erwartet, dass ich etwas unternehme.« Micha merkte, dass seine Stimme flehend klang. Aber brauchte er wirklich die Zustimmung des Paters? Vielleicht war der Mann einfach nicht der Richtige für sein Anliegen. Er ließ die Schultern sinken und griff nach seinem Wein. Kilian hatte Wort gehalten und eine Prise Pfeffer hineingegeben. Es war erst das zweite Mal, dass er das kostete, und er wusste noch nicht, ob er das verwirrende Beißen auf der Zunge wahrhaftig mochte. Doch es war eine willkommene kleine Abwechslung.

»Wie alt bist du?«, fragte Servatius.

»Bald fünfzehn Jahre alt.«

»Nun denn. Ich erkläre dir den Weg, den ich als einzigen für gangbar halte. Du benötigst Klugheit und Mut dafür. Aber vor allem Geduld. Glaubst du, dass du das alles aufbringen kannst?«

Eine Welle von Hoffnung durchfuhr Micha und er nickte heftig. »Das kann ich.«

»Wenn die Täter eines anderen Verbrechens überführt werden, verlieren sie ihre Eidesfähigkeit. Wenn sie dann erneut angeklagt werden, können sie sich nicht freischwören, und es kommt mit etwas Geschick in deiner Sache zu einem Gerichtsverfahren. Dann lässt sich mit dem Beibringen von Zeugen und Leumundszeugen vielleicht etwas zu deinen Gunsten bewegen. Und wenn du in der Zeit, die bis dahin vergehen wird, jemanden findest, der erfolgreich ein Ordal für dich ausfechten könnte, umso besser.«

Micha sog jedes Wort auf. »Wie kann ich sicher sein, dass sie irgendwann eines anderen Verbrechens überführt werden?«

»Das kannst du nur dann, wenn du geschickt, geduldig und äußerst unauffällig dazu beiträgst, dass das geschieht. Und sorg dafür, dass du ein so ehrenhafter Mensch dabei bleibst, dass an Leumundszeugen für dich kein Mangel herrschen wird.«

Mit einem Stöhnen ließ Micha sich gegen die Lehne der Bank zurücksinken. »Ich beobachte diese Kerle seit Jahren. So einfach ist es nicht, sie zu erwischen.«

»Von ›einfach‹ habe ich auch nichts gesagt. Von Geduld habe ich gesprochen. Und ich verspreche dir, ich werde dir helfen. Ich werde sie ebenso scharf beobachten wie du. Und wenn du anständig bleibst, deine Erkenntnisse zuerst mit mir besprichst und keine Unbedachtheiten begehst, dann stehe ich dir auch in deinem Gerichtsverfahren bei, wenn es eines Tages dazu kommt. Können wir uns darauf einigen?«

Servatius wischte sich betont gelassen die Hände an einem Saumzipfel seiner Kutte ab, doch Micha sah, dass sie ein wenig zitterten. Diese Angelegenheit ließ den Pater längst nicht so kalt, wie er vorgab.

»Das kann uns beide in große Schwierigkeiten bringen, stimmt's?«, fragte er.

Pater Servatius sah ihm in die Augen und nickte stumm. Und da endlich wusste Micha, dass er doch den Richtigen als Beistand gefunden hatte.

7. Kapitel

Juni 1168

Die Bewohner der Unterburg hatten sich beim Bau der Festung nach und nach hier angesiedelt, weil sie Dienstleistungen zu bieten hatten, die dem Burgherrn ausreichend von Nutzen waren, um ihnen ein Grundstück für den Hausbau und einen Garten und nach Wahl etwas Land für den Ackerbau zuzuteilen. Einige hatten das ganze Jahr über mit den Diensten für die gräfliche Haushaltung so viel zu tun, dass sie nur ihr Gartenland nutzten, andere verzichteten zugunsten von Viehzucht oder Holzfällerei und Zimmerei auf den Anbau von Ackerfrüchten. Doch die meisten beackerten die Felder im Umkreis der Burg und brachten Ernten ein, die entweder ganz oder nur zu einem Teil Eigentum des Grafen waren. Das hing davon ab, ob sie frei oder unfrei waren, und von den Vereinbarungen, die ihre Eltern oder Großeltern mit Graf Meinhard oder noch mit seinem Vater getroffen hatten.

Im Juni wurde auf Feldern und Gartenbeeten unermüdlich Unkraut gehackt, bei Trockenheit Gras gemäht, Beete wurden neu bepflanzt und bewässert, Kräuter geerntet, die Kirschbäume und Johannisbeersträucher nach besten Kräften vor den diebischen Vögeln beschützt. Der Blütenduft des Sommers war allgegenwärtig. Zum Feiern war nur wenig Zeit, und gerade deshalb erwarteten alle die Johannisnacht und den darauffolgenden Jahrmarkt sehnsüchtig und voller Vorfreude.

Adams Familie liebte die Bräuche rund um das Johannisfest. So sparsam Ludmila und Käthe sonst auch wirtschafteten, zu Johannis zerließen sie einen ganzen Topf Schmalz, um darin Hollerküchle aus den Holunderblüten auszubacken, die Sibilla, Wiebke und Magda gepflückt hatten. Und die honigsüße Kostbarkeit war schon wieder verspeist, bevor die Familie in ihrer färberwaidblauen Feiertagskleidung auf die Festwiese zum Feuer ging.

Die Wiese lag außerhalb der Dorfumfriedung und gehörte zur Allmende, dem Land, das von allen Einwohnern des Dorfes genutzt werden durfte. Die nächstgelegenen Häuser waren der Hagenhof und die Hufschmiede.

Henning, der junge Hufschmied, war wie vor ihm sein Onkel in diesem Jahr zum ersten Mal für das Aufschichten des Johannisfeuers zuständig gewesen. Er hatte seine Aufgabe mit Begeisterung erledigt. Wer über die Flammen springen wollte, würde lange ausharren müssen, bis das Feuer weit genug heruntergebrannt war. Noch war es nicht entzündet, aber die Musik spielte schon. Der Schall trug die Flötenmelodien über die Wiese zu ihnen und die Trommeln machten Lust auf den ersten Reigen.

Sibilla nestelte an ihrem aus Beifuß geflochtenen Gürtel, der nicht so fest saß, wie er sollte. Sie trugen alle einen solchen Kranz um die Taille, sogar Adam, der von derlei Kräuterzaubern weniger hielt. Micha zupfte ein paar Pferdeschweifhaare aus einer Distel am Wegesrand, verdrillte sie und gab sie seiner Freundin. Sie nahm sie ihm ab, ohne aufzublicken, und wickelte sie um die Beifußstängel. »Danke. Ich will auf keinen

Fall die Erste sein, die ihren Kranz verliert. Den dummen Spott mag ich mir nicht anhören.«

»Bis jetzt hast du deinen Kranz noch nie verloren. Dagegen verliere ich meinen immer«, warf Wiebke ein.

»Du tanzt zu wild. Halt dich ein bisschen zurück«, sagte ihre Mutter.

Wiebke zog eine Schnute. »Sibilla hält sich nicht zurück. Ihr tanzt alle genauso wild. Springt ihr heute Nacht auch wieder über das Feuer?«

Adam brummte belustigt. »Das ist Ehrensache. Solange ich die Beine noch heben kann, springe ich. Soll ich mich etwa darauf verlassen, dass andere die bösen Dämonen von unseren Mulis fernhalten?«

Die beiden Knechte lachten. »Wenn wir um die Zeit noch die Beine heben können, haben wir etwas falsch gemacht. Ein ordentlicher Rausch zu Johanni ist schließlich ebenso hilfreich gegen die Dämonen, oder nicht, Paul?«, meinte Jakob und stieß Paul den Ellbogen in die Seite.

»Ich springe mit dir, Vaddern. Was ist mit dir, Micha? Betrinkst du dich oder springst du?«, fragte Sibilla.

Micha grinste. »Vielleicht geht ja doch beides.«

Adam warf ihm einen gespielt ernsten Blick zu. »Wenn du ins Feuer fällst, löschen sie dich im Pissgraben.«

»Wenn ich nicht mehr sicher auf den Füßen bin, könnte ich immer noch mit dem Pferd springen«, erwiderte Micha.

Sibilla versetzte ihm einen Schubs. »Ach, hör doch auf, du Angeber. Ich könnte das auch mit einem Muli. Aber so ist es nicht Brauch.«

Micha sah sie spöttisch an. »Du könntest mit einem Muli übers Feuer springen? Nie im Leben. Mit welchem? Wenn die ahnen, dass du das vorhast, betreten sie schon die Wiese nicht mehr.«

»Sie sind eben schlau und geben sich nicht für gefährliche Narreteien her. Da sind wir! Gerade zur rechten Zeit, Henning hat die Fackel schon in der Hand«, stellte Adam fest und beendete damit das unnötige Gespräch. Micha wusste schließlich genau, dass er lieber springen als trinken wollte. Von der unmäßigen Sauferei wurde ihm bloß übel und so dumm im Kopf, dass er immer das Gefühl hatte, die wirklich wichtigen Ereignisse zu verpassen. Doch laut zugeben wollte er das nicht, denn er wusste, dass ihn die Leute sonst angesehen hätten, als hätte er keine Aussichten, jemals zu einem echten Mann zu werden.

Es dauerte noch eine Weile, bis es dunkel genug war und Henning schließlich seine Fackel an das aufgetürmte Feuerholz hielt. Unter dem Jubel der Umstehenden breiteten die Flammen sich aus, doch erst als sie hoch zum Himmel emporloderten, begann der Tanz. Im wirren Licht des flackernden Feuers und im Lärm des Prasselns, der kreischenden, scherzenden Stimmen, der laut tönenden Sackpfeife, der Trommeln und Lauten wurde die Stimmung schnell wild.

Micha hatte sich zwischen Sibilla und Jakob in den Reigen eingereiht, doch bald endete dieser erste Tanz damit, dass sie alle ihre Beifußkränze samt der nun daran haftenden böswilligen Wünsche und Zauber ins Feuer warfen. Von da an tanzte jeder mit jedem, sodass sie sich aus den Augen verloren. Er schwang einige Dorfmädchen im Kreis und genoss, wie gut ihre weichen Formen sich anfühlten, aber das Vergnügen war immer nur kurz. Dann wurde er wieder selbst herumgeschwungen – mal von Mechthild, der stämmigen Bäckersfrau, dann von Käthe, die ihm energisch zeigte, wie er seine Füße geschickter setzen sollte –, dann tanzte er auf einmal einen weiteren Reigen zwischen dem spitzbäuchigen Kaufmann Gebhard und Käthes langem, hagerem Freund Mathis, dem Sattler. Und er liebte jeden Augenblick davon. Mochte das Leben noch so viel

Elend bereithalten, so blieb es doch auch wild und schön und den Aufwand wert, solange man solche Nächte erleben konnte.

Irgendwann fand er sich außer Atem neben Sibilla wieder, die ebenso strahlte, wie er sich fühlte.

Sie hatte es irgendwie geschafft, einen vollen Metkrug an sich zu bringen, den sie ihm nun reichte. »Koste mal, der ist so lecker.«

Im Überschwang seines Glücks legte er einen Arm um sie und trank einen Schluck. »Wie im Paradies gebraut«, sagte er.

Sie tranken abwechselnd und zügig und allzu bald war der Krug leer.

»Tanzt du nun auch mal mit mir?«, fragte sie.

»Haben wir das nicht schon? Da waren so viele«, zog er sie auf.

Sie stieß ihn mit verkniffenem Lächeln von sich. »Sei kein Arsch. Wollen wir nun?«

»Na, sicher doch. Pass auf, wir tanzen zusammen, bis es Zeit zum Springen ist, was hältst du davon?«

Da das noch eine Weile dauern konnte, war der Vorschlag eine Herausforderung, und Sibilla sprang sofort darauf an. »Wetten, das schaffst du nicht?«, rief sie.

»Ich schon. Aber du?«

Der abschätzige Blick, mit dem sie ihn bedachte, brachte ihn zum Lachen. »Wer zuerst aufgibt, übernimmt einen Monat lang für den anderen das Putzen im Haus und auf dem Hof.«

Er grinste. »Du wirst morgen so wunde Füße haben, dass du das Haus nicht mehr verlassen willst.«

Mit einem Kopfschütteln ergriff sie seinen Hemdsärmel und zog ihn mit sich in Richtung des Feuers. »Und wenn sie bluten, mir egal. Morgen früh schleiche ich hinaus und gehe im Tau baden. Das wollte ich schon im letzten Jahr.«

»Du wirst es auch dieses Mal wieder verschlafen«, meinte er.

Sie wandte sich ihm zu und hielt den Finger an die Lippen. »Nicht, wenn ich gar nicht erst schlafen gehe.«

»Nimmst du mich dann mit?«, fragte er. Doch darauf erhielt er nur ein Schulterzucken als Antwort.

Und dann tanzten sie und hörten nicht auf, bis das Feuer heruntergebrannt war. Trotz ihrer schmerzenden Füße sprangen sie gemeinsam in hohem Bogen über die Flammen, während ein großer Teil der Feiernden längst nur noch taumeln konnte.

Nicht wenige der Taumelnden blieben später einfach auf der Wiese liegen und verschnarchten den Rest der Johannisnacht draußen im Gras. Im schwachen Licht der Feuerglut und des Mondes verschwammen die Umrisse von Mensch, Tier und Strauch, die Musikanten beendeten ihr Spiel, und nach und nach tasteten sich diejenigen, die noch laufen konnten, von der Festwiese heim in ihre Betten.

Micha ging mit Sibilla und ihrer Familie ins Haus, doch nicht zu Bett. Und als sich wenig später Sibilla wieder erhob und aus dem Haus schlich, war er an ihrer Seite.

Sie liefen nicht zurück zum sterbenden Feuer, sondern die Straße entlang zu einer ihrer Heuwiesen, wo Sibilla bei Sonnenaufgang im Tau baden wollte, um den Johannissegen des unsichtbaren Volkes zu empfangen. Micha würde nicht mittun, sondern sich abwenden, denn sie waren keine Kinder mehr, die gemeinsam nackt durchs Gras rollen konnten, das war ihm klar. Auch gerade aus diesem Grund hätte er sie nicht allein gehen lassen, obwohl er ihr das nicht sagte. Sie war alt genug, um die lüsternen Blicke von Männern auf sich zu ziehen. Falls sie von so einem Kerl unerwünschte Gesellschaft bekam, wollte er lieber in der Nähe sein.

Doch wie es aussah, waren sie allein hier draußen, in dieser stillen Stunde, in der außer der Nachtigall nicht einmal die Vögel Laute von sich gaben. Sie setzten sich mit dem Gesicht nach Osten auf einen an der Hecke zur Straße liegenden

Baumstamm, um die ersten Zeichen des Sonnenaufgangs nicht zu verpassen.

»Eigentlich soll man schweigen. Aber mir ist langweilig. Erzähl was von Reinhart Fuchs«, bat Sibilla.

Die Geschichten von Reinhart Fuchs, dem Hahn Scantecler, Esel Balduin und Wolf Isengrin hatte sein Vater oft abends am Feuer vorgetragen. An die gereimten Verse erinnerte Micha sich nicht mehr, aber die Geschichten waren ihm in Erinnerung geblieben. Er hatte Sibilla schon etliche davon erzählt, und sie hörte sie gern immer wieder. »Also gut. Habe ich schon erzählt, wie Reinhart seinen Vetter, den Kater Diepreht, überlistet hat?«

Es raschelte laut in der Hecke und plötzlich stand Wiebke vor ihnen. »Nein, hast du nicht. Erzähl!«, rief sie kichernd.

»O nein, du kleines Aas! Was machst du hier?«, fragte Sibilla, schnappte sich ihre Schwester, klemmte sich ihren Kopf unter den Arm und kitzelte sie so, dass sie vor Lachen gar nicht antworten konnte.

Micha musste mitlachen, und eine Zeit lang alberten sie herum, bis Sibilla zum Himmel sah und sie zum Schweigen aufforderte. »Die Sonne!«, flüsterte sie.

Von da an schwiegen sie. Nach einer Weile standen die Mädchen auf und schlenderten im ersten Licht des Tages durch den Frühnebel in eine Senke der Wiese, um ihr Taubad zu nehmen, während Micha die Umgebung im Auge behielt.

Die aufsteigende Feuchtigkeit und das Fehlen der Mädchen an seinen Seiten ließen Micha frösteln und die einsetzende Müdigkeit spüren. Gähnend zog er die nackten Füße hoch auf den Baumstamm, rieb sich die Arme und ärgerte sich, dass er seine Cotte nicht übers Hemd gezogen hatte, bevor er Sibilla nach draußen gefolgt war. Beim Tanz war es so warm gewesen, dass niemand daran gedacht hatte, mehr als Hemd und Bruche anzubehalten. Der Gedanke an die Rückkehr zum Haus tröstete ihn nicht, denn bei aller Johannisnachtnachsicht hätten

Adam und Ludmila es nicht gutgeheißen, dass ihre Töchter sich in der Dunkelheit aus dem Haus geschlichen hatten. Er konnte nur hoffen, dass die Schelte die Feiertagslaune nicht verdarb, denn mit dem heutigen Jahrmarkt stand einer der besten Teile des Festes noch bevor.

Seine Gedanken an das Jahrmarktgeschehen wurden jäh unterbrochen, als er das Geräusch von einem sich auf der Straße nähernden Wagen und Pferden hörte. Unwillkürlich glitt er vom Baumstamm und kauerte sich im Sichtschutz des hüfthohen Nebels zusammen. Wer war um diese Zeit hier in Richtung Summerburg unterwegs? Es war zu früh, um am Tor Einlass zu finden.

Der Ochsenkarren, um den es sich handelte, kam nur langsam voran. Deshalb hatte Micha Gelegenheit, dem Gespräch der Männer zuzuhören, die ihn begleiteten.

»Wie er gequiekt hat! Wie ein Schweinchen. Wie kann man nur so würdelos betteln?«, sagte der eine.

Micha stockte der Atem. Er kannte die Stimme inzwischen gut, sie gehörte zu einem von Borgwards Männern, dem Falkner Siegmar. Er sandte ein stummes Gebet zum Himmel, dass Sibilla und Wiebke nicht gerade jetzt zurückkämen.

»Nun, er konnte nicht wissen, dass wir auf dem Ohr taub sind. Andere hätten ihn vielleicht am Leben gelassen und auf ein schönes Lösegeld gesetzt.« Das war Giselbert, der ebenfalls Borgward diente.

»Ist eben nicht jeder so bescheiden wie wir«, meinte ein dritter Mann, den Micha nicht kannte.

»Keine Zeugen zu hinterlassen, ist wichtiger als der zusätzliche Gewinn. Gerade jetzt, wo sich bald nicht mehr alles auf Herzog Heinrichs Plünderer schieben lässt«, gab Giselbert zurück.

»Obwohl man sich fragt, was dieser Friedensschluss wert ist. Oder fragt ihr euch das nicht? Was die hohen Herren weit weg in Frankfurt auf einem Hoftag beschließen, sind doch erst einmal nur große Worte.«

Diese Stimme kannte Micha am besten von allen. Es war Borgwards Hundeführer Wolfgang, der David erschlagen hatte. Mit angehaltenem Atem kroch er lautlos auf seiner Seite der Hecke an der Straße entlang, um weiter lauschen zu können.

»Kann uns gleichgültig sein. Wichtig ist, dass Borgward nie vergisst, was er an uns hat. Diese Ladung hier wird ihm gefallen. Graf Meinhard wird ihm den Bauch pinseln für seinen Anteil am Erlös. Sein Haushalt ist ein Fass ohne Boden«, sagte Giselbert.

Dann sprach wieder Siegmar. »Ich frage mich, ob wir die Leichen gut versteckt haben. Vielleicht war das doch zu nah an der Straße. Wir hätten sie weiter in den Wald schaffen sollen. Immerhin ist das eine viel befahrene Kreuzung.«

»Was soll schon geschehen, wenn so ein Badelebener Bauer in ein paar Tagen die Leichen findet? Kein Mensch kann uns damit in Verbindung bringen. Vergiss die Toten. Freu dich auf den satten Lohn, den du heute bekommen wirst«, meinte Wolfgang.

Micha spähte durch die Hecke und versuchte, so viel wie möglich von dem Karren zu erkennen. Doch dann nahm er aus dem Augenwinkel die zwei Gestalten wahr, die sich geduckt über die Wiese kommend an ihn heranpirschten. Gehetzt gab er seinen Lauschposten auf und schlich den Mädchen entgegen, um sie zu warnen.

Regungslos lagen sie anschließend im Gras, bis die Männer mit dem Karren außer Hörweite waren.

Nachdem er die mit ihren knapp zwölf Jahren mittlerweile einigermaßen vertrauenswürdige Wiebke ihr Stillschweigen hatte schwören lassen, berichtete Micha flüsternd, was er erfahren hatte. »Ich würde zu gern sehen, wohin sie den Wagen bringen und was darauf ist. Wenn ich ihnen diese Tat nachweisen könnte …«

»Man müsste die Leichen finden und sie jemandem zeigen«, merkte Sibilla an.

»Ich will keine Leichen suchen. Lasst uns lieber nachsehen, was sie auf dem Wagen haben. Wir gehen durch die Fuchsbachpforte und schneiden ihnen den Weg ab. Wenn wir uns nicht verstecken, ahnen sie gar nicht, dass wir einen Verdacht gegen sie haben. Wir sind doch noch Kinder«, schlug Wiebke vor.

»Du vielleicht. Wir nicht. Und Micha sollte sich nicht blicken lassen«, erwiderte Sibilla.

»Welche Ausrede habt ihr dafür, um diese Zeit in der Burg herumzuwandern?«, fragte Micha, obwohl er am liebsten sofort losgelaufen wäre. Ihm war jeder Weg recht, um endlich handfeste Beweise für die Verbrechen von Borgwards Räubern in die Finger zu bekommen.

»Wir wollen in der Burgküche helfen. Da gibt es heute gewiss mehr zu tun als gewöhnlich«, antwortete Wiebke.

»Bist du sicher, dass du ihnen das so gut vorspielen kannst, dass sie keinen Verdacht schöpfen? Willst du mich das nicht lieber allein machen lassen und nach Hause gehen?«, fragte Sibilla.

Wiebke zögerte einen Moment. »Ein bisschen Angst habe ich schon. Aber wenn ich mitgehe, bist du auch unauffälliger, oder nicht?«

Sibilla sprang auf und reichte ihrer Schwester die Hand, um sie hochzuziehen. »Dann los. Wir treffen dich später hinter dem Goldenen Ross, Micha.«

Er schüttelte den Kopf. »Ich lasse euch nicht allein gehen. Diese Kerle sind gefährlich. Falls sie nachfragen, sage ich, dass ich euch zur Sicherheit begleite, wegen des vielen fahrenden Volks, das heute in Summerburg ist.«

»Aber …«, setzte Sibilla an.

»Kein Aber! Hopp!«, rief er. Und dann rannten sie zur Pforte, von der nur ihre Familie und der Hufschmied wussten, wie sie von außen zu öffnen war. Wenig später gingen sie atemlos am Goldenen Ross vorbei und kamen gleichzeitig mit den Räubern und dem Karren bei der Kreuzung vor Gebhards Haus an.

Ihre Ausrede brauchten sie nicht, denn die Männer hielten sie nicht für beachtenswert. Sie schienen sich ihrer Sache völlig sicher zu sein, auch wenn sie nun nicht mehr über den Raub sprachen.

Micha, Sibilla und Wiebke folgten dem langsam dahinholpernden Ochsenkarren durch die ersten beiden Tore, die sich wie von Zauberhand für sie öffneten, ohne dass die Wachen eine Erklärung forderten. Micha nahm an, dass sie ebenfalls zu Borgwards Männern gehörten und wussten, mit wem sie es zu tun hatten.

In der Vorburg standen die Zelte und Wagen der für den Jahrmarkt angereisten Händler und Gaukler. Die meisten schliefen noch, aber hier und da blies schon jemand in die schwache Glut eines Feuers, wusch sich über einen Wassereimer gebeugt oder stolperte suchend in Richtung des Latrinengrabens.

Der Ochsenkarren mit dem vermeintlichen Diebesgut rumpelte weiter zum dritten Tor, das in die Kernburg führte. Als er auf die Brücke über den Burggraben fuhr, hielt Wiebke Sibilla am Ärmel zurück und warf ihr einen unsicheren Blick zu.

»Gehen wir wirklich zur Küche? Was, wenn sie uns beim Wort nehmen? Dann müssen wir helfen, und Muddern wird darüber böse sein«, flüsterte sie.

»Wir gehen langsam hin und tun dann so, als ob wir es uns anders überlegen«, erwiderte Sibilla.

Die Sonne, deren Aufgang sie erst kurz zuvor auf der Wiese begrüßt hatten, war mittlerweile von einem dichten

Wolkenkleid bedeckt. Deshalb war es zwischen den hohen Gemäuern der Kernburg fast so düster wie in einem fensterlosen Haus, wo das Licht nur durch den Rauchabzug hereinfiel. Micha zog die Mädchen in einen der offenen Pferdeunterstände, bevor sie auch nur in die Nähe der Küche kamen.

Die Räuber brachten derweil den Karren zu dem Gebäude, in dem nicht nur die Burgküche, das Backhaus und die Schlachterei untergebracht waren, sondern auch Vorratslager und die Wohnräume des mit dem Burgherrn befreundeten wohlhabenden Kaufmanns Balthasar.

Von ihrem Platz im Stall aus konnten sie nicht genau beobachten, was sich am Karren abspielte, aber es war klar, dass die Männer die Waren abluden. Drei von ihnen gingen anschließend in den Palas, das herrschaftliche Wohngebäude, wo sie Michas Vermutung nach ihre Schlafplätze hatten. Die anderen beiden schafften den Ochsenkarren aus der Kernburg hinaus.

»Ich will wissen, wohin sie den Karren bringen«, sagte er.

»Wir gehen hinüber und sehen uns an, wo sie das abgeladene Zeug verstaut haben. Hinter dem Goldenen Ross treffen wir uns wieder«, meinte Sibilla.

Micha war noch immer nicht wohl dabei, die Mädchen allein zu lassen, aber viel Zeit zum Überlegen blieb ihm nicht. »Nur kurz nachsehen. Dann verschwindet ihr hier«, erwiderte er.

»Selber«, zischte Sibilla ihm zu, dann huschte sie mit Wiebke an der Hand über den Hof zum Küchengebäude.

Micha beeilte sich, dem Karren zu folgen. Die Männer brachten ihn auf den Platz hinter der Burg, zu den Ställen und Scheunen. Da dort auch der Latrinengraben lag, an dem ein Kommen und Gehen herrschte, war es nicht schwer, sie unauffällig im Auge zu behalten. Und als die beiden Kerle die Ochsen ausgespannt, den Karren zwischen das in einer der Scheunen gelagerte Ackergerät geschoben und sich entfernt hatten, konnte

Micha ungefährdet zur Scheune hinübergehen und so tun, als sei er nur ein mit Putzen oder Aufräumen beauftragter Knecht.

Was er zu finden hoffte, wusste er nicht, dennoch untersuchte er zügig jeden Teil des Karrens. Im Wagenbett lag eine Strohschicht, die als Polster für die Waren gedient haben musste. Doch das Einzige, was er unter dem Stroh aufstöberte, war eine Wollgugel, die schon bessere Tage gesehen hatte. Er ließ sie liegen und suchte weiter. Jedes Brett betrachtete er, und schließlich fand er an den großen Speichen des linken Rades den Hinweis, auf den er mit bangem Herzen gewartet hatte. Die dunkelroten Sprenkel mussten kein Blut sein, doch nach dem, was er gehört hatte, hielt er es für wahrscheinlich.

Danach verweilte er nicht länger, sondern machte sich schleunigst auf den Weg zum Goldenen Ross. Sibilla und Wiebke konnte er nirgends entdecken, hoffte aber, dass sie ihm voraus waren.

An der Rückseite des Wirtshauses hatte Kilian vor einer Weile mit der Errichtung eines Anbaus begonnen, in dem er eine kleine Bierbrauerei unterbringen wollte. Noch allerdings beschränkte sich die Baustelle auf ein gestampftes Fundament und eine Ansammlung von Holzstapeln. Als Micha ankam, saßen Sibilla und ihre Schwester auf einem der Stapel und schmiegten sich wärmesuchend aneinander. Erleichtert atmete er auf und spürte erst jetzt, dass er zitterte.

Doch seine Angst durfte ihn nicht von dem abhalten, was zu tun war. Entschlossen trat er vor die beiden hin. »Da war Blut am Karren. Ich muss zur Badelebener Kreuzung und nach den Toten suchen. Wenn ich Lilje nehme, bin ich schnell da. Lasst uns gehen, damit ich weg bin, bevor eure Eltern aufstehen«, sagte er.

Sibilla schüttelte den Kopf. »Du solltest das nicht allein machen. Nimm jemanden als Zeugen mit.«

»Wen denn? Pater Servatius? Kilian? Euren Vater? Das wäre viel auffälliger und damit gefährlich für alle. Bevor ich das riskiere, will ich erst wissen, ob die Leichen wirklich da sind.«

Sie schraken alle drei zusammen, als Kilian hinter dem Plankenstapel hervorkam, der dem Hinterausgang des Stalls am nächsten lag. Er musste gerade aufgestanden sein, denn er war noch damit beschäftigt, den Gürtel über seiner Cotte zu binden. Die Bändsel seiner Leinenhaube hingen lose herunter.

»Habe ich meinen Namen gehört? Was macht ihr um diese Zeit hier? Habt ihr etwas ausgefressen und wagt euch nicht nach Hause?«, fragte der Wirt. Sein Tonfall klang leicht, aber der Blick, den er Micha zuwarf, war scharf. Wie viel hatte er von ihrem Gespräch gehört? Micha hätte sich ohrfeigen können, weil er nicht vorsichtiger gewesen war. Nicht, dass er Kilian nicht vertraute, aber seine Geheimnisse wollte er lieber nicht ausgerechnet einem Mann anvertrauen, der im Dorf mit allen sprach. Mit verkniffenen Lippen versuchte Micha, eine unschuldige Miene aufzusetzen, doch der Wirt runzelte die Stirn und schüttelte den Kopf, bevor er ein Wort sagen konnte.

»Keine Ausflüchte jetzt. Was ist los? Ihr seht ja alle drei aus, als hättet ihr es in der vergangenen Nacht mit Nachzehrern zu tun gehabt«, sagte Kilian.

»Du darfst niemandem davon erzählen«, erwiderte Wiebke, nun doch wieder ganz kindlich. Prompt steckte sie dafür einen Rippenstoß von Sibilla ein.

»Wir glauben, dass ein Verbrechen geschehen ist. Micha hat vor, den Beweis dafür zu finden, und er will das allein tun, damit niemand in die Sache hineingezogen wird, bevor wir sicher sind, dass wir uns nicht geirrt haben. Aber ich finde es nicht gut, wenn er allein losreitet«, erklärte Sibilla nun und machte es in Michas Augen damit nicht besser.

»Herrgott noch mal! Könnt ihr nicht still sein?«, fauchte er.

Sibilla sah ihn beschwichtigend an. »Ich kenne Kilian, seit ich laufen kann. Er wird nichts verraten. Oder, Kilian? Was meinst du, was wir tun sollen? Es ist ein schlimmes Verbrechen und keine Kleinigkeit.«

Mit besorgt zusammengezogenen Brauen nickte Kilian. »Also habe ich richtig gehört. Es gab Tote? Ich würde euch ins Haus bitten, aber da schlafen zu viele Fremde. Lasst uns zum Bach gehen, und ihr erzählt mir alles.«

Schicksalsergeben stimmte Micha mit einem Schulterzucken zu. Doch ehe die Mädchen von ihrem Holzstapel heruntergestiegen waren, kam ein weiterer zerzauster, verkatert wirkender junger Mann aus der Hintertür des Wirtshauses. »Kilian? Bist du hier draußen?«

Es war Arnold, der Burgschmied. Kaum hatte er gerufen, entdeckte er sie auch schon und kam zu ihnen herüber.

Micha fluchte innerlich noch derber als zuvor. Er mochte den etwa zehn Jahre älteren Schmied, doch Arnold gehörte seit seiner Kindheit zu den gräflichen Burgmannen. Kilian einzuweihen, fand er schon gewagt. Auch noch Arnold ins Vertrauen zu ziehen, war leichtsinnig.

»Komm mal rüber, mein Alter. Wir haben hier eine heikle Schwierigkeit, bei deren Auflösung du uns helfen kannst«, sagte Kilian.

Micha schlug die Hände vors Gesicht, und auch Sibilla atmete nun hörbar durch die Zähne ein. Nur Wiebke schnaubte erleichtert. »Puh. Wenn Kilian und Arnold sich der Sache annehmen, braucht es uns beide nicht mehr, Billje. Ich möchte nämlich jetzt lieber nach Hause. Wir können schon das Feuer schüren und den Kessel aufsetzen. Das wird Mutter gnädig stimmen.«

Kilian klopfte Micha auf die Schulter. »Macht euch keine Sorgen. Arnold ist verschwiegen. Euer Geheimnis bleibt zwischen ihm und mir. Glaubt mir, ihn dabeizuhaben, ist immer gut. Er genießt das Vertrauen unseres Herrn Grafen, den Respekt von Borgward, und er ist mein Freund. Du kennst ihn doch auch, Micha.«

Micha schüttelte den Kopf. »Nichts für ungut, Kilian. Aber diese Sache sollte vorerst weder Graf Meinhard noch Borgward zu Ohren kommen. Wir könnten sonst alle in Teufels Küche geraten.«

Kilian nickte gewichtig. »Verlass dich auf mein Wort. Du kannst Arnold vertrauen.«

Der Schmied war inzwischen herzhaft gähnend und sich die wüste schwarze Mähne raufend zu ihnen getreten. »Was habt ihr denn für ein großes Geheimnis? Sind euch die gräflichen Kühe ausgekommen? Oder …«

»Komm mit, sie werden es uns gleich erzählen«, unterbrach Kilian ihn.

Und Michas Bedenken zum Trotz taten sie das. Am Ende waren die Mienen der beiden Männer grimmig geworden, und an Kilians Schläfe pochte sichtbar der Puls. »Diese Galgenstricke«, stieß er hervor.

Arnold krempelte die Ärmel seiner Cotte und seines Hemdes hoch. »Du hast recht, Junge. Wir müssen die Toten finden. Aber das überlässt du mir. Die Schmiede bleibt heute wegen des Jahrmarkts kalt. Nach der Johannisnacht wird sich niemand wundern, wenn ich bis mittags nicht aufzufinden bin.«

»Ich sehe mir den Karren an«, meinte Kilian.

»Und den Lagerraum, wo sie das Diebesgut aufbewahren? Es waren vier Fässer, zwei Kästen und acht Ballen Tuch. Vielleicht ist etwas davon mit einem Zeichen versehen«, warf Sibilla ein.

Kopfschüttelnd machte Arnold auf dem Fuchsbachpfad kehrt, um mit Kilian zum Goldenen Ross zurückzugehen. »Keiner von uns kann einen von Balthasars Lagerräumen betreten, ohne sich verdächtig zu machen. Erst die beiden anderen Dinge, dann sehen wir weiter. Und ihr haltet die Füße und Zungen still, bis wir uns heute Abend beim Messeläuten im Ross wiedertreffen.«

Der Jahrmarktstag, auf den sie sich alle so gefreut hatten, wurde durch das Warten auf das abendliche Gespräch mit Arnold zur

Tortur. Zwar schlenderte Micha mit Sibilla um die Mittagszeit von Stand zu Stand, doch die ausgestellten Herrlichkeiten machten ihnen keine Freude. Schon gar nicht, nachdem sie dem Hufschmied Henning begegneten, der sich ihnen anschloss. Er klebte an ihnen, bis sie nach Hause mussten, um die Tiere zu versorgen. Sogar dann begleitete er sie noch, da sie bis zur Hufschmiede denselben Weg hatten.

»Hast du mein neues Wasserspiel schon gesehen?«, fragte Henning Sibilla an der Abzweigung, als wäre Micha gar nicht dabei.

Schon seit einigen Jahren fand der Hufschmied Vergnügen am Bau kleiner Wasserräder, die er in der Strömung des Bachlaufs anbrachte, wo sie sich drehten und plätscherten, bis das nächste Hochwasser sie fortriss.

»Ja. Ja, ich habe es gesehen. Wirklich schön«, antwortete Sibilla, und Micha konnte genau hören, dass sie log, auch wenn Henning es ihr wahrscheinlich nicht anmerkte. Vermutlich hatte sie sein Wasserrad keines Blickes gewürdigt.

»Man kann sich schon vorstellen, dass ein größeres Rad so einiges bewegen kann. Ich würde das gern eines Tages mal ausprobieren«, erklärte Henning.

»An unserem kleinen Bach?«, fragte Sibilla mit hochgezogenen Brauen.

»Vielleicht müsste man ihn aufstauen«, meinte Henning gut gelaunt.

»Fabelhafter Einfall. Wir wollten alle schon lange einen Fischteich statt der Heuwiesen«, rutschte es Micha heraus.

Henning warf ihm einen kühlen Blick zu. »Sind nicht deine Heuwiesen. Und wäre nicht dein Fischteich. Gesegneten Abend, Sibilla. Man sieht sich.« Und damit balancierte er über den Steg auf die andere Seite des Fuchsbaches, wo die Schmiede stand.

»Lass ihm doch seine Freude«, murmelte Sibilla, als er außer Hörweite war.

»Tut mir leid. Aber er hing heute wie eine Klette an uns. Ich glaube, er will dir unter den Rock.«

Sie sah ihn entgeistert an, dann gab sie ihm einen Stoß. »Was? Du bist ja nicht bei Trost.«

Er grinste und lief ihr davon, bevor sie erneut zuschlagen konnte. Sollte sie es ruhig für Neckerei halten. Seiner Einschätzung nach lag er mit der Vermutung richtig.

Abends im Ross gab Kilian ihnen Erbsen aus seinem Garten auszupalen, damit sie weniger auffielen, während sie hinter dem Haus auf Arnold warteten. Wiebke war ohne Überredung zu Hause geblieben. Ihr war die ganze Angelegenheit mit Recht zu unheimlich geworden.

»Ich habe sie gefunden. Vier Männer«, sagte Arnold leise und ohne Umschweife, als er schließlich herauskam und sich zu ihnen setzte. Das Entsetzen spiegelte sich in seinen Augen, obwohl er sonst äußerlich ruhig wirkte.

»Sie sind alle tot?«, fragte Micha.

Arnold nickte. »Nackt, tot und entstellt. Niemand würde einen von ihnen wiedererkennen. Was ich euch nun sage, wird vor allem dir nicht gefallen, Micha, aber es muss sein. Ihr müsst vergessen, was ihr gehört und gesehen habt. Wir können Giselbert, Siegmar, Wolfgang und die anderen nicht anklagen. Wir haben dafür nicht genug in der Hand.«

Obwohl Micha geahnt hatte, dass es wieder darauf hinauslaufen würde, überwältigte ihn die Wut. Mit einer unbeherrschten Handbewegung schleuderte er den Erbsenkorb zu Boden, den er auf den Knien gehabt hatte. Die mühsam ausgepalten Erbsen sprangen heraus und verteilten sich in alle Richtungen. »Verfluchte Gerichtsbarkeit! Die Tat liegt auf der Hand! Warum ist es so schwer, Gerechtigkeit einzufordern?«

»Damit ein Urteil respektiert wird, muss es den Leuten nun mal einleuchten. Man muss ihnen die Tat und den Täter glaubhaft vor Augen führen. Hier auf der Burg gibt es aber viele, die aus verschiedenen Gründen nicht würden glauben wollen, dass die Gefolgschaft unseres Herrn Grafen unredlich ist«, entgegnete Arnold.

Micha schnaubte angewidert. »Aber Graf Meinhard selbst muss doch daran gelegen sein, dass seine Ehrbarkeit …«

»Graf Meinhard ist mit Borgward und seinen Männern zufrieden, und gute Kämpen sind nicht leicht zu finden. Was sie ihm einbringen, dient dazu, sein Ansehen zu mehren. Glaubst du, er wäre erfreut, wenn er sich gezwungen sähe, über sie zu Gericht zu sitzen?«, schnitt Arnold ihm das Wort ab.

»Du meinst, er weiß von den Verbrechen und will sie gar nicht ahnden?«, fragte Sibilla mit weit aufgerissenen Augen.

»So etwas würde ich nie behaupten. Ich sage nur, dass diese Sache zu groß für euch und mich ist«, erwiderte Arnold.

Micha hätte gern mit noch mehr Dingen um sich geworfen als nur dem Erbsenkorb. Er hatte wirklich geglaubt, dass eingetreten war, worauf Pater Servatius ihm schon so lange Hoffnung machte: ein Verbrechen, das den Tätern nachzuweisen war und zu ihrer Verurteilung führen würde. Eine Verurteilung, die vielleicht die Gerechtigkeit in seiner eigenen Sache nach sich zöge. Doch wieder blieb ihm nur das Ohnmachtsgefühl, das er nun schon jahrelang mit sich herumtrug. Wütend rieb er sich mit den Handflächen das Gesicht, um den Schrei zu vertreiben, der ihm in der Kehle saß. Sibillas beschwichtigende Hand auf seinem Arm half ihm nicht.

Arnold sah ihn mitleidig an. »Wenn es dich tröstet: Ich vergesse die Angelegenheit nicht. Und falls mein Wort je dazu beitragen kann, dass die Dreckskerle ihre Strafe erhalten, dann werde ich sprechen.«

»Gewiss. Falls es jemals dazu kommt.«

Was für lange Zeit das Letzte war, was Micha dazu sagte.

8. Kapitel

Mai 1169

Es gab einiges, das ein Muli unbedingt lernen musste, bevor es verkauft werden konnte. Ihm das beizubringen, gehörte zu Michas Aufgaben. Was bedeutete, dass Sibilla es sich nicht nehmen ließ, es auch als ihre Aufgabe zu betrachten. Immerhin konnte sie so ihrem Vater beweisen, dass sie nicht weniger wert war als ein Sohn, und gleichzeitig mehr Zeit mit Micha verbringen.

Seit sie im Vorjahr mit ihm über das Johannisfeuer gesprungen und den Verbrechen der Burgmannen auf der Spur gewesen war, fiel es ihr immer schwerer, ihre Gefühle für ihn für sich zu behalten. Im Laufe der Monate waren auch noch die letzten Spuren von Kindlichkeit an ihm verschwunden. Seine Stimme war tiefer und die Schultern waren breiter geworden, sein Bartwuchs ließ sich nicht mehr leugnen und die Kanten seines Gesichts traten härter hervor. All das übte auf Sibilla eine zunehmende Anziehungskraft aus, obwohl sie ihn auch früher schon hübsch gefunden hatte.

Mittlerweile war sie auch nicht mehr die Einzige, die dieser Meinung war. Etlichen Summerburger Mädchen war anzumerken, dass sie nur zu gern mal länger mit ihm in die Dämmerung geschlendert wären. Auf seine fröhliche Art war Micha freundlich zu ihnen, beließ es aber dabei und schenkte keiner von ihnen mehr Aufmerksamkeit als den anderen.

Außer Sibilla natürlich. Auch wenn sie nicht mehr so unbeschwert zu zweit durch die Felder und Hecken stromerten wie in den ersten Jahren, verbrachten sie doch mehr Zeit miteinander als mit jedem anderen Menschen. Sibilla war dankbar dafür. Und in letzter Zeit war es ihr einige Male so vorgekommen, als hätte sich auch sein Blick auf sie verändert. Bemerkte er, dass aus ihr eine Frau geworden war? Die Vorstellung verschaffte ihr in seiner Gegenwart mitunter ein aufregend prickelndes Gefühl, das noch stärker wurde, wenn sie verstohlen seine muskulösen nackten Arme betrachtete, seinen schlanken Rücken, den anmutigen Nacken und den von der Sonne strohblond gebleichten Schopf. Sie bewunderte die geschmeidige Kraft, mit der er sich bewegte. Nicht, dass sie sich dabei von ihm hätte erwischen lassen. Darin, sich vor ihm zu verstellen, war sie längst Meisterin. Denn sie hätte es nicht ertragen, wenn er die Wahrheit herausgefunden und dann ausgesprochen hätte, dass er ihre Gefühle nicht erwiderte. Sie konnte nur geduldig abwarten, ob ihre neue Weiblichkeit diese Gefühle irgendwann in ihm wecken und er sich ihr erklären würde.

Allerdings wünschte sie sich, dass das bald geschähe. Ihr wurde heiß, wenn sie sich vorstellte, wie gut es sich anfühlen würde, in seinen Armen zu liegen, ihn zu küssen, sein Begehren und seine Hände auf ihrer Haut zu spüren und ihn Koseworte in ihr Ohr flüstern zu hören.

»He, kommst du nun? Oder wollen die Sturköpfe schon jetzt nicht weitergehen?«, fragte Micha über die Schulter, und Sibilla kam zu sich.

Sie führte zwei Mulis am Strick, die stehen geblieben waren, um sich unsicher zur Hausweide umzublicken, von der sie sich entfernen sollten. Micha führte ebenfalls zwei, eines davon war Liljes Sohn Plitze.

Sibilla seufzte und schnalzte mit der Zunge. »Hopp di dudel! Weiter gehts, ihr beiden!«

Geraume Zeit später erreichten sie die von Hochwasser überschwemmten Auwiesen an der Aller. Es war kein übles Hochwasser, sondern nur ein gewöhnliches, aber es war die Ursache dafür, dass um diese Zeit nur Leute den Fluss überqueren konnten, deren Last-, Reit- und Zugtiere nicht davor zurückschreckten, durchs stellenweise brusthohe Wasser zu marschieren. Auf andere Art war die Brücke, die über das eigentliche Flussbett führte, nicht zu erreichen.

Maultiere waren sowohl klug als auch vorsichtig und halsstarrig. Wenn sie zu dem Schluss kamen, dass es gefährlich war, was die Menschen von ihnen verlangten, stemmten sie die Hufe in den Boden. Dann hätte man mehr als ein Ochsengespann gebraucht, um sie vom Fleck zu bewegen. Und wenn man es mit den Anfeuerungen zu arg trieb, konnte es auch bei den Gutartigsten geschehen, dass sie anfingen, sich mit Tritten und Bissen zur Wehr zu setzen. Damit war dann für den Moment alles verloren. Denn ihr Vertrauen zurückzugewinnen, kostete Zeit.

Micha war gut darin, es niemals so weit kommen zu lassen. Er hielt den Tieren Vorträge darüber, warum er etwas von ihnen verlangte, zeigte ihnen behutsam, was sie tun sollten, wisperte in ihre langen Ohren, steckte ihnen bergeweise Rübenstückchen zu, kraulte die richtigen Stellen, bewies Geduld. Geduld für mehr als einen Versuch, für das Abwarten, während die Mulis die Lage beäugten und sich ihre eigenen Gedanken dazu machten. Am Ende gingen sie dann mit ihm durch das Wasser und wiederholten das auch gern, wenn es unterwegs genug Rübenstückchen für sie gab.

Sibilla konnte es im Grunde ebenso gut wie er, auch wenn sie sich die Vorträge ersparte und schneller an die Grenzen ihrer Geduld geriet. Sie überhäufte die Tiere öfter mit Schimpfnamen als mit Schmeicheleien, wenn auch in zärtlichem Tonfall. Der Unterschied schien ihnen nicht wichtig zu sein, und am Ende zählte, dass sie auch mit ihr durchs Wasser gingen und den Fluss überquerten.

Sie wollten sich gerade auf den Rückweg über die Brücke machen, nachdem sie die Mulis zur Belohnung an der langen Leine hatten grasen lassen, als sie einen schrillen Schrei hörten. Sie spähten flussaufwärts und entdeckten knapp über der Wasseroberfläche des schnell fließenden Flusses den Kopf eines schwimmenden, reiterlosen Pferdes.

»Ich hole es«, sagte Micha, drückte ihr hastig die Stricke seiner Mulis in die Hand und lief los. Kurz vor dem Pferd ließ er sich von der Brücke ins Wasser fallen und bekam sein Zaumzeug zu fassen. Zusammen trieben sie flussabwärts, und Sibilla verlor sie hinter der nächsten Biegung des Flusses aus den Augen.

Doch kurz darauf trabte der Schimmel mit Micha auf dem Rücken auf sie zu und begrüßte wiehernd die Maultiere.

Erneut hörten sie einen Schrei. Dieses Mal war es ein Mensch, der im Fluss angetrieben kam. Und Micha wiederholte genau das, was er für das Pferd getan hatte, welches er nun bei Sibilla und den Mulis zurückließ.

Fassungslos starrte sie ihm nach, während er von der Brücke sprang und neben der Frau ins Wasser platschte, die wild vor Angst und offensichtlich des Schwimmens unkundig mit den Armen ruderte. Wieder trieben die beiden um die Biegung des Flusses und verschwanden aus Sibillas Sichtfeld. Mit hämmerndem Herzen hielt sie gebannt in die Richtung Ausschau, aus der Micha mit der Frau kommen musste, wenn sie es aus dem Fluss geschafft hatten. Sie wusste, dass er ein guter Schwimmer war, doch jemanden aus dem Wasser zu ziehen, der vor Angst um sich schlug, würde sicher nicht einfach werden.

Die kleine Herde, die sie umgab, schirmte ihr Blickfeld zur anderen Seite hin ab. Daher bemerkte sie die Reiter, die sich von dort näherten, erst spät.

»Das ist Johannas Zelter!«, rief ein Mann. Noch bevor Sibilla sich zwischen den Mulis und dem Schimmel umwenden konnte, hörte sie, wie Pferde herangaloppierten.

* * *

Micha hatte seine liebe Mühe damit, die in ihrer weiten, vollgesogenen Kleidung zappelnde junge Frau so in den Griff zu bekommen, dass er sie zum Ufer bugsieren konnte.

»Es wäre leichter, wenn du stillhalten würdest«, presste er zwischen den Zähnen hindurch, während er versuchte, eine flache Stelle an der Böschung zu finden.

»Dann gehe ich unter!«, schrie sie wütend.

»Gehst du nicht«, widersprach er. Und dann hatte er die passende Stelle endlich gefunden und schwamm mit aller Kraft, die Frau mit sich zerrend.

Wenig später hielt er nur noch stützend ihren Arm, als sie durch das kniehohe Wasser der überschwemmten Wiese zum trockenen Grund wateten.

»Mein Pferd hat mich im Wasser abgeworfen und ist davongetrieben. Hast du es gesehen? Ich dachte, ich könnte es einholen, wenn ich … Aber der Fluss … Ich habe geglaubt, ich wäre in der Lage zu schwimmen.«

»Dein Pferd hatte damit keine Schwierigkeiten. Aber ich habe es trotzdem herausgeholt. Ich bringe dich zu ihm. Wie seid ihr überhaupt ins Wasser geraten? Hast du eine Furt gesucht? Hier gibt es doch eine Brücke.«

»Ich habe ein Lamm gesehen. Da, auf einer der überschwemmten Wiesen in einer Hecke. Ich wollte es retten. Aber mein Pferd ist vom Weg abgekommen, und dann war die Strömung so stark und es hat gescheut. Ich bin dankbar, dass du so beherzt warst. Solche Angst hatte ich wohl noch nie.«

Ihr Tonfall war so warm, dass Micha sie nun zum ersten Mal richtig ansah. Ihre Blicke trafen sich, und es durchzuckte ihn, als hätte ihm jemand einen Schlag versetzt. Ihre goldbraunen Augen waren die schönsten, die er jemals gesehen hatte. Und nicht nur die Augen. Auf einmal wurde ihm bewusst, wie eng die nasse Kleidung an ihrem Leib anlag. Beinah hätte er aus Verlegenheit ihren Arm losgelassen. Hatte er sie im Fluss wirklich um die Taille gefasst? Um die Brust? Herr im Himmel, hoffentlich erinnerte sie sich daran nicht so deutlich, wie er es gerade tat. Ihrer Kleidung und dem Pferd nach war sie kein Bauernmädchen, das mit Derbheiten umzugehen gewöhnt war. Er spürte, wie sein Gesicht heiß wurde.

Er räusperte sich. »Ja. Das habe ich gemerkt. Aber gern geschehen. Warst du … Wart Ihr allein unterwegs? Doch wohl nicht?«

Sie schüttelte den Kopf. »Du darfst mich ruhig formlos ansprechen. Schließlich hast du mir das Leben gerettet. Und auch noch mein Pferd. Allein war ich nicht, nein. Dummerweise war ich aber ein Stück zurückgeblieben. Mein Bruder und die anderen waren vorgeritten, während ich … Nun, während ich getan habe, was man manchmal tun muss. Als ich sie einholen wollte, habe ich dann das Lamm entdeckt.«

Micha wusste nicht, ob er erleichtert war, dass er sie gleich wieder ihren Begleitern anvertrauen konnte, oder ob er es bedauerte. Inzwischen waren sie auf trockenem Grund, und sie hielt inne, um ihre Röcke auszuwringen. Sie tat das so anmutig, als hätte es zu einem höfischen Tanz gehört.

Verzaubert beobachtete er jede ihrer Bewegungen. »Wollt ihr nach Summerburg?«, fragte er und konnte kaum die Hoffnung in seiner Stimme verbergen.

Sie schenkte ihm ein süßes Lächeln. »Richtig. Woher wusstest du das? Mein Bruder Endris und ich werden dort einige Wochen bei einem Geschäftsfreund unseres Vaters verweilen. Mein Vater würde gern engere Verbindungen zu diesem Teil des Landes knüpfen. Unsere Familie ist in Lüneburg ansässig, wo mein Vater Anteile an der Saline sein Eigen nennt.«

Reich und vornehm also, dachte Micha. Und wahrscheinlich bestrebt, noch vornehmer und reicher zu werden. »Wer ist dieser Freund? Vielleicht kenne ich ihn. Ich lebe in Summerburg.«

Freudestrahlend schlug sie die Hände zusammen. »Wirklich? Dann werden wir uns also wiedersehen. Wie schön! Der Mann heißt Balthasar. Er handelt vorwiegend mit edlen Tuchen und steht Graf Meinhard nahe. Man sagt, sie seien beste Freunde.«

Micha setzte sich auf dem schlammigen Pfad in Bewegung, und die junge Schönheit folgte ihm. »Darüber weiß ich nichts. Balthasar wohnt oben in der Burg. Die meisten Leute, die ich besser kenne, leben in der Unterburg.«

Sie schauderte und drückte nun auch das Wasser aus ihren langen Zöpfen. Ihr Gebände war ihr vom Kopf gerutscht und hing an seinen Bändern in ihrem Nacken. »Mir ist jetzt furchtbar kalt. Frierst du nicht? Ich hoffe, einer der Herren wird mir einen trockenen Mantel leihen, wenn wir gleich auf sie treffen. Das werden wir doch, oder? Wie weit ist es dann noch bis zur Burg?«

»Wenn ihr trabt, seid ihr in der gleichen Zeit da, in der ein kleines Brot im Ofen durchbäckt. Und wenn ich mich nicht täusche, werden die Herren sich darum streiten, wer dir seinen Mantel geben darf.«

Er hatte vor, ihr geradewegs in die Augen zu sehen, aber irgendwie brachte er es nicht fertig, sondern wich ihrem Blick aus, als sie ihn nun ansah. Dieses Mal nahm sie sich Zeit, ihn zu mustern, und er hätte zu gern gewusst, ob ihr gefiel, was sie sah. Doch sie sagte nichts, und das war auch gut so. Denn nun kamen ihnen sechs Männer auf edlen Rössern entgegengaloppiert, die lieber nicht den Eindruck gewinnen sollten, dass er keinen geziemenden Abstand zu ihr hielt.

»Johanna! Dem Allmächtigen sei Dank. Was hast du denn angestellt? Ich war fast verrückt vor Schreck, als ich umgekehrt bin und dich nicht finden konnte!«, rief der Jüngste, sprang von seinem Ross und umarmte sie stürmisch. Das musste wohl ihr Bruder sein. Die Ähnlichkeit deutete darauf hin. Sie hatten beide eine bemerkenswert hohe Stirn unter ihren dunklen Locken.

»Die Umstände waren gegen mich. Dieses elende Hochwasser verhielt sich tückischer als erwartet. Ich bin mit dem Pferd ins Wasser gestürzt und dachte, es wäre um mich geschehen. Aber zu meinem Glück hat dieser junge Mann sowohl mich als auch das Tier vor dem Ertrinken bewahrt. Ich bin ihm zu großem Dank verpflichtet, Endris.«

Endris streckte Micha die Hand entgegen. »Und damit auch ich, mein Freund. Wir haben den Zelter meiner Schwester schon bei dem Mädchen an der Brücke gefunden. Sie wies uns den Weg. Ich danke dir für deine mutige Tat.«

Erst jetzt bemerkte Micha den nassen Schimmel, den einer der anderen Männer mitführte. Der Zelter rupfte zitternd, aber gierig den Klee am Rande des Pfades aus. Gern hätte Micha sich seine Kappe zurechtgerückt, um sich im Vergleich zu diesen Reitern etwas weniger armselig zu fühlen. Aber zu seinem Leidwesen hatte er sie bei Sibilla auf den Boden geworfen, um sie nicht im Fluss zu verlieren. Also fuhr er sich nur glättend mit den Fingern durch sein kurzes Haar, das einmal viel länger gewesen war, als er noch einem höheren Stand angehört hatte.

»Das hätte wohl jeder getan, der schwimmen kann. Nicht der Rede wert, mein Herr. Aber ich kann Euch sagen, das Wasser ist kälter, als man denkt. Und die Sonne wärmt auch nicht so schön, wenn man nass ist. Ich glaube, Ihr solltet Eure Schwester schnellstens ins Warme bringen.«

Das rüttelte die Herren aus ihrer Gedankenlosigkeit auf, und nun wurden Johanna, wie von Micha vorausgesagt, von allen Seiten Surcots und Hussen gereicht. Sie lachte hell und warf ihm einen Verschwörerblick zu, was seinen Herzschlag beschleunigte.

Nachdem ihr Bruder ihr aufs Pferd geholfen hatte, wandte sie sich Micha noch einmal lächelnd zu. »Versprich mir, dass du uns bei Balthasar aufsuchst. Vielleicht kannst du meinen Bruder und mich in Summerburg herumführen. Das gäbe mir das Gefühl, dort schon einen Freund zu haben.«

Er erwiderte ihr Lächeln ein wenig gedämpft, um nicht dreist zu wirken. »Wenn du es wünschst, verspreche ich das.«

Die Gesellschaft blieb noch bei ihm, bis sie das kurze Stück zu Sibilla und den Mulis zurückgelegt hatten. Dort verabschiedeten die Reiter sich und fielen in Trab.

Micha sah ihnen nach, bis er sicher war, dass alle Rösser einschließlich des durchweichten Zelters an den überschwemmten Stellen der Straße brav durchs Wasser gingen. Dann blickte er ihnen noch etwas länger nach, bis sie nicht mehr zu sehen waren.

* * *

Sibilla war zu verblüfft von der ganzen Geschichte, um etwas zu sagen. Aber ihr entging nicht, dass etwas mit Micha geschehen war, das nicht mit dem Sprung ins kalte Wasser zu erklären war. Sie nahm seine veränderte Haltung wahr, folgte seinem Blick und beobachtete, wie die junge Frau, die er gerettet hatte, sich nach ihm umsah. All das bemerkte sie, auch seine Sprachlosigkeit, die dem wilden Abenteuer nicht angemessen war. Und sie spürte, wie in ihrem Herzen ein schmerzhafter Sprung entstand.

Es wurde nicht besser, als Micha sich, eine Melodie summend, Cotte und Hemd auszog, um sie auszuwringen und zum Trocknen auf den Rücken der Mulis auszubreiten. Was sie kurz zuvor noch so schön und aufregend gefunden hatte, verursachte ihr nun ein schales Gefühl.

»Lass uns ein Stück in die Richtung gehen, aus der sie gekommen sind«, sagte er.

»Warum das? Wir haben schon mehr getan als das, wozu wir hergekommen sind«, erwiderte sie und klang dabei mürrischer, als sie wollte.

»Ich will nachsehen, ob da wirklich ein Lamm festsitzt. Die Frau meinte, deshalb wäre sie vom Weg abgekommen. Vielleicht können wir zwei von den Mulis reiten, dann sind wir schneller.«

Sibilla zuckte mit den Schultern und nickte. Was half ihre Eifersucht? Immerhin war die edle Jungfrau vermutlich schon fast in der Burg und Micha war hier bei ihr.

Wenig später trabten sie lachend mit den noch ungeübten und zaumlosen Maultieren zwar nicht reibungslos, aber doch vorwärts die Straße an den Auwiesen entlang. In einer umspülten Hecke fanden sie das Lamm, befreiten es aus seiner misslichen Lage und brachten es nach Hause. Und niemand hätte Micha noch angemerkt, dass etwas Entscheidendes mit ihm geschehen war. Außer ihr.

9. Kapitel

Juni 1169

Obwohl Micha es versprochen hatte, wurde er vorerst nicht bei Balthasar vorstellig, um Johanna wiederzusehen. Bei Adam gab es in dieser Jahreszeit reichlich zu tun. Das erste Heu musste gemäht werden, der Garten bestellt, der im März gesäte Hafer von Unkraut befreit, die jungen Maultiere mussten ausgebildet und die trächtigen Stuten überwacht werden. Auch Lilje hatte Anfang Mai zum dritten Mal gefohlt, nachdem sie zwei Jahre zuvor nicht aufgenommen hatte. Der kleinen Maultierstute hatte Adam den Namen Brimme gegeben, was ein anderer Name für den Stechginster war, dem ihr stachliges Gemüt seiner Meinung nach ähnelte.

Micha hatte bei Adam immer schwer arbeiten müssen, doch wenn seine Kraft für eine Tätigkeit nicht ausreichte, hatte er sich Unterstützung holen können. Vor einigen Monaten hatten die Knechte ihn zum ersten Mal auflaufen lassen, weil sie meinten, er sei jetzt nicht mehr schwächer als sie und müsse daher alles allein können, was sie auch konnten. Seitdem hatte Micha sich nicht noch einmal die Blöße gegeben, jemanden um Hilfe zu bitten. Er zog die Futtersäcke nach oben auf den

Speicher, auch wenn sie fast so viel wogen wie er selbst und er deshalb gelegentlich den Boden unter den Füßen verlor. Er hängte die großen Scheunentorflügel allein aus und wieder ein, obwohl er Gefahr lief, dass sie ihn unter sich begruben. Und er pflügte seinen Teil von Adams Ackerland, auch wenn er danach so erschöpft war, dass er zu Boden sank.

Es war also nur zum Teil eine Ausrede, dass er sich an den meisten Abenden zu erschöpft fühlte, um die vornehmen Gäste in der Oberburg aufzusuchen. Der andere Teil der Erklärung war seine Befürchtung, dass ein zu eiliger Besuch seine wild gewordenen Gefühle für alle sichtbar gemacht hätte. Er konnte sich selbst nicht erklären, was ihn gepackt hatte, aber jeder Gedanke an die süße Johanna ließ ihm das Blut durch die Adern rauschen und den Puls nicht nur in den Schläfen hämmern. Wie konnte es nur sein, dass er sie nach ihrer so kurzen Begegnung begehrenswerter fand als alle Weiber zuvor?

Gut drei Wochen nach den Ereignissen am Fluss hatte er schließlich genug Mut gesammelt, um den Weg in die Oberburg anzutreten. Als sie vormittags mit Hennings Hilfe einigen Pferdestuten und Mulis die Hufe beschnitten, bat er Adam um einen freien Nachmittag und Abend.

»Ah, du willst dir das Reiterspektakel ansehen, was? Hätte ich mir denken können. Meinetwegen«, sagte Adam.

Micha ließ vor Erstaunen beinah das Seil los, mit dem sie das unwillige Muli seitlich an einen Wagen gefesselt hatten, damit es sie nicht treten konnte. »Was für ein Reiterspektakel? Warum habe ich davon nichts gehört?«

Henning, der ihn meistens nicht beachtete, warf ihm einen spöttischen Blick zu. »Die jungen Edelleute haben sich das immerhin schon vorgestern ausgedacht. Wie achtlos von ihnen, dich nicht sofort davon in Kenntnis zu setzen.«

Paul, der mit dem Tier an der Hand dastand, das als Nächstes an der Reihe war, lachte herzhaft. Micha zählte mit der Zunge seine Zähne, um nichts Bissiges zu erwidern. Er hatte noch immer nicht herausgefunden, warum der Hufschmied ihn nicht mehr leiden konnte, aber mittlerweile beruhte das ganz auf Gegenseitigkeit.

»Es findet auf der großen Brache hinter dem Obstgarten statt. Sie nennen sie ihre Turnierwiese. Graf Meinhards Söhne nehmen teil, Borgwards Söhne und einige vornehme junge Gäste. Also nur ein paar Reiterspielchen zum Zeitvertreib, keine große Sache«, erklärte Adam.

»Wann fangen sie an?«, fragte Micha.

»Mittags.«

»Darf ich dann …?«

Adam brummte zustimmend. »Hm. Aber wenn du deine Stute nimmst, dann gib acht, dass das Fohlen nicht zwischen die wilden Reiter gerät!«

»Wir halten genug Abstand, keine Sorge.«

In der Folge war Micha so fahrig vor Aufregung, dass er all seine Aufmerksamkeit brauchte, um die Vormittagsarbeit zu Ende zu bringen. Nicht einen Augenblick dachte er daran, Sibilla zu fragen, ob sie zu dem Spektakel mitkommen wolle. Als Adam mittags davon sprach, als sei es selbstverständlich, dass sie ihn begleitete, erfasste ihn ein unangenehmes Schuldgefühl. Doch Sibilla zuckte nur mit den Schultern und nuschelte, dass sie sich nicht wohlfühle. Eine Sache, die öfter vorkam, seit sie unter der monatlichen Unpässlichkeit der Weiber litt. Er wollte ihr mitfühlend zulächeln, doch sie wich seinem Blick aus. Was ebenfalls in letzter Zeit häufiger vorkam. Sie war früher leichter zu verstehen gewesen, das stand fest. Aber das schien der Lauf der Dinge zu sein zwischen jungen Männern und Weibern, wie ähnlich sie sich als Kinder auch gewesen sein mochten.

Wenig später schwang er sich in Liljes Sattel und ritt mit dem Maultierfohlen bei Fuß vom Hof. Besonders scharf musste er auf die kleine Brimme nicht aufpassen, sie war noch so jung, dass sie ihrer Mutter nie weit von der Seite wich.

Als sie bei der großen Brache ankamen, waren die Herrschaften schon vor Ort. Aus ein paar Heuwagen, Tafelbrettern und farbigen Decken hatten sie am Rande des Feldes eine schlichte Tribüne aufgebaut, wo schon einige Zuschauerinnen ihre Pferde angebunden und Platz genommen hatten. Die weniger vornehmen Schaulustigen standen in einiger Entfernung davon, und zu ihnen gesellte sich Micha. Johanna saß nicht auf der Tribüne, das hatte er auf den ersten Blick festgestellt. Daher hielt er nach ihr und ihrem Bruder Ausschau. Schließlich entdeckte er sie in einem prachtvollen Gewand mit ihrem Schimmel an der Hand dort, wo die Reiter und ihre Pferdeknechte sich sammelten, um die letzten Vorbereitungen zu treffen.

Ihr Bruder hatte etwas abseits von den anderen Teilnehmern Schwierigkeiten mit seinem Ross. Es schien nicht mit der bunten Husse einverstanden zu sein, die ihm über Kopf und Ohren ging, und ließ Endris nicht aufsteigen.

Ohne darüber nachzudenken, trieb Micha Lilje zu einem langsamen Galopp an und ritt hinüber, wohlbedacht darauf, ausreichend Abstand zu der vorgesehenen Rennbahn und dem Pulk der Rösser zu halten. Brimme lief brav nah an der Flanke ihrer Mutter mit.

Neben Johanna hielt er an, stieg ab und verbeugte sich vor ihr. »Einen gesegneten Tag. Verzeiht meine Aufdringlichkeit, aber ich sah, dass Euer Bruder einen Mann gebrauchen könnte, der ihm zum Aufsteigen das Ross hält. Vielleicht kann ich helfen.«

Sie sah ihn mit einem herzergreifenden Augenaufschlag an. »Diese Hilfe würde sehr geschätzt werden. Und ich fürchte, es eilt. Die anderen werden bald die Geduld mit ihm verlieren.«

»Dann seid so gut und haltet meine Stute fest. Keine Sorge, sie und ihr Fohlen sind sanft wie Lämmer«, sagte er und reichte ihr die Zügel. Sie streifte seine Hand, als sie zugriff, und lächelte scheu. Prompt schlug sein Herz einen Salto. Zu gern wäre er länger bei ihr stehen geblieben, doch das musste warten.

Endris gab sich Mühe, gelassen zu wirken, obwohl sein Pferd mit ihm so störrisch und aufgebracht im Kreis tanzte, dass er Gefahr lief, von ihm getreten zu werden. Auf diese Art würde er mit seinem Fuß nicht einmal in die Nähe des Steigbügels kommen. Micha fragte sich, warum sein Gastgeber ihm keinen Pferdeknecht zur Seite gestellt hatte. Aber vielleicht hatte Johannas Bruder das auch abgelehnt, was wusste Micha schon?

Mit langen Schritten erreichte er das uneinige Gespann. »Gewährt Ihr mir die Ehre, euch den Steigbügel zu halten?«, fragte er.

Endris' Miene verriet, wie nahe er der Verzweiflung war. »Wie könnte ich so ein freundliches –« Sein Hengst traf ihn mit dem Kopf und warf ihn beinah um. Nur geradeso konnte er sich noch fangen. »Wie könnte ich so ein freundliches Angebot ablehnen?«, stieß er hervor.

Micha trat zu ihm und nahm ihm die Zügel ohne Umschweife aus der Hand. Statt ihm den Steigbügel zu halten, passte er sich jedoch den Bewegungen des tänzelnden Rosses an, löste die Schnüre, die das schlecht sitzende Kopfteil der Husse festhielten, und streifte es dem Tier kurzerhand ab. Schlagartig stand es still. Noch immer aufgeregt, aber nicht mehr verrückt vor Angst sah der Hengst sich mit gewölbtem Nacken um und wieherte zu den anderen hinüber.

Micha ergriff den Steigbügel und nickte Endris zu. »Mein Herr, verzeiht meine Eigenmächtigkeit, aber das Kopfteil der

Husse ist schadhaft. Erlaubt, dass ich es ausbessere. Für den Moment ist es besser, wenn Ihr darauf verzichtet.«

Endris wusste es besser, als noch länger mit dem Aufsteigen zu warten. Geschmeidig machte er Gebrauch von dem hingehaltenen Steigbügel und saß gleich darauf im Sattel. »Ich wünschte, ich hätte ihm das unsinnige Ding gar nicht anlegen lassen. Dumme Eitelkeit! Bessere es aus oder wirf es ins Feuer, mir ist es gleich. Auf jeden Fall danke!«

Damit lenkte er sein Ross zu den wartenden anderen und stellte sich tapfer lächelnd dem Spott, der dort über ihn ausgeschüttet wurde. Micha sah ihm noch kurz nach, um sicherzugehen, dass er den Hengst nun im Griff hatte. Es war ihm ein Rätsel, warum so viele Milites unbedingt Hengste reiten wollten, obwohl die meisten Stuten und Wallache leichter zu handhaben waren. Er selbst hätte nie einem schlecht erzogenen, sturen Hengst den Vorzug vor einer gelehrigen Stute gegeben, wie sie es oft taten.

Er hatte angenommen, dass Johanna das Geschehen gespannt beobachtete, aber das tat sie nicht. Als er zu ihr zurückkehrte, war sie völlig versunken darin, mit Brimme zu schmusen. Der Anblick, wie sie in ihrer golden schimmernden Cotte mit den langen Hängeärmeln von den beiden Stuten eingerahmt dastand und innig das Fohlen liebkoste, brachte ihn zum Lächeln.

Sie hob den Kopf und entdeckte ihn. »Oh, dieses Füllen ist so ein Goldschatz! Diese flauschigen langen Ohren! Sieh doch nur, wie es damit spielt. Ist es nicht allerliebst? Kann ich es dir abkaufen? Ich würde Balthasar dazu überreden, dass ich es mit ins Haus nehmen darf.«

Er musste lachen, als er sich vorstellte, wie begeistert der Kaufmann von diesem Einfall gewesen wäre. Doch Johannas Zwinkern gab ihm zu verstehen, dass sie nur scherzte.

»Unsere Maultiere sind ausnehmend klug. Aber dass es ausreicht, um höfische Manieren zu lernen, bezweifle ich. Ich denke, es würde Euch und das Fohlen glücklicher machen, wenn Ihr es gelegentlich auf der Weide besucht«, erwiderte er.

»Das werde ich tun. Und im Gegensatz zu dir halte ich meine Versprechen. Ich frage mich, was ich falsch gemacht habe, dass du nicht gekommen bist. Und wenn du Endris eben nicht schon wieder so bereitwillig geholfen hättest, würde ich mich auch fragen, ob du mich wegen dieses Fehlers nun auch wieder so förmlich ansprichst, obwohl ich dich um etwas anderes gebeten habe.«

Micha schüttelte bedächtig den Kopf. »Die Leute könnten es leicht falsch verstehen, wenn ich eine vornehme junge Frau wie Euch mit weniger Respekt anspräche, als ihr gebührt. Sie kennen unsere Geschichte ja nicht. Also lasst mich lieber bei der Höflichkeit bleiben und nehmt es nicht übel. Ihr habt ganz gewiss nichts falsch gemacht. Tatsächlich wollte ich gerade heute mein Versprechen einlösen, habe dann aber von diesem Spektakel hier erfahren.«

Sie widmete sich wieder Brimmes langen Ohren. »Ein Spektakel, fürwahr. Du hättest hören sollen, wie sie sich gegenseitig mit ihren Prahlereien dazu angestachelt haben. Endris ist sonst gar nicht so großmäulig, aber er konnte nicht hinter den anderen zurückstecken. Dabei kann sein Ross ein ziemlich gehässiger Ziegenbock sein, wie du eben gesehen hast. Ich hoffe, mein Bruder übersteht den Tag, ohne vor den anderen völlig das Gesicht zu verlieren. So wie ich die Sache einschätze, haben sie alle weit mehr Übung im Reiten als er.«

Micha wandte sich zum Feld um. Gerade wurden mehrere hohe hölzerne Galgen aufgestellt, an deren Querbalken Ringe hingen, die von den Reitern mit Lanzen getroffen und abgerissen werden sollten. Dieses Spiel hatte er schon als Sechsjähriger auf den Weiden gespielt, als die Ringe für ihn noch besonders tief aufgehängt werden mussten. Sein Vater hatte David und ihm stumpfe Holzstangen statt der Lanzen dafür gegeben.

Er ließ seinen Blick zu Endris hinüberwandern und beobachtete, wie er sich machte. In der Tat wirkte er im Sattel nicht völlig sicher und er war zu abhängig von den Zügeln, um sein Ross zu lenken.

»Hatte Euer Bruder wenig Gelegenheit zum Reiten?«, fragte er.

Nun ließ sie von dem Fohlen ab und stellte sich an seine Seite, um ebenfalls das Geschehen auf dem Feld zu beobachten. »Unser Vater ist ein Kaufmann, kein Kriegsherr. Und er hatte für Endris eine geistliche Laufbahn vorgesehen. Mein Bruder hat darum ringen müssen, dass ihm das erspart blieb und mein Vater ihm zugestand, ebenso als Kaufmann in seine Fußstapfen zu treten wie unser älterer Bruder, der sein Geschäft eines Tages übernehmen wird. Wenn du mir versprichst, es nicht weiterzusagen, verrate ich dir allerdings, dass Endris einen ganz anderen Traum hegt. Er liebt das Waffenhandwerk und würde gern Ritter werden.«

Beinah hätte Micha belustigt geschnaubt, weil er auch diese Bemerkung für einen Scherz hielt. Seiner Einschätzung nach war ihr Bruder ein oder zwei Jahre älter als er und wirkte trotzdem weit zarter. Wie wollte er in seinem Alter noch die Fertigkeiten erwerben, die ein berittener Krieger benötigte? Da würde er sich anstrengen müssen.

Ein Seitenblick zu Johanna überzeugte ihn davon, dass sie es dieses Mal ernst meinte. Er räusperte sich. »Ein Ritter. Aha. Ich wünsche ihm viel Glück dabei. Falls er jemanden braucht, der ihm zeigt, wie er sein Ross zähmen kann, stehe ich gern zur Verfügung.«

Kaum hatte er es ausgesprochen, hätte er sich am liebsten geohrfeigt. Wie kam er dazu, so ein Angebot zu machen? Nicht nur, dass es anmaßend und überheblich klang, er wusste nicht einmal, ob er es einlösen konnte.

»Mir fiel auf, dass du gut mit Pferden umgehen kannst. Bist du auch ein fähiger Reiter? Könntest du auch diese Ringe stechen?«, fragte sie und spitzte schelmisch die Lippen.

Es war eine Herausforderung, das wusste er. Lächelnd schüttelte er den Kopf. »Ich werde mich mit meiner Stute und ihrem Fohlen ganz gewiss nicht unter die wilde Horde mischen, um das zu beweisen. Wenn ihr es unbedingt sehen wollt, dann stellt mir eine Aufgabe, die ich hier am Rande erfüllen kann.«

»Könntet ihr mir aus dem vollen Galopp heraus mein Schapel aus der Hand nehmen?«, fragte sie herausfordernd.

Sie trug einen mit himmelblauer Seide umwundenen und mit Bändern geschmückten Reif auf ihrem bloßen Haar, den sie nun abnahm und in die Höhe hielt. Als unverheiratete edle Jungfrau durfte sie sich so zeigen, während sie ihr Haupt als Verheiratete mit Schleier oder Gebände hätte verdecken müssen.

Wortlos lächelnd schwang er sich in Liljes Sattel. Während er sich entfernte, um Anlauf zu nehmen, ließ er seine Stute seitwärts traben, sich auf der Hinterhand in beide Richtungen im Kreis drehen und am Ziel angekommen noch einige Schritte rückwärts zurückweichen und sich anschließend verbeugen. Johanna dankte es ihm mit einem lauten Lachen und Händeklatschen. Sie war offenbar weit leichter zu beeindrucken als Sibilla oder der Rest von Adams Familie, die seine Tricks längst kannten.

Aus dem Stand galoppierte er an. Aus Rücksicht auf das Fohlen trieb er Lilje nicht zu ihrer höchsten Geschwindigkeit an, dafür nahm er auf halber Strecke mit der linken Hand seine Kappe ab und hielt sie ebenso in die Höhe wie Johanna ihr Schapel. Kurz bevor er sie erreichte, ließ er die Zügel ganz los und lehnte sich rechts aus dem Sattel, um ihr den Schmuckreif aus der Hand zu nehmen und ihr dafür seine Kappe auf den

Kopf zu setzen. Ohne die Zügel wieder aufzunehmen, forderte er Lilje auf, wieder in Schritt zu fallen und zu wenden. Unter Johannas Lachen und Applaus ritt er zu ihr zurück und tauschte vom Pferderücken aus behutsam seine Kappe wieder gegen ihren Reif, was sie sich stillhaltend gefallen ließ.

»Ich bin nun überzeugt, dass du es nicht schlechter kannst als die jungen Herren auf dem Feld. Du könntest Endris sicher einige gute Ratschläge geben. Ich werde ihm dein Angebot ausrichten. Aber nun werde ich mich lieber auf die Tribüne begeben. Sicher erwartet man mich dort bereits.«

Sie lächelte ihm über die Schulter zu, während sie ihr Pferd schon in Richtung der Tribüne führte. Er öffnete den Mund, um sich zu verabschieden, doch dann winkte sie ihn heran. »Begleite mich. Ich stelle dich Balthasar vor. Erzählt habe ich ihm schon von dir. Wobei es ein wenig peinlich war, dass ich deinen Namen nicht wusste. Ich weiß ihn noch immer nicht.«

Micha fühlte sich, als wäre er schwer berauscht. Ihre Gegenwart hatte eine Wirkung auf seine Sinne, die es ihm unmöglich machte, ihr etwas abzuschlagen. Er holte tief Luft, um sich seiner Stimme sicher zu sein. »Michael. Rössner«, sagte er.

»Sehr erfreut, Michael Rössner«, erwiderte sie und zwinkerte ihm so niedlich zu, dass ihm die Knie weich wurden.

Zu dem vornehmen Publikum auf die Tribüne stieg er allerdings nicht mit ihr hinauf. Stattdessen kam Balthasar zu ihm herunter und unterhielt sich mit ihm über Johannas Rettung, über sein Geschäft und über die Vorzüge von Pferden und Maultieren. Am Ende riet Micha dem Kaufmann zum Erwerb eines hervorragenden jungen Mulis namens Plitze. Und Balthasar schlug schon so gut wie ein.

Eine Weile sahen sie dann den Reitern zu, und am Ende beugte Johanna sich noch einmal von der Tribüne zu ihm herab. »Wenn es nach mir geht, ist es abgemacht. Gleich morgen besuchen Endris und ich dich bei diesem Adam, damit du meinem Bruder mit seinem Ross helfen kannst.«

Er nickte nur, und das tat er in den folgenden Wochen noch oft, wenn sie dabei war, während er ihren Bruder darin unterrichtete, sein Ross in den Griff zu bekommen.

Als die Geschwister am Ende des Sommers zu ihrem Vater nach Lüneburg zurückkehrten, war Micha tief betrübt. Die vage Hoffnung auf ein von ihnen angekündigtes Wiedersehen im kommenden Jahr war ihm nur ein schwacher Trost.

10. Kapitel

April 1170

Als Johanna und Endris Salzer knapp ein Jahr nach ihrem ersten Besuch erneut nach Summerburg kamen, zogen sie mit einem Gefolge ein, das nicht zu übersehen war. Sie reisten in Begleitung ihres Vaters und einer großen Warenlieferung samt der Mannschaft, die zu deren Bewachung notwendig war. Sibilla bemerkte ihre Ankunft vor Micha, denn sie stand gerade mit einer Kiepe voll roher Wolle auf dem Rücken im leise rieselnden Aprilschnee an der Kreuzung bei Kaufmann Gebhards Haus. Umgekehrt bemerkten die vornehmen Geschwister sie nicht, genau wie sie es auch bei ihren Begegnungen im Vorjahr kaum getan hatten. Manchmal hatte Sibilla sich in ihrer Gegenwart beinah unsichtbar gefühlt.

Micha beteiligte sich an diesem Tag mit ihrem Vater, Jakob und Paul auf der anderen Seite der Oberburg am Bau der neuen Mauer. Graf Meinhard ersetzte die alte Holzpalisade nach und nach durch festes Mauerwerk und forderte dazu Frondienste ein. Als Lehnsmann war Adam von solchen Diensten so wenig ausgenommen wie die einfachen Bauern, deren Höfe weiter entfernt von Summerburg lagen.

Sibilla hatte wenig Lust, Micha von der Rückkehr seiner hochnäsigen Freunde zu erzählen, doch sie hatte zu gut in Erinnerung, wie traurig er nach dem Abschied von ihnen gewesen war. Daher überwand sie sich, tat es dennoch und nahm hin, dass es ihr wehtat, wie seine Augen strahlten, als Johannas Name fiel.

»Ich weiß, du magst die beiden nicht. Aber wenn du dir ein bisschen Mühe geben würdest, sie besser kennenzulernen, würdest du feststellen, wie liebenswürdig sie sind«, sagte er.

Da sie ihm schlecht den wahren Grund dafür erklären konnte, warum sie Johanna nicht mochte, griff sie auf das Naheliegendste zurück. »Ich denke, sie nutzen dich aus. Du hast schon viel für sie getan, und ich fürchte, so wird es weitergehen. Dabei wären eher sie dir etwas schuldig.«

»Immerhin hat dein Vater durch sie gute Geschäfte mit Balthasar gemacht. Davon hatte ich auch etwas. Komm schon, Billjesib, sei kein Spielverderber. Du weißt doch, dass es mir Spaß macht, mit Endris zusammen zu sein.«

Er sagte »Endris«, dachte dabei aber an dessen Schwester. Weder Micha noch Sibilla hatten das Offensichtliche bisher angesprochen. Sie fragte sich, ob er wirklich glaubte, dass seine kopflose Verliebtheit ihr nicht aufgefallen war.

»Du bist nicht von seinem Stand. Irgendwann wird ihm das wieder einfallen, und dann wirst du den Schaden davon haben«, meinte sie.

»Aber bis dahin haben wir zusammen Spaß«, entgegnete er und ließ es heiter klingen. Doch der Ausdruck in seinen Augen verriet eine fast verzweifelte Verbissenheit.

In den folgenden Wochen wichen Michas und Sibillas Meinung darüber, was unter Spaß zu verstehen war, immer weiter voneinander ab.

Sibilla war dabei gewesen, als Endris Micha überschwänglich begrüßt und ihm gleich frohe Neuigkeiten mitgeteilt hatte.

Der Kaufmannssohn verfügte nun endgültig über die offizielle Genehmigung, sich unter Graf Meinhard zum Ritter ausbilden zu lassen. Die Waffenübungen sollten umgehend beginnen. Und weil Micha ihm im Vorjahr so treu beigestanden hatte, bat Endris ihn, das auch weiterhin zu tun.

Micha stimmte zu, noch bevor Endris zu Ende gesprochen hatte, und Sibilla verdrehte insgeheim die Augen. Doch da sie versprochen hatte, freundlicher zu seinem Freund zu sein, lächelte sie pflichtschuldig.

»Vergesst nur bitte nicht, dass mein Vater Micha ebenfalls braucht«, sagte sie so liebenswürdig, wie es ihr möglich war.

Endris schenkte ihr einen leutseligen Blick. »Selbstverständlich nicht. Ich will nur sagen, dass ich mich darüber freuen würde, wenn er so häufig wie möglich bei unseren Übungen mit den Rössern anwesend wäre.«

Noch am selben Abend ging Micha in die Oberburg, um bei den ersten Waffenübungen zuzusehen, und von da an tat er das beinah jeden Tag. Am sechsten Tag kam er mit einer blutenden Lippe, einem blauen Auge und geprellten Rippen heim und tat es als nebensächlich ab, ohne zu erzählen, was geschehen war. Am siebten Tag begleitete Sibilla ihn und beobachtete, was vor sich ging.

Die adligen jungen Männer, die sich zum Waffenspiel in der Vorburg versammelten, um von einigen Älteren und voneinander zu lernen, waren offenbar zu dem Schluss gekommen, dass Micha sich den Waffenübungen anschließen sollte. Und das tat er mit Feuereifer, obwohl er von ihnen gnadenlos zusammengeschlagen wurde. Sibilla sah einigen von den jungen Recken an, dass sie sich in Wahrheit über ihn lustig machten, wenn sie ihn zum Kampf aufforderten. Doch er ließ sich nicht beirren, sondern nahm jede Herausforderung an. Es zerriss ihr das Herz, wie sie ihn behandelten. Und doch kam es ihr nicht in den Sinn, ihn von seinem Tun abzuhalten. Denn sie kannte ihn gut genug, um zu wissen, wie schnell er geschickt genug sein würde, um gegen die Schwächeren von ihnen bestehen zu können. Und wer wusste schon, ob er am Ende nicht doch stark genug werden würde, um in einem Gerichtskampf auch gegen die zu kämpfen, die seinen Vater und seinen Bruder getötet hatten? Das war zwar nicht das, was Pater Servatius ihm nahegelegt hatte, doch dessen eigener Vorschlag hatte bisher wenig Ergebnisse gebracht.

Mai 1770

Julius von Egesleben war knapp drei Jahre älter als Micha, acht Jahre erfahrener im Umgang mit Waffen und rauflustig wie ein gelangweilter Jungbulle. Unter den jungen Männern, die sich regelmäßig in der Vorburg trafen, um ihre Fähigkeiten im Kampf zu verbessern, gehörte er zu den stärksten und geschicktesten. Außerdem war er ein hervorragender Bogen- und Armbrustschütze. Micha hasste es, sich das eingestehen zu müssen. Er hätte zu gern geglaubt, dass es ihm mit genug Fleiß und Entschlossenheit eines Tages gelingen würde, ein ernst zu nehmender Gegner für Julius und seinen älteren Bruder Georg zu werden. Doch falls es je dazu käme, lag es in weiter Ferne. In absehbarer Zeit hatte er keine Aussichten, Borgwards Söhne zu schlagen. Da half auch all seine Abscheu gegen die beiden und ihren Vater nicht. Die Platzwunden, Blutergüsse und verstauchten Gelenke, die er bei den Übungen davontrug, sprachen eine deutliche Sprache. Auch die schmerzenden Muskeln erinnerten ihn daran, dass er kein Schwert mehr berührt hatte, seit er als Zwölfjähriger ausnahmsweise die Waffe seines Vaters hatte halten dürfen.

Es gab nur eins, worin er sämtlichen adligen Jungrecken ebenbürtig oder überlegen war, und das war der Umgang mit den Pferden. Darin machte ihm niemand etwas vor.

Deshalb freute sich Micha, als eines Abends beschlossen wurde, dass sie sich alle mit ihren Destriern auf der Turnierwiese versammeln würden. Lilje hatte in diesem Jahr kein Fohlen und war nicht tragend, konnte also mithalten. Und er selbst war zu jedem Wettspiel bereit, schon allein, weil Johanna und die anderen Edelfrauen der Burg zusehen wollten.

Beflügelt von der Lust zu glänzen, war Micha bei dieser Gelegenheit in allem erfolgreich. Er flog auf Liljes Rücken den anderen davon, bewies, dass kein Geschicklichkeitsspiel für ihn und die Stute zu schwierig war. Und Johanna applaudierte ihm.

Nicht deshalb jedoch blieb dieser Abend für immer in seiner Erinnerung. Denn am Ende der Spiele ritt Georg von Egesleben zu den Frauen hinüber und überreichte Johanna auf seiner Lanzenspitze einen mit farbigem Tuch und Blumen geschmückten Ring, den er vom Galgen gestochen hatte. Dann verkündete er den versammelten Mitstreitern die frohe Botschaft, dass ihre Väter nach langen Verhandlungen zu einer Übereinkunft gekommen waren. Er und Johanna würden heiraten.

Micha gefror das Lächeln auf den Lippen, und beinah hätte ihn ein Rempler eines der jungen Adligen aus dem Freundeskreis der Grafensöhne aus dem Sattel geworfen. Immerhin weckte ihn das aus seinem Schockzustand und er fing sich, bevor jemand bemerken konnte, wie tief getroffen er war.

Schon zwei Wochen später fand die Hochzeit statt.

Das ganze Dorf durfte mitfeiern, wenn die Bewohner auch nicht als geladene Gäste auf der Burg zu Tisch gingen. Stattdessen spendierten Johannas Vater, Borgward und Graf Meinhard ein Festmahl, das bei der Linde auf dem Kirchplatz aufgetragen wurde.

Micha brachte es nicht über sich, mit den anderen zu feiern. Er schlich sich aus dem Getümmel davon und suchte Zuflucht bei Kilian im Wirtshaus. Zum ersten Mal in seinem Leben fasste er den Entschluss, seinen Kummer dort zu ersäufen, denn er ertrug es nicht, nüchtern mit seinen Gedanken allein zu sein.

Er war davon ausgegangen, dass der Schankraum leer sein würde, doch damit hatte er sich geirrt. In einem Winkel saß jemand, den er an diesem Tag als einen der Letzten hier erwartet hätte: Julius von Egesleben. Was machte der Bruder des Bräutigams so weit abseits von den Feierlichkeiten?

Micha überlegte, ob er wieder gehen sollte, doch seine Wut trug ihn vorwärts. Julius hatte im Gegensatz zu ihm die Freiheit, zu gehen, wohin er wollte. Es genügte, dass sein Bruder ihm die Liebe seines Lebens gestohlen hatte. Er würde sich vom jüngeren von Egesleben nicht auch noch den Platz im Wirtshaus streitig machen lassen.

Immerhin hatte Micha an der Tür so lange gezögert, dass Julius darin offenbar einen Grund fand, ihn anzusprechen. »Ach, der Rössner. Was willst du hier? Ist euch Bauern draußen schon das Bier ausgegangen?«

Seine Stimme troff vor Abfälligkeit und verriet außerdem, dass er in Sachen Trunkenheit einen Vorsprung hatte.

An jedem anderen Tag hätte Micha Streit vermieden. Doch dieses Mal kochte sein Zorn über. »Und was ist mit dir? Bekommst du oben bei deinesgleichen nicht genug? Musst du zu den Bauern heruntersteigen und denen das Bier wegsaufen, um satt zu werden? Geh besser wieder dahin, wo du hingehörst.«

Julius grinste breit und falsch. »Was du für eine Dreckslaune hast, Kleiner. So kennt man dich ja gar nicht. Sonst bist du immer eitel Sonnenschein, so wie der Milchbart, dem du hinterherläufst. Mein Schwager. Ha! Mein milchbärtiger Schwager. Wenn der je in den Kampf ziehen muss, dann wird er schon in der ersten Stunde so heulen, dass er vor

Tränen nichts mehr sieht und sich vom erstbesten Metzger den Kopf abschlagen lässt. Ihr seid nichts weiter als spielende Kinder. Wenn es ernst wird, dann … Willst du dich schlagen? Jetzt? Komm nur her!«

Er hob die geballte Faust und sah Micha herausfordernd an, stand aber nicht auf und ließ den Bierkrug nicht los, den er in der anderen Hand hielt.

Micha fing einen ermahnenden Blick von Kilian auf, der an seinem Tisch saß und schweigend gegartes Fleisch von Hühnchenknochen löste, um es in den Eintopf für den nächsten Tag zu werfen. Doch auch Kilians Warnung kühlte ihn heute nicht ab. »Du hättest den Ernstfall ja nicht zu fürchten. Für den hat dein Vater schließlich seine Bluthunde, nicht wahr? Für alles, was ihm wichtig ist, schickt er die. Er wird schon wissen, warum er denen mehr vertraut als seinen Söhnen.«

Micha lag am Boden, bevor er begriffen hatte, was geschah. Katzenhaft schnell war Julius aufgesprungen und auf ihn losgegangen. Sein schmerzendes Kinn zeugte von einem Fausthieb, und nun stand sein Gegner breitbeinig über ihm. In der Linken hielt Julius noch immer seinen Krug und nahm jetzt einen tiefen Zug daraus, als würde er keine Gegenwehr fürchten. Micha schlang blitzschnell die Beine um eins von seinen, klemmte es ein und brachte Julius mit einem Ruck zu Fall. Schwer schlug der neben ihm auf und vergoss nun endlich doch sein Bier.

»Verdammt noch mal«, hörte Micha Kilian fluchen, und Zwicker kläffte zustimmend. Doch da war sein Kampf mit Julius schon in vollem Gange. Am Boden liegend rangen sie, würgten einander und versuchten, Hiebe und Stöße zu platzieren, ohne einen Gedanken daran, welchen Grund es für ihre Schlägerei gab.

Das ging so lange, bis ein Schwall Wasser sie traf und Kilian sie mit Fußtritten auseinandertrieb.

»Ihr seid ja beide nicht bei Trost. Was soll das, Micha? Was ist in dich gefahren? Und Ihr solltet Euch beherrschen, von Egesleben. Der Bengel ist kein Gegner für Euch.«

Weder das Wasser noch Kilians Worte hielten sie davon ab, sich erneut gegenseitig vorn am Hemd zu packen. Aber die Hitze der Rauflust war verflogen, und als sie sich in die Augen blickten, ließen sie die Fäuste sinken.

Julius blies zischend die Luft zwischen den Zähnen hindurch aus. »Etwas an dir ist seltsam, Rössner. Allein, wie du zu Pferd sitzt, passt nicht zu einem Bauern. Und auch wenn du immer brav den Hut ziehst, mir machst du damit nichts vor. Dir fehlt die wahre Achtung vor denen, die über dir stehen. Ich denke, du hast einen überheblichen Stolz, den man dir eines Tages noch austreiben wird.«

Micha zuckte mit den Schultern, rappelte sich auf und setzte sich auf die Bank. »Ich habe Achtung vor denen, die Achtung verdienen. Kann ich ein Bier haben, Kilian? Tut mir leid, das hier. Kommt nicht wieder vor.«

»Wenn ihr nun damit fertig seid, kann ich damit leben. Von Egesleben? Werdet Ihr nun auch friedlich Euer Bier weitertrinken?«, fragte der Wirt.

»Bis ich nicht mehr stehen kann. Und dann noch etwas mehr«, stimmte Julius zu, kam schwankend auf die Beine, setzte sich zu Michas Widerwillen direkt neben ihn und legte ihm den Arm um die Schultern. »Ich habe ja nichts gegen dich, mein Junge. Du machst mich nur neugierig. Du vermittelst nicht den Eindruck, als ob du ein Waffenknecht werden wolltest. Und doch kommst du immer wieder und lässt dir von uns die Nase blutig prügeln. Nach manchen Tagen liefen schon Wetten darauf, ob du es nun wohl aufgeben würdest. Aber die Sache mit den Pferden … Da ist manch einer neidisch. Woher hat einer wie du so eine feine Stute? Noch so ein Rätsel. Aber weißt du was? Mir ist das heute alles gleich. Ich bin hergekommen, um mich ungestört zu besaufen. Also sauf mit, wenn du nicht vorhast, mich zu stören. Andernfalls hau ab.«

»Warum musst du dich denn besaufen? Ich dachte, so eine Hochzeit in der Familie feiert man«, sagte Micha und konnte nicht verhindern, dass seine Stimme düster klang.

Julius' Arm lastete schwer auf seinem Nacken. »Ich will dir verraten, warum«, entgegnete er, trank aber erst einmal seinen Krug leer bis auf den letzten Tropfen. »Mehr Bier, Kilian! Viel mehr! Dieser junge Holzkopf hier und ich, wir werden jetzt Freunde. Ich sage dir, warum ich saufe, mein Freund. Ich hasse meinen Vater. Das ist kein Geheimnis. Ich hasse ihn schon immer. Aber heute hasse ich ihn noch mehr. Er widert mich an. Er und seine ganze verkommene Gefolgschaft. Das behältst du für dich, ja? Eine verkommene Gefolgschaft aus Halunken und Halsabschneidern, die so tun, als wären sie Prinzen. Das bleibt unter uns, Michael. Ich halte das Tag für Tag aus und beiße die Zähne zusammen. Aber heute ... Lass uns trinken! Das geht auf mich, also nur zu.«

Wäre Micha nicht so verblüfft gewesen, hätte er abgelehnt. Aber Julius' Geständnis entwaffnete ihn. Nie im Leben hätte er gedacht, dass ausgerechnet Julius seinen Vater und dessen Gefolgsleute ähnlich verabscheute wie er selbst. Allein die Aussicht, mehr darüber in Erfahrung zu bringen, war es schon wert, sich mit ihm abzugeben.

Bald jedoch stellte er fest, dass er sich bei aller Reibung zwischen ihnen keinen besseren Kumpan für ein Besäufnis vorstellen konnte. Julius wurde wider Erwarten nicht rauflustiger, je mehr er trank, sondern nur lustiger. Und obwohl Micha vorgehabt hatte, trinkend in seinem Kummer zu versinken, steckte ihn die Albernheit seines Gefährten an. Statt sich ihrem Hass und ihrer Trauer hinzugeben, begannen sie, unsinnige und auch nicht ganz so unsinnige Pläne für gemeinsame Vorhaben zu schmieden. Und als sie Stunden später beide in unterschiedliche

Richtungen nach Haus krochen, hatten sie einander schon mehr als ein Dutzend Male »Freund« genannt.

November 1170

Kilian bekam in seinem Wirtshaus viele merkwürdige Begebenheiten zu sehen. Aber dass der verwaiste Knabe, den er sechs Jahre zuvor in Adams Hände vermittelt hatte, nun ausgerechnet Freundschaft mit dem Sohn des Mannes schloss, der höchstwahrscheinlich das Unglück seiner Familie und den Tod vieler weiterer Menschen verschuldet hatte, gehörte zu den merkwürdigsten. Als die beiden an diesem Novemberabend wieder einmal zur Tür hereinkamen, musste Kilian sich zusammenreißen, um nicht den Kopf zu schütteln.

Nachdem sie sich im Mai in seinem Haus zusammen betrunken hatten, hatte er noch gedacht, dass ihre plötzliche Zuneigung mit dem Rausch verfliegen würde. Doch das war nicht geschehen. Stattdessen besetzten sie nun regelmäßig zusammen mit Endris Salzer einen Winkel im Schankraum.

Kilian kannte Borgwards Söhne von Kindesbeinen an. Julius war immer ein wenig anständiger gewesen als sein Bruder Georg, hatte aber die Skrupellosigkeit ebenso mit der Muttermilch eingesogen. Im Zweifelsfall hätte er seine eigenen Ziele stets wichtiger genommen als das Wohlergehen derer, die ihn umgaben.

Micha hingegen war ein natürliches Gefühl für Anstand eingebrannt, und das vermutlich nicht erst, seit ihm seine Familie durch Verbrechen und Unrecht geraubt worden war. Er war durchaus bereit, Schabernack zu treiben, so wie die meisten Männer es in seinem Alter waren. Doch Kilian hätte bei ihm jederzeit darauf vertraut, dass er die Grenze zu Bösartigkeit und Grausamkeit nicht überschritt. Zu beobachten, wie der Junge sich mit Julius verbündete, verursachte ihm daher ein ungutes Gefühl in der Magengegend.

Vor langer Zeit hatte er Edwina versprochen, dass er ein Auge auf ihren Stiefsohn haben würde. Sie hatte schon bei ihrer Ankunft in Summerburg entschieden, welchen Weg sie wählen würde, um zu überleben. Und sie hatte gewusst, dass Micha wegen dieser Entscheidung die Verbindung zu ihr abbrechen würde. Kilians Ansicht nach war es ihr hoch anzurechnen, dass sie gar nicht erst versucht hatte, dagegen anzugehen.

Hätte sie die Nähe ihres Stiefsohns gesucht und wäre wiederholt mit ihm zusammen gesehen worden, hätte Micha sich neben all seinen anderen Sorgen auch noch mit dem Beinamen »Sohn der Hure« herumschlagen müssen.

Mit Micha sprach Kilian nie über Edwina, aber im Auge behalten hatte er auch sie. Sie war keine billige Lumpendirne, sondern ein fein ausgestattetes Weib mit vornehmen Gästen. Sogar ein eigenes Zimmer bewohnte sie, wenn auch nur in der anrüchigen kleinen Häuserreihe in der Nähe des unteren Tores, wo auch der Abdecker wohnte, der dem Grafen bei Bedarf als Henker diente.

Einige der zahlungskräftigen Männer, die sie dort empfing oder zu denen sie in die Oberburg schlich, kannte sie offenbar schon aus der Zeit, bevor Michas Vater sie zu sich geholt hatte. Wohl deshalb hatte sie sich so geschmeidig in ihre neue Rolle finden können. Kilian vermutete, dass sie recht gutes Geld verdiente, und er warf es ihr nicht vor. Jeder musste sehen, wo er blieb. Und Hurerei war in einer Burg voller Räuber und Mörder gewiss nicht die schlimmste Sünde.

Julius wusste sicher nicht, in welchem Verhältnis Micha zu Edwina stand. So wie er auch den Rest der Wahrheit über dessen Herkunft nicht kannte. Schließlich schärfte Pater Servatius Micha immer wieder ein, diese Geschichte für sich zu behalten. Der Pater redete regelmäßig mit dem Jungen, vorgeblich, um neueste Erkenntnisse zu besprechen, hauptsächlich aber, um ihn zur Geduld zu ermahnen. Kilian wusste nicht, ob der Geistliche wirklich daran glaubte, dass Micha eines Tages weltliche Gerechtigkeit für seine Verluste widerfahren würde. Vielleicht hatte er sich auch nur vorgenommen, den Jungen so lange von etwaigen Vergeltungsplänen abzuhalten, bis er von allein aus den Dummheiten herauswuchs. Im Grunde war es das, was sie alle hofften: dass Micha seine Vergangenheit hinter sich lassen und sich mit den Gegebenheiten seines neuen Standes abfinden würde. Niemand konnte schließlich diesem Jungen, der trotz allen Unbills ein so heiteres und freundliches Gemüt bewahrt hatte, wünschen, dass er in einem hoffnungslosen Kampf um Gerechtigkeit auf blutige Weise unterging und möglicherweise noch andere mit hinabzog.

Nun kam Endris herein und gesellte sich zu seinen Freunden. Auch vor ihm hütete Micha Geheimnisse. Denn ganz gewiss hatte er Endris nicht verraten, wie verliebt er in dessen inzwischen verheiratete Schwester war. Kilian nahm an, dass nicht viele Menschen davon wussten. Ihm selbst hatte es auch niemand erzählt, aber er war ein guter Beobachter und aufmerksamer Zuhörer mit einem guten Gedächtnis. Das half ihm, so manche Reiberei zu entschärfen, bevor sie ausartete. Er war sicher, dass es zwischen den drei kraftstrotzenden Prachtburschen, die nun nach ihm und nach Met riefen, früher oder später zu Streit kommen würde. Doch noch glaubten sie sich fest verbündet und verbrüdert und freuten sich gemeinsam über ihre Streiche. Immerhin würde einer dieser Streiche dazu führen, dass Michas Stute im kommenden Sommer ein Fohlen von Borgwards bestem Hengst auf die Welt bringen würde. Wovon Borgward nichts wusste, sein Sohn aber sehr wohl.

Micha warf einen Würfel in die Luft und fing ihn mit dem Handrücken wieder auf. »Sechs«, sagte er mit einem verschmitzten Seitenblick auf seine Gefährten an, bevor er würfelte. Die Sechs fiel.

»Wie machst du das? Du wirfst immer, was du ansagst«, stellte Endris fest.

Julius gab Endris einen Stoß gegen die Schulter. »Wenn du das zu mir sagen würdest, würde ich dich verdreschen. Damit hast du ihn einen Falschspieler genannt.«

»Aber das meinte ich nicht. Ich …«, setzte Endris an.

»Schon gut. Wenn ich das im Spiel machen würde, wäre ich tatsächlich ein Falschspieler. Ich zeige euch, wie es geht«, erklärte Micha grinsend.

Immerhin ein Geheimnis, das er mit den beiden teilte, dachte Kilian und stellte den dreien ihren Met auf den Tisch.

Wieder ging die Tür auf und dieses Mal kamen Michas Ziehschwestern Wiebke und Magda herein. Wiebke war nun vierzehn, Magda beinah sechzehn Jahre alt. Die eine ging stolz und gerade, die andere gebeugt und mit eingezogenem Kopf. Und kaum hatten sie den Raum betreten, zeigte sich schon, warum das so war. In einer Ecke saßen ein paar fremde Fuhrknechte, die auf der Durchreise waren, und einer von ihnen zeigte auf Magda und fing an zu lachen. »Seht euch die an! Was für ein Scheusal!«

Wiebke nahm Magdas Hand und zog sie unbeirrt zu dem Tisch, wo Micha saß, ohne den Kerlen einen Blick zu widmen. »Wir sollen dich holen, Micha. Vater hat heute noch Arbeit für dich.«

Er stand auf, ohne zu zögern. »Tut mir leid, ich muss gehen. Wir sehen uns morgen.«

Die Knechte grölten und lachten. »Ist das deine Schwester? Was für eine Strafe! Warum versteckt ihr sie nicht? Da vergeht einem ja der Appetit.«

Während die Mädchen zur Tür gingen, marschierte Micha mit eisiger Miene zum Tisch der Knechte. Doch bevor er den

Mund aufmachen konnte, standen Julius und Endris neben ihm, und Julius kam ihm mit dem Reden zuvor. »Jemand hätte euch beizeiten beibringen sollen, dass man in einem Ort, wo man nur zu Gast ist, das Maul nicht so weit aufreißt. Niemand kommt hierher und beschimpft unsere Weiber. Keins von ihnen. Wollt ihr das noch einmal machen? Meinetwegen gern. Ich hätte solchen Spaß dabei, euch einem nach dem anderen die Fresse einzuschlagen, dass ich euch fast bitten möchte, euch weiter zu benehmen wie wandelnde Kehrichthaufen. Na, was ist?«

Die Männer waren nicht ganz so dumm, wie es den Anschein gemacht hatte. Sie erkannten in Julius den vornehmen Angehörigen der Burgmannschaft und schwiegen betreten.

»Also doch lieber eine Bitte um Verzeihung? Das enttäuscht mich, aber ich kann es akzeptieren«, fügte Julius hinzu.

»Ich bitte um Verzeihung. Es war nicht so gemeint«, sagte der Mann, der mit dem Spott angefangen hatte.

»Dann ist ja alles gut. Gesegneten Abend, Micha. Beste Wünsche auch deinen Schwestern«, erwiderte Julius in für ihn ungewöhnlich höflichem Tonfall und legte Endris eine Hand auf die Schulter, um ihn zurück in ihre Ecke zu geleiten.

11. Kapitel

Mai 1171

Obwohl es ihr nicht immer leichtgefallen war, hatte Sibilla sich daran gewöhnt, dass sie Micha mit seinen neuen Freunden teilen musste. Es schmerzte sie, dass sie ihn an vielen Abenden kaum noch sah, aber sie tröstete sich damit, dass er immerhin noch jeden Morgen beim Frühstück mit ihr am Tisch saß. Und die Arbeit mit den Maultieren und Pferdestuten war weiterhin ihr gemeinsames Feld, auch wenn ihre Eltern sie hartnäckiger als früher anhielten, sich mehr mit der Art Arbeit zu befassen, die ihr zukünftiger Ehemann von ihr erwarten würde. Sie wussten ja nicht, dass sie sich nicht vorstellen konnte, einen anderen als Micha zu heiraten. Was bedeutete, dass sie sich überhaupt nicht vorstellen konnte, zu heiraten, denn Micha hatte eine andere im Kopf. Und Sibilla hätte eher versucht, den Fischteich leer zu trinken, als sich ihm trotzdem an den Hals zu werfen.

Als sich nach einem Jahr harter Ausbildung ein Teil von Endris' Traum erfüllte und er von Graf Meinhard zum vollwertigen Dienstmann erhoben wurde, lud er seine engsten Freunde ein, im Anschluss an die offizielle Festlichkeit im Goldenen Ross mit ihm zu feiern. Nicht nur Julius und Micha hatte er in die

Einladung eingeschlossen, sondern auch Adams Familie, weil er meinte, sie alle seien ihm ans Herz gewachsen. Sibilla konnte sich nicht erklären, wie es geschehen war, aber sie erwiderte das Gefühl. Endris auf Dauer nicht zu mögen, war unmöglich. Er war so begierig darauf, alles zu lernen, was ein Mann brauchte, um ein tugendhafter, tapferer Ritter zu werden, dass ihm gar nicht auffiel, wie selten solche hehren Heldengestalten in der Wirklichkeit zu finden waren. In Micha sah er seinen treuen Knappen, ohne sich dabei jedoch allzu weit über ihn zu erheben. Diese Demut hatten ihn zahllose Stürze vom Pferd gelehrt, nach denen Micha vom Pferderücken aus mitfühlend zu ihm herabgeblickt hatte.

Als Sibilla mit Micha, Wiebke, Magda und den besten Wünschen ihrer Eltern und ihrer Großmutter im Gepäck im Goldenen Ross ankam, war Endris noch nicht da. Kilian hatte auf dem Hof hinter dem Gasthaus um eine kleine, noch kalte Feuerstelle herum Bänke für sie aufgestellt, und sie nutzten die Zeit, um Endris' Ehrenplatz mit Blumen zu schmücken. Ob sie das Feuer brauchen würden, war fraglich, denn der Abend war auch ohne die Flammen schon drückend warm. Sie waren sich alle einig, dass ein Gewitter bevorstand.

Mathis, der alte Sattler, würde ihnen zusammen mit seiner die Schellentrommel schlagenden Enkeltochter auf der Sackpfeife zu dem einen oder anderen Tänzchen aufspielen. Bei größeren Anlässen tat er das schon lange nicht mehr, weil ihm die Puste dazu fehlte, doch für ihre kleine Feier tat er es seiner Freundin Käthe zuliebe, die ihn für die jungen Leute darum gebeten hatte.

Großvater und Enkelin stimmten sich schon ein, und Micha verbeugte sich sofort gut gelaunt vor Sibilla, um sich ein paar Runden mit ihr im Kreis zu drehen. Sie dankte dem Himmel dafür, dass Johanna an diesem Abend nicht dabei sein würde. Sosehr es Micha auch quälte, dass er sie nur selten zu Gesicht bekam, so froh war Sibilla darüber, dass der Ehestand mit seinen Pflichten Endris' Schwester meistens von ihm und seinen Freunden fernhielt. Einerseits war sie um ihrer selbst willen froh, weil sie sich neben Johanna jedes Mal fühlte wie eine Kuh neben einem Schwan. Vor allem aber um Michas willen, denn jede Begegnung mit seiner Angebeteten ließ ihn für Tage traurig zurück. Nicht, dass er seinen Kummer offen gezeigt hätte. Doch für sie genügten die kleinen Zeichen, um zu durchschauen, wie er sich fühlte. Sie wusste, was in ihm vorging, wenn er bei Tisch auf einmal still wurde, sein Blick sich nach innen kehrte und er nach einer Weile über seiner stummen Sehnsucht das Essen vergaß, bis Paul nach seiner Schale griff und fragte, ob er es nicht mehr wolle. Oder wenn ihm beim Setzen von Zaunpfählen die Arbeit nicht gut von der Hand ging und er wortlos mit zusammengebissenen Zähnen auf einen Pfahl eindrosch, bis der gespalten war und ersetzt werden musste. Oder wenn er allein zu ihrem alten Versteck unten am Bachlauf ging, um sich dort eine Weile zu verkriechen, und lächelnd, aber doch mit geröteten Augen zurückkehrte.

Die meisten Leute hätten für seinen hoffnungslosen Zustand nur Spott übrig gehabt, doch gerade Sibilla kannte das Übel, an dem er litt, aus eigener Erfahrung zu gut, um ihn nicht zu bemitleiden. In einen Menschen verliebt zu sein, den man nicht haben konnte, war eine schreckliche Plage. Und weil sie sich damit so gut auskannte, versuchte sie auch nicht, ihm Johanna auszureden. Denn wenn man mit gesundem Menschenverstand gegen diese Gefühle hätte ankommen können, dann hätte sie selbst längst aufgehört, in den jungen Mann verliebt zu sein, den viele als ihren Bruder betrachteten.

Wiebke tanzte eine Runde mit Magda und dann mit Arnold, der eigentlich nicht Endris' Gast war, sondern nur Kilian besuchte, dann wieder mit Magda.

Obwohl es noch früh am Abend war, verdunkelte der Himmel sich zusehends, und die Baumkronen nahmen in den wenigen unerschrockenen Sonnenstrahlen, die durch die Gewitterwolken drangen, eine giftig grüne Farbe an. Die Luft stand so still, als würde die Welt in Erwartung des Unwetters angespannt den Atem anhalten.

Sibilla und Micha hatten aufgehört zu tanzen, und Micha war zu Mathis hinübergegangen. Wahrscheinlich setzte er mit ihm die endlose Unterhaltung über Zaumzeug und Sättel fort, derer die zwei nie müde wurden.

Doch gleich darauf stellte sich heraus, dass es dieses Mal nicht um ihr Lieblingsthema ging. Denn nach kurzer Besprechung fingen die beiden an zu singen. Sibilla musste lächeln, weil sie so gut klangen, dass sie gleich mitsingen wollte. Sie tat es nur nicht, weil sie dazu mit dem Zuhören hätte aufhören müssen. Gleichzeitig wuchs ihre Wehmut. Sie hatte sich in Micha verliebt, bevor sie viel über ihn gewusst hatte. Doch heute liebte sie ihn so innig, weil sie ihn gut kannte. Er konnte Johanna nicht auf die gleiche Art lieben. Schließlich kannte er sie im Grunde gar nicht. Warum nur hielt er so hartnäckig an ihr fest?

Einen Moment später verstummte Micha abrupt, als Endris und Julius auf den Hof kamen. Wie verabredet brachen die Gäste in Hochrufe aus, aber Sibilla erkannte ebenso wie Micha auf den ersten Blick, dass mit Endris etwas nicht stimmte. Er machte gute Miene zum bösen Spiel, war aber so blass, als hätte er sich den Magen verdorben. Und Julius' Gesicht war so grimmig, dass Sibilla ihm vor Angst aus dem Weg gegangen wäre, wenn sie nicht auch ihn mittlerweile schon ein bisschen besser gekannt hätte. Unwillkürlich schloss sie sich Micha an, als er zu Endris trat.

»Du siehst nicht aus, als wäre dir nach Feiern zumute. Was ist geschehen?«, fragte Micha.

»Er hat seinen neuen Posten bekommen«, entgegnete Julius und klang dabei, als hätte er eine ranzige Haselnuss im Mund, die er gleich ausspucken würde.

Endris schien noch weit Schlimmeres im Mund zu haben, so wie er die Lippen verzog. »Ich werde Wolfgang unterstellt. Dem Hundeführer. Gleich morgen muss ich mit ihm Abgaben von säumigen Schuldnern eintreiben. Das ist nicht, was ich …«

Julius unterbrach ihn. »Verlass dich darauf, dass mein Vater genau weiß, was du willst, und dich stets zum Gegenteil zwingen wird. Ich spreche aus Erfahrung.«

Sibilla sah besorgt Micha an, und der Anblick bestätigte sie in ihrer Befürchtung. Er hatte zwar gewusst, dass Endris unter Borgwards Befehlsgewalt stehen würde, sich aber eingeredet, dass vornehme, wohlhabende Männer wie er genug Einfluss geltend machen konnten, um Posten zu vermeiden, die ihnen missfielen. Zumal Endris durch die Einheirat seiner Schwester sogar zu Borgwards Familie gehörte. Offenbar half ihm das jedoch nicht, und nun musste Micha sich damit auseinandersetzen, dass sein Freund in Zukunft jeden Befehl der Männer auszuführen hatte, die er am tiefsten verabscheute.

Sie wusste nicht, was sie erwartet hatte, aber Michas Reaktion überraschte sie.

»Es gibt etwas, was ich euch nie erzählt habe. Aber nun ist wohl die Zeit gekommen, es zu tun«, erklärte er.

Sie legte ihm die Hand auf den Arm. »Micha!«

Er sah ihr in die Augen und zupfte sich am Ohrläppchen – ihr altes Zeichen für Verschwiegenheit. Also ließ sie ihn sprechen.

»Ich denke, dass Wolfgang kein ehrbarer Mann ist«, sagte er.

An Endris' bedrückter Miene änderte sich nur, dass er die Augen weiter aufriss.

Julius hingegen lachte bitter. »Um das herauszufinden, brauchte ich dich nicht. Du weißt, was ich von den Busenfreunden meines Vaters halte.«

Endris schüttelte den Kopf. »Das wissen wir. Du wirst ja nicht müde, es zu wiederholen. Aber so, wie Micha das sagt, scheint er etwas Bestimmtes damit zu meinen.«

Julius' Brauen zogen sich zusammen. »Denkst du etwa, ich meine nichts Bestimmtes damit? Wenn ich sage, dass wir von Halsabschneidern umgeben sind, denkst du dann, ich wäre nur beleidigt, weil sie die ersten Stücke vom Spanferkel bekommen? Wolfgang hat schon mehr Männer in Ehrenhändeln totgeschlagen als andere in Schlachten. Und glaubt mir, seine Ehre war nie der wahre Grund dafür.«

»Und dein Vater nimmt das hin«, sagte Micha ruhig.

Borgwards Sohn zuckte mit den Schultern. »Mein Vater deckt ihn, weil Wolfgang den Gewinn mit ihm teilt. Und unser gnädiger Herr Graf deckt meinen Vater, weil der ...«

»Sprich nicht weiter!«, fuhr Endris ihm ins Wort. »Du beleidigst schon deine eigene Familie und damit auch die meiner Schwester. Zieh nicht auch noch den Namen meines Lehnsherrn in den Schmutz. Ich glaube, du übertreibst das alles. Die Burgmannschaft mag nicht aus den tugendhaftesten Männern bestehen, aber ein solches Maß der Verkommenheit, wie du es immer andeutest, habe ich hier noch nicht bemerkt.«

»Weil du blind bist. Du glaubst, die Welt wird von Helden beherrscht, wie sie in deinen epischen Liedern vorkommen. Und so einfältig wie unser Kleiner hier uns eben verkündet hat, dass er an Wolfgangs Ehre zweifelt, scheint er dasselbe zu glauben.« Er klopfte Micha spöttisch auf die Schulter.

Micha schnaubte abfällig. »Schon als Knabe habe ich aufgehört, das zu glauben. Aber dass es eine Menge herrschende Halunken gibt, darf nicht bedeuten, dass jeder einer werden muss, der aufsteigen will. Die Frage ist deshalb: Was soll Endris tun, wenn Wolfgang ihm eine unehrenhafte Tat aufträgt? Soll er sich damit abfinden, seine Redlichkeit ebenfalls aufzugeben? Oder soll er sich weigern und sich damit Wolfgangs Feindschaft und die deines Vaters zuziehen?«

Julius sah ihn mit zusammengekniffenen Augen an. »Mein Vater mag Vergnügen daran haben, Endris zu triezen. Aber ernsthaft ans Leben wird er dem Bruder seiner Schwiegertochter nicht gehen. Er hat einige Mühe aufgewandt, damit diese Ehe zustande kam. So viel hat Endris daher nicht zu befürchten.«

»Also soll ich Befehle verweigern, die mir missfallen?«, fragte Endris mit geschlossenen Augen, so als könnte er den Anblick dieser neuen, scharfkantigen Wirklichkeit nicht ertragen.

»Du tust das besser nicht jedes Mal, wenn du für Wolfgang die Bracken festhalten sollst. Aber sonst: Ja. Ich werde dir den Rücken freihalten, so gut ich kann«, entgegnete Julius.

»Ich danke dir«, sagte Endris und sah dann wieder Micha an. »Aber was meintest du denn nun, als du sagtest …«

»Er hat Kaufleute auf der Straße ermordet und die Waren hierher in die Burg gebracht. Das meine ich«, erwiderte Micha so trocken, als würde ihm das nicht mehr nahegehen.

Endris schlug die Hände vors Gesicht. »O du lieber Herrgott! Warum habt ihr mir das alles nicht früher erzählt?«

»Habe ich. Du hast nicht zugehört«, sagte Julius.

Micha nickte. »Du wolltest es nicht hören. Und ich dachte, dass du ohnehin nicht für immer hierbleiben würdest. Das musst du schließlich nicht. Du kannst in die Welt ziehen und deine Dienste einem anderen Lehnsherren antragen.«

»Einem untadeligen, ritterlichen Herrn«, steuerte Julius bei.

In der Ferne erklang leise das erste Donnergrollen und eine Brise wehte die aus den Blumenkränzen gefallenen Blütenblätter von dem Holzstumpf, den sie als Ehrenplatz für Endris auserkoren hatten.

Sibilla räusperte sich. »Was immer Ihr auch tun werdet, heute könntet Ihr trotzdem feiern. Immerhin habt Ihr Euch angestrengt, um dieses Ziel zu erreichen. Kein Grund, diese Leistung gering zu schätzen, nur weil Ihr jetzt seht, dass der Weg hinter dem Ziel holpriger weitergeht.«

Endris sah sie an, als würde sie ihm zum ersten Mal auffallen. »Deine Schwester ist ja ein weises Weib«, sagte er zu Micha.

Der lachte. »Ja, aber …«

Sie gab ihm einen Rippenstoß. »Da gibt es kein ›Aber‹!«

Ihrer Faust ausweichend wies er auf den Ehrensitz. »Aber sie ist nicht meine Schwester, wollte ich sagen. Und nun setz dich, Endris. Wir haben ein paar Verse für dich geschmiedet, und wenn du die gehört hast, dann habe ich noch ein Geschenk für dich.«

Trotz des unglücklichen Beginns und obwohl später noch ein gewaltiger Regenschauer auf sie niederging, wurde es von da an ein ausgelassener Abend. Sibilla genoss es, wie Endris sich über das Kopfstück für sein Pferd freute, das Micha mit ihrer und Mathis' Hilfe für ihn angefertigt hatte. Sie genoss, wie ihre Schwester Julius unerschrocken und scharfzüngig zur Ordnung rief, als der sie beim Tanzen zu eng an sich zog. Sie genoss, wie Endris von ihm selbst verfasste traurige Verse vorsang, die von einem unglücklich liebenden Paar handelten. Magda schmachtete ihn scheu, aber doch mit seelenvollen Blicken dabei an, und statt zu tun, als würde er sie nicht sehen, so wie es ihr oft angetan wurde, unterhielt Endris sich nach seinem Vortrag freundlich mit ihr über die Dichtkunst. Und Sibilla genoss, dass Micha währenddessen grinsend zu ihr kam und ihr einen Becher Wein reichte, wie sie ihn nur selten zu trinken bekam.

»Sag, weises Weib, wollen wir auch noch ein Liedchen zusammen singen? Mathis will zu Bett gehen, da müssen wir uns unsere Musik nun selbst machen.«

»Sing mit Wiebke und Magda, die klingen besser als meine Brummstimme.«

»Mag sein. Aber mit dir ist es lustiger«, erwiderte er und ließ damit ihr Herz so weit werden, dass sie wünschte, der Abend möge nie zu Ende gehen.

Doch zu ihrem Bedauern ging er zu Ende. Und wenn sie später daran zurückdachte, stellte sie fest, dass es für lange Zeit die letzten heiteren Stunden waren, die sie alle zusammen verbracht hatten.

12. Kapitel

März bis Juni 1172

Seit die sächsischen Fürsten und Herzog Heinrich sich mit der Hilfe seiner Majestät des Kaisers 1168 darauf geeinigt hatten, den Krieg zu beenden, hatte man von Herzog Heinrich von Sachsen nicht viel gehört, außer dass er eine Tochter des englischen Königs geheiratet hatte. Im Sommer nach Endris' Aufnahme in die Burgmannschaft erreichte Summerburg die Nachricht, dass der Herzog eine Pilgerfahrt ins Heilige Land unternehmen wollte.

Nicht nur für sein eigenes Seelenheil, sondern auch, um seinem Fürsten den Respekt zu erweisen, den er ihm früher vorenthalten hatte, schloss Graf Meinhard sich ihm an, als er im Januar des folgenden Jahres nach Jerusalem aufbrach.

Nicht nur die nobelsten Männer seiner Gefolgschaft und ein Teil seiner bevorzugten Knechte begleiteten Graf Meinhard, sondern auch sein nun dreiundzwanzigjähriger jüngerer Sohn Heiner, der wie sein Bruder den größten Teil seines bisherigen Lebens zur Ausbildung an den Höfen befreundeter Adliger fern von Summerburg verbracht hatte. Borgward hingegen blieb mit seiner Mannschaft zurück, um stellvertretend über die gräflichen Besitzungen zu herrschen.

In jenem anderen Leben, das Micha geführt hätte, wenn er seinen Vater und seinen Bruder nicht verloren hätte, wäre er Feuer und Flamme dafür gewesen, ebenfalls nach Jerusalem zu reisen. Allein schon, um die edlen schnellen Rösser zu sehen, von denen sein Vater immer erzählt hatte. Außerdem wäre ihm eine Reise mit Herzog Heinrich wie eine unwiderstehliche Möglichkeit erschienen, sich zu beweisen und sich einen eigenen Namen zu machen.

In seinem jetzigen Leben allerdings besaß er neben seiner Stute Lilje noch einen schlaksigen, übermütigen Jährling namens Glander, der bislang zu nichts zu gebrauchen war und den er weder mitnehmen noch zurücklassen konnte. Jedenfalls war das der handfeste Grund, den er anführte, wenn er mit jemandem darüber scherzte, ob einer von ihnen auf Pilgerfahrt gehen wollte. Dass es in Wahrheit längst viel mehr Gründe für ihn gab, in Summerburg zu bleiben, musste er niemandem erklären; das konnten sie sich denken. Er hätte sich gefühlt wie ein Verräter, wenn er seine Freunde verlassen hätte, während sie sich mit Borgwards Herrschaft herumschlagen mussten. Außerdem konnte er die Vorstellung nicht ertragen, eine halbe Welt entfernt von Johanna zu sein und so auch noch die wenigen Augenblicke zu verlieren, die er mit ihr verbringen durfte. Davon wusste allerdings niemand – außer Sibilla. Sie hatte im Spätsommer unerwartet einen Streit mit ihm vom Zaun gebrochen und ihm vorgeworfen, dass er gar nicht in ein echtes Weib verliebt sei, sondern nur in das Traumbild eines Weibes. Bis dahin hatte er nicht einmal gewusst, dass sie so genau über seine Liebe zu Johanna im Bilde war. Und auf keinen Fall hatte er damit gerechnet, dass sie ihm einen Vorwurf daraus machen würde. Schließlich verstand sie ihn sonst immer am besten von allen. Niemand sonst kannte ihn so gut. Es lag wohl daran, dass sie als Weib doch ganz anders dachte und fühlte als er. Als sie vor Jahren herausbekommen hatte, dass er seine Jungfräulichkeit an eine Tochter des fahrenden Volks verloren hatte, war sie auch verstimmt gewesen.

Und ganz begriff er sich ja selbst nicht. Andere verliebten sich, gaben sich Lust oder Leid für ein paar Wochen und Monate hin und genasen dann wieder. Ihn hielt seine unglückliche Liebe zu Johanna nun schon seit Jahren gefangen. Heimlich hoffte er auf einen ungewissen Tag in der Zukunft, an dem sich die Dinge ändern, die Hindernisse verschwinden würden und er seine süße, zierliche Angebetete in den Armen halten konnte. Er glaubte fest daran, dass sie ihn auch mochte und dass Georg von Egesleben sie nicht glücklich machte. Gesagt hatte sie ihm das nicht, doch er sah es ihr an. Außerdem wechselte sie oft verstohlene Blicke mit ihm, die seinen Puls zum Rasen brachten. Er hätte sie für sich gewinnen können, da war er sich sicher.

Doch vorerst musste er sich weiterhin damit abfinden, dass sie zu Georg und damit zu Borgwards Haushalt gehörte, und sorgsam darauf achten, dass niemand sie oder ihn eines unziemlichen Verhältnisses verdächtigte. So verbot er sich an diesem kalten Aprilabend sogar, ihr nachzublicken, als sie zu dünn bekleidet aus den Gärten über den Hof der Vorburg zurück in die Kernburg ging. Er begleitete Adam, der den Bauleuten, die auf Borgwards Ruf hin nach und nach in Summerburg eintrafen, ein paar Maultiere verkauft hatte. Zu den verkauften Mulis gehörte auch Liljes Maultiertochter Brimme, die nun drei Jahre alt und schon recht kräftig war. Zu anderen Zeiten hätte Micha seinen Anteil am Verkaufspreis gefeiert, doch dazu war die Stimmung bei allen in Summerburg zu schlecht.

Graf Meinhard hatte für seine Reise viel Geld aufbringen müssen und Borgward im Herbst dazu angehalten, die Abgaben und eine Sondersteuer »für das Seelenheil aller ihm Schutzbefohlenen« gnadenlos einzutreiben. Die Vorräte der meisten Menschen waren daher geschrumpft, und jetzt am Ende des Winters machte sich das auf bittere Weise bemerkbar. Täglich trafen ausgehungerte Gestalten in der Burg ein, um Borgward und die anderen wohlhabenden Bewohner um Hilfe für sich und ihre zu Hause auf sie wartenden Familien zu bitten. Ein Sack Korn, eine Kiepe voll Brennholz, eine Milch gebende Ziege als Leihgabe für eine Familie mit hungrigen Kleinkindern. Sie kamen mit bescheidenen Wünschen. Doch fast alle verließen die Burg mit leeren Händen. Die Ersten hatten noch mehr Glück, wenn sie die einfachen Leute in der Unterburg um Almosen baten. Aber damit hatte es auch bald ein Ende, denn niemand konnte viel entbehren. Als Micha mit Adam am Kak vorübergekommen war, dem Prangerpfahl, der an der Kreuzung gegenüber von Gebhards Haus aufragte, hatte schon wieder einer von den armen Tröpfen daran gehangen, der es endgültig aufgegeben hatte, seine Schulden zurückzuzahlen. Das kam nun alle Tage vor, während sie früher darüber gescherzt hatten, dass man in Summerburg so einen Pfahl nur zum Küheanbinden brauche.

Die Baumannschaft hatte ihr kleines stabiles Zeltdorf innerhalb der Vorburg aufgebaut. Wandernde Zimmerleute, Steinmetze, Kalkbrenner und Baumeister teilten sich diese recht komfortable Unterkunft. Pachtbauern und Unfreie dagegen, die zum Frondienst herbeordert waren und wegen des weiten Weges abends nicht nach Hause zurückkehren konnten, schliefen in der Frühjahrskälte auf ihren Karren oder in Decken gewickelt auf dem Boden neben den glimmenden Kohlen heruntergebrannter Lagerfeuer.

Micha folgte Adam mit den vier Mulis an der Hand zu den Zelten, wo sie für diesen Abend mit den Käufern verabredet waren. Seine Gedanken waren noch bei Johanna, deshalb bemerkte er erst bei der Begrüßung, dass Borgward ebenfalls im Kreis der Bauleute anwesend war. Sein dunkles Haar fiel ihm unter dem pelzbesetzten Krempenhut offen bis auf die Schultern, den kurzen Bart trug er scharf in Form gestutzt, Stiefel und Surcot waren kostbar. Niemand hätte daran gezweifelt, dass er in Borgward von Egesleben den zurzeit wichtigsten Mann der Summerburger Herrschaft vor sich hatte.

»Aha, die Maultiere«, sagte Borgward mit einem Lächeln, das Micha kalte Schauder über den Rücken laufen ließ. Unwillkürlich setzte er die neutrale Miene auf, die er trug, wenn er nicht auffallen wollte.

Adam nickte würdevoll. »Jawohl, gnädiger Herr. Ich bringe die Tiere, die diese wackeren Leute bei mir besichtigt und bestellt haben. Sie sind so genügsam, trittsicher und stark, wie Mulis nur sein können. Beim Bau hier werden sie gute Dienste leisten und danach auch brav alles Gepäck zur nächsten Baustelle tragen.«

Ein Zimmermann und ein Steinmetz traten zu Micha und nahmen ihm zwei der Mulis ab, um sie zu der Anbindestange zu führen, wo ihre anderen Tiere bereits standen.

Borgward legte die Hand auf den Knauf seines Kurzschwerts und betonte damit sein Privileg, es auch innerhalb der Burg tragen zu dürfen. »Ich weiß, du bist schon lange Graf Meinhards treuer Lehnsmann, Adam. Aber heute enttäuschst du mich. Du weißt, wie wichtig der Ausbau und die Verbesserung der Befestigungen deinem Herrn sind. Ich muss dich wohl auch nicht daran erinnern, dass sie dem Wohle aller dienen. Dennoch schließt du einen Handel ab, der diese guten Männer hier zwingt, auf einem Vorschuss zu beharren, der höher ist, als ich für angemessen halte. Daher habe ich beschlossen, einen Kompromiss anzubieten. Sie nehmen den Vorschuss, den ich anbiete, und kaufen nur zwei von den Mulis. Die anderen beiden wirst du ihnen im Namen deines Lehnsherrn unentgeltlich zur Verfügung stellen. Erst wenn der Bau beendet ist und sie die Tiere immer noch mitnehmen wollen, sprechen wir wieder über einen Verkauf.«

Adam legte vor Fassungslosigkeit den Kopf schief, als glaubte er, nicht richtig gehört zu haben. »Aber mein Herr … Graf Meinhard ist sich wohlbewusst, dass ich mich und meine Familie vom Verkauf der Tiere ernähre. Er ermöglicht mir den Handel, weil es Summerburg als Marktplatz stärkt. Die fahrenden Kaufleute wissen es zu schätzen, dass sie hier meine Mulis kaufen oder leihen können. Wenn Ihr sie beschlagnahmt, kann ich mein Geschäft nicht weiterführen. Es kostet viel Zeit und Mühe, die Tiere aufzuziehen, bis sie für die Arbeit tauglich werden. Wovon sollen wir leben, wenn …«

Borgward unterbrach ihn mit einer ungeduldigen Handbewegung. »Schluss mit dem Gejammer. Alle müssen Opfer bringen, wenn ein großes Ziel erreicht werden soll. Schnallt den Gürtel enger und seid stolz, dass ihr endlich einen echten Beitrag leisten könnt.«

Micha sah, wie Adam die Faust ballte, und machte sich besorgt darauf gefasst, ihn zurückhalten zu müssen.

»Wir leisten unseren Beitrag seit jeher. Ich habe meinen Vertrag mit Graf Meinhard, und er und ich haben unsere Absprachen stets geachtet. Mehr bin ich nicht schuldig.«

Wie eine zustoßende Schlange sprang Borgward vor und ergriff Adam so grob vorn an seiner Cotte, dass die Nähte knackten. »Und ob du das bist. Du schuldest Gehorsam, denn du bist ein Häuflein Dreck gegen unseren Herrn. Du solltest nie deine Stellung in dieser Welt vergessen, Maultierzüchter! Weder hast du den Verstand noch das Ansehen, um unsere Entscheidungen infrage stellen zu dürfen. Ich lasse dich heute mit deiner Dreistigkeit davonkommen. Aber wage es nicht noch einmal, mir zu widersprechen. Es wäre mir ein Leichtes und eine Freude, für dein Land und dein Haus einen neuen Lehnsmann zu finden, der unserem gnädigen Herrn und unserer

Gemeinschaft einen größeren Nutzen bringt. Nun nimm das Geld für die zwei Tiere und pack dich!«

Eilig kam einer der Baumeister näher und hielt Adam einen Beutel mit Münzen hin, während ein Knecht Micha mit angstvoller Miene die übrigen beiden Mulis abnahm.

Adam zögerte nicht länger, sondern nahm den Beutel, drehte sich abrupt um und ging. Micha blieb nichts anderes übrig, als sich ihm hastig anzuschließen.

Fast waren sie schon beim Tor, da brach hinter ihnen Geschrei aus. »Haltet das Biest! Haltet es fest!«

Kurz glaubte Micha, dass sich eines der gerade abgelieferten Maultiere losgerissen hatte und ihnen nachlief. Doch das Muli kam aus der anderen Richtung, direkt aus der Kernburg. Es war Plitze, der fröhlich blökend zu seinen Kameraden hinübertrabte.

Adam ballte erneut die Fäuste. »Verfluchter Mist! Fang du ihn ein und bring ihn zurück. Ich kann das jetzt nicht. Ich würde …«

Micha hatte selbst auch keine Lust dazu, aber immerhin ging es um Balthasars Muli, und mit dem Kaufmann wollte er es sich nicht verderben. Daher klopfte er Adam kurz beschwichtigend auf die Schulter. »Ich komme gleich nach.«

Plitze brach nicht zum ersten Mal aus. Etliche Male hatte er es sogar aus Ober- und Unterburg hinaus und bis zu einer von Adams Weiden geschafft. Er war schlau, geschickt und gelehrig, was ihn zu einem hervorragenden und gleichzeitig zu einem schrecklichen Arbeitstier machte.

Weil Mulis bekannt dafür waren, Fremde zu treten und zu beißen, fühlten sich die Bauleute nicht dazu berufen, den frei laufenden Plitze einzufangen. Micha war der Einzige, der es überhaupt versuchte. Zu seinem Glück hatte er noch ein kümmerliches, welkes Rübenstück in seinem Beutel, das er für einen solchen Notfall zurückgehalten hatte, und Plitze kannte ihn. Es gelang ihm daher, ihn mit vergleichsweise wenig Aufsehen zurück in die Kernburg zu bringen, bevor Borgward seine Gespräche mit den Bauleuten zu Ende geführt hatte.

Auf dem Weg zu Balthasars Stall begegnete er nicht nur dem Kaufmann selbst, sondern auch Johanna. So wenig er sonst um Worte verlegen war, raubte ihm das gerade nach dem Erlebnis mit Borgward für einen Moment die Sprache. Nicht mal ein Lächeln gelang ihm.

»Michael, der junge Rossbändiger. Ich sehe, du hast mir schon wieder einen Gefallen getan. Man fragt sich, warum meine eigenen Pferdeknechte nicht in der Lage sind, dieses Maultier so unterzubringen, dass es nicht davonlaufen kann. Sollte ich das Muli loswerden oder sie, frage ich mich. Nein, keine Sorge, junger Mann! Ich habe Plitze ins Herz geschlossen. Er ist ein gutes Tier, das fleißig und tapfer arbeitet, wenn es nötig ist. Meine Fuhrknechte sind voll des Lobes.«

Micha rang sich nun doch ein Lächeln ab. »Das macht mich froh. Ich denke, Plitze läuft nur hier in Summerburg weg, weil er weiß, dass seine alte Herde in der Nähe ist. Ich bringe ihn Euch gern immer wieder zurück.«

Johanna lachte hell und melodiös, wie nur sie es konnte. Micha wurden gleich wieder die Knie weich.

»Vielleicht wäre es einfacher, wenn Ihr Euch mit Adam darauf einigt, das störrische Muli bei seiner Herde zu belassen, wenn Ihr es nicht benötigt«, sagte sie.

Micha wollte gerade sagen, dass er den Vorschlag gar nicht schlecht fand, da kamen zwei gut gekleidete Männer aus Balthasars Haustür. Einer von ihnen trug eine hoch aufgewölbte, krempenlose Filzkappe in leuchtendem Blau, der andere hatte einen kaum weniger auffallenden, ausladenden Lockenkopf aus drahtigem rotem Haar mit dazu passendem krausem Bart.

Balthasar winkte sie mit großer Geste herbei. »Meine Freunde, kommt näher. Gerade habe ich mein Gesinde angewiesen, alles für Euren frühen Aufbruch vorzubereiten. Nun wäre ich erfreut, Euch herumführen zu dürfen. Dieser junge Mann hier ist der Gehilfe unseres Maultierzüchters Adam. Seine Tiere sind weithin beliebt für ihre Ausdauer, ihre Trittsicherheit und ihre gute Ausbildung. Bring mein Muli doch in den Stall, Michael.«

Micha tat wie ihm geheißen und stellte sicher, dass Plitze dieses Mal fest angebunden war. Als er wieder auf den Hof kam, waren die drei Männer samt Johanna bereits ein Stück in Richtung des inneren Burgtors geschlendert.

Sie drehte sich zu ihm um und rief ihn heran. »Die Herren würden eure Maultiere gern sehen. Willst du uns nicht auf unserem Spaziergang bis zu eurem Haus begleiten?«, fragte sie.

Natürlich konnte er ihr das nicht abschlagen, obwohl er angesichts der Stimmung, in der Adam sich seiner Vermutung nach befand, einen Überraschungsbesuch gewagt fand. Aber am Ende war sein Dienstherr lange genug Händler, um seine Laune verbergen zu können, wenn es nötig war.

Also spazierte er mit der kleinen Gesellschaft langsam durch die Burg. Aus dem Augenwinkel sah er, wie Borgward hinter ihnen in die Kernburg zurückkehrte. Und auch, dass der elende Mistkerl ihnen einen misstrauischen Blick nachsandte.

Als sie die Vorburg verlassen hatten und auf die Unterburg samt Kak hinabblickten, hielt Balthasar inne und wies mit anpreisendem Lächeln auf das Dorf.

»Seht nur, wie friedlich. Ein Hort rechtschaffener, strebsamer Menschen. Und wenn einer die rechte Zucht vergisst, folgt die Strafe auf dem Fuße«, sagte er.

Seine Gäste wiegten nachdenklich die Häupter.

»Das ist alles schön und gut. Nichts gegen diese Burg und das rechtschaffene Dörfchen. Aber was hilft es uns, wenn die Routen hierher so unsicher sind, dass wir jede zweite Fracht verlieren? Solange Euer Burgherr nicht mit den Räubern im

Umland aufräumt, wird dieser Marktplatz nicht florieren«, meinte der Rothaarige.

Balthasar seufzte. »Ich weiß, ich weiß. Und ich wünschte ... Glaubt mir, dass ich mein Bestes gebe, um auf diejenigen einzuwirken, die diesen misslichen Zustand verändern könnten.«

Johanna starrte mit hochgezogenen Brauen auf den mageren Weber, der mit Hand- und Fußeisen angekettet am Kak lehnte und die Augen geschlossen hielt.

»Seine Schulden nicht zurückzuzahlen! Pfui!«, murmelte sie.

»Die Zeiten sind für viele schwer. Manch einer kann seine Schulden nur noch zurückzahlen, wenn er selbst aufhört zu essen«, sagte Micha leise. Eigentlich hatte er es nur zu ihr sagen wollen, doch der fremde Händler mit der blauen Kappe drehte sich stirnrunzelnd zu ihm um.

»Liegt das deiner Ansicht nach daran, dass für den Ausbau der Burg höhere Abgaben erhoben wurden als zuvor?«, fragte er.

Micha zögerte mit der Antwort. Wie vertraut waren diese Männer mit Borgward? War die Frage ernst gemeint oder nur eine Falle, um ihn zu einer Aussage zu verleiten, die vom Burgherrn als Verrat ausgelegt werden konnte?

»Die Ernte im vergangenen Jahr war mäßig. Seine Erlaucht Graf Meinhard hat früher in solchen Jahren beim Eintreiben der Abgaben Milde walten lassen. Dieses Mal hat er es nicht getan. Das ist sein gutes Recht, aber es blieb nicht ohne Folgen«, sagte er schließlich.

Der rothaarige Krauskopf musterte ihn misstrauisch. »Für einen Maultiertreiber drückst du dich sehr gewählt aus. Woher stammst du?«

Micha wich seinem Blick aus und sah hinauf zum Giebelkreuz von Gebhards Haus, als gäbe es da etwas zu beobachten. »Mein Vater war ein gebildeter Mann. Er kam bei einem Raubüberfall ums Leben, als ich zwölf Jahre alt war. Da hatte ich schon einiges von ihm gelernt.«

»Verfluchtes Raubwesen! Mein Beileid, Junge, auch wenn der Tod deines Vaters schon eine Weile zurückliegt. Ich habe selbst einen Freund verloren, der seine Waren hierher nach Summerburg bringen wollte. Wir haben seitdem nichts mehr von ihm gehört und glauben, dass er unterwegs überfallen und erschlagen wurde.«

Micha wandte sich ihm wieder zu. »Wie lange ist das her?«

»Vier Jahre sind es nun. Wäre Graf Meinhard hier, hätten wir persönlich bei ihm vorgesprochen und um Abhilfe gebeten. Es ist an der Zeit, dass er eine größere Anstrengung unternimmt, um seiner Schutzpflicht nachzukommen. Dieser Borgward hingegen … Mit ihm zu sprechen, wird wohl kaum Erfolg haben.«

»Darauf könnt Ihr wetten«, murmelte Micha, bevor er es sich verkneifen konnte.

Betretenes Schweigen bewies, dass sie ihn alle gehört hatten. Balthasar räusperte sich. »Wie dem auch sei. Ich stimme zu, dass die Situation nicht optimal ist. Glaubt mir, dass ich mir dessen stets bewusst war und mich nach Kräften bemüht habe, dagegenzuwirken. Doch am Ende zeichnet der gute Kaufmann sich dadurch aus, dass er sich anzupassen vermag, sich Einfluss verschafft und die Nischen findet, in denen sein Geschäft trotz aller Widrigkeiten gedeihen kann. Ihr könnt euch darauf verlassen, dass ich meinen Einfluss geltend mache, um eure Geschäfte ebenso gut zu schützen wie meine eigenen.«

»Mein Gemahl stellt oft den Geleitschutz für Balthasars Waren. In Georgs Beisein ist noch nie ein Handelszug überfallen worden. Vielleicht könnte er auch Euch unterstützen?«, meinte Johanna.

Der Vorschlag passte zu Michas Überzeugung, dass sie die schmutzigen Räubereien ihres Schwiegervaters nicht durchschaute. Wenn sie davon gewusst hätte, hätte sie gewiss nicht mehr so zauberhaft und unbeschwert lachen können.

»Wie steht es mit Graf Meinhards Söhnen? Sie gelten als äußerst aufrichtige und anständige junge Männer. Würde es sich lohnen, mit ihnen zu sprechen?«, fragte der mit der blauen Kappe.

Balthasar schüttelte den Kopf. »Heiner, der jüngere, begleitet seinen Vater auf der Pilgerfahrt. Engelbert, der Erbgraf, weilt in Magdeburg am Hofe von Bischof Wichmann, bei dem er seine Ausbildung genossen hat. Es hieß, er würde uns in einigen Wochen einen Besuch abstatten, aber seine Interessen liegen zurzeit eindeutig anderswo. Er verlässt sich voll auf die von seinem Vater hier eingesetzte Burgmannschaft.«

»Warum sollte er auch an ihr zweifeln? Mein Schwiegervater dient Graf Meinhards Familie schon sein Leben lang treu«, erklärte Johanna.

Micha juckte es in den Fingern, sie beiseitezuziehen und ihr endlich zu erklären, was für ein Mann ihr Schwiegervater in Wirklichkeit war. Aber wie konnte er ihr so etwas Scheußliches in ihr hübsches Gesicht sagen? Die Wahrheit hätte sie unglücklich gemacht, und er wollte nicht derjenige sein, der sie ihr beibrachte.

Balthasar nahm ihre Hand, tätschelte sie väterlich und lächelte verschmitzt. »Ganz richtig, liebes Kind. Dein Schwiegervater dient ihm treu, dein Gemahl dient ihm, und bald wird diese Linie fortgesetzt, nicht wahr? Oder darf ich darüber noch nicht sprechen?«

Micha konnte erkennen, wie sich die Haut an Johannas Hals rötete und die Röte langsam bis in ihre Wangen stieg. Sonst war sie ihm gegenüber nie scheu, aber nun mied sie krampfhaft seinen Blick.

»Es ist kein Geheimnis mehr. Ich darf hoffen, meinem Gatten bald einen Erben zu schenken.«

Diese Offenbarung verschlug Micha nicht nur die Sprache, sondern blies ihm auch die klaren Gedanken aus dem Kopf. Er wusste nur noch, dass er aus der Gesellschaft dieser Menschen fortmusste.

»Verzeiht, meine Herren. Aber ich halte es doch für besser, wenn ich vorgehe und Adam auf Euren Besuch vorbereite. Wir sehen uns dann bei seinem Haus.«

Mit einem kurzen Nicken, das gerade noch als höflich durchgehen konnte, marschierte er los, ohne eine Antwort abzuwarten.

Johanna erwartete ein Kind. Von Georg. Die natürlichste Sache unter Eheleuten. Und doch traf es ihn wie ein Faustschlag in die Magengrube, er bekam kaum Luft.

Sowohl Micha als auch Adam überstanden den Besuch Johannas und der Kaufleute mit zusammengebissenen Zähnen. Erst als sie wieder gegangen waren, brach sich ihr geballter Ärger Bahn.

Adam warf einen Holzeimer mit so viel Wucht gegen die Hauswand, dass das Gefäß nicht nur in seine Dauben zerfiel, sondern auch noch ein Loch in den Lehmputz der Flechtwand schlug. »Dieses elende, verlogene Halunkenpack! Allesamt sollen sie in der Hölle schmoren, bis sie hundertmal gar sind!«

Micha hätte gern ebenfalls mit Dingen um sich geworfen, doch das war in Adams Haus dessen Privileg. Deshalb griff er nach der Dechsel, die an der Hausecke lehnte, und fuhr wortlos damit fort, einen Baumstamm zu entrinden, aus dem ein Zaunpfahl werden sollte. Er musste nur aufpassen, dass er den Stamm nicht aus Versehen zu Spänen zerkleinerte.

Sibilla war auf dem Hof damit beschäftigt gewesen, ein Vlies Rohwolle zu reinigen, das sie vom Schäfer bekommen hatte, nachdem ihm ein Schaf gestorben war. Sie hatte die Arbeit unterbrochen, als die Kaufleute und Johanna erschienen waren, und nun postierte sie sich mit verschränkten Armen neben Micha, gerade so, dass Dechsel und Späne sie nicht treffen konnten.

Mit ausdrucksloser Miene betrachtete sie ihren Vater dabei, wie er mit den Füßen die Dauben des Eimers über den Hof trat und den noch zusammenhängenden Boden über die Hecke schleuderte, sodass er vermutlich über den Weg und den Fuchsbach bis weit in die dahinterliegende Wiese flog. Etwas auf sein Schimpfen zu erwidern, wäre sinnlos gewesen, das wussten sie und Micha beide. Adam war für ihre Stimmen taub, bis er den ersten Ansturm seiner Wut abgelassen hatte.

»So behandelt man keinen ehrlichen Mann! So nicht!«, schrie er. »Und diese feinen Pisskaufherren stecken alle mit ihm unter einer Decke! Aufgehängt gehören sie! Das wollte der allmächtige Gott nicht, als er Herren und Knechte schuf. Er wollte keine Räuber und Mörder als Fürsten. Das muss ein Ende haben!«

Ludmila kam aus dem Haus, trocknete ihre Hände an dem Tuch, das ihr über der Schulter hing, und sah ihren Gemahl streng an. »Brüll hier nicht herum wie ein durstiger Ochse. Und verbreite nicht Beschimpfungen, die dich selbst an den Galgen bringen können. Wir sind, was wir sind, und können uns unsere Herren nicht aussuchen. Und was der liebe Gott für Pläne verfolgt, kann keiner von uns wissen. Der Vogt hat dich um zwei Mulis gebracht? Dank dem Allmächtigen, dass du noch lebst! Hat uns der Pater nicht gerade ermahnt, uns in Demut und Geduld zu üben?«

Sie hatte immer die besten Aussichten, Adam zu erreichen, und sie schaffte es auch jetzt, ohne die Stimme zu erheben. Sein Schimpfen verstummte.

Micha hieb mit der Dechsel auf den Stamm ein, ohne innezuhalten. Ihm erschien es, als wären Demut und Geduld die einzigen Ratschläge, die Pater Servatius jemals gab. All ihre verschwörerischen kleinen Treffen hatten ihn keinen Schritt näher an die Vergeltung seines Verlusts herangeführt. Allmählich verlor er die Hoffnung darauf. Aber das hieß nicht, dass er die Hoffnung für Summerburg aufgeben konnte. Er konnte sich nicht damit abfinden, dass Borgwards Willkür und Gemeinheit hier für immer regieren sollten. Graf Meinhard mochte seinen Vogt unterstützen, aber was, wenn er von der gefährlichen Pilgerreise gar nicht zurückkehrte? Dann würde Engelbert von Summerburg künftig die Entscheidungen über die Burgmannschaft treffen. Die Kaufleute hielten ihn für vertrauenswürdig und hätten bei ihm vorgesprochen, wenn er zugegen gewesen wäre. Micha selbst kannte Engelbert nicht gut, war ihm aber bei den Kampfübungen und Reiterspielen schon oft begegnet. War es nicht beinah seine Pflicht, den Grafensohn darauf aufmerksam zu machen, welches Schindluder der Vogt seines Vaters trieb?

Adam warf eine der Dauben in hohem Bogen dem Eimerboden hinterher über die Hecke, und Sibilla seufzte. »Ich weiß schon, wer das nachher alles wieder einsammeln muss«, murmelte sie.

Micha antwortete nicht, sondern hielt seine Aufmerksamkeit krampfhaft auf die letzten Reste von Rinde gerichtet, die noch am Stamm festsaßen.

Adam tippte sich abfällig an die Stirn. »Demut und Geduld, ja? Vor allem aber Hunger! Du kennst doch wohl die Summe, die uns durch diese Schurkerei entgangen ist, oder? Das war der Preis für den Roggen, den wir kaufen müssen, um über den nächsten Winter zu kommen. Nun werde ich Mulis verkaufen müssen, die noch zu jung dafür sind und kaum etwas einbringen. Damit werden wir wieder einmal zurückgeworfen, nur durch die Willkür dieses …«

Das Holz war sauber. Micha legte die Dechsel ab und stützte sich mit einem tiefen Seufzer an dem aufgebockten Stamm ab.

»Ich könnte Glander verkaufen. Ich kenne mehr als einen, der sie haben will.«

»Was für ein Unsinn!«, riefen Sibilla, Adam und Ludmila im Chor.

»Sie jetzt schon zu verkaufen, wäre noch dümmer, als die Mulis zu früh zu veräußern. Wenn du sie ausgebildet hast, wird sie den zehnfachen Wert haben. Außerdem willst du sie nicht fortgeben«, sagte Sibilla.

»Ich würde es tun, wenn uns das aus der Not hilft. Was nützt mir das beste Fohlen, wenn wir ihm im kommenden Frühjahr den Hafer wegessen müssen«, erwiderte er.

Mit erboster Miene und ausgestrecktem Zeigefinger kam Adam auf ihn zu. »Hör auf damit! Wir haben unsere Absprachen, und im Gegensatz zu gewissen anderen Männern ehre ich meine Verträge. Du arbeitest für mich, du behältst deine Pferde und die Pferde bekommen ihr Futter. Und deinen Anteil an Brimmes Verkaufspreis zahle ich dir auch aus.«

Micha schüttelte den Kopf. »Wenn du mich am Geschäft beteiligst, trage ich auch meinen Anteil am Wagnis. Wir haben heute nur halb so viel eingenommen wie erhofft. Also ist mein Anteil auch nur halb so hoch. Und du kannst ihn mir später geben, wenn alles wieder einfacher geworden ist.«

Adam stieß ein zynisches Lachen aus und stemmte die Arme in die Seiten. »Der größte Ehrenmann von Summerburg arbeitet also als mein Stallknecht, was? Du willst unbedingt großzügig sein? Glaub nicht, dass ich dich nicht beim Wort nehme, wenn du so darauf bestehst. Aber komm später nicht an, weil du es bereust!«

Sibilla trat an Michas Seite, die Arme noch immer verschränkt und die Beine fest in den Boden gestemmt. »Jetzt sprichst du aber nur von dem Geld für Brimme! Glander wird nicht verkauft!«, sagte sie bestimmt.

Micha fühlte eine Welle warmer Dankbarkeit. Seine Freundin stand vielleicht nicht mehr so bedingungslos auf seiner Seite wie in ihrer Kindheit, aber wenn es ernst wurde, war sie da.

Doch nicht nur sie war da. Als er aufsah, stellte er fest, dass der gesamte Haushalt sich verstohlen an sie herangepirscht hatte und eine Runde bildete, um ihrem Gespräch zu folgen. Flüchtig ließ er seinen Blick über sie schweifen. Sie wirkten alle verhärmter und weniger gesund als noch im vergangenen Sommer. Die Mahlzeiten waren bei ihnen nicht weniger karg ausgefallen als bei anderen Leuten. Paul sah am schlimmsten aus, er litt häufig unter Bauch- und Rückenschmerzen und konnte längst nicht mehr so fest zupacken wie früher, obwohl er mit seinen rund fünfunddreißig Jahren noch kein Greis war. Nicht, dass er seine Schwäche zugegeben hätte.

Käthe räusperte sich, doch ihre Stimme blieb rau, als sie sich zu Wort meldete. »Aber der Junge hat recht. Wenn der Hunger uns heimsucht, steht er am Ende mit einem abgemagerten halbwüchsigen Gaul da, den er schlachten oder zum Spottpreis verkaufen muss. Wenn er das Ross jetzt an einen von seinen vornehmen Bekannten verkauft, dient es uns allen. Auch dem Tier.«

Adam verschränkte die Arme und unterstrich damit die Ähnlichkeit, die seine Tochter mit ihm hatte. »Deine Meinung in allen Ehren, Käthe. Aber wenn ich immer so gedacht hätte wie du jetzt, dann hätte ich nie gewagt, deine Tochter zu heiraten. Und wir hätten es nicht zu einer Herde von Mulis gebracht, die uns nun schon viele Jahre unser tägliches Brot sichert. Ich habe Micha nie etwas geschenkt. Er ist uns nichts schuldig. Und ich will ihm nichts schuldig sein.«

Paul seufzte gedehnt. »Aber wenn er es doch anbietet! Seine Pferdezüchterei ist ohnehin nur Spinnkram. Wir haben alle gewusst, dass der Unfug endet, wenn er eines Tages erwachsen wird. Einer, der sonst nichts hat, kann es sich nicht leisten, edle Rösser durchzufüttern.«

Wiebke hatte hinter ihrer Mutter gestanden, nun trat sie einen Schritt vor und stemmte die Hände in die Hüften. »Aber irgendwo muss einer doch anfangen, sich etwas aufzubauen. Ich finde nicht, dass das Spinnkram ist. Wenn ihr mal alles ausrechnen würdet, würdet ihr vielleicht darauf kommen, dass Micha schon etwas damit verdient hat, dass er Lilje durchgefüttert hat. Immerhin hat er sich mit ihrer Hilfe auch schon einen Namen gemacht. Und das wird ihn gewiss weiterbringen.«

Adam zeigte auf sie, als wäre seine pfiffige Tochter der wandelnde Beleg für seine eigene Meinung. »Richtig. Wiebke hat es begriffen. Wenn Micha es schlau anstellt, wird er es zu etwas bringen. Das wird dann auch für mich und meine Geschäfte gut sein.«

Micha wurde die Kehle eng, weil Adam und Wiebke ihn so viel hoffnungsvoller betrachteten, als er sich selbst sah. Aber er zwang sich zu einem scherzhaften Tonfall. »Ihr ehrt mich. Ich verspreche, dass ich an euer Vertrauen denken werde, wenn ich ein reicher, mächtiger Mann geworden bin. Glander bleibt also. Wir können Lilje diesen Sommer noch einmal von Oskar beschälen lassen, damit das Fohlen uns auf lange Sicht wieder etwas einbringt. Vielleicht kann ich bei den Bauleuten auch bezahlte Arbeit finden, um die Wintervorräte aufzubessern.«

»Ein reicher, mächtiger Mann, bei meinem Arsch! Wenn es dazu kommt, fresse ich meine Mütze«, knurrte Paul.

»Glaub nicht, dass du dann eine neue von mir bekommst. Und nun gehen alle wieder an ihre Arbeit«, sagte Ludmila.

Woraufhin sich die Familie ohne Widerworte zerstreute.

* * *

Sibilla ließ Micha bei seinem entrindeten Baumstamm stehen und ging, um die Teile des Eimers einzusammeln und ihn anschließend zu reparieren. Das sollte ihr etwas Zeit geben, für sich zu sein und sich zu beruhigen. Sie war ebenso wütend wie ihr Vater, wenn sich die Gründe auch ein wenig von den seinen unterschieden. Borgwards Schweinereien waren ihr dank jahrelanger scharfer Beobachtung so geläufig, dass sein Verhalten keine Überraschung für sie war. Bei dieser gewohnten Form der Boshaftigkeit konnte sie recht ruhiges Blut behalten. Was sie heute geärgert hatte, war Johannas Auftritt in Gesellschaft der Kaufleute gewesen.

Wie geziert und kokett sie den Saum ihrer Röcke angehoben hatte, gerade so weit wie nötig, auf keinen Fall weiter, um nicht ihr zartes Bein zu entblößen! Wie betont anmutig sie das Haupt geneigt hatte, das Haupt unter ihrem mit seidig glänzender, perlenbestickter Borte geschmückten, makellos sauberen Schapel. Die braunen Locken, die ihr bis in den Rücken fielen, schimmerten förmlich vor Fülle und Reinlichkeit.

Normalerweise ertrug Sibilla Johannas Anblick und ihre eigene Eifersucht stoisch. Aber das heute war zu viel gewesen. Wie das Weib mit diesen Männern über ihren Hof stolziert war, gerade nachdem sein verfluchter Schwiegervater Sibillas Familie um den Wert von zwei Maultieren betrogen hatte! Aber das Beste war: Während die Kaufleute sich von Micha und ihrem Vater herumführen ließen, hatte Johanna Sibilla beiseitegenommen. »Liebe Freundin«, hatte sie gesagt, und schon damit hatte sie sich geirrt. »Liebe Freundin, Michael hat mir heute offenbart, wie groß die Not unter euch einfachen Leuten in diesem Jahr ist. Es tut mir so leid, dass ich das in meiner ständigen Geschäftigkeit nicht früher bemerkt habe. Ich hätte ja nicht zugelassen, dass seine Familie leiden muss. Gleich wenn ich in die Burg zurückkehre, werde ich dafür Sorge tragen, dass deiner Mutter einige Vorräte aus unserem Bestand gesandt werden.

Unsere Lager sind gut bestückt, und mein Gemahl unterstützt, dass ich ein gottgefälliges Maß an Wohltätigkeit herrschen lasse. Er ist ein frommer Mann.«

Bis dahin war Sibilla entschlossen gewesen, sich wie üblich höflich zurückzuhalten, was auch immer Johanna daherredete. Aber nun platzte es doch aus ihr heraus, und ihr Tonfall ließ keinen Zweifel daran, dass sie das Gegenteil von dem meinte, was sie sagte. »Ein frommer Mann. Gewiss, wahrlich! Was für ein Glück für uns alle!«

In diesem Moment wäre sie zu einem lauten Streit bereit gewesen, doch Johanna begriff ihre Ironie offenkundig nicht. Sie lächelte nur und tätschelte Sibillas Arm. »Nicht wahr? Also ist es abgemacht. Du erklärst es bitte deiner Mutter. Sie soll sich nicht die Mühe machen, in die Burg zu kommen, um mir zu danken. Das alles ist selbstverständlich. Mehr als Gottes Lohn erwarte ich dafür nicht.«

Ihre Stimme war so sanft und melodisch, dass Sibilla am liebsten in ihre eigene Hand gebissen hätte, um die harten Worte zurückzudrängen, die aus ihr heraussprudeln wollten. Nur mühsam beherrschte sie sich, ohne zu diesem Knebel zu greifen.

»Möge Euch dieser Lohn zuteilwerden. Verzeiht, ich muss nun zurück an meine Arbeit«, presste sie hervor.

So war es abgelaufen. Und nun war Sibilla danach zumute, den Eimerboden aufzuheben und ihn noch einmal viel weiter in die Wiese hineinzuschleudern. Welche Tugenden auch immer Micha an diesem Weib liebte, Sibilla konnten sie nicht überzeugen. *Ein frommer Mann! Gottes Lohn!* Es war ein Wunder, dass sie es geschafft hatte, Johanna nicht auf den Misthaufen zu schubsen.

13. Kapitel

Juli 1172

Zwei Wochen nachdem die fremden Kaufleute abgereist waren, beehrte Engelbert tatsächlich Summerburg mit einem Besuch. Noch erhöht wurde die Ehre dadurch, dass sein Mentor, Wichmann von Seeburg, Erzbischof von Magdeburg, ihn mit seinem Gefolge begleitete. Von einem Tag auf den anderen wurde aus der von schwitzenden Bauleuten, Frondienst leistenden Bauern und Bettlern bevölkerten Riesenbaustelle wieder eine von prunkenden Adligen regierte Residenz.

Borgward katzbuckelte beflissen vor der hohen Gesellschaft des zukünftigen Burgherrn und kommandierte seine Untergebenen noch schärfer als sonst, um seinen Eifer und seine Tatkraft zu beweisen.

Micha war entschlossen gewesen, bei Engelbert vorzusprechen, doch als er ihn inmitten der Edelleute zufrieden den Ausbau der Befestigungsanlagen begutachten sah, verließ ihn der Mut. Auch nur die Bitte um ein Gespräch unter vier Augen vorzubringen, erschien ihm nun als unmögliches Unterfangen.

Er führte an diesem Tag auf der Baustelle ein Gespann aus vier Maultieren. An einem der Hänge des Burgbergs riss er mit den Mulis alte Baumwurzeln aus, wo ein festes Fundament für die neue Burgmauer gelegt werden sollte. Sie hatten Adams Fronarbeit zwar schon abgeleistet, doch die Bauleute hatten ihm eine annehmbare Bezahlung angeboten, wenn er diese Aufgabe übernahm. Auf dem steil abfallenden Gelände kam nicht jeder mit einem Gespann zurecht, und die meisten Bauern waren ohnehin gerade zur Feldarbeit freigestellt.

Die hohen Herrschaften hatten den Wehrgang hinter der alten hölzernen Palisade bestiegen, blickten durch die Lücken zwischen ihren Zinnen auf ihn herab und beobachteten, wie er schweißgebadet barfuß und nur in aufgekrempeltem Hemd und Bruche die Mulis lenkte. Er tat, als würde er sein Publikum nicht bemerken. Bei jedem Schritt musste er achtgeben, dass nichts ins Rutschen kam und ihn samt Gespann hangabwärts riss.

Die Wolke aus Stechfliegen, die um ihn und die Tiere kreiste, machte die Arbeit nicht leichter. Reglos zu warten, während er die nächste Wurzel am Seil befestigte, wurde für die Mulis zur Qual.

»Hü!«, befahl er ihnen, und sie zogen sichtlich erleichtert an, in der Hoffnung, den Fliegen zu entkommen.

»Das ist ja unser Michael!«

Die weibliche Stimme, die das von der Palisade aus rief, kannte er gut. Er blickte dennoch nicht auf, sondern richtete seine Aufmerksamkeit verbissen auf die Wurzel und die Beine der Mulis. Johannas Schwangerschaft war jetzt nicht mehr zu übersehen und er war völlig verwirrt davon. Einerseits durchfuhren ihn bei ihrem Anblick Scham und Schmerz, weil sie Georgs Kind im Leib trug, andererseits fand er sie schöner denn je.

Sie sprach oben mit den Herren, aber zu leise, als dass er es hätte verstehen können. Wahrscheinlich erklärte sie ihnen, was sie mit »unserem Michael« gemeint hatte. Das hätte er auch gern gehört.

Die letzten zähen Wurzelfasern gaben nach. Hastig zügelte er die Mulis, damit sie beim plötzlichen Nachgeben des Widerstands nicht strauchelten. »Brr! Gut so, nun hist! Hist!« Behutsam ließ er sie wieder antreten. *Hist!* »Nach links« hieß das, und er war stolz darauf, wie brav sie den gelösten Baumstumpf fast ohne seine Führung dorthin schleiften, wo er abgelegt werden sollte. Erst als es geschafft war und sie alle wieder einen sicheren Stand gefunden hatten, drehte er sich zur Palisade um, nahm seinen Hut ab und verneigte sich in Johannas Richtung. Sie winkte ihm zu und applaudierte spielerisch, während die Herren das Interesse bereits wieder verloren hatten und sich abwandten, um die Besichtigung anderswo fortzusetzen.

Ein weiterer Grund, warum die schwangere Johanna ihm Magendrücken verursachte, war die Frage, was es für ihr Leben und das ihres Kindes bedeuten würde, wenn Borgward eines Tages das Vertrauen seines Herrn verlor. Bisher hatte er sich vorgemacht, dass Johanna ihren Gemahl verlassen könnte, wenn es zum Sturz der Familie von Egesleben käme. Doch wenn es Kinder gab, veränderte das ihre Lage.

Als er das Gespann nach beendetem Tagwerk bei den Bauleuten ablieferte, stand Borgward schon wieder bei ihnen. Micha gab sich Mühe, ihm nicht unter die Augen zu kommen, und war dem Zahlmeister dankbar, dass der ihm dabei half.

Verstohlen steckte er ihm seine paar Münzen Lohn zu und dankte ihm im Namen der Baumeister. »Du kannst gern jeden Tag wiederkommen, bis die Arbeit getan ist«, richtete er Micha aus.

Micha schüttelte den Kopf. »Morgen braucht Adam mich auf dem Feld. Wenn wir da fertig sind, komme ich wieder. Ist auch besser, wenn der Vogt mich nicht jeden Tag hier sieht.

Sonst denkt er, Adam hätte es zu leicht, weil er mich entbehren kann.«

Der Zahlmeister strich sich seinen langen, spitzen Bart. »Ist nie leicht für die einfachen Leute, wenn ihr Herr baut. Aber für viele ist es auch ein gutes Geschäft, das musst du zugeben.«

»Ich habe ja nichts gegen das Bauen. Wenn ich mir ein eigenes Haus bauen könnte und alles so machen, wie ich will, dann würde ich es auch aus Stein bauen und eine stabile Mauer darum ziehen.«

»Hört, hört!«, sagte eine fremde Männerstimme.

Micha zuckte ebenso zusammen wie der Zahlmeister. Der fürstlich gekleidete Mann mit knapper purpurroter, runder Kopfbedeckung, der sich da auf leisen Sohlen ganz ohne Begleiter an sie herangeschlichen hatte, war der Erzbischof. Unwillkürlich rissen sie sich die Hüte vom Kopf und verneigten sich tief.

Wichmann von Seeburg winkte ab. »Erschreckt nicht. Ich bin ganz formlos hier. Das junge Weib von Georg von Egesleben erzählte uns, dass du gesegnete Hände im Umgang mit Rössern hast. Da wollte ich dich mal aus der Nähe betrachten.«

Micha zuckte mit den Schultern. »Es sind meist gar nicht so sehr die Hände, die viel bewirken. Ich verstehe vielleicht die Sprache der Pferde ein wenig besser als manch anderer, das ist alles.«

»Eine nützliche Begabung. Sag, bist du hier in Summerburg zufrieden? Du bist offenbar ein freier Mann, und ich kann einen Pferdeknecht gebrauchen, der mit schwierigen Rössern fertig wird, ohne sie zuschanden zu richten. Oder hält deine Begeisterung für den Mauerbau dich hier?«

Das Letzte fragte er gutmütig spottend, aber der Vorschlag schien durchaus ernst gemeint. Einen Atemzug lang überlegte Micha, was aus ihm werden konnte, wenn er ihn annahm. Dann sagte er: »Ich danke Euch für das großmütige und verlockende

Angebot, hochwürdigster Herr. Aber auch wenn ich ein freier Mann bin, habe ich einige Verpflichtungen hier in Summerburg und möchte vorerst bleiben. Ich hoffe auf Euer Verständnis.«

Der Erzbischof lächelte wohlwollend. »Verpflichtungen muss man nachkommen. Das ist ehrenhaft. Sollte es aber eines Tages so kommen, dass du hier entbehrlich bist, erinnere dich an mein Angebot. Mich dünkt, deine Begabung ist als Maultierbändiger auf Dauer vergeudet.«

Micha erwiderte sein Lächeln. »Unterschätzt das Maultierbändigen nicht, Euer Hochwürden. Das ist eine wahre Kunst. Die Langohren sind uns Menschen in ihrem Eigensinn ähnlicher als die meisten edlen Rösser.«

»Oh ja, das ist mir geläufig. Du kannst mir glauben, dass ich es auf meinen Feldzügen schon mit vielen menschlichen und tierischen Mulis zu tun hatte.«

Sie lachten, dann hob der Erzbischof segnend die Hand. Micha und der Zahlmeister verbeugten sich, und der hohe Herr schlenderte davon.

»Was war das denn?«, fragte Micha den Zahlmeister belustigt.

Der blickte dem Erzbischof nach und legte Micha dann die Hand auf die Schulter. »Du hast gerade ein beeindruckendes Angebot eines Herrn abgelehnt, der weit mächtiger ist als Graf Meinhard. Dein Glück, dass der Mann so ungewöhnlich umgänglich ist. Wie man hört, soll er das auf dem Schlachtfeld nicht sein. Dort sollte man ihm besser nicht begegnen.«

»Das werde ich mir zu Herzen nehmen.« Grinsend nickte Micha dem Zahlmeister zum Abschied zu und ging zum Tor der Vorburg, wo sich ihm Endris anschloss.

»Guten Abend, mein Freund. Hast du da gerade mit Erzbischof Wichmann gesprochen? Das macht mich neidisch. Wie hast du ihn dazu gebracht? Ich wünschte, er würde sich mit mir unterhalten. Aber ich scheine für die Herren unsichtbar zu sein.«

»Das habe ich deiner Schwester zu verdanken. Vielleicht solltest du sie bitten, auch deine Fürsprecherin zu werden.«

Endris zog seine fein gestutzten Brauen hoch, was seine hohe Stirn noch betonte. »Johanna? Was hat sie denn …? Was wollte er von dir?«

»Mich abwerben. Er braucht einen Pferdeknecht. Wahrscheinlich hat er ein teures Ross, bei dem er Angst hat, dass es ihm den Kopf abbeißt.«

»Du hast dich doch wohl nicht abwerben lassen? Untersteh dich! Ich werde meiner Schwester den Kopf abbeißen, falls es dazu kommt. Wenn meine Position schon etwas besser wäre und ich mir einen eigenen Rossknecht leisten könnte, hätte ich dich längst überredet, in meine Dienste zu treten. Leider geht es nicht so voran, wie ich es mir vorgestellt habe. Es gibt kein Anzeichen dafür, dass Wolfgang mich jemals wieder etwas anderes tun lässt, als Wache zu stehen. Er hat gemerkt, dass ich ihm nicht vertraue, und vertraut daher auch mir nicht. Wie soll ich mich da bewähren?«

Michas Heiterkeit verflog. »Wäre es dir etwa lieber, dich bei dem zu bewähren, was er als Straßenräuber treibt? Sei doch froh, dass er dich für seine Zwecke nicht tauglich findet.«

Er sagte es nur leise, weil sie das Brückentor erreichten, aus dem Borgward ein ständig bewachtes Zolltor gemacht hatte. Niemand außer den Summerburger Anwohnern konnte mehr an der Burg vorbei, ohne hier angehalten und mit Abgaben belegt zu werden.

Endris schwieg, bis sie das Tor passiert hatten, und nahm erst dann den Faden wieder auf. »Ich bin ja froh. Aber all der Aufwand, all die Mühe und mein großer Treueschwur, damit ich nun als Wachtposten versauere? Wozu habe ich ein Ross und ein Schwert? Nur zum Putzen?«

Manchmal fragte sich Micha, welche verschrobenen Feen an Endris' Wiege gestanden und ihm gleichzeitig mit seiner Empfindsamkeit die Sehnsucht nach Kriegsruhm und Heldentum hineingelegt hatten.

Er seufzte. »Die nächste Schlacht wird schon kommen.«

Endris schüttelte den Kopf. »Wohl nicht, solange Graf Meinhard, Erzbischof Wichmann und Herzog Heinrich sich so gut verstehen. Schon seltsam, wenn man sich überlegt, wie spinnefeind sie sich vor kurzer Zeit noch gewesen sind.«

»Vielleicht ändert sich die Lage für dich, wenn Engelbert seinem Vater nachfolgt. Hast du schon daran gedacht, dich mit ihm gutzustellen?«

Sein Freund nahm den Helm ab und fuhr sich mit den Fingern durch das krause Haar, das nun viel kürzer gestutzt war als zu Beginn seiner Ausbildung. »Er verachtet mich, weil ich nicht von Adel bin. Ich habe ihn beobachtet und glaube, dass er sogar Borgward deshalb verachtet.«

Sie erreichten das Goldene Ross, wo Julius bereits auf Endris wartete. Micha begrüßte ihn kurz, setzte dann aber seinen Weg fort. Nun, da Endris ihn auf Engelberts mögliche Verachtung für Borgward gestoßen hatte, haderte er mit seiner Entscheidung, sich nicht an Engelbert zu wenden. Vielleicht konnte er durch ein Gespräch mit dem Grafensohn doch etwas gegen Borgward erreichen. Und wenn er sich genau zurechtlegte, was er sagen wollte, musste das nicht gleich dazu führen, dass Johanna, Georg und Julius das Dach über dem Kopf verloren.

Am Morgen nach der Begegnung mit dem Erzbischof betrat Micha sauber gekleidet die Kernburg, sobald das Tor geöffnet wurde. Im Gegensatz zu den fremden Bittstellern wurde er gleich eingelassen, weil die Wachen ihn kannten. Danach war es einfach, in den Palas zu gelangen, denn der Wachtposten an der Tür hielt wegen der vielen ein- und ausgehenden fremden Gäste niemanden auf. Erst an der Treppe zu den gräflichen Gemächern im Obergeschoss musste er sein Ansinnen erklären.

»Ich bringe eine Nachricht für seine Erlaucht Erbgraf Engelbert. Es geht um sein Ross.«

»Was ist mit seinem Ross?«

Micha hielt seinen Hut in den Händen und senkte respektvoll das Haupt. »Ich glaube, ich weiß, warum der Hengst lahmt. Aber ich brauche die Erlaubnis seiner Erlaucht, um ihn zu behandeln. Es ist ein kostbares Tier.«

»Er lahmt? Warte hier.«

Gleich darauf stand Micha im Saal vor den Schlafgemächern der gräflichen Familie, die zurzeit Engelberts vornehmsten Begleitern als Unterkunft dienten. Die Gesellschaft schien noch zu ruhen, doch der Grafensohn selbst empfing Micha bereits angekleidet zwischen den weniger vornehmen schlafenden Gästen, die ihr Ruhelager auf dem Saalboden gefunden hatten.

Er begutachtete einen Schwertgurt, den er in seinen Händen drehte und wendete, und blickte nicht auf, als er Micha ansprach. »Der Maultiertreiber. Was hast du mit meinem Ross zu schaffen? Wann fiel dir auf, dass es lahmt?«

Micha spürte, wie seine Hände zitterten, und er umfasste die Krempe seines Hutes fester. »Verzeiht mir bitte, Euer Hochwohlgeboren, aber es lahmt nicht. Ich wusste mir nicht anders zu helfen als mit einem Vorwand, um zu Euch vorgelassen zu werden. Mein wahres Anliegen ist nur für Eure Ohren bestimmt. Nur Ihr könnt entscheiden, wer außer Euch noch davon erfahren soll.«

Nun hatte er die Aufmerksamkeit des Erbgrafen gewonnen. Engelbert hängte den Schwertgurt an einen Wandhaken und wandte sich Micha zu. »Ich schätze solche Schleichereien nicht. Du wirst mich davon überzeugen müssen, dass dein Anliegen wichtig ist, sonst lasse ich dich hinausprügeln.«

Damit hatte Micha gerechnet, deshalb erschreckte es ihn nicht. »Können wir an einem Ort sprechen, wo niemand sonst zuhört?«

Engelbert kniff die Augen zusammen, führte ihn aber in die Burgkapelle, die in einem Geschoss des Bergfrieds untergebracht war. Mit verschränkten Armen wartete er darauf, dass Micha sprach.

Der holte tief Luft. »Wie Ihr wisst, war es notwendig, für den Ausbau der Burg besondere Abgaben zu erheben. Da die letzten Ernten nicht gut waren, hat das die Leute bereits in Bedrängnis gebracht, doch sie hätten sich noch behelfen können, wenn es bei ihren gerechten Beiträgen geblieben wäre. Zu unserem Leidwesen entscheidet Euer Burgvogt aber willkürlich darüber, was er beansprucht. Das treibt manche Bauern in den Hungertod. Sogar Adam, mein Brotherr, der mit seiner Erlaucht Eurem Vater immer in gutem Einvernehmen stand, ist dadurch in Not geraten. Dazu kommt noch, dass Kaufleute und andere Reisende die Summerburger Gegend meiden, weil die Straßen unsicher sind. Das schadet dem Handel hier. Und der Burgvogt unternimmt nichts gegen die Straßenräuber, die das verschulden. Er mag in bester Absicht handeln, aber ich denke, dass er der Herrschaft Summerburg und damit seiner Erlaucht Graf Meinhard und Euch schadet.«

Im Anschluss an seine lange Rede hielt Micha den Atem an. Er war auf jede Reaktion Engelberts gefasst. Von einem Schulterklopfen bis hin zur Strafe an Leib und Leben, weil er die Dreistigkeit besaß, gegen Borgward zu sprechen. Lang her war die Zeit, wo er es noch für selbstverständlich gehalten hatte, dass man einfach vor seinen weltlichen Herrn trat und um Hilfe bat, wenn einem Ungerechtigkeit widerfahren war.

Engelbert schwieg und blickte durch die schmale Maueröffnung in der Wand des Bergfrieds über das Land. Erst nach einer Zeit, die so lang war, dass Micha glaubte, er müsse gleich ohnmächtig werden, sprach er.

»Mein Vater hält große Stücke auf Borgward von Egesleben. Er hat mir oft erklärt, wie wichtig es ist, treue Männer in Diensten zu haben, die nicht davor zurückscheuen, sich die Hände schmutzig zu machen. Da er ihm sein Vertrauen ausgesprochen hat, steht es mir nicht zu, Borgwards Entscheidungen infrage zu stellen. Und dir steht es noch viel weniger zu, denn du gehörst zu denen, die vor allem Gehorsam schulden. Du solltest dir nicht anmaßen, die Handlungen derer, die über dir stehen, verstehen zu wollen. Eine Sache muss nicht ungerecht sein, nur weil du sie mit deinem begrenzten Verstand dafür hältst. Das einfache Volk versteht selten, was zu seinem Besten getan werden muss.«

Bei aller Furcht spürte Micha, wie die Wut in ihm hochkochte. Wie hatte er erwarten können, bei jemandem Gehör zu finden, dem seine Liebe zu Standesgrenzen so sehr den Blick auf die Wirklichkeit verstellte? »Ihr meint, das Volk soll zu seinem Besten verhungern? Das ist in der Tat schwer zu verstehen. Ist es für Euren Vater nicht von Wichtigkeit, dass er auch im nächsten Jahr noch Bauern hat, die auf seinem Land säen und ernten? Ist es für ihn nicht wichtig, dass der Handel in Summerburg blüht, Kaufleute gute Waren herbringen und ihm gern Zölle zahlen, weil sie hier gute Geschäfte machen können? Wird er nicht erschrecken, wenn er aus dem Heiligen Land zurückkehrt und sieht, dass er zwar eine neue Mauer um seine Burg gewonnen, aber den Wohlstand seines Landes verloren hat?«

Der Blick, mit dem Engelbert ihn musterte, wurde schärfer, seine Lippen schmal. »Wenn ich ein anderer Mann wäre, würde deine Dreistigkeit dich schon jetzt die Zunge kosten. Ich nehme an, dass der seltsam vertraute Umgang, den du mit Julius von Egesleben und dessen Schwager pflegst, dich dazu gebracht hat, deine Stellung zu überschätzen. Was hoffst du, zu gewinnen, indem du nun gerade sie verrätst? Oder hat Julius dich dazu angestachelt, um seinem Vater eins auszuwischen?«

Micha nahm zur Kenntnis, dass Engelbert offensichtlich wusste, wie schlecht Julius' Meinung von seinem eigenen Vater war. Vielleicht wusste der Grafensohn allgemein mehr über die Missstände, als er zugab.

Bedächtig schüttelte er den Kopf. »Die beiden haben nichts damit zu tun und wissen nicht, dass ich hier bin. Sie sind seiner Erlaucht Eurem Vater und dem Vogt gehorsam, auch wenn sie Zweifel an einigen von Borgwards Entscheidungen hegen. Lenkt Euren Zorn nur auf mich, wenn Ihr zornig sein müsst. Ich versichere Euch aber, dass ich Summerburgs Wohl und damit Euren und Eures Vaters Vorteil im Sinn hatte, als ich herkam. Einen anderen Gewinn erhoffe ich nicht.«

Der Erbgraf ging zum Altar, kürzte den Docht einer dort brennenden Wachskerze und wandte sich Micha wieder zu. »Ich gestehe dir zu, dass du Mut darin bewiesen hast, mich anzusprechen. Was deine Absichten betrifft, werde ich mehr wissen, wenn ich deinem Hinweis nachgegangen bin. Sei dir gewiss, dass du meiner strafenden Hand nicht entgehen wirst, wenn sich herausstellen sollte, dass du bloß üble Nachrede verbreitest. Du hast vorgebracht, was du vorbringen wolltest. Die Sache zu beurteilen, überlässt du von nun an mir und meinem Vater. Du wirst erfahren, zu welchem Schluss ich gekommen bin. Geh! Ich habe genug meiner kostbaren Zeit mit dir vergeudet.«

Micha spürte, dass er Engelberts Geduld nicht weiter ausreizen durfte. Er verneigte sich tief, bevor er sich eilig aus dem Staub machte. Erst als er schon halb die Vorburg durchquert hatte, merkte er, wie stark er geschwitzt hatte und wie sehr ihm die Knie zitterten. Welcher Teufel hatte ihn geritten, sich in eine solche Lage zu bringen? Nun musste er Stunde für Stunde abwarten, ob Engelbert zu dem Schluss kommen würde, dass er eine Strafe verdiente. Im Laufschritt hastete er nach Hause und tat, was er lange nicht getan hatte: Er zäumte Lilje auf, schwang sich auf ihren ungesattelten Rücken und ließ sie auf einer großen Runde über die abgemähten Weiden rennen, als könnte er auf diese Art dem entfliehen, was ihn möglicherweise erwartete.

September 1172

Sibilla merkte wohl, dass Micha etwas getan hatte, was ihm schwer auf der Seele lastete, doch ausnahmsweise war sie zu sehr mit ihren eigenen Sorgen beschäftigt, um es aus ihm herauszukitzeln.

Sie hatte Hunger wie seit Monaten jeden Tag. Wie alle im Haus. Und sie wusste, dass man es ihr ansah, so wie man es auch den anderen ansah. Ihre Mutter schlief vor Erschöpfung oft mitten am Tag ein, sobald sie sich kurz hinsetzte. Denn sie wurde überall gebraucht. Ihre Großmutter hingegen sparte Kraft, indem sie halbe Tage im Bett blieb. Den Rest der Zeit pflegte sie den Gemüsegarten, erntete und legte Vorräte an. Magda und Wiebke arbeiteten mit geröteten Augen vom ersten bis zum letzten Schimmer Tageslicht, um etwas mit dem Verkauf von Leinengarn dazuzuverdienen. Seit im August der Flachs erntereif geworden war, rauften, riffelten, rotteten, darrten, brachen, schwangen, hechelten und spannen sie unermüdlich. Sibilla half ihnen, wann immer sie konnte, doch seit Paul krank geworden war, musste sie nicht nur die Hausarbeit, die sonst Wiebke und Magda erledigt hatten, übernehmen, sondern auch einen Teil seiner Arbeit.

Auch die Männer arbeiteten wie die Ochsen, brachten Hafer, Heu, Rüben, Stroh und Brennholz ein und versorgten die Tiere. Ihr Vater sprach beinah nur noch, um sie alle zur Arbeit anzutreiben, und schwankte manchmal im Stehen.

Als wäre das alles nicht Kummer genug gewesen, sprach Sibillas Mutter seit Wochen immer eindringlicher davon, dass es für ihre Mädchen höchste Zeit werde, sich zu verheiraten. Sibilla wusste, dass das der zunehmenden Not geschuldet war, denn während es für sie mit ihren nun zwanzig Jahren tatsächlich an der Zeit war, hatte es bei der sechzehnjährigen Wiebke eigentlich noch keine Eile. Und Magda hielt es für unmöglich, einen Mann zu finden, der sie trotz ihrer Entstellung nehmen würde. Sie wollte es lieber gar nicht erst versuchen, um sich die Erniedrigung der Ablehnungen zu ersparen. Was nicht hieß, dass Männer ihr allgemein gleichgültig waren, denn sie schwärmte mehr oder weniger heimlich für Endris.

Sibilla verstand, dass ihre Mutter sie versorgt sehen wollte. Eine vernünftige Eheschließung hätte ihnen allen helfen können. Dennoch stritt sie sich mit ihr, nachdem die Mutter eines Sonntags nach der Kirche dem Hufschmied Henning gegenüber eine plumpe Andeutung gemacht hatte.

»Wie kannst du so etwas Peinliches tun? Du hättest mich ihm auch gleich anpreisen können wie ein Maultier. Ich werde ihm nie wieder ins Gesicht sehen können«, zischte Sibilla, sobald sie außerhalb seiner Hörweite waren.

Ihre Mutter schnaubte spöttisch. »Unsinn. Er macht dir seit Jahren schöne Augen. Er ist nur zu schüchtern, um den nächsten Schritt zu tun. Sei freundlich zu ihm, wenn er uns morgen Abend besucht.«

»Aber ich will ihn nicht heiraten.«

»Ich sage ja nicht, dass du es musst. Aber du musst endlich anfangen, die Männer so zu betrachten, als würdest du es wollen. Sonst wirst du denjenigen übersehen, der für dich passend wäre. Was mich angeht, so wäre ich froh, wenn du Henning nehmen würdest. Stell dir doch vor: ein Hufschmied in der Familie! Und du hättest es von seinem zu unserem Haus nur ein paar Schritte weit. Besser könnte es doch gar nicht sein. Eure

Kinder könnten zwischen den Häusern hin und her laufen, wie es ihnen gefällt. Das würde mir Freude machen. Und zu alt ist er auch nicht.«

Sibilla seufzte. »Das weiß ich alles. Aber mit ihm zusammenzuleben … Ich kann mir nicht vorstellen, wie das gehen soll.«

Ihre Mutter sah sie ernst an. »Mein Kind, ich bin nicht so blind, wie du denkst. Du glaubst, es gäbe nur einen, mit dem es passt. Aber dieser eine denkt nicht mal im Traum daran. Der sieht in dir eine Schwester. Wenn du immer weiter darauf hoffst, dass sich das ändert, wirst du eines Tages als alte Jungfer aufwachen und bitter bereuen, dass du kein eigenes Leben gelebt hast.«

Die Worte ihrer Mutter trafen Sibilla wie Schläge. Jedes davon entsprach der Wahrheit und sie hatte diese Wahrheit vor sich selbst nie verleugnet. Dennoch erschütterte es sie, laut ausgesprochen zu hören, was sie für ihr Geheimnis gehalten hatte.

Sie schluckte und tat, als wäre es nicht geschehen. »Wenn Wiebke, ich und vielleicht sogar Magda heiraten und aus dem Haus gehen, werdet ihr die Arbeit nicht mehr schaffen. Vater kann kein Gesinde einstellen, wie es aussieht. Über kurz oder lang müsste er das Geschäft dann aufgeben. Wenn ich zu Hause bleibe, werde ich ihm weiter helfen können.«

»Schenk deinem Vater Enkelsöhne. Einem davon wird er das Geschäft vermachen wollen. Und dann werden sich auch Mittel und Wege finden, es weiterzuführen«, entgegnete ihre Mutter.

Dann schwieg sie abrupt, denn auf dem Pfad näherten sich von hinten Schritte. Sibilla erkannte sie als die von Micha, ohne sich umzusehen.

»Wartet auf mich, ihr zwei! Hört mal, was ich gerade erfahren habe: Anfang des Jahres kommt Graf Meinhard zurück! Und diesen Herbst werden keine zusätzlichen Abgaben erhoben.«

Er klang so erleichtert wie schon seit langer Zeit nicht mehr. Sibilla ließ ihn aufholen und lächelte ihn an. »Von wem weißt du das?«

Micha grinste breit. »Von Julius. Er hat es von seinem Vater. Er meint, Borgward sei seltsam besorgt, seit er im Sommer eine Unterredung mit Engelbert von Summerburg hatte. Es scheint, als wäre der Erbgraf nicht ganz zufrieden damit gewesen, wie er hier regiert. Deshalb hält er sich jetzt zurück, damit der Graf nicht gleich Beschwerden hört, wenn er heimkehrt.«

»Engelbert hat Borgward gerügt? Wer hätte das gedacht? Es geschehen noch Zeichen und Wunder«, meinte Ludmila.

Sibilla sah Micha scharf an und der zupfte sich übermütig am Ohrläppchen. Sie nickte nachdenklich. »Ja. Zeichen und Wunder«, wiederholte sie trocken. Doch sie war sicher, dass eine andere Geschichte dahintersteckte.

14. Kapitel

November 1172 bis Mai 1173

Johannas erstes Kind kam im November zur Welt, etwa zu der Zeit des Jahres, in der Micha damals mit Edwina sein Elternhaus verlassen hatte und in der er sich oft etwas trübsinnig fühlte. Doch Endris war so gerührt von der Geburt seines Neffen, als er und Julius ihm am Morgen des folgenden Tages davon erzählten, dass Micha sich einfach mit ihm freuen musste.

Sie hatten sich mit den Pferden vor den Toren auf der Turnierwiese getroffen, wo sie ohne Zügel ritten und versuchten, einander mit bloßen Händen aus dem Sattel zu werfen. Das Kunststück dabei war, die Pferde nur mit dem Einsatz der Schenkel dazu zu bringen, diese Ringkämpfe zu ermöglichen. Weil Micha daran immer viel Vergnügen gehabt hatte, waren auch seine Freunde im Laufe der Zeit gut darin geworden. Und obwohl sie wegen der bedrückenden Lage in Summerburg alle genug Gründe gehabt hätten, an diesem Tag nicht bester Stimmung zu sein, hatten sie dennoch ihren Spaß.

Noch lustiger wurde es, als auf der Straße ein Karren anhielt, weil die Besitzer ihnen zusehen wollten. Die Leute applaudierten und jubelten so freudig, dass Micha anschließend zu ihnen hinüberritt, um ein paar Worte zu wechseln. Es stellte sich heraus, dass es sich um einen Böttcher samt Anhang handelte, der soeben aus Magdeburg angereist war, um sich in Summerburg niederzulassen. Nachdem die Familie die Nacht in einem Nachbarort bei Bekannten verbracht hatte, wollte sie nun gleich früh am Tag bei ihrem neuen Burgherrn vorstellig werden. Offenbar hatte Engelbert sie hergeschickt, ihnen viel Arbeit und vor allem ein eigenes Haus versprochen.

Micha fragte sich, woher das Haus noch vor dem Wintereinbruch kommen sollte, da es seines Wissens in keinem Teil von Summerburg ungenutzte Gebäude gab. Da ein guter Fassmacher aber ein großer Gewinn für die Gemeinschaft war, würde Borgward sich schon eine Lösung einfallen lassen.

Wie der Vogt die Sache regelte, erfuhr Micha vorerst nicht, denn die kommenden Monate ließen ihm nicht einmal Zeit für die üblichen Spielchen mit seinen Freunden. Obwohl im Winter wegen des frostempfindlichen Mörtels nicht gemauert werden konnte, rief Borgward Frondienste ab. Er ließ Steine, Bauholz und Brennholz für die Kalkbrennerei heranschaffen und zurichten, den Untergrund vorbereiten und Kalk brennen, als könnte er den Ausbau der Burg noch vor Graf Meinhards Rückkehr vollenden.

Adam, Micha und Jakob mussten Hand anlegen, wo immer Hilfe gebraucht wurde, bis Adam eines Tages bei den Kalköfen half und ein heftiger Windstoß ihm und einem der Mulis ungelöschten Kalkstaub in die Gesichter blies. Das Tier verlor sein Augenlicht auf einer Seite dauerhaft, Adam vorübergehend auf beiden Seiten. Von da an genügte die Zeit zwischen Sonnenaufgang und -untergang für Micha nicht mehr, um all die Arbeiten zu erledigen, die ihm nun zufielen. Morgens fütterte er gemeinsam mit Sibilla noch in der Dunkelheit beim Schein einer Fackel die Tiere, und am Abend taten sie die letzten Handgriffe ebenfalls bei Lampenlicht.

Im Frühjahr erwarteten sie Graf Meinhard, doch der kehrte nicht wie angekündigt zurück. Ein Bote überbrachte die Nachricht, dass es auf der Reise zu Verzögerungen gekommen sei und zu noch weiteren kommen werde. Mit der Ankunft sei daher nicht vor dem Herbst zu rechnen.

Der Bote hatte Summerburg noch nicht wieder verlassen, als Borgward schon in seine schlechtesten Gewohnheiten zurückfiel. Er ließ einen Bauern auspeitschen, weil der als Erster darauf hingewiesen hatte, dass es für seinesgleichen nun Zeit wurde, sich wieder der Feldarbeit statt den Bauarbeiten zu widmen. Zwei Tage später entließ der Vogt die Bauern auf ihre Felder, nachdem er noch einmal klargestellt hatte, dass er den Rat seines Lastviehs nicht brauche, um darüber zu entscheiden, was es zu tun habe.

Dank der Entschlossenheit, mit der alle auf dem Hagenhof bis zur Besinnungslosigkeit arbeiteten, waren sie sogar trotz Adams Unfall über den Winter und durch die wie immer schwierige erste Jahreshälfte gekommen, ohne Mensch oder Tier an den Hunger zu verlieren. Was nicht bedeutete, dass sie eine angenehme Zeit gehabt hatten.

Paul war körperlich nur noch ein Schatten seines früheren Selbst, verteilte dafür aber umso eifriger bissige Bemerkungen. Als dann noch Adam einen ganzen Monat lang seine Tage blind im Haus verbringen musste, war die Stimmung oft so bedrückend gewesen, dass zumindest Micha und Sibilla ihre aus wenigen Bissen bestehenden Mahlzeiten lieber draußen in Schnee, Kälte und Dunkelheit an die Stallwand gelehnt zu sich nahmen als geduckt schweigend mit den anderen am Tisch. Schulter an Schulter lehnten sie dort, spendeten einander ein wenig Wärme und sprachen leise über bessere Zeiten, schöneres Wetter und wunderbare Fohlen, die zu Beginn des nächsten Sommers kommen würden.

Ludmila, die nun alles leiten musste, ließ sie gewähren – wohlwissend, dass mancher Streit vermieden wurde, wenn die beiden willensstarken und allzu oft frechen jungen Leute ihrem galligen Gemahl aus dem Weg gingen.

So überstanden sie die gefürchtete Hungerzeit ein bisschen besser als viele andere Haushalte und es wurde wieder Mai.

Liljes Bauch war durch ihre Trächtigkeit fast so breit, wie die Stute hoch war, und sie rechneten mit einem großen, kräftigen Maultierfohlen. Doch dieses Mal wurde es keine schnelle, leichte Angelegenheit für die Stute. Schon am Abend kündigte die Geburt sich an und noch am nächsten Vormittag war es nicht vorangegangen. Und gerade an diesem Tag geschah etwas noch nie Dagewesenes: Ausrufer gingen durch die Unterburg und befahlen alle gesunden Einwohner zum Richthügel draußen vor der Umfriedung. Ein Verbrechen sollte geahndet werden und sie sollten dem Urteil und seiner Vollstreckung beiwohnen.

Der Befehl war eindeutig und drohte bei Ungehorsam Strafe an. Dennoch ging Micha nur mit, weil sie Paul zu Hause lassen durften. Der kranke Knecht wäre nicht in der Lage gewesen, die Strecke bis zum Richthügel zu laufen, konnte aber immerhin ein Auge auf die Stute haben. Was Paul tun würde, wenn Lilje tatsächlich Hilfe brauchte, mochte Micha sich allerdings nicht fragen. Er schwor sich, so schnell wie möglich zurückzulaufen, sobald es erlaubt wurde.

Es war nicht die erste Urteilsvollstreckung, die auf dem Summerburger Gerichtshügel stattfand. Der Ort diente diesem Zweck, seit knapp hundert Jahre zuvor das Fundament der ersten Burg gelegt worden war. Über die Jahrzehnte hatten die Burgherren eine lange Reihe von Missetätern an Leib oder Leben bestraft, so wie es althergebrachtem Brauch entsprach. Zu Zeiten von Graf Meinhards Vater hatte man Mörder, Räuber und Betrüger noch an der alten Eiche aufgehängt, die einst hier gestanden hatte. Nachdem der Baum einem Blitzschlag zum Opfer gefallen war, diente nun ein einfaches Galgengerüst dazu. Und nicht weit davon ragte ein von einem Rad gekrönter Pfahl in die Höhe, an dem noch einzelne Knochen des letzten Hingerichteten hingen. Der Mann hatte zuerst seine Schwiegereltern und dann sein Eheweib ermordet, um sie zu beerben. Für diese besonders schändliche Tat hatte man ihn aufs Rad geflochten. Das war noch vor Michas Ankunft in Summerburg geschehen, und doch wurde die Geschichte noch immer erzählt und würde wohl weiterhin erzählt werden, bis ein anderer Sünder auf dem Rad starb.

Micha hatte es immer selbstverständlich gefunden, dass Menschen für manche Untaten mit Leib oder Leben büßen mussten. Das war Gerechtigkeit, nur so konnte man hoffen, den Zorn Gottes zu beschwichtigen, der die menschliche Sündhaftigkeit verachtete. Die Vollstreckung gerechter Strafen war ein Anlass zur Freude und diente dem Wohle aller. Daher träumte Micha seit acht Jahren davon, dass die Mörder seines Vaters am Galgen enden würden.

An diesem Tag allerdings herrschte nicht die angemessene feierliche Freude unter den Leuten, die zum Gerichtshügel strömten, sondern Besorgnis. Für gewöhnlich verbreitete sich die Nachricht über die gerichtliche Verhandlung eines schweren Verbrechens Tage oder Wochen, bevor es zum eigentlichen Urteil kam. Dieses Mal jedoch wussten die Summerburger nicht, worum es ging.

Erst als sie am Richthügel ankamen, sahen sie den Angeklagten, der gefesselt und bewacht auf dem Henkerskarren neben dem Galgen stand. Es war ein unfreier Bauer, der mit seiner Familie in der Unterburg wohnte und Teile von Graf Meinhards in der Nähe gelegenem Ackerland bewirtschaftete.

Borgward thronte auf einem zweiten Wagen, auf den man ihm einen Richterstuhl gebaut hatte. Zu seiner rechten

Hand standen sein Sohn Georg und der Kämmerer des Grafen, zu seiner Linken Pater Eucharius und ein des Lesens und Schreibens kundiger Ausrufer. Letzterer trat vor und unterrichtete die Versammelten mit lauter, klangvoller Stimme von dem Verbrechen, dem Urteil und der Art der Strafe. Er tat das in so schwer verständlichen Versen und Formeln, dass ihm kaum jemand in Gänze folgen konnte. Aber nach einigem Getuschel und einigem Rätselraten setzten sich die meisten den Fall zusammen.

Es schien, als hätte Borgward den im Herbst zugezogenen Böttcher mit seiner Familie im Haus des hörigen Angeklagten einquartiert. Und er hatte dem Böttcher dabei die Verfügungsgewalt über Haus und Hof erteilt. Der Bauer und seine Familie hatten das zuerst hingenommen, doch im Laufe des Winters war es immer häufiger zu Streitereien gekommen, die am Ende dazu geführt haben sollten, dass der Bauer einen Mordversuch auf den Böttcher unternommen hatte.

Micha drängte sich fassungslos durch die Menge nach vorn, um sowohl den Bauern auf dem Henkerskarren genauer zu sehen als auch den Böttcher, der mit seiner Familie neben dem Wagen des Richters stand. Der Böttcher überragte den Bauern in Höhe und Breite und wirkte gesund, rund und zufrieden, während der Hörige eine ausgemergelte Gestalt mit tiefen Schatten unter den Augen und Blutergüssen an jeder sichtbaren Stelle seines Leibes war. Sein Weib und fünf Kinder standen weinend vorn am Rand der Menge.

Noch hatte nicht jeder begriffen, was vor sich ging, da führten Borgwards Schergen den zerschundenen Bauern auch schon zum Galgen und legten ihm die Schlinge um.

Pater Eucharius sprach unverständlich leise mit ihm, dann richtete er sich auf und fragte für alle hörbar: »Gestehst du deine furchtbare Tat?«

Der Hörige nuschelte etwas und der Pater neigte ihm sein Ohr zu.

»Der Beschuldigte ist geständig. Möge unser Herrgott seiner Seele gnädig sein!«

Micha lag ein Einspruch auf der Zunge. Wie konnte das so schnell gehen? Hätte man nicht viel mehr über die Angelegenheit erfahren müssen? Hatte der gebrochene, so harmlos wirkende Mann wirklich einen Mord geplant und dieses Vorhaben gestanden? Wie war das abgelaufen? Wie war dieses Urteil zustande gekommen? Doch er sagte nichts, und gleich darauf war es zu spät.

Der Gehenkte zappelte, zuckte, hing still. Und so, als wäre damit tatsächlich alles gut, breitete sich eine seltsame Art von Jubel in der Menge aus, ein Raunen der Genugtuung.

Micha hingegen stand da wie festgefroren und blickte dann von dem Toten zu Borgward und dem Böttcher. Er sah die beiden Blicke wechseln, die wohl niemand verdächtig gefunden hätte, der nicht ohnehin schon einen Verdacht hegte. Für Micha stand darin jedoch alles zu lesen, was ihm bestätigte, dass der Bauer nicht hätte verurteilt werden dürfen.

Er spürte eine Hand auf seiner Schulter, leichter als die eines Mannes, aber fest genug und warm.

»Wir müssen zu Lilje«, sagte Sibilla ihm ins Ohr. Und sie liefen.

Lange vor den anderen erreichten sie das Haus. Lilje war im Abfohlstall an der Weide, wo die Stuten mehr Ruhe hatten als auf der Diele im Haus. Als Micha zu ihr hineinging, lag sie auf der Seite und hob nicht einmal den Kopf. Neben ihr im Stroh lehnte Paul sitzend an der Wand, über und über nass und verschmiert. Er weinte und hielt ein regloses Fohlen in den Armen.

»Sie hat es nicht allein geschafft. Ich musste es herausziehen. Aber nun kann ich nicht mehr«, sagte er heiser.

Micha ging neben ihm in die Knie und wollte sich des Fohlens annehmen, doch Sibilla drängte ihn zur Seite. »Das mache ich schon. Kümmere dich um die Stute. Wie geht es dir, Paul? Soll ich dich ins Bett bringen?«

Mit sicheren, schnellen Bewegungen säuberte sie dem Fohlen Nüstern und Maul und begann, es mit Stroh abzureiben, noch bevor Paul antworten konnte. Micha wusste, dass er auf sie vertrauen konnte, und widmete sich seiner Stute, während Paul sich nur kopfschüttelnd ins Stroh zurücksinken ließ.

Lilje war erschöpft, aber Micha fand kein Anzeichen für Schlimmeres. Die Nachgeburt war da, es war nicht übermäßig viel Blut geflossen und ihr Euter glänzte prall. Daher überredete er sie mit allen Koseworten, mit denen er jemals ein Pferd bedacht hatte, zum Aufstehen. Er brachte sie dazu, zu trinken, überließ ihr den letzten Hafer, den ihr Vorrat noch zu bieten hatte, und wusch sie sanft. Sibilla hatte inzwischen das schlaffe Fohlen zum Leben erweckt und stellte es auf seine Füße, um es an Liljes Euter heranzuführen.

»Schaut sie euch an. Ist das nicht die niedlichste kleine Maultierstute, die ihr je gesehen habt?«, fragte Paul, der sich noch nicht von der Stelle gerührt hatte.

Sibilla lachte. »Du klingst, als wärst du der Vater.«

Noch lange blieben sie im Stall und gaben acht, dass Stute und Fohlen wohlauf waren und zueinander fanden. Dann gingen sie zum Haus, Paul zwischen ihnen, auf sie beide gestützt. Nachdem sie ihn zu Bett gebracht hatten, machte er den Eindruck, als würde er nie wieder aufstehen. Doch schon am Abend bat er sie, ihn wieder in den Stall zu bringen. Auch in den nächsten drei Tagen tat er dies so häufig und lobte das Fohlen so überschwänglich, dass sie schon glaubten, seine Freude würde ihn wieder gesund machen.

Eines Nachmittags hockte er auf einem umgedrehten Eimer auf der Weide und grinste glückselig, weil die Kleine zutraulich zu ihm kam, um sich von ihm kraulen zu lassen. »Sie kennt mich genau und weiß, dass ich bei ihrer Geburt dabei war«, sagte er stolz.

Micha, der Lilje striegelte, musste lächeln. »So viel Zeit, wie du mit ihr verbringst, glaubt sie wahrscheinlich, dass du zu ihrer Herde gehörst. Es ist schon seltsam. Du hast so viele Fohlen zur Welt kommen sehen, und nie habe ich erlebt, dass du dich derart verliebst.«

Paul zuckte mit den mageren Schultern. »Mach dich ruhig lustig. Ich habe nie zu denen gehört, die immer gleich heulen und sich ans Herz greifen, nur weil ihnen etwas gefällt. Und wozu sollte es gut sein, so ein Gesums um Tiere zu machen, die man nicht lange behält?«

Micha warf einen Blick über die Schulter und beobachtete kurz, wie das Fohlen sich unter Pauls Händen genüsslich rekelte. »Ich liebe sie alle, auch wenn ich weiß, dass sie nicht lange bleiben«, sagte er.

Paul stieß spöttisch die Luft aus. »Du bist ja auch nicht ganz richtig im Kopf. Wirfst blind mit deiner Liebe um dich, ohne dich zu fragen, ob du die Richtigen damit triffst.«

»Was soll das denn bedeuten? Wenn du gewollt hättest, dass ich dich liebe, dann hättest du freundlicher sein sollen, als ich noch ein Hänfling war und das zu schätzen gewusst hätte.«

Das Fohlen zuckte zurück, als Paul sich übertrieben angewidert schüttelte. »Mir hat deine Liebe nicht gefehlt, nein danke. Ich hätte lieber all den Schinken gehabt, den du mir im Laufe der Jahre weggegessen hast.«

»Was meinst du dann mit deinem Unsinn?«

Sibilla ging über die Weide, ein Körbchen in der Hand. Sie winkte ihnen aus der Ferne zu. »Ich gehe Erdbeeren sammeln!«, rief sie.

Micha winkte zurück, ohne das Putzen seines Pferdes zu unterbrechen.

Pauls Blick hingegen folgte ihr. »Nichts. Nichts meine ich mit dem Unsinn.« Eine Weile schwieg er und saß mit geschlossenen Augen da. »Adam hält große Stücke auf dich«, sagte er schließlich.

»Nicht mehr als auf dich oder Jakob«, erwiderte Micha.

Paul stieß einen abschätzigen Laut aus. »Er hält mehr von mir als von dir, das brauchst du mir nicht zu sagen. Wäre ich gesund, wäre noch immer ich seine rechte Hand und nicht du. Aber so, wie es steht …« Wieder schwieg er und blickte nachdenklich in die Ferne.

Micha war fertig mit Lilje, und auch Glander glänzte schon. Zu seinem Bedauern fand er keinen Grund, noch länger zu bleiben. Es gab zu viel andere Arbeit, und er musste noch etwas erledigen, womit die kleine Hoffnung verbunden war, einen Blick auf Johanna zu erhaschen und vielleicht sogar ein paar Worte mit ihr zu wechseln. »Ich will noch mit den Sicheln zu Arnold, damit er sie ordentlich schärft. Soll ich dich zum Haus bringen?«

»Noch einen Moment«, bat Paul.

Micha hielt ihm die Hand hin, um ihm aufzuhelfen. »Du kannst doch später wiederkommen.«

Paul beachtete die Hand nicht und blieb kopfschüttelnd sitzen. »Ich will dir sagen, warum ich mich so in dieses kleine Ding vernarrt habe, Micha. Aber du hältst das Maul deshalb, verstanden?«

»Du machst ja ein mächtiges Geheimnis daraus.«

»Schwätzer gibt es genug. So einer war ich nie. Aber ich will es dir sagen, weil es für dich etwas bedeuten wird. Also, hör zu. Ich bin in dieses Fohlen vernarrt, weil es das letzte ist, dem ich auf die Welt geholfen habe. Halts Maul jetzt, rede mir nicht dazwischen! Wir wissen es alle, aber keiner spricht davon und so soll es bleiben. Aber in deinen Schädel muss hinein, dass du hier eine Verantwortung hast, wenn ich nicht mehr bin. Jakob ist ein braver Kerl, aber gutmütig wie ein Schaf. Adam braucht aber kein Schaf, sondern einen Mann, der in der Not zum Wolf werden kann, um das Unheil von ihm und der Familie fernzuhalten. Ihm fehlt ja der Sohn, der sich diese Aufgabe von selbst zu Herzen nehmen würde. Deshalb sage ich dir, dass das dir zufällt. Und wenn du dich davor drückst, dann, glaube mir, wird mein Geist über dich kommen und nicht ruhen, bis du meinem Herrn und Freund anständig vergiltst, was er für dich getan hat.«

Verblüfft betrachtete Micha ihn und bemerkte, dass dem Knecht Tränen in den Augen standen. Daher nickte er andächtig. »Ich weiß nicht, ob ich ein Wolf sein kann. Aber sie sind mir schon lange so lieb, als ob sie meine eigene Familie wären. Ich werde alles tun, damit sie nicht zu Schaden kommen.«

Paul wischte sich mit dem Handrücken über die Augen. »Dann kannst du mich jetzt zum Haus bringen.«

Micha half ihm auf die Beine und legte sich seinen Arm über die Schultern. »Gern. Und stell dir vor, gerade fiel mir der richtige Name für unser neues Muli ein.«

»Aha. Und welcher?«

»Paula. Keine Widerrede, es ist beschlossen. Sie heißt Paula. Mal sehen, wie stur sie wird.«

Paul versetzte ihm mit der freien Faust einen Schlag gegen den Brustkorb, über den Micha nur lachen konnte.

Früher hätte der Knecht ihm die Sache mit dem Namen nicht durchgehen lassen, doch dieses Mal kicherte er kurz und atemlos. »Na gut. Paula. Das ist gar nicht schlecht«, meinte er, und es war Micha so, als würde der kranke Mann auf einmal ein wenig beschwingt neben ihm herwanken.

15. Kapitel

Oktober 1173 bis April 1174

Paul war schon seit zwei Monaten begraben, als im Oktober Graf Meinhard und seine Gemahlin nach Summerburg zurückkehrten. Die Hoffnung, dass mit ihm auch wieder ein höheres Maß an Gerechtigkeit einkehren werde, zerschlug sich schnell. Der Graf war von den Unbequemlichkeiten der langen Reise erschöpft und erwartete vor allem, in der Ruhe seiner eigenen Burg jede erdenkliche Annehmlichkeit vorzufinden. Seine Gemahlin, die während seiner Reise im prächtigen Haus ihrer Schwester zu Gast gewesen war, nahm Borgwards Eheweib Friedrun die Leitung des herrschaftlichen Hauses ab und wieder in ihre eigenen Hände. Sie zeigte deutlich ihre Unzufriedenheit mit dem Zustand des Palas und der anwesenden, wenig höfischen Gesellschaft und forderte größere Anstrengungen, um das Niveau zu heben. Dem pflichtete Engelbert bei, der ebenfalls nach Summerburg kam, um den Winter bei seinen Eltern zu verbringen.

So wendete sich die erhoffte Erleichterung ins Gegenteil. Erneut trieben Borgwards Männer hohe Abgaben ein und der

Vogt fühlte sich zu jedem Übergriff berechtigt, der des Grafen spärlich gefüllter Geldtruhe zugutekam.

Zu Ludmilas Enttäuschung hatte es bei der Suche nach Ehemännern für Sibilla und Wiebke keine nennenswerten Fortschritte gegeben. Sie warf Adam häufig vor, dass er es in dieser Sache an Beflissenheit mangeln ließ. Ihr einziger Erfolg war bisher, dass Sibilla seit einem Jahr den Weg zur Kirche in Hennings Begleitung zurücklegte und mit ihm häufiger auf den Festen tanzte als früher. Darauf hatte sie sich ihrer Mutter zuliebe eingelassen und herausgefunden, dass es Vorteile für sie hatte. Sie mochte sich zwar nicht vorstellen, den Hufschmied zu heiraten, aber seit er als ihr Verehrer galt, ließen die anderen sie in Ruhe. Und niemand zog sie mehr damit auf, dass sie blind für die Vorzüge von Männern sei.

In der Johannisnacht des Vorjahres hatte sie es sogar zugelassen, dass Henning sie im Schatten hoher Hecken küsste, und sie hatte es nicht schrecklich gefunden. Was allerdings daran liegen mochte, dass sie sich einen kleinen Rausch angetrunken hatte, weil sie zuvor beobachtet hatte, wie Micha nicht ganz so heimlich wie von ihm vermutlich beabsichtigt mit der Tochter eines fahrenden Sängers in ähnliche Büsche verschwunden war. Ungeniert hatte das Weib sich an ihn herangemacht und nach der Sache mit den Büschen so fest an ihm geklebt, dass Micha am Ende sogar mit ihr übers Feuer gesprungen war.

Zum ersten Mal hatte er das mit einer anderen als Sibilla getan, und das hatte geschmerzt. Dass sie daraufhin gemeinsam mit Henning sprang, half überhaupt nicht. Im Gegenteil, es machte dem jungen Hufschmied zu viel Mut, sodass sie sich seiner später kaum noch erwehren konnte. Sie hatte ihm entschieden den Kopf zurechtrücken müssen und ihm sogar gesagt, dass er sich keine Hoffnungen auf sie machen solle. Zu ihrer Verblüffung hatte er sich dadurch jedoch nicht abschrecken lassen, sondern versicherte ihr seither immer wieder, dass er ein Mann mit viel Geduld sei. Deshalb wollte sie in diesem Jahr eher die Johannisnacht verschlafen, als noch einmal mit ihm über die Flammen zu springen.

Doch noch lag die Nacht in weiter Ferne. Es war Ende April und sie durften sich über die ersten etwas wärmeren Tage eines insgesamt unangenehm kalten Frühjahrs freuen. Sibilla half Micha dabei, die jungen Mulis einzureiten, und heute war auch seine Glander an der Reihe.

Es gab zwei Arten, ein Pferd, Maultier oder einen Esel dazu zu bringen, einen Menschen auf seinem Rücken zu dulden. In den meisten Fällen wurde der beste Reiter verpflichtet, der zur Hand war. Man half ihm auf das gefesselte Tier, ließ es dann los und hoffte, dass der Reiter so lange oben blieb, bis es sich müde getobt hatte. In den anderen Fällen baute man auf jemanden, der es schaffte, sich mit dem Tier so vertraut zu machen, dass es keine Notwendigkeit empfand, sich zur Wehr zu setzen.

Ihr Vater hatte es früher so gemacht wie die meisten. Doch seit sie Micha hatten, überließ er ihm das Zureiten, und bei ihm gab es nur selten Buckeln, Bocken und Toben. Sibilla hatte von ihm gelernt und stand ihm schon seit Jahren im Zähmen der Reittiere in nichts nach. Da ihr Vater diese Arbeit als Männersache betrachtete, hielt sie sich jedoch zurück, wenn er in Sichtweite war.

Heute war er zwar nicht in der Nähe, aber zuzusehen, wie Micha zum ersten Mal seine geliebte Glander ritt, war etwas Besonderes für sie. Das wollte sie ganz ruhig vom Rande aus genießen.

Micha trug nichts als seine Bruche, und Sibilla konnte sich nicht an ihm sattsehen, so gut gefiel er ihr. Sanft sprach er mit seiner bildschönen Stute, die er nicht gesattelt hatte, obwohl sie schon an den Sattel gewöhnt war. Er führte sie zu dem Findling, der als Hilfe zum Aufsteigen am Rande der Weide lag, und glitt so behutsam auf ihren Rücken, dass Glander nicht einmal einen

Schritt beiseitetrat, sondern sich nur neugierig umsah, um sein Bein zu beschnuppern. Er trieb sie nicht an, sondern wartete, bis sie sich freiwillig in Bewegung setzte. Dabei tat er alles, damit es ihr leichtfiel, unter ihm ihr Gleichgewicht zu bewahren. Die schon tief stehende Sonne tauchte die beiden in ein warmes Licht, das den Eindruck ihrer Innigkeit noch verstärkte. Pferd und Reiter schienen zu einem einzigen Wesen zu verschmelzen, und Sibilla stellte zu ihrer eigenen Belustigung fest, dass sie das Tier beneidete. Was hätte sie nicht gegeben, damit Micha sie so berührte, ihr so zärtliche Liebesworte zuraunte! Wie oft hatte sie schon wach gelegen und davon geträumt!

Kopfschüttelnd erhob sie sich von ihrem Platz auf dem Wassertrog und richtete den Saum ihrer Cotte. »Willst du es damit gut sein lassen? Oder soll ich mit ihr laufen?«, fragte sie.

»Lauf mit ihr. Sie kann das.«

Also schürzte Sibilla ihren Rock, nahm die edle Jungstute am Kopf und trabte mit ihr mühelos eine Runde um die Weide, bevor sie vor Atemlosigkeit langsamer werden musste.

»Lass sie los«, bat Micha.

Auch das tat sie. Und abrupt endete das Idyll.

Von einem Atemzug zum nächsten fiel es Glander ein, dass ihr die Sache mit dem Menschen auf ihrem Rücken doch nicht gefiel. Sie bekam einen Tobsuchtsanfall, der sie kreuz und quer über die Wiese galoppieren, Haken schlagen und buckeln ließ, bis Micha hart im Gras aufschlug.

Im ersten Augenblick schlug Sibilla entsetzt die Hände vor den Mund, doch als sie sah, wie ihr Freund sich fluchend aufrappelte, platzte das Lachen aus ihr heraus. Mit langen Schritten eilte sie zu ihm und reichte ihm die Hand, um ihm aufzuhelfen. »Du wolltest edle Rösser mit feurigem Blut züchten. Einen besseren Beweis für ihren Adel hätte Glander dir nicht liefern können«, meinte sie.

Micha verzog schmerzerfüllt das Gesicht, ließ sich aber von ihr helfen und gab ihr anschließend einen spielerischen Schubs. »Wie schön, dass unsere Vorstellung dir so viel Vergnügen bereitet. Willst du die nächste Runde übernehmen? Ich wette, sie würde auch dich gern von ihrem vornehmen Gemüt überzeugen.«

Sibilla zuckte grinsend mit den Schultern. »Wenn du meinst, dass du sie mir anvertrauen möchtest. Wir würden uns schon einig werden.«

Seine Miene wurde ernst. »Wirklich?«

Sie nickte. »Warum nicht?«

»Dann los. Ich werde sie führen. Ich kann länger traben als du.«

Sie gab ihm ebenfalls einen Schubs. »Jetzt tu nicht so, als wäre es meine Schuld gewesen. Aber glaubst du nicht, dass es heute zu viel für sie wird?«

»Vielleicht. Trotzdem ist es besser, wenn wir das kleine Biest nicht mit ihrem Sieg durchkommen lassen.«

Wenig später saß Sibilla rittlings auf Glanders Rücken, während Micha sie führte, mal im Schritt, mal im Trab, bis er sie schließlich losließ. Anstandslos trabte die Stute mit ihr eine weitere Runde und wurde anschließend von ihnen beiden begeistert gelobt und belohnt. Und als Micha Glander das Kopfstück abgenommen und sie auf die Weide geschickt hatte, drehte er sich mit einem strahlenden Lächeln zu Sibilla um, zog sie in seine Arme und gab ihr einen schallenden Kuss auf die Wange. »Du bist die Beste. Ich glaube, das sage ich dir nicht oft genug.«

Sibilla spürte erschrocken, wie ihre Wangen heiß wurden und ihr Tränen in die Augen stiegen, deshalb schob sie ihn mit einem wackligen Lachen von sich, obwohl sie liebend gern genau das Gegenteil getan hätte. War dies der Moment, in dem sie sich ihm offenbaren sollte? Wollte sie denn ewig schweigen, obwohl er selbst aussprach, wie wichtig sie ihm war? »Micha, ich …«

Er unterbrach sie mit einer Geste. »Ich weiß, du willst keinen Dank. Aber dieses Mal wirst du dich nicht dagegen wehren können. Ich werde dir beim Bäcker einen riesigen Honigkuchen kaufen. Gleich, wenn wir zum Goldenen Ross gehen. Du gehst doch mit, oder? Endris und Julius werden sich freuen. Wiebke soll auch mitkommen, haben sie gesagt. Sie wollen Mathis überreden, uns mal wieder zu einem Tänzchen aufzuspielen.«

Sie schluckte und nickte. »Gewiss. Was ist mit Magda?«

Er streifte sich sein Hemd über und gürtete es. »Was soll mit ihr sein? Du weißt doch, dass sie willkommen ist. Ich mag sie nur nicht bitten, um sie nicht in Verlegenheit zu bringen. Frag du sie.«

»Das werde ich tun. Aber, Micha … dieser Honigkuchen. Ich wollte mit dir schon länger über etwas reden. Es fällt mir nur nicht leicht, weil …«

Betroffen sah er sie an. »Komm schon, heraus damit. Habe ich dir etwas getan?«

Aufgeregt wedelte sie mit beiden Händen. »Nein, nein, nein. Es geht um … dein Geld. Es geht um dein Geld. Weißt du, Glander ist hervorragend gelungen. Und noch wäre Zeit für ein weiteres Fohlen von Lilje. Lange wird das nicht mehr möglich sein, dann ist sie zu alt. Du hast doch etwas Geld gespart. Willst du nicht versuchen, noch einmal einen edlen Hengst für sie zu finden? Wenn das Fohlen wieder so gut gerät, dann hättest du mit zwei jungen Pferden doch schon einen Grundstock für deine eigene Zucht.«

Michas Miene verdüsterte sich. »Ach, darauf willst du hinaus. Ich habe schon darüber nachgedacht. Aber wie soll ich das in diesen schlechten Zeiten deinem Vater zumuten? Ich kann nicht erwarten, dass er mich auch noch ein drittes Pferd behalten lässt. Wir wissen doch alle, dass er seine Großzügigkeit schon mit dem zweiten beweist. Und wenn ich dann sogar noch mein Erspartes dafür ausgebe … Das wäre doch wie eine Verhöhnung, oder nicht? Ich habe immer gesagt, dass ich die Münzen für den Tag aufbewahre, an dem ich Gerechtigkeit für den Mord an meinem Vater einfordere.«

»Glaubst du noch daran, dass der Tag kommen wird?«, fragte sie behutsam.

Er legte den Arm um ihre Schultern, während er neben ihr herging. »Pater Servatius beharrt darauf, dass die Umstände dafür irgendwann günstiger sein werden. Und ich wüsste gar nicht, was ich ohne diese Hoffnung anfangen sollte. Wenn sich die Gelegenheit bietet, Borgward erfolgreich für seine Untaten vor Gericht zu bringen, dann will ich sie ergreifen können.«

Mühsam zwang sie sich, das Gewicht seines warmen Arms als bedeutungslos hinzunehmen, seinen vertrauten und doch wilden Geruch nicht zu beachten. »Ich weiß. Aber es sieht doch weniger denn je danach aus. Graf Meinhard lässt ihm freie Hand. Solange Borgward sich nicht gegen ihn wendet, wird er unter seiner Herrschaft niemals vor Gericht gestellt. Unter Engelbert mag es anders werden. Aber bis dahin bist du vielleicht ein alter Mann. Dein Geld so lange aufzubewahren, wenn du jetzt damit viel mehr für dein Leben erreichen kannst, ist unsinnig. Das wird auch Vater so sehen, wenn wir es ihm erklären. Außerdem hast du doch längst mehr, als du einem Hengstbesitzer zahlen müsstest. Du musst nur geschickt verhandeln.«

Seufzend warf er ihr einen Seitenblick zu. »Du bist unerbittlich. Es geht nicht nur um das Geld und den Unterhalt für das dritte Pferd. Der Hengst, den ich im Sinn habe … Aber sag du zuerst: Welchen würdest du nehmen?«

Die Frage hatte sie befürchtet, aber nun hatte sie sich die Suppe eingebrockt und musste anfangen zu löffeln. Sie wusste gut, wem der beste Hengst von Summerburg gehörte, und sie war ehrlich der Meinung, dass es der und kein anderer für Liljes letztes Fohlen sein sollte. Leider hatte die Sache einen gewaltigen Haken. Sie schüttelte den Kopf. »So viel verstehe ich nicht davon.«

»Red kein dummes Zeug. Ich wette, du denkst an denselben wie ich und willst es nur nicht aussprechen. Du glaubst, ich werde nicht wagen, Georg zu fragen, und willst mir keinen Kummer machen. Stimmts?«

Ertappt rieb sie sich das Gesicht, obwohl ihre Beweggründe nicht ganz die waren, die Micha vermutete. Sie stöhnte schicksalsergeben. »Also gut. Sein junger Rappe ist der beste. Ich weiß nicht, ob du recht damit hast, dass er ein Nachkomme von deines Vaters Pferden ist. Aber es stimmt einfach alles an ihm. Wenn es dir gelingt, solche Destrier zu züchten, werden die Herren dir die Fohlen abkaufen, bevor sie auf der Welt sind. Aber Georg wird dir nichts schenken. Im Gegenteil. Und Julius wird dir da auch nicht weiterhelfen können.«

Micha nickte. »Julius nicht. Aber Johanna. Wenn sie bei dem Gespräch dabei wäre …«

Prompt hatte Sibilla den schalen Geschmack im Mund, mit dem sie gerechnet hatte – den Geschmack von widerwärtig eingebrockter Suppe. Trotzdem vermied sie es, das Gesicht zu verziehen, wand sich aus der Umarmung ihres Freundes und klopfte ihm auf die Schulter. »Dann weißt du ja, was du zu tun hast.«

Sein Schritt beschleunigte sich und ein Lächeln legte sich auf seine Lippen. »Ganz recht. Ich spreche mit Endris, damit er Johanna für mich um einen Gefallen bittet. Gleich als Erstes, wenn wir bei Kilian sind.«

16. Kapitel

Mai 1174

Als Graf Meinhard aus dem Heiligen Land zurückgekehrt war, hatte er ein Dutzend Männer mitgebracht, die nicht aus Summerburg stammten. Mittlerweile hatte sich herumgesprochen, dass sie Gefolgsleute von Herzog Heinrich waren. Heinrich den Löwen nannten sie ihren Herrn.

Kilian hatte bisher weder einen echten Löwen noch den Herzog gesehen, glaubte aber gern, dass beide ähnlich Furcht einflößend waren. Seine Männer hatten jedenfalls großen Respekt vor ihm, obwohl er weit weg war, und sie gehörten zu den diszipliniertesten Milites, die Kilian kannte.

Der Herzog hatte sie Graf Meinhard überlassen, damit der dem Räuberunwesen in seinem Land zu Leibe rücken konnte, über das sich Kaufleute sogar schon bei ihm als oberstem Landesfürsten von Sachsen beschwert hatten. Einige Ausritte hatte der Graf die geliehene Truppe auch machen lassen, doch erreicht hatte sie nichts. Und so wie Kilian das sah, würde dies auch so bleiben, solange immer einer von Borgwards Männern rechtzeitig von ihren Plänen erfuhr.

Wenn Kilian sicher gewesen wäre, dass man den Milites des Löwen vertrauen konnte, hätte er ihnen geraten, ihre Vorhaben lieber dort zu besprechen, wo ihnen niemand anderes zuhörte. Doch wenn er das getan und sich herausgestellt hätte, dass auch sie insgeheim mit Borgward gemeinsame Sache machten, hätte so ein Hinweis böse Folgen für ihn und das Goldene Ross nach sich gezogen.

Aus diesem Grund hatte er auch Micha davor gewarnt, sich vorschnell mit ihnen einzulassen. Der Junge war Borgward inzwischen oft genug aufgefallen und für die Burgmannschaft kein namenloser Knecht mehr, auch wenn seine wahre Herkunft ein Geheimnis geblieben war. Sobald der Vogt Michas Namen in einem Atemzug mit den Männern des Herzogs und ihrem Auftrag genannt hörte, würde er den Jungen schnell und unauffällig aus dem Weg räumen.

An diesem Abend waren nicht nur sechs der Herzoglichen zu Gast im Goldenen Ross, sondern auch Wolfgang, Siegmar, Giselbert und einige andere von Borgwards Bluthunden. Eine unbestimmte Spannung hing in der Luft. Endris und Julius saßen unbehaglich in ihrer gewohnten Ecke und waren wahrscheinlich nur deshalb noch nicht gegangen, weil das von Wolfgang, der alle zum Bier eingeladen hatte, sofort als Beleidigung aufgefasst worden wäre.

Sie warteten auf Micha und wollten seine Ankunft als Vorwand nutzen, die Schenke zu verlassen. Es war allgemein bekannt, dass die drei Unzertrennlichen ständig irgendetwas mit ihren Rössern zu tun fanden, selbst wenn andere sich nach ihrer Arbeit zurücklehnten und nur noch einen Krug nach dem anderen leerten.

Zu Kilians Bedauern kam Micha an diesem Abend schließlich nicht allein, sondern in Begleitung von Sibilla, Wiebke und Magda. Für gewöhnlich hatte Kilian nichts dagegen einzuwenden, dass die drei Jungfern mit ihren Freunden bei ihm den

Abend verbrachten. Bei aller Frotzelei und aller Fopperei ging es unter ihnen allgemein gesittet zu. Heute allerdings hatte er im Gespür, dass es Ärger geben würde.

Magda hatte sich längst angewöhnt, ihre entstellte Gesichtshälfte stets unter einem Kopftuch zu verbergen, und sie war immer besser darin geworden, sich so im Hintergrund zu halten, dass sie niemandem auffiel. Ihretwegen hatte es schon lange keinen Streit mehr gegeben. Inzwischen waren es eher Sibilla und vor allem Wiebke, die zum Stein des Anstoßes werden konnten. Beide waren zu ansehnlichen Weibern herangereift, jede auf ihre eigene Weise anziehend. Sibilla gab sich zwar Mühe, das Licht ihrer Weiblichkeit unter den Scheffel zu stellen, doch wie nüchtern sie sich auch kleidete, wie breitbeinig und ellbogenhart sie auch auftrat, ihre Hüften blieben breit, die Taille schlank, die Brüste prall.

Und Wiebke hätte sich schon mit Dung einreiben müssen, damit ihre beschwingte, leichtfüßige Schönheit unerkannt blieb. Davon konnte auch Kilians bester Freund Arnold zu seinem Leidwesen ein Lied singen. Er war seit mehr als einem Jahr heimlich so verliebt in Sibillas kleine Schwester, dass er sich deshalb schon mehrfach gedankenverloren mit dem Hammer auf den Daumen geschlagen hatte. Erklären mochte er sich ihr dennoch nicht, weil er nie hatte heiraten wollen und außerdem fand, er sei zu alt für sie.

Zu Kilians Bedauern war Arnold gerade nicht anwesend, sonst hätte der ihm wohl geholfen, die Lage zu entschärfen. Er setzte sich in Bewegung, um Micha und die Mädchen nahe der Tür abzufangen und sie vor der gereizten Stimmung in der Schenke zu warnen. Doch er kam zu spät.

Borgwards Hauptmann Giselbert war aufgestanden, verbeugte sich vor Wiebke und nahm ungebeten ihre Hand in seine. »Guten Abend, Schönheit. Habe gehört, es gibt heute noch Musik. Da wirst du doch mit mir tanzen? Dein Bruder wird es schon erlauben.«

Kilian konnte sich nicht so schnell über die Schulter umblicken, wie Julius und Endris hinter ihm standen. Julius trat vor und pflückte Wiebkes Hand aus der von Giselbert. Kilian schlug im Geiste schon mal die Hände über dem Kopf zusammen.

»Sie kann nicht mit dir tanzen, denn sie hat den Abend schon mir versprochen«, erklärte Julius.

Endris stieß ihm den Ellbogen in die Rippen. »Was soll das heißen? Doch nicht dir allein, sondern auch mir.«

Micha stieß belustigt die Luft aus und schob sich wie nebenbei, ohne Gewalt, doch mit Bestimmtheit zwischen Giselbert und Wiebke. »Nicht nur euch beiden, sondern auch mir. Ich bin nicht ihr Bruder. Trotzdem habe ich mitzureden, wenn es darum geht, mit wem sie tanzt. Ich habe ihr das Tanzen beigebracht.«

Giselbert umfasste Michas Arm und schob ihn ruppig beiseite. »Na, hoffentlich nur das Tanzen. Für alles andere sollte sie sich an einen angeseheneren Mann halten als an einen kleinen Maultierknecht. Und was die anderen beiden angeht – Mädchen, die sind auch nichts für dich. Die spielen nur ein bisschen mit dir, bis ihre vornehmen Familien Weiber mit Vermögen für sie gefunden haben. Für den Augenblick haben sie mir außerdem zu gehorchen. Wenn ich sage, sie sollen sich verpissen, dann werden sie das tun. Ich zeige es dir: Verpisst euch!«

Damit schlang er Wiebke einen Arm um die Taille und stieß mit der anderen Hand Endris so fest in Julius hinein, dass der sofort rotsah und auf Giselbert losgegangen wäre, wenn Micha ihn nicht zurückgehalten hätte.

Nun erschien auch noch Borgwards Falkner Siegmar am Rande ihrer Gruppe, die Fäuste schon zum Kampf erhoben.

Kilian trat näher und versuchte, sich Gehör zu verschaffen. »Meine Herren, ich bitte Euch! Diese Sache ist doch keinen Kampf wert. Bitte beruhigt Euch! Es wird auch gar keine Musik geben, denn Mathis ist krank. Also …«

Inzwischen mühte Wiebke sich mit verkniffenen Lippen ab, aus Giselberts Umklammerung zu entkommen, Sibilla versuchte, ihn von ihr wegzuzerren, und Magda war eingeschüchtert zurückgewichen. Micha hielt noch immer Julius fest. Endris baute sich vor Giselbert auf, obwohl er Siegmars Atem im Nacken spürte. »Du siehst doch, dass das Mädchen nichts von dir wissen will. Lass sie los!«

Nun erhob sich auch noch Wolfgang. Aber gleichzeitig mit ihm standen Herzog Heinrichs Männer auf und umringten das streitende Grüppchen.

»Was wollt ihr denn?«, fuhr Siegmar die Herzoglichen an. Und dann war es für jede friedliche Vermittlung zu spät. Von einem Atemzug auf den nächsten war die Schlägerei im Gang, die schon den ganzen Abend in der Luft gehangen hatte. Kilian zog sich an die Tür zu seiner Kammer zurück und beobachtete, wie es Micha und Endris irgendwie gelang, die Mädchen unverletzt nach draußen zu schaffen, während sämtliche anderen Anwesenden, Julius eingeschlossen, sich an Gegnern abarbeiteten, die sie sich offensichtlich schon lange einmal hatten vornehmen wollen.

Er glaubte, zu erkennen, dass es im Groben um zwei Parteien ging, so wie er es sich gedacht hatte. Die Herzoglichen gegen die Burgmannschaft. Julius allerdings stand zwischen den Fronten und schlug sich allein wacker in beide Richtungen, bis Micha und Endris wieder hereinstürmten und ihm zu Hilfe kamen. Die drei hielten einander gekonnt den Rücken frei. Man sah ihnen an, dass sie viel Zeit mit gemeinsamen Kampfübungen verbracht hatten und sich gut kannten. Das Ziel von Micha und Endris war allerdings eindeutig nicht, eine Schlacht zu gewinnen, sondern einfach nur ihren wütenden Freund aus dem Getümmel und ins Freie zu drängen. Kilian bewunderte, wie es ihnen nach einer Weile gelang, Julius durch die Tür nach draußen zu schieben. Und er winkte schmunzelnd zurück, als Micha ihm grinsend zuwinkte, bevor er die Tür von außen schloss.

Dann allerdings seufzte er und holte tief Luft, um die prügelnde Meute mit anhaltendem Gebrüll auseinanderzutreiben.

Johanna hatte einen günstigen Moment abgewartet und Micha dann eilig über Endris in die Burg bestellt, damit er ihren Gatten auf seinen Hengst ansprechen konnte. Es war zwei Wochen vor der Johannisnacht, als er von seinem Vater gerade die Aufsicht über das Marktgeschehen verliehen bekommen hatte. Das hatte ihn offenbar heiter und großmütig gestimmt, weil auch er sich nun endlich ein wenig als Burgherr fühlen durfte. Wie ein solcher thronte er denn auch in einem Armlehnensessel in dem kleinen, mit Wandgemälden verzierten Saal im Erdgeschoss des Palas, der zu den Wohngemächern von Borgwards Familie gehörte.

Und ebenso, als wäre Georg sein Herr, trat Micha vor ihn: den Hut in den Händen, eine tiefe Verneigung im richtigen Moment, das Haupt gesenkt. Herzukommen hatte ihn weit mehr Überwindung gekostet, als er geglaubt hatte. Er war Julius' überheblichem Bruder noch nicht ein einziges Mal begegnet, ohne sich vorzustellen, wie er ihm wenigstens einen Eimer Gülle über den Kopf goss. Ihn um etwas zu bitten, verlangte ihm viel Selbstbeherrschung ab. Vor allem, da Johanna mit einer Näharbeit in den Händen im Alkoven am Fenster saß und zuhörte. Sich in ihrer Gegenwart vor Georg zu bücken, widerstrebte ihm so sehr, dass sich ihm die Haare auf den Armen aufstellten.

»Schon gut, schon gut. Mein Weib berichtet mir, du hättest ein Anliegen. Also heraus damit. Ich habe viel zu tun«, sagte Georg gönnerhaft.

Als Micha sich aufrichtete, sah er ihn mit roten Fingern einen Kirschkern aus dem Mund nehmen und auf den Boden werfen.

»Ich danke Euch für die Audienz, gnädiger Herr. Wie Ihr vielleicht wisst, besitze ich eine Stute mit guten Anlagen. Sie hat sie ihrem Fohlen vererbt, deshalb möchte ich sie ein weiteres Mal beschälen lassen. Euer fünfjähriger Rappe wäre der richtige Hengst dafür. Ich könnte den üblichen Preis dafür zahlen.«

Georg nahm eine Kirsche von dem Holzteller, der auf der rechten Armlehne seines Stuhls balancierte, und schob sie sich zwischen die ebenfalls roten, vollen Lippen. »Wie erstaunlich. Ein Maultierknecht, der Münzen im Beutel hat. Machst du etwa heimlich krumme Geschäfte?«

Diese Frage hatte Micha erwartet. Schließlich glich sein kleines Vermögen einem Wunder. Viele Knechte erhielten von ihrem Herrn kaum einen Pfennig. Ohne seine Anteile am Verkauf der Mulis aus seiner Stute und ohne seine Freunde, die ihn als Dank für seine Hilfe niemals die Zeche zahlen ließen, hätte auch er nichts vorzuweisen gehabt. Doch er hatte es. Unwillkürlich drückte er die Brust heraus, um aufrechter zu stehen. »Mein Geld ist ehrlich verdient. Ich weiß schon seit langer Zeit, dass ich noch ein edles Fohlen aus dieser Stute will.«

Georg lachte trocken auf. »Keine Sorge, ich wollte dich nicht gleich vor den Richter zerren. Da wären mein Schwager und mein Bruder ja untröstlich. Aber ich frage mich, ob du dich nicht lieber auf einen Tausch einlassen willst. Du verkaufst mir deine Jungstute zu einem besonders guten Preis, und dafür lasse ich meinen Hengst deine alte Stute ohne Bezahlung beschälen. Du hättest die Taschen voll Münzen wie ein vornehmer Mann, müsstest dich um die Jungstute nicht mehr sorgen und hättest nächstes Jahr wieder ein Fohlen, das dir nach einer Weile die Alte als Reitpferd ersetzen kann. Dass einer wie du so ein Ross gar nicht braucht, weißt du ja selbst. Aber wer wäre ich, jedem seine Narretei ausreden zu wollen?«

»Meine Glander ist nicht zu verkaufen. Ich hänge an ihr, das ist Teil meiner Narretei. Auch sie wird hervorragende Fohlen bringen. Vielleicht werde ich die verkaufen, wenn es so weit ist.«

Den nächsten Kirschkern spuckte Georg ihm ungehemmt knapp vor die Füße und nahm gleich die nächste Kirsche. Sein rot verschmierter Mund wirkte für einen Moment wie eine klaffende, blutige Wunde in seinem Gesicht. »Ein echter Rosszüchter willst du also werden. Wenn man überlegt, wie dein Herr, der Maultierzüchter, sich noch vor kurzer Zeit mitleidheischend bei meinem Vater über die Härten des Lebens beklagt hat, klingt das lächerlich. Einer wie du wird kein Rosszüchter. Dazu gehört viel mehr. Dir deine Bitte zu gewähren, würde dich doch nur in deinem Irrweg bestärken. Johanna, meine Beste, da gibst du mir doch recht? Man muss die einfachen Leute vor ihren Verirrungen beschützen, damit sie nicht aus Unwissenheit ins Unglück stürzen.«

Zum ersten Mal, seit sie Micha beim Hereinkommen mit einem Nicken begrüßt hatte, hob Johanna den Blick von ihrer Nadelarbeit. »Im Allgemeinen hast du damit recht. Doch du musst zugeben, dass Michael schon oft eine besondere Gabe für den Umgang mit den Rössern bewiesen hat. Reizt es dich nicht, zu erfahren, ob er mit seinem Gespür richtigliegt, was deinen Hengst und seine Stute angeht?«

Georg hatte sie nicht angesehen, während sie sprach, sondern seinen herablassenden Blick auf Micha ruhen lassen und weiter Kirschen gegessen. Er aß schnell, zu seinen Füßen sammelten sich die Kerne im Häckselstroh, mit dem der Boden hier bestreut war. Der klein gewachsene Jagdhund, der hinter seinem Stuhl geschlafen hatte, schreckte hoch und kratzte sich heftig, offenbar von Flohbissen geweckt.

Georg kniff die Augen zusammen und sah nun doch flüchtig zu Johanna hinüber, die ihrerseits den Kopf wieder gesenkt hatte. »Du kennst mich gut, holdes Weib. Ich bin neugierig. Allerdings nicht um jeden Preis. Deine paar Kröten locken mich nicht, Maultiertreiber. Ich will etwas anderes von dir. Ich will, dass du für mich arbeitest. Du hast mein Weib gehört. Deine Gabe hat schon einige Aufmerksamkeit erregt. Es würde mir gefallen, dich in meine Dienste zu nehmen. Ein Angebot, für das mir viele auf Knien danken würden. Was sagst du dazu?«

In deine Dienste trete ich an dem Tag, an dem Hasen anfangen zu fliegen und die Bäume von oben nach unten wachsen, dachte Micha, biss sich aber auf die Zunge und sagte etwas anderes. »Euer Angebot ehrt mich. Doch wie ich damals schon seiner Ehrwürden, dem Erzbischof Wichmann, absagen musste, muss ich es auch Euch. Ich kann nur hoffen, dass Ihr mir vergebt, aber meine Verpflichtungen gegen Adam wiegen schwer. Ich habe geschworen, seiner Familie beizustehen. Nur deshalb bin ich noch hier in Summerburg. Wenn sie nicht wären, dürfte ich das ältere Angebot des Erzbischofs nicht länger ausschlagen, das hat er mir eingeschärft. Ich müsste dann nach Magdeburg gehen.« Das entsprach nicht ganz der Wahrheit, aber beinah. Und es würde Adams Haus einen gewissen Schutz bieten, wenn Micha richtig vermutete.

Georgs Miene verdüsterte sich kurz, hellte sich dann aber wieder auf. »Verstehe. Auch der Erzbischof hat ein scharfes Auge für Männer mit einer besonderen Gabe. Meinetwegen zahle mir also das Übliche. Zu gegebener Zeit wirst du dich dieser Großzügigkeit hoffentlich erinnern und mir deine Dankbarkeit beweisen.«

Die schwere, in den Angeln knarrende Tür des Saals wurde geöffnet, und eine Magd kam mit Johannas gut anderthalbjährigem Söhnchen herein. Der Kleine tapste unbeholfen an ihrer Hand, lernte offenbar gerade das Laufen. Johanna erhob sich, ging den beiden entgegen und nahm das Kind lächelnd auf den Arm. »Na, wer ist denn da aufgewacht? Hat unser kleiner Dietwin schön geschlafen?«

Mutter und Sohn waren ein Bild, das Micha ins Herz schnitt. Was hätte er nicht dafür gegeben, der Vater dieses Kindes, der Ehemann dieses Weibes zu sein?

Doch seine kurze Träumerei wurde jäh unterbrochen, als Borgward mit langen Schritten in den Saal marschierte. »Was macht der Maultiertreiber hier? Ach, da ist ja mein Goldjunge! Endlich aufgewacht, der Langschläfer, was? Gib ihn seinem Großvater, Schwiegertochter. Ich gehe mit ihm die Hunde ansehen. Versprochen ist versprochen, was, kleiner Mann?«

Johanna überließ ihm das Kind ohne Zögern, mit liebevollem Blick auf beide. Micha zog sich der Magen zusammen. Hastig verneigte er sich in Georgs und Borgwards Richtung. »Ich komme in drei Tagen mit der Stute. Dann wird sie stehen, schätze ich.«

Georg nickte und schickte ihn mit einer Handbewegung hinaus. »Wende dich an unseren Stallmeister.«

Wieder einmal verließ Micha die Burg fast im Laufschritt. Das Herz hämmerte ihm und ihm war so übel, als müsste er sich erbrechen. Wie konnte Johanna inmitten dieser Männer so glücklich und zufrieden wirken? Spielte sie ihnen etwas vor oder durchschaute sie deren Heuchelei und Bösartigkeit überhaupt nicht? War sie blind? Und was war mit ihm selbst? Hatte er wirklich gerade ein Geschäft mit dem Mann abgeschlossen, dessen Vater die Schuld am Unglück seiner Familie trug? Er würde ihm Geld für einen Hengst bezahlen, der ein Nachkomme derer war, die rechtmäßig eigentlich ihm selbst gehören sollten! Und hatte er tatsächlich eine schwache, verlogene Ausflucht zusammengesponnen, um nicht auch noch in seine Dienste treten zu müssen?

Kopfschüttelnd stürmte er aus der Burg, ohne Arnolds Gruß aus der Schmiede zu erwidern. Er hatte erreicht, was er gewollt hatte, aber der Preis war höher als eine Handvoll Münzen. Wann hatte er vergessen, mit wem er sich da gemeinmachte? Es mochte sein, dass seine eigene Heuchelei für den Moment die einzige Wahl war. Aber eines Tages, das schwor er sich, würde er Georg, seinem elenden Vater und dessen ganzer Sippe die Wahrheit sagen. Eines Tages sollte ihnen leidtun, was sie verbrochen hatten.

17. Kapitel

Juni 1174

In den Ställen der Kernburg waren nur die bevorzugten Pferde der gräflichen Familie und ihres engsten Kreises untergebracht. Alle anderen, die nicht draußen auf den Weiden mitliefen, standen in den Stallungen im hinteren Teil der Vorburg, wo sich auch der Burggarten mit seinen Obststräuchern, Kräuter- und Blumenbeeten befand. Als Micha seine Stute drei Tage nach dem Gespräch mit Georg dort hinbrachte, wartete zu seiner Verblüffung Johanna mit den Händen voll Grünzeug auf ihn.

Obwohl er ihre Gesellschaft immer gesucht hatte, brachte ihn ihre Anwesenheit bei ausgerechnet diesem Anlass in Verlegenheit. Da sie dieses Gefühl aber nicht zu teilen schien, ließ er sich nichts anmerken.

Sie nickte ihm wie immer huldvoll zu, während sie Lilje das Kraut anbot, das sie hielt. Den einsetzenden Nieselregen schien sie nicht zu bemerken. »Guten Tag, Michael. Ich habe deiner Stute einen Siebenkräuterstrauß mitgebracht, für gute Fruchtbarkeit. Der Hengst hat auch einen bekommen. Pater Eucharius hat die Sträuße gesegnet.«

Sie lächelte schelmisch, und er musste lachen. »Ich danke Euch, edle Frau. Aber nun hoffe ich, dass die Stute keine Zwillinge empfängt. Das ist nämlich der zweite Siebenkräuterstrauß, den sie heute frisst. Adams Weibsvolk hätte mich nicht gehen lassen, ohne sie damit zu füttern.«

Ihr Lächeln wurde schmaler. War das ein Hauch von Traurigkeit in ihren Augen? Oder wünschte er sich das nur? »Du hast großes Glück, dass du von Menschen umgeben bist, die dich so lieben. Ich hoffe, du weißt, was du daran hast.«

Die Worte klangen gut gemeint, unverfänglich. Doch die Art, wie sie ihm auf einmal in die Augen sah, ließ eine heiße Welle über seine Haut kriechen. Die Hitze breitete sich vom Brustbein nach oben und unten aus. Er wurde sonst nicht leicht rot, aber so ein Blick von ihr, von der er seit Jahren unzüchtig träumte, verfehlte seine Wirkung nicht.

»Ihr könnt Euch gewiss sein, dass ich mein Glück zu schätzen weiß. Geliebt zu werden, ist eine Gnade des Himmels, die nur davon übertroffen wird, auch selbst lieben zu dürfen«, sagte er. Seine Stimme klang rauer als sonst.

»Weise Worte«, erwiderte sie, ohne seinem Blick auszuweichen. Seine Knie wurden weich.

Der Stallmeister derer von Egesleben trat zu ihnen. »Gib mir die Stute. Wir kennen den Hengst besser als du. Wollen sehen, wie die beiden gestimmt sind.«

Normalerweise hätte Micha gezögert. Doch in diesem Moment war für ihn nichts auf der Welt wichtiger, als bei Johanna stehen zu bleiben. Bildete er sich alles nur ein? Oder waren ihre Blicke wirklich sinnliche Andeutungen? Etwas an ihr war anders als sonst, das war klar. Er kannte sie nun schon so lange, und immer war deutlich gewesen, dass sie nur scherzte, wenn sie ein bisschen mit ihm schäkerte.

Lilje quiekte laut, als der Hengst sie über den Balken des Deckstands hinweg beschnupperte. Micha riss seinen Blick von

Johannas Augen los. »Ah. Vielleicht ist sie doch noch nicht so weit.«

Nun färbten Johannas Wangen sich rot. »Würde der Hengst sie zwingen, wenn man ihn freiließe?«

Er schüttelte den Kopf. »Er würde ihr zeigen, was er sich wünscht. Aber da er ihr scharfes Gebiss und ihre harten Hufe respektiert, würde er sie in Ruhe lassen, bis sie bereit wäre.«

»Wie merkt er, dass sie bereit ist?«

Er schnaubte belustigt. »Er riecht es. Und sie sucht seine Nähe und hält still. Wenn die Stute bereit ist, haben sie beide Vergnügen daran.«

Nun wich sie seinem Blick aus und zupfte am Kragen ihres Surcots. Ihre Stimme war nur noch ein Flüstern, als sie weitersprach. »Eine einfache Sache also. Bei Menschen ist es weit schwieriger, nicht wahr?«

Seine Hände zitterten, und er senkte seine Stimme ebenfalls. »Woher soll ich das wissen? Ich warte schon seit einer Ewigkeit, ob die Richtige mir eines Tages zeigt, dass sie bereit ist.«

Der Stallmeister kam mit Lilje zu ihnen zurück. »Sieht nicht so aus, als ob sie ihn schon ranlassen will.«

Micha schüttelte den Kopf. »Wir kommen morgen wieder. Ich wette, dann steht sie.«

»Da wette ich nicht dagegen. Guck dir an, was sie ihm heute schon für schöne Augen macht. Sie ziert sich nur ein bisschen«, erwiderte der Stallmeister und übergab ihm den Führstrick.

Die Stute wölbte den Nacken und äugte aufgeregt zu dem Hengst hinüber. Micha strich ihr so beruhigend über den Hals, wie er es gerade fertigbrachte, obwohl er spürte, wie Johanna jede seiner Bewegungen verfolgte.

»Das denke ich auch. Danke, Meister.«

Der Mann grüßte mit der Hand, verbeugte sich vor Johanna und ging zu dem an seinem Führstrick tänzelnden Hengst, um ihn mit ein paar jungen Rüben zu entschädigen.

»Und werdet Ihr morgen auch wieder hier sein?«, fragte Micha leise.

Sie zuckte mit den Schultern. »Ich bin in letzter Zeit so selten geritten, dass mein Zelter sich lästige Unarten angewöhnt hat. Ich frage mich, ob du mir helfen könntest, ihm wieder bessere Manieren beizubringen.«

»So etwas gehe ich immer draußen auf der Turnierwiese an.«

»Dahin kann ich allein nicht kommen. Kannst du dich nicht hier darum kümmern? In den Gärten finde ich immer etwas zu tun. Dann kann ich dir zusehen.«

Ihre Blicke trafen sich, und die Glut, die zwischen ihnen aufflammte, war nicht länger misszuverstehen.

»Wann würde es passen?«, fragte er heiser.

»In ein paar Tagen reiten viele der Männer aus, um Räuber zu jagen. Dann wird hier viel Platz sein.«

Er nickte. »Gut. Dann …«

Sie nickte huldvoll zurück. »Ja. Dann.«

Gleich am Nachmittag des Tages, an dem Georg mit einer großen Truppe von Burgmannen und der von Herzog Heinrich zu ihnen entsandten Hilfsmannschaft auf Räuberjagd ritt, überbrachte Johannas Magd Micha eine Nachricht von ihr. Sie bat ihn, sie am Abend bei den Burgstallungen zu treffen, um über ihren Zelter zu sprechen.

Micha glaubte, dass sein Herz noch nie zuvor dermaßen in seiner Brust gehämmert hatte. Hatte er Johannas Andeutungen richtig verstanden oder würde sich herausstellen, dass sie tatsächlich nur über ihr Pferd sprechen wollte? Und wenn sie angedeutet hatte, dass sie mehr von ihm wollte: Was war das genau? Was durften sie wagen?

Ihm war heiß, als er abends in der Burg ankam, weit heißer, als das kalte, regnerische Sommerwetter begründet hätte. Er entdeckte Johanna im Garten bei den Stallungen, wo sie sich mit einem Henkelkorb am Arm über die Kräuter beugte. Ihr weißer Zelter stand angebunden und frisch gestriegelt vor dem Stall. Sie musste einen Knecht darum gebeten haben, ihn von der Sommerweide hereinzuholen. So hatte sie klugerweise gleich dafür gesorgt, dass sich herumsprach, warum sie sich trafen.

Mit gespielter Gelassenheit ging Micha zu ihr in den Garten und verneigte sich vor ihr. »Ihr habt mich gerufen. Da bin ich.«

Sie schlug mit leicht gesenktem Kopf die Augen zu ihm auf und lächelte schüchterner, als sie sich sonst gab. »Und nicht zu früh. Ich warte hier schon eine Weile.«

Ihr geradewegs in die Augen zu sehen, machte ihn ein wenig schwindlig. Vielleicht lag es auch daran, dass er das Atmen vergessen hatte. »Ich hoffe, die Zeit ist Euch nicht lang geworden«, brachte er heraus. Dann verließen ihn die Worte, denn sie strich mit ihrem Zeigefinger sacht über ihre Lippen. Weich sahen sie aus und unwiderstehlich einladend. Er konnte nicht anders, als sich vorzustellen, wie er Johanna bis zur Besinnungslosigkeit küsste, und seine Erregung ließ sich nicht mehr verbergen.

»Das ist sie nicht. Ich habe mir ausgemalt, wie du über den Hof auf mich zukommst und ich dir entgegenlaufe, als wären wir ganz frei in dem, was wir tun. Ich denke oft an dich, wenn du nicht in der Nähe bist, weißt du?«, sagte sie sanft.

»Sicher nicht so oft wie ich an dich«, erwiderte er mit rauer Stimme.

Nun wich sie seinem Blick aus und atmete scharf ein, als hätte er sie überrumpelt. Hatte sie denn nicht gewusst, wie es um ihn stand?

»Wollen wir zu meinem Pferde gehen?«, fragte sie, als sie den Blick wieder zu ihm hob.

»Ja. Wenn du willst, reite ich ihn dir vor. Wir müssen nur sein Zaumzeug aus der Kammer holen«, antwortete er. Ihm war, als würde die Luft um sie beide herum zittern.

Johanna nickte und folgte ihm in die nur schwach durch das Abendlicht beleuchteten, menschenleeren Stallungen bis zur Sattelkammer. Als er stehen blieb, legte sie ihm eine Hand auf den Arm, und er schloss unwillkürlich seine Hände um ihr Gesicht, obwohl seine Lippen die ihren auch in völliger Dunkelheit gefunden hätten.

Sobald sie anfingen, sich zu berühren, mit den Lippen die Haut des anderen zu erkunden, sich aneinanderzuschmiegen, aneinander zu reiben und den Atem zu teilen, war es wie ein Rausch für Micha. Er hätte keinen Gedanken mehr daran verschwendet, dass jemand sie ertappen könnte, sondern wäre an Ort und Stelle mit Johanna ins Stroh gesunken, um bei ihr zu liegen.

Doch zu ihrer beider Glück hatte sie in diesem Moment mehr Verstand übrig als er und schob ihn schließlich auf Armeslänge von sich. »Nicht weiter. Weiter dürfen wir nicht gehen«, flüsterte sie atemlos.

Er verkniff sich das Seufzen. »Ich gehe wohin und so weit, wie du es mir befiehlst. Weißt du, wie lange ich mir gewünscht habe, dich zu küssen?«

»Nein, wie lange?« Ihr verspielter Tonfall verriet, dass sie sehr wohl eine Ahnung hatte, wie lange er sie schon begehrte.

»Seit du tropfnass aus dem Fluss gestiegen bist und dabei meine Hand gehalten hast.«

Er konnte ihr Lächeln im Dämmerlicht nur erahnen, doch es klang in ihrer Stimme mit, als sie wieder sprach. »Was war ich damals doch noch für ein Kind. Wie wenig ich vom Leben wusste …« Sie verstummte, und er versuchte, sie noch einmal zu küssen, doch sie wehrte ihn behutsam ab. »Lass! Wir müssen vorsichtig sein. Willst du mir noch immer meinen Zelter vorreiten? Wenn du ihn in die Lehre nimmst, könnten wir uns morgen wiedersehen.«

»Was immer du willst«, erwiderte er, und die Geste, mit der sie ihm daraufhin zärtlich über die Wange und seine Lippen strich, brannte sich ihm so ein, dass er sie später noch oft im Traum spürte.

Juli 1174

Eine gute Woche nach Michas und Johannas erstem Kuss waren die ausgerittenen Burgmannen zurück, Lilje war tragend von Georgs schwarzem Hengst, und Micha hatte einem weißen Zelter Manieren beigebracht. Darüber hinaus hatte er Johanna erneut geküsst. Öfter als nur ein Mal, aber nicht mehr als das. Nur geküsst.

Er würde den Pater nicht fragen, wie viele Tage im Fegefeuer ihm das eintragen würde oder wie er dafür Buße tun konnte. Die Frage lohnte sich nicht. Denn einerseits hatte er nicht die Absicht, es bei diesen Küssen zu belassen. Andererseits fühlte er sich jetzt schon Tag und Nacht so, als würde er in Flammen stehen.

Über die Sache zu schweigen, ließ ihn beinah an seiner Zunge ersticken. Aber nichts anderes war möglich. Wie undenkbar ein Verhältnis mit dieser Frau war, wurde ihm erst jetzt bewusst, wo sein lang gehüteter Traum Wirklichkeit geworden war.

Johanna sagte, sie habe immer gewusst, dass da etwas Besonderes zwischen ihnen war. Sie habe es nur nie richtig verstanden. Bis jetzt. Jetzt wollte sie ihn. Und er wollte sie mehr als jemals zuvor.

Doch Zeit und Raum für ungestörte Zweisamkeit zu finden, war schwierig. Ihre Welt und seine Welt berührten sich viel zu wenig, als dass es dafür viele Gelegenheiten gegeben hätte.

»Georg und seine Familie dürfen das niemals erfahren. Ich werde meinen Gatten und mein Kind auf keinen Fall verlassen. Auch Endris darf nichts wissen. Schwör mir das!«, hatte sie ihn gebeten.

Er hatte es ihr geschworen, obwohl er Angst hatte, dass sein Gesicht die Wahrheit auch ganz ohne Worte hinausschrie. Sibilla hatte jedenfalls längst wieder einmal gemerkt, dass er ihr etwas vorenthielt. Es blieb ihm nichts anderes übrig, als sie auf Abstand zu halten. Sie war einfach zu wissbegierig, was seine Angelegenheiten betraf.

18. Kapitel

September 1174

Auch in diesem Jahr brachte die Zeit, die der Dankbarkeit für die Ernte gewidmet sein sollte, Angst mit sich. Der Sommer war zu verregnet und zu kalt für das Einbringen des Getreides und Heus gewesen. Und der Mangel und die hohen Abgaben der Vorjahre hatten dazu geführt, dass auch die Bessergestellten keine Vorräte hatten anlegen können, die über das Notwendigste hinausgingen.

Sibilla hatte wie alle in der Familie getan, was sie konnte, um das Beste aus dem Sommer herauszuholen. Da auch der nässeempfindliche Lein wenig Ertrag erwarten ließ, war sie mit ihrer Schwester und Jakob zu einem weitab von Summerburg lebenden Schäfer gewandert und hatte bei ihm so viel rohe Wolle gekauft, wie sie und drei Mulis tragen konnten. Jeden Moment, in dem nichts bei den Tieren, auf den Feldern und Wiesen zu tun gewesen war, hatte sie genutzt, um die Wolle zu reinigen, zu kämmen und zum Spinnen vorzubereiten. Das Spinnen selbst überließ sie weitgehend Wiebke, Magda und ihrer Großmutter, die geschickter darin waren und feineres Garn hervorbrachten.

Beim Weben würde sie dann wieder dabei sein, doch so weit war es noch nicht.

An diesem Tag half sie Micha, Jakob und ihrem Vater dabei, den Anbau am Stall fertigzustellen, wo die entwöhnten Mulifohlen untergebracht werden sollten, damit sie ihren bereits wieder tragenden Müttern in dem zu eng gewordenen alten Stall nicht lästig fielen.

Den ganzen Sommer über war Micha in verschiedener Weise für sie schwer erträglich gewesen. Seit er Lilje zu Georgs Hengst gebracht hatte, war seine Stimmung von fiebrig wirkender Entrückung im Juni über ständige Jubellaune im Juli dann Mitte August jäh in geistesabwesenden, finsteren Trübsinn abgesackt. Über die Gründe hatte er ihr nichts erzählt, sondern sich bei jeder Nachfrage deutlich von ihr zurückgezogen. Deshalb hatte sie schließlich so getan, als würde sie sich damit abfinden. Dabei ahnte sie längst, was mit ihm geschah. Seit dem Augenblick, als er angekündigt hatte, Johanna um Hilfe beim Gespräch mit Georg zu bitten, hatte sie es kommen sehen. Irgendwann hatte es so kommen müssen. Auch die edle junge Frau von Egesleben konnte nicht ewig blind dafür bleiben, dass Micha zu den anziehendsten Männern von Summerburg gehörte und dass dieser Mann sie anbetete. Wahrscheinlich war sie nach den ersten Ehejahren vom Glanz ihres eigenen Gatten nicht mehr ganz so geblendet und hatte nun wieder Augen für andere.

Sibilla hatte nicht lange herumschnüffeln müssen, um ihren Verdacht bestätigt zu sehen. Was genau zwischen Micha und Johanna geschehen war, wusste sie zwar bis zu diesem Tage nicht. Doch sie wusste, dass die Geschichte ein plötzliches Ende gefunden hatte. Und dass Johanna angeblich bald wieder mit einem dicken Bauch einhergehen würde. Sie konnte nur beten, dass dieser Umstand nicht Michas Werk war. Ihn danach zu fragen, war sie sich zu stolz. Sie hatte ihm ihr offenes Ohr zu oft angeboten und war zurückgewiesen worden. Wenn er sie brauchte, musste er von sich aus zu ihr kommen.

Weil es zu den Unarten der Pferde und Mulis gehörte, Holz anzunagen und Dachstroh zu fressen, wo sie auch nur die kleinste Gelegenheit dazu bekamen, war der Stallbau keine einfache Sache. Sibilla stand mit Micha auf gegenüberliegenden Dachbalken und band eine der letzten Strohgarben mit dem dazu dienenden Strohseil an den Dachstangen fest. Unten wartete ihr Vater, um ihnen die nächste Garbe anzureichen, während Jakob schon die für die Tiere erreichbaren Holzteile des neuen Stalls mit einem bitteren Sud aus allerlei furchtbaren Zutaten einstrich.

Micha summte bei der Arbeit eine schwermütige Melodie, die ihr so sehr missfiel, dass sie ihn gleichzeitig vom Dach stoßen und tröstend in den Arm nehmen wollte.

»Heute Abend gibt es eine Versammlung unter der Dorflinde. Pater Servatius und Mathis wollen Graf Meinhard ein Bittgesuch aller Summerburger vortragen. Es soll wieder so gemacht werden wie früher einmal, als der alte Graf das Saatgut für alle aufbewahrt hat, damit sie es in der Not nicht verzehren. Gehst du mit?«, fragte sie.

Micha zuckte mit den Schultern. »Was soll ich dabei? Ich bin nicht der Bauer hier. Nur dein Vater hat da mitzureden.«

»Aber du hast doch eine Meinung«, beharrte sie.

»Ich weiß nicht. Mir leuchtet zwar der Nutzen des Vorschlags ein. Aber manche werden davon nicht begeistert sein. Besser das Saatgut aufessen und den Hungertod auf das nächste Jahr verschieben, werden sie denken.«

»Sie wollen Graf Meinhard auch bitten, den Verzweifelten zu helfen, damit es nicht so weit kommt«, wandte sie ein.

Er lachte freudlos auf. »Gewiss. Nach all den Jahren wird er nun auf einmal einsehen, dass es besser ist, wenn er seine Bauern nicht verhungern lässt. Sicher hat ihn sein Besuch im Heiligen

Land so geläutert, dass er seine Christenpflicht erkennen wird, wenn ihm nur erst Pater Servatius und unser alter Sattler die Augen dafür öffnen. Du hast recht, ich werde der Versammlung beiwohnen. Große Veränderungen werden von dort ausgehen.«

Sie verzog das Gesicht und zurrte das Strohseil zum letzten Mal in der Reihe fest. »Du hast es so lange geschafft, nicht zu verbittern, und nun klingst du so, wie ein ranziger Käse riecht. Schade. Du hast mir vorher besser gefallen.«

»Das sagst gerade du? Verspottest du nicht jeden, der von einem besseren Leben träumt?«

Er warf ihr die Worte hin, als würde er ihr damit nichts Neues mitteilen, doch er traf sie tief. So sah er sie? Dabei hatte sie ihm doch immer geduldig zugehört, wenn er von seinen Träumen sprach. Oder nicht? Sie dachte noch darüber nach, als sie das nächste Strohbündel von ihrem Vater in Empfang nahm. Da bemerkte sie Henning, der winkend auf den Stall zukam.

»Wolfgang und die Herzogischen haben ein paar Strolche gefangen! Der Räuberhauptmann und zwei seiner Kumpane sollen es sein. Sie werden noch heute vor Gericht gestellt.«

»Ein neues Wunder der göttlichen Gerechtigkeit. Ich fresse all dieses Dachstroh, wenn diese Räuber schlimmere Räuber sind als die, von denen sie gefangen genommen wurden«, sagte Micha leise, ebenso bitter wie zuvor.

Und dieses Mal gab ihm Sibilla innerlich recht. Äußerlich wandte sie sich jedoch Henning zu. »Gute Nachrichten. Wird von uns wieder erwartet, dass wir zusehen?«

Henning streckte ihr die Hand entgegen, als könnte er ihr damit beim Abstieg vom Dach helfen. »So ist es. Ich komme, um dich abzuholen.«

»Höfische Manieren, dein Hufschmied. Besser, du gehst«, murmelte Micha.

Sibilla warf ihm einen finsteren Blick zu. »Aus dir ist so ein Blödmann geworden.«

Er erwiderte den Blick auf eine traurige Weise, die ihr gleich wieder das Herz zusammendrückte. »Ich bin der Letzte, der da widerspricht«, sagte er.

Verärgert vergaß sie für einen Augenblick, wo sie war, und schlug mit beiden Händen auf die Dachstange vor ihr. Sie verlor dabei nicht ernstlich das Gleichgewicht, schwankte aber immerhin so, dass Micha sich streckte und zur Sicherheit ihren Arm ergriff.

Sie entwand sich seinem Griff sofort wieder. »Lass das. Hilf dir lieber selbst. Wenn du deine Schwierigkeiten nicht aus der Welt räumen kannst – und das kannst du nicht –, dann hör auf, dir die ganze Zeit nur leidzutun. Du willst mir nicht von deinen Sorgen erzählen, meinetwegen! Dann behalt sie für dich. Aber reiß dich zusammen und mach die Augen auf. Du bist nicht der unglücklichste Mensch der Welt, auch wenn es dir so vorzukommen scheint.«

Verblüfft sah er sie an. »Was soll das heißen? Wer ist …«

Sie wartete nicht länger, sondern stieg zügig vom Dach und gesellte sich zu Henning, der inzwischen mit verschränkten Armen auf sie wartete.

»Warte! Wer ist unglücklich? Was habe ich verpasst?«, rief Micha ihr nach, während sie schon mit Henning zum Haus ging. Sie wandte sich nicht zu ihrem Freund um. Sollte er ruhig allein darüber nachdenken, wen sie meinte. Er würde schon einen unglücklichen Menschen finden, der seine Hilfe gebrauchen konnte.

* * *

Wie beim letzten Mal hatte der Ruf zum Gerichtshügel die Summerburger überraschend erreicht. Und damit endeten die Ähnlichkeiten nicht. Micha stand zwischen Adam und Jakob, als die angeblichen Räuber in aller Eile verurteilt wurden, als wäre es nach all den Jahren nun auf einmal wichtig, dass es mit der Gerechtigkeit schnell ging.

Wieder wirkte es auf Micha, als wüssten die drei Angeklagten nicht, wie ihnen geschah. Wieder hörte das Volk von Summerburg erst von der Anklage, als die Männer bereits vor ihrem Richter standen.

Der große Unterschied war, dass dieses Mal Graf Meinhard persönlich zu Gericht saß und dass deshalb alles prächtiger ausgestattet war. Feierlich wohnten die Vornehmen der Rechtsprechung in ihren Festgewändern bei, und Herzog Heinrichs Männer standen Spalier, während die Herren ihre Plätze einnahmen. Auch die Gefangenen wurden von Borgwards Schergen durch die Reihen der Milites vor ihren Richter geführt.

Micha stand zu weit hinten in der Menge, um ihre Gesichter erkennen zu können, aber er sah gut genug, wie man sie malträtiert hatte. Die drei konnten sich kaum auf den Beinen halten und keiner von ihnen sprach ein Wort. Erst als Graf Meinhard von ihnen ein Geständnis verlangte, zählten sie einer nach dem anderen ihre Untaten auf. Mit schwankenden Stimmen, immer wieder stockend nannten sie Überfälle auf Reisende, Totschlag, Gründung einer Räuberbande, Diebstähle, Plünderungen und Notzucht. Einem von ihnen brach beim Wort »Notzucht« die Stimme, als könnte er selbst nicht glauben, was er da gestehen musste.

Micha wurde von derselben Fassungslosigkeit überwältigt wie beim letzten Mal. Hatte denn niemand außer ihm Zweifel daran, dass diese Art der übereilten Rechtsprechung die Wahrheit ehrte? Konnte man es tatsächlich dem allmächtigen Gott im Himmel überlassen, hier für Gerechtigkeit zu sorgen? Er blickte sich in der Menge um und entdeckte einige, die die Stirn runzelten, doch niemand erhob die Stimme.

Kurz entschlossen trat er einen Schritt vor, bereit, dem Grafen gegenüberzutreten, notfalls vor ihm auf die Knie zu fallen und um eine Vertagung des Urteils zu bitten. Musste ein guter Richter sich nicht Zeit nehmen, die Vorwürfe gründlich zu prüfen, auch wenn die Angeklagten gestanden? Gab es nicht hundert Arten, einem Mann ein falsches Geständnis abzupressen?

Weiter als einen Schritt kam Micha nicht, bevor Adams große Hand sich eisenhart um seinen Oberarm schloss. »Den Teufel wirst du tun«, flüsterte sein Dienstherr.

Nur, weil er Adam achtete, riss Micha sich nicht gleich los. »Der Teufel wird uns alle holen, wenn wir zulassen, dass wertlose, unwahre Urteile gesprochen werden«, zischte er zurück.

Jakobs Hand kam auf seiner anderen Schulter zu liegen, nicht so fest wie die von Adam, aber unmissverständlich. Sie würden ihn nicht gehen lassen.

»Wenn du jetzt hingehst und das Maul aufreißt, dann sind wir geschiedene Leute. Es ist hart genug, so wie es ist«, raunte Adam.

»Aber das ist nicht recht!«

»Woher willst du das wissen? Glaubst du, du hättest das Recht gepachtet? Hast du keine Achtung vor unserem Herrgott? Ich warne dich nicht noch einmal«, grollte Adam.

Micha warf ihm einen giftigen Blick zu und entzog sich dem Griff der beiden, blieb aber stehen und schwieg. Es war ja richtig, dass er seine Hand nicht für die Unschuld der Angeklagten ins Feuer legen konnte, nur weil die Art des Verfahrens ihm falsch erschien. Er wusste zu wenig.

So biss er die Zähne zusammen und hielt sein Unbehagen aus, während er das Geschehen bis zum vorausgesehenen Ende verfolgte. Doch als er die beiden Kumpane des Räuberhauptmanns mit Schlingen um den Hals auf dem Karren unter dem Galgen stehen sah, kam einer von ihnen ihm auf einmal dumpf bekannt vor. Unwillkürlich drängte er sich doch noch weiter nach vorn durch, aber bevor er mehr erkennen konnte, war es zu spät.

Der Henkerskarren wurde weggezogen, einem der Männer brach gleich das Genick, der andere zappelte nur kurz. Dann begannen Borgwards Schergen, den Räuberhauptmann aufs Rad zu flechten, und Micha musste sich abwenden. Es kostete ihn viel Überwindung, sich nicht auch noch die Ohren zuzuhalten, denn sogar durch die Schreie des Gemarterten hindurch hörte man das Brechen seiner Knochen, mit dem die furchtbare Prozedur begann. Ein Aufatmen ging durch die Menge, als die Schreie verstummten, weil der frühe Tod oder eine gnädige tiefe Ohnmacht den Mann vom Rest der Tortur erlöste.

Als die Henkersknechte ihr Werk vollendet hatten, verließen zuerst der Graf und seine Vornehmen, dann die Milites den Gerichtshügel in einer feierlichen Prozession. Dann folgte das Volk, halb erregt, halb betäubt von dem entsetzlichen Schauspiel. Nur wenige blieben wie Micha zurück, entweder so fassungslos wie er oder so fasziniert von der Grausamkeit, dass sie sich nicht vom Anblick der Toten lösen konnten.

In diesem Moment kam eine Reiterin auf einem klapprigen Ackergaul herangetrabt. Sie trieb das Tier mit Fersenhieben, doch es keuchte und war längst am Ende seiner Kräfte. Das Weib war so alt wie Adams Ludmila und das Reiten sichtlich nicht gewöhnt. Dennoch glitt sie auf halber Höhe des Hügels aus dem Sattel des müden Gauls und rannte das letzte Stück zum Galgen wie eine Jüngere. Dort angekommen, schrie sie ihre Verzweiflung heraus und fiel auf die Knie.

Was Micha bis hierhin noch hatte zurückhalten können, brach sich nun Bahn. Er übergab sich in die von der Menge niedergetretenen Margeriten, bis sein Magen auf links gewendet war. Dann wischte er sich mit dem Ärmel übers Gesicht, fing das Pferd ein und ging hinüber zu dem Weib, das die Toten betrauerte.

Er musste eine Weile warten, bis die Frau ihn wahrnahm, aber dann umfasste sie gleich seine Beine. »Holt sie da herunter, ich bitte Euch. Ich bitte dich, du siehst aus wie ein guter Mann, bitte, hol sie da herunter!«

Verlegen zog er sie auf die Füße und stützte sie mit einem Arm, während er mit der anderen Hand das Pferd festhielt. »Ich wünschte, ich könnte dir helfen, aber es ist verboten, sie herunterzunehmen. So lautet das Urteil. Sie sollen hängen bleiben, zu ihrer Schande und unserer Ermahnung. Ist einer davon dein Mann?«

Wie sie vorher seine Beine umklammert hatte, umklammerte sie nun seine Arme. »Mein Mann. Mein Bruder. Ihr bester Freund. Welche Schande? Sie haben nichts Böses getan. Niemals haben sie etwas getan, womit sie solche Strafe verdient hätten. Was hat man ihnen vorgeworfen? Nichts haben sie getan!«

Sie ließ ihn los, schlug die Hände vors Gesicht und sackte in sich zusammen, bis sie wieder auf dem Boden kniete.

Seufzend hockte Micha sich zu ihr. »Es tut mir leid. Sie wurden für Verbrechen verurteilt, die sie vor dem Richter gestanden haben. Raub und Mord sollen sie begangen haben. Wusstest du davon nichts?«

Empört sah sie ihm in die Augen. »Die Milites sagten, sie hätten in unserer Scheune einen Karren voller Diebesgut gefunden. Aber dieser Karren war niemals in unserer Scheune. Ich hätte ihn doch gesehen, und ich schwöre auf alles, was mir heilig ist … Keiner von ihnen war ein Räuber. Wer kann ihnen nur so etwas vorwerfen?«

Micha hatte nicht vorgehabt, sich die Leichen noch einmal anzusehen, aber nun hob er doch den Blick. Wieder kam ihm einer der Toten bekannt vor.

»Woher kommt ihr?«, fragte er.

»Aus Walbeck, östlich der Aller. Ich musste ein Pferd leihen, sonst wäre ich schneller hier gewesen. Ich hätte sie retten können. Wenn ich nur ein wenig schneller gewesen wäre. Man hätte mich anhören müssen. Ich hätte … Wie soll ich das den anderen sagen? Wie soll ich das den Kindern sagen? So gute Männer! Was sollen wir ohne sie anfangen?«

Sie brach in haltloses Schluchzen aus und Micha legte seinen Arm um sie. Walbeck! Die Leute kamen aus dem Dorf, dem der Hof seines Vaters zugerechnet worden war, auch wenn er außerhalb des Orts und am anderen Ufer der Aller gelegen hatte. Wahrscheinlich war er diesen Männern oder Verwandten von ihnen als Kind begegnet. Es lag ihm auf der Zunge, dem Weib davon zu erzählen, doch er hielt sich zurück. Zu wissen, dass er nah bei ihrem Dorf aufgewachsen war, hätte es für sie nur unbegreiflicher gemacht, dass er dieses Possenspiel einer Gerichtsverhandlung ruhig mit angesehen hatte. Ebenso wie die Leute damals untätig mit angesehen hatten, wie Wolfgang seinen Bruder David wegen einer vorgeschobenen Ehrbeschmutzung erschlagen hatte. Scham brannte in seiner Magengrube.

Einer von Borgwards Männern kam mit missmutigem Gesicht den Hügel heraufgestapft, um die unbeliebte Wache am Galgen zu übernehmen. Er würde sicherstellen, dass niemand die Toten entfernte und ihnen mit einem Begräbnis eine Gnade erwies, die ihnen laut Urteil nicht zuteilwerden durfte.

Micha zog die weinende Witwe und ihr Pferd mit sich fort und ging dem Wächter dabei in weitem Bogen aus dem Weg. »Niemand kann mehr ändern, was geschehen ist. Und beim Grafen Gerechtigkeit zu suchen, ist sinnlos. Er war selbst der Richter. Wenn du auf meinen Rat hören willst, dann sprich nicht bei ihm vor. Geh wieder nach Hause und hoffe, dass er und seine Schergen euch vergessen.«

Sie krallte sich mit einer Hand in seinen Hemdsärmel. »Uns vergessen? Sie haben noch nie vergessen, unsere Abgaben einzutreiben. Sie werden kommen und dann werden sie mich und die Kinder aus dem Haus werfen. Ich muss den Herrn um Gnade für uns bitten, für meine Schwägerin und mich und unsere Kinder, wenn er sie schon unseren Männern nicht erwiesen hat. Ich muss mich vor ihm auf die Knie werfen. Sonst werden wir alle verhungern.«

Aus ihrer Sicht war es das, was sie tun musste. Konnte er sie davon abhalten? Was, wenn sie recht hatte? Vielleicht würde Graf Meinhard seine Mildtätigkeit beweisen, wenn es um Weiber und Kinder ging. Dass er damals ihn und seine Stiefmutter der Obdachlosigkeit überlassen hatte, sprach nicht dafür, doch das war lange her.

»Wenn du das unbedingt willst, dann helfe ich dir. Wir können dein Pferd bei meinem Herrn lassen, da ist es sicher. Danach bringe ich dich in die Burg.«

Adam warf ihm finstere Blicke zu, als Micha erklärte, wer das Weib in seiner Begleitung war, doch er sagte nichts, um sie beide von dem Gang zum Grafen abzuhalten. Offenbar war auch ihm klar, dass jeder andere Ratschlag für die Witwe in diesem Moment wertlos war.

Bis in die Kernburg brachte Micha sie, dann wartete er bei Arnold in der Schmiede, bis sie wieder aus dem Palas kam.

Würdevoll wirkte sie, wie sie aufrecht und mit regloser Miene geradeaus blickend zum Tor ging. Doch etwas an ihrer Erscheinung verriet Micha, dass dieser Rest Würde das Einzige war, was ihr noch geblieben war. Eilig schloss er sich ihr an. »Was hat er gesagt?«

»Wenn ich ein so ehrbares und fleißiges Weib bin, wie ich zu sein vorgebe, dann wird es für mich nicht schwierig sein, mit meinen Kindern bei anderen Leuten unterzukommen. Das hat er gesagt. Der Vogt und seine Männer haben gelärmt und gelacht, als ob meine Worte nichts bedeuten. Für sie nicht und für niemanden sonst hier. Was soll ich nun tun?«

»Gibt es niemanden, der dich aufnehmen kann?«, fragte Micha heiser.

»Mein Schwiegervater wird meine Schwägerin und die Kinder im Haus behalten. Sie werden sich über Wasser halten, bis ihre Knaben alt genug sind, um zu arbeiten. Aber sie können nicht auch noch mich und meine sechs Kleinen unterbringen. Keiner im Dorf kann das.«

Sie ging aufrecht weiter, weinte aber wieder, und Micha fühlte sich hilfloser als je zuvor. Es gab nur eine einzige Sache, die er tun konnte, um ihr zu helfen.

Auf dem Weg durch die Vorburg mussten sie kurz stehen bleiben, weil die Schweine eines unachtsamen Hirten ihnen in den Weg gerieten. Quer über den Burgvorhof rief Julius Micha einen Gruß zu.

Er winkte zurück, ohne hinzusehen, während er hinter der Witwe zwischen den Schweinen hindurchging.

Als sie wieder bei Adam waren, reichte Ludmila dem Weib zu seiner Erleichterung eine Schale mit Eintopf, fragte sie nach ihrem Namen und lud sie ein, über Nacht zu bleiben, ohne dass er darum bitten musste.

Am nächsten Morgen drängte er dem verzweifelten Weib, von dem er nun wusste, dass sie Hildegard hieß, den gesamten Rest seiner Ersparnisse auf, ohne ihren Widerspruch zu dulden. Anschließend begleitete er sie an Marienborn vorbei, durch den Wald, am Fluss entlang und bis an den Rand ihres Dorfes. Hier hatte er umkehren wollen, doch sie bestand darauf, dass er sich wenigstens eine Weile in ihrem Haus ausruhte, wenn sie es nun auch im Grunde nicht mehr ihr Eigen nennen durfte.

Kaum waren sie von den Pferden abgestiegen, strömten die Dorfleute herbei. Hildegards Bericht löste Wehklagen und Empörung aus. Niemand schenkte den Anschuldigungen gegen ihren Mann und seine Freunde Glauben, was für ihren guten Leumund sprach. Micha kam sich schnell überflüssig vor und wollte sich gerade verabschieden, als ein stark gebeugter alter Mann sich ihm zuwandte, den er sofort erkannte. Die Ähnlichkeit mit seinen toten Söhnen war trotz einer blauroten Beule an seiner Stirn nicht zu übersehen.

»Und was willst du nun hier? Willst du dich gleich an den Überresten gütlich tun wie eine Aaskrähe, oder was? Du kannst dich wegscheren. Meine Söhne wird keiner so bald ersetzen«, fuhr der Alte ihn an.

Micha schüttelte den Kopf und knüpfte Glanders Zügel von dem Querbalken los, bei dem sie auf ihn wartete. Die Stute war unruhig, weil die aufgewühlte Stimmung der Leute sie offenbar verunsicherte. »Ich habe nur deiner Schwiegertochter das Geleit gegeben und reite jetzt zurück. Mein Beileid zu deinem Verlust. Zu euer aller Verlust. Es tut mir leid, dass es so gekommen ist. Ich wünschte, ich hätte es verhindern können.«

»Nichts als leeres Gequatsche. Ich wette, du hast es nicht einmal versucht. Keiner von euch dreckigen Summerburger Arschkriechern hat es versucht, stimmts? Unschuldige werden da hingerichtet, und die sauberen Leute von Summerburg schert das einen feuchten Kehricht. Das ist die Wahrheit! Mach, dass du wegkommst! Einen wie dich will hier niemand sehen!«

Ein Weib in Hildegards Alter fuhr sich mit dem Ärmel durchs verheulte Gesicht und legte dem Schimpfenden die Hand auf den Arm. »Lass das, Vater. Der Mann hat Hildegard geholfen. Du lässt deine Wut am Falschen aus.«

Eine ältere Frau schüttelte den Zeigefinger. »Und hör auf, gegen den Herrn Grafen zu schimpfen! Du wirst nur noch mehr Unheil über uns alle bringen!«

Micha schwang sich in den Sattel und ließ Glander um die aufgeregten Leute herumgehen. Länger zu bleiben, hätte niemandem weitergeholfen. Doch erneut hielt ihn die Stimme des Alten auf.

»Ich kenne den Kerl doch. Wie er da zu Ross sitzt … Warte! Bist du der Sohn von Walther von Auwied? Den sie damals erschlagen und beraubt haben? Sicher bist du das! Das ist ja noch besser! Kriecht bei denen unter, die seiner Familie alles geraubt haben, und sieht seelenruhig zu, wie sie Unschuldige als Räuber aufhängen! Was für ein armseliger Lurch!«

Aus dem Augenwinkel sah Micha, wie der Alte sich nach einem Stein bückte, und wartete den Wurf nicht ab. Er trieb Glander an und trabte mit zugeschnürter Kehle aus dem Dorf. Er wusste, dass es ungerecht war, was der Mann ihm vorwarf. Doch ein Teil seines hämmernden Herzens gab ihm recht. In gewisser Weise war er ein armseliger Lurch. Wozu hatten all seine großen Vergeltungspläne und Racheträume bisher geführt? Zu nichts. Er dienerte vor Räubern und Mördern und hing am Schürzenzipfel eines vornehmen Weibes, für das er nur ein Spielzeug war. Ein Mutigerer und Entschlossenerer hätte Summerburg längst verlassen, um anderswo sein Glück zu machen. Als mächtiger Mann hätte er später wiederkehren und endgültig für Gerechtigkeit sorgen können.

Dunkle, bedrückende Gedanken begleiteten ihn bis vor Adams Tor. Sibilla saß webend neben der Haustür und blickte ihm besorgt entgegen. Er wusste, dass sie auf ihn gewartet hatte, denn anderenfalls wäre sie mit ihrem Vater und Jakob auf den Rübenacker gegangen. Einen Atemzug lang tat ihm das so gut wie früher. Denn früher hätte er ihr alles erzählt und ihm wäre leichter ums Herz geworden. Aber dann fiel ihm wieder ein, dass es diese Vertrautheit zwischen ihnen schon seit einer ganzen Weile nicht mehr gab. Deshalb nickte er ihr nur zu und ging schweigend weiter, um seine müde Stute auf die Hausweide zu entlassen. Wenn er sich beeilte, sich den anderen bei der Rübenernte anzuschließen, würde Adam vielleicht nachsichtig sein und nichts dazu sagen, dass er den halben Tag fort gewesen war.

Als er auf dem Acker ankam, gab Adam ihm im Vorübergehen einen Schlag gegen den Hinterkopf, der nicht sanft war, aber auch nicht ganz ernst gemeint.

»Nutzloser Tagedieb!«, sagte er.

Micha sah in die Ferne, wo auf der nahe gelegenen Außenweide die jungen Mulis miteinander tobten. Er erkannte die nun gut einjährige Paula unter ihnen. Adam konnte das nicht mehr, dazu war sein Augenlicht seit seinem Unfall mit dem Kalk zu schwach. Und auf einmal wusste Micha wieder, warum er nicht einfach fortgehen konnte. Er hatte es jemandem versprochen. Als er das getan hatte, war er davon überzeugt gewesen, dass es so richtig war.

19. Kapitel

Januar 1175

Die vom Winter gelangweilten Milites hatten zur Feier des neuen Jahres ein Rennen angesetzt, und Micha durfte mit der nun dreieinhalbjährigen Glander daran teilnehmen.

Die wilde Jagd sollte weit über die überfrorenen Felder und Wiesen gehen, bis zur Mühle des Nachbardorfs und wieder zurück. Auf der Turnierwiese, wo das Rennen begann und endete, war es erlaubt, die Gegner aus dem Sattel zu werfen. Zu diesem Zweck führten die Reiter stumpfe Lanzen mit.

Micha rechnete sich eine gewisse Aussicht auf den Sieg und damit auch den Siegespreis aus, denn seine Stute war eines der schnellsten Rösser, die teilnehmen würden. Für den Rest brauchte er allerdings neben Geschick etwas Glück, denn viele der anderen Männer hatten weit mehr Übung im Umgang mit der Lanze als er. Endris und Julius, die beide nicht an einen eigenen Sieg glaubten, hatten sich bereit erklärt, ihm zumindest auf dem Hinweg über die Turnierwiese zu helfen und ihm den Rücken freizuhalten. Ein schützendes festes Lederwams hatte er von Endris schon vor längerer Zeit als Dauerleihgabe erhalten.

Der Atem der Pferde und Reiter, die sich zum Start versammelten, stand wie eine weiße Wolke in der eisigen Luft. Unruhig traten die kampfgeübten Destrier auf der Stelle, die schlecht gelaunten schnappten nach den anderen. Micha und seine Freunde hielten sich wacker in der Mitte, er zwischen Endris und Julius.

Als der Hornstoß erklang, der das Rennen eröffnete, musste Julius bereits dem ersten Lanzenangriff ausweichen. Es gelang ihm, seinen Platz an Michas Seite trotzdem zu verteidigen und gemeinsam mit Endris Lanzen von ihm fernzuhalten. Sie waren dadurch etwas langsamer als die meisten anderen, aber Micha schaffte es über die Wiese, ohne seine Lanze zu verlieren.

Sobald sie das Gedränge hinter sich hatten, ließ er Glander die Zügel, und sie schoss pfeilschnell voran, mit all der Begeisterung eines jungen Pferdes, das andere hinter sich lassen wollte.

Micha sah sich nicht um, bis er unter den ersten zehn die Mühle erreichte, wo sie umkehren mussten. Erst dort stellte er fest, dass schon die Hälfte der Reiter nicht mehr im Sattel saß. Einige der reiterlosen Rösser liefen den umkehrenden Reitern in den Weg. Micha zog Glander zur Seite und wurde daraufhin von Georg geschnitten, der seinen schwarzen Hengst ritt. Glander legte erbost die Ohren an und biss den Hengst in die Seite. Der hielt inne, um sich zu wehren, wurde aber von Georg gemaßregelt, was ihn für kurze Zeit so verlangsamte, dass Glander an ihm vorbeiziehen konnte.

Mit jubilierendem Herzen sah Micha, dass nur noch zwei Reiter vor ihm lagen. »Hussa!«, feuerte er seine Stute an und genoss es, wie der kalte Wind ihm ins Gesicht wehte.

Kopf an Kopf mit den anderen beiden kamen sie wieder auf der Turnierwiese an. Micha richtete seine ganze Aufmerksamkeit darauf, diese beiden zu schlagen, ohne sie aus dem Sattel werfen zu müssen, als ihn von hinten ein Stoß an der linken Schulter traf. Sämtliche Luft wich aus seinen Lungen, und nur sein fester Schenkelschluss rettete ihn vor dem Sturz.

Georg hatte mit seinem Hengst aufgeholt und überholte ihn nun. Durchatmend hob Micha seine eigene Lanze, trieb Glander an, zielte und traf Georg so hart, dass der seine Lanze und die Zügel verlor und sich nur geradeso noch mit beiden Händen an den hohen Vorder- und Hinterwülsten seines Sattels festhalten konnte. Im Vorbeiziehen rammte Micha ihm die stumpfe Seite der Lanze gegen die Schulter und beförderte ihn damit endgültig zu Boden.

Die beiden anderen Reiter hatten einen kleinen Vorsprung gewonnen, aber noch sah er die Möglichkeit, sie zu schlagen. Heftig trieb er Glander nach vorn.

Doch ausnahmsweise versagte sein Gespür für das Wesen der Rösser. Statt vorzupreschen, wandte Glander sich mit gebleckten Zähnen dem Rappen zu, der reiterlos neben ihr lief. Und der erwiderte ihre Feindseligkeit mit gleicher Münze.

Hätte Georg noch im Sattel gesessen, wäre vermutlich zu verhindern gewesen, was dann geschah, doch allein ging der Hengst ungehindert auf Glander los wie ein wütender Wolf. Und die Stute stellte sich dem Kampf.

Micha blieb nichts anderes übrig, als abzuspringen und seine Lanze für den verzweifelten Versuch zu nutzen, die beiden kämpfenden Pferde auseinanderzutreiben. Es überraschte ihn, wie wild, geschickt und furchtlos seine junge Stute angriff. Obwohl der Hengst ihr an Gewicht überlegen war, gewann sie die Oberhand. Als es dem von seinem Sturz taumelnden Georg endlich gelang, nah genug heranzukommen, um die Zügel seines Rosses zu erwischen und es festzuhalten, während Micha seine Stute fortzerrte, hatte sie schon einige Tritte und Bisse platzieren können.

Entsetzt sah Micha die blutende Flanke des Rappen, sah ihn lahmen und wusste, dass die Angelegenheit Folgen haben würde. Bei allen anderen mochte es als Teil des Spiels betrachtet werden, wenn sie oder ihre Pferde anderen Schaden zufügten. Doch er gehörte nicht wirklich dazu. Sie hätten ihm vielleicht den Sieg und den Preis gegönnt, weil sie das unterhaltsam gefunden hätten. Doch ernsthaft verletzen durfte er keinen von ihnen. Daran hätte er denken sollen, bevor er sich auf das Rennen eingelassen hatte. Ausgerechnet mit Georg hatte er sich angelegt! Warum hatte er nicht nachgedacht?

Er musste nicht lange auf dessen Zorn warten. Johannas Gatte zeigte mit dem Finger auf ihn, nachdem einer seiner Rossknechte ihm den Hengst abgenommen hatte, um ihn zurück in die Burg zu führen.

»Dafür wirst du bezahlen!«, brüllte er.

Nur mühsam gelang es Micha, Glander zu beruhigen, während um sie herum die letzten Reiter aufs Ziel zugaloppierten. Die Stute hatte keinen Kratzer davongetragen und fühlte sich eindeutig als Siegerin einer Schlacht. Triumphierend schnaubte sie und reckte den Hals. In diesem Moment hätte Micha sie schlagen können, weil sie ihn in solche Schwierigkeiten gebracht hatte. Doch gleichzeitig liebte er sie gerade jetzt besonders. Wie hätte er ihren Stolz, ihre Kraft, ihr Feuer und ihren Mut nicht bewundern können? Sie war der Inbegriff eines Schlachtrosses. Und sie gehörte ihm.

»Das war ein Unfall. Ich bitte um Verzeihung!«, rief er zurück.

»Damit kommst du nicht davon! Ein Schiedsmann wird entscheiden, was du mir dafür zu zahlen hast! Der Hengst wird wochenlang für nichts zu gebrauchen sein!«, schrie Georg.

Micha begriff, dass Georg den Schaden am Hengst nur zu gern nutzte, um alle davon abzulenken, dass er im Dreck gelandet war. Aus dem Sattel geworfen von der Lanze des Maultiertreibers! Das sollten sie schnell vergessen.

Es gab nichts, was er hätte tun oder sagen können, um Georg davon abzubringen, also nickte er nur schicksalsergeben. Vielleicht würde der Schiedsmann ja Gnade zeigen.

Schon am Tag nach dem Rennen benannte Georg den gräflichen Oberstallmeister Leberecht als Schiedsmann und bestellte

Micha in die Burg. Die beiden warteten vor dem Stall des Hengstes auf ihn, als würden sie ihn noch einmal auf dessen Verletzungen stoßen wollen. Johannas Gatte lehnte an der Wand und hielt eine aufgerollte Hundepeitsche in der Hand, zwei seiner Jagdhunde saßen zu seinen Füßen.

Die Summe, die Leberecht als Sühne für die Verletzungen des Hengstes festlegte, war so hoch, dass Michas Herz ihm in die Magengegend absackte. Zwanzig Schillinge. Das war so viel wie der Kaufpreis eines annehmbaren Reitpferdes.

»Kann ich das abarbeiten?«, fragte er.

Georg lachte höhnisch. »Dafür würdest du dich also über deine sonstigen Verpflichtungen hinwegsetzen? Was würde wohl Erzbischof Wichmann dazu sagen? Du kannst für mich arbeiten, um die Schulden deines Gauls zu zahlen, aber nicht für ihn, um sein großmütiges Angebot zu ehren? Nein, ich will die Münzen. Wenn du sie nicht hast, dann gibt es genau ein Ding, welches ich als Ersatz dafür akzeptieren werde. Und das ist die schuldige Stute. Du kannst ohnehin nichts mit ihr anfangen. Bei mir wäre sie besser aufgehoben. Na, was sagst du dazu?«

Mit am Gaumen klebender Zunge schüttelte Micha den Kopf. »Die Stute ist weit mehr wert als diese Summe.«

Georg ähnelte seinem Vater darin, wie er Micha grinsend, aber eiskalt in die Augen sah. »Dann gebe ich dir ein paar Pfennige heraus. Sieh doch das Gute daran. Du wärst nicht nur das unbändige Vieh los, sondern hättest auch noch Geld in der Tasche. Und wir wären quitt. Kein böses Blut zwischen uns.«

Micha schätzte sich in diesem Augenblick glücklich, dass Georg nicht ahnte, wie wenig quitt sie jemals sein würden. Sein Puls raste. »Kann ich etwas Bedenkzeit haben?«, fragte er.

Der Stallmeister nickte. »Das ist nicht unüblich. Drei Tage, damit du versuchen kannst, das Geld zu beschaffen. Da du hier bekannt bist und einen guten Leumund hast, können wir wohl davon ausgehen, dass du nicht fliehen wirst.«

Georg schlug mit der Hundepeitsche gegen seinen Stiefel, sodass die Hunde zusammenzuckten. »Fliehen? So dumm wäre doch wohl niemand. Ich hätte ihn schneller eingeholt, als er außer Sicht des Bergfrieds wäre.«

»Ich werde ganz gewiss nicht fliehen«, erwiderte Micha. Seine Stimme klang verblüffend fest, obwohl es noch gar nicht lange her war, dass er tatsächlich mit dem Gedanken gespielt hatte, Summerburg zu verlassen.

Als er Sibilla, die in der Vorburg auf ihn gewartet hatte, die verlangte Summe nannte, schnappte sie nach Luft. »Das ist genauso viel, wie du gehabt hättest, wenn du Lilje nicht von dem verfluchten Rappen hättest decken lassen und wenn du nicht …«

Unwillig stieß er die Luft aus. »Wenn ich den Rest nicht verschenkt hätte. Weiß ich selbst, danke. Hätte, wäre, wenn … Ich kann es nicht rückgängig machen. Ich habe das Geld nicht. Was soll ich tun? Ich kann nur ein Pferd verkaufen oder mich selbst.«

»Dich selbst? Das meinst du nicht wirklich. Willst du zum Hörigen werden? Gerade du?«

»Also ein Pferd?«, fragte er bitter.

»Ich weiß, es ist furchtbar. Aber wenn du ihm Glander gibst, kannst du sie wenigstens im Auge behalten. Er hat dir doch angeboten, für ihn zu arbeiten. Vielleicht dürftest du dich weiter um sie kümmern. Das würde dir auch einen weiteren Grund geben, öfter in die Burg zu gehen. Das willst du doch, oder nicht? Dann wäre es weniger schwierig für dich, einen Blick auf Johanna zu erhaschen.«

Micha blieb abrupt stehen. Wie konnte sie gerade in dieser Lage so etwas Spöttisches zu ihm sagen? »Auf wen ich Blicke erhasche, geht dich nichts an. Rede nicht davon. Da ist nichts zwischen Johanna und mir. Du bringst uns noch in Teufels Küche, wenn dich jemand hört.«

Sie verschränkte die Arme und schüttelte mitfühlend den Kopf. »Johannas dicker Bauch hat also nicht das Geringste mit dir zu tun? Das beruhigt mich. Aber erzähl mir nicht, dass du nicht mehr hinter ihr her bist. Und ich glaube auch nicht, dass sie nichts von dir will. Vielleicht könntest du sie sogar in dieser Sache wieder um Hilfe bitten.«

Ihre Worte riefen den ganzen Schmerz wieder in ihm wach, mit dem er seit einem halben Jahr kämpfte. Während er im Sommer jeder kurzen Begegnung mit Johanna entgegengefiebert hatte wie ein von einem Dämon Besessener, um einen Kuss und ein paar hastige, aber köstliche Berührungen zu ergattern, war sie von ihrem Gatten schwanger geworden. Anschließend hatte sie erklärt, dass es ihr in diesem Zustand unmöglich sei, ihn noch länger heimlich zu treffen. Ihm war klar, dass er nicht das Recht hatte, deshalb wütend auf sie zu sein. Sie tat das Richtige. Dennoch war er wütend. Und er fühlte sich innerlich von Flammen verzehrt, die sich nicht löschen ließen.

»Auf keinen Fall werde ich sie um Hilfe bitten. Sie hat deutlich gesagt, dass ich sie meiden soll. Und nein, das Kind ist nicht von mir. Wie kannst du so etwas nur daherreden?«

»Aha. Einen Grund, warum du sie meiden sollst, wird es aber wohl geben, nicht wahr? Du musst mich nicht belügen, ich weiß schon lange von euch beiden. Und du weißt, dass ich dich nie verraten würde. Aber dir etwas dazu sagen muss ich. Dass du Georg gestern vom Ross gestoßen hast, war kein Zufall. Das war dein Zorn auf ihn.«

Sie hatte es kaum ausgesprochen, da trat Micha unwillkürlich mit solcher Wucht gegen einen gefrorenen Dreckfladen, dass der eine Katze traf, die am Wegesrand saß und sich putzte. Erschrocken stob sie davon.

Mit beinah ebenso großer Wucht schlug Sibilla ihm gegen den Hinterkopf. »Was konnte nun die Katze dafür, du Grobian? Lass deinen Ärger nicht an anderen aus!«

Der Schlag ließ einen Damm in ihm brechen, und nach all der Zeit sprach er es schließlich aus. »Du kannst dir nicht vorstellen, wie das ist, Billje! Die Liebe zu ihr treibt mich in den Wahnsinn. Ich weiß, dass es falsch ist, weiter an sie zu denken, aber ich kann nichts dagegen tun. Ich bin wie verhext. Tag und Nacht habe ich ihr Bild vor Augen und sehne mich nach ihr. Und das seit Jahren. Letzten Sommer dachte ich, es ginge ihr auch so, aber …«

Sibilla hob die Hand. »Das genügt. Sprich nicht weiter. Ich bin froh, dass du es endlich zugegeben hast, aber die Einzelheiten kannst du mir ersparen. Wenn du verhext wurdest, dann wahrscheinlich von einer Nymphe in der Aller, schon damals, als du das Edelfräulein aus dem Fluss gezogen hast. Ich empfehle als Gegenmittel daher viel kaltes Wasser. Aber den Rat kennst du wohl schon. Ich sehe ein, dass du die junge Frau von Egesleben gerade nicht um Hilfe bitten kannst. Fällt dir sonst jemand ein, der dir Geld leihen kann?«

Ihre Sachlichkeit ernüchterte ihn. »Julius und Endris sind meistens klamm, wie du weißt. Borgward hält sie beide an der kurzen Leine. Wen soll ich sonst fragen? Wenn ich mich an einen der Adligen oder einen der Burgmannen wende, kann ich mich auch gleich in die Leibeigenschaft verkaufen. Balthasar oder Gebhard? Das sind die Einzigen, die reich genug wären, um Münzen verleihen zu können. Aber warum sollten sie mir das Geld geben? Auch ihnen könnte ich es nur zurückzahlen, wenn ich ein Pferd verkaufe.«

»Am besten sprichst du mit Kilian. Er kennt die meisten Leute und weiß vielleicht, wer sich darauf einlassen würde, dir auf deine zukünftigen Gewinne hin etwas zu leihen.«

Zaghaft warf er Sibilla einen Seitenblick zu. Es tat gut, wieder offen mit ihr zu reden. Ihr sein Geheimnis zu gestehen, hatte trotz seiner üblen Lage ein bisschen Gewicht von seiner Seele genommen. War sie gerade noch böse auf ihn? Es war schwer zu erkennen.

»Außer dir und mir glaubt wahrscheinlich niemand an meine zukünftigen Gewinne«, sagte er.

Sie sah ihm geradewegs in die Augen. »Wichtig ist, dass du daran glaubst. Dann wirst du die anderen schon das Glauben lehren.«

Womit sie noch ein bisschen mehr Gewicht von seiner Seele nahm.

Er beschloss, ihrem Rat zu folgen, und kehrte gleich auf dem Heimweg im Goldenen Ross ein, während sie schon nach Hause ging. Kilian kniete in einer Ecke des schwach besuchten Schankraums auf dem Boden und war damit beschäftigt, ein paar durchgefaulte Dielenbretter herauszureißen. Er nahm Michas Hilfsangebot gern an. Gemeinsam stemmten und zerrten sie, während Micha seine Not schilderte.

Als er damit fertig war, hielt Kilian inne. »Balthasar würde dir etwas leihen, Gebhard nicht. Der alte Krämer ist geizig wie ein Hamster. Balthasar weiß, dass Wagemut nötig ist, um die wirklich guten Geschäfte zu machen. Aber auch er ist im Kern habgierig, sonst wäre er nicht so reich. Wenn er dir Geld leiht, dann wird er später mehr zurückerwarten als das, was du von ihm bekommen hast. Auch wenn er keine Zinsen verlangen darf, wird er einen Weg finden, dich seine Gefälligkeit teuer bezahlen zu lassen. Wenn es gar nicht anders geht, wende dich an ihn. Aber ich mache dir noch einen anderen Vorschlag. Er wird dir nicht gefallen. Willst du ihn trotzdem anhören, ohne mich zu unterbrechen und laut zu werden?«

Micha musste lachen. »Kennst du mich als so ungeduldigen Menschen, dass du glaubst, ich würde dir den Mund verbieten?«

Kilian schüttelte den Kopf. »Im Großen und Ganzen bist du nicht so übel. Es gibt größere Hitzköpfe als dich. Aber in dieser Sache … Na gut, hör zu. Ich weiß, dass du seit damals, als du als kleiner Wicht hierhergekommen bist, kein Wort mehr mit dem Weib gesprochen hast, das dich hergebracht hat. Das wolltet ihr beide so. Und es war auch richtig. Aber ich weiß auch, dass sie dir damals sagte, du sollst zu ihr kommen, wenn du in Schwierigkeiten steckst. Sie hat sicher erwartet, dass das früher geschieht, aber du hast dich tapfer durchgeschlagen. Willst du nicht versuchen, ob sie noch zu ihrem Wort steht?«

Beinah hätte Micha doch das faule Brett hingeworfen, das er noch in der Hand hielt, und wäre davonmarschiert. Aber er beherrschte sich. »Du weißt, was sie ist. Wie könnte ich von ihr Geld annehmen?«

Kilian zuckte mit den Schultern und riss das letzte Brett heraus. »Glaubst du denn, Balthasars Silber wäre sauberer? Sieh es doch mal so: Georg will dein Geld nicht. Er will dein Ross. Wäre es nicht eine feine Wendung, wenn du ihm das durchkreuzen und ihn mit Münzen bezahlen würdest, die sein Vater und andere hohe Herren seiner Gesellschaft zu Edwina getragen haben?«

Micha schnaubte, bückte sich und sammelte das Abfallholz auf, um es nach draußen zu bringen. »Du wirst mir nie wieder sagen, dass du mich für einen Hitzkopf hältst. Ich bin sicher, dass dir nicht jeder so geduldig zugehört hätte.«

»Na, du hast mich ausreden lassen. Ob du zugehört hast, muss sich noch zeigen.«

»Ich weiß nicht, ob ich lieber schnell wieder vergesse, was du gesagt hast, oder ob ich darüber nachdenken werde. Aber ich helfe dir mit den neuen Dielenbrettern. Das heißt, ich kündige dir nicht die Freundschaft auf. Das muss dir gerade genügen.«

Kilian grinste unter seinem üppigen Bart. »Wie großmütig von dir, Kleiner.«

»Großmütig, genau. Das ist meine wahre Natur. Nicht hitzköpfig.«

Er hörte den Wirt noch lachen, als er mit dem Armvoll faulen Holzes schon wieder im Freien war.

20. Kapitel

Januar 1175

Summerburg war nicht so groß, dass Micha Edwina je gänzlich hätte vergessen können, auch wenn er sie selten und nur aus der Ferne sah. Immerhin kam er oft an dem Häuschen vorbei, in dem sie lebte, und wurde schon dadurch an sie erinnert. Öffentlich in Erscheinung trat sie allerdings nie, denn sie gehörte zu den wenigen, die angehalten waren, Versammlungen fernzubleiben. Die Gemeinschaft der Summerburger wünschte im Allgemeinen, das Dasein von Weibern ihres Schlages zu übersehen. Und am liebsten hätte Micha ebenfalls weiterhin so getan, als ob es sie nicht gäbe.

Doch nach reiflicher Abwägung war er zu dem Schluss gekommen, dass es weniger Stolz als Feigheit war, was ihn davon abhielt, mit Edwina zu sprechen.

Er hatte sich immer geweigert, sich genauer vorzustellen, was Edwina tat, um ihren Lebensunterhalt zu verdienen. Wenn er ihr nun wieder gegenübertrat und sie sogar um Geld bat, konnte er es nicht länger verleugnen. Er hatte Angst vor dem, was er vorfinden würde, wenn er sie besuchte. Was hatten die vergangenen zehn Jahre mit Edwina gemacht? Musste er sich am Ende doch schämen, weil er sich nie um sie gekümmert hatte? Er war doch lange genug ein Mann, um zu wissen, dass die Sündhaftigkeit einer Dirne nicht allein die ihre und Fleischeslust nur menschlich war. Als er das letzte Mal mit ihr gesprochen hatte, war er noch ein Kind gewesen und hatte gewiss alles an ihr mit anderen Augen betrachtet.

Als er sich schließlich dazu durchgerungen hatte, zu ihr zu gehen, verhielt er sich kaum anders, als es seiner Vermutung nach die meisten ihrer Freier taten. So heimlich wie möglich schlich er im Zwielicht eines Januarnachmittags durch die Gartenpforte zur Hintertür ihres Häuschens. Winterlich kahl daliegende, aber dennoch gepflegte Beete und eine solide Bank an der Hauswand ließen das Gärtchen nicht anders wirken als das von gewöhnlichen Leuten. Das verlieh ihm den Mut, tatsächlich anzuklopfen, obwohl ihm kurz nach Umkehren zumute war.

»Komm herein, Liebling, die Tür ist offen!«, antwortete eine süß flötende weibliche Stimme.

Er stieß die Tür auf, blieb aber verblüfft auf der Schwelle stehen.

Edwina balancierte mit gerafften Röcken halsbrecherisch auf einem dreibeinigen Schemel und versuchte, einen Wandbehang an Holznägeln aufzuhängen, die dafür nur schlecht geeignet waren. Im ersten Moment beachtete sie Micha nicht, doch dann blickte sie sich über die Schulter zu ihm um, ließ den Wandbehang fallen und belastete den Schemel so ungeschickt, dass er unter ihren Füßen umkippte.

Micha machte einen Sprung nach vorn. Nur ganz knapp konnte er Edwina auffangen und vor einem Sturz bewahren.

Die flötende Lieblichkeit war aus ihrer Stimme gewichen, als sie begann, ihn zu beschimpfen. »Du verfluchter, nichtsnutziger Bengel! Bist du verrückt, hier so hereinzuplatzen? Ich hätte mir den Hals brechen können. Lass mich los! Wirds bald? Was willst du hier?«

Erst als er sie losgelassen hatte, fand er die Zeit, sie zu betrachten. Während die meisten einfachen Leute in den zurückliegenden Hungerjahren mager geworden waren, hatte sie zugelegt und war nun eine mollige Pracht mit so milchweißer Haut wie eh und je. Ihr Kleid war aus einem kostbar und weich wirkenden glänzenden roten Tuch und mit feinsten Borten verziert. Auch die Einrichtung des ebenerdigen Raumes bewies, dass seine Bewohnerin nicht in Armut lebte, so klein er auch war.

Micha räusperte sich. »Ich habe dich aufgefangen! Was willst du denn noch? Konnte ich ahnen, dass du mit dem ›Liebling‹ nicht mich meinst?«

Sie funkelte ihn wütend an. »Du hättest es wissen können. Als ob du jemals mein Liebling gewesen wärst! Warum kommst du her? Das solltest du nicht tun. Du setzt deinen guten Leumund aufs Spiel, auch wenn wohl heute so schnell niemand mehr darauf kommen wird, wer du mal gewesen bist. Ich habe immer behauptet, dass Walthers Söhne tot sind, wenn Borgward oder andere mich fragten. Es wäre besser für uns beide, wenn du tot bliebest.«

Mit verschränkten Armen lehnte Micha sich an das Geländer der schmalen Treppe, die zum Obergeschoss führte. »Sie haben dich nach mir gefragt?«

Sie wandte sich ab und hob den Wandbehang vom Boden auf. »Nicht nach dir. Sondern danach, ob es außer David noch weitere Söhne gab. Du hast es wahrscheinlich mir zu verdanken, dass du noch lebst. Hier, häng mir das auf!«

Sie hielt ihm die schwere, bestickte Stoffbahn entgegen. Blumenranken, Fabeltiere und lüsterne Faune bildeten darauf einen farbenfrohen Rahmen.

Da er Edwina ein ganzes Stück überragte, musste Micha nicht auf den verhängnisvollen Schemel steigen. Ohne viele Umstände hängte er das Kunstwerk auf.

»Mag sein. Vielleicht hast du es mir damit aber auch schwerer gemacht, eines Tages mein Recht einzufordern. Wer wird jetzt noch glauben, dass ich ein von Auwied bin? Du müsstest deine Worte widerrufen.«

Sie war zum Herd gegangen, rührte in einer dreibeinigen Grape, die in der Glut stand, kostete das Gericht und stieß einen unzufriedenen Laut aus.

»Hmpf. Salz. Da fehlt Salz. Und dir fehlt es an Verstand, wenn du immer noch glaubst, es würde dir etwas bringen, dein Recht einzufordern. Begnüg dich mit dem, was du hast. So schlecht geht es dir doch nicht. Bist immerhin ein freier Mann. Heiratest die Tochter vom Maultierzüchter und übernimmst das Geschäft. Darum würden dich viele beneiden.«

Offenbar hatte sie ihn besser im Auge behalten als er sie. Micha stemmte die Hände in die Hüften. »Ich heirate keine von Adams Töchtern. Was redest du da? Und ich will nicht bis an mein Lebensende klapprige alte Stuten einsammeln, um ihnen noch ein paar Maultierfohlen abzuringen. Ich will es weiter bringen. Und den Anfang habe ich schon gemacht. Deshalb komme ich heute zu dir. Weil du damals gesagt hast, ich soll dich fragen, falls ich Hilfe brauche. Ich brauche Hilfe, damit mir der Anfang, den ich mühsam geschafft habe, nicht wieder verloren geht. Kannst du mir Geld leihen?«

Sie lachte bitter auf. »Ich wusste es gleich. Bin fast erleichtert, dass du nicht so dumm bist, nur für einen freundlichen Schwatz herzukommen. Wozu brauchst du das Geld?«

Immerhin jagte sie ihn nicht sofort zum Teufel. Ermutigt erzählte er ihr, was vorgefallen war. »Ich weiß, dass du keinen Grund hast, mir einen Gefallen zu tun. Ich habe dich damals beleidigt und nie etwas für dich getan. Aber ich würde versuchen, es wiedergutzumachen.«

Sie nahm ihre Haube ab, löste ihre noch immer eindrucksvoll üppige, schimmernde dunkle Lockenpracht und flocht sie neu ein. Nachdenklich blickte sie dabei auf den tierhautbespannten Rahmen, mit dem die Fensteröffnung gegen die Winterkälte verschlossen war. Viel Licht drang nicht hindurch, aber mehr als durch die lehmverschmierten Flechtwände, die Adams Familie im Winter zum gleichen Zweck verwendete.

»Zwanzig Schillinge. Von der Hure. Damit du dein Ross behalten kannst. Bei Gott, du bist so sehr der Sohn deines Vaters. Hätte er nicht alles auf die verfluchten Pferde gesetzt …« Sie seufzte, setzte sorgfältig ihre Haube wieder auf und sah nun respektabler aus als manches vornehme Eheweib.

»Ich zahle es dir zurück«, sagte er.

Verächtlich wedelte sie mit der Hand, als würde sie Mücken verscheuchen. »Davon träumst du nur. Es wird immer wieder etwas geschehen, was dich viel Geld kostet. So ist das bei den Rosszüchtern. So war es auch bei deinem Vater. Nein, ich glaube nicht, dass du es mir zurückzahlen wirst. Ich glaube auch nicht, dass du es weiter bringen wirst als bis zum Maultierzüchter, der hin und wieder auch mal ein Pferd zu verkaufen hat. Ein Mann, der es weit bringen will, muss aus anderem Holz geschnitzt sein als du. Der muss gerissen und mutig genug sein, um sich bei den Mächtigen ins richtige Licht zu setzen. Der müsste entschlossen sein, seinen Weg nach oben um jeden Preis zu gehen. So ein zartbesaiteter und zauderlicher Knabe wie du wird bei jeder großen Entscheidung ins Stolpern kommen, weil das Herzchen ihm etwas anderes sagt als der Verstand. Du hast keine Aussichten, gegen Männer wie Borgward zu bestehen.«

Mit jedem ihrer Worte hatte Micha seine Fäuste fester geballt. Doch er ließ die Arme verschränkt und blieb ruhig stehen. »Bist du jetzt fertig? Ich verstehe, dass du Lust hast, mich zu beleidigen. Die kleine Vergeltung gönne ich dir. Aber wenn du mit alldem nur sagen willst, dass du mir das Geld nicht geben wirst, dann würde ich jetzt gehen. Wir haben ja beide noch etwas anderes zu tun, nicht wahr?«

Auf einmal grinste sie, und er entdeckte, dass ihr zwei Zähne fehlten. Da hatten die Jahre also doch einen Tribut von ihr gefordert, wenn sie ihre scharfe Zunge schon nicht weicher gewetzt hatten.

»Ach, was! Ich gebe dir das Geld. Das ist eine viel schönere Vergeltung für mich. Dir die Münzen zu geben, die ich mit etwas verdient habe, das du so sehr verachtest: Was für ein Genuss! Gewiss bist du noch Jungfrau, mein tugendhafter Stiefsohn, oder nicht?« Sie lachte höhnisch, aber in ihrem Blick lag etwas Trauriges, Waidwundes.

Bedächtig schüttelte er den Kopf. »Nein, bin ich nicht. Ich verstehe zwar nicht, wie du dich mit Borgward und seinesgleichen abgeben kannst. Aber ich spiele mich nicht mehr als Richter über die Wahl auf, die du für dich getroffen hast.«

Die Heiterkeit wich aus ihrer Miene. »Die Wahl, die ich getroffen habe? Das klingt, als hätte ich vor einer reich gedeckten Tafel gestanden und mir das Beste ausgesucht. Du hast ja keine Ahnung! Wie solltest du auch wissen, dass Borgward mich schon vor deinem Vater kannte? Er hat mich zu seiner Kebse gewollt, als dein Vater mir noch aus der Ferne schöne Augen machte. Und er war wütend, als ich mich gegen ihn entschieden habe. Als Walther dann … Es blieben nur zwei Möglichkeiten: vor Borgward zu fliehen, mit dir als Klotz am Bein, oder mich mit ihm zu versöhnen. Klingt das für dich so, als hätte ich eine Wahl gehabt?«

Ihre Stimme war immer lauter geworden, sodass Micha besorgt einen Blick zur Tür warf. Jemand, der draußen lauschte, hätte alles verstehen können. Edwina fing seinen Blick auf, marschierte zur Tür, riss sie auf, sah sich draußen um und knallte sie wieder zu. »Da ist niemand, du Hasenherz!«

Er hielt es für möglich, dass sie jeden Moment mit einem Holzscheit auf ihn losgehen würde, daher hob er beschwichtigend die Hände. »Du hast recht. Davon wusste ich nichts. Es tut mir leid. Aber ... Wenn Borgward von dir und Vater wusste und deshalb wütend war ... Glaubst du, der Überfall hatte auch etwas damit zu tun?«

Tränen stiegen ihr in die Augen. »Wenn du wüsstest, wie oft ich mich das gefragt habe. Ich weiß es nicht. Borgward leugnet alles, ganz gleich, wie ich ihn frage. Er ist nicht schlecht zu mir. Aber er teilt nicht all seine Geheimnisse mit mir. Und er lässt sich nicht von mir lenken.«

Micha nickte betreten. »Ist er ... Ist er der einzige Mann, mit dem du ... Warum frage ich das? Verzeih, es geht mich nichts an. Hätte ich gewusst ...«

Mit einer scharfen Geste schnitt sie sein Gestammel ab. »Was dann? Wärst du dann jeden Donnerstag vorbeigekommen und hättest mein Brennholz gehackt? Danke, das haben die anderen schon getan. Borgward ist nicht der Einzige. Damit kann er leben, solange er nie auf mich warten muss. Er kann damit leben, weil ich ihn so billiger komme. Und er genießt die kleine Rache, mich auf diese Art zu erniedrigen. Nicht, dass ich mich erniedrigen lasse, aber er redet sich das ein. Doch genug davon. Du brauchst Geld? Du bekommst Geld von mir!«

Entschlossen stürmte sie zu der Ecke hinter dem Herd, wo ihre Vorräte in Säcken und Körben von der Decke hingen, und zog ein paar Ziegelsteine aus der Herdummauerung. Ein Beutel kam zu Vorschein, und sie zählte Münzen daraus ab. Anschließend brachte sie das Versteck wieder in Ordnung.

»Du sollst wissen, dass ich Borgward und seinesgleichen keine Träne nachweinen werde, falls du eines Tages doch noch Manns genug werden solltest, sie alle umzubringen. Und merk dir mein Versteck ruhig. Wenn ich sterbe, dann komm wieder her und hol dir mein Erspartes. Bis dahin hast du hier nichts mehr verloren, verstanden?«

Dass sie sich Tränen aus dem Gesicht wischen musste, nahm ihren Worten die Härte, auch wenn sie ihm dabei das Geld in die Hand schmetterte, als würde sie einen Schlag austeilen.

»Wir werden sehen. Ich muss ja herkommen, um dir das hier zurückzuzahlen«, erwiderte er.

Sie öffnete die Tür und winkte ihn unmissverständlich hinaus. »Ich will es nicht zurück. Wenn du dem schmierigen Wiesel Georg damit eins auswischen kannst, dann nur zu. Trink darauf einen für mich mit. Und jetzt pack dich!«

Auf der Schwelle blieb er noch einmal stehen. »Verzeihst du mir also?«

Schluchzend zog sie die Nase hoch. »Verzeihen? Ich dir? Da gab es nie etwas zu verzeihen. Geh!« Heftig schob sie ihn hinaus in die Kälte, schlug die Tür hinter ihm zu und legte hörbar den Riegel vor.

Nur einen Atemzug lang verharrte er, dann schlich er durch sacht herabschwebende Schneeflocken eilig auf demselben Weg davon, auf dem er gekommen war. Dabei schwor er sich, Edwina eines Tages nicht nur die Summe zurückzuzahlen, die sie ihm gegeben hatte. Und das hatte nichts mehr damit zu tun, dass er sie oder ihr Geld verachtete.

* * *

Gleich am nächsten Morgen stapfte Micha durch knöchelhohen Schnee hoch zur Burg und ließ sich von einem Kammerdiener bei Georg anmelden. Das »schmierige Wiesel« saß inmitten von aufräumenden und die Frühmahlzeit auftragenden Dienern in einen Hausmantel gehüllt in seinem Lehnstuhl am Feuer. Johannas Gatte strahlte aus, dass er nicht die Absicht hatte, den warmen Raum so bald zu verlassen, und er lächelte zufrieden, als Micha eintrat.

»Muli-Micha! Kommst du, um mir dein Pferd zu übereignen? Sehr klug. Warum solltest du es auch nur einen Tag weiter durch den Winter füttern? Ich bringe die Mittel dazu viel leichter auf als du. Die Stute wird bei mir keinen Mangel leiden.«

Micha gab sorgsam acht, jeden Hauch von Genugtuung aus seiner Stimme zu verbannen, als er antwortete. »Ich bringe Euch nicht die Stute, sondern das Bußgeld. Ihr fändet gewiss leichter die Mittel, sie zu versorgen, aber ich hänge an meinen Tieren. Und wie wir gesehen haben, fehlt ihr auch noch ein wenig der Feinschliff, um sie in fremde Hände zu geben.«

Georgs Lächeln verschwand. »Zeig her! Was hast du getan, um an das Geld zu kommen? Wem hast du dafür deinen Hintern verpfändet? Balthasar?«

Micha war auf Spott und Nachfragen gefasst und blieb gelassen. »Das war nicht nötig. Ein paar freundliche Seelen vertrauen darauf, dass meine Geschäfte eines Tages gut genug gehen werden und ich ihnen das Geld zurückzahlen kann.«

Georg kniff die Augen zusammen, musterte ihn misstrauisch und ähnelte damit seinem Vater Borgward wieder einmal auf für Micha fast unerträgliche Weise. Es lag ihm auf der Zunge, ihn zu fragen, ob er ihm erklären solle, was eine freundliche Seele war, da er sich offenbar keine vorstellen konnte. Doch diese Sache war zu wichtig, um seiner vorwitzigen Zunge freien Lauf zu lassen. Also klemmte er sie zwischen die Zähne, näherte sich Georg und überreichte ihm Edwinas in ein Stückchen Leinen eingeschlagene Münzen.

Georg zählte sie mit wenigen Blicken, nickte und ließ das Geld in die Gürteltasche gleiten, die an der Stuhllehne hing. »Die festgesetzte Summe. Ich hoffe, ich werde nicht bereuen, dass ich dich so davonkommen lasse. Wer weiß schon, ob mein Rappe sich von dem Angriff deiner Bestie ganz erholen wird?«

»Es würde mir leidtun, wenn es nicht so wäre. Ihr wisst, wie sehr ich den Hengst schätze. Aber bisher scheint alles gut zu verheilen, ich habe gestern nachgesehen.«

Georg verzog leicht angewidert das Gesicht. »So bist du, nicht wahr? Wenn dich je ein Gaul zu Boden trampelt, wirst du wahrscheinlich aufstehen und erst mal nachsehen, ob das arme Tier sich nicht verletzt hat. Ich weiß nie, ob ich dich erstaunlich finde oder lächerlich.«

Micha zuckte mit den Schultern, während er schon rückwärts zur Tür ging. »Immerhin fragt Ihr Euch das«, sagte er, verneigte sich und ging.

Februar 1175

Obwohl Micha Edwinas abschätzige Worte über seine Zukunft im ersten Moment als Ansporn empfunden hatte, nagten sie an ihm. Viel zu oft fragte er sich, ob sie recht hatte. Würde er seinen angeborenen Stand jemals einfordern können? War er zu zauderhaft, um sich den Aufstieg zu größerem Ansehen zu erkämpfen? War es nur seiner eigenen Schwäche geschuldet, dass er nicht längst Vergeltung geübt hatte?

Drei Wochen nachdem Micha Georg das Geld gezahlt hatte, suchten zwei Vertreter einer kleinen Bruderschaft von reisenden Kaufleuten Adam auf und schlugen ihm ein besonders vorteilhaftes Geschäft vor. Micha war nicht von Anfang an bei den Verhandlungen anwesend, gesellte sich auf Adams Wunsch aber später hinzu und steuerte ein paar Bemerkungen bei, die Adams Zuverlässigkeit betonten.

Summerburg lag an der von der Bruderschaft häufig bereisten Handelsroute zwischen Lübeck und Quedlinburg, und Adam sollte für sie stets Mulis zum Wechseln bereithalten.

Dabei blieben die Tiere sein Eigentum, und er entschied selbst darüber, ob sie für den Einsatz taugten. Dafür entlohnte die Bruderschaft ihn halbjährlich mit einer großzügigen Zahlung – unabhängig davon, wie oft seine Dienste genutzt wurden. Falls ein Maultier beim Einsatz Schaden nahm, stand ihm außerdem eine üppige Entschädigung zu.

Die beiden Vertreter der Kaufleute hatten sich zur Besprechung im Haus auf der Bank niedergelassen, ohne ihre warmen, mit Eichhörnchenfell besetzten Wintermäntel auszuziehen oder die Pelzkappen abzunehmen. Kalt genug war es dafür, denn Ludmila schürte das Feuer tagsüber nur sparsam. Erst gegen Abend entfachte sie höhere Flammen, damit sie kochen konnte und alle, die draußen gearbeitet hatten, einen Platz zum Aufwärmen fanden.

Außer Adam besaß keiner von ihnen Winterkleidung, die so behaglich war, wie Micha sich die der Kaufleute vorstellte. Er hätte gern so einen Mantel gehabt, warme Handschuhe und haltbare gefütterte Stiefel. Wahrscheinlich hätte er die Sachen auch nie ausgezogen, wenn er bei jemandem zu Gast war, der nicht reich genug war, um das Haus zu heizen.

Andererseits wirkten die Gäste dadurch auch recht unnahbar. So, als ob sie Adam zwar ausreichend respektierten, um Geschäfte mit ihm zu machen, aber dennoch Wert darauf legten, sich von ihm und seiner Familie abzusetzen. Micha fragte sich, wie diese Leute sich seinem Vater gegenüber verhalten hätten, und ob der es geduldet hätte, von einem Heringshändler und einem Salzfahrer herablassend behandelt zu werden.

Mit neuen Augen beobachtete er anschließend Adam, der das Gehabe geduldig hinnahm und sich für Michas Geschmack unterwürfiger gab, als er es hätte tun müssen. Aber das lag wohl an seiner Dankbarkeit und Erleichterung, was das Geschäft betraf. Die feste halbjährliche Bezahlung, für die nur wenig zusätzliche Arbeit geleistet werden musste, bedeutete eine

Sicherheit für den Haushalt, die nun schon seit einigen Jahren gefehlt hatte.

Entsprechend fiel auch der Jubel aus, nachdem der Handschlag erfolgt und die Kaufleute gegangen waren. Mit breitem Grinsen schlug Adam Micha auf die Schulter. »Das verdanken wir auch dir, mein Junge. Die Kerle haben den Plan mit Balthasar zusammen geschmiedet. Der hat ihnen versichert, auf unsere Mulis sei Verlass, weil wir ein besonders Händchen für die Viecher hätten. Damit meinte er dich. Ich kenne ihn schon lange, und über mich allein hätte er das nicht gesagt.«

Micha nahm das Lob mit einem Lächeln hin, fühlte sich aber seltsam unwohl damit, so als würde es ihm eine Last aufbürden. Zeit, darüber nachzudenken, hatte er nicht, denn allen anderen war nach Feiern zumute.

Sibilla bestand darauf, dass sie trotz der mangelnden Beleuchtung und trotz der fehlenden Musikanten die Viecher, die entlang der Diele aufgestallt waren, mit einem Tänzchen unterhielten. Gesang und wildes Rhythmusklopfen auf allem, was zur Hand war, ersetzten ihnen die Fiedeln und Flöten.

Nach einer Weile hatte seine Billje ihn mal wieder so weit, dass er alle Sorgen und Zweifel vergaß und mit der Familie scherzte und lachte. Abwechselnd schwang er die Mitglieder der holden Weiblichkeit des Hauses im Reigen, bis sie aufjuchzten, und am Ende hatten sie allesamt endlich warme Füße.

21. Kapitel

Februar 1175

Ein paar Tage nach dem Tänzchen auf der Diele des Hagenhofs wurde Micha von den unbeantworteten Fragen seines Lebens wieder eingeholt. Vor Stolz und Zufriedenheit strahlend kam Endris zu ihm auf die winterweiße Hausweide, wo er dabei war, eins der jungen Mulis ans Zuggeschirr zu gewöhnen.

Dass Endris ihn bei seiner Arbeit aufsuchte, geschah äußerst selten, deshalb wusste er, dass sich etwas Bedeutsames ereignet haben musste.

»Micha, mein Bester, rate mal, wen du vor dir hast!«

Endris' Augen leuchteten wie die eines Knaben, der einen neuen Kreisel geschenkt bekommen hatte. Micha verkniff sich das Lächeln. »Das ist doch offensichtlich. Den lausigsten Stehend-Reiter, den diese Mulis je gesehen haben. Bist du zum Üben gekommen?«

»Alter Quatschkopf! Es geht um etwas, in dem ich hervorragend bin, nicht um etwas, worin ich versage«, erwiderte sein Freund.

»Ah! Du meinst, es geht um deine Fähigkeit, einen Krug Bier so langsam zu leeren wie niemand sonst in Summerburg?«

»Schluss damit! Ich meine es ernst und verrate es dir jetzt. Du hast einen reichen Erben vor dir! Ein Onkel ist gestorben, den ich gar nicht kannte, der aber offenbar meinem Vater zugetan und ihm etwas schuldig war. Er hat mir sein ganzes beträchtliches Vermögen vermacht. Ich bin kein armer Knauser mehr, Micha! Stell dir das vor!«

Tatsächlich schien der Tag sich ein wenig aufzuhellen, und Micha breitete lächelnd die Arme aus. »Komm an mein Herz. Gelobt sei der selige Onkel! Ich freue mich für dich.«

Sie umarmten sich schulterklopfend, dann hielt Endris ihn auf Armeslänge Abstand fest und sah ihm in die Augen. »Und nun hör gut zu! Ich bin nicht nur gekommen, um meine Freude mit dir zu teilen. Ich habe dir ein Angebot zu machen und hoffe, dass du es annimmst. Ich habe mit Julius darüber gesprochen und wir sind übereingekommen, dass wir dir nun gemeinsam mühelos einen anständigen Lohn zahlen könnten, wenn du in unsere Dienste treten würdest. Nicht als einfacher Rossknecht, sondern als etwas Besseres. Du könntest unser Knappe und Stallmeister sein, zu uns in die Burg ziehen und deine Rösser zusammen mit den unseren in meinem Stall züchten. Dann hättest du die Zeit und die Mittel, um damit voranzukommen. Was sagst du?«

Es war einer der raren Momente, in denen es Micha die Sprache verschlug. War es der Himmel oder war es die Hölle, die Endris gerade jetzt mit diesem Vorschlag zu ihm schickte, da er so sehr an sich zweifelte? Sein Freund öffnete ihm die Tür, hinter der die Art Aufstieg beginnen konnte, deren Edwina ihn für unfähig hielt.

Er ließ Endris nicht sehen, was in ihm vorging, sondern lächelte weiter, als würden sie einander nur aufziehen. »Stallmeister, ja? Herrsche ich dann über all deine Pferdeknechte?«

Endris grinste. »Ich habe jetzt schon Mitleid mit den armen Kerlen. Du bist ja bekannt für deine Unbarmherzigkeit. Aber sie werden sich daran gewöhnen, dir zu gehorchen. Eigentlich hören doch jetzt schon alle auf dich, wenn es um ihre Rösser geht. Obwohl etliche von den Burgmannen das so vielleicht nicht zugeben würden.«

Allmählich nahm die Vorstellung vor Michas innerem Auge Gestalt an. »Würde ich mit den anderen Knechten über den Stallungen schlafen?«

»Wenn du willst, kannst du auch in der Kammer, die ich mit Julius teile, am Fußende meines Bettes schlafen und zuhören, wie er die Mägde durchkitzelt. Ich denke nur, das liegt dir weniger, als nah bei den Pferden zu bleiben. Warum zögerst du noch? Wegen Adam? Dann lass dir gesagt sein: Du hast ihm lange genug gedient. Er sollte dir keine Steine in den Weg legen. Falls du ihm noch etwas schuldig bist, zahlen wir es ihm aus.«

Micha schüttelte den Kopf. »Ich bin ihm nur etwas schuldig, solange er für mich und meine Rösser aufkommt. Aber dem Hagenhof fehlt ohnehin schon ein Knecht, und Adam und Jakob werden nicht jünger.«

»Das verstehe ich ja. Trotzdem will ich, dass du zu uns kommst. Du bist zu schade, um hier zu versauern, Bruder. Sei doch ehrlich: Du weißt selbst, dass du nicht zu ihnen passt. Du bist für Höheres bestimmt.«

Was genau das Gegenteil von Edwinas Meinung über ihn war. Wer von den beiden kannte ihn nun besser?

Micha seufzte. »Da bin ich mir nicht so sicher. Ich will dich nicht vor den Kopf stoßen, Endris. Aber wenn ich in die Burg umziehe, ziehe ich ja nicht nur zu dir und Julius. Und die meisten von denen, die angeblich auf mich hören, wenn es um ihre Pferde geht, würden mir vor Missgunst ins Bier pissen, wenn sie glaubten, dass ich mich über meinen Stand erhebe. Zudem wären Adam und seine Familie gekränkt, wenn ich sie so sitzen lasse. Das hat wenig mit reiner Schuldigkeit zu tun.«

Endris hob beschwörend die Hände. »Wir schlagen uns doch nun schon lange genug mit den Burgmannen herum, um zu wissen, wie wir mit ihnen umgehen müssen. Du würdest zurechtkommen. Denk einfach nur an die Rösser, die du in einigen Jahren besitzen könntest. Dann werden sie mit Recht neidisch sein. Aber wir werden über sie triumphieren. Ich sehe uns drei jedes Rennen, jeden Buhurt gewinnen. Und wenn wir endlich auch einmal in eine Schlacht ziehen, könntest du an unserer Seite sein und uns unterstützen.«

Micha musste wieder lächeln. Eigentlich hatte er keine Lust, in Schlachten zu ziehen, aber dass Endris ihn dabeihaben wollte, rührte ihn. »Kann ich einen Tag lang darüber nachdenken? Oder stellst du dann gleich einen anderen Stallmeister ein?«

»Verdammt, Micha! Du enttäuschst mich! Ich glaubte, du würdest mir vor Freude um den Hals fallen. Und nun? Darüber nachdenken! Ich habe dich weiß Gott schon wagemutiger erlebt. Aber meinetwegen. Schlaf darüber. Dann kommst du eben erst morgen zu uns!«

Schon als Endris gegangen war, wusste Micha, wie er sich entscheiden würde. Was nicht hieß, dass er sich gut damit fühlte. Adam mitteilen zu müssen, dass er ihn verlassen würde, verursachte ihm Magengrimmen.

Üblicherweise hätte er die Sache nun zuerst mit Sibilla besprochen, aber die war für den Rest des Tages bei Henning, um dessen schwachsichtiger Tante beim Einrüsten ihres Webrahmens zu helfen.

Eine Weile machte er noch mit dem Muli weiter, dann sah er ein, dass sein Herzklopfen nicht nachlassen würde. Himmel oder Hölle hatten ihm die Hand hingehalten und ihm eine Gelegenheit aufgezeigt, auf die er seit seinem zwölften Lebensjahr hoffte. Endris hatte recht. Er durfte nicht zögern.

Adam, Jakob und Käthe waren beim neuen Außenstall und hackten eine Rinne in den gefrorenen Boden, damit bei Tauwetter das Wasser nicht länger in den Stall lief und den Boden dort in Schlamm verwandelte. Käthe hatte Kraft und Ausdauer zurückgewonnen, seit es wieder mehr zu essen gab, und leistete trotz ihres Alters kaum weniger als die Männer. Obwohl sie dabei nicht leidend wirkte, zwickte Micha bei ihrem Anblick das Gewissen. Sein Vater wäre vermutlich der Ansicht gewesen, dass ein junger Mann einem alten Weib so harte Arbeit nicht überlassen durfte, wenn er die Wahl hatte. Aber genau das tat er, wenn er ging. Er überließ all die harte Arbeit denen, die zurückblieben. Also auch Käthe, Ludmila und den drei Mädchen. Daran, dass er Paul versprochen hatte, für sie alle zu sorgen, durfte er gar nicht denken.

Andererseits war es ja nicht so, als würde er gleich das Land verlassen. Falls sie ihn dringend brauchten, konnten sie ihn jederzeit rufen.

»Adam? Kann ich mal mit dir sprechen?«, bat er und war kurz davor, respektvoll die Mütze abzunehmen, um seinen Brotherrn schon im Voraus zu beschwichtigen. Aber dafür war es ihm dann doch zu kalt.

Adam sah ihn mit zusammengezogenen Brauen an. »Was gibt es denn so Wichtiges, dass du dir nicht erst mal eine Hacke greifen und das hier mit uns fertig machen kannst?«

Er zuckte mit den Schultern. »Ich mache das für dich fertig, nachdem wir geredet haben.«

Einen unwilligen Laut ausstoßend, lehnte Adam seine Hacke an die Stallwand und ging aufs Haus zu. »Dann lass uns einen Schluck trinken.«

Wiebke und Magda arbeiteten beim Licht einer Talglampe an einer neuen Cotte für Magda, Ludmila saß mit der Handmühle auf einem niedrigen Schemel bei der Glut des Herdfeuers und mahlte den Roggen fürs Abendessen. Das knirschende, reibende Geräusch war Micha so vertraut wie der Geruch des Hauses, in dem sich Stall- und Wollgeruch, schmorender Talg, Rauch und Kräuterduft mit dem ganz eigenen Geruch der Menschen mischten, die hier lebten. So viele Jahre war dieses Haus nun seine Zuflucht gewesen, und doch hatte Micha nicht aufgehört, sich nach einem anderen Dasein zu sehnen. Nie war ihm das so klar gewesen wie heute, wo die Veränderung nah bevorstand.

Adam nahm sich eine Kelle Wasser aus dem Eimer beim Herd. »Nun mal raus mit der Sprache.«

Micha holte tief Luft und gab sich einen Ruck. »Ich werde euch verlassen. Endris und Julius wollen mich als Stallmeister einstellen und mir die Möglichkeit geben, für sie und mich selbst Destrier zu züchten. Endris hat geerbt, deshalb können sie mich bezahlen. Ich ziehe zu ihnen in die Burg.«

Ludmila hörte auf zu mahlen, Wiebke und Magda wandten sich ihm sprachlos zu, und Adam ließ die Kelle so unachtsam sinken, dass ihm das Wasser auf die Schuhe tropfte.

»Das ist nicht dein Ernst«, sagte er.

Nun nahm Micha die Mütze doch ab. »Ich werde dir ewig dankbar für alles sein, was du für mich getan hast. Und wenn ihr mich braucht, bin ich nicht weit weg. Aber ich wollte schon immer zurück zu den Rössern, das weißt du ja. Und nun bietet sich die Möglichkeit.«

Adam sah so entgeistert aus, dass Micha mulmig zumute wurde. Sein Gewissen zwickte heftig, doch er hatte sich entschieden. Trotzdem schmerzte ihn der verletzte Tonfall in Adams Stimme, als der ihm nun in die Augen sah.

»Habe ich dir etwas getan? Ich weiß, ich war oft hart zu dir, aber nicht härter, als ich es zu einem Sohn gewesen wäre. Wie kannst du so schnell springen, wenn diese jungen Tunichtgute nach dir pfeifen? Glaubst du wirklich, sie werden es zulassen, dass du irgendwann dein eigener Herr wirst? Sie werden sich mit dir brüsten, solange es ihnen gefällt, aber wenn deine Entscheidungen nicht zu ihrem Vorteil sind, wird es Streit geben. Du bleibst bei ihnen ewig ein besserer Knecht. Und dazu willst du in das Schlangennest ziehen?«

Micha zuckte mit den Schultern. »Vielleicht werde ich nur ein besserer Knecht sein, aber das liegt auch in meiner eigenen Hand, daran glaube ich. Und hier bin ich auch nichts anderes. Ich will mein Glück versuchen, Adam. Und ich wünschte, du würdest es mir nicht übel nehmen.«

»Da hast du's. Du hättest längst mit ihm sprechen sollen«, stieß Ludmila hervor.

Adam warf ihr einen grimmigen Blick zu. »Das sehe ich nun auch. Aber vielleicht lässt er sich ja noch zur Vernunft bringen. Hör zu, Junge. Wenn ich darüber mit dir bis jetzt nicht gesprochen habe, dann weil ich glaubte, die Sache würde sich noch von selbst regeln.« Er räusperte sich, blickte zu Ludmila, zu Wiebke und Magda, dann wieder zu Micha. »Du weißt, dass mir der Sohn fehlt, der mein Geschäft übernehmen könnte. Ich hatte gehofft … Ich möchte, dass du bleibst. Nicht als mein Knecht, sondern als mein Erbe. Und du müsstest nicht bis zu meinem Ableben warten, um hier etwas zu sagen zu haben. Das würde ich versprechen. Ich würde dich in allem anlernen, was ich bisher nur allein erledigt habe, und nach und nach würde ich dir die Entscheidungen überlassen. Und wenn du dann meinst, du müsstest Rösser züchten … Du würdest lernen, dir auszurechnen, was vernünftig ist, und ich würde dir nicht hineinreden. Die einzige Bedingung wäre, dass du unsere Billje heiratest. Dann bliebe alles in der Familie. Ein Erbteil für Wiebkes Mitgift und der Rest für Billje und dich. Das wäre machbar. Da wären alle versorgt.«

Erneut stellte Micha sich die Frage, ob ihm gerade ein Engel oder der Teufel die Hand hinhielt. Wahrscheinlich hätte er länger über Adams Angebot nachdenken sollen. Aber er schüttelte unwillkürlich den Kopf.

* * *

Früher als erwartet kehrte Sibilla aus Hennings Schmiede zurück und bereute unterwegs ein wenig, dass sie schon gegangen war, denn in der Schmiede war es wärmer als zu Hause. Vom Pfad aus sah sie über die mit Raureif bedeckte Hecke, wie Micha und ihr Vater gerade zum Haus gingen. Sie wollte sich nur zu gern zu ihnen gesellen, hielt jedoch vor der Tür inne, weil durch den nur aus groben Brettern bestehenden Fensterladen daneben ihr Name an ihr Ohr drang.

»Die einzige Bedingung wäre, dass du unsere Billje heiratest«, hörte sie. Ihr stockte der Atem. Hatte ihr Vater das wirklich gerade gesagt? Sie schmiegte ihr Ohr an den Fensterladen, um zu lauschen.

»Das kann ich nicht tun«, antwortete Micha, ohne einen einzigen Atemzug lang zu überlegen. »Ich kann Sibilla nicht heiraten. Ich bin nicht der Richtige für sie. Und ich bin auch nicht der Richtige, um dein Erbe anzutreten. Billje soll einen heiraten, der besser für sie passt. Wenn es nicht Henning ist, dann wird sie schon noch einen anderen finden, der dir auch ein guter Schwiegersohn sein wird.«

Sibilla spürte, wie vor Schmerz ihre Knie nachgaben, und sie riss sich am Riemen. Was hatte sie denn geglaubt? Sie wusste doch, dass er sie nicht wollte. Allerdings war es noch eine andere Sache, zu hören, dass er sie nicht einmal dann wollte, wenn man ihm Haus, Hof und Geschäft dazu schenkte.

Ihr Vater stieß einen Laut aus, als würde er ins Feuer spucken. »Pah! So kann man sich irren. Ich hätte gedacht, dass meine Tochter und du zusammenpasst wie die Faust aufs Auge. Aber wenn du dir das so gar nicht vorstellen kannst, habe ich mich gewiss auch beim Rest geirrt. Dann passt du in der Tat nicht länger hierher und solltest lieber heute als morgen dein Zeug packen. Das war's dann. Ich gehe und grabe meine Entwässerung fertig.«

Sibilla konnte gerade noch um die Hausecke huschen, bevor ihr Vater aus der Tür kam. Mit rasendem Herzen presste sie sich an die Wand und biss sich in den Handballen, um sich von der in ihr aufsteigenden Welle von Kummer, Wut und Verzweiflung nicht davonspülen zu lassen. Immer hatte sie Verständnis für Micha gehabt. Immer hatte sie sich gesagt, dass sie seine Liebe weder erwarten noch erzwingen konnte. Aber jetzt wollte sie kein Verständnis mehr haben. Sollte er doch verschwinden. Sollte er ihr doch bloß endlich aus den Augen gehen, damit sie über ihn hinwegkommen konnte. Sie brauchte ihn nicht. Ihre Familie brauchte ihn nicht. Weder ihn noch einen anderen »Schwiegersohn«. Das würde sie ihrem Vater und allen anderen beweisen.

Noch einmal klappte die Tür auf und zu, und sie hörte Michas Schritte. Den Worten ihres Vaters zum Trotz folgte er ihm. Ganz der gewissenhafte Knecht würde er noch die verfluchten Gräben ausheben, bevor er sich verabschiedete, auch wenn er dabei böse Blicke aushalten musste. Und ihr Vater würde ihn finster blickend machen lassen. Denn die erledigte Arbeit war mehr wert als die Beleidigung seiner Tochter.

Sie ballte die Fäuste, atmete durch und ging ins Haus, als wäre sie gerade erst zurückgekommen. Ihre Mutter, Wiebke und Magda sahen sie betreten an, erwähnten aber nicht, was gerade vorgefallen war. Das machte Sibilla noch wütender.

»Ihr müsst nicht herumdrucksen. Ich weiß, dass Micha uns verlässt. Aber das ist mir gleichgültig. Es wird Zeit, dass wir aufhören, so zu tun, als läge mein Nutzen darin, einen Mann einzufangen, der uns retten wird. Ich bin weit geschickter im Einfangen von Mulis, und das ist auch das, was ich tun will.

Was Vaddern Micha beigebracht hätte oder Henning oder … Das kann er auch mir beibringen. Ich kann dieses Geschäft ebenso gut führen, wenn er mich lässt.«

Ihre Mutter schüttelte den Kopf. »Was das angeht, habe ich dir viel Erfahrung voraus. Und ich sage dir, dass du dabei früher an Grenzen stoßen wirst als ein Mann. Ich traue dir einiges zu, aber es mag sein, dass du auf diesem Weg auf mehr Verachtung treffen wirst, als du zu erdulden bereit bist. Wenn du vor den Männern, mit denen du es zu tun bekommst, die kleinste Schwäche zeigst, verlieren sie jeden Respekt vor dir. Ein Weib muss einen stärkeren Willen beweisen und ein dickeres Fell haben als die Kerle, wenn sie mit einem Geschäft allein, ohne einen Gatten im Rücken, bestehen will. Ich würde das nicht wollen.«

Sibilla straffte den Rücken. »Ich glaube, dass ich jetzt schon stärker bin als viele Männer. Und das dicke Fell werde ich mir wachsen lassen. Hilf mir, Vaddern zu überzeugen, dann gebe ich alles, um eine würdige Nachfolgerin für ihn zu werden.«

Ihre Mutter seufzte tief, nickte aber. »Es wird ihm nicht gefallen. Aber so, wie es um seine Augen bestellt ist, wäre es mir lieb, wenn er bald jemanden zur Seite hätte, der seine Aufgaben übernehmen kann. Eines Tages wird wenigstens eine von euch schon noch einen jungen Mann ins Haus bringen. Es wird sich zeigen, wie es dann weitergeht. Bis dahin kannst du sehen, ob es dir gelingt, Vaddern zufriedenzustellen.«

22. Kapitel

Mai 1176

In dem Jahr, als Micha Adam verließ, war der Sommer kühl und grau, doch Micha bemerkte das Wetter kaum, weil sein neues Leben mit seinen Freunden, den Pferden und als Teil der Burgmannschaft all seine Aufmerksamkeit forderte.

Im darauffolgenden Jahr war es dann schon Ende April warm, und Glanders erstes Fohlen kam um diese Zeit in den ersten Sonnenstrahlen eines wolkenlosen, windstillen Tages zur Welt, wie er angenehmer nicht hätte sein können.

Micha fasste das als gutes Omen auf. Noch standen Stute und Fohlen auf der Burg im Stall, doch gesund, wie sie waren, würde er sie bald tagsüber mit den anderen Stuten auf die Weiden vor den Toren schicken. Liljes im Vorjahr geborener kräftiger Sohn Jaget lief bereits in der Herde der Jungpferde mit und blieb auch über Nacht draußen. Lilje hingegen behielt Micha oben auf der Burg. Als Mutterstute wollte er sie nicht mehr einsetzen, doch sie trug ihn zuverlässig hinaus zu den Wiesen und zurück, wenn er eins der anderen Rösser holen oder nur nach dem Rechten sehen wollte.

Die ersten Wochen zwischen Oberstallmeister Leberecht, den Pferdeknechten und Knappen sowie den Stallmeistern der vornehmen Dienstleute, die ihren festen Platz in der Burg weit länger hatten als Micha, waren rau gewesen. Doch schließlich hatte er in eine Rolle gefunden, mit der er zufrieden war. Dazu gehörte, dass er sich seinen Schlafplatz statt auf dem Dachboden bei den anderen unten bei den Rössern im Winkel einer Futterkammer eingerichtet hatte. Hier entging ihm nichts, was bei den Pferden geschah, und nach anfänglichem Spott und Gemaule wusste das Stallvolk es bald zu schätzen, dass er häufiger als alle anderen das nächtliche Wachen bei hoch tragenden Stuten oder kranken edlen Rössern übernahm.

Für ihn bedeutete die Ecke in der Kammer eine Abgeschiedenheit von den Blicken anderer, die er so vorher nie gekannt hatte. Und in dieser Nacht, in der die Burgleute im Hof der Vorburg Walpurgis feierten und in den Mai tanzten, eröffnete das eine Möglichkeit, von der er bisher nur geträumt hatte.

Johannas zweiter Sohn Adalbert war inzwischen ein gutes Jahr alt, und sie hatte Micha schon vor einer Weile zu verstehen gegeben, dass Georg ihr offenbar nur noch wenig Zuwendung schenkte. Als sie einander in dieser Nacht im flackernden Feuerschein über die Flammen hinweg ansahen, wich sie seinem Blick nicht so schnell aus wie sonst.

Ihn durchströmte eine Hitze, die nichts mit dem Feuer zu tun hatte. Er musste Johanna nur ansehen, um sie förmlich spüren zu können; es war wie Zauberei. Seine Handflächen gaukelten ihm vor, dass er ihre nackte Haut streichelte, und ließen eine Erregung durch ihn pulsen, die er nicht lange aushalten würde. Es fühlte sich beinah an wie Wut, was da in ihm brodelte. Jeden Moment würde er weglaufen müssen, um entweder etwas zu zerschlagen oder sich in den kalten Bach zu werfen.

Da neigte Johanna den Kopf und nickte kaum sichtbar zum Stallhof hinüber. Eine Geste, so zart angedeutet, dass niemand außer ihm sie wahrnehmen konnte. Doch er verstand und zog sich unauffällig zu den Stallungen zurück.

Kurz darauf kam sie durch die Dunkelheit zu ihm geschlichen. »Ich kann nicht mehr verleugnen, dass ich dich will«, flüsterte sie ihm ins Ohr, und er erwiderte nichts, sondern zog sie nur in seine Arme.

Dieses Mal blieb es nicht bei Küssen und flüchtigen Liebkosungen wie zwei Jahre zuvor. Sie sanken nackt auf sein Lager in der Kammer, und Johanna lehrte ihn Dinge, die neu und berauschend für ihn waren. In den nächsten Stunden konnte er keinen klaren Gedanken fassen. All sein Wollen war nur noch darauf gerichtet, mit seiner Geliebten zu verschmelzen, ihr so zu dienen, ihr solche Lust zu bereiten, dass sie an keinen außer ihn mehr denken würde.

Erst als die ersten betrunken vom Fest heimkehrenden Knechte die Stiege zum Dachboden hinaufpolterten, kamen Johanna und er zu sich und unternahmen alles, damit sie unbemerkt zurück in das Quartier von Borgwards Familie gelangen konnte.

Vom darauffolgenden Tag an drehten sich Michas Gedanken ebenso oft darum, wann sich die nächste Gelegenheit würde einrichten lassen, mit Johanna allein zu sein, wie um die Pferde in seiner Obhut.

Seine Geliebte tat das ihre dazu, um solche Gelegenheiten zu schaffen. Sie entdeckte ihre Begeisterung für das Reiten und die Pferde ihres Gatten und Schwiegervaters neu, entzückte sich so über alle Maßen an den jungen Fohlen, dass sie wegen ihnen sogar mehrfach am Tag die Stallungen und Weiden aufsuchte, und entwickelte ein Interesse an der Frage, ob auch bei den

Vierbeinern gewisse Gebrechen mithilfe der Heilkräuter aus ihrem Garten zu kurieren waren.

So verging die erste Maihälfte für sie beide in einem Liebestaumel, aus dem Micha nur nachts allein manchmal aufschreckte, weil ihm plötzlich bewusst wurde, wie gefährlich das war, was er da tat. Er beging Ehebruch mit einer Frau, die Schwester und Schwägerin seiner besten Freunde war. Beide würden ihn dafür verabscheuen. In diesen nächtlichen Schreckmomenten war ihm klar, dass er zu leichtsinnig war, dass die Geschichte ein böses Ende nehmen würde und dass er das verdiente, weil er dieses Mal ganz gewiss die ausgestreckte Hand des Teufels ergriffen hatte.

Bei Tag rückten diese Bedenken erneut in den Hintergrund, und er war weit davon entfernt, mit Johanna darüber zu sprechen, ob es für sie und ihn eine andere Zukunft geben konnte als ein Dasein, in dem sie sich von einem heimlichen, verschwitzt endenden Treffen zum nächsten schwindelten. Denn seine Angst davor, dass sie ihr sündiges Verhältnis beenden würde, war mächtiger als sein Glaube daran, dass sie sich trotz der Hindernisse für so eine Zukunft mit ihm entscheiden würde.

An einem Vormittag Mitte Mai war Johanna gerade gegangen, nachdem sie sich für einen kurzen atemlosen Akt der Lust in die Futterkammer hatten stehlen können, und er fühlte sich noch schwach in den Knien, als Julius in den Stall kam.

»Micha!«, rief er in seinem typischen Befehlston, den Micha längst nicht mehr wichtig nahm.

»Ja?«, fragte er und blieb, wo er war – wenn auch angesichts dessen, was ihm noch in den Gliedern steckte, nicht ganz so gelassen wie sonst. Vorgeblich entspannt striegelte er den rund gewölbten, prallen Bauch einer der letzten Stuten, die in diesem

Jahr noch nicht abgefohlt hatten. Endris hatte sie auf seinen Rat hin gekauft.

Julius stellte sich mit verschränkten Armen zu ihm. »Der Löwe kommt. Gerade ist der Bote eingetroffen. Ab morgen beehrt der Herzog Summerburg mit seinem Besuch. Graf Meinhard und der Alte verfluchen ihn dafür mit jedem zweiten Atemzug, weil er uns keine frühere Vorwarnung gegeben hat. Aber ich finde es grandios. Heinrich der Löwe mit vollem Gefolge, das wird ein Spektakel! Endlich geschieht mal wieder was Aufregendes!«

Micha gab das Striegeln auf. »Hat der Bote etwas zu den Gerüchten über die Sache mit der Heerfolge gesagt?«

Sein Freund nickte. »Sie sind wahr. Heinrich hat des Kaisers letzten Aufruf abgewiesen. Er ist ihm nicht nach Italien gefolgt und hat auch kein Heer entsandt, um ihm beizustehen. Wahrscheinlich schlägt seine Majestät gerade die ersten Schlachten ohne seinen Vetter an der Seite. Diese Weigerung erfordert schon eine gewaltige Kaltschnäuzigkeit, wenn du mich fragst. Da weiß man, warum ihn jetzt alle den Löwen nennen.«

Skeptisch verzog Micha die Miene. »Du meinst, es ist mutiger, sich dem Kaiser zu verweigern, als in seinen Krieg zu ziehen? Ich weiß nicht. Manche sagen, dass der Herzog bloß so genannt wird, weil er einen echten Löwen besitzt.«

Belustigt schnaubte Julius. »Sich dem Kaiser zu verweigern, ist auf jeden Fall waghalsiger. Der Löwe passt schon als Sinnbild für einen Mann, der solche dicken Eier in der Hose hat. Wen kümmert es am Ende, woher der Name kommt?«

»Aha. Und warum trägt der Mann seine dicken Eier ausgerechnet nach Summerburg? Sucht er Verbündete für den Tag, an dem der Kaiser herkommt, um ihm seine Treulosigkeit heimzuzahlen?«, fragte Micha.

Julius schlenderte auf der Stallgasse weiter bis dorthin, wo der Hengst angebunden stand, den er zurzeit am häufigsten ritt.

Micha folgte ihm, weil ihn alles, was mit Herzog Heinrich zu tun hatte, noch immer mehr fesselte, als er zugeben mochte. Worüber Julius im Bilde war, weil sie sich lange genug kannten.

»An seiner Stelle würde ich nicht hier suchen, wenn ich zuverlässige Verbündete bräuchte. Graf Meinhard wird sich sicher nicht gegen die Freunde des Kaisers stellen, falls die beschließen, den Löwen zu zähmen. So wie ich ihn und meinen Alten kenne, werden sie ihm das allerdings nicht ins Gesicht sagen, sondern ihm in den Rücken fallen. Ich glaube eher, dass Heinrich morgen Unterstützung für seinen Heerzug gegen die Pommern verlangen wird. Das werden sie ihm nicht abschlagen, darauf wette ich. Was mich angeht, werde ich aus freien Stücken mitgehen, falls er mich annimmt. Endris ist auch bereit dazu. Wir hoffen, dass du uns begleiten wirst.«

Micha blieb betreten stehen. »In einen Krieg gegen die Pommern? Was haben uns die getan?«

Sein Freund sah ihn finster an. »Du bist solch ein Kindskopf. Man sollte meinen, du hättest nun schon lange genug dabeigesessen, wenn wir darüber gesprochen haben, wie man herrscht und wie man dient, um in der Welt voranzukommen. Mir geht es am Arsch vorbei, was Heinrich gegen die Pommern hat. Ich weiß, was ich selbst will, und das ist ein Ruhm, der größer ist als der vom Alten oder meinem Mastschwein von einem Bruder. Ich will etwas Besseres werden als sie.«

Bei allem Nachdruck, mit dem Julius das vorbrachte, musste Micha doch lachen. »Mastschwein?«, fragte er.

Sein Freund grinste. »Seit dem Winter passen ihm sein Gambeson und das Kettenhemd nicht mehr. Er bewegt sich kaum noch und frisst sich mit jeder Woche fetter.«

»Ist mir gar nicht aufgefallen.«

»Liegt daran, dass du im Gegensatz zu ihm meist dort bist, wo Menschen sich bewegen.«

Sie lachten beide, und damit war die Frage des gemeinsamen Feldzugs gegen die Pommern vorerst vom Tisch. Was nicht bedeutete, dass Heinrichs bevorstehende Ankunft Micha wieder aus dem Sinn ging.

Nachdem er sein Tagwerk getan hatte, suchte er Pater Servatius auf.

Als er Adam verlassen hatte, hatte Micha bereits nicht mehr daran geglaubt, dass Servatius ihm eines Tages in einem Gerichtsverfahren zur Seite stehen würde. Trotzdem hatte er die Gewohnheit beibehalten, mit dem Pater gelegentlich unter vier Augen über das Unrecht zu sprechen, das er beobachtete.

An diesem Abend traf er ihn im Inneren der kleinen Dorfkirche an, wo der Geistliche gerade mit missmutiger Miene das Altartuch vom Altar nahm.

»Guten Abend, Ehrwürden. Kann ich Euch helfen?«

Pater Servatius nickte mit gerunzelter Stirn, ohne den Blick von dem Altartuch abzuwenden, das er in den Händen hielt. »Guten Abend, Micha. Du kannst mir jemanden finden, der mir das Tuch heute noch wäscht. Was für eine gotteslästerliche Schweinerei! Eine Horde Spatzen war hier drin. Sieh dir an, was sie angerichtet haben!«

Micha begutachtete den Vogelkot, der die kostbare Stickerei verunzierte. »Denkt Ihr, die Vögel haben eine Vorstellung von Gott?«

Der erboste Pater knurrte abfällig. »Nun, sie sind Teil seiner Schöpfung und seines Plans. Ob sie sich ihrer Schandtat nun bewusst sind oder nicht: Ich muss Gott meinen Respekt beweisen, indem ich sie für ihren Frevel verurteile. Aber ich vermute auch, dass diese Tiere zumindest eine Ahnung von der Gnade ihres Schöpfers haben.«

Micha musste lächeln. »Vielleicht aber nicht davon, was dieses von Menschen gemachte Ding damit zu tun hat. Ich könnte das Tuch zu Ludmila bringen. Aber ich fühle mich schlecht dabei, auf dem Hagenhof jemanden um etwas zu bitten. Sie sprechen dort zwar alle mit mir, aber verziehen haben sie mir nicht.«

»Bitte Gott um Verzeihung, dann wird er dir eines Tages aufzeigen, wie du deine Tat wiedergutmachen und auch ihre Vergebung erringen kannst.«

Micha wusste, dass Pater Servatius den Weg nicht guthieß, den er eingeschlagen hatte, obwohl er das Ausmaß seiner neuesten Sünden gar nicht kannte. Servatius war der Ansicht, dass er sich unter den Burgmannen fahrlässig den Versuchungen einer lasterhaften Gesellschaft aussetzte, die seine Seele früher oder später verderben würde. Dass er Adams Familie im Stich gelassen hatte, galt ihm als erster Beweis dafür.

Er zuckte mit den Schultern. »Das werde ich tun. Bis es so weit ist, solltet Ihr Ludmila lieber selbst um den Gefallen bitten. Sie weist Euch gewiss nicht ab. Ich begleite Euch, dann können wir uns unterwegs unterhalten.«

Des Paters Aufmerksamkeit war geweckt. »Aha! Du denkst wahrscheinlich über Herzog Heinrichs Besuch nach. Was geht dir durch den Sinn?« Er legte das Altartuch grob zusammen und klemmte es sich unter den Arm, um an Michas Seite die Kirche zu verlassen.

»Julius und Endris wollen sich Heinrichs Feldzug anschließen, und ich soll sie begleiten. Mein Vater hat vor langer Zeit so eine Gelegenheit ergriffen und dadurch Ruhm und die Gunst des Herzogs gewonnen. Ich glaube, er würde von mir erwarten, dass ich jetzt das Gleiche mache.«

Zu schildern, was bei diesem Gedanken alles in ihm vorging, fiel ihm schwer. Das Gefühl, alles tun zu wollen, um Heinrich aufzufallen und ihm nützlich zu sein, mischte sich mit dem Widerwillen dagegen, seine Pferde zurückzulassen oder in Gefahr zu bringen, Summerburg den Rücken zu kehren und

Johanna zu verlassen, um in blutige Kämpfe zu ziehen, deren Anlass ihm bisher niemand überzeugend hatte erklären können.

»So ist das Leben, Junge. Ein Mann ist entweder ein Bauer oder Knecht, der sich mit dem begnügt, was er hat. Oder er ist ein Krieger, der für den Kampf lebt und sich nie zufriedengibt. Oder er widmet sein Leben Gott, so wie ich. Was willst du von mir hören? Eine Absolution dafür, falls du den am wenigsten gottgefälligen Weg wählst, den des weltlichen Ehrgeizes?«

»Glaubt Ihr also nicht, dass es Gott gefallen würde, auf diese Art die Gerechtigkeit wiederherzustellen? Ihr habt früher gesagt, dass Gottvertrauen nicht bedeutet, untätig darauf zu warten, dass die göttliche Fügung einem die Arbeit abnimmt«, entgegnete Micha.

»Manchmal bereue ich, dass ich dich ermutigt habe, deinen Wunsch nach Vergeltung und irdischer Gerechtigkeit zu nähren. Ich hätte dich Genügsamkeit lehren sollen. Es gibt viel zu viele Männer, die sich nach Dingen verzehren, die nur durch Streit, Hartherzigkeit und Zerstörung zu erringen sind. Es mag an meinem reiferen Alter liegen, dass ich immer klarer sehe, wie nur Verzicht und Genügsamkeit zum Frieden mit Gott und seiner Schöpfung führen können.«

»Pater Eucharius würde Euch darin nicht beipflichten. Er ist der Meinung, dass es gerade denen, die Gott am nächsten stehen, an nichts fehlen darf. Die goldene Borte an der Cotte eines Priesters und das weiche Federkissen unter seinem Kopf sind in seinen Augen gottgefällig, auch wenn diejenigen hungern, die dafür zahlen.«

Die Miene des Paters wurde noch ernster. »Leider ist die heilige Mutter Kirche nicht vor Habgier, Prunksucht und Völlerei ihrer Diener gefeit. Ich wünschte, es wäre nicht so, doch darüber herrscht keine Einigkeit. Aber zurück zu dir. Warum hast du mir von dem Feldzug erzählt? Erforsche deine Beweggründe!«

Micha seufzte und streckte ihm die Hand hin, um ihm über die Trittsteine des Fuchsbaches zu helfen. »Ich will gehen, um mich meinen Freunden und dem Herzog zu beweisen. Und ich will nicht gehen, weil ich nicht bin wie Julius, dem es gleich ist, wen er verdrischt, solange er nur jemanden verdreschen kann. Oder wie Endris, der ein Bild von Heldentum und Siegesglanz im Kopf hat, das ihn für die Wirklichkeit blind macht. Ich glaube, ich habe nicht das Zeug zu einem gewaltigen Krieger und Helden. Nur zu einem leidlich guten Reiter. Und außerdem gibt es hier in Summerburg Pflichten, die mich halten.«

»In der Tat. Ich bin froh, dass du das bedenkst«, erwiderte Servatius.

»Also ratet Ihr mir davon ab, meine Freunde zu begleiten?«

»Befrage nicht mich, sondern dein Gewissen.«

»Ihr seid heute nicht hilfreich«, sagte Micha.

Der Pater stieß einen spöttisch tadelnden Laut aus. »Ts! Ich wandle nicht auf Erden, um es dir bequem zu machen.«

Entnervt hob Micha die Hände in die Höhe. »Warum gebt Ihr mir nie einen einfachen Rat, so wie anderen Leuten?«

»Manche anderen Leute haben nicht die Gabe, die Antworten auf ihre Fragen selbst zu finden. Du, mein Sohn, hattest hingegen immer das Zeug dazu. Erst in jüngerer Zeit scheint es dir schwerer zu fallen, zwischen Gut und Böse zu unterscheiden.«

Micha wandte sein Gesicht ein wenig ab, weil er spürte, wie ihm die Röte in die Wangen stieg. Wusste Servatius wirklich nichts von seinem Verhältnis mit Johanna? Es klang so, als hätte er davon erfahren. Oder sprach er weiterhin von seinem Verrat an Adams Familie? Was den Herzog anging, brachte dieses Gespräch ihn jedenfalls nicht weiter.

Sie erreichten das von üppig blühendem Weißdorn gerahmte Tor des Hagenhofs, und Micha wurde bewusst, wie er sich darüber freute, dass der Pater ihm den Anlass für einen Besuch verschafft hatte. Obwohl Adams Augenlicht erschreckend schwach geworden war und Jakob und die Frauen mit der Arbeitslast schwer kämpfen mussten, hatten sie Micha nie um Hilfe gebeten. Auch einen neuen Knecht hatte Adam nicht eingestellt und ein tatkräftiger Schwiegersohn war nicht in Erscheinung getreten. Stattdessen übernahm Sibilla zunehmend Aufgaben, die in anderen Häusern als Männerarbeit gegolten hätten.

Inzwischen trat sie selbst auf wie ein Mann, und Micha hörte manchmal, wie Leute sich über sie lustig machten. Er versuchte dann, sie zu verteidigen, aber oft wusste er nicht, wie er das anfangen sollte, ohne ihr in die Quere zu kommen. Ihm war so, als würde er sie gar nicht mehr kennen. Wollte sie, dass die Leute sie als Mann betrachteten und behandelten? Oder war sie insgeheim beleidigt, weil man sie hinter ihrem Rücken ein herrschsüchtiges Mannweib, einen bärtigen Kerl von einem Weib nannte? Früher hätte er mit ihr darüber gesprochen. Doch sie gab ihm bei jeder Begegnung zu verstehen, dass er ihr Vertrauen verspielt hatte. Er konnte sich schon glücklich schätzen, wenn sie ihn nicht schnitt.

23. Kapitel

Mai 1176

Der sture junge Eselhengst, den Sibilla vor den Karren gespannt hatte, um zur Probe mit ihm auszufahren, bevor sie entschied, ob sie ihn kaufen wollte, blieb vor der Brücke stehen. Mitten auf der Straße stand er wie festgenagelt und ließ sich nicht dazu bewegen, auch nur ein Stückchen zur Seite zu weichen. Sibilla war längst vom Karren gestiegen, um das störrische Tier am Kopf zu nehmen, doch auch auf diese Art gelang es ihr nicht, es zum Gehorsam zu bringen. All ihre Maultiertricks blieben erfolglos.

Das einzige Ergebnis ihrer Bemühungen war, dass der Esel sie in den Arm biss, was sie ihm mit einer Backpfeife heimzahlte. Ihr war danach zumute, den Karren eigenhändig nach Hause zu ziehen und das Biest einfach stehen zu lassen, bis sein Eigentümer es abholte. Doch diese Blöße durfte sie sich nicht geben, denn sie hatte großmäulig behauptet, bei dieser Fahrt keinen Begleiter zu brauchen.

Sie verschnaufte gerade und überlegte, was sie noch tun konnte, als sie auf der anderen Seite des Flusses eine zehnköpfige, gerüstete Reitertruppe herannahen sah.

Noch einmal gab sie ihr Bestes, um den Esel wenigstens an den Rand des Weges zu drängen, und brachte ihn immerhin drei Schritte in die richtige Richtung. Danach stand allerdings der Karren fast quer auf dem Weg, was die Sache nicht besser machte. Fluchend beschloss sie, den Esel schnell auszuspannen und den Karren beiseitezuschieben.

Doch ihr blieb weniger Zeit als gedacht. Sie hatte kaum die Riemen gelöst, als die Reiter wie von Ungeheuern gehetzt auf die Brücke preschten. Einen zitternden Atemzug später erreichten sie den Karren. Die ersten beiden ritten seitlich am Karren vorbei, der dritte zog dem Esel seine lange Hundepeitsche über, während er gefolgt von zwei weiteren vor ihm am Wegesrand vorbeigaloppierte. Um Haaresbreite wäre auch Sibilla von der Peitschenschnur getroffen worden.

Die nächsten fünf ließen ihre Rösser halsbrecherisch über Esel und Karren springen, worüber Sibilla ebenso heftig erschrak wie der Esel. Sie duckte sich, der Esel machte einen Satz nach vorn. Der Karren ruckte vor und rammte Sibilla, dann löste sich das Zuggeschirr, und der Esel zog nur Sibilla allein die Wegböschung hinunter auf die tieferliegende sumpfige Auweide.

Sie stürzte und wurde mitgeschleift, ließ aber die Leine des Esels nicht los. Verwünschungen hervorstoßend, rang sie darum, ihn aufzuhalten. Er zog, sie zerrte und wurde dabei so wütend wie selten zuvor.

Später war sie dankbar, dass es für ihren denkwürdigen Zweikampf mit dem Vieh keine Augenzeugen gegeben hatte, auch wenn ihr dadurch der verdiente Applaus entging, als sie schließlich den Sieg errang. Sie sah am Ende jämmerlicher aus als der schlammbespritzte Vierbeiner, und es war schlimm genug, dass sie ihrer Familie und seinem Besitzer so wieder unter die Augen treten musste.

Schmutzig und mit schmerzenden Abschürfungen und Blutergüssen bedeckt, betrat sie den Hof. Sie nahm dem keuchenden Esel das Geschirr ab und ließ ihn stehen, während sie den Karren an seinen Platz zurückschob. Dann wischte sie sich die Hände an einer der weniger schmutzigen Stellen ihrer Cotte ab und ging zu ihrem wartenden Vater und dem hoffnungsvollen Verkäufer hinüber. Seine halb schuldbewusste, halb verschlagene Miene verriet ihr, dass er ahnte, welche Schwierigkeiten sein Esel ihr gemacht hatte. Umso sorgfältiger achtete sie darauf, dass ihr Gesichtsausdruck nichts verriet.

»Ich verstehe jetzt, warum Ihr den Esel loswerden wollt, mein Herr. Er hält Euch auf Euren Reisen wohl sehr auf. Gern werde ich ihn Euch abnehmen. Allerdings entspricht die Summe, die Ihr verlangt, nicht seinem Wert. Ich würde Euch zwei Schillinge für ihn zahlen. Ihr werdet sicher froh sein, wenn Ihr ihn los seid.«

Zwei Schillinge waren ein Viertel der Summe, die er verlangte, und gerade so viel, wie ein Abdecker gegeben hätte.

Das Gesicht des Mannes verfinsterte sich. »Ich hatte gleich meine Zweifel, ob ein Weib bei diesem Geschäft mitreden sollte. Dass sie mit einem starken Tier wie meinem Esel nicht umgehen kann, wundert mich nicht. Was soll es beweisen, dass sie es nicht kann? Wollt ihr mich veralbern? Ihr wollt den Hengst zur Zucht, oder nicht? Da ist es wichtig, dass er gesund, kräftig und fruchtbar ist. Er soll ja den Stuten dienen und nicht kleinen Mädchen als Spielzeug. Du bist dumm, Adam, wenn du mir kein anständiges Angebot für ihn machst. So ein Prachttier bietet dir so schnell kein anderer an.«

Zu Sibillas Kummer spiegelte die Miene ihres Vaters kurz den Zweifel des Kerls. Doch der bemerkte nichts davon, und als ihr Vater sprach, war der Zweifel verschwunden.

»Gib acht, wie du über meine Tochter sprichst. Wenn sie sagt, dass der Esel nichts taugt, dann gibt es gute Gründe dafür.

Hältst du ihn überhaupt für geeignet, um mit ihm zu züchten, Billje?«

Sie schüttelte prompt den Kopf. »Er wird uns mehr Ärger machen als Nutzen bringen. Und es lässt sich nicht abschätzen, ob er seinen schlechten Charakter vererbt.«

In dem Moment kam Pater Servatius durchs Tor auf den Hof, gefolgt von Micha. Und sie vergaß, was sie noch hatte sagen wollen.

Der Pater sah sie, lächelte und kam auf sie zu. »Der Herr sei mit dir, Sibilla. Wie gut, dass ich dich zuerst sehe, so muss ich deine liebe Mutter nicht mit meiner Bitte behelligen. Ich weiß, es ist schon spät, aber du bist noch jung und munter. Sieh dir das hier an. Meinst du, du kannst das waschen?«

Sibilla fühlte sich um ein Vielfaches schmutziger als das Altartuch, das er ihr zeigte, und fand, dass sie es besser nicht anfassen sollte. Warum er ausgerechnet sie fragte, war ihr ein Rätsel. Unwillkürlich sah sie zu Micha, um die Antwort zu finden. Er verkniff sich sichtlich das Grinsen, und sofort kochte ihre Wut auf ihn wieder hoch.

Seit seinem Auszug mochten noch so viele Monate vergangen sein, es blieb ihr unerträglich, ihn so zu sehen – in seiner feinen Cotte, in seinen Beinlingen und neuen Reitstiefeln, die er nie mehr abzulegen schien, gleichgültig, wie warm es war. Gerade die Stiefel wirkten, als wollte er jedem mitteilen, dass er nun etwas Besseres war. Jeder sollte sehen, dass er eine Stellung innehatte, die verlangte, dass er sich jederzeit in den Sattel schwingen konnte. Sogar Sporen besaß er, das hatte sie gesehen, als sie ihn vor einer Weile heimlich beim Reiten auf der Turnierwiese beobachtet hatte. Sporen tragen zu dürfen, war eine Auszeichnung für junge Milites, die sich in Diensten ihres Herrn bewährt hatten, so wie Julius und Endris. Wahrscheinlich hatten die beiden Micha aufgetragen, ihre Rösser an den Gebrauch der Sporen zu gewöhnen.

Wenn die beiden gewusst hätten, was er hinter ihrem Rücken mit Johanna trieb, hätten sie sicher weniger Vertrauen in ihn gesetzt. Doch sie ahnten vermutlich ebenso wenig davon wie alle anderen außer ihr. Sie allerdings hatte gar nicht anders gekonnt, als zu bemerken, dass sich am Verhältnis zwischen den beiden erneut etwas verändert hatte. Obwohl sie Micha nur noch selten sah, konnte sie ihm noch immer anmerken, wenn er Geheimnisse hatte, die ihn bedrückten. Und sie sah, dass er seine Unbefangenheit schon seit längerer Zeit nur noch vorspielte. Er zeigte all die Zeichen von Anspannung und gleichzeitiger Geistesabwesenheit wie bei seiner früheren Tändelei mit seiner Angebeteten, nur noch schlimmer.

»Warum habt Ihr nicht Micha gefragt? Ihm seid Ihr offenbar noch früher begegnet als mir. Ich habe ihn schon Wäsche waschen sehen, und in letzter Zeit sind seine Hände weit sauberer als meine«, entfuhr es ihr.

Servatius drehte sich zu Micha um, als würde er sich diese Frage nun auch stellen.

Micha zeigte seine leeren Hände. »Ich würde es tun, aber mir fehlt das Werkzeug dazu. Ich habe keine Seife.«

»Außerdem ist das Gewebe kostbar und muss sorgsam behandelt werden. Wenn man nicht mehr als Wasser bräuchte, täte ich es selbst«, ergänzte der Pater.

»Unsinn, Pater. Das müsst Ihr nicht tun. Bringt es ins Haus. Die Mädchen übernehmen das«, mischte ihr Vater sich ein.

»Was ist nun mit meinem Esel? Willst du ihn kaufen?«, fragte der Eselbesitzer.

Der Esel spürte, dass wieder über ihn gesprochen wurde, und bewegte sich zügig auf den Zaun der Hausweide zu, hinter dem ihr alter Oskar stand und ihn mit aufgestellten Ohren und gelegentlich ein »Ii-aah« ausstoßend beobachtete.

Sibilla lief ihm nach und wollte ihn zurückführen, doch er gehorchte erneut nicht, sondern zog sie mit sich. Sie war kurz davor, sich auf ihn zu stürzen, um ihn noch einmal umzuwerfen, so wie es ihr bei ihrem langen Kampf auf der Sumpfwiese schließlich gelungen war. Doch plötzlich war Micha an ihrer Seite und stellte sich dem Biest so unmissverständlich und breitschultrig in den Weg, dass es anhielt, als wäre es gegen eine Wand gelaufen.

»Ihr überlegt, ob ihr ihn kauft? Darf ich ihn mir mal ansehen?«, fragte er.

»Du kannst ihn ansehen, aber das wird meine Meinung nicht ändern. Das Biest ist so schlecht erzogen, dass ich all meine Zeit bräuchte, um ihn geradezubiegen. Eigentlich müsste man uns Geld dazugeben, wenn wir ihn nähmen.«

»Verbiete deiner Tochter, meinen Esel schlechtzureden!«, fauchte der Besitzer.

Micha ließ seinen Blick über das Tier wandern und nickte. »Du hast recht. Er ist den Ärger nicht wert.«

Als wollte der Esel die Einschätzung noch einmal bestätigen, warf er laut schreiend den Kopf in die Höhe, bleckte die Zähne, drängte an Micha vorbei und trabte aus dem Stand los, um Oskar anzugreifen. Nur indem Sibilla und Micha sich gemeinsam auf ihn warfen, konnten sie ihn wieder zum Stehen bringen.

Den Esel und dabei auch irgendwie einander umschlingend standen sie dann da. Sibilla kämpfte schon um ihre Fassung, als in diesem Moment auch noch Henning auf den Hof kam. Sein Blick fiel auf sie, Micha und den Esel, und sein Mund öffnete sich entgeistert. Da konnte sie nicht länger an sich halten.

Wahrscheinlich war dies eine zufällige Versammlung der stursten Esel des ganzen Summerburger Landes, dachte sie, und der geballte Ärger über die Absurditäten des Tages brach sich in einem unbändigen Lachen Bahn. Micha prustete los und lachte mit, während er sich von ihr entflocht, ohne den Esel dabei loszulassen. Dabei streiften seine Lippen beinah ihr Ohr.

»Willst du ihn haben?«, flüsterte er.

Ihr stiegen vor Lachen schon die Tränen in die Augen. »Welchen?«, schnaubte sie.

Er warf einen Blick auf Henning, glaubte zu verstehen, und das alte, echte und unwiderstehlich unbefangene Grinsen breitete sich auf seinem Gesicht aus. Dieses Grinsen, das sie immer und immer wieder darauf stieß, warum sie niemals über ihn hinwegkommen würde.

»Diesen hier«, sagte er und zeigte auf das Tier.

Sie schüttelte den Kopf. »Den nicht«, erwiderte sie, und kurz darauf zerrte der erzürnte Besitzer seinen Esel vom Hof, während alle anderen ebenfalls wieder ihrer Wege gingen.

Nur Henning blieb hartnäckig bei Sibilla, obwohl sie sich eigentlich nur noch waschen und hinlegen wollte. »Was hatte der Rössner wieder hier zu suchen?«, fragte er kühl.

Sie zuckte mit den Schultern. »Was kümmert dich das?«

»Ich kann es nicht leiden, wenn er um dich herum ist.«

»Du bist ja närrisch. Er will nichts von mir.«

»Das will ich ihm auch geraten haben. Er wird noch schön auf die Schnauze fallen mit seiner Anbiederei bei den vornehmen Herrschaften. Besser, er lässt die Finger nicht nur von dir, sondern von allen anständigen Mädchen. Im Handumdrehen wird er mit seinen feinen Freunden in eine Schlacht ziehen, und das war's dann mit ihm.«

»In eine Schlacht? Warum glaubst du das?«, fragte sie.

»Man munkelt so einiges. Wenn der Herzog morgen kommt, wissen wir mehr. Was ist, gehen wir noch spazieren?«

Spazieren war sein Wort für eine Fummelei in einer Hecke, bei der sie immer alle Hände voll zu tun hatte zu verhindern, dass er ihr nichts anderes unter den Rock schob als nur eine Hand. Das war das Letzte, wonach ihr an diesem Abend noch war.

»Dafür bin ich heute zu müde. Frag mich an einem anderen Tag.«

Er nickte mit verkniffenen Lippen, beschwerte sich aber nicht. »Dann wünsche ich dir eine gute Nacht.«

Als er gegangen war, seufzte sie vor Erleichterung. Sie konnte sich beim besten Willen nicht vorstellen, wie es aussehen sollte, mit ihm verheiratet zu sein. Sie hätte ja nie mehr Ruhe gehabt! Aber seine Beharrlichkeit hatte ihr Herz mit der Zeit doch für ihn erweicht. Immerhin einer, der ihr treu war, und das, obwohl sie ihm nur wenig dafür zurückgab.

Juni 1176

Der Einzug von Herzog Heinrich dem Löwen in Summerburg vollzog sich nur mit einem kleinen Teil seines Gefolges. Der Rest des Heeres, das er mit sich führte, lagerte auf den Wiesen vor den Toren und im näheren Umland.

Zum ersten Mal bekamen die Summerburger einen Eindruck davon, wie eine Belagerung der Burg aussehen konnte. Obwohl die Gäste in Freundschaft gekommen waren und niemanden unmittelbar mit dem Tode bedrohten, ähnelte ihr Auftreten doch einer Heuschreckenplage. Was sie nicht aufaßen, das zertrampelten sie.

Micha wunderte es daher nicht, dass Graf Meinhard bemüht war, die Gespräche und Verhandlungen mit Herzog Heinrich so zügig wie möglich abzuwickeln. Sobald durchdrang, dass es dem Herzog wie schon vermutet um Streitkräfte für seinen Feldzug gegen die Pommern ging, rief Borgward die Burgmannen im Hof der Vorburg zusammen, um ihnen mitzuteilen, wer von ihnen für das herzogliche Heer ausersehen war.

Micha stand in geziemendem Abstand bei den Knappen und beobachtete, wie Borgward als Ersten seinen Erstgeborenen Georg auf die Seite derer beorderte, die den Herzog begleiten würden. Im ersten Moment schien Julius davon nicht berührt zu sein, doch als sein Vater immer mehr Männer und schließlich auch Endris zu Georg schickte, ohne ihn zu erwähnen, versteifte sich seine Haltung. Sein Blick blieb nun auf seinen Vater geheftet und verfinsterte sich zusehends.

Endris, der zuerst offene Freude über seine Berufung gezeigt hatte, wurde still, während sie vergeblich darauf warteten, dass Julius die Order bekam, die sie für selbstverständlich gehalten hatten. Doch sie blieb aus.

Julius' Geduld hielt erstaunlicherweise, bis Borgward alle Männer wieder entlassen hatte. Erst dann marschierte er zu seinem Vater, der noch im Gespräch mit Georg dastand. Micha pirschte sich unauffällig näher heran, so wie auch Endris es tat, der nun sichtlich besorgt war.

»Wenn du denkst, dass ich hierbleibe, dann irrst du dich. Ich schließe mich dem Herzog an. Ich habe dir gesagt, dass ich das tun werde!«, stieß Julius hervor.

Borgward warf ihm einen herablassenden Blick zu. »Ich denke in der Tat, dass du hierbleibst, denn ich will es so. Graf Meinhard schickt Engelbert in die Schlacht. Also begleitet mein Erstgeborener den seinen, so gehört es sich. Du hast dabei nichts verloren, sondern bist nützlicher, wenn du hier weiter deinen Dienst verrichtest.«

»Wir können beide gehen.«

»Wenn ein Mann nur zwei Söhne hat, ist es nicht ratsam, sie beide gleichzeitig in die Schlacht zu schicken«, erwiderte Borgward.

Julius stemmte die Arme in die Seiten. »Was für ein Haufen Scheiße! Du hast deine Enkelsöhne und machst nie einen Hehl daraus, dass sie deine Linie fortsetzen werden. Ob ich lebe, schert dich einen feuchten Kehricht. Euch beiden geht es nur darum, dass Georg sich bei Engelbert leichter beliebt machen kann, wenn ich nicht dabei bin. Denn so groß ist die Liebe zwischen den beiden keineswegs, nicht wahr? Gar nicht auszudenken, wenn Engelbert eines Tages Burggraf wird und weder du noch Georg zu seinen Favoriten zählt. Aber auf euer Kalkül gebe ich einen Dreck. Ich will in diesem Heer reiten und werde das tun!«

Er sprach so laut, dass man ihn von Weitem hören konnte. Borgward hingegen dämpfte seine Stimme, als er antwortete. Micha verstand dennoch jedes Wort.

»So, du reitest? Auf welchem Pferd? Mit welcher Rüstung? Du bist ein Habenichts. Alles, was du dein Eigen nennst, gehört in Wahrheit mir. Und ich verbiete dir, etwas davon aus Summerburg mitzunehmen. Tust du es trotzdem, lasse ich dich von Graf Meinhard ächten.«

Julius wich zwei Schritte zurück. »Das ist nicht wahr. Ich habe Sold erhalten wie jeder andere. Was ich davon erworben habe, ist mein Eigentum.«

»Schwert, Ross und Brünne gehören nicht dazu. Und genau das bräuchtest du für den Dienst im Heer. Ich warne dich! Verschwinden diese Dinge aus Summerburg, dann hetze ich Wachen und Hunde auf dich.«

Micha spürte Julius' Fassungslosigkeit wie seine eigene. Zwischen Borgward und seinem jüngeren Sohn hatte es nie Liebe gegeben, doch diese Drohung übertraf die bisherigen Bosheiten. Ohne weitere Worte wandte sein Freund sich ab und verließ die Burg.

Endris schloss sich ihm sofort an. Micha wartete noch ab, bis Borgward und Georg in die Kernburg zurückgegangen waren, bevor er seinen beiden Freunden folgte. Im Hinterhof des durch die herzoglichen Besucher überfüllten Goldenen Rosses traf er sie wieder.

»Dieser verfluchte Schweinehüter. Er macht das gezielt, um mir die Gelegenheit zu nehmen, mich in Gegenwart Engelberts oder gar des Herzogs zu bewähren. Ich soll Georg nicht in die Quere kommen. Und der alte Satan würde seine Drohung wahrmachen und mich einfangen lassen, wenn ich nicht gehorche. Ich kenne ihn lange genug«, empfing Julius ihn.

Micha nickte voller Mitgefühl. »Das fürchte ich auch. Also wartest du wohl besser auf die nächste Gelegenheit. Es wird schon eine Zeit kommen, wenn er sich dir nicht länger in den Weg stellen kann.«

»Aber es bringt mich schier um den Verstand, dass ich euch zwei nicht begleiten soll. Dass du nun auf jeden Fall mit Endris gehen musst, steht ja wohl außer Frage, Micha. Er braucht jemanden hinter sich, dem er vertrauen kann. Da stimmst du doch zu?«

Noch am Morgen war Micha sich nicht sicher gewesen, was er tun würde. Aber Julius hatte recht. Endris allein in den Krieg ziehen zu lassen, war unvorstellbar.

»Endris und ich allein auf dem Pfad zum großen Heldentum, na sicher. Das lasse ich mir nicht entgehen. Wer weiß – wenn du nicht dabei bist, bekomme vielleicht sogar ich die Gelegenheit, vor den hohen Herren zu glänzen, so wie dein aus der Brünne platzender Bruder. Nimm es als Kompliment, mein Freund. Sie wissen einfach, wie blass er neben dir wirkt.«

Julius' Miene wurde heiterer. »Du weißt, was du mir sagen musst, mein Sonnenschein. Ich verspreche, ich werde tun, als hätte ich alles so gewollt. Am Ende wird Georg sich blamieren, und ich lache als Letzter. Wollen wir gehen und eure Ausrüstung sichten?«

Insgeheim halbherzig, aber nach außen überzeugend genug gab Micha dafür die gleiche Begeisterung vor wie Endris. Doch als sie in die Vorburg zurückkehrten und dort Graf Meinhard in Begleitung von Herzog Heinrich persönlich antrafen, verschoben Michas Gefühle sich jäh.

Heinrich war ein großer, dunkelhaariger Mann mit vollem Bart, Ehrfurcht einflößend und den Blick fesselnd. Seine Haltung strotzte so sehr von Selbstbewusstsein, dass Micha begriff, warum viele Adlige ihm von vornherein Abneigung entgegenbrachten. Wer es nicht gewöhnt war, sich klein zu fühlen, musste seine Ausstrahlung als unangenehm empfinden. Micha tat es nicht, denn er hatte noch das Loblied im Ohr, das sein Vater damals von seinem Herzog gesungen hatte.

Sein Herz hämmerte bei der Vorstellung, die wenigen Schritte zu überwinden, die ihn vom »Löwen« trennten, und das Wort an ihn zu richten. So oft hatte er sich ausgemalt, wie er das tun würde, um ihm das Unrecht zu schildern, das ihm widerfahren war. Doch wie hätte er das jetzt noch wagen können? Hätte er nicht wie ein Jammerlappen gewirkt?

Dreiundzwanzig Jahre war er nun alt, und was hatte er erreicht, auf das er stolz genug hätte sein dürfen, um dem Herzog davon zu erzählen? Womit hätte er sich als würdiger Sohn seines Vaters darstellen können? Mit den zwei Stuten und Fohlen, die er besaß? Vielleicht hatte sein Schicksal ihn auf diesen Weg gezwungen, damit er seiner Bewährungsprobe nicht länger ausweichen konnte. Vielleicht zog auch er in diesen Krieg, um sich und allen anderen zu beweisen, wer er eigentlich war.

24. Kapitel

August 1176

Da Engelberts Truppe Summerburg nach allen anderen verließ, ritt sie am Ende des Heerzugs. Ihr Lagerplatz war von den prächtigen Zelten des Herzogs so weit entfernt, dass sie beinah in verschiedenen Städten hätten wohnen können.

So selbstverständlich sich das aus den Umständen zu ergeben schien, sagte es doch einiges darüber aus, welch geringer Rang den Summerburgern zugemessen wurde. Wäre es anders gewesen, hätte Heinrich den Sohn von Graf Meinhard eingeladen, nach dem Aufbruch zumindest für eine Weile in seiner Gesellschaft zu reiten.

Engelbert äußerte seinen Ärger über diese Herabsetzung nicht ausdrücklich, konnte ihn aber auch nicht ganz verbergen. Georg, der ihm nicht von der Seite wich, hieb wacker in die Kerbe, wenn er Dinge sagte wie: »Jedes Heer braucht eine gute Nachhut, nicht wahr? Wenn ich auch nicht glaube, dass der Feind in diesem Fall von hinten zu erwarten ist.«

An diesem Nachmittag schlugen sie auf dem Weg an die Ostsee zum dritten Mal die Zelte auf. Das Heer kam nur langsam voran, weil Heinrich weiterhin seine Vasallen aufsuchte, um in eigener Person die Unterstützung einzufordern, die sie ihm schuldeten. Umwege hatten sie zuerst nach Osten geführt, bevor sie die Richtung zur Meeresküste einschlugen, wo die pommerschen Fürsten ansässig waren, mit denen Heinrich stritt.

Inzwischen hatte Micha herausgefunden, worum es dabei ging: Obwohl die westpommerschen Herzöge sich offiziell Heinrichs Herrschaft unterstellt hatten, hörten die Pommern seinem Befehl zum Trotz nicht auf, den dänischen Seehandel zu behindern. Um König Waldemar von Dänemark seinen guten Willen zu beweisen, wollte Heinrich ihren Gehorsam erzwingen.

Micha war froh, dass nicht er es war, der entscheiden musste, wie das geschehen sollte. Er kümmerte sich um Endris' Destrier, Reit- und Packpferde, das Gepäck und die Verpflegung, die über das hinausging, was der Koch ihrer Abteilung an jeden herausgab. Es kam ihm so vor, als würde er auf der Suche nach Futter, Wasser, Brennholz und einem geeigneten Abtritt morgens und abends zu Fuß ebenso viel Strecke zurücklegen, wie sie reitend an einem Tag von Lagerplatz zu Lagerplatz geschafft hatten. Bisher forderte der Feldzug weniger Todesmut als heldenhafte Geduld von ihm.

Er schlief mit Endris und einigen anderen in dem mit einer Fahne in den rot-silbernen gräflichen Wappenfarben gekennzeichneten Zelt gleich neben dem, das Engelbert mit Georg und ihrer beider Knappen und Knechte teilte. Drei der Milites in Endris' Zelt waren nicht aus Summerburg, sondern gehörten zu Herzog Heinrichs ständiger Truppe. Sie waren ihnen zur Unterstützung zugeteilt worden.

In einem von ihnen, einem jungen Ritter namens Jofridus, hatte Micha gleich einen der Männer wiedererkannt, die damals geholfen hatten, die angeblichen Räuber aus Walbeck zur Strecke zu bringen. Deshalb mied er seine Gesellschaft, behielt ihn aber im Auge. Bald fiel ihm auf, dass gerade dieser Mann Georg und einige weitere der Summerburger mit deutlicher Abscheu betrachtete, wenn er sich unbeobachtet wähnte. Micha wies Endris darauf hin, und sie beschlossen, der Sache auf den Grund zu gehen.

Als Jofridus wie üblich seinen Rössern einen abendlichen Besuch abstattete, war Micha zur Stelle und bot ihm ein paar von den ersten reifen Äpfeln an, die alle Pferde als Leckerei liebten. »Wenn Ihr erlaubt: Die habe ich übrig. Vielleicht wollt Ihr sie Euren Prachttieren geben?«

Jofridus musterte sowohl die Früchte als auch ihn misstrauisch. »Wie freundlich. Damit kann man sich bei den Gäulen einschmeicheln. Ist das dein Geheimnis im Umgang mit ihnen, Rössner? Ich weiß, dass du dafür bekannt bist, viel von Pferden zu verstehen. Das ist mir schon zu Ohren gekommen, als ich in Summerburg meinen Dienst für unseren Herrn Herzog geleistet habe.«

Micha spürte, wie seine Wangen heiß wurden. Er war inzwischen daran gewöhnt, dass die Summerburger ein bestimmtes Bild von ihm hatten. Sie kannten ihn lange genug. Aber es überraschte ihn, dass ein Fremder das von ihm wusste.

»Das ehrt mich. Und, ja, die Äpfel sind das Geheimnis. Wo ich auch gehe und stehe, ich habe immer einen vollen Sack dabei, um die Viecher zu bestechen und mich bei ihnen beliebt zu machen. Den Baumgarten von Summerburg darf ich inzwischen nicht mehr betreten, man hat schon Wachen aufgestellt wegen mir.«

Der junge Ritter lachte gezwungen, nahm ihm die Äpfel ab und fütterte sein glücklich schnaubendes Streitross damit. »Mir fiel auf, wie achtsam man sich in Summerburg gegen Diebe wappnet. Sei dankbar, dass sie dich nicht gleich zum Galgen geführt haben.«

Sein Tonfall sollte wohl spöttisch klingen, wirkte auf Micha aber eher beißend. Er antwortete, ohne nachzudenken. »Glaubt mir, mein Herr, ich rechne jederzeit damit. Um mich davor zu schützen, müsste ich weit mehr stehlen, als ich mit meinem Gewissen vereinbaren könnte.«

Jofridus sah ihn auf einmal scharf an, und Michas Herz überschlug sich. Wie hatte er das sagen können? Er wusste nichts über diesen Mann. Wenn er entgegen seiner Ahnung auf der falschen Seite stand, hatte er sich selbst gerade zum Anwärter auf ein Messer im Rücken erklärt. Über sich selbst erschrocken, wich er Jofridus' Blick aus.

Der räusperte sich und sprach leiser weiter. »Du denkst also auch, dass in Summerburg die größten Räuber ungeschoren bleiben?«

Micha wusste nicht, was in ihn gefahren war, dass er nach all den Jahren seine Vorsicht fallen ließ, doch er konnte nicht länger heucheln. »Und dass Räuber gehenkt werden, die nichts davon wussten, Räuber zu sein. Ein Verwirrspiel, das im Summerburger Land eine lange Tradition hat. Mein halbes Leben lang beobachte ich es schon. Aber die Regeln wollen mir nicht einleuchten.«

»Und doch bleibst du da, wo du die Regeln nicht verstehst.« Damit traf Jofridus zielsicher Michas wunden Punkt.

»Ich hoffe eben, dass sie sich eines Tages ändern. Junge Leute erfinden doch oft Spiele neu.«

Verbittert stieß Jofridus die Luft aus. »Wir beide sind noch jung, aber da bin ich dir voraus. Ich weiß, dass sich solche Spiele nicht so leicht ändern lassen. Und wenn du einmal mitgespielt hast, dann bleibt dir nichts anderes übrig, als die Regeln hinzunehmen. Denn wieder auszusteigen, ist kaum möglich. Du hast dich vielleicht bisher noch heraushalten können, weil die Mächtigen dich für unbedeutend hielten. Aber bist du sicher, dass ich der Einzige bin, der damals gesehen hat, wie du dich dieser trauernden Witwe angenommen hast? Früher oder später werden sie dich auf die Probe stellen. Besonders, wenn sie glauben, dass du in ihren Stand aufsteigen willst.«

Betroffen wich Micha von ihm zurück. Die Hinrichtung lag nun schon so lange zurück, dass er nicht damit gerechnet hatte, je auf seine Begegnung mit Hildegard angesprochen zu werden. Hatten wirklich noch andere bemerkt, was er getan hatte? »Nicht alle spielen das üble Spiel. Es ist nur Borgwards ausgewählter Kreis. Sie verfügen über die meiste Macht in Summerburg. Aber sie wissen auch, dass sie ihre Taten nicht offen begehen können. Wenn sie es dazu kommen lassen, dass man ihnen Verbrechen nachweisen kann, wird der Graf sie nicht länger decken. Nehmen wir an, jemand brächte seiner Gnaden Herzog Heinrich eine Anklage und Beweise vor und der spräche ein Urteil. Dann wäre Graf Meinhard gezwungen, Recht und Unrecht wieder vom Kopf auf die Füße zu stellen, oder nicht?«

»Hast du denn solche Beweise? Wir sind monatelang in Summerburg gewesen, und die Kerle waren aalglatt. Diese Sache mit den angeblichen Räubern und ihrer Hinrichtung war so gerissen eingefädelt, dass wir nichts tun konnten. Sie haben uns damit überrumpelt, brachten falsche Zeugen, zeigten uns das Diebesgut in den Scheunen der Bauern. Borgwards Schergen hatten diese armen Männer schon gequält, als wir dazukamen. Deshalb legten sie Geständnisse ab, bevor wir weitere Fragen stellen konnten. Die Sache verfolgt mich, das kannst du mir glauben. Aber ich habe nichts in der Hand, womit ich Heinrich überzeugen und zum Eingreifen bringen könnte. Auch darum bin ich hier. Ich fand es klüger, den Grafensohn und den Sohn von diesem Borgward im Auge zu behalten.«

Nun wurde Micha einiges klarer. »Vor Jahren habe ich bei Engelbert vorgesprochen und ihn gebeten, etwas gegen Borgward zu unternehmen. Er hat mir zugesagt, es zu versuchen.

Auch wenn nicht viel dabei herauskam, glaube ich, dass er als Burgherr anders herrschen wird als sein Vater.«

»Du bist zu ihm gegangen? Langsam beginne ich, es für ein Wunder zu halten, dass du noch lebst. Aber ich verstehe nun besser, warum du in Summerburg bleibst. Du setzt deine Hoffnung darauf, dass Engelbert in absehbarer Zeit das Erbe antritt und alles zum Besseren wendet. Wenn du mich fragst, wird er dazu Borgward und seinen ganzen verkommenen Anhang endgültig loswerden müssen. Dabei werde ich dann gern behilflich sein. Du ebenfalls?«

Klarer denn je stand Micha vor Augen, was es bedeuten würde, wenn es so weit käme. Johanna und Julius würden alles verlieren, Endris' Ansehen würde einen schweren Schlag erleiden. Somit würde auch sein eigenes Leben nicht weitergehen wie bisher. Gab es eine Zukunft für Johanna und ihn, wenn er half, ihren Gatten und Schwiegervater ums Leben zu bringen? Würden seine Freunde noch mit ihm sprechen, falls er diesen Weg ging? *Wenn du einmal mitgespielt hast, dann bleibt dir nichts anderes übrig, als die Regeln hinzunehmen.* War es schon so weit, dass er nicht mehr aus dem Spiel aussteigen konnte? Was hatte Pater Servatius gesagt? *Erst in jüngerer Zeit scheint es dir schwerer zu fallen, zwischen Gut und Böse zu unterscheiden.* Jetzt spürte er, dass etwas Wahres daran war. War das Gerechte noch gut, wenn es dazu führte, dass seine unschuldigen Freunde ins Elend stürzten?

Dennoch nickte er. »Wenn Engelbert eines Tages in Summerburg aufräumen will, werde ich auf seiner Seite stehen.«

»Und wenn es vor Heinrich zu einer Anklage gegen Borgward und seinesgleichen kommt?«, fragte Jofridus.

»Dann werde ich einen Bericht von allem ablegen, was ich über die Jahre gesehen habe.«

»Daran werde ich mich zu gegebener Zeit erinnern, Rössner. Hast du noch mehr von den Äpfeln?«

Micha schüttelte mit einem matten Lächeln den Kopf. »Leider nicht. Aber ich denke an Euch und Eure Pferde, wenn ich wieder welche finde.«

Noch am selben Abend erzählte Micha Endris, was es mit Jofridus' Abneigung gegen die Summerburger auf sich hatte. Auch die Hinrichtung erwähnte er, nicht aber das Versprechen, das er Heinrichs jungem Ritter gegeben hatte.

* * *

Als sie am nächsten Tag aufbrachen, bestand Endris darauf, statt direkt hinter Engelbert und Georg neben Jofridus zu reiten, weil er ihm seine eigene Meinung zu verstehen geben wollte. Doch vorerst kam es nicht zu einem derartigen Austausch zwischen den beiden, denn Jofridus wollte singen. Da Endris keine Gelegenheit auslassen konnte, seine eigenhändig gedichteten Lieder vorzutragen, schloss er sich dem Wunsch an. Neue Werke wechselten sich ab mit bekannten Liedern, bei denen viele mitsangen.

Der Augusthimmel war wolkenlos blau, ein angenehmer leichter Wind verhinderte, dass es den gerüsteten Milites unter ihren Kettenhemden zu heiß wurde, und der Boden war gerade feucht genug, um keine Staubwolke entstehen zu lassen, wo das Heer entlangzog.

Micha ritt Lilje und führte Endris' Streithengst Polz sowie das wichtigere seiner Packpferde an der Hand. Als guter Knappe, der er nun war, blieb er stets dicht hinter seinem Freund, sodass er ihm bei einem Zwischenfall schnell zu Ross und Waffen verhelfen konnte.

In dem Moment aber, als die Angreifer aus einem Graben aufsprangen und mit gezielten Axthieben die ersten Pferde und

Reiter zu Fall brachten, reagierten er und Endris dann beide wie die Frischlinge, die sie waren.

Entsetzt erstarrten sie einen Atemzug zu lange, um verhindern zu können, dass einer der Pommern Georg aus dem Sattel riss. Engelbert fing sich als Erster und stellte sich mit einem lauten Fluch zum Kampf. Im Handumdrehen wurde der Angriff zu einem wirren Gedränge.

Der Aufschrei brachte auch Micha zu sich und ließ ihn fieberhaft überlegen, ob Endris es noch schaffen konnte, auf den Destrier umzusteigen und eine Lanze zur Hand zu nehmen. Mit beidem wäre er für die vom Boden aus kämpfenden Gegner weit gefährlicher gewesen. Doch sein Freund hatte schon das kurze Schwert gezogen, das er immer bei sich trug, und trieb sein Reitpferd ins Gefecht.

Micha sah nur eine Möglichkeit, ihm zu helfen. Hastig griff er sich Schild und Lanze vom Packpferd und stieg selbst von Liljes Rücken aus auf den Hengst um. Er hatte Polz persönlich ausgebildet und kannte seine Stärken genau. Mit ihm würde er sich vielleicht zu Endris durchschlagen können, um seinem Freund etwas Luft zu verschaffen und wenigstens den Schild an ihn weiterzureichen.

Bis zu diesem Augenblick hatte er nicht wirklich daran geglaubt, dass er in diesem Krieg selbst kämpfen würde. Doch nur einen Wimpernschlag nachdem er die Entscheidung dazu getroffen hatte, kämpfte er, als hätte er nie etwas anderes getan. All das, was er sein halbes Leben lang mit seinen Freunden und den Burgmannen geübt hatte, ging ihm nun von der Hand, als hätte er tief im Inneren stets gewusst, dass er sich eines Tages auf dem Schlachtfeld wiederfinden würde. Er ließ den Hengst für sich arbeiten, auf der Hinterhand drehen, schlagen, beißen, den Waffen ausweichen, die seinen empfindlichen Flanken und Fesseln zu nahe kamen, und diejenigen zu Boden trampeln, die ihm eine Blöße boten. Micha stieß mit der Lanze zu, traf die verwundbare Stelle eines Gegners, barg die Lanze und wandte sich dem nächsten zu, ohne etwas anderes zu fühlen als die Herausforderung und den anschließenden Triumph des Erfolges.

Schließlich hatte er sich Endris genug genähert, um ihm seinen Schild zuwerfen zu können. Nur knapp entging er dabei einem Dolch, den einer der Pommern nach ihm warf. Er trieb Polz an und ritt den Mann nieder, dann wendete er sofort, um sich nicht wieder von Endris zu entfernen.

Sein Freund war inzwischen aus dem Sattel gestiegen und kämpfte Rücken an Rücken mit Engelbert, der sein Pferd verloren hatte. Micha versuchte, den beiden gegen die Übermacht der Feinde zu helfen, hatte aber Sorge, dass der ungepanzerte Hengst niedergestochen würde, wenn er sich einkeilen ließ.

Zwei der Angreifer erwischte er nacheinander mit der Lanze, doch dann musste er seine eigene, ebenfalls schlecht gepanzerte Haut gegen einen Pommern verteidigen, der plötzlich auch auf einem Pferd saß und mit dem Schwert auf ihn losging. Micha spürte schmerzhaft, wie die Klinge ihn an der Schulter streifte, als er sich wegduckte.

Mit einem wütenden Aufschrei ließ er Polz rotieren, fasste die Lanze kürzer und traf den Pommern mit Wucht. Dabei konnte er jedoch nicht verhindern, dass der mit beiden Händen die Lanze ergriff und sie ihm entriss. Micha warf sich aus dem Sattel auf den Mann, bevor der wieder die Waffe heben konnte. Sie stürzten zusammen zu Boden und rangen zwischen den stampfenden Hufen der aufgeregten Rösser, bis Micha sein Messer ziehen konnte und es seinem Gegner oberhalb der Halsberge in die Kehle stieß.

Als er danach aufblickte, flohen die wenigen noch dazu fähigen Feinde auf erbeuteten Pferden im gestreckten Galopp über die Äcker auf den nahe gelegenen Wald zu. Micha kauerte weiter auf den Knien und blickte sich um. Vage vermutete er, dass er mehr hätte unternehmen sollen, aber er konnte nur eins denken: Seine Pferde waren alle noch da. Und Endris lebte.

Erst als sein Freund nach ihm rief, kam er richtig zur Besinnung.

»Micha! Komm her! Hilf mir doch! Engelbert … Er ist … Ich glaube, er …«

Mit zitternden Knien erhob Micha sich und sah gerade noch, wie der Grafensohn in Endris' Armen erschlaffte und der ihn notgedrungen zu Boden sinken ließ. Während Micha zwischen den Gefallenen hindurch zu den beiden hinüberlief, wurde ihm klar, wie kurz der Kampf gewesen war. Denn nun stießen die Reiter der Truppe zu ihnen, die vor ihnen geritten waren. Offenbar hatten sie gar nicht so schnell umkehren können, wie schon wieder alles vorüber gewesen war. Einige Reiter jagten den fliehenden Angreifern nach und hatten Aussichten, sie noch zu erwischen.

Als Micha sich neben Endris zu dem liegenden Grafensohn hockte, trat auf einmal auch Georg wieder in Erscheinung. Lautstark beschimpfte er die eintreffenden Verbündeten dafür, dass sie so spät kamen. Wo war er während des Kampfes gewesen? Micha konnte sich nicht erinnern, ihn gesehen zu haben, nachdem er aus dem Sattel gerissen worden war.

»Ihr könnt von Glück sagen, dass wir stark genug waren, sie in die Flucht zu schlagen. Sonst würden die verdammten Pommern jetzt glauben, dass sie leichtes Spiel mit diesem Heer haben werden. Was habt ihr da vorn gemacht? Habt ihr im Sattel geschlafen? Und haben wir keine Späher, die …«, schrie Georg, verstummte kurz, als sein Blick auf Engelbert fiel, und schrie dann weiter. »Das ist eure Schuld! Wir standen unserem Herrn bei. Wo wart ihr?«

Endris hatte Engelberts Kopf auf seine Knie gebettet, doch soweit Micha es beurteilen konnte, würde das dem Erbgrafen nicht mehr helfen. Er war kalkweiß, schweißgebadet, lag mit weit aufgerissenem Mund da und blickte ins Leere, während seine Atmung unregelmäßig und flach war. Um einen letzten gequälten Atemzug kämpfte er noch, dann schlossen sich seine Augen und er gab auf. Nicht nur Endris versuchte, ihn wieder aufzurütteln, aber niemand hatte damit Erfolg. Engelbert von Summerburg, der Erstgeborene von Graf Meinhard, starb auf dem Feldzug gegen die Pommern, noch bevor die erste echte Schlacht stattgefunden hatte.

Micha war gerade aufgestanden, um sich um die Pferde zu kümmern, da trat Jofridus auf ihn zu und legte ihm eine Hand auf die Schulter. Der junge Ritter atmete schwer und sah durchgerüttelt aus, als hätte auch er gefochten. »Du blutest, mein Freund. Wie schlimm ist es?«

Erst auf die Frage hin betrachtete Micha seine Verletzung genauer. Er schüttelte den Kopf. »Der Arm ist noch dran.«

»Lass die Wunde versorgen, wenn das so bleiben soll. Du brauchst eine bessere Rüstung, Rössner. Jedenfalls, wenn du dich weiter so ins Gefecht stürzen willst. Ich habe dich gesehen und gestaunt. Nicht jeder hätte sich so gut geschlagen.«

»Meine Knie zittern wie Espenlaub. Ich glaube nicht, dass ich gleich ins nächste Gefecht rennen werde. Schon gar nicht, da Engelbert gefallen ist. Wir werden ihn zu seinem Vater nach Hause bringen müssen. Ich kann es noch nicht begreifen. Wie konnte das geschehen?«

Jofridus seufzte und blickte zu der Gruppe von Männern hinüber, die sich um den Gefallenen geschart hatte. »Vor solchen heimtückischen Angriffen sollten unsere Späher uns bewahren. Sie haben versagt, und wir haben uns überraschen lassen wie Kinder. Seine Durchlaucht wird nicht erfreut sein. Aber keine Sorge, du hast nichts zu befürchten. Ich werde dich ihm vorstellen und ihm sagen, wie tapfer du dich in deinem ersten echten Gefecht behauptet hast.«

Micha überlief ein kalter Schauder und seine Knie gaben gleich noch etwas weiter nach. Sollte das die Art sein, wie er nach all der Zeit schließlich Heinrich dem Löwen gegenübertrat? Nachdem er knapp einen weiteren Hinterhalt überlebt hatte, wie schon zuvor als Knabe? Er fühlte sich ganz und gar nicht als herausragender Kämpfer, sondern nur als eben dieser Knabe, der das Beste daraus gemacht hatte, dass er dieses Mal einen guten Destrier ritt.

Georgs aufdringliche Stimme übertönte alle anderen. Borgwards Sohn erteilte Befehle, um die Lage zu ordnen und Engelbert würdevoller aufzubahren.

Unsicher sah Micha Jofridus ins Gesicht. »Vielleicht hebst du mich besser nicht hervor. Endris hat gekämpft wie ein Stier und hatte mehr Gegner. Er hat alles getan, um Engelbert zu schützen. Trotzdem wird ihn heute niemand loben, weil er neben dem Erbgrafen stand, als der fiel. Oder sehe ich das falsch?«

Heinrichs junger Ritter schüttelte den Kopf. »Du hast recht. Trotzdem …«

»Wisst Ihr, wo Georg während des Kampfes war?«, unterbrach Micha ihn.

»Er lag am Boden. Ich dachte, er wäre bewusstlos. Davon scheint er sich allerdings schnell erholt zu haben.«

»Ihr erinnert Euch, was Ihr darüber sagtet, was geschehen wird, wenn mich Borgwards Männer auf einmal für bedeutsam halten? Ich glaube, das ist nicht der richtige Zeitpunkt dafür.«

»Zu spät. Unabhängig davon, was ich dem Herzog erzähle, haben andere dich ebenfalls gesehen. Und wahrscheinlich auch Georg selbst. Nimm mein Lob an und finde dich damit ab, dass sich die Dinge für dich ändern werden.«

Ein halber Tag schien zu vergehen, und die verbliebenen Summerburger hatten längst alles so geordnet, dass sie

Engelberts Leichnam heimbringen konnten, da kam Jofridus von seiner Berichterstattung beim Herzog zurück. Vom Rücken seines Pferdes aus rief er Micha zu sich.

»Aufsteigen, Rössner! Seine Durchlaucht will dein Gesicht sehen.«

Obwohl ihm vor Schreck fast die Luft wegblieb, beeilte sich Micha, dem Befehl Folge zu leisten. Ihm war bewusst, dass jedes Zögern nur größeres Aufsehen erregt hätte. Im Losreiten wechselte er hastige Blicke mit Endris, dessen Gesichtsfarbe ihm schon seit dem Moment nicht mehr gefiel, als Engelbert ihm aus den Armen geglitten war. Er war so bleich, als würde er jeden Moment ohnmächtig werden. Je schneller er vom Herzog zu seinem Freund zurückkehrte, desto besser.

»Hier ist der Mann. Der Rössner Michael«, stellte Jofridus ihn vor.

Heinrich der Löwe saß in einem pelzbedeckten Lehnstuhl inmitten von Männern, die ihn an Pracht nur wenig unterboten. Dennoch blickte er Jofridus und Micha entgegen, als hätte er auf sie gewartet. Ungeduldig winkte er sie heran.

»Du bist also der waghalsige Rossknecht, der die hundsföttischen pommrischen Ratten in die Flucht geschlagen hat. Ich gratuliere dir. Du darfst dir von den erbeuteten Rüstungen aussuchen, was dir gefällt. Jofridus, sorg dafür, dass der Junge etwas Gescheites wählt. So wird er uns im nächsten Gefecht vielleicht auch noch erhalten bleiben.«

Micha verneigte sich respektvoll. »Danke, Euer Durchlaucht. Ich glaube nicht, dass ich diese Ehre verdiene. Aber die Rüstung nehme ich gern. Nach all der Zeit fiel mir heute auf, dass das schwere Zeug wohl doch einen Nutzen hat.«

Der Herzog grinste und sah ihm nun geradewegs ins Gesicht. »Nicht wahr? Tag für Tag verflucht man die Last, aber dann versteht man plötzlich, warum man sie mit sich herumschleppt. Du scheinst ein aufgeweckter Kerl zu sein. Ich hörte, dass du dich auch besonders gut auf die Rösser verstehst. Graf Meinhard kann sich wohl glücklich schätzen, dass er dich in seinen Diensten hat. Ich würde dich ihm abwerben, aber das wäre heute nicht anständig von mir. Also geh hin und gib seinem Sohn das Geleit. Ich bedaure dieses Unglück zutiefst, richte das den Summerburgern aus. Dein Gesicht werde ich mir merken. Obwohl … Mir kommt es schon jetzt bekannt vor. Du erinnerst mich an einen Mann, den ich mal kannte. Er hatte auch eine Leidenschaft für die Rösser, die ihresgleichen suchte. Und er war so mutig wie du. Seinen Namen habe ich vergessen. Aber du ähnelst ihm.«

»Walther von Auwied«, sagte Micha, ohne nachzudenken.

Heinrich runzelte nachdenklich die Stirn. »Ja. Mag sein, dass das der Name war. Bist du mit ihm verwandt?«

»Er war mein Vater.« So viel mehr als das wollte er sagen und brachte doch nichts weiter heraus. Zu plötzlich war dieser Moment gekommen.

»Das erklärt es. Also dann, junger Freund. Geh mit meinen besten Wünschen. Vielleicht sehen wir uns eines Tages wieder.«

Jofridus begleitete Micha zu einem Zelt, vor dem die erbeuteten Rüstungen und Waffen auf dem Boden lagen.

Schon auf dem Weg dorthin konnte Heinrichs Ritter seine Neugier nicht zügeln. »Von Auwied also. Warum sagst du das nicht? Bist du ein Bastard deines Vaters, dass du seinen Namen nicht führst und dich gibst wie ein einfacher Knecht?«

Micha fühlte sich von der Begegnung mit dem Herzog noch zittrig und hätte lieber geschwiegen. Aber den »Bastard« konnte er nicht auf sich sitzen lassen.

»Nein, ich bin kein Bastard. Aber ich habe meinen Vater verloren, als ich noch ein Knabe war. Und alles, was er besaß. Sein Name wäre mir aus gewissen Gründen mehr Hindernis als Hilfe gewesen. Du hast ja gehört, dass nicht einmal seine

Durchlaucht sich an ihn erinnert, obwohl er meinem Vater damals den Titel des Freiherrn verliehen und ihm seine Ländereien vermittelt hat.«

Sie blieben vor den Rüstungen stehen und begannen, sie zu begutachten. Jofridus empfahl ihm mit einer Geste eines der Kettenhemden, während er weitersprach. »Du hättest etwas dazu sagen sollen, als du vor ihm standest. Er hat dich eingeladen, in seine Dienste zu treten. Gewiss durfte er dich heute nicht offen abwerben. Aber ein paar Worte von dir und du hättest wiederkommen können, um mit uns zu reiten.«

Micha zuckte mit den Schultern, als wäre ihm das nicht wichtig, obwohl das Herz ihm bis zum Hals schlug. Da war sie erneut, die große Gelegenheit. Doch er konnte gerade nur an den kreidebleichen Endris denken, der dann allein mit Georg und dem toten Engelbert nach Summerburg hätte zurückreiten müssen. Wer wusste, wie Georg ihre Geschichte erzählen, wem er die Schuld an dem Unglück geben würde?

»Vielleicht kommt es eines Tages noch dazu. Jetzt muss ich mich um Endris kümmern.«

Jofridus nickte und deutete spielerisch eine Verneigung an. »Gesegnet ist der, der einen guten Freund hat. Reite mit Gottes Hilfe, wenn du hier fertig bist, Junker Michael von Auwied. Ich muss dich jetzt verlassen.« Er streckte Micha zum Abschied die Hand hin und der schlug ein.

»Rössner. Michael, der Rössner. Es wäre mir lieber, wenn es vorerst dabei bliebe.«

Lächelnd schlug Jofridus ihm auf die Schulter. »Wie du willst. Aber ich merke mir deinen wahren Namen.«

25. Kapitel

August 1176

Beim Einzug in Summerburg standen dunkle Wolken am Himmel, und eine ebenso düstere Stimmung lag über den Heimkehrern und den Menschen, die sie empfingen. Herzog Heinrich hatte einen Boten mit der furchtbaren Nachricht vorausgeschickt. So hatte Graf Meinhard dem nun von Georg angeführten Trupp einige Burgmannen entgegenschicken können, um den Leichenzug würdevoll zu verstärken.

Von Engelberts Angehörigen war keiner unter ihnen, aber Julius, der sich gleich zu Micha und Endris gesellte. Zu Michas Leidwesen verfinsterte Julius' Anwesenheit ihre Stimmung noch mehr. Seit dem Aufbruch hatte Endris immer wieder leise Sätze von sich gegeben, die mit »Wenn doch bloß …« begannen und mit »dann wäre« weitergingen. »Wenn doch bloß Julius dabei gewesen wäre, dann würde Engelbert noch leben«, war der wichtigste dieser Sätze. Doch nun, da Julius bei ihnen war, brachte keiner von ihnen es fertig, offen mit ihm über ihren Kummer zu sprechen. Micha konnte sich vage vorstellen, wie empört Julius auf alles reagieren würde, und er war noch nicht bereit für dessen laute Worte. Zu frisch waren das Gefühl von Versagen und die Trauer. Michas Gedanken und Gefühle waren allgemein in einem solchen Aufruhr, dass ihm der Schädel schmerzte. Daher war das Einzige, was er fertigbrachte, Julius unauffällig einzuschärfen, dass er seinen Bruder davon abhalten musste, Endris die Schuld an Engelberts Tod zu geben.

Dabei war es nicht so, dass er sich nicht danach sehnte, jemandem sein Herz auszuschütten. Er hatte Todesangst erlebt, hatte sie überwunden, zum ersten Mal auf Leben und Tod gekämpft und getötet. Und er hatte einen Mann sterben sehen, in den er große Hoffnungen gesetzt hatte. Er war dem Herzog begegnet und seiner eigenen wahren Herkunft. Und er hatte eine Gelegenheit ausgeschlagen, die er sich lange gewünscht hatte. Nur zu gern hätte er das alles mit jemandem besprochen, der ihm nahestand.

Doch Johanna würde diesen Abend mit Georg verbringen, das war gewiss. Und wenn er darüber nachdachte, war sie ohnehin nicht diejenige, mit der er sich in diesem Moment am wohlsten gefühlt hätte. Viel lieber hätte er mit Sibilla geredet. Der Sibilla von früher. Aber so, wie es derzeit zwischen ihnen stand, hatte sie wohl wenig Lust, ihm zuzuhören.

Da ihm also die richtige Zuhörerin fehlte, wäre er am liebsten allen aus dem Weg und geradewegs zu seinen Pferden gegangen. Doch das stand ihm nicht frei. Sämtliche Bewohner der Unterburg hatten entlang der Straße Aufstellung genommen und bildeten ein Spalier, um Engelberts Leichnam Respekt zu erweisen. So, wie die Blicke der Leute ihnen folgten, wusste Micha, dass er ihrer Neugier nicht entkommen würde. Wo er auch hinging, würde ihn jemand aufspüren, um ihn nach den Geschehnissen zu befragen.

Auch Adam und seine Familie standen am Wegesrand, und Micha blickte unwillkürlich zu Sibilla. Obwohl Trauermienen geboten und angemessen waren, spiegelte sich in ihren Augen eine solche Erleichterung, als sie ihn sah, dass er sich gerade noch verkneifen konnte, ihr zuzuwinken. Wie schlecht es auch um ihre Freundschaft bestellt sein mochte, gleichgültig war er ihr offenbar nicht geworden. Das zu wissen, tat ihm gut.

Die Bewohner der Kernburg bildeten das Spalier in der Vorburg bis zu der Stelle, wo Graf Meinhard und seine Gemahlin auf ihren toten Sohn warteten. Der Graf hielt sich aufrecht, Gräfin Reinhild war so gebeugt, dass ihre Zofe sie stützen musste. Wie eine erstarrte Versammlung von Rabenvögeln auf dem Feld standen hinter ihnen Borgward und seine Familie zusammen mit Pater Eucharius und anderen engen Vertrauten des Grafen in schwarzen Trauerroben.

Außer Pater Eucharius brachen alle Versammelten in Wehklagen aus, als der Leichnam vom Wagen genommen wurde. Der Pater schritt den Trägern voran in den Palas, wo Engelbert bis zur Bestattung aufgebahrt liegen würde. Seine Familie und die zurückgekehrten Gefolgsleute des Grafen folgten nach.

Bevor Georg hineinging, befahl er Micha, die Versorgung der mitgeführten Pferde zu beaufsichtigen, womit er unterstrich, dass er ihn nicht als zur Trauergesellschaft gehörig betrachtete. Einerseits war das nicht ungewöhnlich, andererseits wirkte es auf Micha doch wie ein gezielter Hieb gegen ihn. Trotzdem war es ihm recht. Einige der Pferde hatten Verletzungen davongetragen, die behandelt werden mussten, und dabei würde er sich weit nützlicher fühlen als an der Bahre des Toten.

Allerdings strömten wie erwartet die Wissbegierigen auf ihn zu, nachdem die Trauergesellschaft das Tor zur Kernburg durchschritten hatte. Für eine Weile konnte er nichts anderes tun, als Rede und Antwort zu stehen. Zurückhaltend schilderte er an die zwanzig Mal, was aus seiner Sicht geschehen war. Über seine eigene Rolle sagte er nicht mehr, als dass er sich seiner Haut gewehrt und Glück gehabt habe. Der Verband an seiner Schulter brachte ihm viel Mitgefühl ein, denn anders als von den Milites hatte von ihm niemand kriegerische Heldentaten erwartet.

Als die Sonne unterging und Endris und Julius sich noch immer nicht blicken ließen, schob Micha Erschöpfung vor, um sich zurückziehen zu können.

Tatsächlich schloss er die Tür der Futterkammer hinter sich und machte es sich auf seiner Schlafstätte bequem, doch von Schlaf konnte keine Rede sein. Seine Gedanken hetzten sich im Kreis wie geifernde Bracken, und wieder wünschte er, er hätte mit der alten Sibilla an ihrem Lieblingsplatz am Bach sitzen und ihr alles erzählen können. Sie hätte einen Weg gefunden, das Gekläff in seinem Kopf zum Schweigen zu bringen.

* * *

Sibilla wartete lange genug, um sicher zu sein, dass ihre Eltern, ihre Großmutter und Jakob schliefen, doch nicht so lange, dass die Wachen die inneren Tore schon geschlossen hatten, wenn sie dort ankam. Auf Wiebke und Magda achtete sie nicht. Magda verriet nie etwas und Wiebke hatte gute Gründe, nicht mit dem Finger auf andere zu zeigen. Sie war in letzter Zeit selbst oft genug heimlich hinausgeschlichen. Sibilla ahnte, zu wem es ihre Schwester hinzog, doch sie sprachen nicht offen darüber. Wiebke hütete ihre Geheimnisse gern allein.

Eilig hastete Sibilla an Hennings Schmiede vorbei, um nicht von ihm entdeckt zu werden. Mit einem Korb voller Äpfel unter dem Arm schlüpfte sie durch die Fuchsbachpforte ins Dorf und stieg hinauf zur Burg. Der Anblick der Äpfel genügte offenbar, denn sie musste sich niemandem erklären und erreichte ungehindert den hinteren Hof der Vorburg, wo sich die Stallungen befanden. Das war ihr Glück, denn hätte sie etwas sagen müssen, hätte sie sich sicher verhaspelt. All ihre Gedanken drehten sich nur um Micha und darum, wie dringend sie ihn aus der Nähe sehen und mit ihm sprechen musste.

Seit sich die Nachricht von dem Hinterhalt herumgesprochen hatte, in den die Summerburger geraten waren, war sie vor Angst beinah verrückt geworden. Niemand hatte gewusst, ob es außer Engelbert noch andere Tote oder Schwerverletzte gegeben hatte. Sibillas Erleichterung bei Michas Anblick war daher unermesslich gewesen. Wie hatte sie so lange böse mit ihm sein können? Nach all der Zeit, die sie ihn unfreundlich behandelt hatte, wusste er vielleicht gar nicht mehr, wie wichtig er ihr war. Die Vorstellung, dass er hätte sterben können, ohne zu wissen, wie sehr sie ihn liebte, war entsetzlich.

Als sie mit klopfendem Herzen und dem Apfelkorb in der Hand an die Tür der Futterkammer klopfte, fragte sie sich, wie es dazu hatte kommen können, dass sie einen Vorwand brauchte, um ihren besten Freund zu besuchen. Dennoch schlüpfte sie auf sein heiseres »Ja?« hin verstohlen zu ihm in die stickige Dunkelheit und lehnte die Tür hinter sich an, um nicht gesehen zu werden.

»Du schläfst also noch nicht«, sagte sie.

Es raschelte im Dunklen, als würde er sich aufsetzen. »Ich würde gern, aber ich kann nicht. Sind noch viele Leute draußen?«

»Ja. Aber die meisten sitzen vorn ums Feuer. Hier bei den Ställen ist kaum noch jemand. Du könntest also herauskommen.«

Er seufzte tief. »Aus der Burg schleichen können wir uns wohl nicht, oder?«

Sie musste lächeln. »Könnte schwierig werden. Wohin willst du denn?«

»Dahin, wo uns so schnell niemand findet.«

An den sich verändernden Schatten sah sie, dass er aufstand und zu ihr kam. Bevor sie wusste, wie ihr geschah, nahm er sie in die Arme und drückte sie heftig an sich. »Danke, dass du gekommen bist. Ich habe dich vorhin gesehen und … Es ist so viel geschehen. Ich würde dir gern davon erzählen. Oder musst du gleich zurück?«

Sein Geruch und seine Stimme schienen Sibilla einzuhüllen, und sie fühlte sich einen Augenblick lang von seiner Nähe überwältigt. Sie war froh, dass er in der Dunkelheit ihr Gesicht nicht sehen konnte. Ungeschickt machte sie sich von ihm los und stellte den Korb ab. »Nein. Sollen wir in den Burggarten gehen? Da ist jetzt niemand.«

»Besser als nichts«, gab er zurück.

Wenig später saßen sie Rücken an Rücken zwischen den mit hohen Kräutern bewachsenen Beeten auf dem Boden, so wie früher als Kinder manchmal. Nur jemand, der genau hinsah, hätte sie vom Hof aus entdeckt, während sie umgekehrt jeden sehen konnten, der sich dort bewegte.

Murmelnd und flüsternd erzählte Micha, was er erlebt hatte, und Sibilla hielt den Atem an, als sie hörte, wie groß die Gefahr gewesen war. »Das klingt ungeheuer aufregend. Und es bedeutet, dass du jetzt in Herzog Heinrichs Gunst stehst, wie du es dir früher erträumt hast. Willst du wirklich darauf verzichten, etwas daraus zu machen?«, fragte sie schließlich. Dabei wollte sie ganz und gar nicht, dass er das tat, wenn er dafür Summerburg für lange Zeit verlassen musste. »Ich weiß, dass es wahrscheinlich dumm ist. Aber …«

Auf einmal versteifte er sich und reckte den Hals. Unwillkürlich sah auch Sibilla zu den Stallungen hinüber. Eine Gestalt in einer langen schwarzen Cotte ging auf den Stallflügel zu, wo Michas Kammer lag – das Gesicht im Schatten der Kapuze verborgen. Es war ein Weib, das erkannte Sibilla an den Bewegungen. Und sie konnte leicht den Namen erraten.

»Verzeih mir, Billje, aber ich … Lass uns an einem anderen Tag weiterreden. Ich muss …« Er stand eilig auf und ging zwei

Schritte, kehrte dann aber wieder um. »Sei mir nicht böse, bitte. Das ist Johanna. Ich muss mit ihr sprechen.«

Sibilla kniff die Lippen zusammen, um nicht auszusprechen, was sie davon hielt. Schulterzuckend nickte sie.

»Danke. Du bist die Beste«, flüsterte er und lief leichtfüßig von ihr fort, um seine wahre Geliebte zu treffen.

Wie eingefroren blickte sie ihm nach. »Am Ende würde es wohl gar nichts ändern, wenn du wüsstest, dass ich dich liebe«, wisperte sie – leise genug, dass er es nicht hörte.

* * *

Obwohl Micha sich gewünscht hatte, Johanna zu sehen, fühlte er sich unwohl dabei, dass sie an diesem Abend zu ihm gekommen war. Ihre Treffen waren immer gewagt, aber dieses erschien ihm noch leichtsinniger. Eilig schloss er die Tür der Futterkammer hinter ihr, nachdem sie eingetreten war.

Bevor er seine Bedenken äußern konnte, fiel sie ihm um den Hals und küsste ihn, womit sie ihn gleich wieder entwaffnete. »Du bist ein Held, Michael. Ich wusste es immer«, sagte sie, als sie von ihm abließ.

Verdutzt trat er ein Stück von ihr zurück. »Was hast du über die Sache gehört? In meinen Augen habe ich wenig Heldenhaftes getan.«

»Der Bote, den seine Durchlaucht geschickt hat, erwähnte, wie ungewöhnlich tapfer du dich mit Ross und Lanze geschlagen hast, um Engelbert zu Hilfe zu kommen, obwohl du keine Rüstung getragen hast. Du musst dein Licht nicht unter den Scheffel stellen. Offenbar hattest du eine sehr wohlwollende Unterredung mit Herzog Heinrich. Graf Meinhard hat vor, dich morgen zu sich zu bestellen. Ist er nicht ein bewundernswerter Mann? Sogar in seiner tiefen Trauer erkennt er an, wer ihm gut gedient hat. Obwohl eure Dienste seinen Sohn nicht retten konnten. Ach, Michael! Der arme Engelbert. Es ist schrecklich, ich bin so traurig.«

Womit sie in wenigen Sätzen einen ihrer häufigen Stimmungsumschwünge vollzogen hatte. Von ihrem anfänglichen Jubel über sein »Heldentum« stürzte sie in einen Kummer, der sie den Tränen nahebrachte. Er konnte nicht anders, als sie tröstend wieder in die Arme zu schließen, obwohl er selbst keineswegs gelassen war. Der Gedanke an die bevorstehende Begegnung mit Graf Meinhard raubte ihm das bisschen Ruhe, das er durch das Gespräch mit Sibilla gerade zurückgewonnen hatte. Ihm war, als wären die Mächte seines Schicksals entschlossen, sein Leben aus den gewohnten Bahnen zu reißen.

Als Johanna wenig später ging, spähte er zum Garten hinüber und hoffte halb, dass Sibilla noch da war. Doch natürlich war sie es nicht.

26. Kapitel

September 1176 bis September 1177

Graf Meinhard erhob Micha zum ersten Gehilfen seines Oberstallmeisters und schenkte ihm einen Mantel und ein Kurzschwert zu seiner neuen Rüstung. Damit hatte er endgültig eine offizielle Stellung unter den Burgmannen inne und profitierte von der freien Verpflegung seiner Pferde, solange er in Diensten der gräflichen Familie blieb.

Auch seine Aufgaben veränderten sich, was vor allem bedeutete, dass er den Rössern des Grafen mehr Aufmerksamkeit schenken musste als denen seiner Freunde und seinen eigenen. Außerdem war er verpflichtet, seine Fähigkeiten im Gebrauch von Schwertern zu verbessern. Daran hatte er früher wenig Interesse gehabt, weil er seine Zeit am liebsten auf dem Pferderücken verbrachte und mit der Lanze umging. Doch die Erlebnisse bei dem Hinterhalt hatten seine Einstellung verändert. Er wollte sich nicht länger dahinter verstecken, dass er nur ein besserer Knecht war und niemand hohe Kampfeskunst von ihm erwartete. Von nun an wollte er alles über den Umgang mit Waffen lernen.

Ohnehin wurde bald deutlich, dass man ihm keine Möglichkeit mehr ließ, sich zu verstecken. Denn nach seinem Aufstieg in die Ränge der Burgmannen trat auch das ein, was er so lange hatte vermeiden wollen: Er hatte endgültig Borgwards Aufmerksamkeit auf sich gezogen und war für ihn als Baustein im Machtgefüge interessant geworden. Julius' Vater lud ihn zur abendlichen Tafel ein, beschenkte ihn mit Kleinigkeiten und schmeichelte ihm. Micha ahnte, dass der Vogt ihn belauerte, um früher oder später etwas in die Hand zu bekommen, womit er ihn unter Druck setzen und im ständigen Ringen um Macht und Einfluss die Oberhand behalten konnte. Gewiss ahnte er nicht, dass Micha ihn umgekehrt seit vielen Jahren auf ähnliche Weise belauerte.

Auch Johanna bemerkte, dass Micha nun zu stark unter Beobachtung stand, um die heimlichen Treffen mit ihr fortsetzen zu können. Ihre Affäre deshalb klar zu beenden, brachten sie beide nicht fertig, doch sie einigten sich darauf, sich nur noch unter Beachtung aller Anstandsregeln zu begegnen. Da Micha sie durch die neuen Umstände nun dennoch häufiger sah als früher, bescherte ihm diese Übereinkunft manche schwere Stunde. Doch Johanna schien die heimlichen Blicke, auf die sie sich beschränken mussten, gelegentlich sogar zu genießen.

Anfang des Jahres 1177 erfuhren die Summerburger, dass Erzbischof Wichmann von Magdeburg von einer bedeutsamen Mission zurückgekehrt war. Als ein Bevollmächtigter des Kaisers hatte er an einem Vorvertrag mitgewirkt, der das Ende des Schismas und damit die Wiederherstellung des Friedens zwischen Kirche und Reich besiegelte. Nachdem Kaiser Friedrich achtzehn Jahre lang in einen Streit mit Papst Alexander III. verstrickt gewesen war und in Italien gegen ihn und seine Verbündeten Krieg geführt hatte, sollte der Streit endlich beigelegt werden.

Als diese Neuigkeit sich in den sächsischen Landen verbreitete, belagerte Herzog Heinrich in seinem eigenen Krieg gegen die Pommern gerade die Burg Demmin nahe der Ostsee. Sobald er erfuhr, was geschehen war, brach er die Belagerung ab und kehrte eiligst nach Braunschweig zurück, um sich auf die Angriffe vorzubereiten, die er nun vonseiten der kaiserlichen Parteigänger erwartete. Und sie blieben nicht lange aus.

Während der langen Friedensverhandlungen zwischen den kaiserlichen und päpstlichen Fraktionen waren etliche Vertragspunkte aufgenommen worden, die auch sächsische Kirchenoberhäupter betrafen. Unter anderem wurde der von Herzog Heinrich zum Bischof von Halberstadt ernannte Gero durch Ulrich ersetzt, einen Mann, den Heinrich zuvor aus diesem Amt verjagt hatte. Gleich nach dem tatsächlichen Friedensschluss im Spätsommer begann der wieder eingesetzte Bischof Ulrich, die von Gero verliehenen Kirchenlehen zurückzufordern, was auch den Herzog betraf. Dem nachzukommen, fiel dem Löwen nicht ein. Er weigerte sich und wurde dafür umgehend von Ulrich mit dem Kirchenbann belegt.

Als Antwort auf diese Schmähung rief Heinrich erneut auch seine Summerburger Vasallen zu den Waffen, und Graf Meinhard ließ von Borgward eine Truppe zusammenstellen.

Dieses Mal führte der Graf selbst seine Männer an und ließ seinen Sohn Heiner in Summerburg. Borgward blieb ebenfalls zurück, doch Georg ritt mit und war dem Grafen direkt unterstellt. Auch Endris war wieder unter den Auserwählten, während Micha ausdrücklich nicht dazugehörte. Julius hingegen hatte durch geschicktes Taktieren erreicht, dass Graf Meinhard darauf bestand, ihn mitzunehmen.

Beim Aufbruch der Männer war Micha in der Vorburg emsig mit den letzten Handreichungen beschäftigt und hatte kaum Zeit, sich von seinen Freunden zu verabschieden. Doch er war in der Nähe, als Georg und Johanna im Beisein ihrer beiden kleinen Söhne Abschiedsküsse austauschten, und wie immer kochte ihm bei dem Anblick beinah die Galle über. Auch nach all den Jahren verursachte es ihm noch immer regelrecht körperliche Übelkeit, wenn er darauf gestoßen wurde, dass Georg ein Recht auf das hatte, was er vergeblich begehrte.

Um sich abzulenken, ging er hinüber in die Schmiede zu Arnold. Der Schmied hatte im letzten Augenblick noch an einem der gräflichen Halfter eine Schnalle zurechtbiegen müssen, und das Halfter musste noch mit ins Gepäck. Seit Tagen hatte Arnold schon damit zu tun, Zaumzeug, Helme, Kettenhemden und Waffen auszubessern, um den prachtvollen Auftritt der Truppe zu gewährleisten. Ebenso unermüdlich hatte Micha überwacht, wie sämtliche Pferde – ob nun Saumtier, Reitpferd oder Destrier – gewaschen, gestriegelt und frisiert, wie ihnen die Hufe beschnitten, beschlagen und eingefettet wurden.

Zu seiner Verwunderung war der Schmied an diesem turbulenten Morgen nicht wie üblich allein mit seinen Gehilfen. Wiebke war bei ihm.

Sibillas Schwester war inzwischen einundzwanzig Jahre alt und hätte längst verheiratet sein sollen, hatte sich aber bisher ebenso dagegen gesträubt wie Sibilla.

Als Micha bemerkte, wie sie Arnold in die Augen sah, während sie ihm lächelnd einen Bierkrug reichte, begriff er endlich, was dahintersteckte. Er trat ein und nahm das fertige Halfter vom Haken.

»Guten Morgen, Wiebke. Hast du mir auch Bier mitgebracht?«, fragte er.

Sie lachte spöttisch. »Kilian gibt mir kein Bier für dich. Er ist beleidigt, weil du dich so selten bei ihm blicken lässt. Und da ist er nicht der Einzige. Wer hätte auch gedacht, dass du so schnell zu etwas Besserem wirst und nichts mehr von uns wissen willst.«

Arnold legte mit seiner langen Zange die Schnalle eines Schwertgurts ins Feuer. »Das kannst du so nicht sagen, Schätzchen. Sie lassen ihm hier oben kaum einen freien Moment zum Luftholen. Die einen wollen schnell einen Ritter aus ihm machen, die anderen wollen ihm möglichst viel anderes zu tun geben, damit daraus nichts wird. Kilian weiß das.«

Wiebke zuckte mit den Schultern und machte einen Schmollmund. »Ja, ja, ich weiß es doch auch. Das war nur ein Scherz, du dummer Bär. Trotzdem ist etwas Wahres dran. Dafür, dass du mal so gut wie unser Bruder warst, bester Micha, bist du uns ganz schön fremd geworden.«

Es schmerzte ihn, dass sie das so sah, aber über die meisten Gründe für ihre Entfremdung wollte er mit ihr nicht sprechen. »Denkst du das wirklich? Ich bin doch noch derselbe. Im Gegensatz zu dir übrigens. Denn du bist plötzlich ein erwachsenes Weib, obwohl du eben noch eine kleine Rotznase warst. Wissen deine Eltern, dass du hier bist?«

Sie verschränkte die Arme. »Du willst jetzt wohl nicht anfangen, den großen Bruder herauszukehren, oder? Es kann dir gleich sein, was ich tue oder lasse. Billje weiß Bescheid, das genügt. Vaddern geht es nicht gut. Er regt sich nur unnötig auf, wenn er alles weiß. Und Muddern würde es ihm sagen.«

»Unnötig also. Wie soll ich das nun verstehen?«, brummte Arnold und erhielt prompt einen Rippenstoß von ihr.

»Warum würde Adam sich aufregen?«, fragte Micha.

»Da siehst du, was du alles verpasst hast. Vaddern hat klargemacht, dass er Sibilla und mich keinen Unfreien heiraten lässt. Und das ist dieser Kerl hier nun mal.«

»Noch«, fügte Arnold hinzu.

»Ja«, stimmte sie zu. »Zwei, drei Jahre noch, dann kann er sich freikaufen.«

Micha hatte gewusst, dass Arnold kein freier Mann war, doch das Ansehen des Schmieds war in der Burg so hoch, dass er angenommen hatte, es würde keine Einschränkung für ihn bedeuten.

»Dass dein Vater das so sieht, wusste ich tatsächlich nicht. Ich bin noch immer nicht reich. Aber falls ich euch helfen kann, dann …«

Arnold wehrte entschieden ab. »Ich tausche nicht meine Schulden bei dem einen Mann gegen die bei einem anderen aus. Es dauert seine Zeit, aber ich schaffe es aus eigener Kraft.«

»Du hilfst uns, wenn du unser Verhältnis nicht herumtratschst«, sagte Wiebke.

Er hob die Schwurhand. »Versprochen. Ich muss gehen. Richte zu Hause Grüße aus. Sobald ich kann, komme ich mal wieder vorbei. Ist ja nicht so, dass ich euch nicht vermisse.«

»Das war das Netteste, was du heute gesagt hast. Zu Hause vermissen dich auch alle. Bis auf Billje vielleicht. Die verbringt jeden freien Moment mit Henning, der altbackenen Brezel. Alle anderen rätseln, warum die beiden noch nicht verheiratet sind. Ich rätsle, warum sie sich immer weiter mit ihm abgibt, obwohl ihr ständig die Augen zufallen, wenn er mit ihr spricht. Aber jeder, wie es ihm gefällt.«

Oktober 1777

Zwei Wochen nach Graf Meinhards Aufbruch hatte Micha einige Knechte auf einer kleinen eingezäunten Weide außerhalb der Unterburg versammelt, damit sie ihm beim Abhärten einiger Jungpferde halfen. Auch sein gut zweijähriger Jaget gehörte zu den Rössern, die durch beharrliches Üben daran gewöhnt werden mussten, Lärm, Blutgestank und das zu einer Schlacht gehörende Chaos samt den damit einhergehenden unangenehmen Berührungen zu ertragen, ohne die Nerven zu verlieren.

Bei einigen Tieren gelang das nie, doch die erkannte Micha meist schon im Fohlenalter und riet den Eigentümern dann davon ab, sie zum Destrier auszubilden. In den ersten Jahren hatten die meisten seinen Rat ignoriert, weil sie ihre kostbaren Fohlen nicht aufgeben wollten. Doch mittlerweile hatte sich herumgesprochen, dass er ein Fohlen nie leichtfertig aufgab und am Ende immer recht behielt, wenn er es tat.

Jaget vereinte zu Michas großer Freude die guten Eigenschaften seiner Eltern und bewies starke Nerven. Wenn die Knechte ihn unter Scheppern und Schreien mit flatternden Tüchern, blutigen Lappen und Besenstielen bedrängten, wurde er eher böse, als dass er die Flucht ergriff. Das war vielversprechend, was seine Kriegstauglichkeit anging. Darüber hinaus war er bildschön und schnell. Alles andere musste die sorgfältige Ausbildung bringen, und die ließ Micha ihm nach bestem Wissen angedeihen, obwohl er hoffte, dass der Hengst so bald keine echte Schlacht zu sehen bekäme. Denn wenn Jaget seine Vorzüge gut vererbte, sollte er der Ahnvater seiner Rosszucht werden und nicht in einem Gemetzel sterben.

Während Micha sich auf die jungen Rösser konzentrierte, hatte er zwar aus dem Augenwinkel bemerkt, dass sich Zaungäste eingefunden hatten, doch er hatte nicht genau hingesehen. Erst als er die Arbeit beendete, stellte er fest, dass es Borgward und Oberstallmeister Leberecht waren.

Nachdem er sie nun einmal bemerkt hatte, blieb ihm nichts anderes übrig, als sie auch zur Kenntnis zu nehmen. Jaget mit sich führend, ging er zum Zaun und verneigte sich. »Meine Herren. Kann ich mit etwas dienen?«

»Ich werde dir diesen Hengst abkaufen«, erklärte Borgward, als wäre der Handel schon abgeschlossen.

Unwillkürlich entfuhr Micha ein kurzes Lachen. »Vergebt mir, aber er steht nicht zum Verkauf. Ich werde ihn für die Zucht behalten.«

Borgward schüttelte den Kopf. »Das wirst du nicht. Du wirst ihn mir verkaufen. Zum guten Preis von zweiundzwanzig Schillingen. Graf Meinhard und mir stehen die besten Pferde zu, das liegt auf der Hand. Es würde seinem und meinem Ansehen schaden, wenn jeder Stallknecht hier seine eigene Zucht aufmachte und bessere Rösser für sich behielte als die, auf denen der Erbgraf reitet.«

Der Oberstallmeister war Micha bisher vorgekommen wie ein weitgehend anständiger Mann, doch nun schwieg er zu Borgwards ungeheuerlichen Worten. Mit verkniffener Miene stand er da und blickte über die Wiese hinweg in die tief hängenden Wolken, als würde ihn die Sache nichts angehen.

Jaget hingegen spielte mit den Ohren und sah die Zaungäste an, als würde er ihre Bosheit spüren. Micha legte ihm die Hand mit dem Führstrick auf die Kruppe, was mehr ihn selbst als das Tier beruhigte.

»Ich verkaufe den Hengst nicht. Graf Meinhard hat mir zugesichert, dass ich meine Pferde behalten und meine Zucht vorantreiben kann, wenn ich in seine Dienste trete.«

Borgward stieß einen abfälligen Laut aus. »Da wusste er noch nicht, was du in Wahrheit bist. Ich habe mich umgehört und kann Zeugen dafür beibringen, dass du als mittelloser Herumtreiber nach Summerburg gekommen bist. Mit nichts als einer lahmenden, doch verdächtig edlen Jungstute. Jeder kann erraten, dass du sie gestohlen haben musst. Kein Bettler wie du käme auf ehrliche Art zu so einem Ross. Und da dir die Stute nicht gehört, gehören dir auch ihre Abkömmlinge nicht. Aber ich bin großzügig. Ich klage dich nicht an, solange du dich vernünftig verhältst. Ich lasse die Angelegenheit als verjährt gelten und werde so tun, als gehörten dir die Tiere, obwohl ich sie ebenso gut beschlagnahmen könnte. Du musst nur klug sein, mein Geld annehmen und mir den Hengst überlassen. Dann kannst du die anderen behalten und weiter über das Züchten nachdenken.«

Micha hatte mit Borgwards Angriff gerechnet, seit Graf Meinhard ihn in seine neue Stellung erhoben hatte. Dennoch fühlte er sich in diesem Moment überrumpelt. Dabei hätte ihm klar sein müssen, dass der Vogt abwarten würde, bis der Graf außer Reichweite war.

Seine Finger krampften sich um Jagets Führstrick. »Ich könnte Zeugen beibringen, die bestätigen, dass die Stute mein rechtmäßiges Eigentum ist. Ich habe Lilje geerbt. Ihr könnt mich nicht als Dieb hinstellen.«

Mit einem herablassenden Grinsen schüttelte Borgward den Kopf. »Ein grüner Knabe erbt nicht ein solches Pferd und sonst nichts. Ein Mann, der so arm ist, dass er seinen Kindern nichts anderes vermachen kann, hätte das Tier längst verkauft. Ich wollte nicht peinlich mit dir streiten, aber da du es darauf anlegst … Ich weiß, wer du bist, Michael von Auwied. Und gerade deshalb weiß ich auch, dass du das Ross gestohlen hast. Dein Vater hat sich aus dem Staub gemacht, um seine Schulden bei Graf Meinhard nicht bezahlen zu müssen. Ich selbst habe damals seine Habe gepfändet. Du hast dich und die Stute offenbar vor uns versteckt. In Wahrheit ist sie seit jenem Tag gräfliches Eigentum. Ich hätte dich damit davonkommen lassen, wenn du nicht angefangen hättest, dich hier so wichtigzutun. Hast dich aufgeführt, als könntest du in Summerburg aufsteigen, ohne dass ich etwas damit zu tun hätte. Aber an mir kommt keiner vorbei. Keiner. Und du solltest dich hüten, mich noch weiter zu reizen. Mein Angebot für den Hengst ist bereits gesunken und liegt nun bei einundzwanzig Schillingen. Also nicke jetzt lieber demütig und gib unserem werten Oberstallmeister den Strick in die Hand. Ist ja auch nicht so, als hättest du nichts anderes zu tun, als hier herumzustehen.«

Michas Wut kochte so schnell über, dass zum Nachdenken keine Zeit blieb. Er sprang auf Jagets Rücken und gab ihm das Signal, anzugreifen. Wie eine zustoßende Giftschlange schnappte der Hengst über den Zaun hinweg nach Borgward und verfehlte nur deshalb knapp dessen Gesicht, weil der beim Zurückschrecken stolperte und aufs Gesäß fiel. Micha hechtete von Jagets Rücken aus über den Zaun, beugte sich zum Vogt hinunter und packte ihn vorn an der Cotte.

Er zog ihn so nahe heran, dass er ihm ins Ohr sprechen konnte. »Nicht ich bin der Dieb, von Egesleben! Euch soll das Grauen vor der göttlichen Gerechtigkeit, die Euch eines Tages ereilen wird, so tief in die Knochen fahren, dass Ihr nichts anderes mehr tun könnt, als um Gnade zu beten. Wenn Ihr glaubt, dass Ihr erneut meine Pferde stehlen könnt, dann irrt Ihr Euch. Bis hierher habe ich mich zurückgehalten und es Gott überlassen, über Euch zu richten. Das ändert sich, falls Ihr mich noch einmal bedroht. Ich kenne einflussreiche Männer, die mächtiger sind als Ihr oder Graf Meinhard. Und sie haben bereits Grund, an Eurer Ehrbarkeit zu zweifeln. Fordert Euer Schicksal nicht heraus.« Das war im Großen und Ganzen ein Bluff, aber ein klein wenig Wahres war immerhin auch daran.

Borgwards Hände schnellten hoch. Der Vogt umfasste Michas Oberarme, trat ihm wuchtig gegen die Fußgelenke und brachte ihn beinah zu Fall. Micha kämpfte um sein Gleichgewicht, da traf ihn Borgwards Faust im Gesicht.

Einen Wimpernschlag später kämpften sie mit Fäusten, Klauen, Knien und Ellbogen, um den jeweils anderen davon abzuhalten, eine scharfe Waffe zu ziehen. Oberstallmeister Leberecht stand entsetzt neben ihnen und winkte wild den Knechten, mit denen Micha gerade noch zusammengearbeitet hatte. Auf sein Geheiß hin ergriffen sie ihn, während Leberecht selbst mit zwei von ihnen Borgward festhielt.

»Ruhig Blut, Borgward, ruhig Blut. Wir wollen uns alle beruhigen. Ich bitte dich, überlege doch … Es muss sich eine gütliche Einigung finden lassen«, beschwor der Oberstallmeister den Vogt.

»Es ist ganz einfach. Er soll mich und meine Pferde in Frieden lassen. Dann lasse ich auch ihn in Frieden«, stieß Micha hervor.

»Schafft ihn mir aus den Augen! Wie kann er es wagen?«, schrie Borgward.

Leberecht klopfte ihm die Schulter, als würde ihn das nicht noch weiter reizen. »Ihr seid beide unverletzt. Es ist nichts geschehen. Micha ist sonst ein verlässlicher, friedliebender junger Mann. Wir wollen ihm verzeihen, dass auch ihm einmal die Rösser durchgehen. Vergessen wir die Sache doch. Komm, alter Freund, wir gehen einen Wein trinken.«

Wohlwissend, wie sehr Micha der Sinn danach stand, Borgward einen weiteren Fußtritt zu versetzen oder einen Schlag unter das Kinn, warf Leberecht ihm einen scharfen Blick zu. Mühsam bezwang Micha seinen Zorn, machte sich vorgeblich ruhig aus dem Griff der Knechte los und schlüpfte zurück durch den Zaun zu Jaget, der dort auf ihn wartete. Während der Oberstallmeister den Vogt wegführte, nahm Micha seinem Hengst mit zitternden Händen das Halfter ab.

Der Kampf war gewiss nicht ausgestanden, sondern hatte jetzt erst richtig begonnen. Aber immerhin hatte er in diesem Gefecht seine Stellung behauptet.

27. Kapitel

Oktober 1177

Sibilla war keine Jungfrau mehr. Nach all den Jahren war sie es bei ihrer Tändelei mit Henning schließlich müde geworden, diese Grenze zu verteidigen. Sie lebten nun in einem Verhältnis zueinander, mit dem sie beide gut zurechtkamen. Er fragte nicht mehr, wann sie ihn heiraten würde, und er hielt sich im richtigen Moment zurück, um ihr kein Kind zu machen. Sie ließ ihn gewähren und widersprach nicht mehr, wenn die Leute sie ein versprochenes Paar nannten.

Laut bestätigt hatte sie hingegen nie, dass sie ihn heiraten werde. Tatsächlich hatte sie ihre Meinung dazu insgeheim mehrfach geändert, ohne ihm das mitzuteilen. Gerade hielt sie es für wahrscheinlich, dass es doch so kommen würde. Denn in letzter Zeit hatte er respektvoller von ihrer Arbeit gesprochen. Nicht mehr so, als halte er es nur für eine vorübergehende Flause, dass sie eines Tages den Platz ihres Vaters einnehmen wollte. Vielleicht würde aus Henning ja doch der Mann werden, der sie ihr Geschäft führen ließ und dabei helfend hinter ihr stand, statt zu versuchen, sie davon abzubringen, damit sie stattdessen ihn in seinem Geschäft unterstützte.

So einen Mann hätte sie gut gebrauchen können, da machte sie sich nichts vor, auch wenn sie es vor den anderen nicht eingestand. Sie tat immer so, als könnte sie sich gut genug durchsetzen und hätte längst das dicke Fell, das sie vor allen Anfeindungen schützte. Meistens war das sogar die Wahrheit. Aber die Überheblichkeit und Grobheit mancher Männer und die Verachtung so einiger Weiber überraschten sie doch immer wieder und ätzten Löcher in ihren Schutzpanzer.

Noch hielten die Leute sich zurück, weil die Gegenwart ihres Vaters sie hemmte. Er konnte ihr zwar sonst kaum noch helfen, weil er fast nichts mehr sah, aber solange sie ihn als den wahren Eigentümer des Geschäfts betrachteten, akzeptierten sie die alten Regeln.

Was geschehen würde, wenn er nicht mehr da war, mochte sie sich nicht ausmalen. Ohnehin verdienten sie schon schlechter als früher – zu schlecht, um einen neuen jungen Knecht für die schweren Arbeiten einzustellen. Besonders bei der Ernte bekamen sie das zu spüren, noch ärger beim Pflügen. Niemand im Haus beschwerte sich, doch Sibilla war bewusst, dass sie alle ein leichteres Leben hätten haben können, wenn Wiebke und sie geheiratet hätten. Ihr Vater hätte das Geschäft aufgeben müssen, doch ohne die Mulis wären die Kosten so gering gewesen, dass sie es gemeinsam wohl fertiggebracht hätten, alle zu versorgen. Und in einigen Jahren hätten vielleicht schon ihre Kinder mitarbeiten können.

Wenn ihre Mutter sich abends vor Erschöpfung stöhnend hinsetzte und sich von ihrem Vater die schmerzenden Schultern kneten ließ, spürte Sibilla Gewissensbisse.

An diesem Tag war Ludmila vom Haus zu ihnen aufs Feld gelaufen gekommen, weil einem fremden Kaufmann auf dem Weg zwischen Schöningen und Eilsleben ein Maultier zusammengebrochen war und ein weiteres Tier lahm ging. Er hatte seinen Laufburschen geschickt, um Ersatz zu besorgen. Die

Bezahlung hatte er ihm allerdings nicht mitgegeben, deshalb war Sibilla nichts anderes übrig geblieben, als mit Jakob und zwei Mulis an der Hand dem Burschen dorthin zu folgen, wo er seinen Herrn zurückgelassen hatte.

Die Situation war unangenehm, weil sie nicht wusste, was sie erwartete. Doch sie machte sich nicht unvorbereitet auf den Weg. So wehrlos, wie sie es noch einige Jahre zuvor gewesen wäre, war sie nicht mehr. Inzwischen verließ sie den Hagenhof bei solchen Anlässen nicht mehr ohne eine lange Peitsche, einen Dolch und ein Messer, in deren Gebrauch sie sich geübt hatte. Auch trug sie feste Stiefel, mit denen sie zur Not Tritte austeilen konnte wie ein Muli.

Sie wusste, dass ihr all das nicht gegen Männer helfen würde, die das Kämpfen gewöhnt waren, aber es gab auch die, die nur übergriffig wurden, weil sie glaubten, dass sie nicht auf ernsthafte Gegenwehr stoßen würden. Wenigstens die konnte sie ausreichend erschrecken, um sie sich vom Hals zu halten und ihre Habe gegen sie zu verteidigen.

Zu ihrer Erleichterung war das dieses Mal nicht nötig. Der Kaufmann war froh, dass sie kam, und sie einigten sich auf einen anständigen Preis. Im Handel inbegriffen war, dass sie die beiden schwachen und verletzten Tiere übernahm. Sie nach Hause zu bringen, kostete sie den Rest des Tages, denn sie waren beide widerspenstig. Und obwohl sie Jakob bald vorausschickte, damit er zurück aufs Feld gehen konnte, hatte ihrer beider Arbeitskraft am Ende des Tages bei der Ernte der letzten Rüben und dem Umbrechen des Ackers gefehlt.

Als gerade an diesem Abend dann Micha auf den Hof spaziert kam, nachdem er sich wochenlang nicht hatte blicken lassen, meldete ihr alter Missmut sich zurück. Dass sein Gesicht von einem rot-violetten Veilchen geziert wurde, heiterte sie auch nicht auf. Sie hatte eben das lahmende, zickige Maultier an die Anbindepfosten gefesselt, um gefahrlos seinen Fuß untersuchen zu können, und würde es nicht warten lassen, nur weil der vornehme Herr sie zu besuchen beliebte.

Ohne Micha einen Blick oder ein Wort zu gönnen, zwang sie das vor Angst sture Muli mit einer Seilschlaufe dazu, den Fuß hochzuheben. Dann stützte sie den Huf eilig mit ihrem Knie ab und begutachtete die Sohle. Ein rostiges Stück Eisen steckte tief und fest darin. Allein mit den Fingern und dem Hufkratzer konnte sie es nicht entfernen.

»Was für eine Gemeinheit«, sagte Micha hinter ihr. Er reichte ihr die Zange, die sie wohlweislich bereitgelegt hatte.

Verdammt sollte er sein. Immer, wenn sie dachte, sie könnte ihn endlich einfach blöd finden, tat er etwas, wonach sie ihm nicht länger grollen konnte. Es war, als würde sie versuchen, dauerhaft auf ihren eigenen Arm oder ihr Bein böse zu sein.

Die arme Maultierstute zuckte vor Schmerz und zappelte, als Sibilla das Eisenstück aus ihrem Huf hebelte. Ohne dass sie ihn darum bitten musste, hielt Micha die Seilschlaufe straff, damit sie den Huf im Griff behalten konnte, bis es geschafft war. Flink schmierte sie noch einen Löffel Honig in den Riss im Hufbett und klebte ein paar zerdrückte Beinwellblätter darauf, bevor sie das Tier vorsichtig von den Fesseln befreite und auf eine kleine Koppel brachte. Dort würde es mit seinem geschwächten Gefährten vorerst von den anderen getrennt bleiben.

»Die wird wieder«, meinte Micha und sah dem Tier zu, wie es zu seinem Wassereimer hinkte und den Kopf hineinsteckte, während Sibilla das hässliche Eisenstück betrachtete.

»Ich glaube, das ist ein Stück von einem Krähenfuß. Warum lag das wohl auf dem Weg?«

Micha zuckte mit den Schultern. »Wer weiß, wie lange es da schon gelegen hat. Widerliche Dinger sind das. Wenn sie einmal im Schlamm versunken sind, findet man sie nicht wieder. Ich würde sie nie verstreuen. Schließlich weiß man nie, ob man denselben Weg nicht bald mit dem eigenen Pferd wieder entlangreitet oder ob man sein Vieh darübertreiben muss.«

Sie sah ihn spöttisch an. »Du besitzt also jetzt auch Vieh?«

Doch ihm war offenbar nicht nach Scherzen zumute. Mit unüblich finster zusammengezogenen Brauen schüttelte er den Kopf. »Hör auf. Du weißt, wie ich es meine.«

»Hm. Was ist los mit dir? Haben deine neuen Pflichten dir den Witz ausgetrieben? Hätte ich nicht gedacht.«

Er verzog das Gesicht, als hätte er in etwas Verdorbenes gebissen. »Borgward hat herausgefunden, wer ich bin. Er behauptet, Lilje gehöre mir nicht, weil ich sie damals vor der Pfändung versteckt hätte. Und damit wären auch die anderen Pferde nicht mein Eigentum. Ich weiß noch nicht, ob er das öffentlich wiederholen wird, aber über kurz oder lang wird er es gegen mich verwenden. Heute wollte er mich zwingen, Jaget an ihn zu verkaufen.«

Sibilla ließ ihn nicht merken, dass diese Eröffnung ihr Angst machte. Was sollte sie tun, wenn es im Streit zwischen dem Vogt und Micha zum Äußersten kam? Schnell schob sie den Gedanken von sich. »Aber wenn er ihn kauft, kann er nicht mehr behaupten, dass das Pferd dir nicht gehörte. Sonst würde er sich selbst Lügen strafen. Warum nimmt er sich ihn und die anderen nicht einfach, wenn er glaubt, dich in der Hand zu haben?«, fragte sie.

»Zum einen wahrscheinlich, weil die Pferde dann nicht ihm, sondern Graf Meinhard gehören würden. Zum anderen, weil er sich ein bisschen sorgt, dass ich inzwischen vielleicht doch mächtige Freunde habe. Das hoffe ich jedenfalls«, erwiderte er.

»Was hast du ihm denn geantwortet?«

»Ich habe Jaget auf ihn gehetzt. Daraufhin hat sein Arsch unsanft den Boden geküsst. Und in der Stellung habe ich mich über ihn gebeugt und ihn Dieb genannt. Ich habe es ihm nur ins

Ohr geflüstert, aber er hat es nicht gut aufgenommen, wie du dir denken kannst. Es war dumm. So lange habe ich meinen Ärger für mich behalten, und dann verliere ich die Beherrschung wie ein Wildschwein. Mir scheint, ich war als zwölfjähriger Knabe weiser als heute.«

Sie schnaubte spöttisch. »Da ist etwas Wahres dran. Mir kamst du in den letzten Jahren auch dümmer vor. Andererseits habe ich immer auf den Tag gewartet, an dem Borgward die Wahrheit ans Licht bringt. Wir wussten ja, dass er etwas Übles damit anfangen würde. Hast du dich nicht mit Servatius zusammen darauf vorbereitet?«

»Servatius kann mir nicht helfen. Er hat sich kürzlich wegen einer Kirchensache mit Pater Eucharius gestritten und der hat ihm damit gedroht, dass er einen Grund finden wird, ihn aus dem Amt zu werfen. Ich solle versuchen, Borgward mit meinen neuen Verbündeten einzuschüchtern, sagte er. Das habe ich getan. Dabei bin ich mir nicht sicher, ob ich wirklich welche habe. Die Begegnung mit Herzog Heinrich kommt mir ziemlich unwirklich vor.«

Sibilla war mit ihm zum zweiten Muli hinübergegangen, das sie von dem Kaufmann übernommen hatte. Es war so erschöpft, dass es in der kleinen Koppel flach auf der Seite lag und nur schwach mit den Ohren zuckte, als sie zu ihm traten.

»Hustet es?«, fragte Micha.

Sie stemmte die Hände in die Hüften und blickte auf das Tier hinab. »Wenn ich glaubte, dass es eine Krankheit hat, hätte ich es nicht hergebracht. Ich denke, es ist einfach alt. Aber ich gebe ihm ein paar Tage und sehe mir an, ob es wieder auf die Beine kommt.«

Er beugte sich über das Tier, um seine Zähne zu begutachten. Sibilla merkte, dass sie dankbar für seine Meinung war, auch wenn sie es nicht offen zugegeben hätte. Offenbar sehnte sie sich doch mehr danach, die Last der Verantwortung zu teilen, als sie wahrhaben wollte.

»Es ist alt. Aber vielleicht hat es auch Zahnschmerzen und deshalb schon länger zu wenig gefressen. Da könnte man noch etwas tun. Soll ich dir helfen?«

Sie wollte gerade zustimmen, als Leute zum Tor hereinkamen. Überrascht stieß sie Micha an und wies auf die Besucherinnen. Es war Johanna mit einer ihrer Mägde, und sie machte ein bemerkenswert saures Gesicht.

Micha tat gelassen, doch Sibilla merkte ihm seine Überraschung an. Offenbar war Johannas Erscheinen nicht einer Verabredung zu verdanken.

»Ich nehme nicht an, dass sie ein Maultier leihen will. Erspar ihr die Ausreden und geh gleich zu ihr«, sagte sie leise.

Er stimmte mit einem Nicken zu und verneigte sich vor Johanna, bevor er mit ihr ein wenig beiseitetrat. Die Magd schlenderte zum Haus und gab vor, das blühende Heidekraut zu betrachten, das Magda dort in ein paar undichte alte Holzkübel gepflanzt hatte. Sibilla hingegen machte sich nicht die Mühe, ihre Neugier zu verbergen, sondern lehnte sich mit verschränkten Armen gegen den Zaun und beobachtete die beiden unverhohlen. Außerdem hörte sie jedes Wort, das sie sprachen.

Wie immer, wenn sie Micha und Johanna zusammen sah, musste sie sich neidvoll eingestehen, dass sie ein auffallend schönes Paar abgaben, so ungleich ihre Stellung auch sein mochte. Bei dieser Begegnung konnte allerdings von Harmonie keine Rede sein. Auch wenn Johanna ganz die höfische Edelfrau mimte und versuchte, ihren Zorn zu bändigen, wirkte ihre sonst zuckersüße Miene verbiestert. Ihre Hände klammerte sie vor dem Leib in die überlangen, engen und verblüffend sauberen Ärmel ihres rosafarbenen Untergewandes.

»Wie konntest du dich so vergessen?«, fragte sie ein wenig schrill.

»Was meinst du?«, fragte er kühl, obwohl Sibilla darauf gewettet hätte, dass er wusste, worum es ging.

»Stell dich nicht dumm. Du hattest versprochen, dass du meine Familie und meinen Stand respektieren würdest. Wie kannst du Borgward derart beleidigen?«

Nun verschränkte auch Micha die Arme. »Ich habe nicht damit angefangen.«

Johanna hob erbost den Zeigefinger, als würde sie einen ihrer kleinen Söhne schelten. »Mein Schwiegervater ist einer der vornehmsten Männer von Summerburg. Was auch immer er zu dir gesagt hat, du hättest es hinnehmen müssen, ohne eine solche Szene daraus zu machen. Du solltest unendlich dankbar dafür sein, dass er sich dir gegenüber so nachsichtig verhält. Du hast ihn angegriffen! Wäre er ein anderer, hätte dich das dein Leben kosten können, und niemand hätte denjenigen deshalb angeklagt.«

Sibilla zog die Brauen hoch. Es klang nicht so, als wüsste Johanna, welches Leid Borgward Michas Familie angetan hatte. Hatte Micha ihr in all den Jahren nie davon erzählt?

»Er hat also mit dir über die Sache gesprochen? Hat er auch erklärt, worum es ging?«, fragte er.

»Worum es ging, spielt keine Rolle. Du hast versprochen, deine Eifersucht im Zaum zu halten und keinen Streit mit Georg oder seinem Vater anzufangen. Dieses Versprechen hast du gebrochen. Borgward verlangt, dass ich fortan keinen freundschaftlichen Umgang mehr mit dir pflege. Ich habe dich aufgesucht, um dir persönlich mitzuteilen, dass ich es für richtig halte, seinem Wunsch nachzukommen. Schließlich habe ich vor allem an meine Söhne zu denken. Und wundere dich nicht, wenn ich auch Endris bei seiner Rückkehr empfehle, mehr Abstand zu dir zu wahren. Es tut mir leid, dass es so enden muss. Aber es ist zu unser aller Bestem. Das wirst du hoffentlich verstehen.«

Micha streckte ihr mit betroffener Miene die Hand hin, als würde er ihr anbieten, die ihre hineinzulegen. »Hat er dir gedroht? Weiß er von uns?«

Johanna wich von ihm zurück. »Er sprach nur von unserem alltäglichen Umgang, den er nach dem Vorfall für nicht mehr angemessen hält.«

»Und ist es wirklich das, was du willst? Oder hast du nur Angst?«

»Ich bin aus Zuneigung zu dir oft von dem abgewichen, was sich für eine Frau meines Standes geziemt. Und ich habe stets an mir gezweifelt. Nun kann ich diesen Zweifel nicht mehr verleugnen. Ich bin meinen Söhnen ein Verhalten schuldig, das ihrem Großvater und Vater keinen Anlass zum Tadel gibt. Mein Rat an dich ist, Borgward um Verzeihung zu bitten. Doch zwischen uns wird auch das nichts mehr ändern. Leb wohl, Michael!«

Sie hob den Saum ihrer langen, seidig schimmernden Cotte, winkte die Magd zu sich und ging zum Tor, ohne eine Antwort abzuwarten.

Micha machte keinen Versuch, sie aufzuhalten.

Als die beiden Frauen den Hof verlassen hatten, kam er mit gerunzelter Stirn zu Sibilla zurück. »Das klang entschlossener als sonst.«

Die Überraschungen schienen kein Ende zu nehmen. »Sie hat dich schon öfter verstoßen?«, fragte sie erstaunt.

Er zuckte mit den Schultern. »Alle drei Monate hält sie ihr schlechtes Gewissen nicht mehr aus und beendet die Sache.«

»Mich hat sie überzeugt. Ich dachte, es wäre endgültig.«

Mit einem tiefen Seufzer lehnte er sich neben ihr an den Zaun. »Ich hielt es jedes Mal für möglich, dass es endgültig ist. Was soll ich auch sonst tun? Ich kann ihr ja schlecht nachlaufen. Aber bisher kam sie immer wieder zu mir.«

»Und du nimmst sie jedes Mal zurück. Du bist närrisch.«

»Das ist ja nichts Neues.«

»Würde es dir denn noch immer wehtun, wenn es wirklich zu Ende wäre?«

Darauf antwortete er lange nicht. Sie beobachtete, wie sein Adamsapfel sich bewegte, während er beim Nachdenken schluckte. Sein Blick schweifte über die Dächer der Ställe und des Hauses. »Weiß ich gerade nicht. An den Dächern sollte vor dem Winter etwas getan werden. Habt ihr genug langes Stroh?«

Sie war klug genug, ihn nicht weiter zu bedrängen. »Wir könnten noch etwas gebrauchen. Es reicht nur für die nötigsten Reparaturen.«

Endlich erschien das von ihr lang vermisste Lächeln auf seinen Lippen. »Ich werde mal sehen, ob ich welches für dich auftreiben und dir beim Ausbessern helfen kann, Billjesib. Borgward wird wohl nicht gleich all meine guten Verbindungen zerstören können.«

»Könntest du eigentlich dieser Tage gegen ihn gewinnen, wenn du gegen ihn kämpfen müsstest? Ich habe gehört, du übst viel mit dem Schwert.«

Er schüttelte den Kopf. »Auf dem Streitross hätte ich gute Aussichten. Zu Fuß würde ich es lieber vermeiden. Er ist auch im Schwertkampf ein hinterlistiger Hund. Und er hat mir zwei Dutzend Jahre Übung voraus.«

»Du klingst fast wie all die Hohlköpfe, die ihn bewundern und dankbar sind, dass er schützend seine schmutzige Pranke über sie hält«, sagte sie abfällig.

»Weil ich die Wahrheit sage? Was würde es mir helfen, wenn ich seine Fähigkeiten kleinrede?«

»Nun, vielleicht würde es zumindest Spaß machen«, neckte sie ihn.

Grinsend legte er den Kopf in den Nacken und blickte in den Himmel. »Du hast recht. Also gut. Ich würde jederzeit gegen diesen schlaffen, alten Hundsfott gewinnen, der sein Schwert schwingt wie ein blinder Frosch, der in einem Kuhfladen feststeckt.«

Sie verkniff sich das Lachen. »Der sich bewegt wie ein fetter Dachs mit einem zweiten Hinterteil statt eines Kopfes.«

»Der seinen Schild festhält wie die Bäckerin eine tote Ratte.«

Prustend machten sie so weiter, bis die anderen vom Feld heimkamen und Ludmila misstrauisch fragte, ob Micha zum Essen bleiben wolle, was er zu Sibillas stillem Bedauern höflich ausschlug.

Am Tag nach Johannas überraschendem Besuch auf dem Hagenhof ging Sibilla zur Mittagszeit mit klopfendem Herzen zu Henning. Er war allein und mit dem Ausbessern und Nachbauen von Ackergerätschaften beschäftigt, was ihm neben dem Hufbeschlag einen Teil seines Einkommens einbrachte. Die Leute kamen auch zu ihm, wenn sie eine Kur für ihre kranken Kühe, Ochsen oder Schweine brauchten, doch wer ein krankes Pferd hatte, setzte sein Vertrauen eher in die Stallmeister auf der Burg. Das wurmte Henning, weil er meinte, er wisse ebenso viel über Rosskrankheiten. Aber auch Sibilla gab wenig auf einige seiner Kuren. Wenn er einen Beutel mit Haaren eines kranken Pferdes geheimnisvoll murmelnd auf einen Wildwechsel warf, damit die Krankheit auf ein Reh überging, heilte das ihrer Ansicht nach nur Leiden, die auch die Zeit allein geheilt hätte.

Sie trat zu ihm und legte eine von den Birnenpasteten auf seiner Werkbank ab, die Wiebke gemacht, am Morgen zum Backen in die Bäckerei gebracht und gerade wieder abgeholt hatte. Das Gebäck war noch warm und duftete himmlisch. »Mit besten Grüßen von meiner Schwester. Lass sie dir schmecken.«

Er legte das Werkzeug aus der Hand und umarmte Sibilla, um sie zu küssen. Doch sie entzog sich ihm. »Lass das lieber. Ich muss dir was sagen. Du hast schon lange nicht mehr danach gefragt, aber ich habe doch immer darüber nachgedacht. Vielleicht ist es dir gar nicht mehr wichtig, vielleicht aber doch. Jedenfalls fand ich nun, dass ich mich entscheiden muss. Und das habe ich getan. Das mit dem Heiraten, Henning, das lassen …«

Er machte eine ruckartige Geste, um ihr das Wort abzuschneiden, und wandte sich ab. »Das will ich nicht hören. Behalt es für dich. Es ist doch alles gut, wie es ist. Was willst du denn jetzt? Was du jetzt redest, kannst du dir in ein paar Monaten wieder anders überlegt haben. Du und ich, das passt. Das wirst du wohl nicht leugnen. Ich habe verstanden, dass du mehr Zeit brauchst als andere Weiber. Das sind eben die Umstände. Aber ich habe Geduld. Das habe ich dir immer gesagt.«

»Ich weiß. Aber es ist nicht richtig, dass ich dich weiter warten lasse. Ich werde dich nicht heiraten. Nicht in diesem Jahr, nicht im nächsten, nicht in fünf Jahren. Wahrscheinlich werde ich niemals heiraten. Aber du solltest es tun. Du solltest dir endlich eine suchen, die dir ein gutes Eheweib wird. Andere haben in deinem Alter schon Kinder, die ihnen zur Hand gehen können. Du willst doch auch einen Erben, oder nicht? Ich werde dir keinen schenken. Es wird Zeit, dass wir beide diese Sache zwischen uns beenden.«

Er spuckte in die Glut seiner Esse und kniff die Augen zusammen, sodass sich eine tiefe Furche zwischen den Brauen bildete. »Manchmal frage ich mich, ob vielleicht doch wahr ist, was die Leute über dich reden. Dass du gar kein echtes Weib bist und in deinem Kopf nicht alles ganz richtig ist. Was glaubst du denn, was aus dir wird, wenn du nicht heiratest? Eine verrückte alte Vettel, die in einem Stall lebt und dankbar für Almosen sein muss. Wenn du großes Glück hast, gibt es noch einen Neffen, der dir ein Dach über dem Kopf verschafft.«

Sie verschränkte die Arme und zwang sich, zu bleiben. Zumindest so viel war sie ihm schuldig. »Warum sagst du das? Ich werde es schon einzurichten wissen, dass mir die Maultierzucht erhalten bleibt. Meine Arbeit wird mich ernähren, so wie es auch bei einem Mann wäre.«

»Ein Geschäft allein zu führen, ist für einen Mann schwer genug. Du wirst das auf Dauer nicht schaffen«, sagte er.

»Wieder dieses alte Lied. Ich dachte, du hieltest inzwischen mehr von mir.«

Auch er verschränkte die Arme und sah sie finster an. »Warum kommst du immer damit, dass ich wenig von dir halte? Ich will nur, dass du aufhörst, dich wie ein Kerl aufzuführen, und einsiehst, dass du auf dem falschen Weg bist. Würdest du mich heiraten und hättest ein Kind, dann würdest du die Flausen bald vergessen und wir hätten keinen Grund mehr zum Streiten. Dann wäre alles gut.«

»Das wird aber nicht geschehen. Und nun mach's gut. Ich habe gesagt, was ich sagen wollte. Mit uns ist es aus. Ich hoffe, wir können trotzdem gute Nachbarn bleiben.«

Fahrig nahm er Hammer und Zange wieder auf, ohne etwas zu erwidern, und ließ sie zur Tür gehen. Erst als sie schon fast hinaus war, sagte er doch noch etwas. »Nimm die verdammte Pastete wieder mit. Der süße Mist macht mir Zahnschmerzen.«

Sie blieb stehen und stemmte die Hände in die Hüften. »Letztes Mal mochtest du sie noch. Nur weil du auf mich böse bist, solltest du es dir besser nicht mit Wiebke verderben. Sie hat dir nichts getan.«

Die einzige Antwort, die sie darauf bekam, war ein abfälliges Brummen von einem beleidigten Mann, der ihr längst den Rücken zukehrte. Mit einem Schulterzucken verließ sie die Hufschmiede.

Sie war trauriger, als sie erwartet hatte. Es sah nicht so aus, als würde Henning trotz der Abfuhr ihr Freund bleiben wollen, und das bedauerte sie. Doch je weiter sie sich von seinem Haus entfernte, desto stärker fühlte sie auch die Erleichterung darüber, die Sache beendet zu haben. Auf ihn einzugehen und ihn dabei stets im Ungewissen zu lassen, obwohl sie im tiefsten Inneren doch die ganze Zeit gewusst hatte, dass sie nicht füreinander bestimmt waren, war auch anstrengend gewesen. Mit einer Mischung aus Wehmut und Beschwingtheit ließ sie den Blick über das bunte Herbstlaub der Bäume und Sträucher entlang des Pfades schweifen, das an den ewigen Kreislauf der Jahreszeiten erinnerte. So viele Jahre waren nun schon ins Land gegangen, seit sie nur den einen Mann liebte, der sie nicht wollte. Nie hatte sie es überwinden können. Und in diesem Moment schwor sie sich endgültig, dass sie sich nicht noch einmal halbherzig auf einen anderen einlassen würde. Sie würde alles tun, damit Wiebke ihren Arnold bekam, aber für sie selbst war die Sache mit dem Heiraten erledigt. Sie würde lieber die verrückte alte Vettel werden, von der Henning gesprochen hatte, als einem Mann Hoffnungen zu machen, die sie nie würde erfüllen können.

28. Kapitel

November 1177

Oberstallmeister Leberecht ließ nicht erkennen, wie viel er über die Hintergründe des Streits zwischen Micha und Borgward wusste. Er tat, als wäre es nur um eine nebensächliche Meinungsverschiedenheit gegangen, und bestrafte Micha für seine Aufsässigkeit, indem er ihm niedrige Arbeiten auftrug, die eigentlich nicht mehr zu seinen Aufgaben gehörten. Außerdem untersagte er ihm die Waffenübungen. Davon, dass Micha Jaget abgeben sollte, war jedoch keine Rede mehr.

So verbrachte Micha zu Beginn seines sechsundzwanzigsten Lebensjahres endlose Stunden mit dem Putzen und Einfetten von Lederzeug und dem Ausmisten und Kalken von Ställen, was ihn zwar zu seinem Ärger von der Arbeit mit den Pferden fernhielt, ihm andererseits aber auch Begegnungen mit Borgward ersparte. Seiner Vermutung nach zielte Leberecht mit seinen Anordnungen auf Letzteres ab. Der Oberstallmeister des Burgherrn mochte vielleicht nicht sein Freund sein, aber ihm war offensichtlich daran gelegen, es seinetwegen nicht zu einer Verstimmung zwischen Graf Meinhard und Herzog Heinrich kommen zu lassen. Denn verstimmt wäre der Herzog gewiss gewesen, wenn Graf Meinhard ihm erklärt hätte, dass sein Vogt dem erst kürzlich hoch gelobten Rössner übel mitgespielt hatte.

Dennoch erwartete Micha jeden Augenblick, dass Borgward etwas gegen ihn unternahm. Er baute einen Riegel an die Innenseite der Futtertür, damit niemand ihn im Schlaf überraschen konnte. Und er ließ trotz der vielen Arbeit keinen Tag verstreichen, an dem er nicht zweimal nach seinen Rössern sah. Dann ritt er auf Lilje zu der Weide, wo Jaget bei den anderen Junghengsten stand, und zu der großen Stutenherde, mit der Glander und ihre einjährige Tochter Margerite liefen.

Leberecht ließ ihn gewähren, weil er gut wusste, dass Michas Wachsamkeit auch sein eigener Vorteil war. Wenn es draußen bei den Rössern Schwierigkeiten gab, die einem einfachen Knecht nicht gleich aufgefallen wären, erfuhr er über Micha schnell davon. Ob ein Pferd hustete oder lahmte, die Raben eine Stute mit einem neugeborenen Füllen belagerten, Wölfe oder wildernde Hunde die Herde in Aufregung versetzt hatten – Micha entging nichts.

Wann immer ihm neben seinen Pflichten noch Zeit blieb, bemühte er sich, sein Versprechen zu halten und Sibilla beim Ausbessern der Dächer zu helfen. Er hatte angenommen, dass sie auch Henning bitten würde, mit anzufassen, doch sie wies das wortkarg zurück. Später erfuhr er von Wiebke, dass Sibilla ihr Verhältnis mit dem Hufschmied beendet hatte. Darüber hätte er sich nicht freuen sollen, tat es aber insgeheim doch. Er hatte seine Abneigung gegen Henning nie überwunden und hätte sich wahrscheinlich nicht daran gewöhnen können, Sibilla mit ihm verheiratet zu sehen.

Am Abend des Tages, an dem sie mit den Dächern fertig geworden waren, ging er mit Sibilla, Wiebke, Magda und Jakob zu Kilian ins Goldene Ross, um das vollbrachte Werk mit einem Umtrunk und einem Tänzchen zu feiern.

Doch gleich als sie zur Tür hineinkamen, nahm Kilian ihn beiseite. »Heute Nachmittag hat mir einer von den Wachmännern erzählt, dass Edwina gestorben ist. Es muss letzte Nacht geschehen sein. Ich weiß, du hast nicht an ihr gehangen, aber vielleicht willst du ja doch Abschied von ihr nehmen.«

Micha war betroffener, als er hätte erklären können. »Sie ist gestorben? War sie krank?«

»Es wird wohl so sein. Sie lag tot im Bett, als einer ihrer Bekannten zu ihr kam.«

Eine böse Ahnung stieg in Micha auf. Als Borgward die Wahrheit über seine Herkunft herausgefunden hatte, musste ihm auch Edwinas Rolle in dem Spiel klar geworden sein. Oder hatte er sogar alles von ihr erfahren?

»Wie wird sie begraben?«, fragte er heiser.

»Nicht auf dem Kirchhof, das kannst du dir denken. Draußen auf dem Schindanger, nehme ich an. Das wird man nicht ändern können.«

»Danke dir«, erwiderte Micha.

Einen Moment hielt er anschließend noch bei seinen Freunden aus, um sie nicht zu enttäuschen. Dann verabschiedete er sich mit einer Ausrede. Kurz darauf stand er in Edwinas Behausung neben ihrer aufgebahrten Leiche. Verlegen schickte er die bei ihr wachende Totenwäscherin mit einem Pfennig hinaus, damit sie sich Met und etwas zu essen holte.

Seine tote Stiefmutter wirkte eigenartig auf ihn. Der Tod hatte ihre Gesichtszüge zwar nicht entstellt, aber ein Echo ihrer letzten Regungen hinterlassen. Edwina sah aus, als wäre sie von Angst gepeinigt gestorben.

Sämtliche Abschiedsworte, die er vielleicht an sie hätte richten können, entfielen ihm. Er versuchte, an die Zeit zurückzudenken, in der sie ihm vertraut gewesen war, an die schlimmen Erlebnisse, die sie gemeinsam durchgestanden hatten. Doch die

Angst auf ihrem Gesicht überdeckte alle guten Erinnerungen an sie und verstärkte nur sein ungutes Gefühl.

Eilig ging er zu dem Versteck beim Herd, das sie ihm gezeigt hatte, und entfernte den Deckstein. Ihr Geldbeutel war nicht mehr darin. Stattdessen fand er ein kleines Holzpferd und nahm es in die Hand, um es ins Licht zu halten. Ihm war eine zur Henkersschlinge geknotete und zugezogene Schnur um den Hals gelegt.

Sofort legte er das Ding zurück und verschloss das Versteck wieder. Mit hämmerndem Herzen musterte er Edwina erneut. Waren das Würgemale an ihrem Hals, Spuren von brutalen Händen an ihren Handgelenken? Es sah nicht danach aus, und doch war er sich nun sicher, dass sie keines natürlichen Todes gestorben war.

Mit gefalteten Händen wartete er auf die Rückkehr des Totenweibs, doch sogar für ein stilles Gebet war er zu entsetzt. Als die Frau wieder da war, drückte er ihr noch ein paar Pfennige in die Hand, bat sie, Edwina so anständig wie möglich zu ihrem würdelosen Grab zu begleiten, und floh aus dem Häuschen.

Erst draußen begannen seine Gedanken wieder zu fließen. Ganz gewiss hatte nicht Edwina das Pferdchen in ihr Versteck gelegt. Ihr Tod und das Ross mit der Schlinge um den Hals – das war eine grausame Botschaft an ihn.

Eisige Schauder überliefen ihn. War Borgward wirklich so weit gegangen, Edwina ermorden lassen, um ihm zu zeigen, dass er vor nichts haltmachte? Es fühlte sich an, als würde sich die Reue in seinem Magen zu einem harten Klumpen zusammenballen. Hätte Edwina noch gelebt, wenn er Borgward nicht angegriffen hätte? War es womöglich besser, wenn er Summerburg doch verließ? Wem würde Borgward sonst als Nächstes Schaden zufügen, um ihn gefügig zu machen?

Rastlos lief er durch Wiesen und Felder und kehrte erst spät in die Burg zurück. Dreimal hatte er beschlossen, Borgward zur

Rede zu stellen. Dreimal hatte er das Vorhaben wieder verworfen. Ein viertes Mal entschied er sich dafür, nachdem er sich viele schlaflose Stunden lang auf seinem Lager gewälzt hatte.

Am nächsten Morgen erhob er sich in der Gewissheit, dass sich an diesem Tag sein Schicksal entscheiden würde. Gleich nach den dringendsten Pflichten würde er Borgward gegenübertreten und ihm all das ins Gesicht sagen, worüber er so lange geschwiegen hatte.

Er sattelte Lilje und brach zu seinem ersten Ritt zu den Weiden auf. Schon kurz hinter dem Tor begegneten ihm zwei Reiter, die ihre Pferde aus dem Galopp neben ihm zügelten. Es waren Endris und Julius.

»Du kommst wie gerufen, Rössner! Die Waffen ruhen vorerst, aber wir brauchen trotzdem Hilfe. Hol so viele Mulis, wie du kannst!«, rief Julius.

Es stellte sich heraus, dass Heinrich nach der erfolgreichen Zerstörung der an der Straße zwischen Halberstadt und Braunschweig gelegenen Hornburg von Bischof Ulrich eine winterliche Waffenruhe beschlossen hatte. Einem Teil seiner Verbündeten war daher die Heimkehr gestattet. Doch auf dem Rückweg nach Summerburg war Graf Meinhard beim letzten Lagerplatz nachts von einem Trupp Wegelagerer unbekannter Herkunft überfallen worden. Die Bande hatte einen großen Teil der mitgeführten Zug- und Lasttiere gestohlen und davongetrieben.

Micha tat, was er konnte, um Ersatz zu beschaffen, und als er mit den Tieren und seinen Freunden bei Graf Meinhard ankam, wurde er nicht nur von diesem, sondern zu seiner Überraschung auch von Jofridus erleichtert begrüßt. Der junge Ritter sollte den Winter in Summerburg verbringen und sicherstellen, dass alle nötigen Vorbereitungen zur Fortsetzung des schwelenden Krieges getroffen werden konnten.

Und so entschied der Tag tatsächlich über Michas Schicksal, doch wieder einmal ganz anders, als er gedacht hatte.

Jofridus' Anwesenheit in Summerburg wurde für Micha Segen und Fluch zugleich. Sein Bekannter zeigte allen gegenüber deutlich, dass Micha hoch in seiner und in der herzoglichen Gunst stand und dass eine Stellung als rechte Hand des Oberstallmeisters das Mindeste war, was er beanspruchen durfte. Gleichzeitig machte er jedoch auch Micha klar, dass er höhere Erwartungen an ihn hatte als das.

Als Micha ihm unter vier Augen erzählte, was zwischen Borgward und ihm vorgefallen war und dass Oberstallmeister Leberecht deshalb seine Aufgaben und Rechte eingeschränkt hatte, stieß der junge Ritter ein belustigtes Schnauben aus. »Ist deine Geduld also an ihre Grenzen gestoßen, was? Nachdem ich dich damals bei dem Hinterhalt habe kämpfen sehen, konnte ich nicht glauben, wie lange du all das hier still erduldet hast. Du willst es vielleicht nicht wahrhaben, aber in dir steckt ein starker Krieger. Und ich betrachte es als meine Aufgabe, ihn ans Licht zu holen und einzuspannen. Ab morgen früh bist du wieder bei den Waffenübungen dabei. Herzog Heinrich braucht zwar gute Rössner, aber noch dringender braucht er gute Rössner, die auch starke Schwertkämpfer sind. Mit deinem Stallknechtdasein hat es ein Ende. Der Graf wird dir alles geben, was dir an Rüstung und Waffen fehlt.«

Micha zog die Brauen hoch. »Wie willst du ihn dazu bringen?«

»Seine Durchlaucht war nicht zufrieden mit der Truppe, die Graf Meinhard aufgestellt hat. Er ist der Ansicht, dass er sich letztes Mal großzügig verhalten hat, als er nach Engelberts Tod vorerst nicht verlangt hat, dass sein Vater seiner Pflicht weiterhin nachkommt. Er hatte erwartet, dass der Graf das beim nächsten Aufruf umso gewissenhafter tun würde. Es kamen Zweifel an Meinhards Treue auf. Möglicherweise waren diese Zweifel genährt von gewissen Einflüsterungen durch Männer, die eine schlechte Meinung von gewissen gräflichen Gefolgsleuten haben. Jedenfalls wird Graf Meinhard sehr daran gelegen sein, dass Heinrich sich nicht fragt, warum er niemals versucht hat, das rätselhafte Verschwinden von Walther von Auwied aufzuklären. Es nicht aufzuklären, obwohl dessen ältester Sohn hier in Summerburg erschienen ist, um es als Verbrechen anzuzeigen, und dabei erschlagen wurde. Also glaub mir, mein Bester, du wirst morgen in Besitz einer zweiten Rüstung, von Lanzen, Schwert, Sätteln und allem anderen sein, was ein Ritter vorweisen muss. Ich erwarte von dir, dass du dich dessen dann auch als würdig erweist.«

Micha lächelte schief. »Was mache ich mit meinen Pferden, wenn ich mit Euch in den Krieg ziehe? Wann wird es so weit sein?«

»Wenn meine Quellen sich nicht irren, recht bald. Es braut sich ein Sturm zusammen, gegen den Heinrich sich mit aller Kraft wird stemmen müssen. Bischof Ulrich, dessen Burg wir gerade geschleift haben, sammelt bereits Bauleute und Material für den Bau einer neuen, südlich von Halberstadt auf dem Hopelberg. Und man munkelt, dass nicht nur der Kaiser bald aus Italien zurückkehren wird, sondern auch viele der Fürsten schon auf dem Heimweg sind, die sich ihm in der Zeit angebiedert haben, in der Heinrich ihm fremd geworden ist. Da ist zum Beispiel dieser Philipp von Heinsberg, der Erzbischof von Köln. Er soll entschlossen sein, unserem Löwen die Zähne zu ziehen. Wenn du mich fragst, würde ich sagen, dass dein junger Hengst noch nicht taugen wird, dich in die Schlacht zu tragen, wenn es losgeht.«

»So bald also. Dann habe ich nur Glander, die ich im Kampf reiten kann.«

»Ein Ross genügt für den Anfang. Die anderen jagen wir unseren Feinden ab. Du solltest dich über die Gelegenheit freuen. Auf die Art sind schließlich die meisten der Reichen unter uns reich geworden.«

Er schlug Micha grinsend auf die Schulter, und Micha lachte, obwohl ihm nicht wohl dabei war. Natürlich wusste er, dass die Eroberung der gegnerischen Pferde und Waffen eine beliebte Einkommensquelle für die Milites war, ebenso wie das Lösegeld für wohlhabende Gefangene. Doch die Vorstellung, dass es nur allzu leicht umgekehrt dazu kommen konnte, dass ihm jemand seine Pferde abnahm, machte ihn krank. Davor hatte er mehr Angst als davor, Prügel einzustecken.

Schon am nächsten Tag stellte sich heraus, dass Jofridus mit seiner Einschätzung richtig gelegen hatte. Graf Meinhard ließ Micha mit allem ausstatten, was ihm noch fehlte, um als bewaffneter Reiter in den Krieg ziehen zu können.

29. Kapitel

März 1178

Die nun folgenden Monate standen für Micha völlig im Zeichen seiner Kampfausbildung. Jofridus selbst war sein Lehrer und tat alles, um ihn zu schinden, als könnte Micha innerhalb eines einzigen Winters die Jahre der Übung aufholen, die er in seiner Jugend versäumt hatte. Alles, was er bis dahin mit Lanze und Schwert gelernt hatte, kam ihm im Vergleich wie schieres Kinderspiel vor. Kein Tag verging mehr, ohne dass er am ganzen Leib Schmerzen litt und am Abend glaubte, keinen Finger mehr rühren zu können.

Aber Mitte März war er so weit, dass er sich auch im Schwertkampf nicht nur gegen die jungen und kampfunerfahreneren Männer der Burgmannschaft behaupten, sondern sogar Jofridus in Bedrängnis bringen konnte. Außerdem hatte Jaget sich so gut entwickelt, dass er begann, den noch nicht ganz dreijährigen Hengst mit Sattel und Zaumzeug zu reiten, um ihn allmählich an seine Aufgaben als Streitross zu gewöhnen.

Jofridus rechnete jeden Tag damit, dass Herzog Heinrich sie zu den Waffen rief, doch ihr Landesherr hegte offenbar noch die Hoffnung, den Kaiser wieder auf seine Seite ziehen zu können, und wartete auf die passende Gelegenheit, persönlich mit ihm zu sprechen. Daher nutzte sein junger Gefolgsmann die Zeit, um Graf Meinhard und seinen Sohn Heiner in Bewegung zu halten. Jofridus brachte sie dazu, neben den bisherigen dreihundert Männern weitere hundert anzuwerben und auszubilden und auswärts Waffen und Rüstungen für diejenigen zu beschaffen, die nicht genügend ausgerüstet waren.

Micha wurde schwindlig, wenn er dabei zuhörte, wie er den Mitgliedern der gräflichen Familie in leuchtenden Farben ausmalte, welch herrliche Vorteile sie gewönnen, wenn sie in der Gunst des Löwen aufstiegen, welch finstere Zukunft ihnen jedoch bevorstünde, wenn Heinrich ihre Treue für mangelhaft hielt.

Die Kampfübungen auf dem Hof der Vorburg zogen immer Zuschauer an. Viele, die dort zu tun hatten, hielten inne, um sich eine Weile vom Anblick der schwitzenden und fluchenden Kämpfer unterhalten zu lassen. Neugierige Kinder drückten sich zwischen den Wagen, Zelten und Tieren herum, die den Hof stets umgaben. Hier rastende Reisende lagerten sich so, dass sie dem Geschehen zusehen konnten, und schlossen Wetten auf die Sieger der Übungskämpfe ab.

Auch Johanna und ihre nun fünf- und dreijährigen Söhne gehörten oft zum Publikum, und das nicht nur, wenn Georg zum Kampf antrat. Schon im Laufe des Februars hatte Micha bemerkt, dass Johanna ihm die sprechenden Blicke zuwarf, die nach ihren früheren Trennungen angekündigt hatten, dass sie nach einem Anlass suchte, ihm zunächst öffentlich, dann heimlich wieder näherzukommen. Und sosehr er sich selbst deshalb auch als Narr betrachtete, wusste er doch, dass er nicht widerstehen würde, wenn sie an seine Tür klopfte. Dabei war er dieses Mal dank seiner neuen Aufgaben recht gut mit seiner Sehnsucht nach ihr fertig geworden. Meist war er so müde, dass die Aussicht auf ruhigen Schlaf die meisten anderen Bedürfnisse zum Schweigen brachte.

Etwa zu der Zeit, als Johanna begann, ihm wieder schöne Augen zu machen, erkrankte Adams alter Eselhengst Oskar und musste von seinem Leiden erlöst werden. Sibilla fand Ersatz für ihn, doch ihre Begeisterung über das prachtvolle Tier ließ rasch nach, als im März die ersten Stuten rossig wurden und sich herausstellte, dass der Esel mit ihnen nichts anzufangen wusste. Ende März, um Mariä Verkündigung, kapitulierte sie schließlich und bat Micha, ihr mit dem Tier zu helfen.

Als er Julius und Endris am betreffenden Tag erzählte, wohin er wolle, fanden sie die Sache so lustig, dass sie darauf bestanden, ihn zu begleiten.

* * *

Sibillas Laune war an einem Tiefpunkt angekommen. Sie hatte eine beträchtliche Summe ausgegeben, um einen Eselhengst zu kaufen, der ihre Pferdestuten links liegen ließ. Ihr nun völlig blinder Vater hatte am Vortag erneut erbost abgelehnt, dass Wiebke Arnold heiratete. Henning sprach nicht mehr mit ihr. Jakob litt an einem Hexenschuss. Und Micha brachte zu ihrer Verabredung seine Freunde mit. Gewiss würden sie sich ohne Unterlass lautstark über sie, Micha, den Hengst und die Willigkeit der Stuten lustig machen.

Seufzend ging sie den drei feinen Milites entgegen, als sie den Hof betraten, und setzte ein Lächeln auf, das sich verkrampft anfühlte. Am besten kam sie ihnen mit einem Witz zuvor, dann glaubten sie nicht, sie damit in Verlegenheit bringen zu können. »Ich sehe, du hast gleich Verstärkung mitgebracht. Hast du vor, den Hengst auf die Stute zu heben? Lass dir gleich sagen, dass das nichts bringt. Ich habe es schon versucht.«

Julius und Endris lachten, aber Micha verzog keine Miene. »Die beiden haben nicht die Absicht, sich nützlich zu machen. Sie wollen nur später ein Lied darüber dichten, wie ich einen Esel überredete, sich in eine Stute zu verlieben.«

Sibilla schnaubte belustigt. »Du willst es also mit Reden schaffen? Nur zu, ich werde aufmerksam lauschen und mir die Worte merken. Vielleicht kann ich sie eines Tages noch anderweitig gebrauchen.«

Julius zog seinen Hut und verneigte sich vor ihr. »Du doch nicht, holde Sibilla. Ein Mann, der Überredung bräuchte, sich in dich zu verlieben, wäre ein Trottel, der deiner Liebe nicht würdig ist. Ein Blick von dir, und ich für meinen Teil läge dir zu –«

Endris hieb ihm den Ellbogen in die Seite. »Du vergisst dich. Jeden Moment wird Micha sich gezwungen sehen, dich zum Kampf zu fordern. Und das willst du heutzutage nicht mehr erleben.«

Entrüstet schubste Julius ihn von sich. »Was hat Micha damit zu tun? Er ist nicht ihr Vater und nicht ihr Bruder.«

Micha verdrehte die Augen und wandte sich an Sibilla. »Hör einfach nicht hin. Sie langweilen sich, seit sie von ihrer glorreichen Burgbezwingung zurück sind, und vertreiben sich die Zeit damit, Unsinn zu reden. Bring mich zu deinem Esel. Ich möchte sehen, wie er sich bei den Stuten verhält.«

Julius grinste breit. »Wenn das Vieh sich bei den Stuten so verhält wie Micha bei den Weibern, dann steht fest, dass er ein hoffnungsloser Fall ist. Dann sollte niemand Zeit mit ihm vergeuden, sondern ihn seiner Berufung zum Mönchsesel überlassen. So machen wir es mit Micha seit Jahren. Er ist noch schlimmer als unser hochgeborener zukünftiger Burgherr Heiner. Der ist immerhin seit Kurzem endlich verlobt.«

»Mönchsesel? Ihr wisst nicht alles über ihn«, sagte Sibilla und bereute es im selben Augenblick. Hoffentlich ritten die zwei jetzt nicht länger auf Michas Verhalten herum. Hastig sprach sie weiter. »Mein Balduin hat schon Fohlen gezeugt. Seine Berufung zum Mönch müsste also ganz neu sein.«

Um ihren Patzer zu überspielen, ging sie zügig voran zur Hausweide, wo der Esel bei den rossigen Stuten stand und mit langer Zunge an einem Salzstein leckte, der ihn offensichtlich mehr beglückte als der Gedanke an Fortpflanzung.

Balduin war der größte Eselhengst, den Sibilla in ihrem Leben gesehen hatte. Das war der Grund, warum sie ihn unbedingt hatte haben wollen. Er passte von der Größe her besser zu Pferdestuten, als Oskar es je getan hatte.

»Was für ein Koloss!«, rief Endris aus, als er Balduin sah.

»Das kann man wohl sagen. Wenn ich einen Esel bräuchte, würde ich auch so einen haben wollen wie den da«, bekräftigte Julius mit anerkennendem Nicken.

Micha hatte den Esel schon früher gesehen und ging nicht auf die beiden ein. Stattdessen sah er stirnrunzelnd zu den Stuten hinüber. »Du sagst, dass drei von denen rossig sind? Dann scheinen sie von ihm so wenig zu halten wie er von ihnen. Sie tun ja so, als wäre er gar nicht da. Das war bei Oskar doch anders.«

Sibilla zuckte mit den Schultern. »Wahrscheinlich sind sie beleidigt, weil er nichts von ihnen wissen will.«

Micha warf ihr einen spöttischen Blick zu. »Vielleicht ist auch er beleidigt, weil sie ihm so wenig Liebe entgegenbringen.«

»Ich habe dafür gesorgt, dass jede von ihnen ihm ihre Aufwartung gemacht hat. Es hat ihn nicht beeindruckt«, widersprach sie.

»Waren sie nett zu ihm?«, fragte er.

»Freundlich genug.«

»Aber nicht begeistert?«

Endris prustete. »Herrgott, Micha! Es sind Tiere. Wie sieht eine Stute aus, die von einem Esel begeistert ist?«

Micha grinste. »Du würdest es erkennen, glaub mir.«

Sibilla biss sich auf die Zunge, um nicht zu sagen, dass so mancher Esel es nicht erkannte. In dem Moment fiel ihr ein, was sie noch ausprobieren konnte. »Jetzt kommt mir doch noch ein Einfall. Ich habe eine alte Decke, die ich Oskar in letzter Zeit oft umgelegt hatte. Vielleicht hilft es, sie Balduin zu vermachen. Leider habe ich nichts von den Stuten, die er vorher kannte.«

Micha begriff sofort. »Wir reiten zu seinem Vorbesitzer und holen einen Sack voll Mist. Ich wette, das wird ihn überzeugen.«

Julius schüttelte entgeistert den Kopf. »Ihr seid ja alle beide verdreht. Einer schlimmer als die andere.«

»Nur, weil wir Verstand haben und ihr keinen, sind wir nicht verdreht. Für den Maultiernachwuchs von diesem Hengst werdet ihr am Ende mit Freude gutes Geld bezahlen. Das werden Prachtmulis, das verspreche ich euch. Die wird jeder als Saumtier haben wollen«, erklärte Micha.

Sie legten dem Hengst Oskars Decke an, versuchten, ihn näher an die Stuten heranzuführen, und alberten weiter herum, bis Sibilla sich eingestand, dass sie lange nicht mehr so viel Spaß gehabt hatte.

Offenbar waren sie dabei recht laut, denn irgendwann kam ihr Vater mit seinem Taststock in der Hand aus dem Haus, um zu erfahren, was vor sich ging. Er legte Wert darauf, täglich den Bart ordentlich gestutzt zu bekommen und nicht anders aufzutreten als ein Sehender. Doch seine neue Lage zehrte an ihm und er sah inzwischen älter aus, als er es nach Jahren war. Obwohl seine Augen nur noch zwischen hell und dunkel unterscheiden konnten, hielt er sie weit geöffnet, als er sich in ihre Richtung wandte und nach ihr rief.

Ihre Kehle schnürte sich jedes Mal zu, wenn er so hilflos wirkte. »Alles ist gut, Vater! Es sind nur Micha und seine Freunde!«, rief sie zurück und sprach dann leise weiter. »Er muss heute zu Borgward und aushandeln, wie wir es dieses Jahr mit unserem Frondienst machen. Jakob und Vater werden nicht viel tun können, und uns Weiber nimmt Graf Meinhard nur als den dritten Teil einer Arbeitskraft an. Zu dreißig Tagen Dienst mit zwei Männern sind wir im Jahr verpflichtet. Wenn der Vogt sagt, dass Jakob und Vater jeder nur für einen halben Mann gelten und wir Weiber zu dritt den zweiten Mann ersetzen müssen, dann müssen wir dreißig Tage lang zu fünft arbeiten oder uns auf mehr Tage einlassen.«

»Ihr bräuchtet endlich einen neuen Knecht. Micha hat das schon oft gesagt«, stellte Julius fest.

»Wiebke und Magda und du, ihr solltet heiraten«, steuerte Endris bei.

»Wie geistreich, Endris. Darauf ist vor Euch noch niemand gekommen«, erwiderte sie und strafte ihn mit einem kühlen Blick.

»Ich kann euch helfen«, erbot sich Micha.

Julius schüttelte den Kopf. »Kannst du nicht. Du hast dafür keine Zeit. Und außerdem würde Jofridus dir den Buckel bläuen, wenn er dich dabei sieht, wie du Steine schleppst und Kalk schaufelst. Er will aus dir einen edlen herzoglichen Ritter machen. Dazu muss er dir die niederen Arbeiten abgewöhnen.«

»Ich erwarte nicht von ihm, dass er einspringt«, sagte Sibilla, als hätte Julius ihr das vorgeworfen.

»Was will dein Vater Borgward denn anbieten?«, fragte Micha.

»Er will ihm statt unseres Handdienstes mehr Mulis für die Ausrüstung der Truppen bereitstellen. Und mir fällt nichts Besseres ein, obwohl es für uns übel ist, wenn die Mulis mit auf einen Heerzug gehen, von dem wir nicht wissen, wie lange er dauert. Wer weiß, ob wir sie je wiedersehen.«

»Da wir drei wohl auch dabei sein werden, könnten wir ein Auge auf sie haben«, meinte Endris.

Julius lachte. »Ihr vielleicht. Ich kann die Biester nicht voneinander unterscheiden. Ich bezweifle auch, dass du es kannst, hochwohlgeborener Endris«, sagte er, was Endris mit einer anstößigen Geste beantwortete.

»Ihr werdet wohl auf dem Feldzug alle Wichtigeres zu tun haben, als meine Maultiere zu bewachen«, warf Sibilla ein.

Micha schüttelte den Kopf. »Ich kann zwar nicht versprechen, dass ich sie bewache. Aber gelegentlich nach ihnen sehen und dafür sorgen, dass sie ordentlich behandelt werden, das werde ich schon hinbekommen.«

»Dann sage ich Vater das. Alles, was ihn beruhigen könnte, ist gut.«

»Und reitest du heute noch mit mir zu Balduins altem Herrn? Das würde mir passen. Ich könnte Jaget reiten, wenn du Lilje nimmst. Das wäre eine gute Lehrstunde für ihn.«

Verächtlich schnaubend tippte Julius sich an die Stirn. »Eine Lehrstunde im Mistschleppen für den kostbaren Destrier. Ihr seid wirklich nicht bei Trost.«

»Der Destrier legt nicht so viel Wert auf vollkommene Hövescheit wie Ihr, mein Herr«, erwiderte Micha und bückte sich blitzschnell, um einen trockenen Pferdeapfel aufzuklauben und ihn nach Julius zu werfen. Der wich ebenso schnell aus, und gleich darauf machten die drei sich balgend wie Halbwüchsige davon, während Sibilla kopfschüttelnd zu ihrem Vater ging und ihm erzählte, was er nicht mehr mit eigenen Augen hatte beobachten können.

Als Micha später am Tag mit Lilje und Jaget wiederkam, um sie abzuholen, war er viel ernster und beteuerte, wie leid es ihm täte, dass er nicht mit dem Frondienst helfen könne.

Sie zog die Brauen zusammen und funkelte ihn an. »Hör auf damit! Du hast deinen Weg gewählt. Es ist nicht dir zuzuschreiben, dass wir uns so schwertun und unsere Sterne in den vergangenen Jahren ungünstig standen. Wenn der Graf mich und Wiebke als volle Arbeitskräfte zählen würde, hätten wir die Sorgen ja auch gar nicht. Ich wollte, dass Vater ihn davon überzeugt, aber er weigert sich, es zu versuchen. Er meint, es wäre falsch, wenn dann die Herrschaft in Zukunft von uns Weibern die gleiche Leistung erwartet wie von den Männern. Und er mag recht haben. Ich weiß es nicht.«

»Ich stimme ihm zu. Es ist nicht jedes Mädchen so stark wie du. Und vielleicht kommt ein Tag, an dem du es auch selbst nicht bist, weil du ein Kind erwartest oder für eines zu sorgen hast zum Beispiel.«

Sibilla brachte Lilje mit einem Schnalzen zum Antraben. »Das wird nicht geschehen«, sagte sie laut.

Er trieb Jaget an und blieb neben ihr. »Wie willst du das wissen? Aber es ist auch gleich. Die Sache mit den Mulis wird am Ende die bessere Lösung sein. Wollen wir galoppieren?«

Wie so oft konnte sie nicht anders, als sein Lächeln zu erwidern und zuzustimmen. So galoppierten sie, das ungleiche Freundespaar aus Muli-Billje und dem fast schon vornehmen Herrn von Auwied auf der alten Lilje und ihrem lebhaften, vor Kraft strotzenden Sohn Jaget durch die milde Märzluft. Bald erreichten sie den Hof von Balduins ehemaligem Eigentümer, den der Bericht von des Esels mangelnder Beschälerbegeisterung überraschte. Der Mann befürchtete zuerst, dass Sibilla den Esel zurückgeben oder einen nachträglichen Preisnachlass wollte, und half ihnen dann mehr erleichtert als verwundert, einen Sack voll Stutenmist einzupacken.

Sorgsam brachten sie den Sack nach Hause, nur um dort festzustellen, dass sie ihn nicht gebraucht hätten. Balduin bemerkte Jaget, der seinerseits die rossigen Stuten auf der Hausweide längst entdeckt hatte, und benahm sich von einem auf den anderen Moment wie ausgewechselt. Auf einmal hob er stolz den Kopf, flehmte und baute sich zwischen Jaget und den Stuten auf, als hätte es nie einen Zweifel gegeben, dass sie in seine Zuständigkeit fielen. Und auch die Stuten schienen plötzlich aufzuwachen, wenn auch eher, weil sie den schmucken Junghengst auf der anderen Seite des Zauns sahen. Kurz hatten Sibilla und Micha alle Hände voll zu tun, weil sie glaubten, eine Auseinandersetzung zwischen den beiden Hengsten verhindern zu müssen, doch dann wurde es noch seltsamer. Balduin und die Stuten nahmen aufgeregt, aber freundlich am Zaun Aufstellung und Jaget strebte ebenso freudig auf sie zu. Micha gab nach und führte ihn zu ihnen, jederzeit bereit, sich wieder mit ihm zu entfernen. Doch statt des lauten, erbosten Quiekens, Schnappens und Schlagens, wie er es bei solchen Zusammentreffen oft erlebt hatte, begrüßten die Hengste einander friedfertig, während die Stuten sich vor Aufregung kaum halten konnten. Kurz darauf begann Balduin auf einmal, mit einer der Stuten zu schäkern, und es folgte, was folgen sollte.

»Da soll mich doch … Kannst du Jaget für eine Weile hierlassen?«, fragte Sibilla.

Micha lachte. »Meinetwegen. Aber nicht, dass ihr am Ende mehr Pferde- als Mulifohlen habt.«

Sie warf ihm einen spöttischen Blick zu. »Nun, für mich sieht es aus, als hätte Jaget sein Herz Balduin geschenkt und nicht den Stuten. Aber ich werde schon aufpassen. Ich kann mir ja nicht leisten, dass die verständigen Leute, die wissen, was für einen Schatz man an einem guten Maultier hat, sich von mir abwenden.«

30. Kapitel

Juni 1178

Im Juni 1178 schloss Philipp von Heinsberg mit Ulrich von Halberstadt ein Bündnis gegen Herzog Heinrich. Die beiden warfen dem Löwen vor, die unter königlichem Schutz stehende Halberstädter Kirche durch den Angriff auf Bischof Ulrich und seine Burg mit Füßen getreten zu haben, und bezeichneten es als ihre Pflicht, für diesen Frevel Vergeltung zu üben.

Als die Nachricht von dem Bündnis Summerburg erreichte, hatte Philipp bereits zugeschlagen. Überraschend war er von Köln aus mit einer großen Schar von gerüsteten Rittern in Richtung der Weser vorgestoßen. Sie eroberten Burgen und verwüsteten skrupellos das Land. Nicht einmal Kirchen und Klöster waren vor ihrer Zerstörungswut sicher.

In fliegender Eile machte Graf Meinhard nun die lange vorbereiteten Truppen zum Aufbruch bereit, und am nächsten Tag zogen sie nach Westen, um dem Ruf des Löwen zu folgen.

Der Graf selbst und sein inzwischen dreißigjähriger Sohn Heiner ritten gemeinsam mit Jofridus an der Spitze des vierhundert Mann starken kleinen Heeres. Micha, der viel weiter hinten zu finden war, nutzte Jaget als Reitpferd und führte außer der seit kurzer Zeit wieder tragenden Glander noch zwei mit seiner Ausrüstung und gemeinschaftlichen Vorräten bepackte Mulis mit.

Neben Julius und Endris nahm auch Georg wieder am Feldzug teil. Nur der notwendigste Teil der Burgmannschaft war unter Borgward zu Hause geblieben, um Summerburg abzusichern. Hätte sich jemand die Burg aneignen wollen, wäre dies der richtige Moment dafür gewesen. Micha hatte das Jofridus gegenüber angemerkt, doch der hatte den Finger auf die Lippen gelegt.

»Du hast recht, aber sag das nicht so laut. Ich habe behauptet, dass alle, von denen so ein Angriff kommen könnte, gerade nicht in der Nähe sind oder zumindest den Großteil ihrer Truppen entsandt haben, um entweder auf Philipps oder auf Heinrichs Seite zu kämpfen. Tatsächlich weiß ich, dass das zumindest bei den Schlimmsten die Wahrheit ist: Bischof Wichmann, Ulrich von Halberstadt, der Markgraf von Meißen und Landgraf Ludwig von Thüringen. Und Philipp gewähren zu lassen, ist auf jeden Fall gefährlicher, als Summerburg mit schwacher Besatzung zurückzulassen. Unser Herzog braucht uns jetzt.«

Sie reisten schnell und erreichten Braunschweig innerhalb von vier Stunden. Ihre Anführer holten Anweisungen bei Herzog Heinrich ein und noch am selben Tag setzten sie die Reise fast bis ans Ostufer der Weser fort. Sie lagerten in der Nähe eines Ortes namens Hallerspringe und überquerten am nächsten Tag unweit der Schauenburg bei Olden Rinttellen den Fluss. Schon kurze Zeit später stießen sie auf ein niedergebranntes Dorf.

Viele der Milites ritten ungerührt weiter, als wären sie den Anblick solcher Trümmer gewöhnt. Doch Julius, Endris, Micha und einige andere hielten inne und näherten sich den rauchenden Überresten in stillem Grausen.

Micha hatte sich eingeredet, dass der Krieg ihn nicht erschüttern konnte, doch damit war es nun vorbei. Die Grausamkeit, mit der die kleine Siedlung ausgelöscht worden war, raubte ihm die Sprache und verursachte ihm eine hartnäckige Übelkeit, die nicht wich, auch nachdem sie der rußschwarzen Ruine mit ihren unbestatteten Toten längst den Rücken gekehrt hatten.

Als sie später jenseits der verbrannten Felder, über die sie reiten mussten, ihr Lager aufschlugen, hatten ihre Pferde schwarze Hufe und Nüstern, jeder hatte Asche am Surcot und im Haar, und Wasser und Verpflegung schmeckten nach Ruß und Tod.

Am nächsten Morgen erhielten sie den Befehl, ihre Rüstungen anzulegen und sich für den Zusammenstoß mit dem Feind bereitzumachen.

In Endris hatte der Anblick der brutalen Zerstörung die Gier nach Vergeltung geweckt und das Gefühl, für eine gerechte Sache zu kämpfen. In ihm steckte noch genug von einem Kaufmann und Bürger, um ihn die Vernichtung ihrer aller Lebensgrundlage hassen zu lassen. Julius dagegen betrachtete die Sache viel mehr vom Standpunkt eines kriegerischen Strategen aus. Seiner Ansicht nach musste die Verheerung des Landes unterbunden werden, weil sonst die Versorgung und damit der Bewegungsspielraum der eigenen Armee infrage gestellt war.

Micha wiederum wollte vor allem verhindern, dass die Mordbrenner, die hier wüteten, näher an seine Heimat herankamen. Er war bereit, alles zu tun, damit es ihnen nicht gelang, die Weser zu überschreiten.

An diesem Tag ließen sie die Knechte und Knappen mit den überzähligen Vierbeinern am Lagerplatz zurück. Recht diszipliniert formierten sie sich in vier Abteilungen zu je etwa hundert Mann zum Angriff auf eine Truppe des Feindes, die ihre Späher in der Nähe ausfindig gemacht hatten.

In breiter Linie und mehreren Reihen ritten sie über die Äcker und Weiden und zerstörten dabei kaum weniger Feldfrüchte, als ein Brand es getan hätte.

Von der Kuppe eines sanften Hügels aus erblickten sie schließlich ihre Gegner. Ihre Anzahl war nicht genau auszumachen, aber die Reihen schwer bewaffneter Reiter, die sie dort erwarteten, waren ebenso dicht wie ihre eigenen. Helme, Panzerhemden, Lanzenspitzen und Klingen glänzten im Sonnenlicht, Fahnen und Banner leuchteten farbenfroh. Der Wind trieb das Wiehern der unruhigen Schlachtrösser über die zwischen ihnen liegenden Felder mit hoch stehendem Winterroggen zu ihnen. Die noch unreifen Ähren mit ihren langen Grannen schimmerten seidig, das lichtgrüne Getreide wogte sanft in der Brise, sodass man es beinah streicheln wollte. Das Bild war herzergreifend schön, gerade weil der in der Luft liegende Ausbruch von Gewalt so deutlich zu spüren war, der jede Schönheit an diesem Ort zerstören würde.

Graf Meinhard ritt mit Jofridus von zwei Hauptmännern flankiert vor, um den Anführer der feindlichen Truppe auf halber Strecke zu treffen. Micha wusste nicht, was sie besprachen, doch zu einer friedlichen Einigung führte es offensichtlich nicht. Denn beinah im selben Augenblick, in dem die Anführer zu ihren Männern zurückkehrten, begann der Angriff.

Mit jeglicher Ordnung hatte es schon wenige Atemzüge später ein Ende. Auf beiden Seiten schien die Hälfte aller Rösser durchzugehen. Micha hatte sogar mit Glander seine liebe Mühe, die zwar gut erzogen war, aber noch nie zuvor in einem vorstürmenden Pulk mit rund vierhundert anderen Pferden gesteckt hatte. Der Kopflosigkeit der Rösser entsprechend, prallten die Fronten zerfranst und eher zufällig als gezielt aufeinander. Zu Michas Glück erinnerte seine Stute sich beim ersten Zusammentreffen mit einem Gegner an das, was sie gelernt hatte. Und auch bei ihm übernahm der Teil die Kontrolle, der nicht nachdenken musste, weil er jahrelang geübt hatte, worauf es nun ankam.

Den ersten Ritter, den er mit der Lanze anvisiert hatte, verfehlte er ebenso wie der ihn. Statt langsamer zu werden, galoppierte Micha weiter und nahm sich als nächstes Ziel einen anderen vor. Aus vollem Schwung traf seine Lanze dieses Mal und stieß den Ritter aus dem Sattel. Es gelang Micha anschließend, seine Lanze zu retten, was nach einem solch gewaltigen Treffer nur selten möglich war. So konnte er einen weiteren Ritter zu Boden bringen, doch damit war es um seine Lanze geschehen. Sie brach und er ließ sie fallen. Um trotzdem so lange wie möglich an seinen Stärken festzuhalten, ließ er auch den zweiten vom Ross Gestoßenen links liegen und griff mit dem Schwert einen noch Berittenen an, der ebenfalls keine Lanze mehr trug.

Nach dem ersten Hieb, den er führte, verschwand die Welt um ihn her. Nur noch die stampfenden, schnaubenden Destrier, sein Gegner und er existierten. Gedämpft drangen der Lärm Tausender Hufe, das Krachen der Zusammenstöße, die Schreie der Männer und Tiere zu ihm durch. Er war nur noch sein Schwertarm, sein Schildarm, seine Schnelligkeit, seine Schenkel, die Glander bedeuteten, was sie zu tun hatte.

Am Ende tötete er seinen Gegner, obwohl er sich daran erinnerte, dass Jofridus ihm empfohlen hatte, Geiseln zu nehmen. Vielleicht wäre es ihm geglückt, den Mann gefangen zu nehmen, doch genau wusste er das nicht. Als er den letzten, mächtigen Stoß führte, der dem anderen das Brustbein zertrümmerte und ihn blutspuckend sterben ließ, ohne das Kettenhemd zu durchstechen, war Micha nur geleitet von dem Gefühl, das ihn in den Kampf getrieben hatte: Dieser Mordbrenner würde nicht ins Summerburger Land reiten.

Triumphierend blickte er sich um. Alle Männer von Graf Meinhard trugen lange rot-weiße Cotten, die einige Handbreit unter ihrem Kettenhemd und dem gepolsterten Gambeson hervorsahen. Ein kurzer Moment genügte, um zu erkennen, dass das gräfliche Rot und Silber dabei war, in der Schlacht die Oberhand zu gewinnen. Weit mehr Leiber ihrer Gegner lagen im niedergetrampelten, blutrot gefleckten Getreide am Boden.

Als die Truppen des Feindes sich kurz darauf zurückzogen und Graf Meinhard ihren Sieg verkündete, hatte Micha noch einen weiteren Ritter aus dem Sattel gestoßen, der allerdings entkam, weil einer seiner Gefährten ihn zu sich aufs Ross zog und mit ihm floh. Immerhin gelang es Micha, den Destrier des Fliehenden einzufangen, bevor das Tier sich der Flucht anschließen konnte. Somit hatte auch er Beute gemacht: die Waffen und die Rüstung des Toten und ein gutes Pferd. Was aus den ersten Männern geworden war, die er zu Fall gebracht hatte, wusste er nicht. In dem herrschenden Durcheinander hatte er sie sofort aus den Augen verloren. Er war nicht einmal sicher, ob er sie wiedererkannt hätte, wenn sie auf ihn zugekommen wären, um sich ihm vorzustellen.

Endris und Julius hatten reichere Beute gemacht als er. Sie waren zusammengeblieben und hatten achtgegeben, dass ihnen niemand ihre Geiseln und deren Eigentum abspenstig machte. Entsprechend gut gelaunt waren sie am Abend, zumal ihre Seite nur geringe Verluste zu beklagen hatte.

»Wenn wir so weitermachen, werden wir bald alle reiche Männer sein. Nachdem wir heute Anno von Minden und seine zahmen Hunde das Fürchten gelehrt haben, wird seine Durchlaucht, der Löwe, sich nie wieder fragen, ob die Summerburger ihm treu und nützlich sind«, hörte Micha im Vorübergehen Georg von Egesleben voller Genugtuung herumtönen, bevor der mit seinem engen Kreis von Gefolgsleuten am Lagerfeuer anstieß.

Und auch wenn er sonst lieber niemals mit Georg einer Meinung war, pflichtete er ihm dieses Mal innerlich bei.

Doch als so einfach sollte sich ihr Feldzug in der Folge nicht herausstellen.

Juli 1178

Als Graf Meinhards kleines Heer zum zweiten Mal auf den Feind stieß, hatte der Verstärkung erhalten. Nun hatten sie es nicht mehr nur mit Truppen von Bischof Anno von Minden zu tun, sondern mit weiteren Verbündeten Philipp von Heinsbergs.

In diesem Scharmützel wurden sie nur deshalb nicht vernichtend geschlagen, weil Graf Meinhard seinen Trompeter rechtzeitig zum Rückzug blasen ließ.

Von da an schlugen sie keine offenen Schlachten mehr, sondern begannen ein Katz- und Mausspiel, bei dem sie vor allem versuchten, den Gegner zu berauben, ihm den Übergang über den Fluss zu verstellen und ihn vom Nachschub abzuschneiden.

Drei Wochen lang widmeten sie sich dieser zermürbenden Aufgabe, und Micha hatte sich gerade recht gut darauf eingestellt, da geriet der Grafensohn Heiner beim Versuch, eine kleine Wagenkolonne mit Vorräten zu erbeuten, in eine Falle. Die plötzlich auftauchende Übermacht ließ ihn mit seinen fünfzig Männern kapitulieren. Einige der gegnerischen Ritter zerrten ihn vom Ross, um ihn gefangen zu nehmen, und dabei stürzte er so unglücklich auf die Kante eines Wagens, dass er sich das Genick brach.

Ein einziger seiner Männer kehrte mit der Erlaubnis des Feindes zu Graf Meinhard zurück, um ihm darüber Bericht zu erstatten. Micha und Julius waren Zeugen dessen, was anschließend geschah: Graf Meinhard ließ den Überbringer der Nachricht stehen, ging geradewegs zu Jofridus hinüber und versetzte ihm einen Faustschlag ins Gesicht. Und als Jofridus nicht fiel, sondern ihn nur bestürzt anstarrte, schlug der Graf ein zweites Mal zu.

Der zweite Schlag brach dem jungen Ritter die Nase, und das Blut schoss ihm über Mund und Kinn. Dennoch machte er keine Anstalten, zurückzuschlagen, sondern wich vor Meinhard zurück.

»Du bist nichts anderes als die Stimme des Satans. Er hat dich geschickt, um mir meine Söhne zu nehmen«, zischte der ältere Mann ihn an.

Jofridus hob eine Hand, um ihn notfalls abzuwehren. »Ich versichere Euch, dass ich Euren Verlust bedaure. Und ich halte Euch zugute, dass niemand von einem trauernden Vater bedachtsames Verhalten erwarten darf. Ihr sagt in Eurem Kummer Worte, die Ihr bei klarem Verstand nicht sagen würdet. Der Satan ist auf der Seite von Bischof Philipp und seiner Gefolgschaft zu finden. Was wir in den letzten Wochen gesehen haben, zeugt davon. Ich verspreche Euch, nicht nur seine Durchlaucht Herzog Heinrich wird Euer Opfer zu würdigen wissen, sondern auch der Allmächtige im Himmel, der auf der Seite der Gerechten steht. Er wird Eure Treue zu dem von ihm Auserwählten belohnen.«

»Hört endlich auf mit dem Geschwätz!«, fuhr der Graf ihn an. »Seit wie vielen Jahren warte ich nun schon in aller Treue vergeblich darauf, dass Seine Durchlaucht mir meine Dienste nennenswert vergilt? Und doch habe ich mich erneut von dir einlullen lassen und all meine Kräfte in diesen Krieg geworfen, auf dass mein Sohn die Gunst seines Landesherrn gewönne. Nun habe ich den höchsten Preis dafür gezahlt, den ich zahlen konnte. Und, was meinst du, wird Heinrich es mir dieses Mal vergelten? Und meinst du, mir läge noch daran? Geh zur Hölle, du doppelzüngiger Hurenbock!«

Nun gab Jofridus seine Zurückhaltung auf. Ein harter Zug legte sich um seine Lippen. »Nehmt diese Beleidigung zurück und bittet mich um Verzeihung, Euer Hochgeboren, sonst muss ich mich mit Euch schlagen. Und dabei zöget Ihr den Kürzeren, lasst Euch warnen.«

Ohne zu zögern, ging der fast fünfzigjährige Graf auf den mehr als zwanzig Jahre Jüngeren los, und nur einen Augenblick später hatten beide ihre Schwerter gezogen und sich in einen regellosen Kampf geworfen.

Das alles war so schnell gegangen, dass keiner der Umstehenden eingegriffen hatte, doch nun riefen sowohl Jofridus' Freunde als auch die des Grafen durcheinander. Die meisten schienen sich einig darin, dass man die Streitenden aufhalten sollte. Doch niemand wagte es.

»Wir sollten sie bewusstlos schlagen«, meinte Julius, der scheinbar gelassen mit verschränkten Armen neben Micha stand.

Micha wusste, dass der Eindruck täuschte. Julius beobachtete genau, was alle Anwesenden taten, und behielt vor allem seinen Bruder im Auge. Während sie beide immer unter Jofridus' Befehl standen, verdankte es Georg nur einer bereits wieder abgeklungenen Magenverstimmung, dass er an diesem Tag nicht mit seinem Anführer Heiner geritten war. Micha war zu betroffen gewesen, um darauf zu achten, wie er auf die Nachricht von Heiners Tod reagiert hatte. Julius war es sicher nicht entgangen.

Was hier gerade geschah, würde ihrer aller Zukunft beeinflussen. Wenn Graf Meinhard in diesem Kampf ums Leben kam, dann starb er, ohne einen direkten Erben zu hinterlassen, denn seine Söhne waren kinderlos geblieben. Summerburg würde daher zum Zankapfel derer werden, die sich einen Anspruch auf Burg und Land ausrechneten.

Doch auch Jofridus' Tod hätte Unruhe und Gefahr nach sich gezogen, denn Herzog Heinrich konnte den Totschlag an einem seiner Favoriten nur als Eidbruch auslegen und würde Graf Meinhard dafür zur Rechenschaft ziehen.

»Eine Ablenkung wird sie auch auseinanderbringen. Ich hole ein paar Pferde«, sagte Micha und lief los.

Julius folgte ihm, Endris, der sie aus der Entfernung beobachtet hatte, schloss sich an. Wenig später galoppierten dreißig freigelassene Rösser zwischen Zelten, Wagen, Lagerfeuern und überraschten Milites hindurch auf die Kämpfenden zu. Das Geschrei der Zuschauer veränderte die Tonlage und auf einmal fanden sich doch ausreichend Beherzte, die den Grafen und Jofridus aus dem Weg der Pferde zerrten. Ein Stück weiter hielten Micha und seine Freunde die Herde auf und trieben sie zurück zu ihrer provisorischen Koppel.

»Machen sich bezahlt, meine Jahre als Freund eines Rosshirten«, stellte Julius zufrieden fest, als sie sich wieder vom Rücken der Pferde schwangen, die sie zum Treiben geritten hatten.

»Hast deine Sache ordentlich gemacht. Meint ihr, es hat geholfen?«, fragte Micha.

Julius nickte. »Was du noch tun könntest, wäre, mit Jofridus zu sprechen. Er hat an dir schließlich einen Narren gefressen. Vielleicht lässt er sich von dir dazu überreden, uns nicht beim Herzog anzuschwärzen, wenn wir diesen Feldzug abbrechen und nach Hause ziehen. Der Graf wird nicht bleiben wollen, und nach dem Verlust heute sollten wir uns neu formieren.«

»Glaubst du also nicht, dass er Rache am Feind nehmen will?«, fragte Endris.

»Das würde er vielleicht, wenn er überzeugt wäre, auf der richtigen Seite zu stehen«, erwiderte Julius wesentlich leiser als zuvor.

Micha stieß einen tiefen Seufzer aus. »So wie er Jofridus angegangen hat, zweifelt er daran.«

»Tut ihr das etwa auch? Glaubt ihr, es wäre besser, dem Herzog nicht länger zu folgen?«, flüsterte Endris mit sorgenvoll gerunzelter Stirn.

»Wenn es nur um strategische Klugheit ginge, sollte man das zumindest in Erwägung ziehen. Es ist schon auffallend, wie viele Feinde der Löwe sich in den letzten Jahren gemacht hat. Er verprellt auch seine alten Verbündeten immer wieder«, erwiderte Julius.

Micha stieß ihn mit dem Ellbogen an. »Hör auf damit. Ob du nun recht hast oder nicht: Wir entscheiden nicht darüber. Und deshalb sollten wir hier auch nicht darüber sprechen.«

Julius zuckte mit den Schultern. »Wir sind freie Männer und könnten jederzeit gehen und uns einem anderen Herrn verdingen. Kampferprobt, wie wir sind, nähme uns sicher jeder mit Kusshand.«

»Pfui, Julius. Was ist mit unserer Ehre? Man würde uns als Verräter betrachten«, entgegnete Endris.

»Das würde sich wieder legen. Schließlich hat keiner von uns jemals in eigener Person dem Herzog die Treue geschworen«, murmelte Julius ungerührt.

Kopfschüttelnd ging Micha von Pferd zu Pferd und prüfte die Stricke, mit denen sie die drei angebunden hatten. »Ich für meinen Teil möchte nach Summerburg zurück. Und deshalb werde ich mit Jofridus sprechen und ihm ganz sicher nichts von irgendwelchen Zweifeln erzählen. Falls er es schafft, über den ›Hurenbock‹ hinwegzusehen, wird er wohl Verständnis zeigen.«

Tatsächlich musste er sich keine Mühe geben, Jofridus milde zu stimmen, denn der war vom Tod des etwa gleichaltrigen Heiner ehrlich erschüttert. Trotz des kalten Schweigens, das zwischen dem Grafen und ihm seit ihrem Kampf herrschte, verhandelte er mit den Feinden, um Heiners Leichnam unversehrt von ihnen ausgehändigt zu bekommen, damit sein Vater ihn würdevoll nach Summerburg bringen konnte.

Als sie jedoch auf dem Rückweg Braunschweig erreichten und Jofridus feststellen musste, dass Herzog Heinrich nicht mehr dort weilte, sondern abgereist war, um Kaiser Friedrich aufzusuchen, verabschiedete er sich von Micha, um seinem Lehnsherrn zu folgen. »Seid darauf gefasst, dass der Krieg weitergehen wird und ihr bald wieder gebraucht werdet. Nur der Kaiser könnte das verhindern, indem er sich für Heinrich stark macht und Philipp und das ganze Verschwörerpack in die Schranken weist.«

31. Kapitel

September 1178

Nicht nur Micha war überzeugt, dass der Verlust seines zweiten Sohnes Graf Meinhard brechen würde. Und vielleicht wäre das der Fall gewesen, wenn nicht etwas geschehen wäre, was der Graf und mit ihm viele andere als eine Art Wunder und Fingerzeig Gottes betrachteten. Es stellte sich nämlich heraus, dass Meinhards nur wenige Jahre jüngere Gemahlin Reinhild trotz ihres Alters noch einmal guter Hoffnung war. Bei der Rückkehr ihres Gatten war ihr Zustand gerade weit genug fortgeschritten, um Gewissheit darüber zu haben. Deshalb betrauerte das Elternpaar seinen Verlust in tiefer Demut vor einem gnädigen Gott, der ihnen Hoffnung auf einen weiteren Sohn schenkte und damit tröstend und versöhnlich die Hand hinstreckte.

Gottes Fingerzeig bewirkte außerdem, dass Graf Meinhard sich nicht von Herzog Heinrich abwandte, wie man bei seinem ersten Ausbruch von Kummer und Wut hätte annehmen können. Nur von Jofridus und dessen Gefolgschaft wollte der Herr von Summerburg nichts mehr wissen und erklärte sie als in seiner Burg unerwünscht.

Micha gehörte zwar nicht zu diesem unerwünschten Kreis, dennoch hatte Jofridus' Ungnade auch für ihn Folgen. Binnen weniger Tage verlor er etliche Privilegien, die er unter Jofridus' schützender Hand genossen hatte. Er rückte an der Tafel nach unten, hatte für seine Übungen keinen Zugriff mehr auf das gräfliche Waffenarsenal, durfte für seine Pferde nicht mehr die besseren gräflichen Futtervorräte nutzen und erfuhr nicht mehr aus erster Hand, was der Graf mit seinen Vertrauten besprach. Er konnte von Glück sagen, dass er die Beute, die er auf dem Feldzug gemacht hatte, sicher hatte nach Hause bringen können. So verfügte er ausnahmsweise wenigstens über eigene Mittel, um sich und seine Rösser für eine Weile gut versorgen zu können.

Dass gerade dieser Umstand dem einen oder anderen ein Dorn im Auge war, musste er allerdings bald schmerzhaft erfahren. Als er einen guten Monat nach der Rückkehr vom Feldzug Lilje aus ihrem Stall führen wollte, stürzte sie beinah, weil sie einen ihrer Füße vor Schmerzen nicht aufsetzen konnte. Jemand hatte ihr einen Krähenfuß brutal in die Unterseite des Hufs geschlagen, der vor so vielen Jahren bei ihrer ersten Ankunft in Summerburg verletzt gewesen war.

Micha tat alles, was er konnte, um die Wunde zu heilen. Doch der Huf faulte und die Fäulnis breitete sich so stark aus, dass ihm an einem verregneten, kalten Septembertag nichts anderes übrig blieb, als seine alte Freundin von ihren Leiden zu erlösen. Sibilla war die Einzige, die er bei sich duldete, als er es tat. Denn sie war die Einzige, die verstand, warum er dabei heulte wie ein Kind.

Borgwards Feixen bestätigte ihm am nächsten Tag, wer die Gemeinheit begangen hatte. Doch wieder einmal konnte er nichts beweisen, und seine Position war zu schwach, um den Vogt herauszufordern.

Statt weiter in seiner Kammer zu schlafen, verbrachte Micha nun die Nächte zu Füßen seiner drei verbliebenen Pferde im Stroh, so wie er es als Zwölfjähriger getan hatte. Außerdem legte er sich nie zur Ruhe, ohne einen Knüppel und einen Dolch griffbereit bei sich zu tragen. Julius und Endris halfen ihm tagsüber, ein Auge auf seine Pferde zu haben, doch sie waren nicht völlig überzeugt davon, dass Liljes Verletzung kein Unfall gewesen war. Deshalb hatte er nicht das Gefühl, sich auf ihre Wachsamkeit verlassen zu können.

Oktober 1178

Zwei Wochen nach Liljes Tod erhielt Graf Meinhard Besuch von einem mit ihm freundschaftlich verbundenen Gefolgsmann des Herzogs, der neben einer Nachricht auch großzügige Geschenke und Versprechungen von selbigem überbrachte.

Inzwischen war es Erzbischof Wichmann gelungen, Philipp von Heinsberg zu einem Waffenstillstand zu überreden, der die grausamen Verwüstungen vorerst beendete. Heinrich war jedoch der Ansicht, dass dieser Waffenstillstand zu seinem Nachteil war. Denn während die Waffen ruhten, wurden seine Feinde stärker. Unter anderem baute Ulrich von Halberstadt unter dem Schutz des Markgrafen Otto von Meißen und des Grafen Bernhard von Aschersleben weiter an seiner Burg auf dem Hopelberg. Um das zu unterbinden, sollte der Herr von Summerburg sein Heer dorthin führen und die Baustelle zerstören.

Die Gaben und Versprechungen des Löwen hatten offenbar eine äußerst überzeugende Wirkung auf Graf Meinhard. Denn trotz allem, was vorausgegangen war, kam er zu dem Schluss, dass es in seinem Interesse lag, auch diesen neuen Auftrag auszuführen. Deshalb zog am neunten Oktober erneut ein vierhundert Mann starkes Heer von Summerburg aus los in Richtung Halberstadt.

Micha hatte angenommen, dass auch er wieder dazugehören würde, doch im letzten Moment erteilte Borgward ihm den Befehl, zurückzubleiben. Auch Julius blieb in Summerburg, weil er zwei Tage vor dem Aufbruch volltrunken über die Türschwelle des Goldenen Rosses gestolpert war und sich beim Sturz die Hand verletzt hatte. Da Endris keinen Grund hatte, nicht an der Kampagne teilzunehmen, mussten sie sich mit der Gesellschaft einer bloßen Handvoll Burgmänner abfinden, die Borgward fast nur aus seinen getreusten Kumpanen ausgewählt hatte.

Wieder einmal überlegte Micha, ob es nicht vernünftiger gewesen wäre, seine Pferde zu nehmen und mit ihnen das Weite zu suchen. Doch abgesehen vom Pflichtgefühl, das ihn an Adams Familie band, hielt ihn die Frage nach dem Ziel zurück. Jofridus hatte ihn nicht noch einmal aufgefordert, sich dem Gefolge des Herzogs anzuschließen, wohl weil er beim Abschied selbst nicht gewusst hatte, wo und wie er ihren Landesherrn antreffen würde.

Außerdem hatte Micha gegen jede klügere Einsicht wieder einmal bei Johanna gelegen, und auch wenn er nicht die Absicht hatte, es zu wiederholen, verstärkte ihre neu erwachte Aufmerksamkeit das Gefühl, nicht einfach weglaufen zu können. Zwar war er schon seit längerer Zeit nicht mehr von dem Gefühl getrieben, dass er sie und ihre gelegentlichen leidenschaftlichen Begegnungen brauchte wie die Luft zum Atmen, so wie es früher gewesen war. Doch wenn sie mit ihrer Sehnsucht oder ihrem Kummer zu ihm kam, schön und verletzlich wie eh und je, dann spürte er, dass sie ihn brauchte. Und von ihr gebraucht zu werden, und sei es nur als tröstender Lückenbüßer, das war eine Befriedigung, auf die er nur schwer verzichten konnte.

Nachdem das Heer sich auf den Weg gemacht hatte, war Micha kurz in Versuchung, auf seinen Platz an der herrschaftlichen Tafel zu verzichten und künftig im Goldenen Ross zu Abend zu essen.

Doch Julius sah das voraus. »Wage es jetzt nicht, mich abends mit meinem Vater, seinen alten Kötern und den Frauen alleinzulassen! Gib nicht auf, was du dir erkämpft hast.«

Seufzend stimmte er zu und ließ sich später von Gräfin Reinhild an der verkleinerten Tafel einen Platz zwischen den Frauen zuweisen. Die wussten seine Anwesenheit zu schätzen, weil er gut erzählen konnte, und sie bewahrten ihn vor allzu engem Kontakt mit Borgward oder Wolfgang.

Da er keine Rücksicht mehr auf die Absichten nehmen musste, die Jofridus mit ihm hatte, half er am nächsten Tag Ludmila und ihren Töchtern bei der Fronarbeit. Sie rodeten ein Waldstück, das in einiger Entfernung lag, brachten zugerichtetes Brennholz von dort zur Burg und füllten damit die Speicher. Adam hatte sie begleitet und saß am Rande der Rodung, wo er sich hin und wieder mit einem der Arbeitenden unterhalten konnte.

Als Micha und Sibilla am späten Nachmittag nach einer Fuhre zur Burg wieder auf dem Rückweg waren, hörten sie schon von Weitem Schreie und aufgeregtes Rufen. Sibilla schnalzte und ließ die Maultiere das letzte Stück traben. Noch ehe sie bei der Ankunft vom Wagen springen konnten, rannte Wiebke auf sie zu. »Vater ist von einem Baum getroffen worden. Er liegt noch darunter. Kommt schnell mit den Mulis!«

Micha verstand nicht, warum der sonst so kluge Adam von seinem Platz aufgestanden und blind herumgewandert war, aber so war es geschehen. Als sie ihn unter dem Baum hervorholten, war er bewusstlos, doch später auf dem Wagen erwachte er wieder und schien bei klarem Verstand zu sein. Obwohl er sichtlich Schmerzen litt und seine Beine nicht bewegen konnte, bestand er darauf, ihnen mitzuteilen, was niemand außer der Familie und Micha hören sollte.

»Das war einer von den Holzfällern. Ich kenne ihn nicht. Aber er kam zu mir und sagte, er müsste mich woanders hinbringen, weil mein Platz nicht mehr sicher sei. Zuerst führte er mich, dann ließ er mich stehen und meinte, ich solle warten. Dann hörte ich es krachen und es war zu spät. Ihr müsst mir glauben und euch in Acht nehmen! Der wollte mich umbringen. Er ist gefährlich.«

Während Ludmila und Magda sich vor Schreck vor den Mund schlugen und auch Micha und Sibilla vor Erschütterung zunächst nicht wussten, was sie sagen sollten, beugte Wiebke sich mit ernstem Gesicht vor. »Wie klang seine Stimme, Vaddern?«

»Heiser und tief. Aber viel hat er nicht gesagt, vielleicht hat er sie verstellt. So wie er mich am Arm angefasst hat, ist er kleiner als ich. Mehr weiß ich nicht. Seid vorsichtig! Jesus Christus, tut mir der Rücken weh!«

Adams Leib war rot und violett von Prellungen und Schrammen, aber glücklicherweise war sein Rückgrat nicht gebrochen, wie sie zuerst befürchtet hatten. Das änderte allerdings nichts daran, dass er für längere Zeit nicht würde stehen, geschweige denn gehen können, und im Bett bleiben musste.

Micha machte sich sofort auf die Suche nach dem mörderischen Holzfäller, doch angeblich kannte niemand einen Mann, auf den Adams spärliche Beschreibung passte und der sich bei der Rodung aufgehalten hatte.

* * *

Nach dem Angriff auf Adam zog Micha noch am selben Abend mitsamt seinen drei Rössern wieder im Hagenhof ein. Freuen konnten sich darüber angesichts der Umstände nur Jaget und

Eselhengst Balduin, die sich weiterhin zugetan waren. Dennoch stellte Micha am nächsten Morgen fest, dass er sich trotz der Nachtwache, bei der er sich mit Sibilla, Käthe und Jakob abgewechselt hatte, frischer fühlte als seit Langem. Das Gefühl, nicht nur die Familie zu beschützen, sondern auch seine Pferde von vertrauenswürdigen Menschen und zudem von zwei großen Hütehunden bewacht zu wissen, tat ihm gut.

Allerdings wusste er, dass er durch den Rückzug aus der Burg an Boden verlor, was seinen Rang dort anging. Er würde umso härter um Respekt kämpfen müssen.

Gewaschen und ordentlich gekleidet machte er sich auf den Weg in den Palas, um im Saal seine Frühmahlzeit einzunehmen und damit klarzustellen, dass er sich nicht einfach verdrängen ließ. Die Vermutung, dass Borgward den Mordversuch an Adam veranlasst hatte, ließ ihn nur noch entschlossener ausschreiten.

Doch noch bevor er das Burgtor erreichte, überholten ihn zwei Reiter. Einer trug die Farben derer von Aschersleben, der andere war Endris.

Sein Freund blickte mit finsterer Miene über die Schulter zu ihm zurück. »Micha! Komm in den Palas! Beeil dich!«

Während Micha lostrabte, stellte er fest, dass Endris weder Rüstung noch Waffen trug. Da er in der gegenwärtigen Lage nicht freiwillig so schutzlos über Land geritten wäre, lag die Vermutung nahe, dass er sie gegen seinen Willen hatte abgeben müssen. Hatte man ihn gefangen genommen? Was war mit dem Rest des Summerburger Heers geschehen?

Micha rannte schnell genug, um gleichzeitig mit den beiden keuchend in der Vorburg anzukommen. Vor dem Tor der Kernburg hielten sie an, und Graf Bernhards Ritter wandte sich ihm zu. »Du da! Geh hinein und sag Gräfin Reinhild und diesem Borgward, dass ich sie hier sprechen will. Graf Bernhard von Aschersleben schickt mich, um eine Nachricht von eurem Burgherrn zu überbringen.«

Endris bemühte sich sichtlich um Haltung, konnte aber seine Aufgewühltheit nicht verbergen.

Statt der Aufforderung des Ritters sofort zu folgen, hielt Micha inne. »Was auch immer Ihr der Gräfin sagen wollt, mein Herr, ich hoffe, Ihr werdet Rücksicht auf ihren empfindlichen Zustand nehmen. Wollt Ihr nicht lieber absteigen und in den Palas kommen? Wenn Ihr mir Euren Namen verratet, werde ich Euch ankündigen und sie vorwarnen. Ich nehme an, Ihr bringt schlechte Nachrichten.«

»Mein Name ist Keiler von Rodersum. Graf Meinhard und seine Männer sind Gefangene meines Lehnsherrn. Euer Burgherr lässt ausrichten, dass seine Gemahlin und sein Vogt das Lösegeld aufbringen sollen. Und zwar recht schnell, denn jeder Tag, der ab morgen verstreicht, wird einen seiner Männer das Leben kosten. Er wird der Letzte sein, der stirbt, doch sollte es so lange dauern, wird ihn vielleicht bis dahin schon seine schwache Gesundheit umgebracht haben. Und nun halt uns nicht länger auf, sondern lauf!«

Micha wechselte Blicke mit Endris, dessen Augen verdächtig glänzten.

Sein Freund nickte ihm kummervoll zu. »Er sagt die Wahrheit. Ruf bitte auch Balthasar. Ich muss mit ihm sprechen.«

Kurz darauf stand Micha gemeinsam mit Pater Eucharius und Balthasars Gattin Hindrika hinter Gräfin Reinhild und hörte zu, wie Keiler ihr und Borgward die ungeheure Summe nannte, die sie als Lösegeld für den Grafen und seine Männer zahlen sollten: tausend Pfund Silber.

Die Gräfin hielt die Hände vor dem gerundeten Bauch verschränkt und starrte zuerst nur fassungslos zu Boden, während Borgward Flüche ausstieß und seine Getreuen in ungehaltenes Gemurmel ausbrachen.

Schließlich sog Gräfin Reinhild zornig die Luft ein. »Es ist völlig unmöglich, diese Summe so schnell aufzubringen. Wir werden zahlen, was Euer Herr verlangt, aber ich bestehe darauf, dass er Vernunft walten lässt und uns angemessen viel Zeit gibt. Mein Gemahl ist ein Ehrenmann. Graf Bernhard kann ihn und seine Männer freilassen und wird das Lösegeld dennoch so schnell wie möglich erhalten.«

Keiler zuckte ungerührt mit den Schultern. »Mag sein. Doch Graf Bernhard hat sich dafür entschieden, es anders zu handhaben. Euer Vogt soll umgehend eine Anzahlung bereitmachen, dann wird sich die Frist um ein, zwei Wochen verschieben und Ihr dürft davon ausgehen, dass Euer Gemahl es bis zur vollständigen Zahlung ein wenig bequemer haben wird.«

Borgward räusperte sich. »Lasst Ihr für diese Anzahlung die ersten Männer heimkehren?«

Graf Bernhards Ritter verzog die Lippen zu einem kalten Lächeln. »Darüber ließe sich verhandeln. Ihr habt einen Sohn unter unseren Geiseln, nicht wahr, von Egesleben? Wahrscheinlich ist seine Rückkehr Euch einiges wert.«

»Darüber sprechen wir unter vier Augen«, erwiderte Borgward.

Die Gräfin stieß einen Laut der Empörung aus. »Eure erste Pflicht ist es, Euch um das Lösegeld für all unsere Männer zu kümmern, Vogt! Leistet Euren Beitrag zum Wohle aller, nicht nur für Euren Sohn!«

»Bei allem Respekt, Eure Hochgeboren, aber von diesen Dingen versteht Ihr nichts. Ich diene Eurem Gemahl lange genug. War ich nicht immer treu? Vertraut darauf, dass ich auch jetzt alles zu unser aller Bestem regeln werde. Ihr solltet Euch zurückziehen und Euch nicht weiter aufregen. Wir Männer werden klären, was zu klären ist.«

Sie ballte die Fäuste. »Ich bin durchaus in der Lage, eine so wichtige Angelegenheit wie diese in meine eigenen Hände zu nehmen. Untersteht Euch, mich –«

Pater Eucharius berührte sie mahnend an der Schulter. »Denkt an Euren Zustand und schont Euch, Gnädigste. Der Vogt hat recht. Er wird alles veranlassen, was nötig ist.«

Hindrika legte den Arm um sie und brabbelte ein paar zärtliche Worte in ihr Ohr, als wäre sie ein verstörtes Kind, das beruhigt werden musste. Und zu Michas Erstaunen ließ die Gräfin sich daraufhin von ihr in ihre Gemächer führen.

Flüchtig überlegte er, wie sich wohl Ludmila, Wiebke oder Sibilla in dieser Lage verhalten hätten. Besonders bei Sibilla konnte er sich nicht vorstellen, dass sie so leicht nachgegeben hätte. Wahrscheinlich schwächte eine Schwangerschaft die Weiber doch sehr.

Borgward schickte nun alle außer Keiler aus dem Saal, und Micha gesellte sich zu Endris und Julius, die auf dem Hof der Kernburg mit Balthasar zusammenstanden.

Mit tief besorgter Miene ließ der Kaufmann sich von Endris erklären, dass der sich mit einem erheblichen Anteil an der Lösegeldsumme beteiligen wollte. Was bedeutete, dass er ihm helfen musste, Hals über Kopf den größten Teil seines Vermögens flüssig zu machen.

Endris schloss erschöpft die Augen, während er sprach. »Sie haben eine Reihenfolge festgelegt, in der sie uns umbringen werden. Wer am meisten zahlt, steht am weitesten hinten. Aber ich denke, es ist meine Pflicht, meinen Beitrag zu leisten, damit die gesamte Summe aufgebracht wird, bevor sie die Ersten töten.«

Balthasar nickte gewichtig. »Selbstverständlich werde ich auch meinen Beitrag beisteuern, deshalb kann ich dir deinen Besitz nicht selbst beleihen. Aber ich werde tun, was du anordnest. Einer von meinen Söhnen wird heute noch nach Lüneburg reiten und deinen Auftrag ausführen. Im besten Fall dauert es nur fünf Tage, bis er mit einem Teil der Summe in Gold wieder hier sein kann. Allerdings wird es ihm in der Eile nicht gelingen, die besten Bedingungen auszuhandeln.«

Julius schlug sich wütend mit der Faust in die eigene Handfläche. »Was für ein verfluchter Bockmist. Wie konnte das passieren? Wie konnten sie euch alle gefangen nehmen?«

Endris schniefte und sah aus, als müsste er an einem zähen Brocken kauen. Als er wieder sprach, klang er so bitter, wie Micha es bei ihm noch nie erlebt hatte. »Sie haben uns völlig kalt erwischt. Bevor jemand begriffen hatte, dass wir angegriffen werden, hatten sie schon unsere Anführer überwältigt und als Geiseln genommen. Wir sind ihnen blind und blöd in die Falle gegangen. Es ist nur gerecht, dass wir dafür zahlen müssen.«

»Deine Schuld ist das gewiss nicht. Dass du deshalb dein Vermögen einbüßt, ist eine Schweinerei«, widersprach Julius.

Mit beiden Händen fuhr Endris sich durch die unbedeckten Haare. »Wie gewonnen, so zerronnen. Es ist ja nicht so, als hätte ich für dieses Vermögen viel getan«, erwiderte er und bewies damit wieder einmal, dass er nicht als Adliger geboren war.

Micha legte ihm tröstend die Hand auf die Schulter. »Bist du überzeugt, dass sie wirklich Männer ermorden werden, wenn das Lösegeld nicht rechtzeitig eintrifft?«

Endris nickte und sah ihm in die Augen. »Zwanzig von uns haben sie schon umgebracht. Nur um ihre Entschlossenheit zu beweisen.«

»Wäre es dann nicht besser, wenn einer von uns Herzog Heinrich holt, damit er Truppen zur Befreiung schickt?«, fragte Micha.

Julius zeigte mit dem Finger auf ihn und setzte sich schon in Bewegung. »Völlig richtig. Das mache ich. Und zwar auf der Stelle. Falls Vater auf denselben Gedanken kommen sollte, sag ihm, dass ich schon unterwegs bin.«

Weil sie wussten, dass sie ihn ohnehin nicht aufhalten konnten, nickten Endris und Micha nur. Julius war schnell und wehrhaft. Wenn es einer schaffen konnte, in kürzester Zeit den

Herzog zu erreichen, dann er. Tatsächlich sahen sie ihn unauffällig sein Pferd aus der Burg führen, noch bevor Keiler und Borgward ihre Unterredung beendet hatten.

Endris hingegen ritt mit Keiler von Rodersum zurück ins drei Jahre zuvor von Herzog Heinrich verwüstete Aschersleben, wohin die Gefangenen gebracht worden waren.

Julius musste bis ins weit entfernte Speyer reiten, um Herzog Heinrich zu finden, und als er seine Botschaft überbrachte, war die Reaktion nicht die erwünschte.

Man hieß ihn, zu warten, weil der Herzog beabsichtigte, auf dem anberaumten Hoftag über eben diese Art von Angelegenheiten mit dem Kaiser zu sprechen.

Also wartete Julius, während sein Vater in Summerburg Kästen mit Lösegeld füllen ließ, von dem fast nichts aus seinem eigenen Vermögen stammte, sondern von jedem genommen wurde, den er auspressen konnte. Er trieb eine besondere Abgabe ein, die jeder aufbringen musste, der dem Grafenhaus auch den gewöhnlichen Zins zu zahlen hatte, und er sandte Wolfgang und den Rest seiner Spießgesellen mit Aufträgen aus, deren wahre Natur Micha leicht erraten konnte. Erfolg schien ihnen allerdings dieses Mal nicht beschieden, was wohl daran lag, dass ihre Zahl geringer war als zu früheren Zeiten und sie sich deshalb nicht an größere Beute herantrauten.

Michas Geldbeutel blieb von der Lösegeldforderung so wenig verschont wie die aller anderen. Nachdem er den Beitrag geleistet hatte, den Borgward von ihm forderte, blieb ihm über seine Pferde, seine Rüstung und seine Waffen hinaus nicht mehr viel. Was bedeutete, dass er wieder einmal auch um die Rösser fürchten musste und überlegte, ob er die Rüstung verkaufen sollte, um sich und die Tiere gut über den Winter zu bringen. Ohnehin fragte er sich, warum Borgward nicht versucht hatte, sie ihm abzunehmen, um sie als Teil des Lösegelds einzusetzen.

Der einzige Grund, warum er die Rüstung nicht verkaufte, war am Ende, dass ihm im näheren Umkreis niemand einfiel, der gerade flüssig genug war, um ihm einen anständigen Preis dafür zu zahlen.

Immerhin ließ Graf Bernhard Gnade walten und gewährte für jede geleistete Teilzahlung weiteren Aufschub, in dem er davon absah, seine Drohung wahr zu machen.

November 1178

Mitte November kehrte Julius schließlich nach Summerburg zurück und erstattete zuerst Micha, Kilian und Sibilla Bericht, die er auf dem Weg in die Burg im Goldenen Ross antraf.

Herzog Heinrich hatte keine Truppen geschickt, um die Summerburger Gefangenen zu befreien. Seine Aufmerksamkeit hatte sich ausschließlich darauf gerichtet, Erzbischof Philipp vor dem Kaiser wegen Landfriedensbruch anzuklagen. Daraufhin hatten jedoch seine gut vorbereiteten Feinde umgekehrt eine Reihe von Anschuldigungen gegen ihn erhoben. Kaiser Friedrich hatte sich außerstande gesehen, an Ort und Stelle ein Urteil über die Beschuldigten zu fällen, und ein Treffen auf einem Hoftag angeordnet, der Anfang des nächsten Jahres in Worms stattfinden sollte.

Nur weil Julius' wiederholtes, hartnäckiges Bitten letztlich ans Ohr des Kaisers selbst gedrungen war, hatte er nicht völlig erfolglos wieder abziehen müssen. Kaiser Friedrich hatte sich den Streit um die Burgbaustelle erklären lassen und Julius mit einem Brief zu Ulrich von Halberstadt geschickt, der diesem die Fortsetzung des Baus bis auf Weiteres untersagte und die Freilassung der Gefangenen anordnete.

»Ich wollte dann weiter nach Aschersleben, um den Befehl an Graf Bernhard zu überbringen, aber Bischof Ulrich hielt mich davon ab. Er sagte, der Hass gegen den Herzog und seine Anhänger sei in Aschersleben noch ausgeprägter als bei ihm. Dort werde man dem Befehl vielleicht nicht gehorchen, wenn er von einem überbracht werde, der aus Summerburg stamme. Er hat einen seiner eigenen Männer hingeschickt. Wenn sie dem besser gehorcht haben, müssten unsere Leute bald hier ankommen.«

»Sollten wir ihnen nicht mit ein paar Wagen entgegenfahren? Ich bezweifle, dass Graf Bernhard ihnen die Pferde zurückgibt«, meinte Sibilla.

Kilian schüttelte den Kopf. »Es wäre am Vogt, das anzuordnen.«

Julius stieß sich seufzend von der Wand ab, an der er gelehnt hatte. »Ich bringe ihn dazu. Macht eure Mulis schon bereit und trommelt Wagenlenker mit Wagen zusammen.«

Dreißig Wagen und zwanzig Reitpferde brachten sie zusammen, mit denen sie am nächsten Tag Richtung Aschersleben fuhren. Und die Männer, auf die sie am Abend stießen, dankten es ihnen auf Knien, denn Graf Bernhard hatte ihnen tatsächlich nur eine Handvoll Wagen gewährt, um die Kränksten unter ihnen zu transportieren.

Kräftig und unbeschwert war allerdings keiner der Freigelassenen, denn die Leute von Aschersleben waren während der sechswöchigen Gefangenschaft nicht gnädig mit ihnen umgegangen. Diejenigen von geringerem Stand hatten auf den Baustellen arbeiten müssen, von denen es im Ort seit der Zerstörung durch Herzog Heinrich viele gab. Die Vornehmeren hatte Graf Bernhard nicht zur Arbeit erniedrigt, doch sie auch nicht als Gäste betrachtet. Sogar Graf Meinhard selbst war anzusehen, dass er nur die dürftigste Nahrung und Unterkunft erhalten hatte. Die Männer zitterten und husteten in der Novemberkälte, und einige beäugten mit berechnenden

Blicken die Mulis und Pferde, als würden sie sie am liebsten sogleich schlachten und braten.

So erleichtert sie alle waren, als sie Summerburg erreichten, so gedrückt war die Stimmung in den folgenden Wochen. Die Einbußen durch das gezahlte Lösegeld und die von Graf Bernhard einbehaltenen Pferde und Waffen waren immens. Und es bestand so gut wie keine Hoffnung, dass sie jemals etwas davon wiedersehen würden. Alle wussten, dass die Gnade des Kaisers über Gebühr strapaziert worden wäre, hätte man ihn noch einmal gebeten, zugunsten der Summerburger einzugreifen und das Lösegeld zurückzufordern.

Wieder einmal trafen Mangel und Hunger die von den hohen Abgaben gebeutelten weniger wohlhabenden Summerburger am härtesten. Doch in diesem Winter litten auch die gräflichen Gefolgsmänner, denen der Burgherr ihren Lohn schuldig bleiben musste. Wer außerhalb von Summerburg Eigentum oder Angehörige mit eigenen Wohnsitzen hatte, verließ die Burg in der Hoffnung, dass anderswo die Vorräte weniger geschrumpft waren.

Etliche der Burgmannen, die diese Wahl nicht hatten, erholten sich nur mühsam von den Strapazen der Gefangenschaft. Zu ihnen gehörte der Graf selbst, aber zur Sorge seiner Freunde auch Endris, der sich eine hartnäckige Magenerkrankung zugezogen hatte.

Georg von Egesleben hingegen war die Gefangenschaft vor allem aufs Gemüt geschlagen. Er machte keinen Hehl daraus, dass er sich tief in seiner Ehre gekränkt fühlte und von einem Rachefeldzug gegen Graf Bernhard träumte. Man sah ihn nur noch mit grimmiger Miene in Burg und Dorf herumstapfen und seine Nase in jedermanns Angelegenheiten stecken, um festzustellen, ob etwa jemand beim Aufbringen des Lösegelds zu gut weggekommen war. Seiner Ansicht nach war das der einzig mögliche Grund dafür, dass jemand seinen Hass und Rachedurst nicht teilte. Besonders Pater Servatius, der es sich zur Aufgabe gemacht hatte, in diesen Zeiten den Summerburgern verstärkt von Vergebung, Geduld und Friedfertigkeit zu predigen, war ihm ein Dorn im Auge.

Doch auch wenn Georg viele Gleichgesinnte gefunden hätte, lag es auf der Hand, dass so bald keine Feldzüge mehr von Summerburg ausgehen würden. Auch Borgward war sich dessen bewusst. Während der geschwächte Graf Meinhard sich in der Wärme der beheizten Gemächer im Palas vergrub, sorgte Borgward dafür, dass alles, was noch an Kampfkraft, Waffen und Rüstung zur Verfügung stand, auf die Bemannung und Verteidigung der Burg ausgerichtet wurde.

Auch Micha wurde nun regelmäßig als Wachtposten eingeteilt und musste sich dem Drill anschließen, der zur Einübung des Verteidigungsfalls diente. Und sosehr er den Burgvogt auch verabscheute, musste er ihm doch lassen, dass er von dieser Sache viel verstand. Sollte Summerburg angegriffen werden, wusste jeder Miles und jeder Einwohner, was er zu tun hatte.

Micha wollte gern seinen Teil zur Verteidigung beitragen, auch wenn das bedeutete, dass er im kalten Januar auf einem zugigen Torturm ausharren musste. Viele Stunden verbrachte er damit, die ereignislose Winterlandschaft und das schlummernde Dorf zu beobachten, dessen Gebäude sich unter ihm in der Dunkelheit geduckt an den Hang schmiegten wie Schutz suchendes Vieh.

Zu seinem Bedauern brachte es seine neue Aufgabe aber auch mit sich, dass er die meisten Nächte nicht mehr auf dem Hagenhof verbringen konnte. Denn Borgward ließ die kleine Fuchsbachpforte in der zwar weiterhin aus Holz bestehenden, aber dennoch kaum überwindlichen Palisade des Dorfes verstärken und gewissenhaft nachts von innen verschließen. So konnte niemand mehr zwischen abendlichem Torschluss und dem morgendlichen Öffnen der Tore von außen in die Unterburg gelangen. Micha wäre nachts ausgesperrt gewesen und hätte daher seine nächtlichen oder frühmorgendlichen Wachdienste nicht antreten können, was sich verbot.

Also gab er Sibilla den Rest seines Geldes, damit sie davon nicht nur seine Pferde versorgte, sondern einen Dorfjungen anstellte, der bei den Nachtwachen half.

Januar 1779

Ende Januar erhielten sie zum ersten Mal wieder Nachricht von den Vorgängen um Herzog Heinrich.

Der Löwe war zu dem Hoftag in Worms, zu dem er vom Kaiser bestellt worden war, nicht angereist. Offenbar war er überzeugt gewesen, dass die dort versammelten Fürsten zu seinem Nachteil urteilen würden, und wollte Zeit gewinnen, um die Umstände wieder zu seinen Gunsten zu wenden. Die Folge seiner Verweigerung war allerdings, dass man ihn nun auch noch der Rechtsverweigerung und der Verschwörung gegen den Kaiser beschuldigte.

Sein ihm ehemals so freundschaftlich verbundener Vetter Friedrich bot ihm dennoch eine weitere Gelegenheit an, die Sache zu klären, und lud ihn zum nächsten Hoftag ein, der im Juni in Magdeburg stattfinden sollte.

»Dann kommt der Kaiser also im Sommer nach Magdeburg. Wenn das kein Anlass ist, ebenfalls dorthin zu reisen. Ich würde zu gern all die Fürsten kennenlernen, die unseren Herzog nicht leiden können«, meinte Julius grinsend.

Sie saßen im Goldenen Ross, um sich aufzuwärmen. Aus Gutherzigkeit ließ Kilian sie und die anderen Summerburger in seinem Schankraum sitzen, obwohl sie es sich nicht leisten konnten, viel zu verzehren.

»Lass das deinen Bruder nicht hören. Der würde dich gleich des Verrats bezichtigen«, warnte Micha.

»Kaum etwas ist mir gleichgültiger als das, was mein Bruder denkt und sagt. Georg hat schon früher nicht mehr Verstand gehabt als ein Ochse, und in letzter Zeit ist es noch weniger geworden. Er hält sich jetzt für einen treuen Anhänger des Herzogs und dünkt sich in dessen Gunst, nur weil er ein Mal von dessen Feinden gefangen wurde. Ich sage euch, für Heinrich zählen wir alle nichts. Falls ihn hier überhaupt noch etwas interessiert, seit wir kein Heer mehr haben, dann ist es die Burg.«

Endris, der versuchte, sich die knochig gewordenen Hände an seinem längst nicht mehr warmen Rest Met zu wärmen, seufzte tief. »Du wirst es nicht müde, uns zu erklären, dass es besser wäre, vom Herzog abzufallen. Aber das würde in unserer Lage doch nur gut ausgehen, wenn Graf Meinhard sich vorher einen mächtigen Schutzherrn sucht, der Summerburg vor Heinrichs Rache bewahren kann. Und für mich sieht es nicht so aus, als wollte unser Burgherr sein Schneckenhaus so bald noch einmal verlassen.«

Micha zuckte mit den Schultern. »Ich denke, er hofft, den Streit zwischen den großen Fürsten aussitzen zu können. Wenn sein neuer Erbe auf der Welt und aus dem Gröbsten heraus ist, wird sich geklärt haben, ob der Löwe weiterhin Krallen hat oder ob er gezähmt wurde.«

Julius schüttelte den Kopf. »Ich kann das Gerede vom ›Löwen‹ nicht mehr hören. Im Grunde halte ich von Füchsen mehr. *Reinhart Fuchs*, Micha. Du warst es, der uns Geschichten von ihm erzählt hat. Wäre ich ein Fürst, ich wäre ein Fuchs und kein Löwe, der seinen Atem mit Brüllen vergeudet.«

Endris spitzte die Lippen. »Nun, wir kennen dich eher als Ochsen, mein Freund. Du vergisst, dass du als Fuchs wirklich schlau sein müsstest.«

Micha grinste. »Ich nehme an, auch unter Füchsen gibt es solche und solche.«

Julius schlug ihm spielerisch gegen den Hinterkopf. »Ihr beide habt Glück, dass ich euch nicht ernst nehme.«

Februar 1779

Ende Februar kam Gräfin Reinhild mit einem Knaben nieder. Doch was zu einem rauschenden Fest hätte führen sollen, wurde mit angehaltenem Atem und auf Zehenspitzen begangen. Denn weder der Säugling noch die Mutter waren wohlauf.

Gräfin Reinhild verstarb am ersten März, ihr zartes Söhnchen einen Tag später. Und Graf Meinhard musste der Bestattung fernbleiben, weil er seit dem Moment von Reinhilds Tod zu betrunken war, um aufstehen und gehen zu können.

Den ganzen März über warteten die Summerburger darauf, dass er nüchtern werden und die Herrschaft wieder an sich nehmen würde, doch niemand außer seiner Dienerschaft bekam ihn zu sehen. Und die war es auch, die Anfang April in seinem Gemach seinen Leichnam fand und die Nachricht von seinem Dahinscheiden in Burg und Dorf verbreitete.

32. Kapitel

April 1179

Mit Graf Meinhards Tod war eingetreten, was die Summerburger befürchtet hatten: Der Burgherr war gestorben, ohne einen eindeutigen Erben zu hinterlassen, und es war abzusehen, dass die bisherigen Verhältnisse nicht bestehen bleiben würden.

Die meisten einfachen Leute wussten nicht, wer rechtmäßig Anspruch auf die Burg und das Land erheben konnte. Doch Graf Meinhards enger Kreis kannte sein Testament und bald sprach sich herum, dass er Burg und Ländereien seiner Halbschwester Adelind vermacht hatte, die seit ihrer Jugend im Kloster Quedlinburg lebte und dort zur Äbtissin aufgestiegen war.

Die Äbtissin erschien wegen der unsicheren Lage nicht zur Bestattung ihres Halbbruders in Summerburg. Stattdessen stand Anfang Mai eine Truppe von Herzog Heinrichs Männern vor den Toren und verlangte Einlass.

Micha hatte sich an diesem Tag nach seinem frühen Wachdienst mal wieder der Arbeit mit den Rössern der anderen gewidmet. Seit der verhängnisvollen Niederlage im vorangegangenen Herbst gab es weit weniger gute Pferde auf der Burg, was es umso dringlicher machte, den jungen Nachwuchs auszubilden. Und es gab noch genug Männer, die dabei auf Michas besondere Fähigkeiten setzten. Daher hatte er sich mit einer Gruppe von vielversprechenden Dreijährigen und einigen Rossknechten auf der Turnierwiese vor den Toren aufgehalten, als die warnenden Glocken von den Türmen ertönten. Sie hatten es gerade noch mit den Pferden hinter die äußere Umzäunung geschafft, bevor das Tor vor Heinrichs sich nähernder Truppe geschlossen wurde. Er wäre gern zur Fuchsbachpforte gelaufen, um sicherzugehen, dass auch Adams Familie und der Hufschmied sich in Sicherheit brachten. Doch Borgwards Vorschrift besagte, dass er wie alle anderen waffenfähigen Männer sofort in der Burg anzutreten und sich für den möglichen Angriff zu rüsten hatte.

Kaum hatte er sein Kettenhemd angelegt, wurde Heinrichs Truppe allerdings schon eingelassen und trabte die Straße zur Burg herauf. Am Ende musste Micha in seiner Rüstung und mit dem Schwert an der Seite den Ankömmlingen die Pferde abnehmen und dafür sorgen, dass sie aufgestallt und getränkt wurden.

Borgward war Georgs begeisterter Aufforderung gefolgt und hatte die von einem Hauptmann namens Kunold von Leiforde angeführte Truppe willkommen geheißen, obwohl Julius sein Bestes gegeben hatte, ihn und die anderen hochrangigen Männer der ehemaligen gräflichen Gefolgschaft davon abzuhalten. Niemand hörte auf ihn, und so kam es, dass die Burg von herzoglichen Männern besetzt war, bevor sie jemandem den Grund ihres Kommens mitgeteilt hatten.

Nach Jofridus hielt Micha vergeblich Ausschau, was ihn betrübte. Er hatte geglaubt, dass der Ritter, der eine Art Mentor für ihn geworden war, genug Interesse an Summerburg hatte, um sich nach Graf Meinhards Tod der Angelegenheiten hier anzunehmen. Doch nicht einmal Bekannte aus Jofridus' engerem Kreis gehörten zu der neu eingetroffenen Mannschaft.

Nachdem er später am Tag auf dem Hagenhof nach dem Rechten gesehen hatte, ging Micha mit Sibilla ins Goldene Ross, um dort auf Julius und Endris zu warten und über die neue Lage zu beratschlagen. Wegen der vielen fremden Männer hätte er Sibilla lieber nicht mitgenommen, doch sie wischte seine Bedenken vom Tisch. »Ich bin kein kleines Mädchen. Tu nicht so, als hättest du in den letzten Jahren immer auf mich aufgepasst. Ich habe das ganz gut allein hinbekommen.«

Nachdem sie eine Weile im vollen Wirtshaus gewartet hatten, erschien nur Endris und gesellte sich mit umwölktem Haupt zu ihnen. »Julius kommt nicht. Er ist vorhin wütend aus dem Tor galoppiert.«

»Hat er nicht gesagt, was er vorhat? Nicht mal dir?«, fragte Micha.

Endris neigte sich ein wenig vor und sprach leiser. »Es ist bisher nur ein Gerücht. Aber angeblich hat der neue Hauptmann Borgward vertraulich erklärt, dass die Äbtissin Summerburg an Bischof Wichmann verkauft hat. Wenn das wahr wäre … Was glauben die denn? Dass der Löwe sich das gefallen lässt? Auf einmal würde hier einer seiner Erzfeinde herrschen. Ich nehme an, dass Julius herausfinden will, was an der Geschichte dran ist.«

Sibilla hielt sich sorgenvoll den Kopf. »Aber wenn sie wahr ist … Verkauft ist verkauft. Dann würde der Herzog die Burg unrechtmäßig besetzen.«

»Was sich Wichmann wiederum ganz gewiss nicht gefallen lassen wird«, ergänzte Micha.

Endris nickte. »Genau davor hat Julius seinen Vater und die anderen gewarnt. Aber sie sind alle noch immer überzeugt davon, dass der Herzog sich über kurz oder lang durchsetzen wird. Graf Meinhard war am Ende wahrscheinlich nicht mehr dieser Ansicht. Warum hätte er sonst alles der Äbtissin vermacht? Er wusste gewiss, dass seine Schwester Heinrichs Gegnern nahesteht.«

Sibilla runzelte die Stirn. »Du meinst, Graf Meinhards Vermächtnis war seine Abkehr von Herzog Heinrich? Das hätte er deutlicher mitteilen können.«

Micha schüttelte den Kopf. »Vermutlich war ihm klar, dass es nach seinem Ableben niemanden hier mehr kümmert, was er wünscht. Also hat er einen letzten Willen verfasst, der dem Herzog eins auswischt und allen den größtmöglichen Ärger beschert.«

»Vielleicht wollte er auch nur für sein Seelenheil sorgen, indem er seiner Schwester und der Kirche etwas Gutes tat«, murmelte Sibilla nachdenklich und erntete dafür spöttisches Lachen von ihnen.

Endris verschränkte die Arme, lehnte müde den Kopf nach hinten gegen die Wand und schloss die Augen. Sein Gesicht war so hager geworden wie seine Hände knochig. Kaum jemand hätte in ihm noch den rosig-hübschen, unbeschwerten jungen Mann wiedererkannt, der vor Jahren mit seiner Schwester nach Summerburg gekommen war. »Spielt keine Rolle mehr. Wenn die Gerüchte sich als wahr erweisen, ist Summerburg jetzt ein Zankapfel zwischen Bischof Wichmann, der den Kaiser hinter sich hat, und unserem Herzog.«

»Wichmann wird versuchen, Heinrichs Besatzung zu vertreiben«, sagte Micha.

»Er wird uns belagern«, schlussfolgerte Sibilla und sah dabei unüblich bleich aus.

Endris nickte. »Dazu kann es kommen.«

Micha strich sich fahrig mit beiden Händen durchs Haar. »Wir sollten uns aus dem Staub machen.«

Empört stieß Sibilla die Luft aus. »Dann hau doch ab. Du hast ja nichts zu verlieren. Im Gegensatz zu allen anderen hier.«

Betroffen streckte er die Hand aus. »Nun fauch doch nicht gleich! Das war ein Scherz. Glaubst du wirklich, ich verdrücke mich gerade jetzt, wenn ich es bisher nicht getan habe? Darüber nachgedacht habe ich weiß Gott oft genug.«

»Hast du das? Ich dachte, das hätte aufgehört, als du etwa sechzehn Jahre alt warst. Du hättest mich fragen sollen; ich hätte dir geraten, zu gehen.«

Micha sah sie verblüfft an und es war ihm, als würde er sie zum ersten Mal sehen. Ihre Augen funkelten vor Wut, die Nasenflügel bebten und ihre schmalen und doch starken Hände ballten sich zu Fäusten. Sie schien vor Lebenskraft zu sprühen und gehörte damit in dieser schweren Zeit zu einer kleinen Minderheit. Trotz aller Merkmale ihres harten Daseins war sie auf ihre eigene Weise schön. Das hatte er schon immer gefunden, hatte es aber selten so deutlich wahrgenommen.

Dass sie in Endris' Gegenwart Andeutungen über Johanna und ihn machte, und mochten sie auch noch so verschleiert sein, verursachte ihm allerdings Unwohlsein. Denn was hätte sie sonst gemeint haben können, als sie in diesem beißenden Tonfall sagte, er habe seit seinem sechzehnten Lebensjahr nicht mehr fortgehen wollen?

»Ich habe wohl geahnt, dass du mir das raten würdest, und dich genau deshalb nicht gefragt. Lass gut sein, Billje. Ich weiß, dass ich euch oft im Stich gelassen habe. Und ich habe nicht vor, das wieder zu tun.«

Endris stöhnte und hielt sich theatralisch die Augen zu. »Ihr macht mir Kopfweh mit eurem Gezänk. Nehmt euch ein Beispiel an meiner Schwester und mir. Wir zanken nie.«

»Weil ihr nie miteinander sprecht«, erwiderte Micha.

»Aber wir zanken nicht«, wiederholte Endris.

»Misch dich da nicht ein. Ich zanke so viel mit Micha, wie ich will«, entgegnete Sibilla und versetzte Endris einen sanften Klaps.

»Warum heiratet ihr nicht?«, fragte Endris.

»Niemals heirate ich einen wie ihn«, meinte sie abfällig.

Es war bei Weitem nicht das erste Mal, dass jemand sie mit dem Heiraten aufzog, und für gewöhnlich tat Micha das ebenso scherzhaft ab wie Sibilla gerade. Doch dieses Mal zögerte er aus Gründen, die er nicht benennen konnte.

Und dann kam Wiebke herein. »Micha! Billje! Glanders Fohlen kommt schon. Wir wissen nicht, ob alles in Ordnung ist.«

* * *

Hals über Kopf lief Sibilla mit Micha und ihrer Schwester zum Hagenhof, während Endris versprach, im Goldenen Ross zu bleiben und Micha notfalls in der Nacht rechtzeitig durch die Fuchsbachpforte zu seinem Dienst einzulassen.

Bis das Fohlen kam, dauerte es dann doch noch etliche Stunden, aber am Ende gab es eine gesunde kleine Stute mehr auf der Welt, und alles war gut.

Micha half dem Fohlen auf die noch wackligen langen Beine und streichelte Glander, während es den Weg zu ihrem Euter suchte. Sibilla saß mit angezogenen Beinen im Stroh, umarmte gegen die Kälte ihre Knie und gab vor, völlig damit beschäftigt zu sein, ihre Füße warm zu kneten. Die Liebe für seine Pferde in Michas Augen leuchten zu sehen, machte sie weich, viel weicher als sie je zugegeben hätte.

»Nun hast du vier. Wie nennst du die Kleine?«, fragte sie.

Er lächelte, sah aber nicht sie an, sondern das Fohlen. »Liehte, die Helle. Sieh doch nur, wie hell ihr Fell ist. Damit hatte ich nicht gerechnet.«

»Schöner Name. Was für ein Jammer, dass Jofridus nicht zurückgekommen ist. Er würde dir sicher mit den Rössern helfen. Was glaubst du, was Heinrichs Männer hier tun werden?«

Sein Lächeln verschwand. »Wenn sie mit einem Angriff und einer Belagerung rechnen, werden sie dafür sorgen, dass die Summerburger sich nicht auf die falsche Seite stellen. Entweder werden sie uns bestechen oder sie werden uns drohen. Jedenfalls müssen wir in nächster Zeit vorsichtig mit dem sein, was wir laut sagen. Wer nicht viel vom Herzog hält, sollte mit seiner Meinung lieber hinterm Berg halten. Julius sollte gar nicht erst wiederkommen, sonst muss ich mir dauernd Sorgen um ihn machen. Nicht, dass sie den Hitzkopf am Ende als Verräter aufknüpfen.«

»Aber was heißt das alles für dich? Wirst du deine Stellung behalten?«

»Wenn sie mir nicht vertrauen, lassen sie mich vielleicht nicht länger Wache stehen. Aber warum sollten sie mich nicht mit den Rössern arbeiten lassen? Sogar der alte Teufel Borgward hindert mich nicht daran, obwohl er mich hasst und weiß, dass ich ihn hasse.«

»Fühl dich nur nicht so sicher, was ihn angeht. Mir kommt es vor, als würde er dich halten wie eine Mastgans. Je länger er dich leben lässt, desto fetter wirst du sein, wenn er dich eines Tages schlachtet.«

Er verzog das Gesicht, als würde er etwas Bitteres schmecken. »Was für ein schmeichelhafter Vergleich! Findest du mich fett?«

Sie warf eine Handvoll Stroh nach ihm, als wüsste sie nicht, dass es nicht bei ihm ankommen konnte. »Nie kannst du ernst sein!«

»Du hast mit der fetten Gans angefangen. Als wäre unser Schwein von Vogt ein Menschenfresser«, sagte er.

»Du weißt, wie ich es meine. Es geht ihm um deine Pferde. Er lässt dich züchten und für sie sorgen, um sie dir abzunehmen, wenn es ihm passt.«

»Das mag sein. Aber ich züchte nicht nur Pferde, sondern bin ihm und den anderen Vornehmen nützlich mit ihren Rössern. Er weiß, dass es damit vorbei wäre, wenn er mich beraubt.«

Seufzend rappelte sie sich auf und schüttelte Staub und Strohhalme aus ihrer Cotte. »Es ist Zeit für deine Wache, du musst gehen. Du willst doch nicht Endris in der Kälte auf dich warten lassen.«

Er nickte und verabschiedete sich von der Stute, bevor er sich von Sibilla zum Hoftor bringen ließ. Als er schon halb hinaus war, drehte er sich noch einmal zu ihr um. »Ich passe auf mich auf, Billje. Das verspreche ich. Versprich du mir, dass du alle hier sofort in die Umzäunung bringst, wenn die Glocken Alarm läuten.«

»Und die Pferde?«

»Wenn es passt, nimmst du sie mit. Sonst lässt du sie auf der Weide, und wir hoffen das Beste. Sie sind wichtig. Aber euer Leben ist wichtiger. Denk daran, ja?«

Jahrelang hatte sie sich gefragt, ob er das so empfand. Es war schön, dass er es nun aussprach, aber sie kannte die Wahrheit besser als er. Gewiss wollte er nicht ihren Tod. Doch wenn sie die Pferde opferte, um zu überleben, wären sie beide danach nicht mehr dieselben Menschen und könnten sich nicht mehr in die Augen sehen.

»Mach dir keine Sorgen. Ich bekomme das schon hin«, entgegnete sie. Und dann zuckte sie zusammen, weil er sie mit einer Umarmung überrumpelte.

»Das weiß ich. Du bist die Beste«, sagte er, ließ sie los und ging.

Und wieder mischte sich die alte Wehmut in die Freude über seine Worte. Denn noch immer wäre sie lieber auch die Einzige und nicht nur die Beste für ihn gewesen.

* * *

Wider Erwarten kehrte Julius eine Woche nach seinem eiligen Aufbruch zurück. Er bestätigte das Gerücht vom Verkauf der Burg, hatte aber außerdem herausgefunden, dass Wichmann von Magdeburg vorerst nicht gegen die Besatzung vorgehen würde. Der Bischof wollte den Hoftag abwarten, um zu sehen, wie es mit dem Zwist zwischen Herzog Heinrich und den anderen Reichsfürsten weiterging.

»Ich muss Vater dazu bringen, zu diesem Hoftag zu reisen und um Vermittlung zu bitten. Vielleicht kann der Kaiser den Herzog dazu bewegen, seine Besatzung aus Summerburg abzuziehen und Bischof Wichmann die Burg zu überlassen.«

Vor Michas innerem Auge zogen die Gelage vorüber, die Borgward und der Rest von Graf Meinhards Gefolgschaft in der vergangenen Woche mit den Besatzern gefeiert hatten. Die köstlichen Vorräte, die Hauptmann Kunold mitgebracht hatte, verstärkten bei den ausgehungerten Herrschaften zweifellos die Begeisterung für Heinrichs Seite. Und manch Summerburger Einwohner entdeckte angesichts dieses Überflusses ebenfalls eine vorher nicht da gewesene Herzogstreue in sich.

Wären die Besatzer bei der Verteilung der Lebensmittel großzügiger gewesen, hätten sie die ganze Siedlung in diesen Tagen leicht auf ihre Seite bringen können. Doch sie verpassten diese Gelegenheit und teilten nur mit den Vornehmen und denen, die sich ihnen in besonderer Weise dienlich machten.

Sie verhielten sich überheblich, grob und ungerecht. Es wunderte Micha nicht, dass Borgward und Georg sich bestens mit ihnen verstanden. Nicht ein einziger der Besatzer ähnelte Jofridus, was Umsicht und Benehmen anging.

Mit Julius und Endris zu seiner rechten und linken Seite verteidigte Micha dennoch seinen Platz am unteren Ende der Tafel im Palas, an der nun die Edelfrauen fehlten. Sie und ihre Gatten vertrauten offenbar so wenig auf die Sittlichkeit der ungehobelten Neuankömmlinge, wie er es tat, und vermieden daher Begegnungen, die zu peinlichen Auseinandersetzungen führen konnten. Die vornehmsten Frauen verließen ohne männlichen Begleiter nicht einmal mehr ihre Gemächer. Johanna ließ sich überhaupt nicht mehr blicken. Endris und Julius schoben das darauf, dass sie krank gewesen sei.

Ihren verbrämten Andeutungen entnahm Micha, dass sie vielleicht eine Fehlgeburt erlitten hatte. Noch immer bedrückte es ihn, wenn er hörte, dass es ihr schlecht ging, und er hätte ihr gern geholfen. Doch er hatte sich daran gewöhnt, nicht auf eine Art zu ihrem Leben zu gehören, bei der das möglich gewesen wäre. Es war immer sie, die zu ihm kommen musste, nicht umgekehrt.

Einige Tage nach Julius' Rückkehr unternahm dieser einen Versuch, seinen Vater zum Besuch des Hoftages zu überreden, doch wie Endris und Micha es vorausgesehen hatten, blieb er erfolglos. Bei dem lautstarken Streit nannte der Vater den Sohn einen Feigling, der Sohn den Vater einen Hohlkopf, und wenn keine breite Tafel zwischen ihnen gestanden hätte, hätten sie sich mit Fäusten geprügelt. Das erzählte Julius Micha und Endris, als er anschließend mit seinem gepackten Bündel zu ihnen in den Stall kam.

»Das war's. Mit so viel Blödheit kann ich mich nicht länger herumärgern. Ich weiß, dass ihr hierbleiben wollt, meine Freunde, deshalb frage ich euch gar nicht erst. Aber ich muss gehen.«

»Um was zu tun?«, fragte Micha leise.

»Ich schließe mich in Magdeburg den Truppen von Bischof Wichmann an.«

Endris ergriff Julius' Arm, als könnte er ihn zurückhalten wie ein ungebärdiges Pferd. »Du wechselst wirklich die Seite? Ist dir klar, dass wir uns dann im Kampf begegnen könnten? Und du kannst das nicht rückgängig machen. Deine Familie und alle anderen, die hier das Sagen haben, werden dich als Verräter betrachten.«

»Aber ihr hoffentlich nicht, und das ist das Einzige, was für mich zählt. Ich werde schon zu verhindern wissen, dass ich je gegen eine von euch beiden Vogelscheuchen kämpfen muss. Und wer weiß, ob ich auf Wichmanns Seite nicht eines Tages mehr für Summerburg erreichen kann als so.«

Micha half ihm, unauffällig seine drei Pferde aufzuzäumen und mit seinen bescheidenen Habseligkeiten zu beladen. Anschließend begleiteten Endris und er Julius aus Summerburg hinaus, als wollten sie bloß zur Turnierwiese wie so oft. Doch hielten sie dort nicht, sondern ritten weiter bis zu der Kreuzung, wo ihr Freund die Richtung nach Magdeburg einschlagen musste.

»Lass dir unterwegs nicht die Pferde stehlen. Ich hatte viel Arbeit mit ihnen«, sagte Micha zum Abschied.

Julius lachte. »Eher lasse ich mich totschlagen. Ich weiß ja, dass du das sonst tun würdest. Lebt wohl, meine beiden Hänflinge. Lasst euch vom alten Ziegenbock und meinem Arsch von einem Bruder nicht unterkriegen.«

»Wir sehen uns wieder«, erwiderte Micha.

»Schick uns mal eine Nachricht«, bat Endris mit heiserer Stimme.

Julius nickte ihnen noch einmal zu und galoppierte dann mit seinen beiden Handpferden zur Seite davon.

Sie blickten ihm nach, bis er außer Sicht war. Micha hörte Endris schniefen und vermied es geflissentlich, ihn anzusehen.

»Hätte ich ihn begleiten sollen?«, fragte sein verbliebener Freund schließlich mit belegter Stimme.

Micha schüttelte entschieden den Kopf, obwohl er sich insgeheim dieselbe Frage stellte. »Wenn einer von uns allein zurechtkommt, dann ist es Julius. Er wird sich durchschlagen. Und wir können nicht alle Summerburg verlassen. Glaubst du, unseren Besatzern wird viel daran gelegen sein, die Menschen hier zu beschützen, wenn es zum Ärgsten kommt?«

Endris stieß ein freudloses Lachen aus. »Und glaubst du, wir beide könnten einen Unterschied machen, wenn es nicht so wäre? Ich bin nicht mehr so überzeugt davon wie früher, dass ich eines Tages ein Held werde, über den man Lieder singt.«

Micha zuckte mit den Schultern. »Ein Mann mit dem Herz am rechten Fleck bist du aber. Und wenn so einer zur richtigen Zeit zur Stelle ist, kann er auch etwas bewegen.«

»Ich weiß, dass du mich nur trösten willst, Rössner«, entgegnete sein Freund.

Nun warf Micha ihm doch einen Seitenblick zu und lächelte. »Habe ich es nicht gesagt? Ein schlauer Mann mit dem Herz am rechten Fleck. Reiten wir ein Rennen zurück?«

* * *

Zwei Tage nach Julius' Abschied saßen die Männer abends im Palas zu Tisch, als Pater Eucharius und ein fremder Geistlicher hereinkamen. Sie traten vor Borgward und Hauptmann Kunold, die seit einiger Zeit die einst von Graf Meinhard und seiner Familie besetzten erhöhten Sitzplätze am Haupt der Tafel für sich beanspruchten. Die beiden waren längst nicht mehr nüchtern, doch noch nicht bezecht genug, um die beiden Priester zu übersehen.

»Pater! Was ist Euer Begehr?«, fragte Borgward zu laut und mit einem unangemessenen Grinsen auf den Lippen.

Pater Eucharius warf sich in die Brust und stand aufrecht wie eine Säule, während bei seinem Begleiter bloß das Gesicht wirkte wie aus Stein gemeißelt. »Der ehrwürdige Pater Dominik hier hat mich davon in Kenntnis gesetzt, dass seine Heiligkeit

Papst Alexander ein bedeutsames Urteil über den Irrglauben einer Gruppe von Häretikern gefällt hat, die wir ›Katharer‹ nennen. Unsere heilige Mutter Kirche wird diese Verirrten nicht länger in ihrem Schoß dulden. Und zu meinem großen Bedauern muss ich Euch mitteilen, dass der als Pater Servatius bekannte Mann, der das Seelenheil der einfachen Leute von Summerburg hüten sollte, sich des verurteilten Gedankenguts befleißigt. Ich habe ihn öfter als nur ein Mal ermahnt, seine Einstellung zu ändern, doch auch bei unserem letzten Gespräch war keine Einsicht festzustellen. Ich muss daher darauf bestehen, dass Ihr gegen ihn vorgeht.«

Georg, der einige Plätze entfernt von seinem Vater gesessen hatte und ebenfalls leicht betrunken war, stand auf und zeigte auf die beiden Priester. »Ha! Ich habe es schon lange geahnt, dass dieser Servatius seine Pflichten nicht erkennt! Weg mit ihm!«

Borgward prustete. »Du willst wohl mal einen echten Scheiterhaufen sehen, was, mein Sohn?«

Einige lachten, andere verzogen das Gesicht, doch insgesamt breitete sich eine seltsame Erregung im Raum aus, die Micha schaudern ließ.

»Ihr wärt nicht die Ersten, die sich eines Gesandten des Satans durch reinigendes Feuer entledigen«, sagte der fremde Priester.

»Unser kleiner Pater ist kaum solchen Aufwand wert. Es genügt gewiss, wenn wir ihn aus Summerburg verjagen«, meinte Balthasar. Er sprach mit ruhiger Stimme, doch Micha sah ihm an, wie unwohl auch er sich fühlte.

»Also jagt ihn aus der Stadt!«, rief Hauptmann Kunold fröhlich.

»Oder verbrennt ihn«, steuerte einer seiner Männer johlend bei.

Etliche Anwesende hatten sich bereits erhoben. Micha wartete nicht länger, sondern verließ gebückt seinen Platz auf der Bank, die Hand auf seinen Bauch gepresst, als würde es ihn in seinen Gedärmen kneifen. In der Hoffnung, Borgward und seinen menschlichen Bluthunden nicht aufzufallen, machte er sich klein und mischte sich zwischen die Bediensteten, die Speiseplatten, Krüge und Wasserschalen herumtrugen. Zügig glitt er in ihrer Deckung aus der Halle. Sobald er den Palas verlassen hatte, rannte er los wie ein junger Hirsch.

Pater Servatius teilte sich in diesen Tagen ein nahe bei der Kirche gelegenes Haus mit einem kinderlosen hörigen Bauernpaar, das gegen einen kleinen Lohn alltägliche Arbeiten für ihn übernahm. Als Micha im dämmrigen Abendlicht auf den Hof lief, scheuerte die grauhaarige Gerti vor der Tür Töpfe aus.

»Wo ist Pater Servatius?«

»Er ist noch mal in die Kirche gegangen. Kommt gleich zurück. Wo brennt es denn?«, fragte sie.

Micha berührte ihren Arm und sah ihr eindringlich in die Augen. »Schnür ein Bündel mit seinen wichtigsten Sachen für ihn, so schnell du kannst. Er ist in Gefahr und muss fliehen. Leg das Bündel hinter euren Ziegenstall und tu so, als wüsstest du von nichts, falls dich jemand fragt. Ich hole ihn.«

Mit entsetztem Gesicht blickte sie von ihm zur Straße, dann zur Kirche und wieder zu ihm. »Aber … Oh, lieber Herrgott, hilf! Du meinst es ernst. Sag dem armen Pater, wir beten für ihn.« Sie ließ den Topf fallen, den sie gerade bearbeitet hatte, und flitzte ins Haus.

Micha fand Pater Servatius in der Kirche am Altar, wo er melodisch summend eine der noch recht neuen Heiligenfiguren ölte und polierte. Überrascht wandte er sich zu Micha um.

»Michael! Du siehst ja aus, als würden dich Hunde hetzen. Was –«

»Ihr müsst fliehen. Pater Eucharius hat Euch vor allen Leuten im Palas als Häretiker angeschwärzt, und sie sind in der Laune, Euch umzubringen. Geht zur Fuchsbachpforte hinaus und wartet bei Adams Haus auf mich. Ich hole Eure Sachen und komme nach.«

»Meine Sachen? Aber –«

»Gerti packt für Euch. Wir haben keine Zeit! Lauft, ich bitte Euch! Und lasst Euch möglichst nicht sehen.«

Zu seiner Erleichterung zauderte der Pater nicht länger, sondern raffte seine Cotte und lief zum Fuchsbach.

Micha ging mit langen Schritten zu Gerti zurück, die hinter dem Ziegenstall wartete. Von der Burgstraße her war nun schon der Lärm einer aufgeregten Menschenmenge zu hören.

Gerti zeigte auf ein Bündel am Boden, winkte ihm ängstlich zu und floh ins Haus, bevor Micha ganz bei ihr angekommen war. Er hoffte inständig, dass sie überzeugend genug lügen konnte, um nicht in Gefahr zu geraten. Eilig schulterte er das Bündel, marschierte die Straße meidend zum Bach und weiter zur Pforte.

Der Pater wartete außerhalb der Umzäunung auf Höhe der Hufschmiede im Gebüsch auf ihn. »Bist du dir sicher, dass es so schlimm ist? Was haben sie genau gesagt?«

Micha bemerkte, wie die Hände seines alten Freundes zitterten, und konnte es ihm nachfühlen. Er erzählte, was er gehört hatte, während sie zum Hagenhof gingen. Sie mussten nicht lange klopfen, denn die Hunde schlugen an, noch bevor sie das Tor erreichten.

»Wer ist da?«, erklang Jakobs Stimme über das Gebell hinweg.

»Ich bin's, Micha. Wir brauchen Hilfe. Hol Billje!«

Gleich darauf standen sie vor Adams Haustür und erklärten Jakob und der schlaftrunkenen Sibilla flüsternd, was vorgefallen war.

»Und nun? Sollen wir Euch im Kellerloch verstecken, Pater? Oder was habt Ihr vor?«, fragte sie betroffen, aber so ruhig, wie es wohl nur wenige gewesen wären. Micha dankte dem Himmel für ihre Gelassenheit.

Kurz vergrub der Pater das Gesicht in den Händen. Schließlich seufzte er tief. »Mag sein, dass sie sich wieder beruhigen und die Gefahr morgen vorüber ist. Aber falls nicht, könnte ich es nicht vor unserem Herrgott vertreten, dass ich deine Familie in meine Sache hineingezogen habe. Ihr habt genug zu schultern. Es lastet schon auf meinem Gewissen, dass Micha so ein Wagnis für mich eingegangen ist, obwohl ich es doch eigentlich hätte sein sollen, der ihm hilft. Und ich sage es euch ehrlich: Ich werde mir meine Gedanken nicht ausreißen können, ganz gleich, was seine Heiligkeit der Papst davon hält. Daher ist es besser, wenn ich Summerburg verlasse und einen Ort aufsuche, an dem ich unter Gleichgesinnten bin.«

»Wo wäre das?«, fragte Micha.

»In Aquitanien vielleicht oder in Aragon. Ich werde es herausfinden«, erwiderte Servatius.

Sibilla runzelte die Stirn. »Ich kenne diese Orte nicht, aber ich bin sicher, dass der Weg weit ist. Ihr könnt nicht zu Fuß gehen. Ein Pferd kann ich Euch nicht geben. Aber ein Maultier, wenn Ihr wollt. Borgward weiß nicht, wie viele wir haben, weil immer welche verliehen sind.«

Pater Servatius schüttelte den Kopf. »Ich kann es nicht bezahlen. Das letzte Jahr war so hart für viele Leute. Ich habe nichts für mich zurückgelegt.«

»Ihr könnt es später bezahlen. Oder Ihr bringt es zurück, falls der Papst seine Meinung in nächster Zeit wieder ändert«, sagte sie.

Ungehalten brummend verschränkte Jakob die Arme und blickte zu Boden. »Wir wollen nicht, dass seine Ehrwürden zu

Schaden kommt. Aber das ist kein Grund, so lästerlich über den Papst zu sprechen. Er ist doch Christi Stellvertreter auf Erden.«

Servatius legte beschwichtigend die Hand auf seinen Arm. »Ganz recht, Jakob. Ihr seid gute Gläubige, und so soll es bleiben. Ich werde deine Freundlichkeit annehmen, Sibilla. Aber rechne nicht damit, mich wiederzusehen. Wenn es mir irgend möglich ist, sende ich euch Geld für das Maultier.«

Micha begleitete ihn noch ein kleines Stück auf dem Pfad und gab ihm ein paar Ratschläge für den Umgang mit dem Muli, dann lief er zurück. Doch sein Weg endete an der von innen verschlossenen Fuchsbachpforte. Fluchend ging er wieder zum Hagenhof, wo die Hunde erneut anschlugen und Sibilla ihn seufzend einließ.

»Alle sind aufgewacht und wollten wissen, was los ist. Ich habe ihnen erzählt, dass du betrunken aufgetaucht bist und unbedingt zu deinen Pferden wolltest. Also sei betrunken. Ich bringe dich zu Bett.«

Schicksalsergeben ließ er sich von ihr dabei unter die Arme greifen, die Leiter zu seiner alten Schlafstelle hinaufzusteigen. Pflichtschuldig lallte er dabei ein wenig vor sich hin.

»Sehr schön. Aber nun sei still. Vater geht es nicht gut. Er hat seit einer Weile Geschwülste an den Beinen, die ihn schmerzen. Wir sind alle froh, wenn er wieder einschlafen kann«, flüsterte sie ihm zu, als er lag.

Kurz verspürte er den überraschenden Drang, sie an sich zu ziehen und zu küssen, als wäre er wirklich sinnlos betrunken. Doch sie verschwand so schnell die Leiter hinunter, dass er den aufkeimenden Wunsch gleich wieder vergaß. Was ein Glück war, denn schließlich lag Jakob neben ihm, der genau wusste, dass er in Wahrheit völlig nüchtern war.

Gleich darauf ließ außerdem Adams schmerzerfülltes Seufzen keinen Gedanken an derlei Unfug mehr zu, und er schämte sich, dass ihm nicht bewusst gewesen war, wie sehr sein ehemaliger Brotgeber litt.

Sich am folgenden Morgen in die Stallungen der Burg zu schleichen, gelang Micha einfacher als befürchtet. Doch so erleichtert er darüber war, so unwohl fühlte er sich damit, nicht zu wissen, was sich am Abend noch abgespielt hatte. Danach fragen konnte er außer Endris keinen, weil er so tun wollte, als wäre er wirklich betrunken gewesen und hätte von allem nichts mitbekommen. Solange also niemand von sich aus davon anfing, blieb ihm nichts anderes übrig, als auf Endris zu warten.

Er begann seine übliche Arbeit mit einer zweijährigen Stute, die in den Burgstallungen gehalten wurde. In der Vorburg ließ er sie an der kurzen und der langen Leine gehen und führte sie über Hindernisse. Im Anschluss ritt er einen Dreijährigen in engen Figuren und brachte ihm bei, seinen Zeichen zu folgen, ohne dass er die Zügel berühren musste. Wie immer versank er in seinen Aufgaben, bis er gewahr wurde, dass Borgward, Wolfgang, Hauptmann Kunold und zwei von dessen Männern am Rande des Hofes standen und ihn beobachteten. Höflich nickte er ihnen zu und tat, als würde ihm ihre Anwesenheit nichts ausmachen. Doch er beendete den Unterricht des jungen Hengstes früher als er eigentlich beabsichtigt hatte. Prompt folgten ihm seine Zuschauer in den Stall.

»Früh auf den Beinen, von der Auwied. Hat dein Eseltreiberliebchen dich schon rausgeworfen?«

Dass der Vogt vor anderen seinen richtigen Namen verwendete, kam sonst nie vor und ließ ihn beinah zusammenzucken. Besonders übel war, dass jedes von Borgwards Worten dadurch noch giftiger von Spott und Hohn troff. Es fiel ihm schwer, seine aufsteigende Wut zu unterdrücken, doch an diesem Tag war es wichtiger denn je.

Also zuckte er mit den Schultern. »Weiß nicht, wen Ihr mit dem Liebchen meint. Ich habe mich gestern im Rausch verlaufen und heute Morgen brannte mir der Magen, deshalb bin ich früh aufgestanden. Das ist bei mir nach dem Saufen so.«

Wolfgang stieß ein abfälliges Schnarchgeräusch aus. »Viel Erfahrung hast du Weichling damit ja nicht.«

Diesen Männern gegenüber war Micha auf einmal so zumute, als hätte sich jedes bisschen Respekt, das er sich in seinen sechsundzwanzig Lebensjahren erkämpft hatte, wieder verflüchtigt. Es nützte nichts, dass er seine Fähigkeiten täglich bewies. Wenn diese Kerle beschlossen, dass er ein kleines Nichts war, dann würden sie ihn dazu machen. Der Zorn darüber ließ eine Hitze in ihm aufsteigen, dass er glaubte, er müsse platzen. Er focht so hart mit sich selbst, dass ihm die Fingerknöchel erbleichten. Und er verlor.

»Nenn mich noch ein Mal Weichling und wir treffen uns auf der Turnierwiese, Hundeführer. Wenn die Herren sonst noch Wünsche haben, dann heraus damit. Anderenfalls habe ich noch Besseres zu tun, als hier herumzustehen.«

Hauptmann Kunold stieß ein kehliges Lachen aus, und seine beiden Gefolgsmänner stimmten dienstbeflissen ein. Borgward lachte nicht, sondern hielt mit seiner Pranke Wolfgang zurück, der auf Micha losgehen wollte und dabei eine Grimasse schnitt, als würde er die Zähne fletschen. Micha fragte sich, ob diese hässliche Fratze das war, was sein Bruder David vor seinem Tod als Letztes gesehen hatte. Halb wünschte er sich, dass Wolfgang sich nicht zurückhalten lassen, sondern ihn erneut beleidigen würde. Dann hätte er endlich den Anlass gehabt, diese Sache mit ihm auszutragen, und niemand hätte es ihm vorwerfen können. Aber er tat ihm den Gefallen nicht.

Borgward grinste, doch sein Blick blieb eisig, als er sprach. »Man merkt dir den sauren Magen an, von Auwied. Also wollen wir dich nicht von deiner liebsten Beschäftigung abhalten. Es gibt in der Tat viele dreckige Pferdeärsche zu bürsten. Nur eins noch: Du hast wohl in deinem Rausch nicht zufällig gesehen, wohin unser guter Pater Servatius verschwunden ist? Er ist ein guter Bekannter von dir, was ich so gehört habe. Da wäre er dir doch sogar besoffen noch aufgefallen.«

Micha kniff in gespieltem Erstaunen die Augen zusammen. »Verschwunden? Was soll das heißen? Wenn er nicht zu Hause und nicht in der Kirche ist, dann besucht er wohl irgendwelche armen Leute, die seinen Beistand brauchen.«

»Der besucht hier niemanden mehr. Der ist aus dem Amt geworfen. Verdammter Gotteslästerer, soll sich besser nicht wieder blicken lassen«, sagte der Hauptmann genüsslich und stülpte seine dicken Lippen vor.

Micha konnte sich nicht vorstellen, dass der Mann verstand, worum es bei den kirchlichen Diskursen ging, die Pater Servatius zum Verhängnis geworden waren. Er schien einfach nur ein boshaftes Vergnügen daran zu haben, dass ein Priester verjagt worden war.

»Ich habe den Pater noch nichts Gotteslästerliches sagen hören. Aber falls ich ihm begegne, werde ich ihm ausrichten, dass er nicht länger erwünscht ist.«

Der Hauptmann stülpte die Lippen wieder ein und zog die Brauen zusammen. »Wenn du ihm begegnest, wirst du ihm gar nichts ausrichten. Du wirst ihn festhalten und zu uns bringen.«

»Dasselbe gilt für jeden, der ihm bei der Flucht geholfen hat. Also falls du etwas hörst, dann sei ein braver Knecht und berichte uns davon«, fügte Borgward mit der tiefen, seidenglatten Stimme hinzu, die Micha gelegentlich in Albträumen hörte.

Er atmete tief durch. »Ich bin schon lange kein Knecht mehr. Graf Meinhard ernannte mich zum Stallmeister und zur rechten Hand des Oberstallmeisters, so wie er Euch zum Vogt ernannte. Und er hat es nicht zurückgenommen. Wenn Ihr noch Vogt seid, bin ich hier noch Stallmeister.«

Nun zuckte Borgwards Kiefermuskulatur, und Micha rechnete damit, dass er losbrüllen oder nach ihm schlagen würde. Doch auch der Vogt wusste sich zu beherrschen. »Dein Magen muss dir gewaltige Leiden verursachen, dass du so viel Galle versprühst. Wir wollen dich lieber in Ruhe lassen. Für heute jedenfalls. Kommt, meine Freunde, wir gehen.«

Spöttisch lachend liefen die Männer zum Stalltor, doch dann kam Borgward allein noch einmal ein paar Schritte zu Micha zurück. »Nur noch eins: Wie geht es denn Adam? Ich erfuhr, dass der bedauernswerte Mulizüchter erkrankt ist. Was meinst du, wie lange wird er es noch machen? Und was dann? So ein ganzes Haus nur voller Weiber … Und das außerhalb des schützenden Zauns. Das gibt mir zu denken.«

Der Vogt trug noch immer das Echo seines falschen Grinsens auf den Lippen, und Micha spürte die fast unbezwingbare Sehnsucht, ihm die Zähne auszuschlagen.

Er sah Borgward in die Augen. »Jeder, der diesem Haus in böser Absicht zu nahe kommt, wird einen plötzlichen, schmerzhaften Tod sterben, Vogt. Das ist eine Art Fluch. Wusstet Ihr davon nichts?«

Borgwards Grinsen wurde breiter und kälter. Dann ging er.

33. Kapitel

Juni 1179

Am zwanzigsten Juni, ein paar Tage vor dem anberaumten Hoftag in Magdeburg, erfuhren die Summerburger, dass Herzog Heinrich in Haldensleben eingetroffen war. Der gut befestigte Ort, den er schon in einem früheren Streit mit den sächsischen Fürsten für sich gewonnen hatte, lag nicht weit von Magdeburg entfernt. Daher eignete er sich ausgezeichnet für ihn, um die Ereignisse des Hoftages aus einem sicheren Abstand heraus zu verfolgen.

Wie erwartet, reiste auch Borgward nicht nach Magdeburg, sondern sandte seinen Vertrauensmann Giselbert dorthin, der ihm Bericht über das erstatten sollte, was zwischen dem Kaiser und den Fürsten besprochen und beschlossen wurde.

Hauptmann Kunold hingegen schickte einen Botschafter nach Haldensleben, um darüber auf dem Laufenden zu bleiben, was der Herzog zu tun gedachte.

Micha und Endris wären zu gern ebenfalls nach Magdeburg geritten, auch in der Hoffnung, Julius zu begegnen. Sie durften es jedoch nicht wagen, Summerburg zu verlassen, weil sie Borgward keinen Vorwand liefern wollten, offen gegen einen von ihnen vorzugehen. So erfuhren sie erst eine Woche nach dem Beginn des Hoftages, was sich zugetragen hatte.

Herzog Heinrich war in Haldensleben geblieben und hatte sich den nach Magdeburg angereisten Fürsten nicht gestellt. Allerdings hatte Kaiser Friedrich sich zum Unmut der Versammelten von ihm zu einem persönlichen Treffen überreden lassen, bei dem der Herzog seinen Vetter bat, zu seinen Gunsten zu vermitteln. Offenbar hatte Friedrich das nicht rundheraus abgelehnt, aber für die Gefälligkeit fünftausend Mark Silber verlangt. Eine solche Summe war für einfache Leute unvorstellbar, doch unter den hohen, gekrönten Häuptern nicht völlig ungewöhnlich. Dass Heinrich es dennoch ablehnte, die Summe zu zahlen, hatte daher mehr mit seiner üblichen auffahrenden, stolzen und trotzigen Art zu tun.

So vertat er die letzte Möglichkeit, sein besonderes Verhältnis zum Kaiser zu nutzen. Denn die erzürnten Reichsfürsten änderten nach dieser gescheiterten Verhandlung im Verfahren gegen ihn kurzerhand die Prozessordnung vom Gewohnheitsrecht aufs Lehnsrecht, was es dem Kaiser fortan unmöglich machte, eigenmächtig zu seinen Gunsten einzugreifen.

Auf diese Weise konnten die Versammelten zunächst einmal dafür sorgen, dass Friedrich die Reichsacht über Heinrich verhängte – ein letzter Versuch, ihn dazu zu bringen, vor Gericht zu erscheinen. Denn nur, wenn der Herzog sich innerhalb von einem Jahr stellte und sich dem Urteil der fürstlichen Gemeinschaft beugte, würde er seine dauerhafte Ächtung vermeiden können und damit seine Rechtsfähigkeit, seine Titel und Besitzungen zurückerhalten. Gleichzeitig war mit der Reichsacht jedermann aufgefordert, auch unter dem Einsatz von Gewalt dabei zu helfen, den Beschuldigten vor Gericht zu bringen.

Damit ging der Magdeburger Hoftag zu Ende und die Fortsetzung des Verfahrens war auf die nächste Zusammenkunft verschoben, die im Juli in Naumburg stattfinden sollte.

Von da an verfolgten die Summerburger atemlos den Fortgang der Angelegenheit von Nachricht zu Nachricht. Micha war froh, dass der Herzog keine Summerburger Truppen mehr anforderte, sondern befahl, dass alle Kräfte sich für den Fall bereitzuhalten hatten, dass die Burg angegriffen wurde.

Juli 1179

Zu dem Hoftag in Naumburg reiste der Löwe nicht, ebenso wenig erschien er im August in Kayna. Stattdessen griff er Bischof Philipps Kräfte bei Osnabrück an. Hier endete die Geduld der Reichsfürsten: Heinrich wurde endgültig »friedlos« gelegt und somit zum rechtlosen Feind des Volkes erklärt, der von niemandem mehr unterstützt, von jedem aber bußlos erschlagen werden durfte. Ihm wurden seine Herzogtümer und auch sämtliche anderen Lehen aberkannt, und alle Fürsten im Hoheitsgebiet des Kaisers waren von nun an aufgerufen, gegen ihn Krieg zu führen, um das Urteil durchzusetzen.

Als diese Botschaft Ende August Summerburg erreichte, gab es niemanden dort, dem nicht eng ums Herz wurde. Auch Heinrichs eigene Männer verhielten sich auf einmal weniger prahlerisch. Nur Hauptmann Kunold und Georg von Egesleben blieben laut. Sie empörten sich über die Ungerechtigkeit, die ihrem Herzog angetan wurde, und beteuerten ihre Treue zu ihm. Recht schnell überzeugten sie auch andere von dieser Sichtweise, und so geschah es offenbar vielerorts. Denn bald zeigte sich, dass Heinrich stark genug geblieben war, um Widerstand gegen den Kaiser und die Reichsfürsten zu leisten. Wer dem Herzog

Ländereien und Macht verdankte, ihm verwandtschaftlich verbunden oder seinen erklärten Gegnern aus eigenen Gründen feindlich gesinnt war, gab wenig auf das Urteil von fremden hohen Herren, deren Machtstreben sich als größere Gefahr für die eigenen Interessen erweisen konnte. Daran änderte auch die Gestalt eines nur auf dem Papier allmächtigen Kaisers nichts, der den größten Teil seiner bisherigen Regentschaft in weit entfernten Landen verbracht hatte.

Angespannt bewachte die Besatzung Summerburg, und all seine Bewohner beobachteten aus der Ferne, wie der Krieg zwischen Heinrichs Freunden und seinen Feinden in den sächsischen Landen tobte. Der Kaiser selbst unterstützte die ostsächsischen Landesfürsten dabei, ihre Truppen mit denen von Philipp von Köln zu vereinen und unter anderem Heinrichs geliebtes Haldensleben zu belagern.

Wutentbrannt schickte der Löwe daraufhin eigene Truppen gegen Halberstadt, von wo aus Bischof Ulrich immer wieder Ausfälle gegen ihn unternommen hatte. Doch der Überfall verursachte eine größere Katastrophe als von ihm geplant. Es gelang ihm zwar, Ulrich zur Aufgabe zu zwingen, doch im Laufe der Gefechte brach am dreiundzwanzigsten September ein Brand aus, der die wertvolle Stadt so stark zerstörte, dass der Sieg sogar für ihn einen üblen Beigeschmack hatte.

Als Reaktion auf diese Ungeheuerlichkeit stellten sich weitere regionale Landesfürsten gegen Heinrich, und Summerburg wurde immer mehr zu einer Insel in einem Meer von Gegnern.

Oktober 1179

Micha hatte es zunächst auf die allgemein wachsende Anspannung unter den Burgmannen und Besatzern geschoben, doch an einem frühen Oktobertag wurde ihm klar, dass die Männer sich ihm und Endris gegenüber anders verhielten als früher. Sie wurden misstrauisch beobachtet, Gespräche endeten plötzlich, wenn einer von ihnen in Hörweite kam, und Hilfsbereitschaft und Gefälligkeiten wurden rar. Als sie jeder für sich nachfragten, waren die Antworten ähnlich: Es hatte sich herumgesprochen, dass Julius zum Feind übergelaufen war, und Borgward selbst hatte einige seiner Gefolgsmänner vorgeblich heimlich darum gebeten, deshalb seine Freunde im Auge zu behalten.

Zu beteuern, dass sie nicht die Absicht hatten, sich gegen den Herzog zu stellen, wäre sinnlos gewesen. Das Misstrauen hatte sich bereits zu stark ausgebreitet.

Die düstere Zeit verfinsterte sich noch weiter, als Sibilla Micha an einem nassen, kalten Abend kurz vor Torschluss zum Hagenhof rufen ließ, weil es Adam so schlecht ging, dass sie das Schlimmste befürchtete. Zu den schmerzhaften Schwellungen und Geschwüren an den Beinen, unter denen er seit dem Frühjahr gelitten hatte, waren einige Tage zuvor Atemnot und Brustschmerzen hinzugekommen. Kein Amulett und keine Medizin hatten geholfen. Nun bekam er kaum noch Luft, hustete Blut und war meistens ohne Bewusstsein.

Micha verbrachte die Nacht, in der es regnete, wie es zu Zeiten der Sintflut geregnet haben musste, mit der Familie an Adams Bett. Pater Eucharius war schon im Haus gewesen und hatte dem Kranken die letzte Ölung gespendet, doch niemand von ihnen wusste, wann genau die Zeit zum Abschiednehmen käme. Also sprachen sie es nicht aus, sondern redeten über Belanglosigkeiten, so gut sie es eben vermochten. Und als Adam kurz vor Sonnenaufgang seinen letzten, gequälten Atemzug nahm, tat er es zumindest in dem Wissen, dass alle um ihn versammelt waren, die ihm nahestanden.

Gleich am nächsten Vormittag zeigte sich, wie viele Freunde und Bekannte er und seine Familie im Dorf hatten. Die Haustür stand gar nicht mehr still, weil so viele kamen, um Hilfe und Trost anzubieten. Micha fühlte sich bald überflüssig und verabschiedete sich von den verweinten Frauen des Hauses, um verspätet seinen Dienst in der Burg anzutreten.

Auf dem Weg zwischen den Pfützen hindurch, die den halben Hof der Vorburg wie einen Teich wirken ließen, lief er Georg in die Arme. Zuerst dachte er, es sei schieres Pech, dann begriff er jedoch, dass Julius' »Arsch von einem Bruder« ihm aufgelauert hatte.

»Wo kommst du um diese Zeit her, Rössner? Alle sind längst bei der Arbeit. Solche Freiheiten kannst du dir hier nicht mehr herausnehmen. Das ging schon viel zu lange so.«

Mit aufglühendem Zorn trat Micha auf ihn zu. »Lass mich in Ruhe, Mann! Du weißt, dass ich keine Zeit vertrödele. Ich habe letzte Nacht bei jemandem Wache gehalten, der im Sterben lag. Hab den Anstand, das zu respektieren.«

Georg plusterte sich sofort zu einem wütenden Ganter auf. »Halt dein freches Mundwerk im Zaum! Dir steht nicht zu, über meinen Anstand zu urteilen, du Bettler! Ich weiß, woher du kommst. Du hast es nur der Gnade meines Vaters zu verdanken, dass du hier den Miles spielen durftest. Wenn wir es entscheiden, wirst du wieder zu dem kleinen Dreck, als der du geboren wurdest.«

Micha packte ihn am Brustlatz seines Surcots, bevor er wusste, was er tat. »Dein Vater ist ein verfluchter Halsabschneider und hat mit seinen Lumpereien meine Familie ins Unglück gestürzt. Er hat den Tod meines Vaters und meines Bruders verschuldet, die bessere Männer waren als er und du. Ich wurde als Sohn eines freien adligen Mannes geboren. Du bist der Sohn eines hörigen Ministerialen, der sich nur durch Bosheit und Skrupellosigkeit in seinem Amt festsetzen konnte. Willst du dich mit mir schlagen? Nur heraus damit! Ich bin kein unerfahrener Knabe, wie es mein Bruder war, als die Bluthunde deines Vaters ihn hier abgeschlachtet haben.«

In Michas Kopf rauschten die Wogen der Wut laut und sein Blick war so auf den lang verhassten Mann vor ihm verengt, dass er nichts anderes mehr im Sinn hatte, als einen Schwertkampf mit ihm anzuzetteln. Doch statt Kampfgeist zu zeigen, erschlaffte Georg förmlich in seinem Griff. Die Augen quollen ihm vor Furcht aus den Höhlen.

»Das wirst du bereuen, du Verräter«, presste er bloß hervor.

»Ich bereue, dass ich mir deine Überheblichkeit so lange habe gefallen lassen. Nenn mich noch ein einziges Mal Verräter, und ich ziehe dir die Haut ab«, erwiderte Micha, bevor er ihn von sich stieß.

Georg trat achtlos in Pfützen, während er sich rückwärtsgehend entfernte, starrte ihn dabei mit vor Hass und Angst verzerrter Miene an und zeigte mit ausgestrecktem Finger auf ihn. »Du bist tot!«, stieß er zischend hervor. Doch dann drehte er sich um und lief auf geradem Weg davon, sodass das Wasser ihm bis zu den Knien hinaufspritzte.

Am selben Abend kam Borgward persönlich zu Micha geschlendert, als er sich gerade am Wassertrog vor dem Stall wusch, um im Palas zu Tisch gehen zu können. Wohlweislich hatte Micha seinen Gürtel mit den beiden Dolchen daran griffbereit abgelegt. Er war darauf gefasst, dass die von Egesleben mindestens einen ihrer menschlichen Köter auf ihn hetzen würden. Es wäre seltsam gewesen, wenn sie die Schmach, die er ihnen mit seinen Widerworten zugefügt hatte, ungerächt gelassen hätten.

Doch Borgward erwähnte den Vorfall mit Georg nicht und zog keine Waffe gegen ihn. Sein Angriff war von anderer Art. »Ich habe gehört, der Maultierzüchter ist gestorben. Da wollte ich gleich mal kommen, um mein Beileid auszusprechen. Ich nehme an, du wirst jetzt endlich eine von seinen

Töchtern heiraten, wo er dir nicht mehr im Weg steht. Das wäre ganz in meinem Sinne. Ich würde dafür sorgen, dass du das Lehen zugesprochen bekommst und zu Wohl und Ehren des Summerburger Burgherrn weiter prächtige Mulis züchtest. Nur auf deine Narretei mit den Rössern wirst du verzichten. Das edle Blut mit den Lastviechern zusammen zu halten, ist wider die Natur. Du erhältst das Lehen im Tausch für deine Rösser und gelobst, der Rosszucht nicht weiter zu frönen. Das ist ein großmütiges Angebot, wenn du überlegst, was du dir schon für Dreistigkeiten herausgenommen hast.«

Micha trocknete sich die Hände ab, ohne den Vogt aus den Augen zu lassen. »Ich denke nicht, dass Ihr befugt seid, dieses Lehen neu zu vergeben. Und ganz gewiss habt Ihr nicht das Recht, darüber zu bestimmen, wen Adams Töchter heiraten. Über meine Rösser reden wir gar nicht erst.«

Borgward stieß ein abfälliges dumpfes Geräusch aus. »So? Ich bin nicht befugt? Ich habe nicht das Recht? Und über deine Rösser reden wir nicht? Du irrst dich jedes Mal. Kraft Herzog Heinrichs Vollmacht hat Hauptmann Kunold mir die Befugnis erteilt, die Summerburger Kleinlehen nach meinem Gutdünken zu verwalten und die Pflichten des Burg- und Landesherrn zu übernehmen, bis ein neuer eingesetzt wird. Somit bin ich der Vormund aller ledigen Töchter unserer Lehnsmänner, die keinen männlichen volljährigen Angehörigen mehr haben. Die Ärmsten können sich glücklich schätzen, dass ich diese Aufgabe gewissenhaft zu erfüllen beabsichtige. Adams Töchter werden heiraten. Sollten sie sich alle weigern, einen der Männer zu nehmen, die ich für sie auswähle, werde ich sämtliche Weibsleute als Mägde in fremden Häusern unterbringen. Für den Hagenhof finde ich jederzeit einen Pächter, der mir gefällt.«

»Was soll das? Die ›Weibsleute‹, von denen Ihr so herablassend sprecht, führen den Hagenhof schon seit Jahren so gut wie allein. Und der Burgherr hat immer bekommen, was ihm zusteht. Es gibt keinen Grund, ihnen ihren Besitz zu nehmen. Ich weiß, dass Ihr bereit seid, über Leichen zu gehen, um mir eins auszuwischen. Aber Adams Familie ist nicht das Gleiche wie ein rechtloses, zugewandertes Weib, das von den ehrlichen Leuten hier nicht vermisst wird. Wenn Ihr diesen angesehenen Menschen Unrecht antut, werden die Summerburger das zur langen Liste Eurer Schandtaten hinzufügen. Und eines nicht zu fernen Tages wird diese Liste lang genug sein, um Euch daran aufzuhängen.«

Borgward kniff die Augen zu Schlitzen zusammen. »Spar dir dein Gewäsch, Mulitreiber. Was Recht oder Unrecht ist, entscheidet am Ende immer der, der die stärksten und am wenigsten zimperlichen Gefolgsmänner hat. Und das bin hier ich. Das ist seit langer Zeit so, und es wird so bleiben. Das wusste auch die Hure, die sich deine Stiefmutter nannte. Sie hätte sich hüten sollen, mich wegen dir anzulügen. Du hast gehört, was ich dir vorgeschlagen habe. Du durftest lang genug so tun, als wärst du Herr eines Hühnerstalls und könntest Eier einsammeln, wie es dir gerade gefällt. Nun friss deine Hühner oder sieh zu, wie sie verrecken. Bis morgen hast du Zeit, mich um das Lehen zu bitten. Und lass dir nicht einfallen, wegzulaufen. Dann geht es nicht nur deinen Hühnern an den Kragen, sondern ich lasse dich zudem als Dieb und Verräter jagen.«

Fast hätte Micha ihn in diesem Moment angesprungen, um ihn zu töten, doch ein Rest Vernunft bewahrte ihn davor. Schließlich trug Borgward seine lederne Rüstung und sein Schwert, während er bloß mit zwei Dolchen und halb nackt dastand.

Deshalb erwiderte er nichts, sondern erstach den Vogt nur mit seinem Blick, was der mit seinem üblichen Grinsen quittierte, bevor er sich abwandte und ging.

Erst als sein Widersacher außer Sicht war, ließ Micha seiner Wut freien Lauf und drosch mit einer Forke auf einen Wassertrog ein, bis sie zerbrach.

Anschließend zitterte er noch immer vor Zorn, hatte aber wenigstens nicht mehr das Gefühl, zerplatzen zu müssen. Was nun? Was konnte er tun? Alles in ihm schrie, dass er fliehen sollte. Aber er konnte Adams Familie nicht zurücklassen. Er konnte nicht erlauben, dass Borgward den Frauen das Leben zur Hölle machte, um ihn damit zu treffen. Konnte er sie fortschaffen? Aber wohin? Der Winter stand vor der Tür. Vielleicht hätte ihnen einer von Herzog Heinrichs Gegenspielern Zuflucht gewährt, doch für ihren Lebensunterhalt hätten sie selbst sorgen müssen. Und sie hätten bei einer Flucht nur wenig mitnehmen können. Wie er es auch drehte und wendete, immer wieder lief es darauf hinaus, wenigstens eins der Rösser zu verkaufen. Doch wenn er als Miles bei jemandem Aufnahme fand, brauchte er Glander und Jaget, sonst war seine Kampfkraft viel weniger wert.

Er hatte sich angezogen, während seine Gedanken rasten. Gerade überlegte er, ob er sich fest genug im Griff hatte, um an der Tafel teilzunehmen, da kam Endris mit langen Schritten auf ihn zugeeilt. Wegen der tiefernsten Miene seines Freundes nahm Micha zuerst an, dass Endris auf irgendeinem Wege schon von seiner misslichen Lage erfahren hatte. Doch es stellte sich heraus, dass es um etwas ging, was dem Unglückstag die Krone aufsetzte.

Monate nach Julius' Abschied hatte Endris soeben von einem Reiter die erste Nachricht von ihrem Freund überbracht bekommen. Sie war kurz, und der Bote war kaum länger geblieben, als es gedauert hatte, sie auszusprechen. »Wichmann schickt noch heute Truppen gegen Summerburg. Ich bin dabei«, lautete sie.

»Was sollen wir tun?«, fragte Endris atemlos.

»Wir müssen die Leute warnen, bevor Borgward uns einspannt. Dann haben sie noch Zeit, sich und ihre Habe in Sicherheit zu bringen. Geh zu Kilian. Sag ihm, er soll die Nachricht verbreiten. Jemand soll die Glocke läuten. Ich muss zum Hagenhof.«

Gemeinsam rannten sie aus der Burg, Endris ins Goldene Ross und Micha zum Fuchsbachpfad. Er musste nicht einmal bis zur Pforte laufen. Auf dem abschüssigen Pfad kam ihm eine kleine Kolonne entgegen, die von Käthe und Ludmila angeführt wurde. Die beiden von Trauer gebeugten Frauen schleppten ihre wichtigsten Habseligkeiten einschließlich der ihnen an Stricken folgenden Ziegen bergan, und hinter ihnen gingen Bekannte und Freunde, von denen zwei eine Bahre mit Adams Leichnam trugen und der Rest Vorräte, die vom Hof stammten.

Den Abschluss machten Magda und Wiebke, die jede ein bepacktes Muli führten. Eins davon trug das in Körbe gesperrte, gackernde Geflügel. Offenbar hatte sich die furchtbare Neuigkeit bereits verbreitet.

Micha ging ein paar Schritte neben Ludmila.

»Habt ihr alles, was ihr braucht? Soll ich noch etwas vom Hof holen?«, fragte er.

Ludmila schüttelte mit zusammengekniffenen Lippen den Kopf. Es ließ sich nicht deuten, ob das ihre Antwort war oder ob sie vor Kummer gerade nicht sprechen konnte.

Käthe, deren Miene eher grimmig als verzweifelt wirkte, stieß ihn mit der Hand an und zeigte auf das Ende des kleinen Zuges. »Frag Wiebke!«

Also wich er zur Seite aus, ließ den Zug passieren und gesellte sich zu Wiebke, die samt dem Muli mit dem Geflügel bei ihm stehen blieb.

»Wo sind Billje und Jakob?«, fragte er.

Wiebke sah ihn so angewidert an, als wollte sie vor ihm ausspucken. »Meine sture Schwester versucht, ein paar von unseren, vor allem aber deine verfluchten Gäule zu retten. Sie will sie im Wald verstecken, bis die Belagerung vorüber ist. So wie Vater es vorhatte. Jakob ist bei ihr.«

Micha spürte, wie ihm das Blut aus dem Gesicht wich. Einen Atemzug lang fühlte er sich benommen. »Davon war zwischen uns nie die Rede. Sie sollte mit euch ins Dorf. Hundert Mal habe ich ihr das gesagt.«

»Und sie hat gesagt, dass die Leute die Mulis und Rösser auffressen werden, wenn die Belagerung lange dauert. Das könnte sie nicht ertragen. Aber wenn du meine Meinung hören willst: Vor allem könnte sie es nicht ertragen, wie es dir dann ginge. Die dumme Gans würde sich eher umbringen lassen, als zuzusehen, wie man dir Leid zufügt. Leider war ich noch nie überzeugt davon, dass das bei dir umgekehrt ebenso wäre.«

In diesem Moment begann die Kirchturmglocke schnell und heftig Alarm zu läuten. Micha brach bei der Vorstellung, dass Sibilla und Jakob feindlichen Truppen in die Arme laufen könnten, der kalte Schweiß aus. »Herr im Himmel, Wiebke! Für so etwas habe ich jetzt keine Zeit. Ich werde ihr folgen. Weit können sie noch nicht sein. Welche Richtung haben sie eingeschlagen?«

»Sie sind nach Osten aufgebrochen, schlagen aber einen Bogen um Summerburg, um in den Lappwald zu gelangen. Was willst du tun? Sie wird nicht mit dir hierher zurückkehren. Und du wirst bestraft, weil du beim Anmarsch des Feindes geflohen bist.«

»Überlass das mir. Und nun hör mir gut zu und glaub mir, dass ich es ernst meine. Ihr Frauen seid in Gefahr. Borgward will über euch an mich herankommen. Wenn du Arnold immer noch heiraten willst, dann tu das heute noch. Fragt niemanden um Erlaubnis und erzählt es nur so vielen guten Freunden wie unbedingt nötig, damit ihr Zeugen habt. Falls jemand Einspruch erhebt, dann lügt und erzählt, du wärst schon schwanger von ihm. Wenn Borgward dich anspricht, dann sag, ich hätte es erlaubt.«

Verwirrt verzog sie das Gesicht. »Warum sollte ausgerechnet deine Erlaubnis zählen?«

»Ich werde mit deiner Schwester verheiratet sein, wenn wir zurückkommen. Damit wäre ich dein nächster männlicher Angehöriger und Borgward dürfte nicht über meinen Kopf hinweg über dich und die anderen bestimmen. Falls er es mit Magda versucht, sagt, sie wäre einem Kloster versprochen.«

Sie schüttelte mit weit aufgerissenen Augen den Kopf. »Gütiger Gott … Wie soll das gehen?«

»Lass dir etwas einfallen, du bist schlau genug. Es ist der einzige Weg, euch zu schützen.«

»Aber … Mein Vater ist erst letzte Nacht gestorben. Ich kann doch nicht …«

»Du kannst. Ich muss los. Vielleicht kann ich mit Sibilla wieder hier sein, bevor Wichmanns Heer eintrifft.«

* * *

Sibilla und Jakob trieben ihre kleine Herde aus Pferden und Mulis abseits aller Wege in den Lappwald – fort von dem Belagerungsheer, das von Magdeburg aus anrücken würde. Inständig hoffte Sibilla, dass niemand sie von den Burgtürmen aus lange genug beobachtet hatte, um zu wissen, wohin sie verschwunden waren. Es fühlte sich für sie sicherer an, wenn auch ihre eigenen Leute das nicht wussten.

Ihr Plan war nicht erst an diesem Tag entstanden, sondern gleich nach dem letzten Gespräch, das sie mit Micha über die Gefahr einer Belagerung geführt hatte. Sie hatte sich die Zeit abgerungen, den noch dichten, unberührten Teil des Lappwaldes zwischen Summerburg und Helmstedt zu erkunden, und dabei eine versteckte Lichtung gefunden, zu der sie mit der Herde zunächst einmal fliehen konnte.

Acht Pferde hatten sie mitgenommen – Michas vier und ihre besten vier Stuten – sowie die vier besten Mulis, von denen Jakob eines ritt. Sie selbst saß auf Jaget, der sich zu ihrem Glück manierlich verhielt, und führte die von der kleinen Liehte begleitete Glander an der Hand. Die beiden neigten am stärksten dazu, sich von der Herde zu entfernen, während alle anderen ihnen gern folgten. Daher ritt sie voran, und Jakob achtete zusammen mit einem der Hunde darauf, dass kein Tier zurückblieb.

Den Eselhengst hatte sie schweren Herzens bei den restlichen Tieren auf dem Hagenhof zurückgelassen, obwohl er kostbar für sie war. Er hatte schon bei ihrem Aufbruch vor Aufregung solchen Lärm gemacht, dass sie ihm am liebsten das Maul zugebunden hätte. Sich mit den Pferden versteckt zu halten, würde auch ohne ihn schwer genug werden.

Am Vormittag waren sie losgezogen, und als die Septembersonne ihren höchsten Stand einnahm, erreichten sie die Lichtung. Reste umgestürzter mächtiger Buchen zeugten davon, dass die Bresche von einem Sturm geschaffen worden sein musste. Die morschen, bemoosten Bruchstellen wiesen darauf hin, dass das schon eine Weile zurücklag, doch noch fehlten das höhere, dichtere Gebüsch und die kräftigeren Jungbäume, die eines Tages die Lücke wieder schließen würden. Stattdessen wuchsen auf dem feuchten Boden Pilze, Grasbülten, Binsen, niedrige Bickbeerensträucher, ein paar kleine Erdbeerpflanzen, Sauerklee und Sprösslinge, denen sich die Pferde und Mulis sofort begeistert zuwandten. Der Hund hingegen untersuchte mit gleichem Eifer die Umgebung auf interessante Spuren.

Ganz in der Nähe gab es eine kleine Quelle – nur ein Rinnsal, doch ausreichend, um die Tiere zu tränken.

Sibilla spannte mit Jakob Seile zwischen die Bäume, um eine Koppel zu schaffen. Als sie damit fertig waren, stieß er einen lauten Seufzer aus, setzte sich auf einen Baumstamm und stützte gramgebeugt sein Haupt in die Hände. »So weit, so gut. Ich habe versprochen, dass ich den Mund halte, bis die Flucht gelungen ist. Aber ich sage es dir ehrlich: Das hier sieht für mich nicht so aus, als ob du es dir gut überlegt hast. Wenn die Magdeburger die restlichen Mulis und den Esel klauen oder die Summerburger sie aufessen, dann hast du kein Geschäft mehr. Und Michas Rösser sind zwar ein Vermögen wert, aber du wirst sie ohne ihn nicht gut verkaufen können.«

Seine roten Augen und die heisere Stimme verrieten, dass ihr dürftiger Plan trotz aller Gefahren nicht sein größter Kummer war. Sibilla ging es nicht anders, doch sie biss die Zähne zusammen und machte sich daran, die bepackten Tiere von ihrer Ladung zu befreien. »Es war eben das Beste, was mir einfiel. Es tut mir leid, dass ich dich mit hineinziehen musste. Wenn du jetzt lieber umkehren und zu den anderen ins Dorf willst, dann nimm eins von den Mulis und beeil dich. Ich wäre dir nicht böse.«

Sie brachte die Säcke mit Hafer und die Wassereimer, die sie einem der Mulis abgenommen hatte, an den Rand der Lichtung und legte sie außerhalb der Koppel ab, wo die Tiere sie nicht erreichen konnten.

Jakob sah ihr von seinem Platz aus zu und schüttelte den Kopf. »Der Geist von deinem lieben Vater würde mich heimsuchen, wenn ich dich hier draußen alleinließe. Und was soll ich im Dorf oder in der Burg tun, wo auch immer ich unterkriechen müsste? Soll ich deiner Mutter und Großmutter beim Weinen den Rücken klopfen? Das wird ihnen nicht helfen und mir auch nicht. Es reut mich nur, dass ich meinem alten Herrn und Freund nicht die letzte Ehre erweisen kann, wie es sich gehörte. Aber die Wahl hatten du und ich eben nicht. Das wird er uns vergeben.«

Nun standen ihr auch wieder Tränen in den Augen, obwohl sie sich solche Mühe gab, sie zu unterdrücken. »Glaubst du? Obwohl ich statt unserer Mulis Michas Rösser rette?«

Er stieß die Luft aus. »Er hatte an deinem Micha doch genauso einen Narren gefressen wie du. Und wenn du den Jungen am Ende wiedersiehst und ihn dazu bringst, zwei von den Rössern zu Geld zu machen, dann kann vielleicht auch für uns alles gut ausgehen.«

»Er ist nicht *mein* Micha. Und ich werde ihn niemals bitten, seine Pferde zu verkaufen.«

Jakobs freudloses Lachen war die einzige Antwort, die sie darauf bekam.

Entschlossen arbeitete sie weiter und bahnte sich anschließend mit den Wassereimern einen Pfad durchs Dickicht zur Quelle. Bis dorthin hörte sie das Schnauben der Tiere, aber nicht darüber hinaus. Der wilde Wald dämpfte gnädig die Geräusche, die sie verursachten.

Nachdem sie die letzten beiden vollen Eimer zurückgetragen hatte, teilte sie mit Jakob einen Roggenbrotfladen, den sie in gesalzenes Griebenschmalz stippten. Dann erhob sie sich wieder. »Ich muss das Tageslicht nutzen, um herauszufinden, wie es morgen weitergeht. Kommst du mit dem Hund allein zurecht?«

Er nickte und trank einen Schluck aus seinem Weinschlauch. »Nimm einen Hirtenstab mit und halt die Augen nach Spuren von wilden Tieren offen. Ich will wissen, womit wir es heute Nacht zu tun bekommen könnten.«

»Mach ein Feuer, wenn es dunkel wird. Das wird die Tiere abhalten, und ich finde leichter zurück.«

Allein und zu Fuß war es nicht leicht, in dem mal steinigen, mal sumpfigen Bergurwald voranzukommen, der in westlicher

Richtung vor ihnen lag. Immer wieder machte Sibilla kehrt und wählte einen neuen Weg, wenn sie merkte, dass es an einer Stelle unmöglich gewesen wäre, die Herde durchzubringen. Bei jedem Schritt war sie froh über den Hirtenstab und ihre festen Stiefel, auch wenn sie gegen die Feuchtigkeit nicht dichthielten. Ihre Fußlappen waren längst durchnässt. Außerdem war der Saum ihrer Cotte an mindestens einer Stelle zerrissen, wo er an Brombeerranken hängen geblieben war.

Trotz der Anstrengung gab sie nicht auf, sondern forschte weiter und machte sich erst auf den Rückweg zur Lichtung, als die Sonne schon tief stand. Sie war noch ein gutes Stück von der Quelle entfernt, als sie lautes Wiehern, das Blöken der Mulis, Hundegebell und Jakobs aufgebrachtes Rufen hörte. Erschrocken lief sie los und wurde im nächsten Moment im dämmrigen Licht fast von einer ihrer Stuten umgerannt, die ihr entgegengeprescht kam. Es gelang Sibilla, sie aufzuhalten und ihr hastig das Schnurhalfter anzulegen, das sie wie immer am Gürtel trug. Bebend vor Aufregung äugte die Stute zurück zur Lichtung und witterte.

»Jakob? Was ist los?«, rief Sibilla, so laut sie konnte.

Er antwortete nicht. Stattdessen trabte eine weitere Stute heran, die glücklicherweise freiwillig bei ihnen stehen blieb. Vorsichtig und angespannt lauschend führte Sibilla die beiden zurück, bis sie auf die Lichtung spähen konnte.

Zuerst verstand sie das Durcheinander nicht, das sie dort im flackernden Schein von Jakobs Lagerfeuer sah. Aufgeregte Pferde und Mulis drängten sich umeinander, wieherten, quiekten, schnaubten, Jaget stieg ungebärdig. Einen Atemzug später erkannte sie an einem lauten »Iih-Aah«, wer im Mittelpunkt des Wirbels stand, und in ihrer Brust mischten sich Erleichterung, Belustigung und Ärger.

Mit einem aufgebrachten Aufstöhnen machte sie sich Luft. »Ich habe den Esel absichtlich zurückgelassen. Warum hast du ihn hergebracht?«, rief sie.

Micha kam ihr entgegen und brachte hinter ihr das Seil in Ordnung, das die beiden erschrockenen Stuten bei ihrer Flucht zerrissen hatten. »Nicht ich habe ihn hergebracht, sondern er mich. Er war der Ansicht, dass du seinen Freund entführt hast und wir euch unbedingt einfangen müssten. Wenn ich mich ihm nicht gebeugt hätte, dann hätte er sich vor Kummer totgeschrien.«

»Er hätte sich schon beruhigt. Ihr solltet beide nicht hier sein«, entgegnete sie, obwohl sie ihm in Wahrheit um den Hals fallen und sich selbst von ihm beruhigen lassen wollte.

»Tut mir leid, wenn wir stören. Aber es ist etwas vorgefallen, wovon ich dir erzählen muss.«

»Der Bischof marschiert nun doch nicht heran?«, fragte sie.

Er schüttelte bedauernd den Kopf und wies aufs Feuer, wo Jakob sich bereits unwirsch murmelnd und seinen Bart kratzend wieder niedergelassen hatte.

»Das ist es leider nicht. Lass uns da sitzen und reden. Es geht um Borgward. Und um dich. Und mich. Und meine Rösser.«

»Ist es also so weit? Will er sie dir jetzt abnehmen? Dazu hat er sich eine seltsame Zeit ausgesucht«, stellte sie fest.

»Er verlangt sie als Bezahlung für ein Lehen, das er mir geben will.«

Überrascht sah sie ihn an. »Hast du ihn um ein Lehen gebeten?«

»Nein. Aber er weiß trotzdem, dass ich es haben will.«

Angespannt ging sie ums Feuer und warf ein Stück Holz hinein, bevor sie sich ihr Bündel vornahm, um darin nach trockenen Fußlappen zu suchen. »Du willst es lieber, als deine Rösser zu behalten? Davon hast du nie gesprochen. Ist es das alte Land deines Vaters?«, fragte sie.

Er hockte sich neben sie, legte die Hand auf ihren Arm und hielt sie davon ab, sich weiter mit unbedeutenden Handgriffen abzulenken. »Es geht um euer Land, Billje. Um dein Land, dein

Haus, deine Mulis. Borgward wird euch alles wegnehmen und sich zum Vormund über dich und deine Schwestern erklären. Er wird das nur dann nicht tun, wenn ich das Lehen annehme. Und dafür gibt es zwei Bedingungen. Die erste ist, dass er meine Rösser bekommt und ich nur noch Maultiere züchte.«

Sie starrte ihn mit offenem Mund an und musste schlucken, bevor sie wieder sprechen konnte.

»Und die zweite?«

»Die zweite Bedingung ist, dass du und ich heiraten.«

Betroffen schreckte sie vor ihm zurück. Was für ein Hohn! Der Wunschtraum, den sie so lange heimlich gehegt hatte, auf diese boshafte, falsche Weise verdreht! Hatte sich das der Teufel persönlich ausgedacht? »Nie und nimmer!«, stieß sie hervor und bereute es gleich, weil sie sah, wie sie ihn mit ihrer Ablehnung verletzte. »Ich meine … Micha, wir können uns doch nicht von ihm zum Heiraten zwingen lassen. Wir sind keine Leibeigenen. Er darf uns das nicht befehlen.«

»Es tut mir so leid. Er macht das, weil ich ihn in letzter Zeit zu sehr gereizt habe. Das alles ist meine Schuld, und es ist weiß Gott nicht gerecht, dass ihr darunter leiden müsst. Aber ich kann es nicht mehr ändern. Wenn er dein Vormund würde, dürfte er über dich bestimmen. So ist es auch bei Wiebke und Magda. Ich habe sie gewarnt, aber mehr tun kann ich nur, wenn ich das männliche Oberhaupt eurer Familie werde. Das wäre ich, wenn du mich heiratest und ich das Lehen annehme.«

»Das würdest du für meine Familie tun? Mich heiraten und deine Rösser hergeben?«

Er nahm sie bei den Oberarmen und drehte sie so, dass sie ihm gerade in die Augen sehen musste. »Nur das Zweite ist schlimm für mich. Ich weiß, du willst nicht heiraten. Aber ich würde nichts von dir verlangen, was ein anderer Ehemann vielleicht verlangen würde. Du wärst weiter deine eigene Herrin. Es wäre ein wenig merkwürdig für uns beide, aber ich für meinen

Teil könnte es wahrhaftig schlechter treffen. Ich habe dich doch gern. Fändest du mich denn so furchtbar als Ehemann?«

Der lange, schwere Tag hatte ihr keine Kraft übrig gelassen, mit der sie noch weiter gegen ihre Tränen ankämpfen konnte. Aufschluchzend ergriff sie ihrerseits Michas Ärmel und schüttelte sie. »Du Hornochse, du! Natürlich nicht! Aber … Das ist nicht recht. Ich will nicht, dass du das alles tun musst!«

Jakob räusperte sich laut und unwirsch. »Hör endlich mit dem Unsinn auf, Kind! Das ist genau das, was dein Vater immer gewollt hat. Also sag Ja und dann macht ihr das Beste daraus. Ist ja nicht so, als wäret ihr die ersten Menschen, die nicht ganz freiwillig heiraten.«

»Pfeif aufs Heiraten! Ich will Borgward nicht die Pferde geben!«, rief sie schluchzend aus.

Da zog ihr bester Freund sie an sich und küsste sie zum ersten Mal fest auf die Lippen.

Und von einem Augenblick auf den nächsten erwachte erneut die Hoffnung in ihr, dass er am Ende vielleicht doch noch *ihr* Micha werden könnte. Also gab sie nach und sagte laut und zornig: »Ja.«

* * *

Am Morgen, nachdem Micha mit Balduins Hilfe Sibillas Versteck gefunden hatte, wanderte er allein durch den Wald. Verstohlen schlich er sich an die Straße heran, die von Marienborn zum Summerburger Westtor führte. Er war noch weit von der Burg entfernt, als er bewaffnete Fremde entdeckte, die dem Anschein nach vor Kurzem erst von ihren Rössern gestiegen waren, um ihrerseits die Umgebung zu erkunden.

Rasch ging er in Deckung. Bischof Wichmann hatte offenbar den Angriff auf Summerburg gut vorbereitet und seine

Verbündeten so eingesetzt, dass alle Zugänge zu Burg und Dorf gleichzeitig abgeriegelt werden konnten.

Damit war bestätigt, was Micha schon geahnt hatte: Es war zu spät, um in die Burg zurückzukehren. Nicht einmal allein war das noch zu schaffen, geschweige denn mit den Pferden.

Sie mussten also auf den Plan zurückgreifen, den sie in der Nacht für diesen Fall geschmiedet hatten. Er hatte Lücken und steckte voller Ungewissheiten, aber in ihrer Lage konnten sie nicht wählerisch sein.

Während er geduckt und regungslos bei der großen Eiche verharrte, hinter der er sich versteckt hatte, wurde ihm bewusst, dass ihn ihre Lage nicht halb so sehr verzweifeln ließ, wie man hätte annehmen können. Ihre Freunde und Bekannten waren hinter Summerburgs Befestigungen für den Moment in Sicherheit. Dass er seinen Dienst schuldig bleiben musste, konnte er später mit dem Einfluss höherer Gewalt rechtfertigen. Seine Rösser waren dank Sibilla vorerst dem Zugriff aller gierigen Hände entzogen. Und nachdem sie zugestimmt hatte, ihn zu heiraten, fand er die ganze Sache gar nicht mehr so abwegig. Im Grunde waren sie gerade, weil sie beide nicht heiraten wollten, bestens füreinander geeignet.

Sibilla wusste, dass Johanna sich zwar nie für ihn entscheiden, ihn aber dennoch nie ganz loslassen würde. Sie verstand das. Welches andere Weib hätte das verstanden? Sie waren Freunde und konnten es bleiben. Was sie aus ihrer Ehe machten, ging außer ihnen niemanden etwas an. Und sie konnten etwas Gutes daraus machen, da war er sicher. Denn was auch immer sie sich bisher gemeinsam vorgenommen hatten, war immer gut geworden. Und Freude hatte es ihm auch gemacht.

Noch am selben Tag schafften sie es mit ihrer kleinen Herde bis nach Auwied. Micha war vorausgeritten und hatte mit einem verqueren Flattern im Magen erkundet, wie es um den alten

Hof seines Vaters herum aussah, bevor er Sibilla und Jakob nachkommen ließ. Deshalb war er nicht mehr überrascht über den Anblick, der sich ihnen bot. Was nicht hieß, dass er ihn nicht schmerzte.

Von dem Haus, in dem er seine ersten zwölf Lebensjahre verbracht hatte, war außer einem verkrauteten Trümmerhügel nichts übrig. Den Rußspuren nach war es vor langer Zeit niedergebrannt. Von den Stallungen stand immerhin noch ein Teil der Wände. Vielleicht würde es ihnen gelingen, sie notdürftig zu überdachen.

Der verlassene, verwüstete Hof war wie eine weitere Verhöhnung durch Borgward. Weder Graf Meinhard noch ihm konnte es über den Diebstahl der Pferde und Vorräte hinaus nennenswerten Gewinn gebracht haben, dass er damals Edwina und ihn von hier vertrieben hatte. Die Auen, die sein Vater vom Buschwerk befreit und zu Weideland eingefriedet hatte, waren verwildert, die einst mühsam gerodeten Äcker zu wüsten Brachen geworden, auf denen wieder Bäume und Sträucher wuchsen.

Trotz allem genoss Micha es, Sibilla und Jakob den Ort zu zeigen, an dem er einmal zu Hause gewesen war. Gemeinsam steckten sie eine Koppel für die Herde ab, bauten einen ersten Zaun und schufen sich einen Unterschlupf in der Ruine des Stalls.

Am Vormittag des nächsten Tages gingen sie zu Fuß den halbstündigen Weg ins Dorf Walbeck zur Kirche und fragten nach dem Priester.

Sie hatten so wenig Aufhebens wie möglich um ihre Eheschließung machen wollen, gerade genug, damit die Ehe als gültig anerkannt werden würde. Doch als sie vor der Kirchtür auf den Priester warteten, den einer der Dörfler für sie aus seinem Haus holte, kam ein mageres Weib auf sie zu, das Micha kurz aufdringlich anstarrte, bevor sie ihn ansprach.

»Ich kenne euch doch. Du bist aus Summerburg und heißt Micha. Mein Schwiegervater, Gott habe ihn selig, sagte später, du seist der Sohn von Walther von Auwied. Mein Name ist Hildegard. Erinnerst du dich an mich?«, fragte sie.

Er nickte und streckte der Witwe des damals zu Unrecht Hingerichteten die Hand hin. »Wie könnte ich dich vergessen? Das war ein schwarzer Tag, an dem wir uns begegnet sind. Wie ist es dir seitdem ergangen?«

Sie schüttelte seine Hand und lächelte so, dass er die Lücke sah, wo ihr inzwischen ein Schneidezahn fehlte. »Wegen dir nicht so arg, wie es hätte kommen können. Dein Geld hat mich und meine Kinder vor dem Verhungern bewahrt. Dafür habe ich dir damals sicher nicht genug gedankt.«

»Doch, du hast mir genug gedankt. Ich bin froh, dass ich wenigstens das tun konnte.«

»Und was führt dich heute in unser Dorf?«, fragte sie und musterte neugierig Sibilla und Jakob.

»Das wird dir seltsam vorkommen. Aber meine Freundin Sibilla hier und ich, wir wollen heiraten. Wir warten auf euren Priester, damit er uns rät, wie wir das so machen, dass es auch gültig ist.«

Betroffen riss Hildegard die Augen weit auf. »Habt ihr denn keine Angehörigen, die eure Zeugen sein und mit euch feiern wollen?«

»Sie würden es wollen, aber sie können es nicht. Und wir müssen …«, setzte Sibilla an, zu erklären.

Hildegard winkte hastig ab. »Mir müsst ihr das nicht erklären, auch wenn der Priester es wird wissen wollen. Mir tut es nur leid, dass ihr so allein dasteht. Falls ihr noch eine Zeugin braucht, dann helfe ich gern aus.«

Jakob brummte zufrieden. »Na also, dann sind wir schon zwei.«

»Ich wasche mich eben und bin gleich wieder da«, sagte sie hastig, nachdem Micha und Sibilla zugestimmt hatten.

Doch als sie wiederkam, war sie nicht allein. Sie brachte nicht nur Freundinnen mit, sondern auch ein gutes Kleid für Sibilla, einen Korb voll Leckereien, die sie gemeinsam mit den anderen Weibern gesammelt hatte, und den Ziegenhirten des Dorfes, der bemerkenswert gut die Flöte blies.

So kam es, dass Micha und Sibilla sich vor einer kleinen, aber umso freundlicheren Gesellschaft von Zeuginnen und einem Zeugen trauen ließen, die den Priester überzeugten, dass mit dem jungen Paar alles seine Richtigkeit hatte.

Und weil die Dörfler dem Flötenspiel des Hirten nicht widerstehen konnten, kam es anschließend sogar zu einem Tänzchen auf dem Dorfplatz, bei dem zu Michas Erleichterung alle Feindseligkeiten ausblieben.

Ein wenig verlegen, aber angesichts der misslichen Umstände überraschend heiter und mit einem Bündel voller Vorräte bepackt, wanderte das frisch getraute Paar anschließend in Begleitung von Jakob wieder zurück nach Auwied.

»Das wäre geschafft«, meinte Micha und legte den Arm um sein Eheweib.

Jakob lachte dumpf. »Nein, Junge. Nun fängt es erst richtig an.«

Sibilla nickte energisch. »Da hat er recht. Jetzt überlegen wir uns, wie wir es anstellen, dem Misthaufen von einem Vogt unsere Rösser nicht zu geben. Bis die Belagerung vorüber ist, müssen wir einen Plan haben.«

Micha sah sie von der Seite an und musste schmunzeln. Wahrscheinlich war es nur der Wein, aber auf einmal fühlte er sich so leicht, als würde ihm jedem Gegenwind zum Trotz in Zukunft alles gelingen.

* * *

Ganz Summerburg hatte so lange mit der Furcht vor einem Angriff gelebt, dass es niemanden gab, der sich nicht auf die eine oder andere Art auf den Ernstfall vorbereitet hatte.

Kilian besaß einen langen Spieß mit Eisenspitze, ein festes Lederwams und eine alte, schwarz angelaufene Eisenhaube mit Nasenschutz, die er von seinem Vater geerbt und in Ehren gehalten hatte. Wams und Helm legte er an, gleich nachdem er einige seiner wertvollsten Besitztümer in einem Erdloch unter seinem Hühnerstall versteckt hatte. Anschließend vertraute er das Wirtshaus Henning an, der aus der außerhalb der Befestigung liegenden Hufschmiede ebenso ins Dorf heraufgekommen war wie die Frauen vom Hagenhof.

Selbst ging Kilian zum Tor, um von dem Wachtposten auf dem Turm ohne Verzögerung zu hören, was da auf sie zukam.

Er war nicht der Einzige, der sich hier eingefunden hatte. Neben der Truppe von Burgmannen, die für die Verteidigung des Tores eingeteilt war, schien die Hälfte aller Haushalte Kundschafter entsandt zu haben. Kilian vermutete, dass die der anderen Hälfte sich am zweiten Tor der Unterburg tummelten.

Noch war das Tor geöffnet, um die nach und nach eintreffenden Schutz suchenden Bauern einzulassen. Jeder Neuankömmling wurde von den Versammelten ausgefragt, und die meisten konnten mit ein paar Gerüchten aufwarten, aus denen sich ein Bild der Lage zusammensetzen ließ. Auf die Art kamen sie zu dem Schluss, dass der größere Teil der Streitkräfte von Bischof Wichmann und seinen Verbündeten zwar die Belagerung von Haldensleben fortsetzte, jedoch ausreichend Truppen auf Summerburg marschierten, um die Burg einzuschließen.

Erst Stunden später, als es bereits dunkel wurde, läutete der Posten auf dem Turm Alarm. »Ein Dutzend bewaffnete Reiter unter der Fahne von Bischof Wichmann!«, rief er zu den Wartenden herab.

In Windeseile wurde das Tor geschlossen, und als das Dutzend Männer in Rufweite auf der Burgstraße haltmachte, traf gleichzeitig auch Hauptmann Kunold mit seiner Leibwache am Tor ein und bestieg den Turm.

Die unten Wartenden konnten nicht jedes Wort hören, was in der Folge zwischen dem Hauptmann und dem Botschafter des Bischofs gewechselt wurde, doch der Tonfall allein hätte genügt, um das Ergebnis zu verstehen. Es blieb dabei: Bischof Wichmann von Magdeburg forderte Summerburg für sich. Und Herzog Heinrich verweigerte ihm das durch Hauptmann Kunold ohne Spielraum für Verhandlungen und kündigte erbitterte Gegenwehr an.

Während die beiden fürstlichen Stellvertreter noch sprachen, signalisierte der Turmwächter den Summerburgern unten, dass am dunklen Horizont die Spitze des Belagerungsheers zu erahnen war. Und als Hauptmann Kunold wenig später vom Turm stieg und die Anwesenden anbrüllte, dass sie sich wegscheren und auf ihre Verteidigungsposten gehen sollten, konnte man erkennen, wie in der Umgebung nach und nach die Lagerfeuer der schon eingetroffenen Truppen aufflammten. Es war daher zu erwarten, dass schon bis zum Mittag des nächsten Tages alle Zugangswege nach Summerburg versperrt sein würden.

Als Kilian zum Goldenen Ross zurückging, war er ebenso erleichtert wie bedrückt. Einerseits war es beruhigend zu wissen, dass Wichmanns Heer nicht sogleich gegen Summerburgs Befestigungen anrennen würde. Denn auch wenn sich die Dorfbewohner deshalb nicht in Sicherheit wiegen konnten, war es doch wenigstens nicht nötig, dass sie alle auf der Stelle ihre Häuser verließen und in die Oberburg flohen. Andererseits waren die Angreifer offensichtlich auf eine Belagerung eingestellt, was eine lange, schwere Zeit verhieß. Und Kilian bezweifelte, dass Herzog Heinrich in seiner gegenwärtigen Lage Truppen erübrigen konnte und wollte, um sie zu ihrer Befreiung zu schicken.

Schon von Weitem sah er, dass Henning und Wiebke vor der Tür des Goldenen Rosses standen und aufgebracht miteinander stritten. Die Frauen vom Hagenhof hatten nicht im Wirtshaus Zuflucht gesucht, sondern vorerst in der Kirche, deshalb wunderte sich Kilian über Wiebkes Besuch. Er hatte angenommen, dass Adams Familie so kurz nach dessen Tod noch eine Weile zusammen in Trauer bei dem Leichnam verharren würde.

»Was gibt es hier zu streiten? Kommt nicht schon genug Unfrieden von außen?«, fragte er laut, sobald er in Hörweite war.

»Er wirft mir vor, dass ich meine Schwester nicht gezwungen habe, mit ins Dorf zu kommen. Als hätte jemals einer von uns Billje zu etwas zwingen können!«, stieß Wiebke erbost hervor.

»Jemand hätte mir Bescheid sagen sollen, dann hätte ich sie schon gezwungen!«, erwiderte Henning laut und zeigte Wiebke mit finsterer Miene die geballte Faust.

»Na, gewiss doch. Ich hole dich zu Hilfe, obwohl du seit Ewigkeiten den beleidigten Tropf spielst und nicht mal mit ihr sprichst! Wenn du ihr so die Faust gezeigt hättest, dann wäre sie mit dem Knüppel auf uns beide losgegangen, und ich hätte es ihr nicht verdenken können. Aber das ist jetzt gleichgültig. Micha wird sie schon finden, und die beiden sind schlau genug, um sich in Sicherheit zu bringen, bis das hier vorbei ist. Ich bin nicht hergekommen, um über meine Schwester zu sprechen. Kilian, ich brauche deine Hilfe.«

Erschrocken starrte Kilian sie an. »Micha ist nicht in der Burg?«

Wiebke riss das letzte Geduldsfädchen. Hochrot im Gesicht stampfte sie mit dem Fuß auf. »Nein, ist er nicht! Aber das ist jetzt nicht wichtig! Du musst mir helfen, noch heute Abend Arnold hierher zu holen. Denk dir einen guten Grund aus, warum du ihn für eine Stunde hier so dringend brauchst, dass er dafür die Oberburg verlassen muss.«

Er seufzte tief. »Also, Mädchen, was auch immer du mit ihm abzumachen hast … Meinst du nicht, dass …«

»Nein! Nein, es hat keine Zeit!«, fuhr sie ihm dazwischen.

»Also gut. Dann komm herein und erzähl mir, was los ist«, sagte er.

Und das tat sie. Sie erzählte ihm und Henning alles, was Micha ihr gesagt hatte, obwohl Kilian zwischendurch Zweifel hatte, ob der Hufschmied nicht der Falsche für diese Art Geheimnis und Verschwörung war. Doch es ließ sich nicht mehr ändern, und am Ende wurde Henning sogar kopfschüttelnd, aber hilfsbereit genug zu einem der sechs Zeugen für die seltsamste Eheschließung, von der Kilian in seinem ganzen Leben gehört hatte. Ludmila, Käthe und Magda waren dabei, Henning, Kilian und Käthes alter Freund Mathis. Einen Priester hatten sie nicht, aber dem Gesetz nach mussten sie das auch nicht. Es genügte, wenn das Paar sich vor Zeugen die Ehe gelobte. Dennoch glaubte keiner von ihnen, dass die Ehe Bestand hatte, wenn Borgward oder ein neuer Burgherr sie entschlossen anfocht. Doch sie waren sich einig, dass es den Versuch wert war.

Und als Kilian sah, wie Arnold seine ihm frisch angetraute Wiebke in die Arme schloss, war er umso überzeugter davon, dass die Entscheidung richtig gewesen war. Was auch immer die Zeit der Belagerung bringen mochte: Diese beiden gehörten nun endlich zusammen und konnten daraus Trost ziehen. Mit freundschaftlichem Schulterklopfen ermutigte er sie, sein Angebot anzunehmen und sich eine Weile in seine Schlafkammer zurückzuziehen. So würde keiner der Zeugen lügen müssen, wenn jemand sie fragte, ob die Ehe auch vollzogen worden war.

Kilians Ergriffenheit endete jäh, als Henning zu ihm trat, ihn düster ansah und schon wieder die geballte Faust hob. »Wenn das hier vorüber ist und der Bastard mit Sibilla zurückkehrt, dann breche ich ihm die Nase«, grollte er.

Kilian zuckte mit den Schultern. »Weißt du was, mein Guter? Wenn Micha zurückkommt, dann wird deine Faust seine geringste Sorge sein.«

Das beschwichtigte Henning nicht. »Wenn Sibilla mich geheiratet und den Gernegroß vom Hof gejagt hätte, wäre es nie so weit gekommen. Borgward hätte keinen Grund gehabt, sich gegen Adams Familie zu wenden«, grollte er.

Ludmila, die mit Grabesmiene und zum Gebet verschränkten Händen zwischen ihrer Mutter und dem alten Mathis auf der Wirtshausbank saß, hob den Kopf. »Wenn Billje dich geheiratet hätte, Henning, dann wäre ein Tag gekommen, an dem du das bereut hättest. Du glaubst, du hättest sie zähmen können, aber das kann niemand. Ich habe ihr früher zugeredet, Micha zu vergessen und es mit dir zu versuchen. Aber das war ein Irrtum. Die Vorsehung hat alles darangesetzt, sie mit Micha zusammenzubringen. Er ist ihr Schicksal. Und du solltest dankbar dafür sein, dass du es nicht bist, denn ich ahne, dass unser Herrgott meiner Tochter kein friedliches Leben vorbestimmt hat.«

Sie hatte mit strenger Stimme gesprochen, was eine Wirkung auf Henning zeigte. Missmutig, aber auch ein wenig nachdenklich lehnte er sich mit verschränkten Armen zurück und schwieg von nun an.

»Was werden Billje, Micha und Jakob denn da draußen allein tun? Sie können doch nirgends hin«, sagte Magda, die neben Kilian saß, leise. Sie war an diesem Abend mehrfach in Tränen ausgebrochen. Die Trauer um Adam und die Angst vor der Belagerung machten ihr deutlich zu schaffen.

Kilian wandte sich ihr aufmunternd lächelnd zu. »Mach dir keine Sorgen. Sie werden sich einfach verstecken, bis die Belagerer wieder abgezogen sind.«

»Warum glaubst du, dass sie wieder abziehen?«, fragte sie.

»Weil unsere Befestigungen stark sind. Sie zu erstürmen, würde den Erzbischof und seine Freunde viele Männer kosten, deshalb werden sie es vermeiden. Aber das Belagern ist in der Kälte und Nässe auch kein Honigschlecken. Und es gibt keinen Grund, warum unser Vogt und Hauptmann Kunold schnell aufgeben sollten. Der Winter fängt gerade erst an, die Speicher in der Oberburg sind gut gefüllt. Die Herrschaften und Burgmannen werden also nicht hungern müssen. Dass sie sich wenig darum scheren, wie es uns einfachen Leuten ergeht, wissen wir ja. Wichmanns Heer wird also abziehen und in der wärmeren Jahreszeit wiederkommen. Aber bis dahin hat der Erzbischof vielleicht schon auf anderem Wege erreicht, dass ihm Summerburg übergeben wird.«

Käthe stieß einen abfälligen Laut aus. »Du musst Magda keine Märchen erzählen, Wirt. Sie ist alt genug für die Wahrheit. Wie wir alle hier. Du weißt nicht, was Seine Hochwürden, der Erzbischof, und seine Freunde tun werden. Wenn sie es sich in den Kopf gesetzt haben, werden sie uns auch bei Dreckswetter bis ins Frühjahr belagern. Das würden so einige von uns nicht überleben, weil nicht jeder, der hierher geflohen ist, all seine Vorräte mitbringen konnte. Und Billje, Micha und Jakob werden da draußen ihre liebe Not haben, so findig sie auch sein mögen.«

Mathis beugte sich vor und ergriff über Ludmilas Schoß hinweg Käthes Hände. »Das wundert niemanden, du liebe, alte Schrulle, dass du an einem schwarzen Trauertag wie heute für alle nur eine finstere Zukunft voraussagen kannst. Aber glaub mir, um Micha, Jakob und deine Enkeltochter muss sich wirklich niemand sorgen. Die finden zusammen immer einen Weg. Und was uns hier angeht, sind wir auch nicht auf den Kopf gefallen. Sieh doch nur, wie alt wir schon geworden sind. Was haben wir nicht schon alles überlebt! Nun überleben wir auch noch eine richtige Belagerung, wirst sehen. Davon werden wir noch unseren Urenkeln erzählen!«

Käthe stiegen die Tränen in die Augen, doch sie entzog ihm nicht ihre Hände und rang sich ein kleines Lächeln für ihn ab. »Von wegen ›Schrulle‹, du alter Gockel. Ich komm dir gleich«, murmelte sie gutmütig, woraufhin er schmunzelte.

Schweigen legte sich über die Anwesenden, jeder hing seinen Gedanken nach. Zu hören war nur das Knacken des Feuers in der Herdstelle, das gelegentliche Winseln des tief schlafenden und träumenden Terriers, der zu Kilians Füßen lag, das unruhige Brüllen der Rinder und Blöken der Schafe, die ins Dorf getrieben worden waren und sich mit der ungewohnten Umgebung noch nicht abfinden konnten, und hin und wieder ein sanftes Flüstern aus der Schlafkammer.

Kilian schwang sich in seiner Vorstellung in die Lüfte wie ein Vogel, stieg immer höher und blickte auf das Dorf und die Burg hinab. Er sah die an den Hang gebauten bescheidenen Häuser und Hütten inmitten ihrer Gärten und felsigen kleinen Wüsteneien voller Vieh, wo sich die einfachen Menschen um Herdfeuer versammelt hatten und besorgt die Köpfe zusammensteckten. Er sah den Bach, der unbeeindruckt von allem menschlichen Hader munter wie stets in der Dunkelheit zu Tal sprang. Er sah die Wachen auf den hölzernen Türmen der Dorfumfriedung stehen, in der Kälte von einem Fuß auf den andern tretend und in die Ferne starrend. Er sah den gewaltigen und hohen steinernen Burgfried mit dem niedrigeren Palas und den Nebengebäuden zur Seite. Er sah die in so harter Arbeit aus Stein errichtete Befestigungsmauer, innerhalb derer die Burgmannen ihre Klingen schliffen, Pfeile befiederten und sich mit schlechten Witzen Mut machten.

Kilian stieg höher und blickte über das Summerburger Land, das gefleckt von den Zeltlagern des Belagerungsheers war, gesprenkelt mit dessen Lagerfeuern. Auf den Feldern, Weide- und Brachflächen waren sie deutlich zu sehen, durch die Baumkronen des dichten Lappwaldes weniger klar. Er hielt Ausschau nach drei Menschen mit einer kleinen Pferdeherde. Bis er sie entdeckte, in dem kleinen Unterschlupf, den sie sich gebaut hatten.

Nah zusammen hockten sie und aßen ihren warmen Abendbrei. Sibilla und Micha scherzten miteinander und neckten sich, so wie sie es immer getan hatten, seit die Vorsehung sie zusammengeführt hatte. Micha hob den Kopf und sah heiter zu ihm empor, als hätte er gespürt, dass er beobachtet wurde. Kilian hielt den Atem an und rief sich das Gesicht des Jungen in Erinnerung, bis er es so klar erkannte, dass er sich vorstellen konnte, wie Micha ihm vergnügt zuwinkerte. Unwillkürlich musste er lächeln. Und auf einmal war er zuversichtlich, dass Mathis recht behalten würde: Sie alle würden sich zu helfen wissen und diese Sache überleben wie schon so vieles zuvor.

Nachwort

Sowohl Graf Meinhard als auch sein Herrschaftssitz Summerburg sind fiktiv, aber der Standort der Burg, ein Teil ihrer Geschichte und ein Teil des Schicksals des dort herrschenden Grafengeschlechts sind an die reale Sommerschenburg angelehnt. Die in der Nähe des heutigen Helmstedt gelegene Sommerschenburg wurde 1179 tatsächlich auf die in der Geschichte erwähnte Weise zum Zankapfel zwischen Erzbischof Wichmann von Magdeburg und Herzog Heinrich dem Löwen. Die geschilderten kriegerischen Übergriffe und politischen Konflikte in der Umgebung entsprechen den geschichtlich dokumentierten Geschehnissen.

Die kriminellen Machenschaften des völlig fiktiven Burgverwalters hingegen sind für die reale Burg nicht belegt, sondern beruhen auf einer Fiktionalisierung der allgemein häufig vorkommenden räuberischen Verhaltensweisen vieler damaliger Burgherren.

Das Herzogtum Sachsen

Das Gebiet des Herzogtums, über das Heinrich der Löwe herrschte, umfasste das heutige Niedersachsen (ohne Ostfriesland), Bremen, Teile von Nordrhein-Westfalen, Sachsen-Anhalt und Mecklenburg.

Ritter und Milites

Die Bedeutung des Begriffes »Ritter« hat sich im Laufe der Zeit verändert. Während ursprünglich damit alle berittenen Krieger gemeint waren, verengte sich die Verwendung allmählich auf die meist adligen, zeremoniell »zum Ritter geschlagenen« Reiterkrieger, so wie es dem heutigen Verständnis entspricht. Berittene Krieger hat es jedoch auch über diese Gruppe hinaus gegeben. Der Begriff »Milites« umfasst sämtliche Angehörige des bewaffneten Standes. Ein »Miles« ist das, was wir heute einen »Soldaten« nennen würden, sagt jedoch weniger über Rang und Stand aus.

Wie die Begriffe »Miles« und »Ritter« Mitte des 12. Jahrhunderts umgangssprachlich verwendet wurden, lässt sich nicht mehr klären. Daher habe ich entschieden, im Roman nur diejenigen bewaffneten Reiter »Ritter« zu nennen, die durch den »Ritterschlag« oder die »Schwertleite« in diesen Stand erhoben wurden.

PERSONENLISTE

Michas Familie

Michael/Micha, Rössner

Walther von Auwied: Michas Vater

David von Auwied: Michas älterer Bruder

Edwina: Michas (uneheliche) Stiefmutter

Hagenhof

Adam: Maultierzüchter

Ludmila: Adams Ehefrau

Sibilla/Billje: Adams ältere Tochter

Wiebke: Adams jüngere Tochter

Magda: Ludmilas verwaiste Nichte / Käthes Enkeltochter

Käthe: Ludmilas Mutter

Jakob: Knecht auf dem Hagenhof

Paul: Knecht auf dem Hagenhof

Von Egesleben

Borgward von Egesleben: Vogt von Summerburg, Graf Meinhards Ministerialer

Friedrun: Borgwards Frau

Georg: Borgwards älterer Sohn

Julius: Borgwards jüngerer Sohn

Johanna Salzer: Tochter des reichen Lüneburger Kaufmanns Salzer

Dietwin und Adalbert: Johannas Söhne

Endris Salzer: Johannas Bruder

Borgwards Gefolgsleute

Giselbert: Borgwards Vertrauensmann

Siegmar: Falkner

Wolfgang: Hundeführer

Graf Meinhards Familie

Graf Meinhard von Summerburg

Gräfin Reinhild

Engelbert: älterer Sohn des Grafen

Heiner: jüngerer Sohn des Grafen

Adelind: Graf Meinhards Halbschwester, Äbtissin von Quedlinburg

Bewohnerinnen und Bewohner von Summerburg

Arnold: Burgschmied

Balthasar und Hindrika: Graf Meinhard nahestehender reicher Kaufmann und seine Gemahlin

Dorit: Hebamme

Gebhard: Dorf- und Burgkrämer, handelt mit Waren des täglichen Bedarfs

Gerti: Frau des Bauernpaars, mit dem Pater Servatius das Haus teilt

Henning: Hufschmied, dessen Schmiede außerhalb der Dorfeinfriedung liegt

Kilian: Wirt vom Goldenen Ross

Leberecht: Oberstallmeister

Mathis: musikalischer Sattler

Mechthild: Bäckersfrau

Pater Eucharius

Pater Servatius

Weitere Personen

Pater Dominik

Hildegard: Bäuerin aus Walbeck

Jofridus: Gefolgsmann von Herzog Heinrich

Keiler von Rodersum: Gefolgsmann von Graf Bernhard von Aschersleben

Kunold von Leiforde: von Herzog Heinrich als Hauptmann der Besatzung von Summerburg eingesetzt

Historische Personen

Albrecht der Bär (ca. 1100–1170): Graf und Markgraf mehrerer Gebiete in Sachsen, zeitweilig Herzog von Sachsen

Graf Bernhard von Aschersleben (1140–1212): jüngster Sohn von Albrecht dem Bären

Heinrich der Löwe (ca. 1130–1195): Herzog von Bayern und Sachsen, Herr von Braunschweig, Vetter von Kaiser Friedrich I. (Barbarossa)

Landgraf Ludwig von Thüringen (ca. 1152–1190): Neffe von Kaiser Friedrich I.

Philipp von Heinsberg (1130–1191): Erzbischof von Köln

Bischof Ulrich von Halberstadt (ca. 1132–1180)

Wichmann von Seeburg (ca. 1115–1192): Erzbischof von Magdeburg

Glossar

Allmende: Land im Umfeld einer Siedlung, das von deren Bewohnern gemeinsam genutzt werden durfte

Bergfried: Hauptturm einer Burg

Brimme: mittelhochdeutsch für Ginster

Bruche: auch Bruch oder Bruoch. Mittelalterliche, vorwiegend von Männern getragene Form der Unterhose

Brünne: Kettenhemd

Buhurt: als Wettkampf ausgetragenes Massenhandgemenge zu Pferd

Cotte: das im 12. Jahrhundert übliche kittelartige Gewand. Bei den Männern ging es mindestens knapp über das Knie, bei den Frauen war es länger.

Dechsel: Beil mit querstehender Schneide

Destrier: Streitross (Schlachtross). Es wurde unterschieden in drei Pferdetypen: Palefridus (gewöhnliches Reitpferd), Dextrarius (für den Kampf ausgebildetes Ross) und Runcinus (Lastpferd geringer Qualität)

Epiphanias: 6. Januar

Fibel: eine Art großer Spange, die verwendet wurde, um Kleidungsstücke zu verschließen und zusammenzuhalten

Gambeson: gepolsterter Mantel, der unter dem Kettenhemd oder der Rüstung getragen wurde

Gebände: oft stramm sitzende weibliche Kopfbedeckung aus einem breiten Band, das um Kopf und Kinn gewunden wurde

Grape: Kochgefäß mit drei Beinen, das in die Glut oder ins Feuer gestellt werden konnte

Gugel: ärmelloser, die Schultern bedeckender Kapuzenüberwurf

Hallerspringe: der heutige Ort Springe

Halsberge: gepanzerter Kragen

Hist, hott, hü, brr: Fuhrkommandos (links, rechts, vorwärts, halt)

Hohlmünze: einseitig geprägtes, hauchdünnes Geldstück

Höveschеit: alter Begriff für alle Aspekte des vornehmen höfischen Verhaltens. Bedeutet etwas mehr als die heutige »Höflichkeit«

Husse: Überwurf, Decke

Kak, auch Kaak: anderes Wort für Pranger, Schandpfahl

Kämpe: alter Begriff für Kämpfer, Krieger

Kebse: altes Wort für Nebenfrau, Konkubine, Geliebte

Kesselhaken: kostbarer Einrichtungsgegenstand, an dem Töpfe und Kessel über dem Kochfeuer aufgehängt wurden

Krähenfuß: Wurfeisen, Fußangel

Kranwit: mittelhochdeutsch für Wacholderholz

Liehte: mittelhochdeutsch für hell

Mariä Verkündigung: 25. März

Milites (Mehrzahl), Miles (Einzahl): Angehörige des Wehrstandes, die man im 12. Jahrhundert noch nicht allgemein »Ritter« nannte

Muli, Maultier: wegen ihrer Genügsamkeit und herausragenden Eigenschaften als Lasttier gehaltene Kreuzung aus Pferdestute und Eselhengst. Meistens nicht fortpflanzungsfähig.

Nachzehrer: gefährlicher Untoter

Olden Rinttellen: Ursiedlung von Rinteln

Ordal: als Gottesurteil geltender Zweikampf

Palas: vornehmes Wohngebäude innerhalb einer Burg, das auch einen Saal umfasst

Plitze: mittelhochdeutsch für Blitz

Polz: mittelhochdeutsch für Bolzen, Pfeil

Schapel: reifenförmiger Kopfschmuck, der meist in Verbindung mit Schleier oder Haarnetz getragen wurde

Schauenburg: Schaumburg

Schisma: Spaltung innerhalb einer religiösen Gemeinschaft. Im Roman geht es um das sogenannte »Alexandrinische Schisma«, welches das Papsttum betraf. Aus komplexen politischen Gründen hatte sich die christliche Glaubensgemeinschaft in zwei Lager gespalten, die jeweils einen anderen Papst für allein rechtmäßig hielten.

Surcot: kleidartiges Obergewand von unterschiedlicher Länge